DIE STUMMEN KINDER

WEITERE TITEL VON CAROL WYER

DI Robyn Carter serie

Das verschwundene Mädchen

Die Geheimnisse der Toten

Ich kann dich sehen

Die stummen Kinder

Die Auserwählten

In Englischer Sprache

DI Robyn Carter serie

Little Girl Lost

Secrets of the Dead

The Missing Girls

The Silent Children

The Chosen Ones

DI Natalie Ward serie

The Birthday

Last Lullaby

The Dare

The Sleepover

The Blossom Twins

The Secret Admirer

Somebody's Daughter

Andere titel

Life Swap

Take a Chance on Me

DIE STUMMEN KINDER

CAROL WYER

Übersetzt von Miriam Neidhardt

bookouture

Herausgegeben von Bookouture, 2022

Ein Imprint von Storyfire Ltd.
Carmelite House
50 Victoria Embankment
London EC4Y 0DZ

www.bookouture.com

ISBN: 978-1-80314-428-3
eBook ISBN: 978-1-80314-427-6

PROLOG

Mit seinen kurzen Beinchen konnte Aiden Moore nicht schneller laufen. Laut johlend rannte sein Bruder Kyle vor ihm her, trampelte auf seinem Weg zwischen den Bäumen hindurch Grashalme platt und wedelte dabei mit seinem Handy herum.

»Warte!«, rief Aiden, doch Kyle konnte oder wollte ihn nicht hören.

Grandma Hannah folgte den beiden Jungs mit einigem Abstand. Sie konnte nicht mehr so schnell laufen und musste immer wieder stehen bleiben und ihr Asthmaspray benutzen. Dabei machte ihre Lunge so ein lustiges, pfeifendes Geräusch, das wie die Plastiktrompete klang, die Aiden zu Weihnachten bekommen und die Kyle kaputtgemacht hatte. Der Ausflug zur Grüffelo-Entdeckertour im Cannock Chase war ihre Idee gewesen. Seit Grandma den Kindern davon erzählt hatte, konnte Aiden an nichts anderes mehr denken. Er liebte den Grüffelo, und mit der App, die sie auf Grandmas Smartphone geladen hatten, wollten Kyle und er Fußabdrücke finden, die verschiedenen Charaktere entdecken und Fotos mit ihnen machen. Kyle kannte sich besser aus als Aiden, weil er schon einmal mit Klassenkameraden hier gewesen war.

Die Zeit des Wartens auf diesen Tag war ihm unendlich lang vorgekommen, dabei war es nur zwei Wochen her, seit Grandma zu Besuch gewesen war und ihren Enkeln von dem geplanten Ausflug erzählt hatte. Die Mutter hatte sich in die Küche zurückgezogen und Grandma mit den Jungs allein gelassen, damit sie ihnen alles erzählen konnte.

»Und was passiert, wenn man Fußabdrücke findet?«, fragte Aiden und starrte auf das Smartphone. Seine Schmusedecke hielt er dabei fest in seiner kleinen Faust.

Grandma lächelte. »Dann haltet ihr das Handy auf die Markierung und der Charakter erwacht zum Leben. Er ist dann bei euch im Wald.«

»Kann ich dann auch mit ihm reden?«

Grandma lachte auf und musste dann mehrmals hintereinander husten. Erst nach einer Weile konnte sie weitersprechen: »Nein, Aiden. Es sind Zeichentrickfiguren und keine echten, lebendigen Wesen, aber ich mache dann ein Foto von dir mit ihnen, das du anschließend in der App sehen kannst.«

»Die leben sehr wohl«, warf Kyle ein, der die ganze Zeit den Fernseher fixiert hatte.

Grandma Hannah warf ihm einen Blick zu. »Die leben nicht wirklich«, sagte sie.

»Tun sie doch«, behauptete Kyle. »Ich hab sie doch gesehen.«

Grandma öffnete den Mund, um etwas zu sagen, doch plötzlich sprang Kyle vom Sofa auf und lief aus dem Haus, um eine Runde Fußball zu spielen. Er konnte nie lange still sitzen, war immer zappelig. Die Mutter hatte mal versucht, Aiden zu erklären, dass sein Bruder eine Aufmerksamkeitsdefizitstörung hatte, aber so richtig hatte er nicht verstanden, was sie meinte. Erneut hustete Grandma und wandte sich wieder Aiden zu.

»Du kannst dort alle möglichen Charaktere sehen.«

»Auch die Eule?«

Sie nickte. »Die Eule und die anderen auch.«

»Auch den Grüffelo?«

»Natürlich auch den Grüffelo.« Sie wuschelte ihm durch die Haare, wie sie es immer tat, kurz bevor sie aufstand und das Zimmer verließ.

Aiden konnte es kaum glauben. Die Mutter hatte ihm in den letzten Wochen fast jeden Abend vor dem Zubettgehen die Geschichten vom Grüffelo vorgelesen. Es wäre so toll, den Grüffelo mal tatsächlich im Wald zu sehen! Leider musste er warten, bis Kyle endlich Schulferien hatte. Als Grandma dann mit ihrem alten, silberfarbenen Honda auftauchte, um mit den Jungs zum Cannock Chase zu fahren, war die Mutter nicht allzu begeistert, weil Aiden seit drei Tagen Schnupfen hatte und es draußen recht kalt war.

»Die Wettervorhersage für heute ist nicht allzu gut«, erklärte seine Mutter. »Vielleicht solltet ihr euren Ausflug lieber verschieben. Ich möchte nicht, dass Aiden noch kränker wird.«

»Nein!«, heulte Kyle. »Ich will aber heute! Ich will den Grüffelo sehen!« Er versetzte der Küchenwand einen Tritt. »Ich will den Grüffelo sehen!!!« Wenn Kyle sauer war, trat er immer gegen Wände oder Türen. Die Mutter zog ihn weg und versuchte, ihm zu erklären, dass sie ein andermal zum Grüffelo fahren konnten, wenn das Wetter besser war. Kyle verschränkte die Arme und weinte so laut, dass Aiden sich am liebsten die Finger in die Ohren gesteckt hätte. Wenn Kyle wollte, konnte er richtig laut heulen.

»Hör auf zu weinen, Kyle. Das tut nicht not. Du warst doch schon mal da, und ihr könnt später fahren, wenn die Sonne scheint.«

Auch Aiden war traurig. So geduldig hatte er auf diesen Tag gewartet, und er fühlte sich gar nicht krank. Seine Nase lief gar nicht mehr so schlimm, und er wollte wirklich gerne auf die Grüffelo-Entdeckertour gehen. Tränen hingen an seinen dicken, dunklen Wimpern, und er begann zu schluchzen. Seit

Grandma verkündet hatte, dass sie mit ihnen zum Cannock Chase fahren würde, hatte er an nichts anderes denken können. Und jetzt war er tieftraurig und enttäuscht. Er wollte den Grüffelo so gerne sehen!

Die Mutter musterte Kyle verärgert, der nun mit den Schultern zuckte. Seinen Trotzanfall hatte er bereits vergessen. Grandma umarmte Aiden und wischte ihm die laufende Nase ab. »Wir fahren trotzdem, bleiben aber nicht so lange. Ich will auch nicht, dass du krank wirst. Und ein andermal können wir ja dennoch hinfahren.«

Es dauerte ewig, bis Kyle endlich fertig war. Er konnte die Sportschuhe, die er anziehen wollte, nicht finden, und andere kamen nicht infrage. Zum Glück tauchten sie wieder auf.

Auf der Fahrt standen sie bis Stafford im Stau, und auf der Suche nach dem richtigen Parkplatz beim Cannock Chase verfuhr sich Grandma. Als sie endlich am Startpunkt ankamen, war es schon nach Mittag und das Café war leer. Kyle verkündete, dass er etwas essen wollte, und Grandma musste ihm ein Sandwich und eine kleine Tüte Chips kaufen. Aiden hatte zwar keinen Hunger, doch Grandma bestand darauf, dass er auch ein Sandwich aß. Für sich selbst bestellte sie einen Kaffee und brauchte ewig, bis sie ihn ausgetrunken hatte. Dann bekamen sie endlich die Beutel mit ihrer Ausrüstung und waren bereit für die Grüffelo-Tour. Aiden hielt seinen eigenen Beutel fest in seiner Hand. Darin befanden sich Karten mit Informationen über die Tiere, die ihnen möglicherweise begegneten, darunter auch die Schlange und die Eule, sowie eine Lupe und ein spezielles Lineal. Nichts davon wollte er verlieren.

Draußen war es inzwischen noch kälter geworden. Der Himmel war jetzt fast schwarz, und Grandma machte sich Sorgen, dass es schneien könnte. Aiden fand die Aussicht auf Schnee toll. Vielleicht könnte er dann einen Grüffelo aus Schnee bauen. Grandma war sich nicht mehr so sicher, ob der

Ausflug so eine gute Idee war. Sie sah sogar recht genervt aus, als sie die Jungs vor dem Freizeitzentrum in Mantel, Schal und Mütze packte. Kyle hampelte herum und riss sich die Mütze wieder vom Kopf. »Die will ich nicht. Ich will jetzt Charaktere suchen.«

Mit diesen Worten stampfte er los und schloss sich einer Gruppe aus drei Kindern an, die Freudenschreie ausstießen, als sie eine Markierung fanden. Grandma ließ sich vom ungeduldigen Aiden an der Hand mitziehen.

»Komm schon, Grandma!«, drängelte er.

Die anderen Kinder standen neben einer Markierung und grinsten, während ihre Mutter sie fotografierte. Kyle trat von einem Bein auf das andere und konnte es kaum erwarten, dass er endlich an der Reihe war. Grandma richtete das Smartphone so auf die Markierung, dass Aiden und Kyle die kurze Animation sehen konnten. Mit offenem Mund starrte Aiden auf die 3-D-Maus, die hinter einem Baumstumpf erschien und quer darüber lief. Danach machte Grandma ein Foto der Jungs mit der Maus. Aiden war überglücklich. Kyle wurde wieder ungeduldig und lief weiter. Grandma packte ihr Asthmaspray aus.

»Ich muss kurz Pause machen«, sagte sie.

Kyle rannte zu ihr zurück. »Können wir weitergehen, Grandma? Ich zeige Aidy die Tiere und mach die Fotos. Ich weiß, wie das geht. Ich hab das schon mal gemacht, als ich mit James hier war.«

Grandma stieß einen erschöpften Seufzer aus. »Na gut. Geht vor und sucht nach Fußabdrücken und Markierungen. Du musst Aiden aber die ganze Zeit an der Hand halten und darfst ihn nur loslassen, wenn du ein Foto machst! Und bleibt immer in meiner Sichtweite. Verstanden? Ihr wartet auf mich und passt auf, dass ihr mich immer sehen könnt. Ich will nicht, dass ihr euch im Wald verlauft. Versprochen?«

»Ja, klar. Versprochen. Komm mit, Aidy. Wir suchen den Grüffelo.«

Kyle nahm Aiden bei der behandschuhten Hand und zog ihn weiter. Zuerst konnte Aiden auch ganz gut mit seinem Bruder Schritt halten, doch plötzlich ließ Kyle seine Hand los und lief schneller. »Ich bin ein Jäger!«, rief er. »Ich finde den Grüffelo und erschieße ihn!«, verkündete er und tat so, als hätte er ein Gewehr.

Aidens Augen füllten sich mit Tränen. »Nicht erschießen!« Kyle machte sich über die Schnute seines Bruders lustig.

Aiden ging nun langsamer. Sein Atmen hinterließ weiße, nebelige Wolken. Er stieß die Luft aus und schaute ihr hinterher. Dabei fragte er sich, ob der Grüffelo wohl auch Atemwolken machen konnte. Kyle fand einen Stock und stocherte damit im Boden herum. Aiden war hin- und hergerissen zwischen der Suche nach Fußabdrücken und seiner Angst, dass Kyle dem Grüffelo etwas tun könnte. Manchmal konnte Kyle richtig brutal sein. Dann riss er Spinnen die Beine aus und lachte. Das schien ihm gar nichts auszumachen. Kyle schaute zurück, winkte Grandma zu, die sich langsam näherte, und rief: »Alles gut, Aidy! Ich tu ihm schon nicht weh. War nur ein Witz. Komm, wir suchen nach Fußabdrücken.«

Aiden konnte in dem Moment keine anderen Tiere oder Markierungen finden. Kyle war vorgeprescht, obwohl Grandma ihm gesagt hatte, dass er bei seinem Bruder bleiben solle. So war das immer mit Kyle: Nie gehorchte er! Immer tat er, was er wollte. Auf der Fahrt zum Cannock Chase hatte Grandma ihm gesagt, dass er nicht dauernd von hinten gegen ihren Sitz treten sollte. Er hatte sie nur angestrahlt, sich entschuldigt und es wieder und wieder getan. Dabei war er nicht ungezogen. Er war einfach nur Kyle. Nie saß er still und oft war er sehr ungeduldig mit seinem Bruder, der mit seinen fünf Jahren Schwierigkeiten hatte, mit dem siebenjährigen Kyle schrittzuhalten.

»Komm *schon*, Aidy«, drängelte sein Bruder, der nun über etwas auf dem Boden stolperte. Er hielt sein Smartphone darauf und schüttelte den Kopf. »Nein. Hier ist nichts. Beeil dich!«

Aiden versuchte angestrengt, ihn einzuholen, doch dann fiel ihm seine Großmutter wieder ein. Er drehte sich um, um zu sehen, ob sie noch in Sichtweite war. Sie befand sich ein ganzes Stück hinter ihm. Er winkte ihr zu und sie winkte zurück, machte dabei jedoch eine unmissverständliche Handbewegung, dass er zurückkommen solle. Sie öffnete den Mund und schloss ihn wieder, doch er konnte nicht verstehen, was sie sagte. Jetzt ruderte sie noch heftiger mit den Armen, doch Aiden wollte nicht zurückgehen. Er hatte Schlange, Eule, Fuchs und Grüffelo noch nicht gefunden. Er huschte in die Richtung, die sein Bruder genommen hatte. Der Pfad schlängelte sich zwischen den Bäumen hindurch, und plötzlich stand Aiden vor einem deutlich sichtbaren Fußabdruck. Vor einem riesigen Fußabdruck. Wie hatte Kyle den übersehen können? Der musste vom Grüffelo sein. Konzentriert suchte Aiden nach weiteren Fußabdrücken und Markierungen. Der Grüffelo musste hier irgendwo sein. Er fand einen weiteren großen Fußabdruck und blickte sich um. Er musste unbedingt Kyle finden, der das Handy hatte, mit dem sie das Wesen zum Leben erwecken konnten! Doch sein Bruder war verschwunden und Aiden tiefer in den Wald gewandert, als er eigentlich vorgehabt hatte. Er konnte den Pfad nicht mehr erkennen. Also drehte er sich um und versuchte, seine Spuren zurückzuverfolgen, doch er verlief sich immer mehr. Schwarze Wolken verdunkelten den Himmel und machten den Tag zur Nacht.

»Kyle!«, rief er, doch niemand antwortete. Er schlug sich durchs Dickicht und störte dabei einen Vogel, der ihn verärgert anzwitscherte, sodass er erschrak. »Kyle!«, rief er erneut, deutlich unsicherer als zuvor. Der Wald kam ihm nun gar nicht mehr so friedlich vor.

Nun zitterte er vor Kälte und Angst. Hier gab es keine Markierungen mehr, keine großen Pfeile, denen er folgen sollte.

Dann fiel ihm wieder ein, dass der Grüffelo ein Netter war und ihm aus dem Wald heraushelfen würde. Er musste ihn nur finden.

Er stolperte durch die Dämmerung, an mehreren hohen Farnen und ein paar wenigen Bäumen vorbei, immer mit dem Beutel mit der Ausrüstung an die Brust gedrückt. Plötzlich hörte er vor sich ein Rascheln, und dann ... sah er Füße. Füße und Beine. Der Grüffelo versteckte sich in der Nähe der Lichtung unter einem Busch!

»Hallo«, flüsterte er. Der Grüffelo machte weder einen Laut noch eine Bewegung. Aiden überlegte, ob er vielleicht aus irgendeinem Grund sauer war oder Verstecken spielte. Der Wind blies leise stöhnend durch die Bäume, und Aiden bekam Angst, dass der Grüffelo plötzlich aufstehen und ihn erschrecken könnte. Kyle machte das manchmal, und Aiden mochte das gar nicht. Er wollte nach Hause. Also ging er weg vom Busch hin zur Lichtung, wo er plötzlich vor einem Auto stand – einem roten Auto, das genauso aussah wie das von Mummy. Mummy war gekommen, um ihn abzuholen! Er ging auf das Auto zu und stellte sich auf die Zehenspitzen, damit seine Mutter ihn sehen konnte. Ob Kyle wohl schon im Auto saß?

Er klopfte ans Fenster und drückte die Stirn an die Scheibe. Es dauerte einen Moment, bis er begriff, was er sah. Das war nicht Mummys Auto. Es gehörte einem Mann – einem Mann, dessen dicke Zunge aus dem Mund hing und dessen blutunterlaufene Augen weit aufgerissen waren und Aiden anstarrten. Aiden rutschte der Beutel aus der Hand. Karten, Lineal und Lupe fielen heraus. Dann stieß er einen gellenden Schrei aus und schrie verzweifelt nach seiner Großmutter.

1

TAG EINS – DIENSTAG, 14. FEBRUAR, NACHMITTAG

»Woher kommen die denn?« Sergeant Mitz Patel starrte den riesigen Strauß aus blühenden Scharlachanemonen an, der auf dem Schreibtisch stand.

DI Robyn Carter zuckte mit den Schultern. »Keine Ahnung.«

»Wie romantisch«, schwärmte PC Anna Shamash, beugte sich über den Strauß und atmete tief ein. »Sie riechen zwar nach nichts, sehen aber wunderschön aus. Nun ja, wer immer das war, hat ein Vermögen für Sie ausgegeben. Da hat wohl jemand ein schlechtes Gewissen!«

Robyn schnaubte gar nicht ladylike und lenkte ihre Aufmerksamkeit auf den vor ihr liegenden Bericht. »Ich wüsste nicht, weswegen«, murmelte sie.

»Vielleicht sind sie von DCI Flint als Dankeschön für Ihre harte Arbeit.« PD David Marker grinste und wartete auf Antwort von seiner Chefin.

Robyn grummelte nur. Sie hörte noch nicht einmal zu.

»Hast du heute Abend was vor, David?«, fragte Anna mit hochgezogenen Augenbrauen und einem Lächeln auf den Lippen.

David zuckte gutmütig mit den Schultern. »Ich habe vollkommen vergessen, dass Valentinstag ist, und habe einen tierischen Einlauf von meiner Göttergattin bekommen, weshalb ich ihr in der Mittagspause ein Bettelarmband gekauft habe. Das wünscht sie sich schon ewig. Und das schenke ich ihr heute Abend und tue so, als hätte ich den Valentinstag mitnichten vergessen, sondern die Überraschung genau so geplant. Außerdem habe ich einen Tisch für zwei in diesem neuen Edelrestaurant in Stafford reserviert.«

»Der Laden ist doch immer ausgebucht; wie hast du das geschafft?«, fragte Anna.

David drehte sich mit seinem Stuhl um und spielte mit einem Stift. »Ich hatte einfach nur Glück; da hatte jemand abgesagt. Heute Abend verdiene ich mir die Auszeichnung für den Ehemann des Jahres! Vielleicht krieg ich dafür ja mal meine Ruhe, wenn ich Fußball gucken will, und muss mir nicht ständig ›Kannst du eben das Regal hier aufhängen?‹ oder ›Der Müll muss runtergebracht werden!‹ anhören.«

Mitz schüttelte den Kopf. »Du bist ein echter Romantiker, David.«

»Warte nur, bis du verheiratet bist. Die Ehe verändert einen.« David zwinkerte ihm zu.

Kürzlich war herausgekommen, dass Mitz neuerdings mit Anna zusammen war. Bei der Arbeit hängten sie ihre junge Beziehung nicht an die große Glocke und gingen professionell miteinander um, doch das gesamte Team wusste davon.

»Könnten Sie sich bitte auf Ihre Arbeit konzentrieren?«, forderte Robyn ungewöhnlich schnippisch. Mitz schaute hinüber zu Anna, die nur mit den Schultern zuckte. Sie ließ sich auf ihrem Platz nieder und widmete sich wieder ihrem Einbruchsbericht, der fertiggestellt werden musste. Eine geschäftige Ruhe breitete sich im Büro aus. Robyn drückte eine Taste ihrer Tastatur und löschte alles bisher Geschriebene. Dann drehte sie sich zum Fenster. Gerade wollte sie etwas sagen, als DI Tom Shearer an die geöffnete Tür klopfte und sich mit Händen in den Hosentaschen an den Türrahmen lehnte.

Sein Blick fiel auf den Blumenstrauß. »Flint verlangt nach uns, also, wenn Sie nicht zu beschäftigt sind. Sind Sie unter die Floristen gegangen, DI Carter?«

Sie ignorierte seinen Kommentar, nahm ihr Handy und ging zur Tür. Shearer ließ sie vorgehen und wandte sich an Mitz. »Geht's ihr gut?«, fragte er stumm.

Mitz schüttelte den Kopf. »Nein.«

Shearer nickte und trottete hinter Robyn her. Bei der Treppe hatte er sie eingeholt.

»Tut mir leid wegen meiner dummen Bemerkung wegen der Blumen. So bin ich halt; erst reden, dann denken.«

Sie blieb kurz stehen und blickte Shearer an. »Ich weiß, dass Sie sich nie Gedanken darüber machen, was Sie sagen, Tom. Das würde auch gar nicht zu Ihnen passen. Immerhin sind Sie berüchtigt für Ihren Sarkasmus. Insofern war der Kommentar für Ihre Verhältnisse gar nicht so schlecht.«

Er lächelte. »Ich fand ihn eher unsensibel, immerhin ist Valentinstag und wegen Davies und so«, sagte er. »Ach, verflixt, ich bin nicht gut in solchen Sachen. Es tut mir leid, okay?«

Sie schluckte den Ärger herunter. »Das ist zwei Jahre her, Tom. Mir geht es gut. Heute ist ein ganz normaler Tag. Sie haben mich nicht verletzt.«

»Gut. Schön, dass wir das klären konnten«, meinte er.

Das Büro von Detective Chief Inspector Flint war viel steriler, seit er es übernommen hatte. Vorher hatte es DCI Louisa Mulholland gehört, die darin praktisch gewohnt hatte. Nur selten war sie nach Hause gefahren und wenn, dann war sie morgens lange vor ihren Mitarbeitern wieder auf der Matte gestanden. Nun war die Sammlung aus Erinnerungsstücken von der Fensterbank verschwunden. Die Ornamente und das Corgi-Polizeiauto, das Louisa zum Geburtstag bekommen hatte, waren mit ihr nach Yorkshire gezogen, wo sie eine neue Stelle angetreten hatte. Auch die vielen Fotos, die die Wand geschmückt hatten, waren verschwunden und hatten helle rechteckige Flecken auf der Tapete hinterlassen. Flints Schreibtisch war ausgesprochen aufgeräumt; neben einer ledernen Schreibtischunterlage und einem dazu passenden quadratischen Stiftständer sowie einem Visitenkartenhalter befanden sich darauf nur eine Dokumentenablage am äußersten Rand und davor in einem Silberrahmen ein Foto von sich und seiner Frau, das auf einem Polizeiball aufgenommen worden war.

»Tom, Robyn, setzen Sie sich.« Flints Gesicht war wie üblich gerötet und über seinem Hemdkragen wölbte sich eine Fettrolle hervor. Er löste die blaue Krawatte, als würde sie ihm sie Luft abschnüren, und schluckte. »Ich wollte Sie nur über die neuesten Entwicklungen in der Dienststelle informieren. Wie Sie wissen, ist die Abteilung zur Terrorismusabwehr in den letzten Jahren gewachsen, und die Verantwortlichen haben beschlossen, dass sie mehr Raum benötigen. Wir sind alle Optionen durchgegangen, und in Anbetracht unseres beschränkten Budgets bleibt nur, das aktuelle Büro durch einen Durchbruch zu Toms Büro zu erweitern.«

Robyn hatte eine ungute Vorahnung, worauf er hinauswollte. Flint lehnte sich in seinem Stuhl zurück und schlug die Beine übereinander. Unter seinem Hosenbein kamen dunkle Socken mit Batman-Logo zum Vorschein.

»Dadurch entsteht das Problem, wo wir Tom und sein Team unterbringen. Robyn, Ihr Büro ist groß genug, um die drei Personen mitsamt ihren Sachen unterzubringen. Das ist nur vorübergehend, während wir nach einer anderen Lösung für Tom suchen, und ich weiß, dass die Situation für Sie beide nicht ideal ist, aber ich bin auch zuversichtlich, dass Sie sich damit arrangieren werden. Sie sind ja beide recht patent.«

Robyn verspürte einen Kloß im Magen, behielt jedoch ihr Pokerface bei. Den nervigen Tom Shearer jeden einzelnen Tag in ihrem Dunstkreis zu haben, hatte ihr gerade noch gefehlt.

Doch sie konnte nichts dagegen machen. Flint bzw. dessen Vorgesetzter hatten die Entscheidung getroffen. Wenn sie jetzt anfinge zu meckern, würde das ein schlechtes Bild auf sie werfen, insbesondere weil Tom nicht den Eindruck machte, als hätte er ein Problem mit der neuen Regelung. Dabei sah es ihm gar nicht ähnlich, so ruhig zu bleiben. Sie wollte nicht streiten. Der Drops war gelutscht.

Flint musterte seine Mitarbeiter. »Bis morgen früh müssten Sie Ihr Büro geräumt haben, Tom, damit die Handwerker so bald wie möglich mit ihrer Arbeit anfangen können.«

»Ja, Sir«, sagte Shearer.

Flint zog die Augenbrauen bis zum Haaransatz hoch. »Okay, das lief besser, als ich dachte. Eigentlich hatte ich mit Gegenwehr gerechnet.«

»Nein, Sir, für mich ist das in Ordnung. Und wie ist das mit Ihnen, Robyn?«

Robyn nickte zustimmend.

Flint sah erleichtert aus. »Okay. Das war's dann auch schon. Vielen Dank für Ihr Entgegenkommen.«

Draußen auf dem Flur sprach Robyn Shearer an: »Was sollte das denn mit dem ›Ja, Sir‹, ›Nein, Sir‹? Ihnen gefällt es doch auch nicht, dass Sie sich ein Büro mit mir teilen sollen. Wir haben vollkommen unterschiedliche Arbeitsweisen.«

»Ihnen gefällt es weniger als mir«, meinte er grinsend. »Wir machen das Beste draus. Ich bin auch nicht scharf drauf, aber es ist ja nur für eine Weile. Wir könnten eine Linie in der Mitte des Büros ziehen, die wir beide nicht übertreten dürften. Ich will dann aber die Seite mit der Kaffeemaschine haben.«

»Niemals! Die bleibt in meinem Bereich. Und Sie und Ihre Leute lassen die Finger davon.«

Shearers Mundwinkel zuckten. »Das klingt schon besser. Mehr nach Ihnen. In Flints Büro dachte ich schon, Sie befänden sich in einer anderen Welt oder Zeitzone. Normalerweise hätten Sie bei der Aussicht auf ein gemeinsames Büro mit mir ein Riesenfass aufgemacht. Was ist denn los?«

Sie schüttelte den Kopf. »Nichts. Heute ist einfach nur nicht mein Tag, das ist alles.«

»Ein schlechter Tag ist mir bei Ihnen bisher nie aufgefallen. Eigentlich kamen Sie mir immer vor wie Wonder Woman. Sie wirbeln in die Wache, schwirren darin herum und wirbeln wieder raus.«

»Jetzt, wo Sie mein Gesicht jeden Tag vor Augen haben, werden Ihnen meine schlechten Tage nicht verborgen bleiben.« Dann grinste sie. »Wonder Woman?«

Shearer lachte. »Ich hätte Sie auch als Tasmanischen Teufel bezeichnen können, aber dafür sind Sie heute wohl nicht in Stimmung.«

»Solche Sachen sagen Sie besser nicht vor meinen Mitarbeitern, DI Shearer, sonst lernen Sie mich von meiner richtig schlechten Seite kennen.«

»Führen Sie mich nicht in Versuchung. Sie wissen doch, dass ich keiner Herausforderung widerstehen kann«, scherzte er.

»Es ist eine Sache, außerhalb der Hörweite sarkastisch zu sein, aber eine völlig andere, meine Autorität vor meinen Mitarbeitern zu untergraben.« Sie warf ihm einen ernsten Blick zu.

Er grunzte nur. »Okay. Ich merk schon, Sie sind heute wirklich mit dem falschen Fuß aufgestanden. Insofern sage ich lieber nichts mehr.«

2

Im Büro herrschte konzentriertes Treiben. Sergeant Matt Higham war inzwischen auch da und versuchte gerade, den Kopierer durch Draufhauen zum Leben zu erwecken.

»Alle mal herhören!«, rief Robyn und alle schauten auf. »Wir müssen die Möbel umräumen und Platz machen. DI Shearer und sein Team ziehen für unbestimmte Zeit bei uns ein.«

Mitz stieß einen tiefen Seufzer aus. »Bitte sagen Sie, dass das ein Witz ist.«

Robyn schüttelte den Kopf. »Das kommt von oben. Die Leute von der Terrorismusabwehr expandieren in das Büro von DI Shearer, und deshalb kommt der zu uns. Mir gefällt das ebenso wenig wie Ihnen, aber wir sind alle erwachsen und kriegen das schon hin, oder? Sie haben alle schon bei unterschiedlichen Fällen mit ihm und seinem Team zusammengearbeitet, insofern sollte das hier kein Problem darstellen.«

Mitz sprach aus, was alle dachten: »Es ist ein Unterschied, ob wir mit denen zusammenarbeiten oder jeden Tag unser Büro mit ihnen teilen müssen.«

»Tut mir leid, Mitz. Ob es Ihnen gefällt oder nicht: Sie ziehen hier ein.«

Matt verpasste dem Kopierer erneut einen Schlag. »Dann solltest du die Kekse besser verstecken«, sagte er mit Blick zu Anna. »Wenn ich sie finden kann, dann die auch.«

»Ich wusste, dass du das warst, der die dauernd gegessen hat«, rief Anna aus.

Matt grinste überheblich. »Der Mensch lebt nicht nur von Kaffee allein.«

Ein Beamter klopfte an die Tür und wedelte mit einem Blatt Papier. »Entschuldigen Sie bitte, Ma'am. Das hier ist gerade von der Spurensicherung reingekommen. Die sind schon vor Ort.«

Robyn las das Schreiben in Windeseile durch. »Sieht aus, als wäre es im Cannock Chase zu einem Mord gekommen. Männlich, in den Dreißigern, Schuss in den Hals. Okay, Team, auf geht's!«

<hr>

Es wurde bereits dunkel, als Robyn die Straße verließ und auf die blauen Lichter der Streifenwagen zufuhr. Es wimmelte nur so von Polizeibeamten in weißen Einweganzügen. Ein Sichtschutz war aufgebaut worden, um das Auto mitsamt dem Insassen vor Blicken zu schützen, und Flutlichter erhellten die Gras- und Waldflächen dahinter. Robyn und ihr Team stellten sich dem Beamten vor der Absperrung vor, die bis in den Wald hinein reichte, bevor sie die Schutzanzüge anzogen und unter das gelbe Absperrband hindurchschlüpften. Ein Mann reichte einem anderen Beamten einen Plastikbeutel und winkte Robyn und ihr Team zu sich heran.

Connor Richards kam ursprünglich aus Dublin und leitete das Spurensicherungsteam. Fünfzehn Jahre lang hatte er in

Irland Erfahrung gesammelt, bis er die aktuelle Stelle in Stafford angetreten hatte. Robyn hatte von ihren Kollegen gehört, dass seine freundliche Art und sein leichter irischer Akzent die unrühmliche Aufgabe der Tatortuntersuchung erträglicher machten. Im Moment sah sie von Connor jedoch nicht mehr als seine hellblauen Augen.

Mit einem Nicken begrüßte er das Trio, zog seinen Mund-Nasen-Schutz herunter und sagte: »Zum aktuellen Zeitpunkt haben wir noch nicht allzu viel für Sie, Robyn. Wir sammeln noch Beweise. In seiner Brieftasche haben wir seinen Führerschein sowie eine Kreditkarte und zwanzig Britische Pfund gefunden. Das Opfer heißt Henry Gregson, ist dreiunddreißig Jahre alt und wohnt in Brocton. Er trägt einen Ehering, und dem Logo auf seinem Hemd nach zu urteilen, arbeitet er im MiniMarkt in Lichfield. Wir gehen davon aus, dass er irgendwann zwischen dreizehn und fünfzehn Uhr ermordet wurde.« Er schüttelte den Kopf. »Ein kleiner Junge hat ihn gefunden. Muss ein ganz schöner Schock für ihn gewesen sein.«

Mitz stieß die Luft geräuschvoll aus. »Wie furchtbar«, sagte er leise.

»Der Rechtsmediziner hat bestätigt, dass Gregson einen einzigen tödlichen Schuss in den Hals erhalten hat. Dieser hat die Karotis, die Hauptschlagader im Hals, durchstoßen. Ohne Zweifel war er sofort tot. Im Auto gibt es keine Hinweise auf einen Kampf; keine Beschädigungen oder Kratzspuren. Es gibt überhaupt kaum Hinweise auf Bewegungen, was ebenfalls darauf hindeutet, dass Gregson sofort tot war. Zum Zeitpunkt des Schusses war das Beifahrerfenster offen, sodass die Kugel ungehindert ins Auto eindringen konnte.« Er starrte auf einen fast unsichtbaren Fleck auf dem Boden. »Bisher haben wir auf der Beifahrerseite des Fahrzeugs keine Fingerabdrücke gefunden. Anscheinend sind Beifahrertür, Türgriff und Sitz abgewischt worden. Gregsons Verletzungen und das Ausmaß der

Gewebeschäden um die Wunde herum deuten darauf hin, dass die Waffe nicht aus nächster Nähe abgefeuert wurde. Vielmehr war der Täter wahrscheinlich etwa drei Meter entfernt. Die Kugel ist in die linke Seite seines Halses eingedrungen, und da es keine offensichtliche Austrittswunde gibt, nehme ich an, dass sie im Körper stecken geblieben ist.«

»Befindet sich die Leiche noch im Auto?«, fragte Robyn.

»Natürlich, wir wollten auf Sie warten. Bitte kommen Sie mit.« Connor zog den Mund-Nasen-Schutz wieder hoch. Vorsichtig ging er um den Sichtschutz herum. Dahinter stand ein roter Kia Sportage. Die Türen waren geöffnet, und auf dem Fahrersitz saß Henry Gregson mit dem Kopf nach hinten gegen die Kopfstütze gelehnt, mit heraushängender Zunge und mit aufgerissenen Augen. Robyn untersuchte das kreisrunde Loch mit verletzter Haut und leuchtend rotem, verkrustetem Blut drum herum. Das Blut war in den Kragen seines weißen Hemdes gelaufen und hatte einen purpurnen Latz um seinen Hals gebildet. Seine Hände ruhten mit den Flächen nach oben auf den Oberschenkeln, und Robyn bemerkte den Ehering an seinem Ringfinger. Henry Gregson war ohne Zweifel ein klassisch gut aussehender Mann gewesen mit glatt rasiertem Gesicht, dunklem, lockigem Haar, olivgrünen Augen, einer leichten Hakennase, weißen Zähnen und markanten Wangenknochen. Auf dem Beifahrersitz neben ihm lag ordentlich aufgerollt eine Krawatte, als wäre sie gerade erst ausgezogen worden. Robyn schaute sich im Innenraum um. Connor hatte recht gehabt: Es gab keinerlei Anzeichen eines Kampfes. Henrys Auto war makellos sauber, das Armaturenbrett aus dunklem Kunststoff frei von Flecken und Schlieren. Im Fach in der Fahrertür befand sich sogar ein Mikrofasertuch für die schnelle Staubentfernung zwischendurch.

»Es handelt sich um einen sauberen Schuss. Ich vermute, wer immer auch das getan hat, kann mit Handfeuerwaffen umgehen«, berichtete Connor.

Anna tauchte neben Robyn auf. »Er ist nicht angeschnallt«, stellte sie fest.

Connor schüttelte den Kopf. »War er auch nicht, als wir ihn gefunden haben. Allerdings war das Radio an, eingestellt auf Classic FM. Entweder hat er sich eine Auszeit genommen und die Zeit allein genossen, oder er hat auf jemanden gewartet.«

Robyn betrachtete die gefütterte Jacke auf dem Rücksitz. »Es war recht kalt heute. Nicht unbedingt das richtige Wetter für einen Spaziergang im Wald.«

»Vielleicht brauchte er auch einfach Zeit zum Nachdenken. Wenn ich mir den Kopf durchlüften muss, gehe ich mit Rascal raus«, meinte Anna.

»Das ist durchaus möglich«, antwortete Robyn. »Das hier ist kein Parkplatz, oder?« Sie schaute sich um.

»Der Hauptparkplatz ist drüben beim Hauptgebäude«, antwortete Connor. »Das hier ist eine Lichtung, die nur über den Weg erreichbar ist, den Sie von der Hauptstraße aus genommen haben.«

Robyn warf einen letzten Blick auf die Leiche und ging dann zum Kofferraum über. Auf der Heckscheibe prangte ein Aufkleber: »Baby an Bord«. Sie erschauderte, jedoch nicht wegen der Kälte, sondern wegen des Gedankens, dass es jetzt ein vaterloses Kind mehr gab und eine Frau schmerzhaft erfahren musste, dass ihr Partner oder Mann nie wieder nach Hause kommen würde. *Ausgerechnet heute.*

Connor gesellte sich zu ihr und sagte: »Beweisbeutel F101 könnte für Sie von Interesse sein. Darin befindet sich Gregsons Handy. Wir gehen davon aus, dass er es gerade benutzte, als er erschossen wurde. Wir haben es unter dem Fahrersitz gefunden, wo es auf den ersten Blick nicht zu sehen war. Es war gar nicht so einfach, es darunter hervorzufriemeln. Nur mit einem Draht und jede Menge innovativer Ideen haben wir es zu fassen gekriegt. Ich sorge dafür, dass Sie es umgehend erhalten. Wir müssen es nur erst auf Fingerabdrücke untersuchen. Wenn

Sie nichts dagegen haben, mache ich mich nun wieder an die Arbeit. Wir haben ein großes Gebiet abzusuchen.«

Sie nickte zustimmend. »Wir sehen uns dann später in der Dienststelle.«

»Ihre Pläne für den Valentinstag sind damit vermutlich auch passé«, meinte er schulterzuckend. »Ich habe Kate schon angerufen und ihr erklärt, dass ich arbeiten muss. Sie war wenig erfreut. Manchmal fürchte ich, dass dieser Job jeden Versuch einer Beziehung kaputtmacht.«

Connor war seit sechs Monaten mit der Floristin Kate zusammen. Kate feierte und trank gern. Robyn hatte sie mal bei einer Polizeiveranstaltung kennengelernt, und ihr war sofort ihre selbstverliebte Art aufgefallen sowie die Blicke, die sie Connor zuwarf, wenn er mit anderen sprach und ihr zu wenig Aufmerksamkeit schenkte. Immer, wenn sie in seiner Nähe war, hatte sie sich besitzergreifend bei ihm eingehakt. Robyn war sich ziemlich sicher, dass Kate die ewigen abgesagten Verabredungen und Pläne früher oder später auf die Nerven gehen würden. Es war nicht einfach, mit jemandem von der Polizei zusammen zu sein. Sie holte tief Luft, um die aufkommenden Gedanken an Davies aus ihrem Kopf zu vertreiben. Im Moment konnte sie es sich nicht leisten, an ihn zu denken.

Mit leicht gesenktem Kopf lief sie in der Gegend umher und prägte sich die Position des Autos ein, bevor sie erneut einen Blick auf Henry Gregson warf. Dann duckte sie sich wieder unter dem Absperrband hindurch, zog den Schutzanzug aus, warf ihn in den bereitgestellten Behälter und ging zum Streifenwagen. Mitz und Anna taten es ihr schweigend nach. Neben dem Polizeiauto stehend rieb sich Robyn den Nasenrücken und sagte: »Mitz, ist der kleine Junge, der Gregson gefunden hat, noch hier?«

Mitz schüttelte den Kopf. »Nein. Der ist schon wieder zu Hause. Ich habe aber seine Adresse. Mrs. Price, seine Großmutter, hat eine Aussage gemacht, bevor sie abgefahren sind. Der Junge, Aiden Moore, war mit seinem älteren Bruder auf der Grüffelo-Entdeckertour.« Aufgrund von Robyns verwirrtem Gesichtsausdruck erklärte er: »Das ist praktisch eine Strecke, die Kinder ablaufen und dabei Charaktere aus dem Buch *Der Grüffelo* suchen. Wenn sie eine Markierung finden, können sie ein Smartphone darauf halten, und die Charaktere erscheinen auf dem Display. Die Markierungen aktivieren eine 3-D-Animation des entsprechenden Charakters, sodass es aussieht, als würden sie sich im Wald bewegen.«

»Verstehe. So ungefähr«, sagte Robyn und zog die Augenbrauen zusammen.

Mitz fuhr fort: »Aiden und sein Bruder Kyle sind vorgelaufen. Mrs. Price leidet unter Asthma und hatte Schwierigkeiten, mit dem Tempo der Jungs mitzuhalten. Sie hat ihnen gesagt, dass sie nicht so weit weglaufen sollen. Aiden ist von der Strecke abgekommen und auf diese Lichtung gestoßen, wo er das Auto entdeckt hat. Da es aussieht wie das seiner Mutter, ist er hingegangen, weil er dachte, es wäre ihres.«

»Geht es ihm gut?«, fragte Robyn.

»Ich habe kurz mit einem der Beamten gesprochen, während Sie bei Connor waren. Er meinte, Aiden wäre ausgesprochen schüchtern und wollte nichts sagten. Hat sich nur hinter seiner Großmutter versteckt. Der Beamte wusste nicht, ob das für den Jungen ein normales Verhalten war oder ob er Angst vor dem hatte, was er gesehen hat.« Mitz steckte sein Notizbuch in die Tasche und wartete auf Anweisungen. Er musste nicht lange warten.

»Okay. Dann fangen wir mit der Großmutter an, und dann sehen wir weiter. Ich möchte den Jungen nicht unter Stress setzen und wir müssen herausfinden, wie es ihm geht. Mitz, wir beide reden mit ihr. Anna, Sie kümmern sich bitte um die Aussagen aller, die hier heute gearbeitet haben. Überprüfen Sie

sie und bitten Sie David, Backgroundchecks zu allen Mitarbeitern durchzuführen. Wir befragen jeden, der zwischen dreizehn und fünfzehn Uhr in der Nähe gewesen sein könnte: Mitarbeiter der Entdeckertour, Besucher und überhaupt jeden, der hier mit seinem Hund unterwegs war.«

Anna notierte sich alle Anweisungen, die nun immer schneller aufeinander folgten.

»Besorgen Sie sich die Aufzeichnungen der Überwachungskameras sowie die Kennzeichen aller Autos, die heute auf dem Parkplatz standen. Wegen des Wetters sind es hoffentlich nicht allzu viele. Machen Sie die Inhaber der Autos ausfindig und lassen Sie zu allen einen Backgroundcheck durchführen. Matt soll alles herausfinden, was es über Henry Gregson, seine Familie, Kollegen und Freunde zu wissen gibt. Finden Sie heraus, welche Beamten dafür zuständig waren, seine Familie über seinen Tod zu informieren. Fragen Sie sie, wie die Nachricht aufgenommen wurde. Und nachdem wir mit Mrs. Price geredet haben, statten wir der Familie einen Besuch ab«, fügte Robyn mit einer Kopfbewegung zu Mitz hinzu. »Und Anna, sorgen Sie dafür, dass wir Henry Gregsons Handy in die Finger kriegen. Ich will wissen, ob er es benutzt hat, als er erschossen wurde, und ich will eine Liste aller Personen, mit denen er heute Vormittag Kontakt hatte.«

Mit einer atemberaubenden Geschwindigkeit schrieb Anna alles mit, machte dann einen Punkt und schaute fragend auf, ob es noch weitere Anweisungen gab.

Robyn schüttelte den Kopf. »Das war's für den Moment.«

Mitz schaute hinüber zum Tatort. Lichtkegel huschten herum, während die Beamten ihre Suche fortsetzten. »Ein Mann parkt ohne ersichtlichen Grund in einem abgelegenen Teil vom Cannock Chase, kurbelt dann, ebenfalls ohne ersichtlichen Grund, das Beifahrerfenster herunter und wird erschossen. Das ergibt keinen Sinn.«

Robyn öffnete die Beifahrertür. »Diese Art von Verbrechen

ergibt selten Sinn, aber wenn wir erst einmal ausreichend Beweise haben, finden wir hoffentlich den Mörder. Mehr können wir nicht machen. Und wir fangen mit dem Sammeln von Fakten an.«

Mitz eilte zur Fahrseite. Robyn hatte recht. Mehr konnten sie nicht machen.

3

DAMALS

»Hör auf! Hör auf!«, ruft sie. »Er ist doch erst zehn! Du bringst ihn noch um!« Sie zieht am fleischigen Arm ihres Mannes. Ihre lackierten Fingernägel bohren sich in seinen Bizeps und hinterlassen rote Spuren. Kurz starrt er seinen Oberarm an, hebt dann jedoch erneut den langen Ledergürtel und schlägt zu. Sie schreit so laut, dass dem Jungen, der am Boden kauert, die Ohren klingeln. Jeder Schlag des Gürtels verstärkt den Schmerz, der sich nun in wachsenden Kreisen über seinen Rücken ausbreitet. Der Junge hofft, dass es aufhören möge. Er versucht, sich auf etwas anderes als den Gürtel und seine qualvoll aufschreienden Nervenzellen zu konzentrieren.

Wieder zerrt seine Mutter am Arm seines Vaters, der sie so heftig wegstößt, dass sie gegen den Küchentisch prallt. Sie stöhnt laut auf und fällt dann wie eine Puppe zu Boden. Nun wendet der Mann seine Aufmerksamkeit wieder seinem Sohn zu. Mit einem bösartigen Grinsen im Gesicht und zornig verengten Augen sieht er ihn an. Dann hebt er den Gürtel, dessen Schnalle in Form eines Totenkopfes im Licht bedrohlich glitzert, und der Junge rollt sich möglichst klein zusammen. Das wird noch mehr wehtun als der Gürtel selbst.

»Steh auf, du kleiner Scheißer. Benimm dich wie ein Mann.«
Die Stimme seines Vaters klingt kalt, emotionslos, und die
Aussprache ist durch den Alkohol, den er getrunken hat,
verwaschen.

»Es tut mir leid«, fleht der Junge in der Hoffnung, dass seine
Worte diese Tortur beenden.

»Nein, es tut dir nicht leid ... noch nicht«, antwortet sein
Vater. »Aber gleich.«

Der Junge schützt seinen Kopf mit den Armen. Gleich ist es
vorbei. Die Wut seines Vaters wird so schnell verrauchen, wie sie
gekommen ist. Dann geht er ins Bett und schläft seinen Rausch
aus, und morgen wird alles sein, als wäre nichts passiert, bis auf
die Striemen und die blauen Flecken. Mum wird sie mit Salbe
behandeln, ihm einen Kuss aufdrücken und ihn ganz fest im
Arm halten, ihn wiegen, bis er aufhört zu weinen, und ihn mit
stummem Blick anflehen, niemandem etwas zu verraten. Das ist
das Wichtigste: Er darf niemandem etwas verraten. Am nächsten
Morgen wird sie ihre eigenen Verletzungen unter einer dicken
Schicht Concealer auf den blauen Spuren unter dem Auge
verstecken. Dann wird sie ihn und seine achtjährige Schwester
in die Schule bringen, während der Vater ein Lied im Radio
mitpfeift und so tut, als hätte er nichts verkehrt gemacht.

Seine Mutter stöhnt verzweifelt auf. Seine Schwester kriecht
aus ihrem Versteck unter dem Küchentisch hervor auf die
Mutter zu und zieht sie am zerrissenen Ärmel. Die Mutter legt
den Arm um sie. Der Junge wünscht, er könnte sich zu ihnen
legen, doch das geht nicht. Jetzt ist er an der Reihe, er muss die
Strafe über sich ergehen lassen. Tut er das nicht, ist seine
Schwester dran. Das Mädchen schaut ihn mit großen Augen an.
Die beiden verstehen sich auch ohne Worte. Er lächelt sie sachte
an, um ihr zu versichern, dass sie in Sicherheit ist.

4

TAG EINS – DIENSTAG, 14. FEBRUAR, ABEND

Hannah Price war Anfang sechzig, sah aufgrund der tiefen Furchen im schmalen Gesicht jedoch älter aus. Sie ließ sich auf einen Küchenstuhl neben dem Kiefernholztisch fallen, auf dem sich eine Teetasse, ihr Asthmaspray und ein Liebesroman befanden.

»Der arme kleine Kerl«, sagte sie kopfschüttelnd.

»Ist Aiden Ihr jüngerer Enkel?«, fragte Robyn.

»Ja«, antwortete Hannah lächelnd. »Kyle ist der ältere und ganz anders als Aiden. Er leidet unter einer milden Form von Autismus und ist manchmal etwas schwierig. Kaum hatten wir mit der Spurensuche begonnen, ist Kyle auch schon losgeschossen. Ich hätte es wissen müssen. Ich hatte einen netten, leichten Spaziergang geplant, doch es war windig und bitterkalt und ich konnte mit den zwei übermütigen Rabauken nicht mithalten. Also habe ich ihnen gesagt, dass sie vorlaufen können, wenn sie in Sichtweite bleiben. Niemals würde ich es mir verzeihen, wenn einem der beiden etwas passieren würde.« Sie erschauderte. »Kyle ist abgegangen wie eine Rakete, aber Aiden konnte ich noch sehen. Er hat sich umgedreht und mir zugewunken und ich habe ihm zugerufen, dass er auf mich warten soll, aber dann ist er einfach weitergelaufen. Ich habe mich furchtbar beeilt, ihn zu erreichen, musste aber kurz stehen bleiben und mein Asthmaspray verwenden. Wenn ich Atemnot kriege, muss ich mich kurz ausruhen. Wie auch immer; plötzlich habe ich ein Geräusch gehört, ein hohes Kreischen. Und dann ist Kyle zurückgekommen und hat gefragt, wo Aiden ist. Da bekam ich Panik, was mein Asthma noch schlimmer machte. Ich wusste nicht, was ich tun sollte. Also habe ich Kyle an der Hand genommen, ihm gesagt, dass er bei mir bleiben soll, und zusammen haben wir nach Aiden gerufen. Fünf oder sechs Mal haben wir seinen Namen gerufen, und dann ist er auf einmal zwischen den Bäumen aufgetaucht. Sein Gesicht war so bleich, dass ich wusste, dass etwas Furchtbares passiert ist. Ich habe ihn gefragt, was los ist, aber er hat nichts gesagt. Dann hat Kyle ihn als Idiot beschimpft, weil er weggelaufen ist, und Aiden fing an zu weinen. Und hat erzählt, dass da ein gruseliger Mann in einem Auto war, das aussah wie das von seiner Mutter. Ich habe ihn gefragt, ob der Mann ihn angefasst oder angesprochen hat, aber er hat nur den Kopf geschüttelt. Ich habe mich schon gefragt, ob er sich vielleicht was eingebildet hat. Kleine Jungs haben manchmal eine rege Fantasie. Aber dann konnte ich durch die Büsche etwas Rotes entdecken. Also bin ich mit den Jungs zur Lichtung gegangen, und da stand das Auto. Von meiner Position aus konnte ich genau sehen, was Aiden eine solche Angst eingejagt hatte. Also habe ich sofort die Polizei angerufen.«

»Sie sind nicht näher ans Auto herangetreten, Mrs. Price?«

Erneut durchfuhr die alte Dame ein Zittern. »Natürlich nicht. Ich bin mit den Jungs zurück zum Café und habe einer Mitarbeiterin dort erzählt, was ich gesehen habe. Die hat daraufhin ihren Chef gerufen. Und danach wurde es chaotisch. Innerhalb von Minuten war die Polizei da und ich wollte die Jungs einfach nur so schnell wie möglich nach Hause bringen. Also habe ich meine Aussage gemacht und Aiden wurden ein paar Fragen gestellt, aber ehrlich gesagt war er nicht in der Verfassung, sie zu beantworten. Der Beamte war dann meiner Ansicht, dass es das Beste wäre, wenn wir gehen.«

»Ist Ihnen zu der Zeit in der Nähe des Autos jemand aufgefallen?«, fragte Robyn.

Hannah rieb konzentriert die Lippen aneinander. »Das hat mich die Polizei auch gefragt, und seitdem zerbreche ich mir den Kopf, aber ich habe niemanden gesehen. Ich habe mir aber auch hauptsächlich Sorgen um Kyle und Aiden gemacht, insofern habe ich nicht wirklich auf meine Umgebung geachtet. Glauben Sie, der Mörder war noch da?«

Robyn schüttelte den Kopf. »Das bezweifle ich. Ich glaube, er war schon weg. Waren denn auf der Entdeckertour viele Leute unterwegs?«

»Da war noch eine Mutter mit drei Kindern, aber die waren schon auf dem Rückweg zum Parkplatz, als wir ihnen begegnet sind. Sie haben gerade Fotos bei der ersten Markierung gemacht. Sonst habe ich niemanden gesehen«, antwortete Hannah. »Ich hätte den Ausflug mit den Jungs nicht machen sollen. Das Wetter war nicht gut genug. Emma, also ihre Mutter, fand die Idee auch nicht so gut, aber ich habe darauf bestanden. Ich hätte auf sie hören und das Ganze auf einen anderen Tag verschieben sollen.«

»Um wie viel Uhr sind Sie im Cannock Chase angekommen, Mrs. Price?«, fragte Robyn.

»Später, als ich vorgehabt hatte. Erst hat es gedauert, bis Kyle fertig war, und dann sind wir in einen Stau geraten. Auf einem Kreisel hinter Stafford war ein Auto stehen geblieben. Und dann habe ich auch noch den richtigen Eingang zur Entdeckertour nicht gefunden. Das Gelände ist aber auch riesig. Deshalb war ich zuerst am falschen Parkplatz. Aber so gegen Viertel nach eins waren wir da, haben etwas zu Mittag gegessen, die Beutel mit der Ausrüstung im Café abgeholt, und dann sind wir los. Bis dahin war es Viertel vor zwei.«

»Ich nehme an, einen Schuss oder Knall oder so haben Sie nicht irgendwann gehört, oder?«

Hannah holte tief Luft, presste die Lippen aufeinander und dachte nach.

Schließlich antwortete sie: »Nein. Nichts dergleichen. Ich bin mir ziemlich sicher, dass ich nichts gehört habe.«

»Könnten Sie mir bitte dann noch sagen, um wie viel Uhr Aiden das Auto entdeckt hat?«, fragte Robyn.

»Das weiß ich nicht so sicher. Ich schätze mal so zwischen zwei und Viertel nach zwei.«

***

Auf der Fahrt zurück in Richtung Stafford versuchte Robyn bereits, sich mit den bisherigen Informationen ein Bild zu machen. Der Rechtsmediziner hatte den Todeszeitpunkt von Henry Gregson mit zwischen dreizehn und fünfzehn Uhr angegeben. Das passte zur Aussage von Hannah Price, nach der er um vierzehn Uhr tot gewesen war und sie keinen Schuss gehört hatte, als sie in der Nähe des Autos war. Demnach wurde Henry Gregson irgendwann vor vierzehn Uhr ermordet. Robyn musste wissen, wer sich in dem Zeitraum auf der Entdeckertour befunden hatte. Und sie wollte nicht nur mit Aiden reden, sondern auch mit der Mutter, die mit den drei Kindern gerade auf dem Weg zum Parkplatz war, als sich Hannah mit ihren Enkeln auf die Suche nach dem Grüffelo machte. Also rief sie Anna an.

»Niemand weiß, wer das war«, sagte Anna. »Sie kamen um halb eins ins Café, haben was zu trinken gekauft, bar bezahlt und sind wieder weg. Die Angestellten im Café haben sie nicht das Gelände verlassen oder mit dem Auto wegfahren sehen. Ich checke gerade die Aufnahmen der Sicherheitskamera. Mal sehen, ob ich das Auto auf dem Parkplatz entdecken kann.«

Robyn stöhnte frustriert auf. Es wäre einfacher gewesen,

die Frau zu finden, wenn sie mit Kreditkarte bezahlt hätte. »Okay, halten Sie mich auf dem Laufenden.«

»Die Familie hat bei der ersten Markierung Fotos gemacht, was bedeutet, dass sie die Grüffelo-Entdecker-App benutzt haben«, sagte Mitz, ohne den Blick von der Straße zu nehmen. »Dann werden die Fotos automatisch in der Galerie des Handys gespeichert und können mit dem Hashtag Grueffelo-Tour in den sozialen Medien geteilt werden. Wenn wir also Instagram und Twitter nach den neuesten Beiträgen mit diesem Hashtag durchsuchen, finden wir sie vielleicht.«

»Gute Idee, Mitz. Machen Sie das.« Sie wurde vom Klingeln ihres Handys unterbrochen. »Robyn Carter.«

»Ich habe Ihnen alles, was ich über Henry Gregson herausfinden konnte, auf den Schreibtisch gelegt. Er hat eine absolut weiße Weste. Hat in einem Lebensmittelladen in Lichfield gearbeitet. Brauchen Sie sonst noch etwas von mir heute Abend? Ich habe einen Tisch reserviert ...« David Markers Stimme verstummte.

»Nein, David, Sie können gehen. Bis morgen früh!«

5

Als Robyn mit Mitz im Schlepptau die Dienststelle betrat, bemerkte sie einen von Shearers Männern, der gerade einen Stuhl den Flur entlang schleppte, und seufzte. In den nächsten Tagen oder Wochen oder wie lange es auch immer dauerte, bis eine Unterkunft für Tom und sein Team gefunden wurde, hatte sie nun keine Ruhe in ihrem Büro mehr. Hoffentlich hielt sie das durch.

Die eleganten Anemonen in der roten Plastikvase auf ihrem Schreibtisch erinnerten sie daran, warum sie gerade nicht ganz so kämpferisch drauf war wie sonst. Eigentlich sollte sie sich darüber freuen, dass jemand ihr mit dieser großzügigen Geste seine Zuneigung zeigte, aber ihr Herz schmerzte und ihr Kopf war verwirrt. Sie hatte nicht die geringste Ahnung, wer die Blumen geschickt haben könnte. Eigentlich gab es nur eine Möglichkeit, aber sie wagte nicht, diese auch nur in Betracht zu ziehen. Trotz aller Bemühungen wurde sie immer wieder von der Erinnerung an den letzten Valentinstag übermannt, den Davies und sie zusammen verbracht hatten ...

Als sie von ihrer Schicht nach Hause kommt, ist es im Haus dunkel. Die letzten Tage und auch der heutige waren anstrengend. Sie hat Schwierigkeiten, ausreichend Belege zu finden, die eine Handvoll Verdächtige mit einem Einbruch in Verbindung bringen. Leider musste sie sich ihr Scheitern eingestehen, und jetzt geht der Fall vor die Geschworenen. Mit schwerem Herzen und Schmerzen zwischen den Schultern steckt sie den Schlüssel ins Schloss. Als sie die Tür öffnet, wird sie von absoluter Stille empfangen. Sie ruft nach Davies, doch er antwortet nicht. Sie legt Tasche und Schlüssel auf dem Tisch ab, zieht die Schuhe aus und geht zum Wohnzimmer. Musste er womöglich kurzfristig noch mal weg?

Sie drückt die Tür auf. Der Anblick dahinter lässt ihren Atem stocken. Vor ihr in einer Toga gekleidet und mit Sandalen an den Füßen steht Davies. Er macht eine Verbeugung in ihre Richtung, setzt eine Kinderflöte aus Plastik an die Lippen und spielt eine ganz furchtbare Version der Titelmelodie von »Love Story«. Sie kann sich ein breites Grinsen nicht verkneifen.

»Fröhlichen Valentinstag!«, verkündet er nach dem letzten schiefen Ton.

»Was soll das denn alles? Warum das Laken und die Pfeife?«

Er täuscht Empörung vor. »Ich bin der griechische Gott Pan, und diese ›Pfeife‹ soll seine Flöte sein. Immerhin kommt der Valentinstag ursprünglich aus Griechenland, und deshalb bin ich in diese Rolle geschlüpft. Komm mit, ich habe auch für dich ein Kostüm.« Er nimmt sie bei der Hand und führt sie zum Sofa, auf dem er eine einfache Tunika aus einem Kostümverleih ausgebreitet hat.

»Zuerst musst du dich natürlich vollständig ausziehen«, erklärt er und zwinkert ihr zu. »Und dann füttere ich dich mit Weintrauben – na ja, vielmehr mit einem Glas Wein –, und dann amüsieren wir uns mit ein paar romantischen griechischen Spielen.«

»Und was für Spiele sind das?«, fragt sie, zieht das T-Shirt aus und die Tunika über.

Er deutet mit dem Finger auf mehrere große Holzklötze, die in der Zimmerecke aufeinandergestapelt wurden. »Liebes-Jenga«, sagt er selbstzufrieden. »Auf jedem Holzklotz steht ein Liebesgebot. Wenn du einen Klotz herausziehst und der Turm umkippt, wird dir die auf dem Klotz angegebene Strafe auferlegt.«

Sie ist erstaunt darüber, wie er immer wieder auf so innovative Ideen kommt. »Ich hoffe, es sind gute Strafen, sonst spiele ich nicht mit. Und ich hoffe, keine davon sieht vor, dass du noch mal Flöte spielst. Meine Gehörgänge halten das kein zweites Mal aus.«

Er grinst sie frech an, und plötzlich ist sie überhaupt nicht mehr erschöpft.

Gedankenverloren spielte Robyn mit ihrem Verlobungsring, den sie immer noch trug, und dachte daran, was sie wirklich so bedrückte. Seit drei Wochen versuchte sie nun schon, hinter das Geheimnis um Davies' Tod zu kommen. Eigentlich hatte sie immer geglaubt, er wäre bei einem Hinterhalt in den Ausläufern des Atlasgebirges ermordet worden – bis ihr ein Foto zugespielt worden war, das allem widersprach, was man ihr bisher erzählt hatte. Und nun spielte Robyn mit ihrem Ring und fragte sich zum x-ten Mal, ob er noch lebte und ob er ihr das Foto geschickt hatte, um ihr die Schuldgefühle zu nehmen.

Davies war beim Geheimdienst gewesen, wobei alle, die ihn kannten, dachten, er würde für einen Hersteller von Mikrochips arbeiten. Er hatte ein sehr geheimes Leben geführt, und zu ihrer beider Sicherheit wusste Robyn nie etwas von seinen Missionen. Bei jener letzten verhängnisvollen Reise jedoch wurde diese Regel gebrochen. Auf seine Bitte hin begleitete sie ihn. Er versicherte ihr, dass es sich weder um eine verdeckte noch um eine gefährliche Mission handelte. Er wurde lediglich nach Marrakesch geschickt, um sich mit einem Informanten zu treffen, und es bestand durchaus die Möglichkeit, dass der Mann nicht auftauchte. Also schlug er ihr vor, mitzukommen, in der Überzeugung, dass es keinen Grund zur Sorge gab.

Zuerst war Robyn wenig begeistert, doch Davies war sehr überzeugend und redete so lange auf sie ein, bis sie schließlich zusagte, ihn zu begleiten. Gäbe es nur das geringste Risiko, würde er sie nicht fragen, behauptete er.

Da Marrakesch sie schon immer fasziniert und Robyn gerade erst erfahren hatte, dass sie schwanger war, beschloss sie, diesen spontanen Kurzurlaub zu nutzen, um ihm die freudige Nachricht zu verkünden.

Am zweiten Tag der Reise sollte Davies den Informanten treffen. Also begab er sich auf die dreistündige Fahrt zum Treffpunkt, den er allerdings nie erreichte. Sein Fahrzeug geriet in einen Hinterhalt. Seit diesem Tag trug sie einen Berg von Schuldgefühlen mit sich herum, weil sie überzeugt war, durch ihre Anwesenheit die Aufmerksamkeit auf ihn gelenkt zu haben. Es war ihre Schuld, dass sein Fahrzeug angegriffen und in die Luft gejagt worden war.

Vor etwas über drei Wochen war das Foto auf ihrem Schreibtisch gelandet, als sie gerade mitten in einem schwierigen Mordfall steckte, weshalb sie sich zuerst gar nicht mit der Tragweiter der Aufnahme befassen konnte. Seitdem hatte sie immer wieder versucht, die Echtheit des Fotos zu überprüfen und herauszufinden, warum sie es erhalten hatte, doch ständig kam ihr die Arbeit dazwischen. Sie hoffte, bald ein paar Tage Urlaub zu bekommen, damit sie Davies' damaligen Vorgesetzten, Peter Cross, ausfindig machen und zur Rede stellen konnte. Bisher hatte sie ihn jedoch leider nicht finden können; dabei wollte sie unbedingt mit ihm sprechen. Im Moment jedoch musste sie sich auf die Polizeiarbeit konzentrieren, was gar nicht so einfach war.

Robyn drückte die Schultern durch. Immerhin war es immer noch ihr Büro, und sie würde schon dafür sorgen, dass Tom Shearer es sich nicht zu bequem machte.

Tom und seine Leute hatten sich bereits häuslich eingerichtet. Überall im Büro standen Möbelstücke, Computer und Kartons herum. Auf der hinteren Seite des Raums befanden sich nun vier Schreibtische in versetzten Reihen, die auf das Whiteboard im vorderen Teil des Raums ausgerichtet waren. Matt blickte von seinem Schreibtisch auf, der in die Ecke neben der Kaffeemaschine geschoben worden war, und grinste. Er deutete auf die Maschine und gab Mitz einen Daumen hoch. Auf dem Weg zu ihrem Schreibtisch stolperte Robyn über PC Gareth Murray, einem übereifrigen jungen Mann, der erst vor drei Monaten Teil von Toms Team geworden war und im Moment auf den Knien krabbelnd nach Steckdosen suchte.

Er sprang auf, um auf sich aufmerksam zu machen. »Ma'am«, sagte er, als Robyn sich auf ihren Stuhl fallen ließ und dabei angestrengt die Tatsache ignorierte, wie extrem nahe ihr Schreibtisch an die von Anna und Mitz gerückt worden war, damit die Neuankömmlinge genug Platz hatten. Der Anemonenstrauß stand immer noch darauf. Sie schob ihn zur Seite.

»PC Murray, wenn Sie dieses Büro weiterhin mit uns teilen möchten, dann verzichten Sie bitte darauf, mich Ma'am zu nennen.«

»Verstanden«, antwortete er, schlug die Hacken zusammen und stand stramm.

Tom erschien mit einem Karton voller Akten unter dem Arm. Er nickte Robyn zu. »Es ist okay, wenn wir uns da drüben breitmachen, oder? Das ist zwar direkt vor dem Fenster, aber anders war es kaum möglich.« Er stellte den Karton auf seinem

Schreibtisch ab und räumte ihn aus. »Gareth, bitte sorgen Sie dafür, dass die Leute von der Technik unterwegs sind, um die Computer einzurichten, ja? Wegen dieser Farce bin ich mit meinen Ermittlungen völlig hinterher. Man hätte erwarten können, dass Flint jemanden mit unserem Umzug hierher beauftragt. Ich kann mich nicht erinnern, auf meinem letzten Lebenslauf die Berufsbezeichnung ›Umzugshelfer‹ gesehen zu haben. Haben Sie genug Platz, DI Carter?« Mit zur Seite gelegtem Kopf betrachtete er Robyns verärgerten Gesichtsausdruck. Dann grinste er verwegen und meinte: »Ich könnte Gareth auf den Schoß nehmen, wenn Sie mehr Platz brauchen.«

Sie antwortete nicht, zuckte nur mit den Schultern. »Schon okay. Wir kriegen das schon hin, aber ich brauche das Whiteboard.«

Tom zog die Nase hoch. »Von mir aus. Ich benutze die alten Dinger eh nicht mehr. Sind mir zu antiquiert.«

Robyn biss sich auf die Zunge. Sie hatte ihre Methoden, und es war ihr egal, ob Leute wie Tom Shearer sie für antiquiert hielten. Für sie und ihr Team funktionierten sie. Mitz musste nicht erst aufgefordert werden, das Whiteboard zu holen. Er kannte die Routine. Robyn würde erst einmal alles notieren, was sie bisher wussten, und dann entscheiden, wie sie am besten an die Ermittlungen herangehen sollten. Er schleppte das Whiteboard in ihren Bereich des Büros und baute es neben Robyns Schreibtisch auf. So diente die Tafel auch als Sichtschutz vor Tom, der inzwischen mürrisch telefonierte. Robyn schrieb ein paar Begriffe auf das Board und stand dann mit dem Marker in der Hand davor.

»Das ist alles, was wir bisher haben: Das Mordopfer ist Henry Gregson, dreiunddreißig Jahre alt, aktuelle Adresse Alford Lane, Brocton. Die Mietwohnung bewohnt er mit seiner Frau Lauren Gregson, eine Maklerin. Mrs. Gregson wurde bereits informiert. Laut den Polizeibeamten hat sie sehr heftig reagiert und musste von einem Arzt ruhiggestellt werden. Für heute ist sie nicht in der Lage, mit irgendjemandem zu reden. Die Beamten meinten, sie hätte keine Ahnung gehabt, dass Gregson nicht bei der Arbeit war. Er hatte ihr am Vormittag vom MiniMarkt in Lichfield aus, wo er arbeitet, getextet. Matt, was haben Sie sonst noch herausgefunden?«

Matt wühlte in seinen Notizen, räusperte sich und sagte: »In unseren Datenbanken konnte ich nichts über ihn finden. Soll heißen, er ist nicht vorbestraft. Geboren am 30. März 1983 in Stroke-on-Trent. Seine Schwester Libby und die Mutter wohnen immer noch dort. Er hat die Schule 1998 mit mittlerem Schulabschluss verlassen. Seitdem keine Arbeitsstellen bis vor Kurzem. Für eine große Supermarktkette hat er in verschiedenen Funktionen gearbeitet: Warenverräumer, Kassierer und Teamleiter. Vor ein paar Jahren hat er einen Kurs in Management absolviert und bestanden. Keine Ahnung, warum es jemand auf ihn abgesehen haben könnte. Seine Schwester Libby kümmert sich um ihre Mutter, die an Alzheimer im Frühstadium erkrankt ist. Also kann sie nicht weg, und deshalb habe ich ihr gesagt, dass wir morgen zu ihr fahren, um mit ihr zu reden.«

»Gut. Vielleicht fahre ich sogar selbst hin, wenn ich Zeit habe.«

»Sie meinte, sie wäre Frühaufsteherin, wenn Sie also morgen gleich als Erstes zu ihr möchten, geht das klar.«

Robyn schaute auf die Uhr. Es war fast Viertel vor acht. Seit heute Morgen um acht waren sie schon bei der Arbeit. Eigentlich wollte sie ihr Team nach Hause schicken, musste aber mit den Ermittlungen beginnen. Anna kam mit Gregsons iPhone in einem Plastikbeutel herein. Sie reichte es Robyn, die eine Weile darin herumsuchte und es dann Anna zurückgab.

»Bringen Sie das so schnell wie möglich zu den Jungs von der Technik. Ich will wissen, mit wem er im möglichen Tatzeitraum telefoniert oder getextet hat. Sobald wir hier fertig sind, okay?«

Robyn schrieb »Handy« und »Waffe« auf das Whiteboard. Dann setzte sie den Deckel wieder auf den Stift und tippte sich damit nachdenklich ans Kinn.

»Die Leiche wurde von einem Minderjährigen entdeckt – Aiden Moore. Seine Großmutter, Hannah Price, und sein älterer Bruder Kyle sind unsere einzigen Zeugen, und die haben beide keinen Schuss gehört. Daraus könnte man schließen, dass der Mörder einen Schalldämpfer verwendet hat, aber bevor wir keine weiteren Zeugen gefunden und mit ihnen gesprochen haben, können wir das nicht wissen. Mitz, Sie machen die Familie ausfindig, die Mrs. Price gesehen hat, bevor sie sich auf die Entdeckertour machte. Ihre Idee mit dem Hashtag GrueffeloTour war klasse. Anna, sind Sie mit den anderen Autos auf dem Parkplatz weitergekommen?«

»Ich habe die Nummernschilder zu sieben Fahrzeugen. Die Aufzeichnungen der Überwachungskameras waren keine Hilfe. Die Familie ist über den Parkplatz gelaufen und hat ihn auf der anderen Seite verlassen. Vermutlich haben sie woanders geparkt. An der Straße oder so.«

Robyn nahm den Deckel vom Stift wieder ab. Tom bahnte sich den Weg zur Tür und verschwand im Flur.

»Okay, so gehen wir vor: Mitz, Sie checken die Nummernschilder. Vielleicht ist ja irgendeinem der Autohalter etwas Ungewöhnliches aufgefallen. Sie kennen ja das Prozedere. Matt, Sie reden mit Freunden, Nachbarn und Bekannten von Henry Gregson. Anna, Sie kommen morgen früh mit mir zu seiner Witwe, dann zu seiner Schwester, und dann zu seiner Arbeitsstelle. Außerdem müssen wir so viel wie möglich über ihn wissen, also finden Sie heraus, ob er in den sozialen Medien unterwegs war und was auch immer uns weiterhelfen könnte. Wir müssen wissen, ob es sich um einen zufälligen oder einen absichtlichen Mord handelt. Bei Letzterem stellt sich die Frage nach dem Motiv. Hat jemand eine Idee?«

»Ich nicht«, meinte Matt. Auch die anderen schüttelten den Kopf.

»Wir haben also jede Menge zu tun«, sagte Robyn. Erneut schaute sie auf ihre Uhr. »So, das war's für heute. Es ist fast acht. Gehen Sie nach Hause.«

Die drei schlurften zur Tür und zogen sich Mantel und Schal an. Anna ging als Erste und eilte den Flur entlang, um jemanden zu finden, der das Handy überprüfen konnte. Matt ging als Letzter. »Gehen Sie nicht nach Hause, Boss?«, fragte er.

Sie schaute auf. »Gleich. Ich will nur eben Ihre Notizen durchgehen. Vielleicht finde ich ja irgendwo ein Motiv für seinen Mord.«

»Für mich sieht es deutlich nach einer vorsätzlichen Tat aus«, sagte Matt. »Man wandert nicht einfach mit einer Waffe im Cannock Chase herum. Es sei denn, man will auf jemanden oder etwas schießen. Da sind überall Wanderer, Radfahrer, Touristen und Ausflügler.«

»Da haben Sie recht. Schönen Abend!«

»Gleichfalls, Boss.«

Die Schritte ihrer Mitarbeiter entfernten sich durch den Flur. Dann hörte sie, wie die Feuertür geöffnet wurde und anschließend zuschlug. Dann war alles still. Robyn fing an, die Akte zu lesen, die Matt ihr dagelassen hatte. Darin stand nichts Ungewöhnliches über Henry Gregson, der in einem kleinen Ort in der Nähe von Stafford gewohnt hatte. Auf den ersten Blick handelte es sich um einen rechtschaffenen Bürger ohne Vorstrafen, noch nicht einmal mit einem Strafzettel. Sie seufzte und rutschte auf dem Stuhl herum, um es sich bequemer zu machen. Dann zog sie ihre steifen Schultern nach hinten. Es war ein langer Tag gewesen und sie sollte jetzt auch nach Hause gehen. Doch dann fiel ihr Blick wieder auf das Foto des Mannes mit dem sympathischen Gesicht. Wer hatte seinen Tod gewollt und warum? Auf ein neongrünes Post-it notierte sie: *Darf man im Cannock Chase schießen? Liste lokaler Landwirte machen.*

Sie stand auf und streckte sich. Vielleicht würde sie noch eine kleine Runde joggen gehen, bevor sie duschte und ins Bett ging. Der Ironman-Lauf fand im Juni statt, also in vier Monaten, und sie musste trainieren. Sie stapelte die Akten aufeinander und räumte sie weg.

Gerade hatte sie ihre Handtasche genommen und wollte das Licht ausmachen, als die Tür schwungvoll geöffnet wurde. Tom Shearer stolperte mit einem Karton Akten unter dem Arm hinein und stieß mit Robyn zusammen. Der Karton fiel krachend auf den Boden und die Akten fielen heraus.

»Um Himmels willen«, rief er aus. »Tut mir leid, Robyn.«

Sie half ihm, die Akten aufzuheben, und Shearer fing sich wieder. »Prost. Wobei, ich nehme an, Sie haben keine Lust, was zu trinken, oder? Nach all dem Heben und Tragen habe ich mir echt einen Drink verdient.«

»Sorry, Tom, ich muss los. Ein andermal gerne.« Vorsichtig nahm sie den Anemonenstrauß in den Arm, damit ihm nichts geschah.

»Okay.« Er ging zu seinem Schreibtisch und ließ den Karton geräuschvoll darauf fallen. »Kein Problem. Ich hab zwar noch 'ne ganze Menge zu sortieren hier, aber das kann warten. Jetzt geh ich erst mal einen trinken.« Mit einer Kopfbewegung in Richtung der Blumen sagte er: »Meine Ex war immer angepisst, wenn ich ihr zum Valentinstag kein Dutzend Rosen mitgebracht habe. Und dabei waren die Dinger auch noch scheiße teuer. Die reinste Geldverschwendung, wenn ich so zurückdenke. Für die Kohle hätte ich ein paar Mal einen trinken gehen können. Gute Nacht, Robyn.« Dann wandte er seine Aufmerksamkeit wieder dem Karton zu.

Robyn hielt vor ihrem Haus am Ende der Leafy Lane an, die entgegen ihrem Namen weder eine Gasse war noch voller Blätter. Es handelte sich um eine relativ ruhige Straße mit gepflegten Reihenhäusern. Zwischen den Jalousien an ihrem Küchenfenster war sanftes Licht zu sehen. Sie hatte die Wohnzimmerlampen mit einer Zeitschaltuhr ausgestattet, damit sie nie wieder in ein dunkles und leeres Haus kommen musste. Mit den Blumen auf dem Arm tastete sie in ihrer Tasche nach dem Hausschlüssel und fluchte, weil die Glühbirne über der Eingangstür schon wieder nicht brannte. Irgendwas stimmte da nicht. Das war schon die dritte defekte Birne in ebenso vielen Wochen. Bei Gelegenheit musste sie mal jemanden rufen, der sich mit so was auskennt.

Sie betrat den Flur, ließ die Handtasche auf den Boden fallen und warf den Autoschlüssel auf einen Beistelltisch. Dann ging sie auf direktem Weg ins Wohnzimmer. Dort legte sie die Blumen auf den Esstisch, griff nach dem Briefumschlag mit Poststempel aus London und entnahm das Foto von Davies, das am fünfzehnten März 2015 um halb vier Uhr aufgenommen war. Just zu diesem Zeitpunkt hatte sie sich in einem Hotelzimmer in Marrakesch befunden und von seinem Vorgesetzten Peter Cross erfahren, dass Davies auf dem Weg zum Treffen mit einem Informanten auf der anderen Seite des Atlasgebirges ermordet worden war.

Die Blumen hatten sie durcheinandergebracht. Davies war der Einzige gewesen, der ihr jemals am Valentinstag Anemonen geschickt hatte ...

Die Jenga-Steine liegen quer über den ganzen Teppich verstreut. Robyn lässt eine Weintraube in Davies' Mund fallen, und er kaut mit geschlossenen Augen.

»Eine Sklavin zu haben ist toll«, sagt er.

Sie boxt ihn in den Oberarm. »Das war's. Ich bin fertig mit diesem Spiel. Deine Strafen sind scheiße.«

»Ach, komm schon. Dir hat das Fußbad doch gefallen.«

»Ja, der Teil war ganz okay.«

Sie geht zu dem Anemonenstrauß auf dem Tisch. Die karminroten Blütenblätter sind geöffnet und geben den Blick auf die dunklen Staubgefäße frei. Den Duft kann sie nicht beschreiben. »Er ist ungewöhnlich.«

Davies beobachtet jede ihrer Bewegungen und sagt: »Die sind Teil des griechischen Mottos. Romantischer als Rosen. Nachdem die eifersüchtigen Götter ihren Liebhaber Adonis ermordet hatten, vergoss Aphrodite Tränen an seinem Grab. Und als diese Tränen zu Boden fielen, wuchsen Anemonen daraus. Seitdem sind es die Blumen der Verlassenen.«

Robyn starrte den Strauß an. Erst das Foto und jetzt die Blumen. Wenn Davies lebte, könnte er beides geschickt haben, doch die Frage bleibt: Warum? Warum versteckte er sich vor ihr und schickte ihr kryptische Botschaften? Doch es gab noch eine weitere, düstere Option: Jemand wusste, dass Davies ihr jeden Valentinstag Anemonen geschenkt hatte und – oder – kannte die griechischen Mythen, laut denen die Blumen sowohl die Ankunft der Frühlingswinde als auch den Verlust eines geliebten Menschen durch den Tod bedeuten. Waren sie eine versteckte Drohung oder gar eine Warnung? Nun überlegte sie nicht mehr, ob Davies hinter der Geste steckte, sondern ob sie in Gefahr sein könnte. Vielleicht war Davies gefangen genommen worden oder jemand war auf einem Rachefeldzug gegen ihn?

Erneut suchte sie zwischen den Anemonen nach einer Karte, fand jedoch keine. Mit dem Smartphone in der Hand setzte sie sich an den Tisch, suchte nach Floristen in der Umgebung und notierte deren Kontaktdaten. Wenn sie Zeit hatte, würde sie jeden Einzelnen anrufen. Der Strauß hatte in einem Plastikbeutel mit Wasser gesteckt und war in einer gefütterten, roten Schachtel geliefert worden. Vielleicht machten so etwas nur ein oder zwei Floristen.

Sanft strich sie über ein seidenweiches Blütenblatt. Wieder ein Geheimnis, das ihr einen Schauer über den Rücken jagte.

6

DAMALS

Das Maul des Hippos öffnet und schließt sich rasend schnell, während seine Schwester versucht, die im alten, roten Plastikteller herumkugelnden Murmeln einzufangen. Er selbst bearbeitet das Maul von Hipposchleck, dem blauen Nilpferd, nach allen Regeln der Kunst und die Murmeln springen in alle Richtungen und prallen von den Rändern ab. Zwei Murmeln sind noch übrig, und seine Schwester konzentriert sich angestrengt, was unschwer an der Zunge zwischen ihren Lippen zu erkennen ist. Das rosa Nilpferd kriegt die Murmeln zu fassen und das Mädchen jubelt vor Freude. Der Junge zuckt nur mit den Schultern. Normalerweise gewinnt er dieses Spiel immer, aber heute war sie klar und deutlich die Siegerin. Ihre Augen leuchten vor Freude.

»Noch mal?«, fragt sie, doch er schüttelt den Kopf. »Später vielleicht.«

»Du bist ein schlechter Verlierer«, sagt sie und bläst die Wangen auf. Nun sieht sie aus wie eines der Nilpferde, mit denen sie gerade noch gespielt haben, und watschelt mit ausgebreiteten Armen durch die Küche. »Ich bin Happy Hippo!«

»Ja, du bist fast so fett wie ein Nilpferd«, stichelt er.

Sie stößt die Luft so geräuschvoll aus, dass sie beide kichern müssen. Dann verzieht sie erneut das Gesicht und verdreht die Augen. Sie packt das Spiel ein und bringt es nach oben, während er nach dem angebissenen Sandwich greift, das vor ihm auf dem Tisch liegt.

»Hast du vielleicht Geld aus dem Glas genommen?«, fragt seine Mutter mit sorgenvoller Falte zwischen den Augen. »Ich bin auch nicht böse.«

Mit dem Mund voller Brot und Marmelade schüttelt er den Kopf. Wieder einmal hatten sie keine Butter mehr und das Brot war trocken, aber wenn er sich beschweren würde, würde seine Mutter nur antworten: »Wo keines ist, ist es noch trockener.«

Er isst immer das, was ihm vorgesetzt wird. Manchmal haben sie ganz gutes Essen, meistens, wenn sein Vater Geld bekommen hat. Dann kauft Mum ihm was Leckeres. Er mag Fish & Chips, wobei sie in letzter Zeit noch nicht einmal Fisch bekommen, sondern nur Pommes: fettige, knusprige Pommes mit viel Ketchup. Beim Gedanken daran läuft ihm das Wasser im Mund zusammen. Heute hatte er großen Hunger und hat das erste Sandwich sofort verschlungen, bevor seine Schwester auf einer Runde Hippo Flipp bestand. In der Schule haben sie heute Fußball gespielt, und er war wie ein Verrückter herumgerannt, konnte den Ball ergattern und sogar ein Tor schießen. Eines Tages wird er ein Spitzenfußballer und verdient so viel Geld, dass er nie wieder trockenes Brot mit Erdbeermarmelade essen muss. Dann zieht er mit seiner Mutter und seiner Schwester in eine Villa, weit weg von seinem Vater, der so schnell die Beherrschung verliert.

Sobald sie den Schlüssel des Vaters im Türschloss hören, verstecken er und seine Schwester sich in der Regel in ihren Zimmern. Wenn er getrunken hat, was in letzter Zeit immer häufiger vorkommt, ist es am besten, sich zu verstecken. Das letzte Mal ist seine Schwester nicht schnell genug die Treppe hinaufgelaufen, als der Vater nach Alkohol stinkend und mit einem fiesen Gesichtsausdruck nach Hause kam.

Für den Jungen ist es furchtbar, wenn der Vater seine Wut an dem kleinen Mädchen auslässt. Sie ist so jung und zerbrechlich, und dennoch steckt sich der Junge jedes Mal die Finger in die Ohren, um ihre Schreie nicht hören zu müssen, weil er Angst hat, den Mann zu provozieren, der eigentlich für seine Kinder da sein sollte. Eines Tages, wenn er älter und größer ist, wird er seine Schwester retten. Er wird Profifußballer und schafft sie ganz weit weg von hier.

Das erinnert ihn daran, dass er ein neues Pflaster aus der Hausapotheke braucht. Seine blutigen Blasen sind inzwischen richtig groß geworden, und die größte ist beim Fußballspielen geplatzt, sodass warmes Blut in seine Socke gelaufen ist und alles eingesaut hat. Seine Fußballschuhe sind ihm zu klein und drücken an allen Ecken und Enden. Zwar hat er sie heute wieder angezogen, aber die Gefahr, dass er sich die Zehen bricht, steigt. Leider sind neue Schuhe auf keinen Fall drin, es sei denn, er stiehlt welche.

Er hat überlegt, seine Mutter zu fragen, ob er ein Paar gebrauchte Stiefel aus einer der zahlreichen Kleiderkammern in der Gegend haben könnte, aber jetzt, wo die Notreserve verschwunden ist, wird auch das nichts werden. Also muss er sich überlegen, wie er ein Paar stehlen kann.

»Ich würde niemals Geld einfach so nehmen«, sagt er schließlich und wischt mit dem Finger über den Teller, um die letzten Reste der klebrigen Erdbeermarmelade aufzunehmen.

Seine Mutter schüttelt den Kopf. »Ich weiß doch, dass du das niemals tun würdest. Dennoch musste ich dich fragen.« Ihre Worte werden von einem Lufthauch getragen, der tief aus ihrem Inneren kommt. Ihr Kopf und ihre Schultern sinken. Es ist, als würde alle Luft ihrem Körper entweichen.

Er steckt sich den Finger in den Mund und saugt daran, bis der letzte zuckrige Marmeladenrest weg ist. Seine Mutter sagt nichts mehr, sie starrt nur aus dem Fenster auf die Straße, wo zwei Frauen tratschen, während zwei kleine Mädchen kichernd um einen Laternenmast laufen. Er legt den Teller in die Spüle. Eigentlich hat er immer noch Hunger, weiß aber auch, dass es nichts bringt zu fragen, ob er noch etwas zu essen haben kann. Das verschwundene Geld kann nur sein Vater genommen haben. Seine Mutter hatte es lange zusammengespart – jede Woche ein kleines bisschen.

Er trabt zur kleinen Abstellkammer, die ihm als Schlafzimmer dient, und starrt aus dem Fenster auf die Straße. Die beiden Mädchen sind die Straße inzwischen ein Stück weitergegangen und lachen immer noch. Ein kleiner Hund hat sich zu ihnen gesellt und sie werfen ihm abwechselnd einen Ball zu. Der Hund dreht eine Pirouette, wenn er möchte, dass sie den Ball werfen, und springt dann mit erhobenem Schwanz hinter ihm her. Plötzlich sieht er seinen Vater um die Ecke biegen und mit finsterem Blick die Straße entlanggehen, wie er es tut, wenn er einen schlechten Tag hat. Sofort wird ihm bewusst, wie elend und dunkel seine Welt ist. Draußen ist Freiheit. Drinnen ist das Gefängnis, dem er nicht entkommen kann.

Draußen ist eine andere Welt, die so weit weg ist wie der Mond.

7

TAG ZWEI – MITTWOCH, 15. FEBRUAR

Lauren Gregson stand immer noch unter Schock und jede Farbe war aus ihrem Gesicht gewichen. Sie trug eine filigrane Kette mit einem Herz-Anhänger um den schlanken Hals sowie einen blassrosa Schlabberpulli, der ihre Figur verschleierte. Die Ärmel hatte sie über ihre Hände gezogen, sodass nur ihre langen Finger zu sehen waren. Sie schaute auf. Robyn hatte ihn schon oft gesehen, diesen gequälten Blick, wenn die Person das Ausmaß dessen, was sie erfahren hat, noch nicht ganz begreifen kann und sie so normal wie möglich weitermacht, bis die Erkenntnis plötzlich einsetzt und sie zusammenbricht. Lauren war kurz davor. Die Opferbetreuerin Sheryl Morris, die diesen Job schon sehr lange machte, kochte in der winzigen Küche des Cottages Tee. Robyn hörte das Blubbern des Wasserkochers und das leise Klirren von Löffeln auf Porzellan. Sie blickte zu Anna Shamash, die Ruhe und Mitgefühl ausstrahlte – Eigenschaften, die für diesen Teil ihrer Arbeit unabdingbar waren.

»Ich erwarte dauernd, dass Henry gleich zur Tür hereinkommt«, sagte Lauren an Robyn gerichtet. »Ich denke immer noch, dass das alles nur ein riesiges Missverständnis ist und Ihnen bei der Identifizierung des Mannes ein Fehler unterlaufen ist.« Ihre Stimme klang sehr sanft und leise und sie blinzelte eine Träne weg, die sich im Augenwinkel gebildet hatte.

Die Zerbrechlichkeit der Frau war förmlich spürbar. Robyn wusste, was sie durchmachte; sie hatte dieselben Gefühle gefühlt und Gedanken gedacht, als sie erfahren hatte, dass Davies tot war.

»Hier ist der Tee.« Sheryl stellte zwei Becher vor Robyn und Anna und reichte Lauren einen weiteren, bevor sie sich neben sie auf das Sofa setzte. Es war gut, dass Sheryl hier war; ihre Anwesenheit machte die Situation weniger unangenehm. Lauren nippte an ihrem Tee, wobei sie den Becher so fest in den Händen hielt, dass ihre Knöchel weiß hervortraten. Sie nickte.

»Fühlen Sie sich in der Lage, mit uns zu reden?«, fragte Robyn.

Sheryl lächelte die Frau aufmunternd an. »Sie machen das toll«, sagte sie.

Lauren holte zitternd mit kurzen Atemstößen Luft und nickte erneut.

»Ich stelle Ihnen ein paar Fragen, und wenn Sie nicht mehr können, sagen Sie einfach Bescheid. Okay?«

Lauren hob und senkte den Kopf so langsam wie in Trance. Dann schaute sie Sheryl an, die sie erneut aufmunternd anlächelte.

»Was können Sie uns über gestern erzählen, bevor Henry das Haus verlassen hat?«, begann Robyn die Befragung.

»Nicht viel. Ich war ein bisschen verstimmt, weil es unser erster Valentinstag im gemeinsamen Zuhause war und ich mir den Tag freigenommen hatte – ich bin Maklerin – und eigentlich geplant hatte, was Besonderes für uns zu kochen, aber dann hat er einfach kurzfristig bei der Arbeit die Schicht getauscht und mir nichts davon gesagt. Er wusste, dass ich deswegen sauer war, und hat mir zur Versöhnung Frühstück ans Bett gebracht.« Sie wischte sich die Tränen ab, die über ihre

Wangen rannen. »Und er hat mir diese Kette geschenkt. Ich ... ich ...«

Sie spielte mit dem silbernen Herzanhänger und alle schwiegen, bis Lauren sich wieder gefangen hatte.

»Kaum war er bei der Arbeit, hat er mir eine Textnachricht geschrieben, dass es ihm leidtat wegen des Essens und dass er es wieder gutmachen würde.«

»Um wie viel Uhr war das?«

»Kurz vor zehn. Seine Schicht beginnt um zehn.«

»Sie sagten, er hätte die Schicht getauscht?«

Lauren biss sich auf die Unterlippe. »Ja, das war ganz kurzfristig. Er hat mit Daisy getauscht.«

»Daisy?«

»Eine Kollegin. Arbeitet schon seit Jahren da, soweit ich weiß. Alleinerziehende Mutter. Normalerweise arbeitet sie in der Lagerkontrolle, beim Einräumen der Regale und so. In letzter Minute hat sie ihn gefragt, ob er für sie einspringen könnte, weil ihre Tagesmutter die Kinder nicht wie geplant nehmen könnte. Und deshalb ist er an dem Morgen zur Arbeit gegangen. Um für Daisy einzuspringen.« Sie hielt inne und sah sich um, wobei sie die Augenbrauen verwirrt hob und senkte.

»Hat Henry einen besorgten Eindruck gemacht oder hatte er wegen irgendetwas Angst?«

»Er war ruhiger als sonst, aber das liegt daran, dass wir seit Jahren erfolglos versuchen, schwanger zu werden. Der Arzt hat ein paar Tests gemacht, um zu sehen, ob alles in Ordnung ist, und Henry war sehr nervös wegen seiner Ergebnisse. Er war überzeugt, dass es seine Schuld war, zumal meine Tests ergeben hatten, dass ich völlig gesund und fruchtbar bin. Letzten Freitag war Henry in der Kinderwunschklinik in Tamworth, und diese Woche sollten seine Ergebnisse kommen.« Sie verzog das Gesicht. »Das kann doch alles unmöglich wahr sein«, stöhnte sie.

Sheryl tätschelte ihr die Hand.

»Ich verstehe nicht, warum Henry im Cannock Chase gefunden wurde. Er war doch im Laden. Er hat mir getextet, dass er im Laden ist. Er kann gar nicht im Cannock Chase gewesen sein.« Ihre Stimme wurde immer schriller und sie hielt ihren Becher noch fester in den Händen.

»Lauren, darüber werden wir noch mit dem Filialleiter reden. Vielleicht wurde Henry aus irgendeinem Grund weggeschickt und hat einen Zwischenstopp in Chase gemacht«, meinte Robyn.

»Liam. Liam ist der Filialleiter. Und außerdem ein guter Freund von uns beiden. Wir treffen uns oft mit ihm und seiner Freundin Ella. Henry ist Patenonkel ihrer Tochter Astra. Sie werden alle drei am Boden zerstört sein.« Die Worte sprudelten aus ihr heraus, ohne dass sie selbst zu verstehen schien, was sie da sagte. Schließlich hob Lauren den Kopf und flüsterte an Sheryl gewandt: »Er ist tatsächlich tot, oder?«

Stumme Schluchzer stiegen in ihr auf und ihre Brust hob und senkte sich mehrmals, als sie versuchte, die Fassung zurückzugewinnen. »Was soll ich nur ohne ihn machen? Ich schaffe das nicht allein. Dieses Haus. Unser Zuhause. Ich kann nicht hierbleiben. Zusammen konnten wir die Miete stemmen, aber jetzt … Was soll ich jetzt machen?«

Sie tat Robyn unendlich leid. Diese Frau würde mit so viel mehr klarkommen müssen als mit dem Verlust ihres Ehemanns. Sie wartete, bis sich Lauren beruhigt hatte.

»Wir möchten Sie nicht weiter belästigen, Lauren, und es tut mir furchtbar leid, dass Sie all das überhaupt durchmachen müssen. Ich habe nur noch eine Frage. Haben Sie einen Computer oder einen Laptop?«

»Ja. Er steht im Gästezimmer. Warum?«

»Wenn Sie nichts dagegen haben, würden wir ihn gern mitnehmen.«

Lauren nickte. »Nur zu. Ich brauche ihn eh kaum. Und

wegen Henry können Sie mir ruhig weiter Fragen stellen. Ich will ja helfen. Bitte, fragen Sie.«

»Hat er mal einen Streit mit irgendjemandem erwähnt?«

»Streit? Mit Henry?« Lauren lachte kurz auf. »Es gab durchaus Leute, mit denen er nicht zurechtkam, aber wer kann schon mit jedem? Ein paar Nachbarn haben sich darüber geärgert, dass Henry zu nah an ihrem Haus geparkt hat. Deshalb gab es manchmal Diskussionen. Aber wo sollen wir denn sonst parken? Das ist kein Privatweg. Jeder sollte hier parken können, vor allem die Leute, die hier wohnen und keine eigene Einfahrt haben. Die haben sich echt unmöglich aufgeführt und Plastikpoller vor ihrem Haus aufgestellt, aber die hat Henry einfach abmontiert und trotzdem dort geparkt.« Sie zuckte mit den Schultern.

»Einer der Cricket-Väter war sauer, dass Henry seinen Sohn im letzten Jahr nicht eingesetzt hatte, und hat ihn vor versammelter Mannschaft runtergeputzt, aber sonst fällt mir niemand ein. Wir haben uns auch nicht so oft gestritten, nur über dumme Kleinigkeiten. Wenn wir gestritten haben, haben wir uns jedes Mal wieder versöhnt. Er sagte immer, dass wir nie im Streit ins Bett gehen sollten. Ich war wegen des Valentinstags sauer auf ihn und habe mich nie richtig dafür bedankt, dass er mir ein Geschenk gekauft hat. Ich hätte dankbarer sein müssen. So ist das nun mal im Leben, nicht wahr? Man weiß erst zu schätzen, was man hatte, wenn man es verloren hat.«

»Was ist mit seiner Mutter und seiner Schwester?«

Lauren verzog das Gesicht. »Henry hatte mit beiden nichts zu tun, insofern kenne ich sie auch nicht gut. Seine Mutter hat Parkinson oder Alzheimer oder irgendeine andere schlimme Krankheit, die sie verändert hat. Er hat sich geweigert, auch nur von ihr zu reden, so sehr hat es ihm wehgetan, daran zu denken, was aus ihr geworden ist. Ich habe ein paar Mal vorgeschlagen, sie zu besuchen, aber er wollte nicht. Er meinte, er hätte sie früher mal besucht und sie hätte ihn nicht wiedererkannt, das hätte ihm das Herz gebrochen und das wollte er nicht noch einmal erleben. Er wollte sie so in Erinnerung bewahren, wie sie war, bevor sie krank wurde. Sie lebt jetzt in einem Pflegeheim in Stoke-on-Trent. Und was Libby betrifft, mit ihr habe ich nur mal telefoniert, sie war immer recht schroff zu mir. Ich habe sie zu unserer Hochzeit eingeladen, aber sie ist nicht gekommen. Offensichtlich hat sie ein Drogenproblem und Henry hielt sich lieber von ihr fern. In der Vergangenheit hat sie immer mal wieder Mist gebaut. Eine Überdosis genommen und ihn in letzter Minute angerufen, damit er sie retten kann. Aber auch über sie hat er kaum geredet. Ich fürchte, sie war ihm schlicht peinlich.«

»Haben Sie vor zwei Wochen mal mit ihr gesprochen?«

»Nein, aber sie hat hier angerufen. Ich war gerade oben und habe gehört, wie Henry sie angeschrien hat. Sie hat ihn wegen irgendetwas unter Druck gesetzt und er hat ihr gesagt, dass sie zum Teufel gehen soll. Danach war er ziemlich durch den Wind. Mehr weiß ich allerdings nicht darüber.«

»Hatte er abgesehen von Liam und Ella noch andere Freunde?«

»Er kannte ein paar Leute im Dorf durch das Cricket. Er spielt in der Dorfmannschaft und trainiert die Jugendmannschaft. Aber als Freunde würde ich die alle nicht bezeichnen. Er versteht sich mit ihnen und manchmal gehen sie zusammen im Pub was trinken, aber viele wirkliche Freunde hat er nicht.«

»Hat er noch Kontakt zu alten Schulfreunden oder anderen Bekannten?«

Lauren schüttelte den Kopf. »Er hatte eine ziemlich beschissene Kindheit in einer Sozialsiedlung in Stoke-on-Trent. Nach allem, was er erzählt hat, konnte er es kaum abwarten, bis er von dort verschwinden konnte. Dann war er eine Weile in London, aber dort war es ihm zu voll. Also ist er zurück nach Staffordshire gezogen und hat in verschiedenen Städten verschiedenen Jobs gemacht. Bevor wir uns kennengelernt haben, hat er jedoch nirgendwo Wurzeln geschlagen. Damals suchte er nach einer billigen Bleibe zur Miete, ich habe ihm ein paar Objekte gezeigt, und dabei haben wir uns verliebt. Ich habe für ihn eine nette, echt günstige Wohnung gefunden, und er hat mich zum Dank zum Essen eingeladen.« Bei der Erinnerung daran musste sie lächeln. »Dieses Cottage habe ich auch für uns gefunden; das ist der Vorteil, wenn man als Maklerin arbeitet. Man erfährt von günstigen Häusern und Mietwohnungen, bevor sie auf dem Markt kommen. Es ist nicht groß, aber wir haben uns beide sofort verliebt – in das Cottage und in das Dorf. Für uns war es perfekt. Und er wohnte so gerne hier. Fast wie im Urlaub, sagte er immer.«

Sie reichte Robyn ein gerahmtes Foto von ihnen als Hochzeitspaar. Auf dem Foto hatte Henry kürzeres Haar, aber ein umwerfendes Lächeln auf dem Gesicht. Er sah glücklich aus. Wie ein Mann, der mit seinem Leben zufrieden war. Seinen Arm hatte er um die Braut gelegt und beide strahlten absolutes Glück aus. Es war so schade, dass ihnen beiden sein Leben genommen worden war.

Robyn musste Lauren als mögliche Verdächtige ausschließen. Dennoch war die nächste Frage keine einfache. »Was haben Sie getan, nachdem Henry zur Arbeit gegangen ist?«

Lauren schaute sie verwirrt an. »Sie denken doch nicht etwa ...« Sie vollendete den Satz nicht, starrte Robyn nur mit großen Augen an. »Ich habe ihn geliebt«, sagte sie kaum hörbar.

»Ich muss das fragen«, erklärte Robyn entschuldigend.

Lauren holte schluchzend Luft. »Ich bin gegen zwanzig nach elf beim Parkplatz von John Lewis angekommen. Dann habe ich eine Weile im Laden rumgestöbert und bin dann weiter zum Touchwook-Einkaufzentrum. Dort habe ich bei French Connection eine Hose anprobiert. Anschließend war ich im Café Rouge, wo ich einen Salat gegessen und einen Kaffee getrunken habe.« Ihr Kopf nickte bei jedem Satz mit, als sie sich ihre Aktivitäten in Erinnerungen rief. »Dafür habe ich noch den Beleg. Nach dem Mittagessen bin ich ins House of Fraser und habe mich bei Clarins ein bisschen hübsch machen lassen, damit ich abends gut aussehe, wenn Henry nach Hause kommt. Kurz vor vier bin ich dort weggegangen und war kurz nach fünf wieder hier. Dann standen auch schon die Polizeibeamten vor der Tür und haben mir erzählt, dass Henry gefunden wurde.«

»Waren Sie den ganzen Tag allein?«

»Nein. Ich war in einer Stadt voller Menschen. Worauf wollen Sie hinaus?«

»Haben Sie sich vielleicht mit jemandem getroffen, der bestätigen kann, wo Sie wann waren?«

Laurens Augen füllten sich mit Tränen. »Nein. Aber wenn Sie beim Make-up-Stand im House of Fraser fragen, erinnern sie sich bestimmt an mich. Sie können unmöglich glauben, dass ich etwas mit Henrys Tod zu tun haben könnte.« Nun weinte sie, und Robyn war klar, dass sie ihr im Moment keine weiteren Fragen stellen konnte. Sheryl legte Lauren tröstend den Arm um die Schultern und Robyn beschloss, dass es Zeit war zu gehen.

Auf dem Weg nach draußen meinte Anna: »Die ist kaum älter als ich.« Sie schüttelte langsam den Kopf. »Furchtbar, dass ihr das passiert ist. Vermutlich haben die beiden alle möglichen Pläne für die Zukunft gemacht, und jetzt ...«

»Wir dürfen nicht voreingenommen sein, Anna. Erst müssen wir ihr Alibi überprüfen. Wir dürfen nur mit Tatsachen arbeiten, nicht mit persönlichen Gefühlen, und hoffen, dass wir alles richtig machen.«

Anna ließ sich auf den Fahrersitz fallen. »Schon klar, Boss. Trotzdem tut sie mir leid.«

Als sie losfuhren, warf Robyn noch einen Blick auf das Cottage. »Ob er wohl ein heimliches Rendezvous im Cannock Chase hatte? So was kommt vor!«, sagte sie und fing sich einen

Blick von Anna ein. »Er wäre nicht der erste Mann, der ein Doppelleben führt.«

»Sie haben seine Frau doch gesehen. Sie ist wunderschön. Glauben Sie wirklich, dass er neben ihr noch eine Affäre brauchte?«

Robyn zuckte mit den Schultern. »Kann doch sein. Sie vielleicht auch. Sie haben doch gehört, dass sie ein Baby wollten. Was, wenn sie wie Henry glaubte, dass er zeugungsunfähig war, und sich mit einem anderen eingelassen hat, der sie schwängern konnte? Im jetzigen Stadium müssen wir alle Eventualitäten einkalkulieren, so weit hergeholt sie auch sein mögen. Aber wenn sich die Technik sein Handy vorgenommen hat und wir wissen, was auf seinem Computer ist, sind wir schlauer. Ihre Geräte müssen wir auch überprüfen. Bis dahin müssen wir in alle Richtungen denken, egal, wie geschmacklos oder falsch sie auch aussehen.«

»Vermutlich haben Sie recht. Manche Menschen verhalten sich merkwürdig.«

8

TAG ZWEI – MITTWOCH, 15. FEBRUAR,
VORMITTAG

Anna und Robyn fuhren zurück zur Dienststelle. Connor Richards, Leiter der Forensik, erwartete sie bereits. Sein warmes Lächeln bildete einen scharfen Kontrast zu Toms finsterem Blick, mit dem er auf seiner Computertastatur herumhämmerte und alle ignorierte. Als Robyn bereit war, nickte sie Connor zu und er begann.

»Wir stehen noch recht am Anfang und es gibt noch viel zu überprüfen. Die unmittelbare Umgebung haben wir inzwischen gründlich abgesucht, und es gab tatsächlich Spuren am Tatort: zertrampeltes Gras im Gestrüpp, etwa fünf Meter vom Auto entfernt. Außerdem haben wir eine Zigarettenkippe, eine leere Chipstüte und dunkle Stofffasern aus einem Baumwoll-Polyester-Gemisch gefunden. Die könnten relevant sein. Was die Fußabdrücke angeht: Wie Sie sich vorstellen können, gibt es davon auf dem Wanderweg eine ganze Menge in unterschiedlichen Größen. Das Gebiet, das wir absuchen mussten, ist recht groß, und wir haben den gesamten Parkplatz und den Wanderweg abgedeckt.

Das Wichtigste bisher: Die Fingerabdrücke auf Gregsons Kia sind von ihm und seiner Frau Lauren. Darüber hinaus gibt es noch ein drittes Set Fingerabdrücke, das wir noch zuordnen müssen.«

Er reichte ihr eine Kopie der Fingerabdrücke mit deutlich zu erkennenden Schleifen und Windungen.

»Es gab Teilabdrücke und einen vollständigen, klaren Abdruck auf dem Griff der Beifahrertür sowie zwei weitere auf der Innenseite der Tür, die alle derselben unbekannten Person gehören. Außerdem gab es Teilabdrücke von Mrs. Gregson auf dem Lenkrad. Wir haben auch mehrere Haare und Fasern sichergestellt, die vermutlich vom Opfer und seiner Frau stammen. Die Tests sind noch nicht abgeschlossen.« Connor schaltete den Overheadprojektor an und legte eine Folie darunter. Eine Karte der Lichtung und der Umgebung erschien auf der Wand.

»Fragmente der Patrone, die Henry Gregson getötet hat, wurden seiner Leiche entnommen und stammen von einer Kaliber 455. Sie sind zur weiteren Untersuchung in der Forensik. Zwar konnten wir die verwendete Waffe noch nicht finden, dafür aber zertrampeltes Gras in mehreren Bereichen, insbesondere hier, ungefähr drei Meter vom Fahrzeug entfernt.« Er deutete auf einen mit einem X markierten Punkt auf der Karte.

»Aus dem Eintrittswinkel der Patrone in den Körper des Opfers, der Eintrittswunde und den Blutspritzern lässt sich schließen, dass die Kugel von hier aus abgefeuert wurde.«

Sein Finger folgte einem Bogen, den er auf die Folie gezeichnet hatte.

»Hier, wo das Kreuz mit dem A ist, haben wir eine kleinere Fläche mit zertrampeltem Gras entdeckt, um eine Waldkiefer herum.«

Robyn erinnerte sich an die freie Fläche. Von dort aus hätte der Mörder gute Sicht auf die Beifahrerseite gehabt, ohne dass der Fahrer ihn bemerkt hätte.

Connor schaute seine Kollegen an und wartete auf Fragen. Mitz hatte eine.

»Konnte er den Täter sehen?«

»Das kann ich nicht beantworten, aber es ist anzunehmen, dass der Täter einen Schritt zur Seite gemacht hat, um die Pistole von dort aus abzufeuern. Es handelt sich, wie gesagt, um einen sauberen Schuss, insofern muss der Täter sein Opfer ziemlich gut im Blick gehabt haben.«

Robyn schwieg. Mitz' Frage hatte sie auf einen Gedanken gebracht. Wenn Henry Gregson seinen Angreifer gesehen hat und weder ausgestiegen noch weggefahren ist, musste er ihn gekannt haben. Es sei denn, alles war so schnell passiert, dass er nicht reagieren konnte. Das führte sie zu der Frage, ob Gregson die Absicht des Täters im letzten Moment erkannt und sein Handy mit Absicht unter den Sitz geworfen hat, um es zu verstecken.

»An einem Baumstamm haben wir dunkle Fasern entdeckt; offensichtlich hat sich jemand an der Rinde gerieben. Diese Fasern passen zu den Fasern unter dem mit B gekennzeichneten Busch, wo wir Fußspuren gefunden haben. Es gab keine weiteren übereinstimmenden Fasern in der Gegend oder im Auto.

Trotz des starken Regens haben wir auch fünf deutliche Fußabdrücke auf dem Grüffelo-Wanderweg selbst gefunden, in der Nähe der Stelle, an der sich der Junge verirrt hat. Zwei Abdrücke gehören eindeutig zu Kindern. Der dritte Fußabdruck stammt von einem Wanderschuh mit Größe vierzig, der vierte von einem Rieker-Damenschuh mit Größe neununddreißig, und der letzte stammt mit Sicherheit von einem Turnschuh mit Größe vierundvierzig. Dieser letzte Abdruck war identisch zu anderen Abdrücken, die im Unterholz gefunden wurden, insbesondere unter dem mit B markierten Busch, wo auch die Stofffasern zu finden waren. Wir nehmen an, dass es sich bei diesem Schuh um einen Nike LunarGlide 8 handelt. Wie Sie sehen können, hat er ein ungewöhnliches, einfaches Sohlenmuster, das an eine topografische Karte erinnert und das Nike-

Logo trägt.« Er schaltete den Overhead-Projektor ein und legte ein Bild eines Abdrucks des Turnschuhs darauf, gefolgt von einem Foto des Schuhs von der Seite, von oben und von der Sohle.

»Nach Schuhgröße und Schrittlänge zu urteilen, suchen Sie wahrscheinlich nach einer Person mit einer Körpergröße zwischen einem Meter achtundsiebzig und einem Meter achtzig. Die Tiefe des Abdrucks deutet darauf hin, dass die Person gerannt ist, bevor sie vom Wanderweg abbog. Die Untersuchung des Abnutzungsmusters des Schuhs – oder besser gesagt, das Fehlen eines Abnutzungsmusters – zeigt, dass es sich um nagelneue Schuhe handelt.« Er schaltete den Overhead-Projektor aus.

»Danke, Connor.«

»Ich weiß, dass es nicht so viel ist, wie Sie erhofft haben. Wir arbeiten noch daran. Ich sage Bescheid, sobald ich mehr weiß.«

Nachdem Connor gegangen war, suchte Robyn im Internet nach Informationen über Patronen des Kalibers 455. Diese wurden offensichtlich für Webley Revolver von Smith & Wesson verwendet, die bis 1963 von den Streitkräften Großbritanniens eingesetzt worden waren. Von diesen Patronen waren nicht mehr viele im Umlauf, was ihre Neugierde nur noch mehr weckte. Es handelte sich um eine recht beliebte Selbstladepistole. War der Täter ein ehemaliger Angehöriger der Streitkräfte, der seine Waffe behalten hatte, oder hatte er sie auf der Straße gekauft? Solche und viele andere waren heutzutage ebenso wie umgebaute Nachbildungen leicht unter der Hand zu kriegen.

Mit diesem Gedanken im Hinterkopf nahm sie sich die Liste der Bekannten von Henry Gregson vor und gab die Namen in die allgemeine Datenbank ein, um herauszufinden, ob jemand von ihnen damals beim Militär war. Da sie keine Übereinstimmungen und auch sonst nichts Verdächtiges fand, wandte sie sich der Liste der Personen zu, die irgendwie mit Henry Gregson zu tun hatten. Auf den ersten Blick war es eine Sisyphos-Arbeit, doch sie war ein sehr geduldiger Mensch und sich für keine Tätigkeit zu schade. Aber erst würde sie mit Libby Gregson reden.

Es war schon fast Mittag, als Robyn und Anna in die Longdon Road einbogen und an die Tür zu Wohnung Nummer fünfundfünfzig klopften, einer Erdgeschosswohnung in einem schmuddeligen Häuserblock. Libby Gregson, die Schwester des Opfers, öffnete mit dunklen Ringen unter den Augen und blassem Gesicht die Tür und führte die beiden Frauen in das Wohnzimmer, in dem eine dünne Dame in den Fünfzigern saß. Sie trug einen übergroßen, pinkfarbenen Cardigan, einen Rock, dicke Strumpfhosen sowie riesige Plüschslipper und starrte mit einer offenen Zeitschrift auf dem Schoß ins Leere. Als die Polizistinnen hereinkamen, drehte sie sich zu ihnen, wobei ihr der Cardigan von der Schulter rutschte.

»Das ist meine Mutter Kath«, stellte Libby sie vor und durchquerte das Zimmer mit der Grazie einer Tänzerin. Sie zog ihrer Mutter die Weste über die Schulter, schloss den obersten Knopf und strich ihr liebevoll über das Haar. »Mum, die Detectives sind hier, um mit uns über Henry zu sprechen.«

Die grauhaarige Frau nickte und ihr Blick schoss verwirrt von links nach rechts. Als sie sprach, war ihre Stimme dünn und leise. »Wir waren ihn gestern besuchen.«

Libby schüttelte den Kopf. »Nein, waren wir nicht, Mum.«

»Doch, waren wir. Wir sind mit dem Auto zu Henry gefahren.« Sie lächelte, und Robyn konnte sehen, dass sie mal eine gut aussehende Frau gewesen sein musste.

Libby stieß frustriert die Luft aus. »Wir waren nicht bei Henry. Du hast ihn seit ewigen Zeiten nicht mehr gesehen. Er kommt auch nicht mehr her.« Mit zusammengezogenen Augenbrauen trat sie einen Schritt von der Mutter weg. »Sie ist schnell verwirrt. Henry hat sie seit zwei Jahren nicht mehr gesehen. Nicht mehr, seit bei ihr Alzheimer diagnostiziert wurde. Er meinte, er könnte es nicht ertragen zuzusehen, wie sie abbaut. Also ist er nicht mehr gekommen. Meine Mutter denkt ständig, dass er hier war. War er aber nicht.«

Der Frust und die Verärgerung waren ihrem Ton deutlich anzuhören, doch sie zuckte nicht mit der Wimper. »Kommen Sie mit in die Küche. Sie kann hier allein bleiben. Mum, ich gehe eben mit den Beamtinnen in die Küche.«

»Kommt Henry heute zu Besuch?«, fragte die Mutter.

»*Nein*, Mum. Er kommt nicht.«

Kaths Gesicht nahm erneut einen verwirrten Ausdruck an.

»Wie wär's, wenn du deine Zeitschrift liest, und ich bringe dir gleich einen Tee, okay?« Libby führte die Frauen in die vom Wohnzimmer abgehende Küche und stieß einen abgrundtiefen Seufzer aus. »Also ist es wahr«, sagte sie mit einer Endgültigkeit, die Robyn einen Stich versetzte.

»Mein aufrichtiges Beileid, Miss Gregson.«

Libby presste die Lippen aufeinander, um die Fassung nicht zu verlieren. Sie sah Henry sehr ähnlich, doch ihr Gesicht war weicher und ihr gelocktes Haar etwas dunkler als seines. Robyn schätzte sie auf Ende zwanzig.

»Meine Mutter versteht nicht, was passiert ist. Ich habe es ihr erzählt, aber sie kann es nicht akzeptieren. Das liegt an ihrer Krankheit. Sie kann sich an kaum etwas erinnern. An manchen Tagen denkt sie, Henry wäre noch ein Kind und käme gleich von der Schule. Die Hälfte der Zeit hat sie keine Ahnung, wer ich bin. Das ist nicht leicht.« Sie griff nach einer Schachtel Zigaretten, nahm eine Kippe heraus und hielt sie hoch. »Stört es Sie, wenn ich rauche?«

»Absolut nicht«, antwortete Robyn. Libby zündete die Zigarette an und nahm einen tiefen Zug. Blasser grauer Rauch strömte aus ihren Nasenlöchern und stieg zur Decke. Sie seufzte erneut.

»Wenn wir Ihnen irgendwie helfen können, lassen Sie es uns bitte wissen. Mrs. Gregson hat eine Opferbetreuerin. Wenn Sie auch Hilfe benötigen ...« Robyn sprach den Satz nicht zu Ende, da Libby heftig den Kopf schüttelte.

»Uns geht es gut. Wir haben ihn schon so lange nicht mehr gesehen, dass wir ihm nicht mehr wirklich nahestanden. Früher schon. Bevor wir uns auseinandergelebt haben. Das ist schon so lange her. Können Sie mir denn erzählen, was passiert ist? Der Polizeibeamte hat mir nur verraten, dass Henry tot im Cannock Chase aufgefunden wurde.«

»Wir warten noch auf den Bericht des Rechtsmediziners und sagen Ihnen Bescheid, sobald wir mehr wissen.«

»Wie ist er denn gestorben? Das würde ich gern wissen.« Libby warf einen schnellen Blick durch die offene Tür zu ihrer Mutter nebenan.

»Er wurde erschossen.«

Libby holte tief Luft und stieß sie dann langsam wieder aus. »Armer Henry. Ich hoffe, er hat nicht zu sehr gelitten.« Sie brauchte einen Moment, um sich wieder zu fangen, und sprach dann in ruhigem Ton weiter. »Er ist abgehauen, kaum dass er achtzehn war. Hier hat es ihm nie gefallen. Manchmal ist er vorbeigekommen, aber wie ich bereits sagte, nicht mehr, als meine Mutter krank wurde. Ich wohnte damals noch zu Hause und habe als Krankenschwester gearbeitet, insofern fiel mir die Aufgabe zu, mich um sie zu kümmern. Einer von uns beiden musste es ja tun. Während also Henry sein Leben genoss und sich vor seiner Verantwortung gedrückt hat, war ich hier.« Gierig sog sie an der Zigarette, inhalierte tief und drückte sie dann im Aschenbecher aus.

»Stress«, sagte sie, als müsste sie sich erklären, und starrte auf den Zigarettenstummel. »Eigentlich hatte ich aufgehört. Ganze achtzehn Monate lang habe ich keine einzige Kippe angerührt, aber dann wurde meine Mutter so anstrengend, dass ich dieses Jahr wieder angefangen habe. Nun ja, wie ich bereits sagte, war Henry nicht mehr wirklich Teil unseres Lebens. Er und ich hatten einen heftigen Streit deswegen. Ich habe ihm gesagt, dass ich es satthabe, dass er nur kommt, wenn es ihm passt. Ich hatte es satt, dass er hier nur aufgetaucht ist, um den aufmerksamen Sohn zu spielen, ihr Pralinen und Blumen mitzubringen, sie durcheinanderzubringen und dann wieder zu verschwinden. Jedes Mal war sie hinterher noch verwirrter als vorher, und ich musste mir endlos anhören, wie toll er wäre, dabei bin ich es doch, die jeden einzelnen Tag für sie da ist. Ich bin es, die kein eigenes Leben hat, weil sie mich braucht. Ich muss mich um sie kümmern wie um ein Kind, und manchmal sogar um ein sehr wütendes Kind.

Aber das war Henry egal. Er hat einfach nur sein Ding durchgezogen, so wie er es immer getan hat. Er trieb sich herum, zog ständig um, und irgendwann lernte er Lauren kennen. Ich hatte ewig nichts von ihm gehört, und dann plötzlich kam der Anruf, dass er heiratet. Wir wurden zwar zur Hochzeit eingeladen, konnten aber nicht hingehen; meiner Mutter ging es damals zu schlecht. Ich hätte sie in die Tagespflege geben und allein kommen können, um das Kriegsbeil zu begraben, aber was hätte das gebracht? Henry wäre immer noch Henry gewesen – egoistisch und verantwortungslos.«

Robyn dachte daran, was Lauren Gregson ihr erzählt hatte; ihre Version unterschied sich deutlich von dem, was sie hier sah. Lauren dachte, Kath lebte in einem Pflegeheim. Anscheinend hatte Henry seine Frau angelogen.

Libby setzte ihren Monolog fort: »Lauren hat er nie mitgebracht, wenn er uns besucht hat – kein einziges Mal. Ich habe ihm ein paar Mal angeboten, mit Mum bei ihm vorbeizukommen, aber er hatte ständig irgendwelche Ausreden von wegen zu viel zu tun und so. Irgendwann habe ich aufgegeben. Er wollte uns offensichtlich nicht bei sich haben. Allerdings habe ich nie verstanden, warum Lauren nie den Kontakt zu uns gesucht oder versucht hat, ihn zu überreden, oder selbst mal vorbeigekommen ist. Immerhin sind wir miteinander verwandt. Ich habe Henry mal darauf angesprochen, und er meinte, sie hätten gemeinsam beschlossen, dass es besser für unsere Mutter wäre, wenn sie sie nicht besuchen und durcheinanderbringen würden. So ein verlogener Blödsinn!

Vor zwei Wochen habe ich zuletzt mit ihm gesprochen. Ich habe ihn angerufen, weil Mum in letzter Zeit immer mehr Hilfe braucht, wie Ihnen vielleicht aufgefallen ist. Sie hat mehr von ihm geredet als sonst und ihr Alzheimer wurde immer schlimmer. Es wird nicht mehr lange dauern, und sie muss in ein Pflegeheim. Ich kann mich nicht mehr allein um sie kümmern. Und das habe ich ihm erzählt, weil es ihn ja auch was angeht. Aber es war ihm völlig egal. Er meinte nur, ich sollte tun, was auch immer ich tun wollte. Das war alles. Wie kann man nur so selbstsüchtig sein?«

Mit traurigen Augen sah sie Robyn an. »Ich war so sauer auf ihn, dass ich einfach aufgelegt habe. Jetzt ... na ja, jetzt wünschte ich, das Gespräch wäre anders gelaufen.«

Anna, die die ganze Zeit schweigend danebengestanden hatte, lächelte ihr verständnisvoll zu. Robyn schaute zu Kath im Wohnzimmer, der die Augen zugefallen waren. Mit nach hinten gekipptem Kopf döste sie vor sich hin.

»Also haben Sie Lauren – Mrs. Gregson – nie kennengelernt oder mit Henry über sie gesprochen?«

Libby schaute kurz weg. »Ich habe mal mit ihr telefoniert, aber da haben wir nur ein paar Worte gewechselt. Er hat sie ein paar Mal erwähnt, aber ehrlich gesagt habe ich mich nicht sonderlich für sie interessiert. Für mich war sie einfach nur eine egozentrische Person.«

»Was hat er von ihr erzählt?«

»Nur, dass sie ein paar Probleme haben. Dann rief er an, um sich bei mir auszuheulen«, schimpfte sie. »So war Henry –

immer musste sich alles um ihn drehen. Wenn es ihm nicht gut ging, laberte er mich voll und erwartete Mitgefühl. Im Gegenzug hatte er witzigerweise nie Zeit für mich, wenn ich mit der Pflege unserer Mutter völlig überfordert war. Da hat er mich einfach allein gelassen. Ehrlich gesagt hätte ich ihn an manchen Tagen ...« Sie unterbrach sich selbst und biss sich auf die Lippen.

»Ich habe alles aufgegeben, um mich um unsere Mutter zu kümmern. Und er hat sich einfach aus der Affäre gezogen. Ich habe meine Karriere auf Eis gelegt, um den ganzen Tag für sie da zu sein. Oft habe ich mich gefragt, warum ich das überhaupt tue. Henry hätte es ganz sicher nicht getan. Ich schon. Und wissen Sie, warum? Weil sie meine Mutter ist und ich nicht wollte, dass sich ein Fremder um sie kümmert, irgendjemand, der keine Ahnung hat, wie viel Liebe sie uns all die Jahre geschenkt hat, und der sich nicht wirklich für sie interessiert. Ich habe mein komplettes gesellschaftliches Leben aufgegeben, habe weder einen Partner noch Freunde, nur, um bei ihr zu sein, sie zu waschen, zu füttern und zuzusehen, wie sie jeden Tag ein bisschen mehr verschwindet. Und ich würde alles wieder so machen. Man hat nur eine Mutter. Ich wünschte, Henry hätte das auch so gesehen.

Als ich anfing, sie zu pflegen, dachte ich erst, das wäre nur vorübergehend, aber dann wurde es länger als erwartet, und die ganze Zeit über war Henry sonst wo und hat keinen Gedanken an uns verschwendet. Er hatte eine neue Liebe gefunden – Lauren. Und er wollte eine neue Familie gründen, was dann aber nicht geklappt hat. Sie konnten wohl keine Kinder bekommen. Eines Nachmittags hat er mich angerufen und geheult, weil Lauren ihm die Schuld daran gegeben hätte, dass sie nicht schwanger wurde. Und er hat mich gefragt, ob ich auch glauben würde, dass es seine Schuld wäre.«

»Merkwürdig, so was seine Schwester zu fragen.«

Libby schüttelte den Kopf. »Nein, da haben Sie mich missverstanden. Er wollte meine professionelle Meinung als Krankenschwester hören. Ich habe ihm gesagt, dass es durchaus möglich wäre, dass seine Zeugungsfähigkeit nach den vor Jahren erlittenen Schäden beeinträchtigt ist, aber auch unwahrscheinlich. Ich habe ihm empfohlen, einen Spezialisten aufzusuchen. Er war vor Jahren mal in eine Schlägerei verwickelt und hat einen Tritt in die Leiste eingesteckt. Ich weiß nicht, wie schlimm es war – wir haben nie darüber gesprochen. Damals waren wir viel jünger und haben nicht über solche Sachen geredet. Aber es war so schlimm, dass er ins Krankenhaus musste. Lauren hat er nie davon erzählt. Er hatte Angst davor. Man stelle sich das mal vor: Er hatte Angst, seiner eigenen Frau davon zu erzählen.«

»Und Sie glauben, er und Lauren hätten sich deswegen gestritten?«

»Ganz bestimmt sogar. Sie hat ihn zum Schlafen aufs Sofa verbannt und sogar mit dem Gedanken gespielt, sich von ihm zu trennen. Deshalb war er so niedergeschlagen, als er mich angerufen hat. Ich habe ja versucht, ihn zu trösten, hatte aber selber genug um die Ohren, sodass ich mich nicht auch noch mit den Zeugungsproblemen meines Bruders befassen konnte.«

Diese Information musste Robyn erst einmal verdauen, bevor sie das Gespräch fortsetzen konnte. »In Anbetracht dessen, was Sie uns gerade erzählt haben, Miss Gregson, fällt Ihnen ein Vorfall oder eine Person aus seiner Vergangenheit ein, die Ihrer Meinung nach von Bedeutung sein könnte? Hatte er mal eine Auseinandersetzung mit irgendjemandem?«

»Er hat als Teenager mal ein oder zwei Leute aufgemischt, aber nichts Ernstes. Er war damals in einer Jugendgang, die nichts als Unfug getrieben hat. Damals hatten die nichts anderes zu tun. Das ist vermutlich auch einer der Gründe, weshalb er abgehauen ist: Langeweile. Glauben Sie, er wurde gezielt getötet?«

»Wir ziehen alle Möglichkeiten in Betracht. Vielleicht war

es auch ein Unfall. Noch können wir nichts mit Sicherheit sagen.«

Erneut betrachtete Libby den Zigarettenstummel und schüttelte den Kopf. »Sie müssen mich für einen ganz schön schlechten Menschen halten. Die ganze Zeit meckere ich über ihn rum. Bitte glauben Sie nicht, dass es mir egal ist, was passiert ist. Natürlich ist es mir nicht egal. Als wir jünger waren, hat er sich immer um mich gekümmert. Er war mein großer Bruder.« Dann versagte ihre Stimme.

Auf dem Weg von der Longdon Road zur Dienststelle saß Anna am Steuer, während Robyn auf dem Beifahrersitz über das Gehörte und Beobachtete nachdachte. Henry hatte seine Frau angelogen, dass seine Mutter in einem Heim lebte; aber war es auch eine Lüge von ihm gewesen, dass Libby drogensüchtig war und er sie nach einer Überdosis gerettet hatte? Und noch etwas passte nicht zusammen. Ganz sicher hätte Libby nicht ihr ganzes Leben aufgegeben, um sich um ihre Mutter zu kümmern. Als Libby kurz mit Kath beschäftigt war, die plötzlich nach ihr gerufen hatte, hatte ihr Handy auf dem Tisch vor ihnen aufgeleuchtet und eine Nachricht angezeigt. Obwohl sie nur für einen kurzen Moment sichtbar gewesen war, hatte sich Robyn den Namen des Absenders – Tarik Akar – gemerkt und die Nachricht gelesen, bevor sie verschwand:

Denk dran – halt einfach die Klappe und alles ist gut.
Liebe dich

Sie dachte darüber nach, was die Nachricht bedeuten könnte. Was hatte Libby zu verschweigen? Hatte es irgendetwas mit ihrem Besuch zu tun oder interpretierte sie zu viel hinein?

»Anna, was halten Sie davon, dass sie behauptet hat, kein eigenes Leben zu haben?«

Anna dachte kurz nach und antwortete dann, ohne den Blick von der Straße zu nehmen: »Das war Quatsch. Sie hatte einen schicken Pullover und Designerjeans an und war geschminkt. Niemals würde sie so angezogen den ganzen Tag mit ihrer Mutter zu Hause rumsitzen. Sicherlich hat sie Freunde, und außerdem gibt es für pflegende Angehörige Unterstützung, damit sie auch mal Freizeit hat. Sie sitzt doch nicht Tag für Tag zu Hause rum, oder? Irgendein eigenes Leben muss sie haben!«

»Genau das denke ich auch. Wenn wir wieder in der Dienststelle sind, versuchen Sie bitte alles über sie herauszufinden. Auch, ob sie einen Freund namens Tarik hat. Versuchen Sie es in der Klinik, in der sie gearbeitet hat, und in den sozialen Medien.«

»Mach ich. Glauben Sie, sie hat ihrem eigenen Bruder etwas angetan?«

»Sie war definitiv ziemlich sauer auf ihn, weil er sie mit ihrer Mutter allein gelassen hat.«

Anna dachte sichtbar konzentriert nach und sagte dann: »Könnte ihr das erwähnte letzte Telefongespräch den Rest gegeben haben? Lauren hat angegeben, gehört zu haben, dass Henry Libby angeschrien hat. Und er hat Lauren gegenüber behauptet, dass Libby Drogen nimmt. Wenn sie high war oder durch den Drogenkonsum nicht mehr klar denken konnte, könnte sie beschlossen haben, ihn zu töten. Oder es könnte ein Unfall gewesen sein und sie wollte ihn nicht wirklich töten, sondern ihm nur Angst einjagen.«

»Möglich. Libby hat für den Tatzeitpunkt kein wasserdichtes Alibi, nur ihr Wort, dass sie den ganzen Tag mit ihrer Mutter zu Hause war.«

»Und ihre Mutter hat behauptet, dass sie Henry gestern

gesehen hat. Was, wenn das kein Hirngespinst war? Was, wenn Libby mit ihrer Mutter zu ihm gefahren ist?«

»Wir überprüfen, ob ihr Toyota eine der automatischen Nummernschilderkennungen in der Gegend von Stafford passiert hat, dann wissen wir's. Ihre Mutter hat Alzheimer. Wahrscheinlich weiß sie gar nicht, ob sie Henry gesehen hat oder nicht. Ich glaube nicht, dass wir sie allzu ernst nehmen können. Aber wir überprüfen das.«

Anna grummelte nur als Antwort. Robyn war froh, dass Anna genauso dachte wie sie. Ihr Instinkt ließ sie selten im Stich, und im Moment war sie nicht hundertprozentig davon überzeugt, dass Libby Gregson die war, für die sie sich ausgab.

9

TAG ZWEI – MITTWOCH, 15. FEBRUAR, NACHMITTAG

An der Dienststelle angekommen stieg Anna aus. Sie kannte sich mit Technik aus und hatte vor ihrem Eintritt in die Polizei im Bereich der Informatik gearbeitet. Deshalb wollte Robyn, dass sie sich Gregsons PC ansah und so viel wie möglich über Libby und den mysteriösen Tarik herausfand.

»Loggen Sie sich in alle Social-Media-Accounts der Gregsons ein, gucken Sie sich Henrys und Laurens Browserverlauf an und finden Sie heraus, ob einer oder beide auf irgendwelchen Datingseiten aktiv waren oder es sonst irgendwelche verdächtigen Onlineaktivitäten gab. Sie können unmöglich perfekt sein. Es muss einen Grund geben, aus dem er ermordet wurde, und vielleicht finden wir im Internet eine Spur, die uns Klarheit verschafft.«

Annas Gesicht hellte sich leicht auf. Sie sah immer am glücklichsten aus, wenn sie im Internet nach Informationen suchen durfte.

Die fünfundzwanzigminütige Fahrt verging wie im Flug. Robyn schaute in den Rückspiegel und bog in die Beacon Street ein. Dabei fiel ihr Blick auf die drei Türme der Kathedrale von Lichfield. Das letzte Mal war sie diese Straße entlanggefahren, als sie einer ihrer berühmten Eingebungen gefolgt und hinter einem Täter her war, dem die Medien den Namen »Leopard von Lichfield« gegeben hatten. Sie erinnerte sich an die Nacht, in der sie sich selbst nicht sicher gewesen war, aber sich auf ihren Instinkt verlassen und den Mörder gefunden hatte. Davies hatte immer gesagt, sie habe einen phänomenalen Instinkt, doch an dem Tag, als er angeblich zu dem Treffen in Marokko aufgebrochen war, hatte sie dieser im Stich gelassen. *Hör auf damit!* Doch sie musste Davies für eine Weile aus dem Kopf kriegen. Sie konnte nicht zulassen, dass er ihre Gedanken beherrschte.

Vor dem MiniMarkt, in dem Henry gearbeitet hatte, fand sie einen Parkplatz und ging auf den Laden zu. Die Tür öffnete sich und eine Frau mit einem Buggy und einer vollen Plastiktüte in der Hand kam heraus. Robyn hielt ihr die Tür auf. Sie wartete, bis die Frau den Kinderwagen an ihr vorbei bugsiert hatte, und ihr Blick ruhte auf einem kleinen, ernsten Gesicht mit einer Wollmütze über der Stirn, das unter einer flauschigen Decke hervorschaute. Die Frau entfernte sich und Robyn trat ein. Innen war der Laden hell erleuchtet und es roch nach warmem Brot. Vor ihr befanden sich mehrere Gänge, rechts zwei Kassen und links ein Kiosk, in dem Zigaretten und Lotterielose verkauft wurden.

Liam Carrington, der Filialleiter und Henry Gregsons bester Freund, befand sich im hinteren Teil des Ladens und unterhielt sich mit einer Frau im Alter von ungefähr Ende fünfzig, die eine weiße Ladenuniform mit dem MiniMarkt-Logo sowie ein blaues Haarnetz trug. Hier war der Duft nach frisch gebackenem Brot am stärksten, und Robyns Magen fing an zu knurren. Die Erinnerung daran, wie sie mit Davies auf einem

Balkon in Paris warme Croissants gegessen hatte, schoss ihr in den Kopf, doch sie verdrängte sie sofort wieder und ging zielsicher auf Liam zu. Er schaute auf, begrüßte sie mit einem Nicken, sagte etwas zu der Frau und ging dann zu Robyn.

»Sie müssen DI Carter sein«, sagte er und hielt ihr die Hand hin. »PC Marker hat mich angerufen und informiert, dass Sie vorbeikommen würden.«

»Danke, dass Sie sich die Zeit für mich nehmen. Mein aufrichtiges Beileid wegen des Todes von Henry Gregson. Wie ich gehört habe, standen Sie sich sehr nahe.«

Liams Mundwinkel verzogen sich nach unten und er ließ die Schultern hängen. »Er war wie ein Bruder für mich. So ein toller Kerl. Konnte keiner Fliege was zuleide tun. Wussten Sie, dass er der Patenonkel meiner Tochter Astra war? Und er hat diese Aufgabe sehr ernst genommen. Er und Lauren haben Astra fast jede Woche gesehen. Manchmal sind sie mit ihr in den Park oder in den Zoo gegangen. Lauren hat sogar mal so einen Aufkleber fürs Auto gekauft; ›Baby on Board‹. Sie haben sie wirklich geliebt. Astra wird ihn furchtbar vermissen.« Traurig schüttelte er den Kopf. »Er war was ganz Besonderes. Wie geht es Lauren? Ella will nachher bei ihr vorbeischauen. Wie hält sie sich?«

»Noch hat sie es nicht ganz begriffen. Im Moment ist eine Opferbetreuerin bei ihr. Ist Ella Ihre Partnerin?«

»Wir wohnen zusammen«, antwortete er geistesabwesend und starrte ein Ehepaar im Alter von Ende siebzig an, das gerade auf sie zu kam. Der Mann hatte ein faltiges Gesicht und so lichtes Haar, dass man die Altersflecken auf seiner Kopfhaut sehen konnte. Er fühlte seine Frau am Ellbogen und berührte sie dabei so sachte, als wäre sie aus Porzellan. Ihr Gesicht sah seltsam aus – eine Seite war dunkler als die andere – und leicht verzerrt, als hätte sie einen Unfall gehabt, bei dem das Jochbein zertrümmert worden war. Schlurfend bewegte sie sich vorwärts, kaum in der Lage, die gesamte Strecke zurückzulegen.

»Sollen wir vielleicht lieber nach hinten gehen? Da ist es privater.«

Robyn stimmte zu und wurde in eine kleine Küche geführt, die als Personalraum diente. An einer Wand standen eine lange Bank sowie ein Tisch und an der gegenüberliegenden Wand befanden sich ein Wasserkocher und mehrere weiße Tassen und Becher. Liam nahm einen der Becher.

»Tee?«

Sie schüttelte den Kopf. »Nein danke.«

Liam setzte den Wasserkocher auf und lehnte sich ihr zugewandt an die Küchenarbeitsplatte. Er war stämmig und hatte ein hageres Gesicht mit winzigen Pockennarben auf den Wangen, die im Neonlicht des Pausenraums sichtbar wurden. Sein Haar war schütter und die Stirn bereits recht hoch. Er nahm die runde Brille ab und schaute sie kurzsichtig an. Seine Hände zitterten, als er die Gläser mit dem Ärmel seines Hemdes polierte.

Robyn ergriff das Wort. »Ich habe gehört, dass Henry mit einer anderen Mitarbeiterin, Daisy, die Schicht getauscht und gestern gearbeitet hat. Können Sie mir sagen, um wie viel Uhr er Feierabend gemacht hat?«

Liam schüttelte den Kopf. »Nein. Nein, er war gestern gar nicht hier. Er hat mit niemandem die Schicht getauscht. Daisy war den ganzen Tag hier. Alles andere hätte ich gewusst.« Das Wasser kochte und Liam ließ die Schultern wieder fallen. Robyn konnte förmlich sehen, wie sich sein Gesicht in tiefe Falten legte. Er drehte sich von ihr weg. Tränen tropften auf die Küchenarbeitsplatte. Robyn war wieder einmal hilflos. Sie hatte schon sehr viel Trauer gesehen, und jedes Mal setzte es ihr zu. Das Leben eines Menschen berührte so viele andere. Und ihr Tod erst recht. Robyn wartete ab, bis er sich wieder gefangen hatte. Als er sie schließlich wieder anblicken konnte, waren seine Augen ganz rot. Er blinzelte die Tränen weg und reichte ihr einen Becher Tee.

»Möchten Sie Zucker?«, fragte er.

Sie schüttelte den Kopf und dankte ihm, obwohl sie eigentlich gar keinen Tee gewollt hatte.

»Wann habe Sie Henry zum letzten Mal gesehen?«

Liam zog ein paar Mal die Nase hoch. »Ähm, am Montag. Montagmorgen. Da waren wir beide hier. Um elf Uhr bin ich zum Auslieferungslager in Stoke gefahren, wo es ein Problem mit einer Lieferung gab. Als ich ging, war Henry noch hier. Als ich gegen sechs Uhr wieder zurückkam, hatte er schon Feierabend gemacht.«

»Hatten Sie den Eindruck, dass es ihm an dem Tag gut ging?«

Liam nickte. »Ja.«

»Von Lauren habe ich erfahren, dass Sie sein bester Freund waren. Hat er mit Ihnen über irgendwelche Schwierigkeiten gesprochen? Probleme oder Ängste, die er hatte?«

Liam dachte eine Weile über diese Frage nach. »Er hat sich um nichts Großes Sorgen gemacht; niemand hat ihn bedroht oder so, wenn Sie das meinen.«

»Ich dachte mehr an persönliche Probleme. War in seiner Ehe alles in Ordnung? Hat er jemals mit Ihnen über seine Beziehung mit Lauren gesprochen?«

Liam zuckte mit den Schultern. »Ja, schon. Aber ich glaube nicht, dass das relevant ist. Er und Lauren liebten sich. Sie hatten ein paar Differenzen, doch welches Paar streitet sich nicht manchmal?«

»Wie ich hörte, hatten sie einen kleinen Streit, der Henry sehr aufgebracht hat. Es ging um ihren Kinderwunsch.« Robyn hoffte, dass sie nicht zu aufdringlich war. Liams Gesicht verriet, dass sie sich auf dünnem Eis bewegte.

»Sie wollten Kinder. Wie ich schon sagte, sind sie regelmäßig mit Astra in den Park gegangen oder haben sie für einen Tag mitgenommen. Lauren wollte unbedingt schwanger werden – sie war fast schon besessen –, doch das klappte irgendwie nicht. Eines Abends wurde Lauren überemotional und es kam zu einem heftigen Streit. In der Hitze des Gefechts wurden dumme Dinge gesagt. Sie hat ihm vorgeworfen, sich nicht für die Beziehung einzusetzen und ihr nicht zur Seite zu stehen und ihn sogar beschuldigt, sich mit anderen Frauen zu treffen. Aber dem war nicht so. Absolut nicht. Er hat Lauren geliebt und hätte furchtbar gern ein Baby gehabt. Vielleicht nicht sofort, aber eines Tages. Er war der Ansicht, dass sie sich noch kein Kind leisten konnten, insbesondere, wenn Lauren dann wie Ella zu Hause bleiben würde. Also hat er mich gefragt, wie wir mit meinem Gehalt auskommen, und ich habe ihm die Wahrheit gesagt: dass es durchaus knapp ist, aber ausreicht. Deshalb hatten sie den Streit. Alle Paare streiten sich. Niemand hat eine perfekte Beziehung, in der immer Sonnenschein herrscht. Oder haben Sie so was, Detective?«

Einen kurzen Moment lang dachte Robyn an Davies – an den wütenden, schreienden Davies mit dem rot angelaufenen Gesicht –, wie er ihr den Rücken zudreht und zur Tür geht, während eine nicht minder wütende Robyn einen Teller mit Essen an die Wand direkt neben seinem Kopf wirft. Dann schob sie den Gedanken weit von sich.

»Es tut mir sehr leid, dass ich Ihnen diese persönlichen Fragen stellen muss. Es ist jedoch wichtig, dass wir uns ein möglichst vollständiges Bild von Henry machen können. Hat er Ihnen sonst noch etwas anvertraut? Irgendetwas, was erklären könnte, warum er gestern Nachmittag im Cannock Chase war?«

Gedankenverloren polierte er seine Brille mit einem Stück Küchenkrepp, hielt sie dann gegen das Licht, um die Sauberkeit der Gläser zu überprüfen, und setzte sie anschließend wieder auf.

»Mir fällt kein Grund ein.«

»Sie sagten, Sie wären am Montag in Stoke gewesen. Haben Sie Libby jemals kennengelernt?«

Er schaute sie verständnislos an. »Wer ist Libby?«

»Henrys Schwester.«

»Nein. Das kann nicht sein. Mir hat er erzählt, dass er ein Einzelkind war. Seine Eltern sind vor ein paar Jahren bei einem Bootsunfall im Urlaub in Spanien ums Leben gekommen. Er hat nicht gern darüber geredet.«

Robyn schüttelte traurig den Kopf. »Das stimmt nicht. Seine Schwester lebt mit ihrer kranken Mutter zusammen in Stoke-on-Trent.«

Liam fiel die Kinnlade herunter. »Das wusste ich nicht. Warum hat er mir nichts davon erzählt? Ich war sein bester Freund! Das kann doch nicht wahr sein! Ich hielt ihn immer für einen ehrlichen Menschen.«

»Ich bin mir sicher, dass er ehrlich war. Soweit ich weiß, leidet seine Mutter unter einer schweren degenerativen Krankheit, wegen der sie ihren Sohn nicht mehr erkennt. Sicherlich wollte er Sie nur nicht mit seinen Ängsten belasten. Außerdem hat er sich nicht allzu gut mit seiner Schwester verstanden, vielleicht hat er Ihnen deshalb nichts von ihr erzählt.«

Liam nickte stumm. »Vermutlich haben Sie recht. Wir Männer reden nicht gern über unsere Gefühle. Da war Henry nicht anders als alle anderen. Dennoch hätte ich ihm zugehört. Wenn er mit mir geredet hätte, hätte ich zugehört. Ich habe ihn wirklich gemocht. Ich habe nicht viele Freunde, und keiner ist wie er. Ich werde ihn furchtbar vermissen.«

»Worüber haben Sie so geredet?«

»Das Übliche: Sport, Arbeit, das Leben im Allgemeinen, Nachrichten und alle möglichen anderen Sachen. Wir haben uns halt gut verstanden. Manche Menschen verstehen sich auf Anhieb, nicht wahr? Ist doch so. Und man muss auch nicht die ganze Zeit reden. Manchmal macht es eine Freundschaft aus, wenn man miteinander über etwas lacht oder nach der Arbeit ein paar Bier kippt und darüber jammert, wie die Lieblingsmannschaft am letzten Wochenende gespielt hat.«

»Haben Sie über Ihre Familien geredet?«

Er nickte. »Hauptsächlich über Astra. Sie macht ständig irgendwas, was einem ein Lächeln ins Gesicht zaubert.« Voller Vaterstolz drückte er die Brust durch, um dann fast sofort wieder in sich zusammenzusacken. »Sein Tod hinterlässt ein riesiges Loch im Leben meines kleinen Mädchens. Sie hat Henry sehr geliebt. Und Lauren auch.« Erneut ließ er den Kopf hängen. Nach einem kurzen Schweigen ergänzte er leise: »Sein Tod ist ein riesiger Verlust für uns alle.«

Als Robyn den MiniMarkt verließ, hatte sie den deutlichen Eindruck, dass Henry Gregson ein sehr verschlossener Mensch gewesen war. Er hatte seinen besten Freund, seine Familie und seine Frau belogen. Worüber er wohl noch gelogen hatte? Und hatte eine Lüge zu seinem Tod geführt?

10

TAG ZWEI – MITTWOCH, 15. FEBRUAR, SPÄTER NACHMITTAG

Mit dem schwarzen Stift fasste Robyn die Informationen auf dem Whiteboard zusammen, die sie ihrem Team gegeben hatte. Das Telefongespräch, das sie gerade geführt hatte, hatte sie sehr mitgenommen. Lauren Gregson hatte angerufen, um zu fragen, ob es etwas Neues gab und wann die Leiche Ihres Mannes freigegeben werden würde. Sie wollte sich um die Beerdigung kümmern. Ihre Stimme hatte sehr müde und distanziert geklungen, als wäre schon dieses simple Telefonat eine enorme Belastung für sie. Erneut wurde Robyn an den Schmerz erinnert, den sie verspürt hatte, als sie Davies verloren hatte, und ihr Drang, Henrys Mörder zu finden, wurde nur noch größer.

»Alle Insassen der Autos, die sich gestern auf dem Parkplatz im Cannock Chase befunden haben, wurden befragt, und keiner von ihnen hat Gregsons Auto oder Henry Gregson selbst gesehen oder irgendetwas Ungewöhnliches bemerkt. Lauren Gregson dachte, ihr Mann wäre bei der Arbeit, und erhielt um kurz vor zehn Uhr eine Textnachricht von ihm, dass er im Mini-Markt angekommen wäre. Daraufhin ging sie für den Rest des Tages shoppen. Uns liegen Videoaufnahmen vor, die zeigen, wie sie um 11.21 Uhr auf dem Parkplatz von John Lewis in

Solihull ankommt und um 16.50 Uhr wieder abfährt. Sie hat in einem Café zu Mittag gegessen, wofür sie eine Quittung hat, und sich anschließend im House of Fraser eine kleine Schönheitskur gegönnt.« Sie machte eine Pause, damit ihre Mitarbeiter die Informationen verarbeiten konnten.

»Henry Gregson hat seine Frau darüber belogen, wo seine Mutter wohnt und wo er gestern Nachmittag war«, fuhr Robyn fort und trank einen Schluck Wasser aus der Flasche.

»Sein Freund und Manager des MiniMarkts Liam Carrington hat mir erzählt, dass Gregson gestern definitiv frei hatte und auch für niemanden eingesprungen ist. Carrington selbst war nicht im Laden, doch die gestern anwesenden Kollegen haben alle bestätigt, dass Gregson den ganzen Tag nicht da war. Also muss Gregson seine Frau angelogen haben. Warum? Wo war er den ganzen Vormittag und was hat er mittags im Cannock Chase gemacht?«

Robyn schaute in die Runde und fuhr dann fort: »Gregson war ein tadelloser Mitarbeiter, der von seinen Kollegen gemocht und respektiert wurde. Mit zwei von ihnen habe ich gesprochen, und beide bestätigten, dass Gregson stets zuvorkommend und hilfsbereit war. Wo er sich gestern aufhielt, wusste jedoch keiner; man nahm an, er wäre zu Hause bei seiner Frau gewesen. Mitz, was haben Sie?«

»Wir haben uns den Hashtag GrueffeloTour vorgenommen, und gestern wurden am späten Nachmittag Fotos von einer Mrs. Jane Dean hochgeladen. Wie ich feststellen konnte, wurden diese Fotos von der Familie aufgenommen, die zur selben Zeit wie Mrs. Price und ihre Enkelkinder im Cannock Chase war. Ich habe heute Vormittag eine Aussage von ihnen aufgenommen: Mrs. Dean hat ein Geräusch gehört, das wie die Fehlzündung eines Autos oder wie ein Feuerwerkskörper klang. Auf die Uhrzeit hat sie nicht geachtet, aber es war kurz bevor sie den Park gegen 13.45 Uhr verließen. Sie glaubt auch, einen Jogger vor ihr auf dem Weg gesehen zu haben, der ihrer Beschreibung nach einen dunklen Hoodie sowie eine Jogginghose trug. Ob die Person männlich oder weiblich war, konnte sie nicht sagen.«

Robyn verschränkte die Arme vor der Brust. »Gute Arbeit, Mitz. Also wurde unser Täter vielleicht gesehen?«

»Gut möglich. Die Kinder erinnern sich nicht daran, jemand anders als Mrs. Price, Kyle und Aiden gesehen zu haben.« Mitz beugte sich an seinem Schreibtisch vor und betrachtete das Whiteboard.

Robyn löste die Arme, schrieb »Jogger« auf das Whiteboard und verschränkte die Arme wieder. »Anna?«

Anna, die an ihrem Schreibtisch im hinteren Teil des Büros saß, schüttelte den Kopf. »Ich arbeite mich noch durch Gregsons Browserverlauf, den Cache und die Cookies. Der Computer wurde zur Speicherung von Fotos, zum Onlineshopping, zum Gucken von YouTube-Videos und für allgemeine Suchanfragen genutzt. Eine ganze Menge der Suchanfragen betreffen das Kinderkriegen, Fruchtbarkeitsbehandlungen, Kinderwunschforen, Frauengesundheit, Zeugungsfähigkeit und sexuelle Gesundheit. Außerdem habe ich Cookies von zahlreichen Online-Marktplätzen gefunden; neben Amazon und Etsy auch solche, die speziell Babykleidung, Spielzeug, Geschenke zur Taufe und so weiter verkaufen. Interessant war, dass all diese Websites aus dem Browserverlauf gelöscht wurden. Andere Suchanfragen – meist nach Sportnachrichten – stammen höchstwahrscheinlich von ihrem Ehemann. Es wurden noch andere Websites angeklickt, aber absolut nichts Verdächtiges.«

Die Tür flog auf und Shearer kam mit einem Sandwich in der Hand herein. Sein Unterkiefer bewegte sich auf und ab. Er hielt inne und kaute schneller.

»Sorry«, sagte er und wischte sich einen Krümel aus dem Mundwinkel. »Beachten Sie mich gar nicht.« Er ließ sich auf seinen Stuhl fallen und tippte mit zusammengezogenen Augenbrauen auf der Tastatur herum.

Robyn versuchte, ihn zu ignorieren. »David, haben Sie mit der Technikabteilung gesprochen?«

»Die hatten gerade eine ganze Menge mit anderen Geräten zu tun, arbeiten aber genau in diesem Moment an seinem Handy. Immerhin habe ich eine Liste aller Anrufe von Gregson im letzten Monat und von gestern.« Er hielt die Liste hoch. »Wollte sie gerade durchgehen. Die Techniker meinten, er hätte seine letzte Textnachricht nicht fertig getippt, und einen Empfänger gibt es auch nicht. Das hier hat er geschrieben.« Er reichte Robyn ein Blatt.

Sie nahm es ihm ab und las vor: »Ich kann dieses Geheimnis nicht länger für mich behalten. Ich muss ...« Sie schrieb die Wörter auf das Whiteboard. »Ich nehme an, er konnte nicht weiterschreiben, weil er in dem Moment erschossen oder überrascht wurde oder sein Handy hat fallen lassen. Was glauben Sie?« Sie bemerkte, dass Shearer zu ihnen herübersah. Es nervte sie, dass er ihr zuhörte und sich zweifellos eine Meinung zu ihrer Arbeitsweise bildete.

»Gregson hatte ein Geheimnis. Das kann alles Mögliche sein. Vielleicht eine Affäre?«, schlug Matt vor.

»Ich möchte keine voreiligen Schlüsse ziehen. Zwar haben wir alle unsere eigenen Theorien, was sein Geheimnis sein könnte, aber bisher wissen wir nur, dass er eines hatte.«

Robyn verschränkte die Arme. »Stellen Sie sich folgendes Szenario vor und sagen Sie mir, was Sie davon halten: Gregson verabredete sich mit seinem Mörder, mit dem er über sein Geheimnis sprechen wollte. Der Mörder war vor dem verabredeten Zeitpunkt vor Ort und hat ihm aufgelauert. Gregson hat im Auto gewartet. Während er gewartet hat, begann er, die Textnachricht ins Handy zu tippen. Aus irgendeinem Grund hat er das Beifahrerfenster geöffnet und wurde daraufhin erschossen. Vielleicht hat er die Textnachricht geschrieben, weil er dachte, die Person, die ihn dann ermordet hat, würde nicht auftauchen?« Sie wartete einen Moment ab, ob alle ihrem Gedankengang folgen konnten. Da niemand etwas sagte, sprach sie weiter.

»Das Handy ist ihm aus der Hand gefallen und unter seinem Sitz gelandet. Hat der Mörder die Autotür geöffnet und versucht, Henrys Smartphone zu finden, weil darauf belastende Beweise sein könnten, oder hat er sich nur so schnell wie möglich vom Tatort entfernt?«

Mitz holte tief Luft und sagte: »Das ist ein durchaus mögliches Szenario. Ich möchte noch die Möglichkeit hinzufügen, dass Gregson während des Textens seinen Mörder gesehen und das Fenster heruntergelassen hat, um nach ihm zu rufen. Daraufhin wurde er erschossen.«

»Diese Option gefällt mir. Sie erklärt, warum das Fenster trotz des kalten und nassen Wetters offen war. Außerdem habe ich überlegt, ob er nicht absichtlich versucht hat, sein Handy in letzter Minute zu verstecken, um Beweise zu sichern.«

»Aber er hat den Namen der Person, für den die Nachricht gedacht war, nicht eingegeben. Insofern gibt es auch keinen Beweis. Normalerweise wähle ich einen Kontakt aus und schreibe dann die Nachricht und schreibe nicht erst die Nachricht und entscheide dann, an wen ich sie schicke«, erklärte Anna.

»Vielleicht schon, wenn man die Nummer des Empfängers nicht weiß. Was, wenn es niemand aus der Kontaktliste war oder eine unbekannte Nummer? Dann schreibt man vielleicht doch erst die Nachricht und gibt anschließend die Nummer ein, oder?«, warf Matt selbstzufrieden ein.

»Okay. Ja. Aber nun hören wir auf mit den Theorien und konzentrieren uns auf das, was wir wissen. In der Nähe des Tatorts wurde ein Jogger gesehen, und den müssen wir finden. Was schwierig werden könnte. Vielleicht ist es jemand, der in der Gegend wohnt oder dort regelmäßig joggen geht. Ich selbst gehe manchmal am Wochenende im Cannock Chase laufen. Ich würde jedoch sagen, dass es sich um einen sehr eifrigen Jogger handelt, immerhin war es an dem Tag kalt und nass. Oder es war der Mörder. Matt, das ist zwar etwas weit hergeholt, aber könnten Sie mit den Bewohnern der Häuser in der Gegend sprechen, für den Fall, dass es jemand von denen war?«

Robyn musste an ihre Freundin Tricia denken, die manchmal mit ihr laufen ging. Sie kannte Tricia vom Fitnessstudio, und sie hatten sich nach einem Fall angefreundet, in den ein Freund von Tricia verwickelt war. Robyn joggte zwar gern allein, aber manchmal liefen sie auch zusammen und dann oft im Cannock Chase. »Fragen Sie auch in den Fitnessstudios und Lauftreffs in der Gegend nach. Vielleicht war der einsame Jogger irgendwo Mitglied. Wieder etwas weit hergeholt, aber irgendwo müssen wir ja ansetzen.« Sie zuckte entschuldigend mit den Schultern.

»Was die Verdächtigen angeht, haben wir seine Schwester Libby, die angeblich mit ihrer kranken Mutter zu Hause in Stoke-on-Trent war. Ihrer Aussage nach hat sie das Haus den ganzen Tag nicht verlassen. Das überprüfen wir noch.

Dann haben wir Liam Carrington, seinen Kollegen, der in Yoxall wohnt, einem fünfzehn Kilometer von Lichfield entfernten Dorf. Gestern hatte er frei und hat sich um die dreijährige Tochter Astra gekümmert, während seine Partnerin Ella eine Freundin im Krankenhaus besucht hat. Den Großteil des Vormittags hat er mit Astra ferngesehen. Kurz vor Mittag ist er mit ihr auf einen Spielplatz gegangen und anschließend zum Dorfmetzger, sodass sicherlich irgendjemand sein Alibi zwischen dreizehn und fünfzehn Uhr bestätigen kann. Auch das überprüfen wir noch.«

Kurz dachte sie an Liam, wie ihm im Personalraum des MiniMarkts die Tränen über die Wangen gelaufen sind und wie er vergeblich versucht hatte, die Fassung zu bewahren.

Shearer aß sein Sandwich auf, knüllte die Plastikfolie

zusammen und warf sie mit einem selbstgefälligen Lächeln in den Mülleimer. Wieder ignorierte Robyn ihn.

»Matt, finden Sie über Carrington heraus, was Sie können. Fahren Sie nach Yoxall und überprüfen Sie sein Alibi. Anna, Sie haben bereits Ihre Anweisungen, und wenn Sie irgendetwas finden, was beweisen könnte, dass Lauren eine Affäre hatte, sagen Sie mir bitte umgehend Bescheid. Mitz, ich weiß, dass es sehr unwahrscheinlich ist, weil dort Gewehre benutzt werden, in die keine 455er-Patronen passen, aber fragen Sie trotzdem bei der Forstverwaltung nach, ob in letzter Zeit Muntjaks geschossen wurden. Ich weiß, dass dem vor ein paar Jahren der Fall war. Finden Sie heraus, wer im Cannock Chase schießen darf und wann. Vielleicht war es ja ein Unfall. Außerdem sollten wir die Bauern im Umland befragen. Könnten Sie das übernehmen?«

»Klar, mach ich«, antwortete Mitz.

»Gut. Und fordern Sie auch seine Kontoauszüge an, nur für den Fall, dass in letzter Zeit größere Summen ein- oder abgegangen sind. Ich selbst werde heute mit dem Jungen reden, der Gregson gefunden hat. David, sind Sie so weit? Es ist an der Zeit, dass Sie ihr neuestes Training zum Umgang mit Kindern in solchen Situationen in die Tat umsetzen. Dann mal allesamt an die Arbeit!«

Sie legte den Stift ab und griff nach Mantel und Handtasche. Dabei vermied sie es, Shearer anzusehen, dessen Blick sie auf sich spürte. Als sie gerade die Tür öffnen wollte, flog diese auf, sodass sie zur Seite springen musste, um sie nicht abzukriegen. Gareth Murray schob sich mit einem Karton voller Dokumente unter dem Arm hindurch.

»Tut mir leid, Ma'am. Ich wusste nicht, dass Sie hinter der Tür stehen«, sagte er und drückte sich an die Wand, um sie vorbeizulassen.

Sie warf ihm einen bösen Blick zu. »Muss ich Sie wirklich daran erinnern, wie viele Leute im Moment dieses Büro besetzen? Die Wahrscheinlichkeit, dass mindestens einer von uns gerade in Türnähe steht, ist ziemlich hoch.«

Sie stürmte den Flur entlang in der Hoffnung, dass Flint sich beeilte und ganz schnell eine neue Bleibe für Shearer fand. In ihrer Nähe wollte sie ihn schlicht nicht mehr haben. Er störte ihre Gedankengänge.

Draußen war es recht kühl, oder wie ihre Mutter gesagt hätte: »frisch«. Sie dachte nicht oft an ihre Eltern, dabei hatte sie viele glückliche Erinnerungen an sie. Für einen Moment wünschte sie, sie wären noch am Leben, und überlegte, was sie wohl zu den merkwürdigen Vorfällen rund um Davies' Tod gesagt hätten. Sie verspürte einen Stich im Herzen. So konnte sie nicht weitermachen. Sie musste diesen Fall lösen und dann herausfinden, ob Davies noch lebte. Es gab da noch eine Person, mit der sie reden konnte. Sowenig sie ihren Cousin Ross auch in die Sache mit hineinziehen wollte, blieb ihr womöglich keine andere Wahl. Ross war genau der Richtige, den sie fragen sollte. Der Ex-Polizist arbeitete inzwischen als Privatdetektiv und war darauf spezialisiert, Vermisste zu finden. Sie brauchte die Meinung eines Experten, und er war der Beste. Er wusste bestimmt, was sie tun sollte.

Augen in der Farbe eines perfekten Sommertages, umrahmt von langen, dunklen Wimpern, dominierten Aiden Moores engelsgleiches Gesicht. Das lockige blonde Haar, das ihm bis zu den Schultern reichte, verstärkte den Eindruck eines Engels noch. Mit einer Hand umklammerte er einen Plüsch-Grüffelo, während der Daumen der anderen Hand in seinem Mund steckte. Ganz dicht saß er neben seiner Mutter, als klebte er an ihr. Sein älterer Bruder Kyle, ein schlanker Junge mit markanten Gesichtszügen, der eben noch auf dem abgenutzten Sofa auf und ab gehüpft war, zappelte jetzt auf einem Sessel herum und zupfte an einem Faden, der sich aus der Armlehne gelöst hatte. Die Mutter der beiden Jungs, Emma, war sichtbar erschöpft. In den letzten paar Minuten hatte Kyle sie mit einer Frage nach der anderen bombardiert, und Robyn konnte sich des Eindrucks nicht verwehren, dass das Leben mit ihm hauptsächlich aus sehr vielen Fragen mit ein paar Streichen dazwischen bestand.

David Marker versuchte, ein paar Informationen aus Aiden herauszukitzeln, doch der schwieg beharrlich und schmiegte sich nur noch enger an seine Mutter.

Kyle kniete sich nun auf den Stuhl und sagte: »Ich muss nicht drinnen bleiben, oder?«

David lächelte ihn an. »Du hast uns sehr geholfen, Kyle.«

Der Junge drehte sich um und schaute aus dem Fenster. »Kann ich jetzt raus?« Ohne eine Antwort abzuwarten, stand er auf. Emma schaute zu Robyn, die nickte.

»Ja, aber bleib im Garten, okay? Es ist schon dunkel. Bleib in der Nähe des Hauses«, sagte seine Mutter.

Kyle sprang auf und hüpfte aus dem Zimmer.

Emma stieß einen tiefen Seufzer aus und drückte Aiden an sich. »Alles gut, mein Baby?«, fragte sie. »Willst du was trinken? Einen Saft oder so?«

Aiden schüttelte den Kopf. Seit sein Bruder seine Version der Geschehnisse im Cannock Chase preisgegeben hatte, umklammerte Aiden den Plüsch-Grüffelo noch fester. Er drückte ihn an sich. In Vorbereitung auf das Gespräch mit dem Jungen hatte Robyn am Abend ein paar Geschichten über den Grüffelo und seine Freunde nachgelesen. Mit diesem Wissen, so hoffte sie, würde sie Aiden aus der Reserve locken.

»Ich mag am Grüffelo ganz besonders, dass er mit seinen Krallen und der giftigen Warze so furchterregend aussieht, dabei ist er das kein bisschen, stimmt's?«, sagte Robyn freundlich. »In Wirklichkeit hat er sogar Angst vor der kleinen Maus. Weißt du, manchmal sind Dinge, die unheimlich aussehen, gar nicht unheimlich. Hast du im Wald die Maus gesehen, als du mit deiner Granny unterwegs warst?«

Aiden nickte schüchtern. Ganz langsam nahm er den Daumen aus dem Mund. »Auf einem Baumstamm«, sagte er.

David nahm den Faden auf. »Und hast du auch den Fuchs gesehen? Den Fuchs mag ich am liebsten. Besonders seinen buschigen Schwanz.«

Aiden schüttelte den Kopf.

»Vielleicht hat der Fuchs dich kommen sehen und ist vor dir weggerannt. Vielleicht hatte er vor dir so viel Angst wie vor dem Grüffelo. Oder vielleicht hat Kyle ihn auch verschreckt.« David lächelte den Jungen an, der mit ernstem Gesicht nickte.

»Hast du denn den Grüffelo gesehen?« David deutete auf Aidens Plüschtier.

Aiden sah es an und nickte kurz.

»Du hast den Grüffelo gesehen?«, fragte David mit gespielter Begeisterung. »Kyle hat gesagt, er hätte den Fußabdruck vom Grüffelo nicht gefunden. Hast du ihn gefunden?«

»Ich habe den Fußabdruck gesehen. Und dann habe ich ihn gesehen.«

Robyn spürte ein Kribbeln der Vorfreude. Keiner der beiden Jungen war zum betreffenden Zeitpunkt in der Nähe des Grüffelo-Fußabdrucks gewesen. Aiden konnte ihn also gar nicht gesehen haben. Entweder irrte er sich oder er meinte, dass er einen echten Fußabdruck gesehen hatte. Doch sie schwieg und überließ es David, dem Kind die Informationen zu entlocken.

»War das auf dem Waldweg?«

»Ja.«

Da Robyn die von Anna gezeichnete Karte der Grüffelo-Tour studiert hatte, wusste sie, dass der Fußabdruck vom Grüffelo erst später den Weg entlang auftauchte, denn darauf hatte Anna die Abdrücke der einzelnen Charaktere vermerkt. Auch die Stellen, an der Mrs. Price eine Pause einlegen musste, um

Luft zu holen, an der sie ihre Enkelkinder aus den Augen verloren hatte und an der sie und Kyle Aiden gefunden hatten, waren eingezeichnet. Robyn selbst hatte die Stelle, an der der Kia etwa fünfzehn Meter vom Weg entfernt auf der Lichtung gestanden hatte, mit einem X markiert. David sprach wieder.

»Glaubst du, der Grüffelo hat sich hinter einem Baum versteckt, weil er Angst vor dir hatte?«

Aiden schüttelte den Kopf und runzelte die Stirn.

»Vielleicht hockte er in einem Gebüsch und hatte Angst, rauszukommen und mit dir zu reden«, mutmaßte David.

Nun nahm das Gesicht des Jungen besorgte Züge an. David bemerkte es und schwieg. Dann fingen die Lippen des Kindes an zu zittern. »Nein. Nicht vor mir. Er hatte Angst vor dem Mann.«

Robyn fing Davids Blick auf und schüttelte den Kopf. Für heute mussten sie es dabei belassen. Aiden klammerte sich wieder an sein Spielzeug. Emma wollte nicht, dass sie ihn weiter befragten, und Robyn sah auch keinen Sinn darin. Sie wollte den kleinen Jungen keinem unnötigen Stress aussetzen und überließ es David, einen Termin für die Fortsetzung des Gesprächs auszumachen. Aiden hatte etwas im Gebüsch in seiner Nähe gesehen. Könnte das der Mörder gewesen sein? Leider musste sie warten, bis Aiden in der Lage war, ihnen mehr darüber zu erzählen.

11

DAMALS

Seine Schwester ist in ihrem Zimmer und weint. Sein Vater hatte heute Abend wieder einmal richtig schlechte Laune. Während er im Pub war, ist sein Abendessen im Ofen trocken geworden, und als er endlich zu Hause war und es essen wollte, machte er aus seinem Unmut darüber keinen Hehl. Der Junge sah gerade fern, als er wie schon so oft zuvor lautes Geschrei und das Geräusch von Stühlen, die über den Boden geschoben werden, hörte. Der Vater prügelte auf die Mutter ein. Seine Schwester warf ihm einen Blick zu, und sie wollten sich gerade davonschleichen, als ein lautes Krachen ertönte, gefolgt von ohrenbetäubender Stille. Der Junge rannte in die Küche und fand seine Mutter auf dem Fußboden liegend vor. Sie blutete im Gesicht. Ihr Vater ragte über ihr.

»Ihr geht es gut«, knurrte er, als der Junge sich neben die Mutter kniete. »Lass sie in Ruhe.«

Seine Schwester stand in der Tür und fing an zu weinen. »Mum!«

»Ich sagte, lass sie in Ruhe.«

Mühsam richtete seine Mutter sich auf. Purpurrotes Blut lief aus ihrer Nase. Sie tastete ihren Nasenrücken ab und zuckte zusammen. »Alles gut«, sagte sie mit belegter Stimme. »Geh jetzt.«

Aber er wollte sie nicht allein lassen. Er wollte ihr helfen. Sein Vater ignorierte sie alle, zog einen Stuhl an den Tisch, setzte sich und begann mit böser Miene zu essen. Mit der Gabel in der Hand machte er eine wegscheuchende Handbewegung. »Verpisst euch«, sagte er mit vollem Mund.

Also ging er mit seiner Schwester nach oben und kuschelte mit ihr, während sie sich in den Schlaf weinte.

Und jetzt weint sie wieder. Das ist recht häufig der Fall. Er schlüpft durch die Tür zu ihrem Zimmer und setzt sich an ihr Bett.

»Schon okay«, sagt er und streicht ihr über das Haar. Sie schläft noch nicht.

»Er bringt sie um«, schluchzt sie.

»Nein, bestimmt nicht«, antwortet der Junge, doch im Grunde denkt er dasselbe. Seine Mutter lässt sich all die Schläge und das Schreien gefallen, weil sie Angst hat, sich gegen den Mann zu wehren, der sie und ihre Kinder misshandelt.

Sie alle leben in ständiger Angst, und niemand da draußen weiß, was hinter diesen Mauern vor sich geht.

12

TAG DREI – DONNERSTAG, 16. FEBRUAR

Tom Shearer saß mit bis zum Ellbogen hochgekrempelten Hemdsärmeln an seinem Schreibtisch. Er strahlte Zuversicht aus, doch als er die für ihn bestimmte Nachricht las, verfinsterte sich sein Gesicht. Robyn konnte seine Gedanken förmlich von seinen zuckenden Gesichtszügen ablesen. Seine großspurige Art und das aufgesetzte Selbstbewusstsein verschleierten nur, was er wirklich von seinem Job hielt. Das hatte er ihr eines Abends verraten, als er nach der Beerdigung eines alten Schulfreundes seinen Schutzwall fallen ließ und gestand, dass er ein Mann der Ergebnisse war, der die furchtbaren Verbrechen hasste, mit denen er sich abgeben musste.

Er räusperte sich. »Okay. Alle Mann zuhören. In der Hurst Lane gab es einen Mord. Oder besser zwei Morde. Die Opfer sind beide weiblich und vermutlich miteinander verwandt. Einmal neunundzwanzig Jahre alt und einmal in den Sechzigern. Die Polizei ist bereits vor Ort, doch der Täter hat eine Geisel genommen und sich im Haus verschanzt. Wir werden zur ausführlichen Besprechung in der Einsatzzentrale erwartet.«

Wie Robyn verfügte auch Shearer über ein vierköpfiges

Team aus Mitarbeitern. Sofort wurden überall im Büro Stühle mit den Kniekehlen nach hinten geschoben, alle suchten ihre Sachen zusammen und stürmten aus dem Büro. Das Trampeln im Flur hörte sich an wie von einer Viehherde. Shearer folgte den anderen mit grimmigem Gesicht.

Robyn hatte sich die Notizen von Mitz über Henry Gregson durchgelesen und rutschte nun auf dem Stuhl herum. In den Notizen gab es keinen Hinweis darauf, warum Gregson getötet worden sein könnte. Auch seine Bankkonten lieferten keine Antwort.

Ihr Kopf kam einfach nicht zur Ruhe, und das sah ihr gar nicht ähnlich. Normalerweise hatte sie Spuren, Ideen und eine Richtung. Im Moment jedoch war sie einfach nur ratlos, und dieses Gefühl gefiel ihr gar nicht. Nachdenklich betrachtete sie das Durcheinander von Akten und Kisten auf der anderen Seite des Büros. Eigentlich war sie eher eine Frau der Ordnung, und die ganzen Leute im selben Raum beeinträchtigten ihre Konzentration, was wiederum zu Frustration führte. Oder dachte sie immer noch über Davies nach? Sie musste hier raus.

Die Tür ging auf und Anna kam herein. In einer Hand hatte sie eine Akte, mit der sie fröhlich winkte.

»Gregsons Handydaten«, verkündete sie und legte die Akte mit einem zufriedenen Grinsen auf Robyns Schreibtisch. »Sowohl Handy als auch Computer sind sauber – keine aktuellen Konten in den sozialen Medien, keine Dating-Websites, kein Porno, kein Glücksspiel, nichts.«

»Du machst doch Witze«, meinte David, der von seinem Computer aufschaute. »Das kann doch nicht sein. Irgendwas muss da sein; er ist dreiunddreißig! Er muss doch in den sozialen Medien sein. Ich bin zehn Jahre älter als er und darin zu finden.«

»Er hatte einen Facebook-Account, hat sich aber seit über einem Jahr nicht mehr eingeloggt. Auf seiner Timeline steht nichts von Interesse. Nur Sachen über Fußball und ein paar

Clips über Sport aus dem Internet. Aber er hat auch nur selten was gepostet und hatte ganze vier Freunde. Ich habe alle vier kontaktiert. Einer hat seinen Account inzwischen gelöscht, einer kannte ihn über den Fußball und zwei waren mit ihm auf der Schule. Keiner von ihnen hat in den letzten Jahren was von ihm gehört.«

»Und welcher Kerl hat denn so gar keine Pornos auf seinem Computer?«, hakte David nach.

Anna schüttelte den Kopf. »Er ist blitzsauber. War hauptsächlich auf Sport-, Nachrichten- und Technik-Websites und in Foren, die sich um Sport drehten. Ich bin seinen gesamten gelöschten Verlauf durchgegangen; nichts.«

Das konnte Robyn kaum glauben. Henry hatte doch ein Leben vor Lauren gehabt und sicherlich nicht als Mönch gelebt. Es musste doch Freunde, Bekannte und andere Frauen in seinem Leben gegeben haben! Er kann sich doch unmöglich eingeigelt und nichts als Sport geguckt haben. Das war nicht logisch. Vielleicht hatte er seine Besuche solcher Websites mit voller Absicht verborgen, damit Lauren nicht dahinterkam. Vielleicht hatte er dafür einen anderen Computer gehabt. Immerhin hatte er Geheimnisse und hat gelogen; wenn er Seiten besucht hat, von denen seine Frau nichts wissen sollte, hatte er sicherlich Mittel und Wege, seine Spuren zu verwischen. Nein, Henry Gregson war nicht so moralisch unfehlbar, wie er sich gegeben hatte, dessen war sie sich sicher.

Anna fuhr unterdessen fort: »Auf seinem Handy hat er WhatsApp genutzt. Die Chats sowie eine Liste aller ein- und ausgegangenen Anrufe befinden sich in der Akte. Das hier ist die Nummer von Liam Carrington.« Sie deutete auf eine grün markierte Telefonnummer. »Und das hier ist die Nummer von Carringtons Freundin Ella. Er hat regelmäßig mit den beiden telefoniert und getextet. Er ist der Patenonkel seiner Kinder, stimmt's?«

»Ja. Liam Carrington meinte, Gregson hätte diese Pflicht

auch sehr ernst genommen und sich sogar an den Wochenenden um Astra gekümmert. Vermutlich hat er deshalb so oft mit ihnen telefoniert«, bestätigte Robyn und fuhr mit dem Finger über die Liste. »Konnten Sie all diese Telefonnummern zuordnen?«

»Alle bis auf eine«, antwortete Anna und deutete auf eine Nummer. »Die von der Technik meinten, es handelt sich um eine inzwischen deaktivierte Prepaid-SIM-Karte.«

Robyn tippte mit dem Zeigefinger auf die betreffende Nummer. »Gregson hat da am Vierzehnten und zehn nach zehn Uhr angerufen. Und er wurde in den letzten vierzehn Tagen mehrmals von der Nummer aus angerufen.«

»Insgesamt sechs Mal, und wir haben keine Chance herauszufinden, wem die Nummer gehört hat.«

»Da läuten bei mir die Alarmglocken«, meinte Robyn. »SIM-Karten, die plötzlich deaktiviert werden, sind höchst verdächtig.«

Jetzt mischte David sich ein. »Vielleicht eine Geliebte?«

Robyn verzog das Gesicht. »Da könnten Sie recht haben. Vielleicht ist seine weiße Weste nur vorgetäuscht. Irgendwelche Fingerabdrücke auf dem Handy?«

»Nur seine.«

Anna räusperte sich. »Lauren Gregson hingegen ist eine sehr aktive Snapchat-Nutzerin. Einen Facebook-Account hat sie zwar auch, nutzt ihn aber mittlerweile nur noch zum Spielen. Bevor sie Henry kennengelernt hat, war sie auch da deutlich aktiver. Vor rund achtzehn Monaten hat sie zum letzten Mal was gepostet.«

»Und was konnten Sie dabei herausfinden?«, fragte Robyn.

»Nicht viel. Vor Henry hatte sie mehrere Partner; sechs, um genau zu sein, in den drei Jahren, in denen sie Facebook genutzt hat. Bei Snapchat hat sie eine ganze Menge Freunde.«

»Bleiben Sie dran und finden Sie heraus, was geht. Mitz?«

»Ich habe gerade mit einem Typen von der Forstverwaltung

telefoniert. In letzter Zeit wurde nirgendwo im Cannock Chase ein Hirsch geschossen. Seiner Auskunft nach wird dort normalerweise überhaupt nicht geschossen, zumal die Grüffelo-Tour in der Nähe liegt. Es ist unwahrscheinlich, dass sich ein Jäger in diesem Gebiet aufgehalten hat. Die Regeln zur Jagd sind da recht deutlich. Außerdem verwenden sie definitiv keine 455er-Patronen.«

Robyn atmete so geräuschvoll aus, dass ihre Nasenflügel bebten. »Ich glaube, wir sind uns einig, dass Gregson ermordet wurde.« Sie stand auf, stellte sich vor das Whiteboard und strich »Unfall« durch.

»Also suchen wir weiter?«, fragte David.

Sie deutete mit dem Zeigefinger auf ihn. »Genau das. Weiß jemand, wo Matt ist?«

»In Yoxall. Prüft Liam Carringtons Alibi. Und weil er schon mal da ist, wollte er auch gleich beim Metzger ein paar saftige Steaks kaufen. Ich habe meine Bestellung bereits aufgegeben. Soll er Ihnen auch was mitbringen, Boss?«, fragte David grinsend.

Robyn lächelte zurück. Manchmal tat ihnen allen ein wenig Unbeschwertheit gut. »Nur Beweise, die auf unseren Mörder hindeuten«, antwortete sie.

»Ich habe auch was Interessantes über Libby Gregson herausgefunden«, sagte Anna. »Im Gegensatz zu ihrem Bruder ist sie auf Facebook recht aktiv. Sie hat über zweihundert Freunde, von denen die meisten in Stoke und Umgebung wohnen. Ein paar davon sind ehemalige Arbeitskollegen. Sie macht echt gerne Selfies. Mindestens zweimal am Tag postet sie eines. Ihre Mutter hingegen erwähnt sie in ihren Beiträgen nie. Die drehen sich in der Regel um Film, Fernsehen und Promis. Sie diskutiert viel über alle möglichen Sendungen und teilt lustige Bildchen mit ihren Freundinnen. Außerdem steht sie auf Tattoos. In letzter Zeit – den vergangenen sechs Monaten – hat sie mehrere Fotos von Tattoos gepostet, die sich quer über ihren gesamten Körper verteilen. Manche der Bilder wurden nach Beschwerden gelöscht, woraufhin sie sich lautstark über ihre sogenannten Freunde aufgeregt hat, die die Aufnahmen als pornografisch gemeldet haben.« Anna reichte ihr den Ausdruck eines Fotos von Libbys Facebook-Seite. »Das hier hat sie zuletzt gepostet.«

Robyn betrachtete das Bild des Rückens einer halb nackten Libby. Sie trug nur einen Tanga. Auf dem Rücken prangte ein Tattoo aus roten, schwarzen und blauen Sternen und Wirbeln, das von einer Seite vom Schulterblatt über die Hüfte bis zum Oberschenkel reichte. Auf ihrer Wirbelsäule befand sich ein Totenkopf mit Engelsflügeln und darunter das Wort »Mutter«. Anna deutete auf ein weiteres Foto von der Unterseite von Libbys linken Oberarm: ein frisches Tattoo einer Pistole, die Blumen schießt.

Robyn schaute auf zu Anna, die nickte. »Könnte etwas bedeuten. Vielleicht aber auch nicht.« Vor nicht allzu langer Zeit hatte Robyn im Fall vermisster Mädchen einen Verdächtigen verhaftet, weil der Mann ein Hirschtattoo hatte und sie nach jemandem suchte, der sich »Hunter« – Jäger – nannte. Diese Entscheidung hatte sich als falsch herausgestellt, und ein solcher Fehler sollte ihr nicht noch einmal passieren. Womöglich waren die Tattoos gar nicht relevant. Allerdings bewiesen sie, dass Libby noch eine andere Persönlichkeit hatte und nicht die brave und aufopfernde Tochter war, als die sie sich darstellte. Dieses Foto war am späten Montagnachmittag gepostet worden, noch bevor Henry erschossen wurde.

»Wie auch immer, wir werden noch mal mit ihr reden müssen. Gibt's was Neues über Tarik?«

Anna nickte. »Ich glaube schon. Unter ihren Facebook-Freunden befindet sich ein Tarik Akar, Mechatroniker in der Innenstadt von Hanley. Er arbeitet für Mike's Motors. War auf derselben weiterführenden Schule wie Libby und Henry.

Verheiratet. Hat zwei jüngere Geschwister, einen Bruder und eine Schwester. Beide waren ebenfalls auf derselben Schule.«

»Checken Sie seinen Background, bevor wir nach Stoke-on-Trent fahren, um beide zu befragen.«

Dann widmete sie ihre Aufmerksamkeit wieder der Liste mit den Telefonnummern und sie studierte Daten und Uhrzeiten der Anrufe. Das Summen ihres Handys unterbrach ihre Konzentration.

»Carter«, meldete sie sich und machte sich beim Sprechen eine Notiz.

»Hier ist Emma More, Aidens Mutter«, meldete sich eine leise Stimme. »Können Sie herkommen? Aiden hat mir erzählt, warum er gedacht hat, dass sich der Grüffelo im Gebüsch versteckt. Er meinte, der Grüffelo hätte Angst vor dem Mann im Auto gehabt. Außerdem hat er erzählt, dass der Grüffelo Schuhe und eine Hose anhatte. DI Carter, ich glaube, er hat vielleicht den Mörder gesehen.«

13

TAG DREI – DONNERSTAG, 16. FEBRUAR,
VORMITTAG

Aiden malte gerade ein Bild eines Hauses aus und war ganz in dieser Tätigkeit versunken, als Robyn an ihn herantrat. Emma begrüßte Robyn und David mit einem Kopfnicken, blieb jedoch auf dem Stuhl sitzen und ließ ihren Sohn nicht aus den Augen.

»Hallo, Aiden«, sagte Robyn.

Der Junge schaute kurz auf, lächelte knapp und widmete sich dann wieder seinem Bild. Seine kleine Hand umklammerte einen roten Buntstift, mit dem er die Räume zwischen den Linien auf dem Blatt vor ihm vollkritzelte.

»Erinnerst du dich an Robyn und mich?«, fragte David und hockte sich neben Aiden auf den Boden. »Wir waren gestern schon mal hier.«

»Ja.«

Mit einem Nicken ermunterte David Robyn, den Jungen anzusprechen.

»Wollen wir was spielen?«, schlug Robyn vor.

Aiden schaute sie fragend an.

»Wie wäre es mit einem Gedächtnisspiel? Kannst du dich gut an Sachen erinnern? Ganz bestimmt kannst du das.«

Aiden ließ den Stift nicht los, hörte aber auf zu malen.

»Gestern hast du mir erzählt, dass du den Grüffelo gesehen hast. Ich habe ihn noch nie gesehen und würde wirklich gern wissen, wie er aussieht. Bisher habe ich nur Bilder von ihm gesehen. Er ist ganz schön groß, oder? Ist er so groß wie ein Baum?«

Mit ernstem Gesicht schüttelte Aiden den Kopf.

»Aber er ist groß, oder? Größer als ich?«

Aiden musterte sie kurz und nickte dann.

»Das ist aber ganz schön groß. Oh, und er hat große Krallen. Hast du seine Krallen gesehen?«

»Nein. Er hatte Schuhe an.«

»Bestimmt, weil es geregnet hat und er keine dreckigen Füße haben wollte. Hatte er so große Pantoffeln an wie die da?« Robyn schenkte dem Kind ihr freundlichstes Lächeln.

Aiden betrachtete seine roten Hausschuhe und sagte: »Nein, die sind nicht für draußen. Ich habe auch Schuhe für draußen.«

»Sehen sie so aus wie meine?«, fragte Robyn.

Aiden besah sich ihre schwarzen, flachen Schuhe und schüttelte den Kopf. »Ich habe Turnschuhe. Der Grüffelo hat auch Turnschuhe.«

Robyn beugte sich vor und sagte schwer beeindruckt: »Du hast Grüffelos Turnschuhe gesehen?«

Erneut nickte er und lächelte. »Aber die hatten eine andere Farbe als meine.«

»Welche Farbe hatten sie denn?«, fragte Robyn. »Rosa?«

Aiden kicherte. »Nein. Doch nicht rosa. Sie waren schwarz!«

»Natürlich. Der Grüffelo würde ja wohl kaum rosa Schuhe tragen. Das war ganz schön dumm von mir«, sagte Robyn und schlug sich mit der Handfläche an die Stirn. »Also hast du seine großen schwarzen Turnschuhe gesehen. Hatte er auch eine Hose an oder nackte haarige Beine und haarige braune Knie?«

Nun legte Aiden den Stift weg, schob sich näher zu ihr und

kicherte erneut. »Er hatte eine dunkle Hose an, so wie Daddy, wenn er joggen geht. Mit Bündchen an den Beinen.«

»Also hast du seine großen, behaarten Knöchel gesehen?«

»Nein«, prustete er. »Er hatte doch Socken an.«

»Wow, du hast aber ein tolles Gedächtnis. Weißt du auch noch, welche Farbe seine Socken hatten?«

Er runzelte leicht die Stirn. »Das weiß ich nicht mehr. Ich glaube, sie hatten Streifen.«

»Du machst das toll. Daran hätte ich mich ja nie erinnert! Als du den Grüffelo gesehen hast, hat er sich aber nicht hinter einem Baum versteckt, oder? Sein dicker, haariger Bauch hätte ja bestimmt rausgeguckt.«

Aiden lächelte, schüttelte den Kopf und flüsterte dann: »Er war im Gebüsch.«

»Hat er was gesagt?«

»Nein.« Nun rutschte er ungeduldig auf dem Hintern herum und griff wieder nach dem Buntstift.

»Aiden, war das, bevor du das rote Auto gesehen hast?«

Aiden zögerte und schaute hilfesuchend zu seiner Mutter. »Schon okay, Baby«, sagte diese. »Sag Robyn genau, was du gesehen hast. Kriegst du das hin? Erzähl ihr, was passiert ist, als du Kyle verloren hast. Er ist ohne dich weitergerannt, oder?«

Aiden verzog die Lippen und dachte über die Bitte nach. Dann begann er langsam und bedächtig zu sprechen: »Ich habe einen großen Fußabdruck gesehen. Das war der Fußabdruck vom Grüffelo. Ich wollte ihn Kyle zeigen und habe ihn gerufen, aber er war schon weg. Dann habe ich den Grüffelo gehört und bin in den Wald gegangen, um ihn zu suchen. Dann habe ich seine Füße unter einem Busch gesehen, und dann habe ich Angst bekommen, dass er mich anspringt, wie es Kyle manchmal tut. Und ich mag das gar nicht, wenn er das tut. Also habe ich Hallo gesagt, aber er hat nichts gesagt. Kyle habe ich nicht gesehen und Granny auch nicht. Und ich hatte Angst vor dem Grüffelo, weil er nichts gesagt hat. Dann habe ich

Mummys Auto gesehen und bin hingerannt. Aber es war nicht Mummys Auto.«

»Du bist so ein tapferer kleiner Junge«, sagte David, um ihn zu ermutigen. »Ich wette, der Grüffelo fand auch, dass du ganz schön tapfer bist. Ist er unter dem Busch geblieben oder ist er weggerannt?«

»Ich glaube, er ist weggerannt. Er hatte Angst vor dem Mann im Auto. Deshalb ist er wieder in seinem Wald verschwunden.«

Robyn beobachtete David, wie er mit dem Jungen sprach. Jetzt wussten sie mit Sicherheit, dass in der Nähe von Gregsons Auto noch jemand gewesen war. Vielleicht handelte es sich um den Jogger, den die Familie gesehen hatte. Wenn dem so war, warum hatte sich die Person im Gebüsch versteckt?

Sie musste herausfinden, wer das gewesen war. Entweder handelte es sich um einen wichtigen Zeugen oder um den Mörder von Henry Gregson.

Mit entschlossenen Schritten ging Robyn den Korridor entlang. Matt stand mit einem Pappbecher Tee in der Hand an seinem Schreibtisch.

»Der Metzger erinnert sich daran, dass Liam Carrington und seine Tochter Astra in seinem Laden gewesen sind, hat aber keine Ahnung, wann das war. Er war gerade damit beschäftigt, die Tiefkühltruhe aufzuräumen, und hat nicht auf die Zeit geachtet. Ein Augenzeuge hat Carrington im Park gesehen, wie er seine Tochter auf der Schaukel angeschubst hat, aber auch er ist sich nicht sicher, wann das war. Könnte so gegen zwölf gewesen sein. Sonst konnte ich in Yoxall niemanden ausfindig machen, der ihn gesehen hat«, berichtete Matt. »Seine Freundin Ella Fox ist früher als geplant nach Hause gekommen und behauptet, Carrington wäre um vierzehn Uhr da gewesen. Wenn Jane Dean um 13.45 Uhr einen Schuss gehört hat, kann Carrington unmöglich den Mord begangen und vom Cannock Chase aus rechtzeitig zu Hause gewesen sein.«

Robyn verschränkte die Hände im Nacken und stöhnte. »Also war es nicht Carrington. Wer könnte denn Interesse an Gregsons Tod gehabt haben? Lauren hat ein hieb- und stichfestes Alibi; allerdings könnte sie jemanden mit dem Mord beauftragt haben, einen Freund oder gar einen bezahlten Killer. Möglicherweise müssen wir auch Libby Gregson und ihren Freund Tarik Akar genauer unter die Lupe nehmen. Im Moment kann ich nicht ausschließen, dass sie irgendwie in die Sache verwickelt sind, auch wenn mir im Moment die Beweise fehlen. Anna, haben Sie schon etwas über die beiden herausgefunden?«

»Ich arbeite dran.«

»Okay, David, reden Sie mit Gregsons Kollegen, seinen Nachbarn und allen, mit denen er Cricket gespielt hat. Bis wir wissen, wer ein Motiv gehabt haben könnte, müssen wir mit jedem reden, und sei der Verdacht noch so weit hergeholt.«

Robyn strich den Namen von Liam Carrington auf dem Whiteboard durch und bahnte sich den Weg zwischen den Schreibtischen hindurch zu ihrem eigenen. Lauren war immer noch eine potenzielle Verdächtige, obwohl es für diesen Verdacht nur wenig Grund gab. Es gab keinen Beweis dafür, dass sie sich mit einem anderen Mann traf. Im Moment blieben Robyn nur zwei potenzielle Verdächtige – Libby und Tarik – und ein schwaches Motiv für den Mord an einem Geschwisterkind: Eifersucht.

Kaum hatte sie sich hingesetzt, klingelte ihr Telefon. Es war der Empfang.

»Hier ist ein Mann, der Sie sehen möchte. Sein Name ist Carrington.«

Robyn war überrascht. »Bringen Sie ihn in Vernehmungsraum zwei. Ich komme da hin.«

Kaum hatte sie aufgelegt, verließ sie auch schon das Büro. Hoffentlich hatte Liam Carrington neue Informationen für sie. Als sie die Tür zum Vernehmungsraum öffnete, starrte sie in ein kleines, weinendes und schmerzerfülltes Gesicht. Tränen liefen aus den Augen des kleinen Mädchens, mit denen es Robyn aufmerksam anblickte.

»Hallo!«, sagte Robyn und ging in die Hocke. »Ich bin Robyn. Und wer bist du?«

Das Mädchen wandte sich mit bebender Unterlippe ab, rannte quer durch den Raum zum Vater und vergrub das Gesicht in seinem Schoß. Dieser versuchte, sie hochzuheben, doch vergebens.

»Das ist Astra. Astra, sag Hallo zu der netten Dame.«

Endlich hob das Mädchen den Kopf und ein schüchternes Lächeln huschte über sein Gesicht. Dennoch wich es seinem Vater nicht von der Seite und hielt seine Finger ganz fest. Liam Carrington hatte dunkle Ringe unter den Augen und sah ausgesprochen erschöpft aus. »Tut mir leid. Ich kann das Haus nicht mehr ohne sie verlassen. Eigentlich wäre heute ihr Tag mit Henry gewesen und ich musste ihr erklären, dass er nicht kommt, weil, Sie wissen schon, und seitdem ist sie so drauf. Sie weicht mir nicht mehr von der Seite. Die Nachricht hat sie furchtbar mitgenommen.«

Als das Mädchen den Namen hörte, flüsterte sie wie aufs Stichwort: »Henry?« Die deutlich hörbare Hoffnung in der Stimme versetzte Robyn einen Stich ins Herz.

Carrington schaute seine Tochter verzweifelt an.

»Henry hier?«, fragte sie.

»Nein, meine Süße. Henry ist nicht hier. Er hatte einen Unfall.« Robyn sprach so behutsam mit dem Mädchen wie nur irgend möglich.

Astras Lippe bebte. »Nicht Henry«, stammelte sie traurig.

Ihr Vater zog sie zu sich und küsste sie auf die Stirn. Dann strich er dem Kind über das Haar und schaute zu Robyn.

»Ich bin hier, um zu fragen, ob Sie irgendetwas Neues wissen. Ich konnte letzte Nacht kaum schlafen und hoffe einfach, dass Ihre Ermittlungen schon etwas ergeben haben.«

Robyn stellte sich wieder hin und stieß einen Seufzer aus. »Noch nicht, aber sobald wir was wissen, sage ich Ihnen Bescheid. Wir finden raus, wer das getan hat.«

Er nickte, sah jedoch wenig überzeugt aus. »Danke. Dann bring ich Astra mal lieber nach Hause. Sollen wir wieder zu Mummy gehen?«

Astra blinzelte die Tränen weg. »Henry? Bällebad?«

Schulterzuckend schaute er zu Robyn. »Er geht donnerstagnachmittags gerne mit ihr ins Bällebad in der Nähe der Wolseley-Brücke. Das ist ein Käfig mit weichen Bällen und Rutschen für die Kleinen. Die findet sie toll.« Zu seiner Tochter sagte er: »Astra, soll Daddy mit dir ins Bällebad gehen?«

Sie ließ den Kopf hängen und schluchzte so sehr, dass ihre kleinen Schultern zitterten. »Nicht Daddy. Ich will Henry.«

***

Robyn ging zurück ins Büro und ließ sich auf den Stuhl hinter ihrem Schreibtisch fallen. Dabei fiel ihr auf, dass sie wieder klarer denken konnte. Davies war in ihrem Kopf endlich in den Hintergrund getreten.

14

TAG DREI – DONNERSTAG, 16. FEBRUAR, FRÜHER MORGEN

Tessa Hall ging die Treppe hinunter in ihre Küche, schaltete das Licht ein und blinzelte, um wach zu werden. Sie fröstelte und zog das Fleeceoberteil über die üppige Brust und den Bauch.

Der Heizkessel war noch nicht angesprungen, sodass es in der Küche recht kühl war und ihre Nase und Wangen froren. Es war ein bitterkalter Morgen und sie war schlecht gelaunt. Schlecht gelaunt, weil sie zu dieser unchristlichen Zeit aufstehen und raus musste. Eigentlich sollte sie noch im Bett unter der warmen Decke liegen und angekuschelt an ihren Babykater namens Schrödinger tief und fest schlafen. Kurz erwog sie, wieder nach oben zu gehen und genau das zu tun. Ein ausgesprochen verlockender Gedanke. Stattdessen stieß sie einen tiefen Seufzer aus. Sie hatte aus gutem Grund den Neujahrsvorsatz gefasst, Sport zu treiben, und es zeigten sich bereits die ersten Erfolge. Nun musste sie am Ball bleiben, unabhängig davon, wie furchtbar es war, dreimal die Woche vor sechs Uhr morgens aufzustehen und joggenderweise mehrere Kilometer auf dem nassen und rutschigen Asphalt zurückzulegen, während der Rest der Welt friedlich vor sich hin schlummerte. Anfangs hatte sie kaum einen Kilometer geschafft, bevor sie aus der Puste war; inzwischen jedoch konnte sie über sieben Kilometer ein recht beeindruckendes Tempo halten und war sehr glücklich über ihre Leistung. Das alles war nicht einfach gewesen und sie hatte sich mächtig antreiben müssen, doch sie hatte ein Ziel, einen Grund für all die Qual.

Ihr Blick fiel auf ihr Spiegelbild im Küchenfenster, und sie hatte den Eindruck, dass sie fitter und gesünder aussah. Mit einer Hand fuhr sie sich über den flachen Bauch und lächelte. Morgen Abend würde der Grund für ihr Sportprogramm hier sein, und sie konnte es kaum erwarten.

Tessas Gedanken schweiften ab zu ihrer letzten Begegnung. Wieder musste sie lächeln. Den Valentinstag hatte er zu Hause verbringen müssen, was zwar schade gewesen war, aber leider nicht zu ändern. Wäre er an dem Abend woanders gewesen, hätte ihn die eifersüchtige Kuh mit Sicherheit einer Affäre verdächtigt. Aber jetzt war das alles egal. Tessa betrachtete den riesigen Blumenstrauß, den er ihr geschickt hatte. Sie befand sich auf der Zielgerade. Sie würde gewinnen. Er verliebte sich immer mehr in sie. Jetzt dauerte es bestimmt nicht mehr lange, bis er die blöde Tussi abservierte; immerhin hatte Tessa einen Trumpf in der Hand. Noch wollte sie abwarten, bis sie ihn ausspielte, doch wenn es so weit war, würde er überrascht und begeistert sein und anschließend ganz und gar ihr gehören.

Dann würde sich alles gelohnt haben – all die Lügen, all die heimlichen Treffen. Ihnen würde eine strahlende Zukunft bevorstehen. Sie checkte ihr iPhone, ob sie ihre Trainingsplaylist eingestellt hatte. An manchen Morgen war Musik das Einzige, was sie am Laufen hielt. Sie würde ihr heutiges Pensum hinter sich bringen, danach zu Hause Dehnübungen machen, duschen und auf dem Weg zur Arbeit vielleicht noch beim Costa Drive-in vorbeischauen. Sie würde sich eine heiße Schokolade gönnen – manchmal wird man ja wohl sündigen dürfen.

Außerdem musste sie für morgen Abend noch etwas zu trinken kaufen. Morgen würde sie ihm endlich von den Neuigkeiten berichten, und dann hatten sie etwas zu feiern.

Tessa befestigte ihr iPhone am Oberarm über dem Fleeceoberteil und griff nach den Sportschuhen. In dem Moment klopfte jemand sachte an die Haustür. Das konnte unmöglich er sein, oder? Manchmal überraschte er sie, indem er auf dem Weg zur Arbeit bei ihr vorbeischaute. Letzte Woche hatte er das getan. Um halb sechs war er gekommen, weil er sie unbedingt hatte sehen wollen. Sie hatten gierigen, leidenschaftlichen Sex auf dem Küchentisch gehabt. Danach hatte er wieder gehen müssen. Beim Gedanken daran verspürte sie ein wohliges Ziehen im Unterleib. Ganz bestimmt war er das, weil er es nicht erwarten konnte, sie erst morgen zu sehen. Ungeduldig schob sie den Riegel zur Seite und öffnete die Tür, um dann enttäuscht festzustellen, dass nicht die Person davorstand, die sie erwartet hatte.

»Was machst du denn hier?«

»Ich musste dich sehen. Es ist dringend.«

»Ich finde, ich habe mich ziemlich klar ausgedrückt.«

»Es dauert nur einen Moment. Bitte lass mich rein. Hier draußen ist es furchtbar kalt.«

Tessa seufzte. »Mach schnell. Ich will vor der Arbeit noch laufen gehen.« Sie machte einen Schritt zur Seite, um die Person hereinzulassen, und schloss dann die Tür.

»Willst du es dir nicht noch mal überlegen?«

»Ich werde meine Meinung nicht ändern«, sagte sie und verschränkte die Arme. »Das habe ich dir schon am Telefon gesagt. Ich habe mich entschieden, und dabei bleibt es auch. Was auch immer du also zu sagen hast, das wird nichts ändern.«

»Tessa, ich bitte dich.«

»Wie oft muss ich es noch sagen? Nein!«

»Bitte, bitte überlege es dir noch mal.«

Ein leises Miauen ertönte, und Tessa schaute sich um. Ihr

kleiner Kater stand oben an der Treppe und verlangte nach Aufmerksamkeit. Erneut miaute er, bewegte sich jedoch nicht von der Stelle.

»Muss ich dich wirklich anflehen, Tessa?«

Die Stimme klang nun verärgert, und Tessa zuckte zusammen. Sie hatte überhaupt keine Lust, sich einschüchtern zu lassen. Abgesehen davon stand ihre Entscheidung fest. Sie löste ihren Blick vom Kater und schüttelte den Kopf. »Ich muss los.«

Sie wandte sich zur Tür, um sie wieder zu öffnen, hielt aber mitten in der Bewegung inne. Überrascht weiteten sich ihre Augen, als ein Objekt auf sie zukam und eine warme Flüssigkeit ihre Wange hinabbrann. Dann explodierte der Schmerz in ihrem Kopf. Sie hatte keine Zeit, um zu begreifen, was geschehen war. In kompletter Dunkelheit sank sie zu Boden, während der Kater klagend nach ihr rief.

Die Person überprüfte Tessas Puls, stieg dann über den leblosen Körper, griff nach dem Türknauf und verschwand nach draußen.

15

DAMALS

Das Hämmern an die Tür hallt in dem gesamten Haus wider und das Wumm, Wumm, Wumm klingt ausgesprochen dringend. Mit verschlafenen Augen hebt der Junge den Kopf vom Kissen und lauscht. Sein Kopf pocht immer noch. Am Tag zuvor hat er den Fußball gegen die Außenwand der Küche gekickt, um die Bewegungsabläufe zu üben, und ihn dann so doll gegen die Wand getreten, als würde er ein Tor schießen, dass sein Vater blind vor Wut nach draußen kam und seinen Kopf so fest an die Wand donnerte, dass er Sterne sah.

»Mach gefälligst nicht so 'n Lärm. Dein Krach macht mich wahnsinnig. Ich kann den Fernseher kaum hören!«

Den Tag verbrachte er zu Hause im Bett mit zugezogenen Vorhängen. Seine Mutter setzte sich ab und an zu ihm und wies ihn an, in der Schule nichts davon zu erzählen. Wenn jemand fragte, sollte er antworten, er sei gestolpert. Er durfte es niemandem erzählen, absolut niemandem. Das musste er ihr versprechen. Dann küsste sie ihn auf die Wange und versicherte ihm, dass alles gut werden würde. Doch sie wussten beide, dass nichts jemals gut werden würde. Diesmal hatte er zwar überlebt, aber wer wusste schon, was beim nächsten Mal passiert?

Jetzt ist er wach. Sein Kopf tut nicht mehr so doll weh und seine Sinne sind geschärft. Die Schlafzimmertür wird geöffnet, und dann hört er seine Mutter die Treppe hinuntergehen. Nur ein paar Stufen, dann zögert sie, bis das Hämmern wieder einsetzt und jemand ihren Namen ruft. Leise läuft sie die letzten Stufen hinunter und öffnet die Tür.

Er steigt aus dem Bett und huscht zur Zimmertür. Seine Schwester schläft noch. Sie schläft nachts so schlecht ein, dass man sie morgens immer schütteln muss, um sie wachzukriegen. Ganz friedlich liegt sie da, in die ausgebleichte Bettdecke mit den Schäfchen darauf gewickelt, und befindet sich zweifellos in einer magischen Welt, fernab von sich anschreienden Eltern, vom bröckelnden Putz an der Decke, vom flockigen Staub auf dem Bettzeug und den großen, feuchten Schimmelflecken an der Kinderzimmerwand. Sie seufzt leise, und er lässt sie schlafen. Alles ist besser, wenn man schläft. Dann spürt man keinen Hunger, der wie ein eingesperrter Tiger knurrt, und auch keine Angst, die sich wie ein schwerer Umhang auf die Schultern legt.

Von unten hört er murmelnde Stimmen, und dann ruft seine Mutter weinend: »Nein!« Eine tiefe Stimme sagt etwas. Dann geht die Tür wieder zu und die Stimmen bewegen sich in die Küche.

Er schleicht die Treppe hinab und bleibt vor der Küchentür stehen. Einerseits traut er sich nicht einzutreten, andererseits will er unbedingt wissen, warum seine Mutter weint. Was gesagt worden war, hat er nicht hören können. Leise geht er zum Vorderfenster und späht hinaus. Das Polizeiauto mit den fluoreszierenden gelben und weißen Farben ist nicht zu übersehen. Mit heftig klopfendem Herzen überlegt er, warum die Polizei in der Küche sein könnte. Am Tag zuvor war er nach der Begegnung seines Kopfes mit der Wand im Laden von Mr. Bridge. Ganz spontan. Er war gerade auf dem Weg von der Schule nach Hause. Johnny Hounslow, dessen Vater eine Fabrik in Birmingham gehört und der ganz schön viel Taschengeld bekommt, ging mit ihm und wollte sich Chips kaufen. Während Johnny die verschiedenen Geschmacksrichtungen, die sich in einem großen Karton neben der Kasse befanden, durchsuchte, schlenderte der Junge durch die Gänge. Mr. Bridges war so beschäftigt damit, auf Johnny zu achten, dass er den Diebstahl eines großen Schokoriegels nicht bemerkte. Auch Johnny bemerkte nichts. Aber was wäre, wenn es Kameraaufnahmen gäbe und die Polizei hier war, um seine Mutter zu informieren? Er hatte nicht zum ersten Mal etwas geklaut.

Aus der Küche hört er nun, wie ein Stuhl über den Boden geschoben wird, und rennt erschrocken wieder zur Treppe. Die Tür geht auf und seine Mutter kommt mit gespenstisch bleichem Gesicht heraus. Als sie ihn sieht, bedeutet sie ihm mit einer Handbewegung nach oben zu gehen. Zwei Polizisten in Uniform steuern die Haustür an und sprechen dabei leise miteinander.

»Jemand wird sich im Laufe des Tages mit Ihnen in Verbindung setzen.«

Seine Mutter schließt die Tür hinter den Männern und lehnt sich mit dem Rücken dagegen.

»Was ist passiert?«, fragt er. »Was wollte die Polizei hier?«

»Es geht um deinen Vater. Er steckt in Schwierigkeiten. Sieht aus, als müsste er für eine ganze Weile ins Gefängnis.«

Er ließ ihre Worte auf sich einwirken. Keine betrunkenen Prügelattacken mehr. Seine Erleichterung war förmlich spürbar und er wollte gerade in ein Jubeln ausbrechen, als er ihre Tränen bemerkte.

»Warum weinst du? Wenn er im Gefängnis ist, kann er dir nicht mehr wehtun.«

Sie schüttelt den Kopf und weint so sehr, dass ihre Nase läuft. »Er kann uns zwar nicht mehr wehtun, aber ich weiß nicht, wie ich zurechtkommen soll. Ich habe keinen Job und die Miete ist schon wieder überfällig und ich habe noch nicht einmal mehr die Notreserve.« Nach heftigem Schluchzen fügt sie hinzu: »Und wenn ich mich nicht um euch kümmern kann, werdet ihr mir weggenommen ...«

Das versteht er nicht. »Schon okay. Du suchst dir einen Job und ich passe auf meine Schwester auf, wenn du weg bist. Und ich suche mir auch einen Job. Vielleicht kann ich ja Zeitungen austragen.«

Ihre Schultern beben, als sie hysterisch auflacht. Ihr Gesicht ist tränenüberströmt. Sie kann nicht sprechen. Der Ausdruck in ihrem Gesicht lässt ihm das Blut in den Adern gefrieren. Nun spürt er, dass es ohne seinen Vater nur noch schlimmer werden wird.

16

TAG DREI – DONNERSTAG, 16. FEBRUAR, NACHMITTAG

Robyn arbeitete sich gerade durch Gregsons Mobilfunkdaten, als ihr Telefon zum zweiten Mal klingelte. Wieder war es der Empfang.

»DCI Flint hat mich gebeten, Sie anzurufen. DI Shearer ist nicht erreichbar und es ist dringend. In Barton-under-Needwood gab es einen Zwischenfall. Das Opfer ist eine junge Frau. Mehr ist noch nicht bekannt. Die Sanitäter haben uns gerufen. Kopfverletzung.«

Robyn bat alle Anwesenden um Aufmerksamkeit. »Wir haben einen neuen Fall und müssen das Team aufteilen. Matt, Sie bleiben hier, Anna, Sie versuchen herauszufinden, wo der Kia von Henry Gregson war, bevor er zum Cannock Chase gefahren ist. Und halten Sie mich auf dem Laufenden. David, Mitz – Sie kommen mit.«

Genervt biss Robyn die Zähne zusammen. Das Dorf Barton-under-Needwood war als Wohnort recht beliebt, was zu einer

Fülle von Pendlern führte, die im nahe gelegenen Lichfield, in Tamworth oder in Burton-upon-Trent arbeiten. Dementsprechend voll waren die Straßen. Selbst mit heulender Sirene dauerte es mehrere Minuten, bis sie den Mittagsverkehr umgefahren und das Reihenhaus in einer Seitenstraße in der Nähe der Tudorkirche St. James erreicht hatten.

Im Sichtschutz eines Einsatzfahrzeugs schlüpfte Robyn in den obligatorischen Einweganzug und betrachtete die Frontseite des Hauses, das durch einen schmalen Bürgersteig von der Straße getrennt war und auf der linken Seite über eine gepflasterte Einfahrt verfügte. Es handelte sich um ein kleines Haus aus braunem Backstein mit enteneiblau lackierter Haustür und farblich passenden Fensterbänken. In den gepflegten Blumenkästen wuchsen blassrosa und violette Stiefmütterchen, die noch feucht vom letzten Regen waren. Die cremefarbenen Lamellenjalousien hingen bis zur Hälfte der makellos sauberen Fenster herunter, und auf dem Fenstersims saß ein schwarzes Kätzchen, das gespannt das Treiben draußen beobachtete. Robyn zeigte dem Polizeibeamten an der Einfahrt ihren Ausweis und betrat das Grundstück. Das Kätzchen beobachtete sie interessiert, wie sie vorsichtig über die Schwelle trat.

Die Haustür führte direkt in die Küche, die gleichzeitig als Esszimmer diente. Tessa Hall lag mit Sportleggings und Fleecepullover bekleidet am Fuß einer Treppe seitlich des Zimmers. Die Bodenfliesen waren voller knallroter Flecken. Sogar auf den Fronten der Küchenschränke sowie auf dem weißen Holzgeländer befanden sich winzige Blutspritzer. Der Kopf der Frau war vollkommen zerschmettert, und die Lache darum sah aus wie ein purpurroter Heiligenschein. Mehrere Leute von der Spurensicherung arbeiteten lautlos in der Küche, während der Fotograf in der Tür zwischen Küche und Wohnzimmer stand und die bereits gemachten Aufnahmen sichtete. Connor Richards hob hilflos die Hände, als er Robyn sah.

»Wie furchtbar«, sagte er.

»Womit haben wir es hier zu tun?«, fragte Robyn.

»Weiblich, Mitte zwanzig. Kopfverletzung. Könnte ein unglücklicher Sturz gewesen sein. Aber viel wahrscheinlicher handelte es sich um einen tätlichen Angriff. Harry McKenzie ist unterwegs. Er wird uns sagen können, ob es sich um einen Unfall oder um einen Mord handelt.«

Wie aufs Stichwort erschien Harry McKenzie, der Rechtsmediziner, mit gerunzelter Stirn und seiner Arzttasche in der Hand am Tatort. Er begrüßte die Anwesenden nicht, sondern nickte nur in ihre Richtung und stieß dann ob des Anblicks der Leiche einen tiefen Seufzer aus. Der untersetzte, gepflegte Mann in den Fünfzigern mit grauen Schläfen, blassem Gesicht und zarten Gesichtszügen zeigte stets angemessenes Mitgefühl. Robyn mochte seinen methodischen Ansatz in Kombination mit der ihm eigenen Nettigkeit.

Schweigend packte er seine Arzttasche aus und untersuchte Tessas Verletzungen. Robyn wandte sich vom Anblick der Toten ab und schaute sich in der unfassbar aufgeräumten Küche um. Tessa schien ein sehr ordentlicher Mensch gewesen zu sein. Porzellandosen mit der Aufschrift Kaffee, Tee und Zucker standen neben einem blitzsauberen Wasserkessel und einem Kaffeebecher mit einer Krawatte tragenden Katze darauf. Weitere Becher mit Tiermotiven hingen an Holzhaken unter den Küchenoberschränken, und auf dem Tisch in der äußersten Ecke stand ein wunderschöner Blumenstrauß. Daneben lag eine überdimensionale Karte mit einem roten Samtherz darauf. Das kleine Sitzkissen auf dem Küchenstuhl war vermutlich für die Katze. Ein Katzenklo und ein blauer Futternapf mit dem Namen Schrödinger befanden sich neben der Tür. Einer der Gerichtsmediziner hatte das Kätzchen von der Fensterbank genommen und es in einen Käfig neben der Tür gesperrt. Von dort aus ließ es Robyn nach wie vor nicht aus den Augen. Als es miaute – ein schwaches, trauriges Rufen –, überkam auch Robyn ein Anflug von Traurigkeit, sowohl wegen der jungen Frau als auch wegen ihres tierischen Begleiters.

Mitz gesellte sich mit einem Notizblock in der Hand zu ihnen.

»Das Opfer heißt Tessa Hall. Sechsundzwanzig Jahre alt. Single. Sie war Krankenschwester und arbeitete in Tamworth. Die Nachbarn auf beiden Seiten sind gerade bei der Arbeit. Ich habe bisher nur mit der Frau gesprochen, die sie gefunden hat, eine Mrs. Frances Shields. Sie wollte eine Lokalzeitung in den Briefkasten werfen, als sie die Katze laut miauen hörte. Da sie dachte, das Tier wäre verletzt, hat sie einen Blick durch den Briefschlitz geworfen, dabei Tessa auf dem Boden liegen gesehen und den Notarzt gerufen. Sie wird gerade ausführlich befragt.« Er schaute von seinem Notizblock auf.

»Können Sie sich darum kümmern, dass alle Nachbarn befragt werden?«

»Klar.« David warf einen Blick auf die Leiche von Tessa Hall und zuckte zusammen. »Soll ich jetzt gleich anfangen?«

»Sobald wir hier fertig sind. Ich möchte der Spurensicherung nicht im Weg stehen.« Robyn schaute sich um. Es gab keine offensichtlichen Kampfspuren. Ob es weniger offensichtliche Spuren gab, würden die Leute von der Spurensicherung herausfinden. Ihr Blick fiel auf das iPhone, das nach wie vor an Tessas Oberarm hing, sowie auf die Laufschuhe auf dem Boden. »Sieht aus, als wollte sie gerade joggen gehen. Vielleicht hat sie einen Einbrecher überrascht. Könnte ein versuchter Einbruch sein, der schiefgegangen ist, oder auch ein zufälliger Angriff. Connor, kann ich das Handy mitnehmen?«

»Klar.« Connor nahm es der Toten ab, betrachtete es von allen Seiten und pinselte es anschließend mit Spurensicherungspulver ein, um Fingerabdrücke sichtbar zu machen.

»Ich würde sagen, sie wurde mit einem stumpfen Gegenstand an der Schläfe getroffen«, verkündete Harry McKenzie.

»Der Teil des Schädels ist besonders empfindlich. Das dürfte die Todesursache sein.«

Robyn untersuchte die Haustür nach Schäden. »Keine Anzeichen für gewaltsames Eindringen. Also können wir davon ausgehen, dass sie jemandem die Tür geöffnet hat. Möglicherweise kannte sie ihren Mörder. Vielleicht aber auch nicht, und sie hat die Tür nur geöffnet, weil sie gerade laufen gehen wollte.«

Nun fiel ihr Blick auf ein schwarzes Lederportemonnaie neben einer Handtasche. Schnell ging sie darauf zu. »Connor, können Sie sich das hier mal eben angucken, bitte?«

Connor hob überrascht die Augenbrauen, als er auf die vielen Banknoten in der Geldbörse stieß. »Raub oder Einbruch können wir dann wohl ausschließen. Da sind um die fünfhundert Britische Pfund drin«, verkündete er.

»Das ist eine ganz ordentliche Summe«, stellte Robyn fest und suchte nun die Küchenarbeitsplatte nach Ungewöhnlichem ab. »Die meisten Leute zahlen ja nur noch mit Karte. Woher also hatte sie so viel Bargeld? Wer hat es ihr gegeben? Oder wollte sie jemanden für irgendetwas bar bezahlen?« Sie ging zum Fenster am Küchentisch, von dem aus man auf eine knapp zwei Meter hohe Hecke guckte, die das Haus vor Blicken von außen schützte. Von dieser Seite aus konnte unmöglich jemand hereingekommen sein. Sie drehte sich einmal im Kreis.

»Ich kann hier keine sichtbaren Schäden feststellen und auch nichts, was hier nicht hingehört.«

»Damit können wir Raub als Motiv ausschließen, denn der Mörder hätte dann wohl kaum das ganze Geld hier liegen lassen«, stimmte Mitz zu.

Robyn betrachtete nun Tessas Leiche. Harry maß gerade ihre Körpertemperatur, um daraus Rückschlüsse auf den Zeitpunkt des Todes zu ziehen.

»Harry, was schätzen Sie, wie lange sie schon tot ist?«

»Ich würde sagen, der Tod ist vor vier bis fünf Stunden

eingetreten. Die Totenstarre hat noch nicht eingesetzt, wobei die Nackenmuskulatur gerade steif zu werden beginnt, was den ungefähren Todeszeitpunkt bestätigt. Ihre Kerntemperatur ist noch nicht allzu stark gesunken, was dafür spricht, dass der Tod irgendwann heute Morgen eingetreten ist. Gegen sechs oder sieben Uhr.«

Das Kätzchen miaute kläglich auf.

»Was passiert nun mit der Katze?«, fragte Robyn.

»Wir haben das Tierheim informiert, aber noch hatte niemand Zeit, sie abzuholen«, antwortete ein Mann von der Spurensicherung.

Erneut miaute das Kätzchen und kratzte an der Käfigtür. Davies' Tochter Amélie, die bei ihrer Mutter Brigitte lebte, war völlig verrückt nach Katzen. Ihre in Frankreich lebende Groß-mutter hatte eine siamesische Katze, und Amélie hatte nach ihren Besuchen dort pausenlos über das Tierchen geredet.

»Schrödinger ist ein merkwürdiger Name für eine Katze«, bemerkte David, der im oberen Stockwerk gewesen war und nun an der Haustür stand und das Geschehen um ihn herum beobachtete.

Verächtlich stieß Robyn die Luft aus. »Ich nehme an, sie wurde nach dem Katzenexperiment von Schrödinger benannt. Frag mich nicht. Ich verstehe das Konzept auch nicht. Aber wenn niemand das arme Tier abholt, nehme ich sie mit. David, haben Sie oben irgendwas gefunden?«

»Nein, Boss, nichts. Keine Anzeichen für einen Angriff oder einen Kampf.«

Ein tiefer Seufzer entfuhr Robyns Brust. »Na gut. Dann reden wir nun mit der Zeugin, nehmen Aussagen der Nachbarn auf und überlassen den Tatort den Männern von der Spurensi-cherung. Harry?«

»Trauma durch stumpfe Gewalteinwirkung an der Schläfe und Frakturen des rechten Jochbeins. Schädelfraktur am Hinterkopf, die durch einen Sturz oder einen direkten Schlag auf den Kopf entstanden sein könnte. Hier ist die Schädeldecke mit Sicherheit gebrochen; das werde ich in der Obduktion bestätigen«, sagte er und deutete auf einen Bereich oberhalb ihres Haaransatzes. »Möglicherweise sind Fragmente in das Gehirn gelangt und haben dort eine Blutung verursacht. Das werde ich alles heute noch bestätigen.«

Ein letztes Mal schaute sich Robyn im Haus um. Durch die Fenster auf der Hinterseite des Hauses konnte unmöglich jemand hereingekommen sein, es sei denn, der Mörder hatte eine Leiter dabei. Außerdem gab es auch hier keine sichtbaren Schäden. Wer auch immer Tessa angegriffen hatte, musste durch die Haustür gekommen sein. Auf dem Boden lag eine aufziehbare Spielzeugmaus. Robyn stieg darüber und ging zurück in die Küche. Mit all den Ermittlern im weißen Anzug darin wirkte der Raum ausgesprochen klein.

»David, Sie bleiben hier und nehmen die Aussagen von so vielen Nachbarn und anderen Anwohnern in der Gegend auf wie möglich. Fragen Sie alle, ob sie etwas Ungewöhnliches gesehen oder gehört haben. Mitz, wir versuchen, mehr über Tessa Hall herauszufinden.«

Connor reichte ihr einen Beweisbeutel mit dem Handy darin. »Sind nur ihre Fingerabdrücke drauf. Im Zimmer nebenan liegt noch ein iPad. Das bring ich Ihnen später vorbei. Erst muss ich dem Team über den anderen Vorfall in Cannock Chase berichten.«

»Natürlich. Den habe ich fast vergessen.«

»Irgendwie bezweifle ich das«, sagte Connor.

»Harry, können Sie sich dieses Falls sofort annehmen, bitte?«

»Bestimmt. Sie haben meinen vollständigen Bericht so schnell wie möglich auf dem Schreibtisch.«

An der Tür entledigte Robyn sich der Schutzkleidung, warf sie in die bereitgestellte Abfalltonne und griff nach dem Käfig mit Schrödinger darin.

»Was haben sie denn mit der schwarzen Katze vor?«, fragte Mitz, als sie wieder ins Auto stiegen.

»Ich habe nicht die geringste Ahnung«, gab Robyn zu und überlegte, ob sie vielleicht voreilig gehandelt hatte. Dabei sah ihr das gar nicht ähnlich. Das Gesicht von Amélie erschien vor ihrem inneren Auge. Vielleicht wusste sie den Grund für ihr Handeln doch.

17

TAG DREI – DONNERSTAG, 16. FEBRUAR, NACHMITTAG

In der Dienststelle zogen sich Robyn und Mitz in einen Vernehmungsraum zurück, um ihre neu gewonnenen Erkenntnisse auszutauschen. Im Büro mit Shearer, der seinem Team viel zu laut Anweisungen gab, war es deutlich zu chaotisch.

»Auf ihrem Handy ist nichts«, stellte Robyn perplex fest. »Nichts außer heruntergeladener Musik. Keine Fotos, nur ein paar Spieleapps und nicht eine einzige Telefonnummer in ihren Kontakten. Sie muss das alles gelöscht haben. Ich habe bei ihrem Mobilfunkanbieter bereits Informationen zu ihren Handyaktivitäten angefordert.«

Mitz zuckte mit den Achseln. »Könnte ein Bug sein. Ist mir mal passiert. Ich habe mein iPhone upgedatet und nach dem Neustart waren alle Daten verschwunden. Das war vielleicht ätzend. Ich musste alles manuell neu eingeben.«

»Das würde die leere Kontaktliste erklären. Was haben Sie herausgefunden?«

Mitz spulte seine Erkenntnisse schnell herunter. »Keine Vorstrafen und auch sonst nichts Besorgniserregendes. Die Eltern wohnen in der Nähe von Solihull. Ihr Vater repariert Uhren, ist auf hochwertige Artikel spezialisiert und hat eine eigene Werkstatt mit Laden in Solihull. Ihre Mutter ist Kinderärztin. Tessa selbst hat in einer Kinderwunschklinik in Tamworth gearbeitet.«

Robyn horchte auf. »In der Tamworth-Klinik? Waren die Gregsons nicht zur Untersuchung dort?«

Mitz nickte. »Das ist die größte Kinderwunschklinik in der Gegend.«

»Könnte ein Zufall sein, aber ich frage später mal Lauren, ob sie die Frau kannte.«

»Das Haus in Barton gehört ihr. Sie hat es letzten Juni gekauft.«

»Ich kenne nicht viele junge Menschen und schon gar keine Krankenschwestern, die es sich leisten können, ein Haus zu kaufen. Zumindest bei der Anzahlung muss ihr jemand geholfen haben. Überprüfen Sie das. Auf dem Küchentisch standen Blumen mit einer Valentinstagkarte, also hatte sie wohl jemanden. Und ich will wissen, wer das ist.«

»Ich hatte noch nicht genug Zeit, mit ihren Kollegen und Freunden zu sprechen, aber sie ist im Internet zu finden. Sobald ich ihr iPad habe, gucke ich mir ihre Profile mal genauer an. Vielleicht brauche ich dafür Annas Hilfe.«

Robyn nickte zustimmend. »Unbedingt. Je eher, desto besser. Okay, womit haben wir es hier zu tun? Tessa wurde gewaltsam getötet, aber es wurde anscheinend nichts Wertvolles gestohlen. Handelt es sich um einen zufälligen Überfall ohne Motiv? Oder hat sie womöglich jemanden gegen sich aufgebracht?«

Die einzigen Möbel im Vernehmungsraum waren der Tisch vor ihnen sowie drei Plastikstühle. Robyn rutschte auf ihrem Stuhl zur Kante, rollte ein großes Blatt Papier auf dem Tisch aus, hielt es mit dem Ellbogen fest und notierte die Schlüsselwörter, die ihnen als Ausgangspunkte dienen sollten.

»Reden Sie bitte mit Ihren Eltern? Vielleicht wissen sie etwas über Tessas Liebesleben und vielleicht waren sie diejenigen, die ihr mit der Anzahlung für das Haus geholfen haben. Wenn nicht, möchte ich nur zu gern wissen, wie sie sich das leisten konnte. Danach sprechen wir mit ihren Arbeitskollegen. Sobald wir deren Aussagen haben sowie die, die David gesammelt hat, und von Anna wissen, was sie in Tessas Online-Aktivitäten gefunden hat, können wir uns vielleicht ein Bild davon machen, was ihr zugestoßen ist. Die Tatsache, dass sie in derselben Klinik gearbeitet hat, in der Henry und Lauren als Patienten waren, wurmt mich. Ich rufe gleich erst mal Lauren Gregson an und kläre noch ein paar Fragen. Okay, gehen wir zurück ins Irrenhaus.«

Mitz trat einen Schritt auf sie zu. »Soll ich Tessas Fall nicht lieber mit David zusammen übernehmen? Sie können sich unmöglich um zwei Fälle kümmern.«

Robyns Mundwinkel hoben sich. »Wollen Sie Ihre Beförderung zum DI beschleunigen, Sergeant Patel?«

Er lachte. »Wenn das so ginge ...«

»Wenn es jemand schafft, dann Sie«, versicherte sie und stapelte ihre Zettel mit den Notizen sauber aufeinander. »Danke, aber ich möchte mich gern um beide Fälle kümmern. Das hält mich auf Trab und hindert meine Gedanken am Abschweifen.«

»Apropos abschweifen ... Passen Sie auf Ihr neues Haustier auf. Ich glaube, Anna hat ein Auge darauf geworfen. Vorhin hat sie sich miauend mit dem Kater unterhalten.«

Robyn kehrte in das Chaos in ihrem Büro mit dem schlecht gelaunten Shearer zurück.

»Das ist hier ja wie in der Tierhandlung«, grummelte Shearer. »Erst war es eine Blumenhandlung und jetzt eine Tierhandlung. Wie können Sie so nur arbeiten?«

»Wir könnten viel produktiver arbeiten, wenn wir nicht

ständig über Ihren Krempel stolpern würden«, entgegnete Robyn und trat gegen den Aktenkarton, an dem sie sich gerade erst den Zeh angestoßen hatte. »Aber Meckern bringt nichts. Wir sitzen alle im selben Boot.«

»Eher in Noahs Arche«, meinte Shearer und wandte seine Aufmerksamkeit wieder seinem Laptop zu, den er im Zweifingersystem bearbeitete. »Machen Sie hinne, Gareth. Ich will hiermit fertig werden, bevor der Mistkerl wieder mit seinem Schriftsatz kommt und mit verminderter Schuldfähigkeit seines Mandanten winkt.«

Gareth verzog das Gesicht. »Fast fertig, Sir. Ich habe Schwierigkeiten, mich bei dem Verkehr hier zu konzentrieren.«

»... der hauptsächlich von euch verursacht wird«, mischte Matt sich ein. »Es würde uns sehr helfen, wenn ihr nicht dauernd im Büro rumlaufen würdet. Ihr seid wie eine Horde Duracell-Hasen. Alle fünf Minuten steht jemand auf und trägt irgendwelche Papiere durch die Gegend.«

»Das nennt man Polizeiarbeit«, murmelte Gareth.

»Was haben Sie gesagt?«, fragte Matt hörbar verärgert. Er stieß den Stuhl mit den Kniekehlen zurück und war bereit, sich mit dem jungen Polizisten anzulegen.

Robyn erhob die Stimme. »Das reicht jetzt!« Die Anspannung hing förmlich spürbar in der Luft. Doch sie hatten keine Zeit für Trotzanfälle und Ablenkungen. Robyn warf Shearer einen Blick zu, doch der war anderweitig beschäftigt.

»Wie weit sind wir mit den Gregsons? Anna?«

»Ich bin noch auf mehr Websites gestoßen, die Lauren Gregson besucht hat. Uns gegenüber hatte sie behauptet, sie wäre nicht oft im Internet, war sie aber. Mehr, als sie uns glauben machen wollte. Ich habe den Eindruck, sie war von ihrem Kinderwunsch besessen und wollte nicht, dass ihr Mann erfuhr, wie ausgeprägt dieser Wunsch bei ihr war. Deshalb hat sie ihren Browserverlauf gelöscht.«

»Das passt zu dem, was Liam Carrington mir erzählt hat,

dass Henry nicht so sehr auf Kinder erpicht war wie Lauren. Ich schaue gleich bei ihr vorbei und versuche, mehr darüber herauszufinden. Wissen wir inzwischen, wo Gregson an dem Vormittag war, bevor er ermordet wurde?«

»Nein. Ich habe sämtliche Aufnahmen der automatischen Nummernschilderkennung von Gregsons Haus bis zum Cannock Chase durchgesehen. Kurz nachdem Gregson sein Haus in Brocton verlassen hat, hat sein Kia einen Punkt auf der A51 in Richtung Lichfield passiert, was genau seiner Route zur Arbeit entspricht. Am zweiten Punkt auf dem Weg zum Mini-Markt kam er jedoch nicht vorbei; insofern ist er definitiv zumindest nicht auf dieser Strecke zur Arbeit gefahren. Danach wurde der Kia an keiner anderen Stelle in Lichfield erkannt, erst wieder von einer Kamera anderthalb Kilometer vom Cannock Chase entfernt. Es ist sehr frustrierend, aber ich kann seine Bewegungen an jenem Vormittag nicht exakt nach-vollziehen.«

»Matt?«

»Ich auch nicht. Ich laufe immer wieder gegen eine Wand. Nach der Befragung aller seiner Freunde und Bekannten im Cricketteam und im Fußballclub habe ich immer noch nichts.« Er deutete auf einen Papierstapel auf seinem Schreibtisch. »Und auch mit dem Prepaid-Handy sind wir keinen Schritt weitergekommen.«

Robyn tippte die Spitzen der Zeigefinger aneinander. In der Tat war das alles sehr frustrierend. Sie hatte zwei Fälle, und bei beiden wusste sie noch nicht einmal, wo sie ansetzen sollte. Lag es daran, dass sie mit den Gedanken woanders war? Ließ sie es zu, dass ihre Bedenken wegen Davies sie ablenkten? Im Moment kam sie einfach nicht weiter. Und um dem Ganzen noch die Krone aufzusetzen, beeinträchtigte Shearers Anwe-senheit ihre Arbeit. Sie blinzelte und wünschte sich, Shearer würde verschwinden und ihr Büro freigeben.

Plötzlich wurde die Tür so schwungvoll geöffnet, dass Matt

gerade noch zur Seite springen konnte. Er warf dem Eindringling einen vernichtenden Blick zu.

»Sir, DCI Flint möchte, dass wir dem hier umgehend nachgehen.«

»Ich habe zwar ausgesprochen gute Augen, kann aber dennoch nicht von hier aus sehen, was da auf dem Blatt steht, das Sie in der Hand halten. Und hellsehen kann ich auch nicht. Wem oder was sollen wir nachgehen?«

»Mutmaßliche Brandstiftung.«

Shearer rollte die Ärmel herunter und nahm sein Jackett von der Stuhllehne. »Gareth, das muss warten, bis wir wieder zurück sind.« Dann rauschte er »Human« von Rag'n'Bone Man summend ab. Robyn konnte sich kaum entscheiden, ob sie ihm etwas hinterherrufen oder erleichtert sein sollte, weil er endlich raus aus dem Büro war.

Matt bahnte sich seinen Weg zur Kaffeemaschine, schob das von Shearers Team hinterlassene Chaos beiseite und stellte eine Tasse unter den Auslauf. Mit verschränkten Armen wartete er, bis der Kaffee fertig durchgelaufen war.

»Und was machen wir als Nächstes?«, fragte er.

»Ich schlage vor, wir suchen nach weiteren Zeugen. Ich rede mal mit DCI Flint. Der soll sich um Aufrufe im Fernsehen und der Zeitung kümmern.«

Matt stöhnte. »Nicht Amy Walters. Die Frau ist furchtbar. Wie eine wütende Wespe. Man will sie verscheuchen und sie verschwindet auch, aber nur, um dann wieder aufzutauchen, und man weiß nie, wann sie einen sticht.«

Eine Robyns Ansicht nach ausgesprochen zutreffende Beschreibung. »Ich mag sie auch nicht, aber sie kann uns helfen. Und sie schuldet mir noch einen Gefallen.«

Amy Walters war Ende zwanzig, Single und ehrgeizig. Ihr Ziel war es, in einer der überregionalen Zeitungen oder gar im Fernsehen unterzukommen. Im Moment schrieb sie ein Buch über Serienmörder, das auf realen Fällen beruhte. Vermutlich ihre einzige Chance, selbst in die Schlagzeilen zu kommen. Robyn hatte der jungen Frau als Gegenleistung für Informationen zwei lange Interviews für das Buch gegeben. Amy war nur wegen ihrer Hartnäckigkeit so nervig. Eigentlich war es sogar überraschend, dass sie sich noch nicht bei Robyn gemeldet hatte. Aber vielleicht war sie zu sehr mit ihrem Buch beschäftigt. Robyn schüttelte diese Gedanken ab und widmete sich wieder dem Whiteboard.

»Wissen wir inzwischen, wer der geheimnisvolle Jogger im Cannock Chase war?«

»Ich habe bei allen Häusern in der Gegend geklingelt, aber am Dienstag war niemand dort laufen«, antwortete Matt. »Ich habe alle Laufgruppen und Fitnessstudios in der unmittelbaren Umgebung und die Chase Warriors angerufen, die ihren Sitz drei Kilometer entfernt haben, aber von denen war es auch keiner. Die anderen Clubs und Studios muss ich noch checken.« Robyns Frust wuchs. Jemanden zu finden, der an einem dermaßen öffentlichen Ort laufen war, war fast unmöglich. Derjenige hätte von sonst wo in der Gegend sein können; das Waldstück bot mehrere Zugangsmöglichkeiten. Er hätte sogar mit einem Auto gekommen sein, es irgendwo geparkt haben und von dort aus losgelaufen sein können.

»Ich fürchte, wir verschwenden wertvolle Zeit dabei, ihn so zu suchen. Wir brauchen einen Zeugenaufruf. Und im Fall von Tessa Hall auch.«

»Das wird DCI Flint gefallen – der erschreckt die Öffentlichkeit gerne«, sagte Matt grinsend.

»Ich weiß.« Robyn kratzte sich nachdenklich am Kopf. »Was Henry Gregson angeht, habe ich mein Gespräch mit seiner Schwester Libby bisher vor mir hergeschoben, aber ich fürchte, nun ist es an der Zeit, mit ihr und Tarik Akar zu reden.«

»Ich habe mir mal den Background der beiden angesehen«, berichtete Anna. »Zu Libby konnte ich nichts finden, vor allem nichts, was sie mit Drogen in Verbindung brächte, wie ihr Bruder unterstellt hat. Auch nichts zu Selbstmordversuchen. Bei Tarik Akar sieht die Sache anders aus. Er hat einen Eintrag wegen Körperverletzung. Er war mit einem Freund angeklagt, einen zwanzig Jahre alten Mann angegriffen zu haben, von dem sie glaubten, er hätte Akars Auto mutwillig beschädigt. Haben ihn verfolgt und verprügelt. Der Fall wurde vor dem Amtsgericht verhandelt, wurde jedoch wegen unzureichender Beweise eingestellt. Das Opfer gab an, betrunken gegen das Auto gestoßen zu sein. Den Vorwurf des Vandalismus wies er von sich. Er war aber auch zu betrunken, um die Angreifer zweifelsfrei identifizieren zu können.«

»Also hat Henry offensichtlich wegen seiner Schwester gelogen und wegen seiner Mutter vermutlich auch. Da stelle ich mir die Frage, warum er Lauren so unbedingt von Libby fernhalten wollte. Tarik könnte ein Typ mit kurzer Zündschnur sein. Den kann ich noch nicht einordnen. Er könnte etwas mit der Sache zu tun haben, wobei ich mir noch kein Motiv vorstellen kann und wir auch nicht wissen, ob er an jenem Tag im Cannock Chase gewesen sein kann. Matt, möchten Sie mit DCI Flint wegen des Zeugenaufrufs reden oder soll ich?«

»Sie wissen doch, wie sehr ich Kameras liebe. Bei meinem Aussehen hätte ich Filmstar werden sollen und kein Polizist.« Er tat so, als leckte er sich die Hand und fuhr damit über sein nicht vorhandenes Haar. »Es wäre mir ein Vergnügen.«

Der Babykater stand auf, streckte sich und rollte sich dann wieder mit einem leisen Seufzer zu einem weichen, schwarzen Knäuel zusammen. Amélie würde ihn toll finden, dessen war Robyn sich sicher. Aber hatte sie ihn wirklich deshalb mitgenommen? Sie rieb sich die Stirn. Der Schmerz über ihrem rechten Auge war inzwischen zum Nacken gewandert. Sie musste etwas unternehmen. Vielleicht lehnte sie sich bei Tarik etwas zu weit aus dem Fenster, aber was hatte sie für eine andere Wahl?

18

TAG DREI – DONNERSTAG, 16. FEBRUAR,
SPÄTER NACHMITTAG

Lauren Gregson hatte den Blick einer verlorenen Seele. Robyn hatte ihn schon einmal gesehen – den leeren Blick, den man normalerweise von Soldaten kennt, der aber bei jedem Opfer eines Traumas auftreten kann. Lauren schien Robyn nicht zu erkennen, als sie die Tür öffnete, und winkte sie ohne ein Wort herein.

Die Küche sah furchtbar aus: Überall lagen Briefe und Papiere zwischen Krimskrams aus den Küchenschubladen herum. Auf dem Tisch stand eine orangefarbene Keramikschüssel mit Frischhaltefolie darüber, deren Inhalt bisher nicht angerührt worden war. Lauren ließ sich auf einem Hocker nieder, hob ein halb leeres Glas Wein an die Lippen und trank es in einem Zug aus.

»Wollen Sie auch?«, fragte sie.

Robyn schüttelte den Kopf. »Nein, danke. Ich muss noch fahren.«

»Bleibt mehr für mich.« Lauren nahm die Flasche und füllte ihr Glas wieder auf. »Ich kann für heute einfach nicht mehr. Ich habe versucht, alles zu regeln. Ich habe alle möglichen Unterlagen erhalten, um Henrys Tod amtlich zu machen. Ich habe jede Menge Broschüren bekommen, die mir dabei helfen sollen, aber alles, was ich bisher geschafft habe, ist mich scheiße zu fühlen. Warum muss man so viel erledigen, wenn jemand gestorben ist? Ist es nicht schon schlimm genug, ihn verloren zu haben? Erst muss ich einen Totenschein beantragen, bevor ich irgendetwas in Angriff nehmen kann. Das alles kann ewig dauern, und die ganze Zeit lang werde ich ihn nicht loslassen können. Er ist hier, aber auch nicht hier, wenn Sie verstehen, was ich meine.«

Robyn verstand sehr gut, was sie meinte. Ihr war es damals genauso gegangen, als Davis getötet worden war, mit der Ausnahme, dass Peter Cross ihr gesagt hatte, dass sie sich um nichts kümmern müsste. Er hatte den Papierkram erledigt und die Beerdigung organisiert. Damals war Robyn froh gewesen, dass sie diese Aufgaben jemand anderem überlassen konnte, heute jedoch stellte sie Peters Motiv infrage. Hatte er wirklich die Beerdigung organisiert oder war das alles nur vorgetäuscht gewesen?

»Das verstehe ich vollkommen, Lauren. Auch ich habe Menschen verloren, die ich geliebt habe. Sie machen gerade eine furchtbare Zeit durch. Aber Sie haben doch Unterstützung? Sie haben Freunde oder Verwandte, die Ihnen helfen, oder?«

Lauren kippte den Wein hinunter und nickte.

»Ich hoffe, Sie verzeihen mir, dass ich Sie erneut belästigen muss«, sagte Robyn und fragte sich, ob Lauren nüchtern genug war, um ihre Fragen zu beantworten.

»Kein Problem. Es ist ja nicht so, als hätte ich was anderes zu tun. Mir war einfach nicht nach Gesellschaft. Ständig kommen Leute vorbei und sprechen mir ihr Beileid aus. Manche haben mir sogar was zu essen mitgebracht, falls ich es nicht schaffe, mir etwas zu kochen«, erzählte sie und deutete mit dem Kopf auf die Schüssel auf dem Tisch. »Mehr ertrage ich gerade nicht. Ich will so tun, als wäre nichts passiert. Die ganzen traurigen Gesichter und die sanften Stimmen und die mitleidigen Blicke erinnern mich nur immer wieder daran, dass ich das alles nicht nur geträumt habe.«

»Es geht um die Kinderwunschklinik in Tamworth.«

Lauren schaute teilnahmslos in die Ferne.

»Haben Sie oder Henry bei Ihren Terminen mal eine Krankenschwester namens Tessa Hall kennengelernt?«

»In der Klinik gab es mehrere Krankenschwestern. Mit mindestens drei davon hatte ich zu tun. Keine davon heißt Tessa. Für Henry kann ich nicht antworten. Keine Ahnung, mit welchen Schwestern er zu tun hatte. Seinen Termin hatte er bei einem Facharzt namens Galloway. Krankenschwestern hat er nicht erwähnt.«

»Waren Sie denn bei seinem Termin nicht dabei?«

»Nein. An dem Tag musste ich arbeiten. Ich musste mir schon für meine eigenen Termine immer wieder freinehmen. Abgesehen davon wollte er lieber allein hin.«

Robyn zeigte Lauren ein Foto von Tessa Hall, das sie von der Website der Klinik heruntergeladen und ausgedruckt hatte. »Erkennen Sie sie vielleicht?«

Beim Anblick des Bildes zuckte Lauren zusammen. »Vielleicht habe ich sie dort mal gesehen. Ich bin mir nicht sicher. Ich war furchtbar nervös.«

Robyn ließ das Foto auf den Tisch liegen, doch Lauren hatte das Interesse daran schon verloren. Stattdessen trank sie noch einen Schluck Wein. Robyn wartete ab, ob Lauren fragen würde, warum sie zu Tessa befragt wurde, doch das tat sie nicht.

»Ich weiß nicht, was ich tun soll«, meinte Lauren nach mehreren Minuten des Schweigens. »Meine Eltern kommen, um mir bei allem zu helfen. Sie haben Henry gemocht. Er war der erste meiner Freunde, den sie wirklich gemocht haben. Mein Vater und er haben sich stundenlang über Fußball unterhalten. Meine Mutter und mich haben sie dabei vollkommen ignoriert. Das hat mich immer wieder furchtbar geärgert, aber meine Mutter hat nur gelacht und meinte, ich hätte Glück, Henry gefunden zu haben, vor allem nach der Sache mit Nick. Nick hatte mich völlig grundlos sitzenlassen und mir das Herz gebrochen. Henry hat es wieder geheilt.« Ihr Blick wanderte zu einem ungeöffneten Päckchen auf der Küchenarbeitsplatte. »Ich kann das nicht noch mal durchmachen. Ich ertrage den Kummer nicht mehr. Ich wünschte, ich hätte etwas, was mich an unsere Liebe erinnert. Ein Baby. Aber ich habe nichts.«

Robyn versuchte es ein letztes Mal. »Und Sie können sich wirklich nicht an Tessa Hall erinnern?«

Lauren schüttelte den Kopf. »Da waren so viele Krankenschwestern und Ärzte ...«

»Kann ich Sie was über Liam fragen? Wusste er die Wahrheit über Henrys Mutter und seine Schwester?«

»Das bezweifele ich. Das ist nichts, was man so rumerzählt. Henrys Schwester ist ein abgehalfterter Junkie und ihre Mutter so dement, dass sie ihren eigenen Sohn nicht wiedererkennt. Henry hat kaum mit mir über sie gesprochen, geschweige denn mit irgendjemandem sonst.«

»Liam muss das Thema Familie irgendwann mal angesprochen haben. Immerhin waren er und Henry gut befreundet.«

Lauren zuckte mit den Achseln. »Vielleicht hat er sich irgendwas ausgedacht oder das Thema gewechselt. Darin war er richtig gut.«

»Wie meinen Sie das, Lauren?«

Lauren starrte in ihr Weinglas. »Er hat immer das Thema gewechselt, wenn er über irgendwas nicht reden wollte. Das war so seine Art, einem Streit aus dem Weg zu gehen oder sich einer unangenehmen Situation zu entziehen. Manchmal habe ich mich darüber mit ihm gestritten. Heute erscheint mir das gar nicht mehr so wichtig.«

»Sie sind doch mit Liams Freundin Ella befreundet. Haben Sie vielleicht mal in einem Gespräch mit ihr Henrys Schwester oder seine Mutter erwähnt?«

»Warum sollte ich?« Lauren schaute immer noch mit leerem Blick ins Weinglas. »Ella ist recht anstrengend. Ich meine, sie ist nicht die Art von Mensch, mit der man eine Flasche Wein leeren oder einen Mädelsabend verbringen möchte. Ich mag sie, aber sie will immer nur über Astra reden. Was für mich okay ist. Ich liebe Astra. Ich hätte furchtbar auch gern so ein kleines Mädchen. Aber Ella ist anstrengend. Sie himmelt die ganze Zeit nur Liam an und beteiligt sich nicht an Gesprächen. Es fällt mir schwer, mich ihr gegenüber zu öffnen. Und jetzt, wo Henry nicht mehr da ist, wird es noch schwieriger werden.«

Robyn schaute auf die Uhr. Sie sollte nach Hause gehen. Lauren blickte auf und öffnete den Mund, als wollte sie etwas sagen, doch dann schloss sie ihn wieder.

»Ich melde mich wieder. Wann kommen Ihre Eltern denn?« Robyn stand auf.

»Irgendwann heute Abend. Ich habe ihnen zwar gesagt, dass es mir gut geht und sie sich keine Mühe machen sollen, aber meine Mutter hat darauf bestanden. Eigentlich wollte ich lieber eine Weile allein sein. Ich will seine Anwesenheit hier spüren und einfach mit ihm zusammen sein. Aber meine Mutter war dagegen. Sie meinte, ich wäre zu sentimental und brauche Gesellschaft. Ich glaube nicht, dass ich sie ertragen kann. Sie ist manchmal so bevormundend und gibt mir das Gefühl, wieder fünfzehn zu sein.«

»Sie meint es nur gut und macht sich halt Sorgen um Sie. Außerdem trauert sie bestimmt auch um Henry. Sie sind Ihre Tochter. Natürlich will sie sich um Sie kümmern.«

Lauren nickte stumm. Robyn ging zur Tür. Auf dem Weg

warf sie einen Blick auf das Päckchen. Die Absenderadresse war deutlich zu lesen. Lauren hatte ein Päckchen von Mothercare erhalten, einem Laden, der Babyartikel vertrieb. Als Robyn hinaus in die Kälte trat, fragte sie sich, wie besessen Lauren wohl von ihrem Kinderwunsch war.

19

TAG DREI – DONNERSTAG, 16. FEBRUAR, SPÄTER NACHMITTAG

Kaum war Robyn zur Tür hereingekommen, winkte Anna sie zu sich.

»Ich weiß nicht, ob das relevant ist, aber bei der Durchsicht der Bilder der automatischen Nummernschilderkennung bin ich auf etwas gestoßen. Mr. Akar arbeitet da, oder?«

Sie reichte Robyn ein Foto von einer der Kameras auf der Strecke zum Cannock Chase. Es zeigte einen weißen Van mit der blauen Aufschrift ›Mike's Motors‹ an der Seite. Der Zeitstempel lautete zwanzig nach zwölf.

»Gute Arbeit, Anna. Also fangen wir bei Mr. Akar und Mike's Motors an. Wann machen die heute zu?«

»Heute ist Donnerstag, da haben sie länger geöffnet. Bis halb sieben, Boss. Ich habe bereits angerufen und nachgefragt. Wir treffen also noch jemanden an, wenn wir jetzt losfahren.«

Robyn lächelte Anna freundlich an. Diese Frau legte sich richtig ins Zeug, wenn es darum ging, einen Verbrecher dingfest zu machen. Eine Eigenschaft, die ihr bei ihrem gesamten Team gefiel.

»Dann finden wir mal heraus, was Libby und Tarik zu sagen haben!«

Bis zum Industriegebiet in Hanley brauchten sie achtundzwanzig Minuten. Dort fuhren sie an Elektro-, Möbel-, Deko- und Klamottenläden vorbei, bevor sie die Werkstatt erreichten. Es handelte sich um einen unscheinbaren Betonbau mit Blechdach, der aussah wie all die anderen Gebäude, die sich aneinanderreihten. Ein Firmenschild suchten sie vergebens, nur anhand der Autos auf dem Grundstück war zu erkennen, dass es sich um eine Werkstatt handelte.

Robyn und Anna gingen um das Gebäude herum, an dessen Seite sich ein offenes Metalltor befand. In der Werkstatt sahen sie sich mit der offenen Haube eines VW Passat konfrontiert. Eine Gestalt beugte sich über den Motor und aus dem hinteren Teil der Garage schallte laute Musik, die Robyn als Britney Spears identifizierte. Jemand pfiff die Melodie mit und schlug dabei geräuschvoll auf Metall. Robyn musste sich ducken, weil das Rolltor nur bis zu zwei Dritteln geöffnet war, und betrat die Werkstatt. Der Geruch nach Schmierfett schlug ihr entgegen. Vorsichtig wich sie einer dunklen Pfütze aus, die wie Öl aussah, und ging auf den Mann zu, der unter einem Range Rover arbeitete, der auf einer Rampe aufgebockt war. Als er sie sah, rief er ihr zu: »Das Büro ist auf der anderen Seite, Herzchen.«

Sie zeigte ihm ihren Dienstausweis. »Ich würde gerne mal mit einem Ihrer Mechaniker sprechen.«

Der Mann näherte sich ihr, während er sich die schwarzen Hände an einem schmuddeligen Tuch abwischte. »Ich bin Mike von Mike's Motors. Worum geht es denn? Hier ist alles sauber. Wir machen keine krummen Sachen.« Er warf ihr einen finsteren Blick zu, als wollte er etwas klarstellen.

»Ich möchte nur kurz mit Mr. Akai reden, wenn es Ihnen nichts ausmacht. Es hat nichts mit Ihrem Geschäft zu tun. Ich brauche nur ein paar Informationen von ihm.«

Mikes Augen verengten sich. »Von Tarik?«

»Ist er hier?«

»Hinten. Warten Sie kurz.« Er verschwand in der Richtung, aus der die Musik kam, und das Pfeifen verstummte.

Tarik erschien. Ein gut gebauter Mann mit breiter Brust in einem blauen Overall, der bis zu den Knien voller Flecken war. Seine Hände waren so dreckig wie die von Mike.

»Ja?«

»Besuch für dich«, sagte Mike, deutete mit dem Kopf auf Robyn und verschwand wieder unter dem Range Rover.

»Es tut mir leid, Sie stören zu müssen, aber wir ermitteln in einem Mordfall und brauchen Ihre Hilfe.«

»Mord?« Überrascht zog Tarik die Augenbrauen hoch.

»Soviel wir wissen, kennen Sie die Schwester des Opfers: Libby Gregson.« Aufmerksam beobachtete Robyn seine Reaktion.

»Oh, ja. Davon hat sie mir erzählt. Ihr Bruder. Keine Ahnung, wie ich da helfen kann. Ich kannte den Typ gar nicht.«

Er verschränkte die Arme so fest vor der Brust, dass die Venen an seinem Bizeps hervortraten.

»Ich möchte nur gerne ein paar Punkte abklären. Soviel ich weiß, waren Sie auf derselben Schule wie Mr. Gregson.«

»Schon, aber nicht im selben Jahrgang. Ich war schon weg, als er und seine Schwester auf die Schule gekommen sind. Mein Bruder war in Henrys Klasse, aber die hatten nichts miteinander zu tun.«

»Wie heißt Ihr Bruder?«

»Nadir. Ich wüsste nicht, inwiefern das relevant sein sollte. Er hat nie mit Henry abgehangen. Mit Libby war er mal ein paar Monate zusammen, aber da waren sie schon fertig mit der Schule.«

»Und Sie kennen Miss Gregson über Ihren Bruder?«

»Kann man so sagen. Sie bringt ihr Auto ab und zu zur Reparatur hierher.«

»Und Sie sind mit Miss Gregson befreundet?«

Tarik zuckte leicht mit den Achseln und schaute Robyn direkt in die Augen. »Ja. Kann man so sagen. Wir unterhalten uns manchmal und so. Sie hängt hier ab, während sie wartet, dass ihr Auto fertig repariert ist, und manchmal fahre ich sie nach Hause und bringe ihr das Auto, wenn es fertig ist. Sie hat es nicht leicht mit ihrer kranken Mutter und so. Sie kommt nicht mehr so oft aus dem Haus wie früher.«

»Haben Sie sie gestern gesehen?«

»Nope. Da war ich den ganzen Tag hier. Warum sollte ich sie gesehen haben?«

»Vielleicht, um ihr beizustehen. Immerhin ist ihr Bruder gestorben.«

Erneut zuckte er mit den Achseln. »So nahe standen die sich nicht. Er ist schon vor Jahren hier weg. Um ehrlich zu sein, war er damals ein ziemliches Arschloch. War in einer fiesen Gang. Die haben ständig was abgezogen: Ladendiebstahl, Alkohol, Schlägereien. Einmal hat er mit seinen Kumpels Nadir in eine Gasse gelockt und ihn zusammengeschlagen. Nadir wollte mir erst nicht sagen, wer es war, dann hab ich's aber doch aus ihm rausgekriegt. Er wollte sich nicht mit denen anlegen. Hat behauptet, Henry hätte die anderen angestachelt. Ich wollte den kleinen Scheißer plattmachen, aber Nadir sagte, das würde alles nur noch schlimmer machen. Ich musste versprechen, mich da rauszuhalten. Das wollte ich aber nicht. Ich mag es gar nicht, wenn sich jemand in meine Familie einmischt. Familie ist wichtig. Aber jetzt ist das Schnee von gestern. Libby ist nicht wie ihr Bruder.«

Robyn nickte. »Waren Sie den ganzen Tag hier bei der Arbeit?«

Er legte den Kopf schief. »Ja. Warum?«

Robyn zog das Foto aus einem Ordner und hielt es hoch.

»Also haben Sie nicht gestern um halb ein Uhr Mittag diesen Van gefahren?«

»Ach ja, das«, sagte er und rieb sich das Kinn. »Hab ich ganz vergessen. Ich musste in Cannock ein paar Ersatzteile holen. Die brauchten wir für den Passat, stimmt's, Mike?«

Mike hielt bei der Arbeit inne und schaute auf. »Was?«

»Ich musste Ersatzteile für den Passat holen, stimmt's?«

Mike nickte. »Stimmt. Ich hab ihn da hingeschickt. Wir brauchten einen neuen Vergaser, und in Cannock hatten sie einen.«

»Wie heißt denn die Werkstatt in Cannock?«

»Das ist ein ganz kleiner Laden. Die handeln mit verschiedenen Autos und haben Ersatzteile, aber nicht zum Verkauf für Normalbürger. JJ Parts. Der Laden heißt JJ Parts.« Er fuhr sich mit der Zunge über die Lippen.

»Um wie viel Uhr sind Sie von JJ Parts zurückgekommen?«

»Weiß ich nicht. Ich musste da 'ne Weile warten. Die konnten den Vergaser erst nicht finden, und als sie ihn gefunden haben, war's der falsche, also musste ich warten, bis der richtige von ihrer anderen Werkstatt geliefert wurde. So gegen vier war ich wieder hier, denke ich.« Tarik redete sehr schnell und ließ Mike nicht einen Moment aus den Augen. »Mike?«

Mike zuckte mit den Achseln. »Ich hab nicht auf die Uhr geguckt. So gegen vier.« Er drehte sich weg, nahm einen Schraubenschlüssel zur Hand und verschwand wieder unter dem Auto.

»Die werden das bestätigen. Rufen Sie Brett an. Der ist bis um sieben da. Der wird's Ihnen sagen. Wenn das also alles war; ich muss wieder an die Arbeit.«

Robyn betrachtete seine schweren Arbeitsschuhe. »Welche Schuhgröße haben Sie, Mr. Akar?«

»Was?«

»Ihre Schuhgröße, Sir.«

»Vierundvierzig, warum?«

Robyn ignorierte seine Frage.

»Danke, Sir.« Sie schaute ihm nach, wie er wieder im hinteren Teil der Werkstatt verschwand. Die Abdrücke am Tatort im Cannock Chase waren von Schuhen mit der Größe vierundvierzig. Außerdem waren noch nicht identifizierte Fingerabdrücke an der Beifahrertür des Kias gefunden worden. Wenn sie Glück hatten, passten die zu Akar.

»Wie schnell kommen wir an seine Fingerabdrücke? Er hat mal welche abgegeben, oder?«, fragte Robyn Anna.

»Klar. Ich habe sie direkt zu Connor schicken lassen, wie Sie es wollten. Wir sollen sie heute noch kriegen. Spätestens morgen früh.«

»Hoffen wir mal. Bis dahin statten wir Libby noch einen Besuch ab.«

Libbys Outfit bestehend aus schwarzer Lederhose und roter Seidenbluse hätte besser zu einem Club gepasst als zu einem Abend zu Hause mit der Mutter.

»Meiner Mutter geht es den ganzen Tag schon nicht gut. Ich möchte sie nicht unnötig aufregen, indem ich Sie hereinbitte.«

»Das tut mir leid zu hören. Wir wollen Sie gar nicht lange aufhalten«, antwortete Robyn und wich nicht von der Stelle, bis Libby die beiden Frauen hereinließ.

Kath trug dasselbe Outfit wie am Tag zuvor und darüber einen langen, offenen Mantel. Ihr Gesicht erhellte sich, als sie Robyn erblickte.

»Sind Sie hier, um mit mir auszugehen?«, fragte sie und fummelte an den großen schwarzen Knöpfen ihres Mantels herum.

Robyn schüttelte den Kopf. »Tut mir leid, Mrs. Gregson. Ich bin hier, um mit Libby zu reden.«

»Libby? Libby ist in der Schule und kommt erst nachmittags wieder nach Hause.« Libby trat zu ihrer Mutter, ging vor ihr in die Hocke und legte die Hände auf die Knie der alten Dame. »Das ist DI Carter, Mum. Sie ist wegen Henry hier.«

Kaths Gesicht verdunkelte sich. »Henry. Wann kommt Henry? Er hat versprochen, mit mir in den Park zu gehen.« Sie wollte aufstehen, doch Libby drückte sie sanft zurück in den Stuhl. Erneut fummelte Kath an den Knöpfen des Mantels herum.

»Sie will den Mantel einfach nicht ausziehen«, erklärte Libby. »Manchmal sitzt sie den ganzen Tag so da. Früher bin ich mit ihr in den Park gegangen, aber inzwischen traue ich mir das nicht mehr zu. Es stresst sie zu sehr. Manchmal will sie noch nicht einmal aus dem Auto steigen.« Sie lächelte traurig.

»Es tut mir leid, Sie schon wieder stören zu müssen. Ich habe nur ein paar Fragen. Vielleicht gehen wir lieber nach nebenan.«

Libby seufzte und ging in die Küche, wo sie am Tisch Platz nahm, während Robyn und Anna stehen blieben.

»Worum geht es?«

»Es geht um Ihr Tattoo.«

Libby lachte auf. »Welches?«

»Ist es ein Zufall, dass Sie ein neues Tattoo einer Pistole haben, aus der Blumen schießen? Am Tag bevor Ihr Bruder erschossen wurde, haben Sie ein Foto davon bei Facebook gepostet.«

Libby starrte sie mit offenem Mund ungläubig an. Es dauerte einen Moment, bis sie etwas dazu sagen konnte.

»Sie waren auf meiner Facebook-Seite? Warum?«

»Wir überprüfen jeden, der etwas mit dem Opfer zu tun hatte, Miss Gregson. Sie waren nicht die Einzige. Ich würde gerne wissen, warum Sie das Foto des Tattoos gepostet haben.

Sicherlich können Sie sich vorstellen, welchen Eindruck das auf uns macht.«

Libby griff nach der Schachtel Zigaretten vor sich und zündete sich eine an, bevor sie antwortete.

»Lassen Sie mich eines klarstellen. Ich mag Tattoos. Ich habe mich schon tätowieren lassen, als ich noch im Teenageralter war. Seit meine Mutter krank ist, habe ich ein Faible für ›düstere‹ Tattoos. Haben Sie das vom Schädel mit den Engelsflügeln auf meinem Rücken gesehen? Das steht für meine Mutter. Sie lebt, ist aber im Grunde tot. Haben Sie auch nur die geringste Ahnung, wie das ist, jemandem, den man mit jeder Phase seines Körpers liebt, dabei zuzusehen, wie er verschwindet, nur noch eine Hülle seiner selbst ist, der Sie nicht mehr erkennt und keine Erinnerung mehr an Ihr gemeinsames Leben hat? Wenn ich meine Mutter ansehe, erinnere ich mich daran, wie sie mein aufgeschürftes Knie geküsst hat, damit es nicht mehr so weh tut, wie sie immer für mich da war, wenn ich sie brauchte, wie wir zusammen einkaufen waren oder gemeinsam auf dem Sofa saßen und einen traurigen Film geguckt und uns eine Packung Taschentücher geteilt haben, weil wir beide so weinen mussten. Sie hingegen schaut mich an und weiß nichts mehr davon. Es ist so furchtbar zu wissen, dass sie sich nicht an unsere Weihnachtsfeste erinnern kann oder an unsere Geburtstage und an manchen Tagen noch nicht einmal daran, wer ich bin. Irgendwann wird sie vergessen, wie man isst oder sich wäscht oder auf die Toilette geht und alles, was sie mal zu dieser liebevollen, umsichtigen und aufopfernden Frau gemacht hat, wird verschwunden sein, aber sie wird immer noch hier sein: als zerbrechlicher, hilfloser Schatten ihrer selbst.

Das Tattoo war ein Befreiungsschlag. Meine Art, um mit all dem umzugehen. Die Pistole war nicht für Henry! Sie steht dafür, wie ich auf meine eigene Mutter schieße – aber nicht aus Hass, sondern aus Liebe. Mit Blumen.« Verärgert drückte sie die Zigarette aus und zermahlte sie zwischen den Fingern, bis die Tabakreste in den Aschenbecher krümelten.

»Verstehe«, sagte Robyn freundlich. »Es tut mir aufrichtig leid. Und ich hoffe, Sie verstehen, warum ich Sie das fragen musste.«

Libby nickte stumm und setzte sich auf. »War's das? Die Fußpflegerin kommt gleich, um meiner Mutter die Nägel zu schneiden. Mich lässt sie noch nicht einmal in die Nähe. Insofern wäre es mir recht, wenn Sie jetzt gehen, damit ich alles vorbereiten kann.«

»Kann ich Sie noch etwas zu Tarik Akar fragen?«

Der Ausdruck, der über Libbys Gesicht huschte, verriet, dass Robyn einen Nerv getroffen hatte.

»Was ist mit dem?«

»Kennen Sie ihn?«

»Schon fast mein ganzes Leben. Früher war ich mal mit seinem Bruder Nadir zusammen. Tarik hilft mir manchmal, wenn ich meine Mutter nicht allein lassen kann. Dann kauft er für mich ein, kommt vorbei, solche Sachen. Seine Schwester Kiraz passt manchmal auf meine Mutter auf, wenn ich einen Termin habe, einkaufen gehen muss oder mal einen Kaffee mit meinen Freundinnen trinken möchte. Aber nie für länger.«

»Also ist er ein guter Freund von Ihnen?«

Libby zuckte gleichgültig mit den Achseln.

»Als mehr als Freundschaft würden Sie es nicht bezeichnen?«

»Er ist verheiratet und seine Frau ist schwanger. Beantwortet das Ihre Frage?« Libby verschränkte die Arme vor der Brust und starrte Robyn provokant an.

»Nicht wirklich. Soweit ich weiß, hat er Ihnen eine Textnachricht geschickt, dass Sie über irgendetwas Stillschweigen bewahren sollen. Wenn ich fragen darf: Worum ging es da?«

Libby fiel die Kinnlade herunter. Hörbar überrascht stieß sie aus: »Sie lesen meine Textnachrichten?«

»Ihr Smartphone hat aufgeleuchtet, als ich daneben saß. Ich habe nur einen Blick darauf geworfen.«

»Das ist eine Verletzung meiner Privatsphäre. Ich möchte, dass Sie jetzt gehen.« Libbys Gesicht verfinsterte sich erneut. Sie ging zur Wohnungstür und öffnete sie.

»Miss Gregson, ich hatte wirklich nicht die Absicht, Ihnen hinterherzuspionieren. Ich versuche nur, die Person zu finden, die für den Tod Ihres Bruders verantwortlich ist.«

»Sie glauben, Tarik hätte ihn getötet?« Ihre Stimme überschlug sich fast vor Empörung.

»Sein Van wurde von einer Kamera in der Nähe des Fundortes der Leiche Ihres Bruders aufgenommen. Dem muss ich nachgehen, ihn als Verdächtigen ausschließen und mich dann auf den wahren Täter konzentrieren.«

Libby stockte der Atem. »Er kann nicht dort gewesen sein. Er war bei der Arbeit.«

»Könnten Sie mir bitte den Inhalt der Textnachricht erklären? Im Moment belastet der ihn.«

Libby stieß einen resignierten Seufzer aus. »Okay, okay. Ich *habe* eine Affäre mit ihm. Ich hatte schon immer was für ihn übrig. Ich weiß, dass er verheiratet ist und seine Frau niemals verlassen würde, aber ich bin so allein. Bevor ich mich hauptberuflich um meine Mutter gekümmert habe, hatte ich durchaus Beziehungen, die aber immer grandios gescheitert sind. Ich bin wirklich schlecht darin, den Richtigen zu finden. Tarik ist anders. Ich weiß, dass ich nicht mehr von ihm kriegen kann, aber ich brauche ihn. In der Textnachricht ging es um unsere Affäre. Tarik kommt vorbei, wenn meine Mutter schläft, und in letzter Zeit hat seine Frau Fragen gestellt. Mit der Textnachricht wollte er mir sagen, dass ich die Klappe halten soll, wenn seine Frau mich auf ihn ansprechen sollte. Was ich natürlich so oder so getan hätte. Das war auch schon alles.« Traurig fügte sie hinzu: »Er würde Henry niemals etwas tun.«

»Danke, Miss Gregson. Es tut mir wirklich leid, Ihnen Kummer bereitet zu haben.«

»Lassen Sie Tarik jetzt in Ruhe?«

»Danke für Ihre Ehrlichkeit und ich werde alles in meiner Macht Stehende tun, um den Mord an Ihrem Bruder aufzuklären«, antwortete Robyn ausweichend.

Anna wartete, bis sie sich auf der Straße zurück nach Stafford befanden, bevor sie fragte, ob Tarik nun nicht mehr als verdächtig galt.

Robyn überlegte kurz und antwortete dann: »Ich bin mir noch nicht sicher. Ich glaube, ich würde gern erst mit diesem Brett von JJ Parts sprechen. Irgendetwas an der Art, wie Tarik Mike in die Unterhaltung eingebunden hat, kam mir komisch vor. Aber nun fahren wir erst mal zurück in die Dienststelle. Brett rufe ich von unterwegs aus an; hoffentlich ist er so spät noch bei der Arbeit. Und Connor hat seinen Bericht für acht Uhr versprochen; mit etwas Glück sind wir rechtzeitig da.«

***

Connor erschien Punkt acht Uhr abends, leger in navyblauem Pullover und Jeans und mit einem so frischen Gesichtsausdruck, als käme er gerade aus einem erholsamen Urlaub und hätte nicht den ganzen Tag Spuren eines Tatorts untersucht. Schwungvoll betrat er das Büro, strahlte Anna an und deutete auf den schlafenden Kater im Käfig neben ihrem Schreibtisch.

»Ist heute Bring-dein-Haustier-zur-Arbeit-Tag, PC Shamash?«

Anna lächelte, wie sie es nur selten tat. »Sehr witzig. Wenn dem so wäre, würde mein furchterregender Kampfhund Razzle gerade treu an meiner Seite sitzen.«

»Ich habe Razzle durchaus mal gesehen, und das einzig Furchterregende an ihm ist sein Appetit. Ist das da mein Platz?«, fragte er und deutete auf einen Tisch ganz vorne im

Büro, eingeklemmt zwischen zwei anderen Schreibtischen und direkt vor dem Whiteboard platziert.

»Genau das ist Ihr Platz. Tut mir leid, dass es hier so eng ist. Wir haben uns Hausbesetzer eingefangen«, erklärte Anna.

»Passt schon. Viel gibt es sowieso nicht zu berichten. Sorry für meine legere Kleidung«, sagte er, als Robyn den Kopf hob. »Ich musste mich mit einer bestimmten Person treffen und sie ausführen, um den verpassten Valentinstag wiedergut-zumachen.«

Matt stöhnte. »Wenn Sie jetzt schon nachgeben, stehen Sie auf ewig unter ihrer Fuchtel. Glauben Sie mir. Ich weiß das.«

Connor lachte und sortierte seine Notizen.

»Wir sind ganz Ohr«, sagte Robyn.

»Zuerst habe ich schlechte Nachrichten, was die Fingerab-drücke angeht. Die von Tarik Akar passen nicht zu denen, die an der Tür des Kia gefunden wurden.« Er fing einen Blick von Robyn auf und lächelte bedauernd. »Was Tessa Hall angeht, sind wir immer noch dabei, den Tatort zu sichern. Hier ist eine Liste aller bisher markierten und eingetüteten Gegenstände.« Er reichte Robyn die aus drei Seiten bestehende Liste, die sie schnell überflog.

»Die Tatwaffe haben wir bisher nicht gefunden. Was die Fingerabdrücke angeht: Davon gibt es eine ganze Menge. Die meisten sind von Tessa, aber einige andere nicht. Sowohl in der Küche, auf dem Küchentisch als auch auf der Toilette im Erdgeschoss haben wir vollständige und Teilabdrücke gesichert. Mithilfe spezieller Fingerabdruck-Identifizierungstechniken konnten wir feststellen, ob die Abdrücke von einem Mann oder einer Frau stammen, und die vom Küchenhocker und aus dem Wohnzimmer – von der Fernbedienung des Fernsehers sowie von CDs – stammen von einem Mann. Die Abdrücke auf der Valentinstagkarte in der Küche stimmen mit denen überein, die wir auch an anderen Stellen gefunden hatten. Wir sind noch dabei, den Rest des Hauses zu untersuchen.« Während er redete, zeigte er eine Reihe von Folien, auf denen die Fingerabdrücke zu sehen waren.

»Die hat wohl ihr Freund hinterlassen«, stellte Mitz fest.

Robyn stimmte ihm zu. Sie studierte die Liste der aus dem Haus mitgenommenen Gegenstände und tippte auf eine Zeile. »Ein Fingernagel?«

»Der wird auf DNA getestet, um festzustellen, ob er Miss Hall gehörte. Er wurde unter der losen Fußbodenleiste in der Nähe des Kühlschranks gefunden und könnte jahrelang dort gelegen haben. So. Das war's. Ich geh dann mal und melde mich, wenn ich mehr weiß.«

Connor sammelte seine Unterlagen zusammen und verließ mit einem Augenzwinkern in Richtung Anna das Büro. Robyn übernahm.

»Ich weiß, dass wir im Moment an zwei Fällen gleichzeitig arbeiten, aber das kriegen wir schon hin. Kommen wir kurz auf Henry Gregson zurück. Libby Gregson schließen wir für den Moment als Verdächtige aus. Tarik Akar ist immer noch im Rennen. Er war zum Zeitpunkt des Mordes in der Nähe des Tatortes, trägt Schuhgröße vierundvierzig, was zu den Fußabdrücken am Tatort passt, und hat zwar ein Alibi, aber ich werde das Gefühl nicht los, dass er etwas verheimlicht.« Robyn dachte an das Telefongespräch, dass sie mit JJ Parts geführt hatte. Brett hatte ihre Fragen nur ausweichend beantwortet. Tarik Akar war in irgendetwas verwickelt. Das sagte ihr ihr Instinkt, der selbst unter Stress selten falschlag.

20

TAG DREI – DONNERSTAG, 16. FEBRUAR, ABEND

Der Anruf über Skype war genau das Gegenmittel, das Robyn gerade brauchte. Amélie kreischte begeistert auf, als sie den Babykater erblickte. »Oh. Mein. Gott. Der ist ja sooo niedlich!« Sie fuhr mit der Hand über den Bildschirm und Schrödinger tappte mit seiner Pfote darauf. »Ich will ihn streicheln!«

Robyn betrachtete das glückliche Mädchen. Sie war Davies wie aus dem Gesicht geschnitten. Das gleiche haselnussbraune Haar, die gleiche Stupsnase und das gleiche breite Lächeln.

Amélie hatte Robyn in ihrem Leben akzeptiert, als wäre es das Normalste auf der Welt.

In diesem Moment verspürte sie eine Welle der bedingungslosen Liebe zu diesem Mädchen, die sie fast überwältigte. Nach dem Tod ihres Vaters hatte Robyn sich um sie gekümmert, sie unterstützt und ihr als Freundin zur Seite gestanden. Wenn sie freihatte, unternahm sie Ausflüge mit Amélie und deren bester Freundin Florence. Die beiden Mädchen vertrauten Robyn völlig und behandelten sie wie eine ältere Schwester oder Tante. Ihre Beziehung war zwar eng, aber das änderte nichts an der Tatsache, dass Amélie nicht Robyns Tochter war. Sie war die Tochter von Davies und Brigitte und hatte eine Familie, die sie anbetete. In vielerlei Hinsicht wäre es für Robyn besser gewesen, die Verbindung zu ihr abzubrechen und ihr eigenes Leben zu leben. Doch sosehr sie es auch wollte, konnte Robyn sich emotional nicht von dieser aufgeweckten, lebhaften Teenagerin lösen, die sie jeden Tag mehr an den Mann erinnerte, den sie geliebt hatte.

»Wie heißt er denn?«

»Schrödinger, nach dem österreichischen Physiker und Nobelpreisträger.«

»Das ist aber ein komischer Name. Ich nenne ihn Shadow.«

Erneut tappte der Kater mit der Pfote auf den Bildschirm.

»Siehst du, ihm gefällt Shadow auch besser.«

Robyn lächelte. »Wenn das so ist, muss ich wohl seinen Namen ändern. Wann willst du denn vorbeikommen und ihn persönlich kennenlernen?«

»Diese Woche sind Schulferien und ich fahre morgen mit Florence und ihrer Mutter nach Birmingham, aber wir sind so um sechs wieder da. Kann ich abends rumkommen?«

»Gerne! So gegen acht? Bis dahin bin ich auch wieder zu Hause. Wenn du willst, kannst du auch hier übernachten.«

»Super. Soll ich einen Film auf DVD mitbringen, den wir uns angucken?«

»Warum nicht? Was immer du willst.«

Nachdem Sie das Videogespräch beendet hatten, streichelte Robyn den Kater, der nun am Rand des Esstischs stand. Er drehte sich um und rieb seinen Kopf an ihrer Hand.

»Das solltest du dir lieber gar nicht erst angewöhnen«, sagte sie, hob ihn hoch und setzte ihn auf dem Boden ab. Sofort rannte er zu einer Wand des Zimmers und wieder zurück und zauberte ihr damit ein Lächeln auf das Gesicht.

Robyn freute sich auf Amélie. Sie hatte schon eine ganze Weile nicht mehr hier übernachtet. So hatten sie endlich mal wieder Zeit, ausgiebig zu quatschen. Sie rieb sich den Nacken. Ihre Muskeln waren ganz verspannt. Dann fiel ihr Blick auf die

Anemonen. Sie sollte endlich die Blumenläden abtelefonieren und befragen. Nein. Sie arbeitete an zwei Mordfällen und sollte wegen eines gefälschten Fotos keine Geister jagen. Davies konnte die Anemonen nicht geschickt haben. Vermutlich waren die nur eine mehr als großzügige Geste eines Kollegen, um sie aufzuheitern. Sie weigerte sich, eine andere Erklärung in Betracht zu ziehen, und schloss die Augen, sah jedoch Tessas blutüberströmtes Gesicht vor sich und riss sie wieder auf. Purer Frust war die Ursache Ihrer Unruhe. In keinem der beiden Fälle kam sie ausreichend weiter. Ihr Kopf war voll von Theorien und platzte fast beim Gedanken an die scheinbar unmöglichen Aufgaben, die vor ihr lagen.

Die Befragung aller Personen, die die beiden Opfer kannten, würde einem Marathon für das gesamte Team gleichkommen, und ohne Motiv oder Verdächtige würde recht bald allgemeine Resignation einsetzen. DCI Flint wartete nur darauf, dass sie scheiterte. Ihr gegenüber verhielt er sich zwar höflich und scheinbar respektvoll, aber sie spürte, dass er sie im Grunde nicht leiden konnte. Sie ließ sich wieder auf ihren Stuhl fallen. Das war Blödsinn. Natürlich konnte Flint sie leiden. Woher kam nur all diese Negativität? Was war denn los mit ihr? Dieses Selbstmitleid passte so gar nicht zu ihr. Warum überhaupt interessierte sie sich plötzlich dafür, was DCI Flint oder sonst jemand von ihr dachte? Sie musste sich dringend wieder einkriegen.

Die Antwort war dieselbe wie in den letzten Wochen: Davies. Vorsichtig sprang der Kater auf ihren Schoß und stupste sie mit dem Kopf. Während sie Schrödinger streichelte, hinterfragte sie ihre Beweggründe, aus denen sie Amélie eingeladen und den Kater mit nach Hause genommen hatte. Wollte sie dem Mädchen tatsächlich nur eine Freude machen oder versuchte sie irgendwie unbewusst, Davies zu sich zu locken?

21

DAMALS

Der Junge öffnet die Tür. Davor steht ein schmächtiger Mann mit langen Armen. Sein Lächeln erinnert den Jungen an ein Raubtier – an ein Krokodil.

Er streckt eine schneeweiße Hand aus und sagt: »Hallo. Ich bin Clark. Ich komme wegen des Zimmers.« Clarks Stimme ist sanft und melodisch. Der Akzent kommt von einer Gegend, in der der Junge nie gewesen war – aus Südirland. Clark trägt eine Brille mit runden Gläsern, die seine faden blauen Augen verzerrt und unscharf aussehen lassen, und er zupft immer wieder an seinem blassroten Schnurrbart herum, der kaum seine Oberlippe bedeckt.

Der Junge ignoriert Clarks ausgestreckte Hand. Stattdessen öffnet er die Tür weit und sagt: »Meine Mutter ist in der Küche.«

Die ganze Sache nervt ihn. Er will nicht, dass ein Untermieter in sein Zimmer zieht, und schon gar nicht einer, der aussieht wie Clark.

»Ich weiß nicht, wie ich sonst die Miete bezahlen soll«, verteidigte sich seine Mutter mit vor der Brust verschränkten Armen und einem entschlossenen Gesichtsausdruck, als er protestierte, weil er sein Zimmer aufgeben sollte. »Wenn wir nicht untervermieten, schmeißt der Vermieter uns raus.«

Da er keine andere Wahl hatte, trug er seine spärlichen Habseligkeiten in das Zimmer seiner Schwester. Seine Mutter besorgte eine Matratze von der Wohlfahrt und legte sie auf den Boden neben das Bett der Schwester. Die Matratze roch nach Schweiß und war voller Flecken, die jedoch unter dem Laken nicht mehr sichtbar waren. Und so verbrachte er jede Nacht darauf und horchte dem ruhigen Atmen seiner Schwester, während Clark in seinem ehemaligen Zimmer schlief.

Seine Mutter ist ganz vernarrt in den Mann und macht ihm förmlich den Hof. Er ist ebenso höflich und macht ihr Komplimente über ihr sauberes Haus und ihren gut erzogenen Sohn. Zum Einstand hat sie sogar extra einen Biskuitkuchen für ihn gekauft, von dem sie ihm ein großzügiges Stück abschneidet. Der Junge sieht zu, wie Clark mit seinen schlanken, fast weiblichen Fingern kleine Stücke abbricht und eines nach dem anderen in den Mund steckt, wobei er anerkennende Laute von sich gibt, als hätte seine Mutter den Kuchen selbst gebacken.

Seine Schwester wird nach unten gerufen. Fröhlich betritt sie die Küche, bis sie den Mann am Tisch sieht. Plötzlich wird sie schüchtern, sagt ganz leise Hallo und nimmt dann gegenüber von ihrem Bruder Platz. Die Mutter schneidet beiden Kindern jeweils ein kleines Stück vom Kuchen ab, aber zur Abwechslung hat der Junge mal keinen Appetit.

Clark leckt sich die Krümel von den Fingern, wobei er seine Schwester nicht einen Moment aus den Augen lässt, und äußert dann, wie sehr er sich freue, Teil einer Familie zu sein. Die Mutter lächelt irritiert, bedankt sich und macht Anstalten, eine neue Kanne Tee aufzusetzen. Als sie sich abwendet, sieht sie nicht, was der Junge sieht – Clark starrt seine Schwester an, als würde er lieber sie essen als den Kuchen.

Als die Mutter zurückkommt, setzt Clark wieder sein

Lächeln auf und bedankt sich bei ihr. Dem Jungen fällt auf, dass er nur mit dem Mund lächelt, nicht mit den Augen, und plötzlich hat er Angst um sie alle. Wen hat seine Mutter da in ihr Heim gelassen?

Lächeln auf und bedankt sich bei ihr. Dem Jungen fällt auf, dass er nur mit dem Mund lächelt, nicht mit den Augen, und plötzlich hat er Angst um sie alle. Wen hat seine Mutter da in ihr Heim gelassen?

22

TAG VIER – FREITAG, 17. FEBRUAR

Obwohl es in der Nacht gefroren hatte, war es im Büro unerträglich stickig. Robyn hatte Eis von der Windschutzscheibe kratzen müssen, bevor sie die fünfzehn Minuten zur Arbeit fahren konnte. Trotz mehrerer Schmerztabletten hatte sie immer noch Kopfschmerzen. Normalerweise hätte sie die ignoriert und wäre joggen gegangen, aber diesmal hatte sie lieber alles für Amélies Besuch vorbereitet und vor allem die Beweise für ihre Suche nach Davies in einem Schrank weggeschlossen. Dann hatte sie eine saubere Katzentoilette sowie einen Futter- und einen Wassernapf für ihren neuen Untermieter aufgestellt. Immerhin schien Schrödinger stubenrein zu sein. Robyn ließ ihn auf der Sofalehne sitzen, von wo aus er aus dem Fenster starrte, und freute sich, jemanden zu haben, der sie begrüßte, wenn sie nach Hause kam.

Es war noch recht früh am Tage, aber sie wollte anfangen, bevor die Kollegen kamen. Also griff sie nach der Liste von Gregsons Kontakten und überprüfte, ob jemand darauf mal beim Militär gewesen oder anders mit Waffen in Berührung gekommen war – ohne Ergebnis.

In der Ferne ertönte eine Sirene. Das Heulen kam näher

und wurde lauter. Robyn stand auf und ging zum Fenster. Das Blaulicht eines Rettungswagens sauste in Richtung Krankenhaus vorbei, während zwei andere Autos auf den Parkplatz bogen. Nun würde es nicht mehr lange dauern, bis der Parkplatz voll war. Wer zu spät kam, musste mit dem anderen Parkplatz vorliebnehmen, der zehn Minuten zu Fuß entfernt war.

Die Tür ging auf und Robyn fuhr herum. Shearer kam mit unrasiertem Gesicht herein.

»Hätte ich mir ja denken können, dass Sie schon hier sind«, bemerkte er mit einem schiefen Grinsen.

»Sagt der Mann, der aussieht, als hätte er die Nacht in einer Zelle verbracht.«

»Schlafen ist ein Luxus, den ich mir nicht leisten kann. Also dachte ich, ich komm schon mal her und lege los.«

»Zwei Köpfe, ein Gedanke«, meinte Robyn. »Kaffee? Ich wollte gerade die Maschine anwerfen.«

Shearer gähnte und streckte sich. »Klingt gut. Zu Hause ist die Milch alle. Ein Schinkenbrötchen für mich haben Sie nicht zufällig irgendwo versteckt?«

Sie lachte. »Ich kann nur Kaffee bieten.«

»Dann muss das erst mal reichen. Ich hol mir später was zu essen. Ich hoffe, ich störe Sie nicht bei irgendwas?«

»Doch, aber damit muss ich wohl leben. Ich wollte nur ein bisschen Ruhe haben, um meine Gedanken zu ordnen. Aber damit bin ich bereits fertig und wollte mich nun auf meine Fälle stürzen.«

»Ja, zwei Fälle gleichzeitig sind ein ganz schönes Pensum. Ich würde ja meine Hilfe anbieten, wir sind aber noch mit dem tätlichen Angriff in Stafford beschäftigt. Leute gibt es da draußen! Das reinste Irrenhaus.«

Robyn hörte kaum zu. Stattdessen überlegte sie, wie sie die beiden Ermittlungen aufteilen konnte. Am besten wäre es vermutlich, Matt und Anna gemeinsam den Gregson-Fall zu überlassen.

Shearer trank einen Schluck Kaffee und zuckte zusammen. »Der ist ja tierisch heiß! Was ist bloß mit der Maschine los? Mal spuckt sie eine ungenießbare Brühe aus und mal ein Zeug, das einem die Zunge verbrennt.«

»Das ist ganz normaler Kaffee. Einfach pusten und aufhören zu meckern.« Robyn ging zurück zu Ihrem Schreibtisch.

Er pustete in den Kaffee und setzte die Tasse dann vorsichtig an die Lippen. »Immer noch heiß.«

»Sie sind ein bisschen griesgrämig heute, oder? Soll ich für Sie pusten?«, fragte Robyn mit verschränkten Armen und geschürzten Lippen.

Shearer schnaubte nun etwas freundlicher. »Danke, ich krieg das schon hin. Klar bin ich griesgrämig. Immerhin habe ich letzte Nacht nur zwei Stunden geschlafen. Und ich muss einen Stapel Papierkram durchsehen, einen Fall abschließen, einen widerlichen Kerl, der eine Frau und ein Baby als Geiseln genommen hat, noch mal befragen und meinen Chef besänftigen. Und zu allem Überfluss muss ich auch noch versuchen, PC Murray davon abzuhalten, alle zwei Minuten mit Ihnen zusammenzustoßen. Das wird ein langer Tag!« Er ging zu seinem Schreibtisch, ließ sich auf seinen Stuhl fallen, stellte seinen Becher ab und griff nach einer Akte. »Danke für den Kaffee. Genau den hab ich jetzt gebraucht«, murmelte er.

Robyn lächelte in sich hinein.

Es war kurz vor acht, als Robyn auf die Uhr schaute. Sie war so beschäftigt gewesen, dass sie gar nicht bemerkt hatte, wie spät es schon war. Sie hatte einen Termin in der Kinderwunschklinik in Tamworth vereinbart und musste sich beeilen, wenn sie vor neun Uhr da sein wollte.

Die Klinik sah aus wie ein gewöhnliches Bürogebäude aus

braunen Backsteinen und nicht wie ein Ort, der das Leben von Menschen verändern könnte. Ein Anflug von Trauer überkam Robyn, als sie die Türklingel betätigte. Zwar hatte sie nie eine solche Klinik aufsuchen müssen, konnte jedoch den Schmerz nachfühlen, wenn man sich verzweifelt ein Kind wünschte.

Sie wartete an der hellen, freundlichen Rezeption, bevor sie in ein Sprechzimmer geführt wurde, das sich ganz am Ende eines mit dickem Teppich ausgelegten Korridors befand. Mr. Galloway, der Facharzt, der Henry Gregson untersucht hatte, war relativ klein und schlank und sprang energiegeladen auf, als Robyn eintrat.

»Setzen Sie sich, Ms. Carter«, forderte er sie freundlich auf, als wäre sie eine seiner Patientinnen. »Es ist so furchtbar, was da passiert ist. Tessa war so eine angenehme Mitarbeiterin: immer freundlich, fleißig und mitfühlend. Wir werden sie sehr vermissen.«

»Danke, dass Sie sich die Zeit nehmen, mit mir zu sprechen«, sagte Robyn.

»Ich fürchte, viel kann ich Ihnen nicht helfen. Unser Job lässt uns nicht viel Zeit für private Unterhaltungen. Meine Gespräche mit dem Pflegepersonal beschränken sich auf medizinische Informationen und Anweisungen. Ich weiß ehrlich gesagt nicht viel über unsere Mitarbeiterinnen.«

»Das verstehe ich. Können Sie mir irgendetwas über Tessa erzählen?«

»Ich kann nur wiederholen, was ich bereits gesagt habe. Sie war fleißig. Sie war immer freundlich. Wir möchten, dass unsere Mitarbeiterinnen immer gut gelaunt und mitfühlend sind. Das ist hier sehr wichtig. Immerhin haben wir es oftmals mit Menschen zu tun, für die wir die letzte Hoffnung auf ein eigenes Kind darstellen, und da brauchen wir freundliches Pflegepersonal wie Tessa im Team.«

»Hat sie in letzter Zeit einen ängstlichen Eindruck gemacht

oder so? War sie vielleicht weniger konzentriert und abwesender als sonst?«

»Absolut nicht. Erst am Montag hat sie mir assistiert und war ausgesprochen fröhlich. Ich habe sie darauf angesprochen und ihre Antwort war, dass sie sich auf ein ›großes‹ bevorstehendes Ereignis freut. Ich habe allerdings nicht weiter nachgefragt. Dafür war keine Zeit, wie immer war das Wartezimmer voll von Patientinnen. Dazu sollten Sie die anderen Mitglieder des Pflegeteams befragen, die haben mehr Zeit für Klatsch und Tratsch.«

»Meine Mitarbeiter haben bereits mit allen Kolleginnen gesprochen, die mit ihr befreundet waren, aber mit einer oder zweien kann ich auch gerne selbst reden.«

»Versuchen Sie es bei Juliet Fallows. Sie war eng mit ihr befreundet.«

»Kann ich Ihnen eine Frage zu einem Ihrer Patienten stellen?«

Er verzog das Gesicht. »Ärztliche Schweigepflicht. Da werde ich Ihnen nicht weiterhelfen können.«

»Der betreffende Patient ist verstorben. Er wurde am Dienstag ermordet.«

»Dennoch darf ich keine medizinischen Informationen offenlegen. Das wissen Sie sicherlich.«

»Natürlich. Es geht auch nicht um etwas Medizinisches. Ich würde nur gerne wissen, mit welchen Krankenschwestern er zu tun hatte. Als er einen Termin bei Ihnen hatte; hat Tessa Ihnen an dem Tag assistiert?«

»Um wen geht es denn?« Er verschränkte die Arme vor der Brust und schaute sie fragend an.

»Henry Gregson. Er hatte vor ein paar Wochen einen Termin bei Ihnen. Seine Frau Lauren war auch hier in Behandlung.«

Er nickte. »Ich kenne die Gregsons. Henry war bei mir. Lassen Sie mich eben nachsehen, wann das war.« Er klickte auf seiner Computermaus herum und öffnete seinen Terminkalender. »Er war am Dienstag, den Siebten hier in der Klinik. Also vor etwas über einer Woche.«

»Hat Tessa an dem Tag mit Ihnen zusammengearbeitet?«

Erneut konsultierte er den Bildschirm. »Ja, hat sie. Gibt es zwischen den beiden Todesfällen eine Verbindung?«

Robyn hielt seinem Blick stand. »Dazu kann ich nichts sagen, Sir. Und ich würde es begrüßen, wenn Sie diese Unterhaltung für sich behalten könnten.«

»Ich bin sehr gut darin zu schweigen und wünsche Ihnen viel Erfolg. Um Ihren Job beneide ich Sie ja nicht. Der muss manchmal ganz schön ernüchternd sein.«

Darauf sagte Robyn nichts. In ihrem Kopf war sie bereits dabei, alle Optionen und neuen Theorien durchzugehen.

Er stand auf und führte sie aus dem Sprechzimmer. Als sie an der Tür standen, schlug er vor: »Sie sollten Juliet mal nach der Gruppe fragen.«

»Gruppe?«

»Sie und Tessa waren in einer Quizgruppe. Vor einer Weile habe ich mitbekommen, wie die beiden für ein Quiz geübt und sich gegenseitig über die Knochen des menschlichen Körpers abgehört haben. Vielleicht können die anderen Gruppenmitglieder Ihnen bei Ihren Ermittlungen helfen.«

»Wissen Sie, wer noch dabei ist?«

»Nein, keine Ahnung. Ich weiß aber, dass Tessa sich immer sehr auf diese Quizabende gefreut hat. Was ich merkwürdig fand. Ich verbringe meine Abende lieber anders als mit Rätselraten. Und gehen junge Frauen nicht lieber in die Disco oder in eine Bar? Zumindest war ich dort zu finden, als ich in dem Alter war. Mittlerweile habe ich abends lieber meine Ruhe. Gerne mit einem guten Burgunder.«

Robyn fragte an der Rezeption nach Juliet Fallows, die jedoch gerade freihatte. Sie ließ sich ihre Adresse in Hamstall Ridware gleich hinter Yoxall geben und verließ die Klinik.

Dabei musste sie an Galloways Worte denken. Es war gar nicht so ungewöhnlich, dass zwei junge Frauen Teil einer Quizgruppe waren. Beide lebten auf dem Land. Dort gab es nicht viel Nachtleben für alleinstehende Frauen. Wenn das jemand wusste, dann sie selbst. Sie war seit zwei Jahren nicht mehr aus gewesen und hatte praktisch kein soziales Leben mehr.

23

TAG VIER – FREITAG, 17. FEBRUAR, NACHMITTAG

Den ganzen Vormittag über hatte im Büro Gewusel geherrscht, bis sich Shearer und Gareth Murray kurz nach dreizehn Uhr endlich in einen Vernehmungsraum zurückgezogen hatten, damit Robyn ausreichend Ruhe hatte, um mit ihren Fällen voranzukommen. Noch nie hatte sie so viel Chaos und Ablenkung erlebt. Alle standen unter Druck, nicht zuletzt wegen DCI Flint, der schon dreimal gekommen war, um sich über alle Fälle informieren zu lassen. Tom Shearer sah so aus, wie sie sich fühlte – mit müden Augen, verkatert von der Arbeit und den Anforderungen, die an ihn gestellt wurden. Doch sie hatte keine Zeit, um ihn zu bemitleiden. Seit einem Fernsehaufruf nach Zeugen des Überfalls auf Henry Gregson klingelten die Telefone ununterbrochen.

Sich im Büro zu bewegen, erforderte eine ausgeklügelte Choreografie, bei der alle Beteiligten einander ausweichen und in Schlangenlinien laufen mussten, um an Schubladen, Schränke, Akten und die bereits zum dritten Mal aufgefüllte Kaffeemaschine zu gelangen.

Die Spurensicherung hatte das iPad von Tessa Hall vorbeigebracht und Robyn daraufhin die Teams neu zugeteilt. David checkte nun die am vierzehnten Februar in der Umgebung vom Cannock Chase registrierten Autos, während Anna sich das iPad vornahm.

»Ist das für Sie in Ordnung, Anna?«, fragte Robyn.

Anna starrte hoch konzentriert auf das Display und tippte immer wieder darauf herum. Plötzlich wurde ihr klar, dass man sie angesprochen hatte. Sie schaute auf und strich sich verlegen eine Haarsträhne hinter das Ohr. »Klar. Sorry. Das hier ist ein bisschen ungewöhnlich. Tessa hat wohl ihren gesamten Browserverlauf und alle Cookies gelöscht.«

Robyn kräuselte die Nase. »Aber Sie können den Verlauf wiederherstellen, oder?«

»Natürlich. Überlassen Sie das ruhig mir. Im Moment versuche ich, an ihre E-Mails zu gelangen. Allerdings brauche ich dafür ihr Passwort.«

»Versuchen Sie es mit Schrödinger.«

»Das habe ich als Erstes. Passt nicht. Aber ich werd's schon rauskriegen. Geben Sie mir ein paar Minuten.« Dann senkte sie wieder den Kopf und ihre langen, geraden Finger flogen nur so über die Tastatur. Hoch konzentriert war sie bei der Arbeit. Die Zeilen mit Code, die nun auf dem Bildschirm erschienen, waren für Robyn das reinste Kauderwelsch. Sie drückte den Rücken durch und beschloss, die eine oder andere Trainingseinheit in ihren Zeitplan einzubauen. Immerhin hatte sie geplant, im Juni am Ironman teilzunehmen, und bis Januar war sie dafür auch in bester Form gewesen. Seitdem ihr das Foto geschickt worden war, hatte sie ein paar Trainingseinheiten ausfallen lassen, und das machte sich bemerkbar. Sie musste wieder anfangen zu trainieren, auch wenn das weniger Schlaf bedeutete, oder den Plan mit dem Ironman aufgeben.

Robyn hatte sich schon immer gut um ihre Gesundheit gekümmert. Eine zuckerfreie Ernährung sowie täglicher Sport hielten sie geistig und körperlich fit. Nun vermisste sie den regelmäßigen Endorphinrausch ihrer frühmorgendlichen

Joggingrunden oder der Fahrradtouren und machte sich selbst Vorwürfe. Sie hätte heute Morgen laufen gehen sollen.

»Boss, das hier wollen Sie sehen«, sagte Matt und winkte mit dem Obduktionsbericht, den Harry McKenzie über Tessa Hall erstellt hatte.

»Schießen Sie los«, sagte Robyn.

»Todesursache war ein Schlag auf den Kopf, der zu einem Schädelbruch und einer massiven Hirnblutung führte; das hatten wir bereits vermutet. Aber nun hören Sie sich das an: Sie war schwanger! Harry schätzt das Alter des Embryos auf etwa zwei Monate.«

Robyn atmete hörbar ein. »Wissen wir, mit wem sie zusammen war?«

Matt zuckte zusammen. »Nein. Von ihren Freundinnen und Arbeitskolleginnen wusste niemand etwas von einem festen Freund. Sie hat niemandem etwas von dem mysteriösen Mann erzählt.«

»Haben Sie mit Juliet Fallows gesprochen?«

»Das war ich«, sagte Mitz. »Sie hat dasselbe ausgesagt wie alle anderen. Tessa hat keinen neuen Freund erwähnt.«

»Das kann doch nicht sein. Der einzige Grund, der mir einfallen würde, warum sie die Beziehung geheim halten sollte, ist, dass der Kerl verheiratet war. Wir müssen herausfinden, wer das war. Hat sich denn niemand gemeldet? Wenn sie ihm wichtig war, muss er doch wissen wollen, wer sie getötet hat?«

»Es sei denn, er hat sie getötet, weil sie schwanger war«, gab Anna zu bedenken.

Robyn rieb sich frustriert die Stirn. »Sowenig mir dieser Gedanke auch gefällt, ist das durchaus möglich. Und das macht es umso wichtiger, dass wir ihn finden. In einer halben Stunde bin ich wegen einer anderen Sache mit Juliet Fallows verabredet. Mal sehen, ob sie doch noch etwas weiß. Außerdem müssen wir mit ihren Eltern, mit Verwandten und so weiter sprechen. Wir müssen diesen Mann ausfindig machen.« Dann wich sie zurück, als ihr plötzlich ein Gedanke in den Kopf schoss. »Tessa hatte fünfhundert Pfund in ihrem Portemonnaie, was mir gleich merkwürdig vorkam. Möglicherweise hat sie die von ihrem Freund oder jemand anderem bekommen – vielleicht sogar von der Ehefrau des Freundes –, damit sie eine Abtreibung vornehmen lässt.«

»Ich bin drin«, verkündete Anna. »Oh. Sie hat überhaupt keine E-Mails. Die wurden alle gelöscht. Das ist nicht normal. Wenigstens ein oder zwei müssten zumindest noch im Papierkorb sein. Wer löscht den jede einzelne Mail?«

Robyn ging zu ihr und schaute ihr über die Schulter. »Jemand, der versucht, etwas zu verstecken.«

»Eine Affäre?«

Da war Robyn sich nicht so sicher. Den gesamten E-Mail-Verlauf zu löschen, war schon sehr merkwürdig. »Ich weiß es nicht. Eigentlich löscht man E-Mails nur, damit sie niemand einsehen kann; aber Tessa hat allein gewohnt. Wer hätte sie denn lesen sollen? Gibt es gar keine Korrespondenz zwischen ihr und ihrem Liebhaber?«

»Nichts. Ich kann absolut gar nichts wiederherstellen. Entweder jemand mit exzellenten Computerkenntnissen hat sie gelöscht oder ihr erklärt, wie man das macht.«

»Vielleicht hat der Mörder sie gelöscht«, warf Mitz ein, was für Robyn durchaus logisch klang.

»Hat sie irgendwelche Profile in den sozialen Medien?«

»Sie hatte welche. Ihren Facebook-Account hat sie gelöscht.«

»Wann?«

»Vor zwei Wochen. Auch ihre Twitter- und Instagram-Accounts gibt es nicht mehr«, sagte Anna. Diese Informationen las sie vom Bildschirm ihres eigenen Computers ab, den sie parallel zum iPad nutzte.

»Das ist wirklich merkwürdig. Sie wurde mir als fröhlicher und freundlicher Mensch beschrieben, und dennoch hat sie alle

Aktivitäten in den sozialen Medien eingestellt. Das ergibt überhaupt keinen Sinn. Suchen Sie weiter, Anna.«

Robyn schaute auf die Uhr. Es war fast vier Uhr nachmittags, und bis zum Feierabend blieben ihr nur noch ein oder zwei Stunden. Heute Abend kam Amélie vorbei, also musste sie pünktlich um sechs Uhr Schluss machen. Sie nahm sich Harry McKenzies Obduktionsbericht über Henry Gregson vor und rief sich ins Gedächtnis, was sie bereits wussten. Henry war durch eine 455er-Patrone getötet worden, die in die linke Seite seines Halses eingedrungen war und seine Wirbelsäule zwischen C6 und C7 verletzt hatte. Die Gewebe- und Organschäden bestätigten Connors Befund. Erneut dachte sie über Henrys Schwester Libby und ihren Freund Tarik nach. Obwohl sie versuchte, eine Verbindung zwischen Henry, Lauren und Tessa herzustellen, konnte sie Tarik noch nicht vollständig ausschließen. Immerhin hatte er eine Vorgeschichte mit Henry und kannte seine Schwester recht gut. Hatten er oder Libby auch Tessa gekannt? Sie machte eine Notiz, dass sie mit den beiden noch einmal reden wollte, und klebte das Post-it auf ihren Schreibtisch, damit sie morgen daran dachte. Gerade wollte sie gehen, als Anna sich neben ihr aufbaute.

»Ich glaube, Sie hatten recht wegen des Geldes in Tessas Handtasche. Ich habe gerade mal nachgesehen, was eine privat gezahlte Abtreibung so kostet, und es sind tatsächlich fünfhundert Pfund.«

Robyn zuckte zusammen. »Danke, Anna. Damit haben wir einen weiteren Anhaltspunkt.« Während sie aus dem Büro zu ihrem Treffen Juliet Fallows eilte, überlegte sie, ob es möglicherweise einen Zusammenhang gab zwischen der verschwiegenen schwangeren jungen Krankenschwester, die Henry Gregson kannte, und seiner Frau, die sich verzweifelt ein Kind wünschte.

24

TAG VIER – FREITAG, 17. FEBRUAR, SPÄTER NACHMITTAG

Juliet Fallows hatte Haare in der Farbe einer Pflaume und zog an den Enden einer Strickjacke, die sie über einem beigefarbenen Wollkleid trug, das über der breiten Hüfte spannte. Die Farbe ihrer Strumpfhose passte zum Haar und Hausschuhe aus beigefarbenem Plüsch vervollständigten das Bild. Ohne zu lächeln, drängte sie Robyn in die Küche, schloss die Tür und sprach leise.

Im Wohnzimmer ging es deutlich lauter zu.

»Meine Kinder«, sagte sie wie zur Erklärung des Maschinengewehrfeuers, das plötzlich nebenan ertönte. Kaum hatte sie das geäußert, wurde die Küchentür aufgerissen und ein Junge im Teenageralter kam herein. Die Jeans hingen recht tief auf der Hüfte und auf dem Kopf trug er eine Baseballkappe mit dem Schirm im Nacken. Er nickte den Erwachsenen zu, sagte Hi, ging schnurstracks auf den Kühlschrank zu, holte einen Saftkarton heraus und steuerte wieder die Küchentür an.

»Wehe. Nimm gefälligst ein Glas«, rief Juliet ihm nach.

»Wozu, ich trinke doch eh alles aus. Spart den Abwasch.« Der Jugendliche grinste frech und verschwand. Die Tür ließ er hinter sich offen. Juliet schloss sie.

»Er ist Diabetiker und muss auf seinen Blutzuckerspiegel achten«, erklärte sie.

»Tut mir leid, Sie stören zu müssen, und mein aufrichtiges Beileid. Soweit ich weiß, waren Sie und Tessa miteinander befreundet.«

Juliet ging zur Spüle, öffnete den Wasserhahn, füllte ein Glas mit kaltem Wasser und trank es langsam aus. »Das waren wir. Ich habe Tessa sehr gemocht. Sie war so erfrischend. In meinem Alter hat man schon so viele Enttäuschungen erlebt und jede Illusion verloren, doch Tessa sprühte vor Leben. Schon an ihrem ersten Arbeitstag haben wir uns angefreundet. Sie war damals neu nach Barton-under-Needwood gezogen und hat mich gefragt, wo man denn abends so hingehen könnte. Da habe ich ihr erzählt, dass ich alleinerziehende Mutter von zwei Teenagern bin und keine Zeit für ein soziales Leben und keinen Nerv mehr habe, auszugehen. Nach einer langen Beziehung ist es schwer, wieder Fuß zu fassen. Ich bin auch nicht wirklich ein guter Fang und mein Selbstbewusstsein hat seit der Trennung von meinem Mann Gerry auch erheblichen Schaden erlitten. Tessa konnte sehr gut zuhören.«

»Ich hörte, Sie waren zusammen in einer Quizgruppe?«, fragte Robyn.

Juliet nickte. »Als sie feststellte, dass wir nur ein paar Kilometer voneinander entfernt wohnen, hat sie vorgeschlagen, dass wir mal zusammen weggehen. Sie war eine echte Draufgängerin. Barton ist nur ein paar Kilometer von hier entfernt, also haben wir uns im Pub in Yoxall verabredet, weil das auf halbem Weg zwischen uns beiden liegt. An jenem Abend fand in dem Pub ein Quiz statt, und der Laden war voll. Als Tessa uns an der Bar was zu trinken holte, kam sie mit einem Anthony ins Gespräch, der eigentlich mitspielen wollte, aber zwei seiner Mitspieler hatten ihn versetzt. Also hat er sie gefragt, ob wir uns ihm nicht anschließen wollten, und das haben wir dann getan.

Das war einer meiner besten Abende seit Langem. Vierzig Pfund haben wir gewonnen! Und so hat Anthony beschlossen, uns zu seinen Maskottchen zu machen, und hat uns zum nächsten Quizabend eingeladen.

Gegen Jahresende hatten wir die Schnauze voll von den Quizrunden. Anthony hat das Ganze viel zu ernst genommen. Uns ging es eher um die soziale Komponente; wir wollten was trinken und Spaß haben. So bin ich mal aus dem Haus gekommen und habe ein paar nette Leute kennengelernt, mit denen ich mich dann und wann treffe. Ich bin Tessa sehr dankbar, dass sie mich aus meinem Schneckenhaus gezerrt und mir geholfen hat, mein Mojo wiederzufinden.«

»Ich würde gern auch mit den anderen aus der Quizgruppe reden. Könnten Sie mir deren Kontaktdaten geben?«

Juliet zog die Augenbrauen bis zum Haaransatz hoch. »Die habe ich nicht mehr. Ich hab sie gelöscht, als wir nicht mehr zu den Quizabenden gegangen sind. Es gab keinen Grund, sie zu behalten.«

»Schon okay. Ich finde sie schon heraus. Sie haben zwar schon mit Sergeant Patel über Tessa gesprochen, aber ich möchte Sie auch selbst noch mal fragen, ob Sie irgendeinen Verdacht haben, dass sie sich Sorgen gemacht haben könnte, dass jemand sie stalkt oder belästigt, oder ob sie irgendjemanden erwähnt hat, der neu in ihr Leben getreten ist.«

»Nein. Nichts. Sie hat sich mit den meisten Leuten sofort verstanden. Sie war immer so begeisterungsfähig – in ihrem Job, im Leben, bei allem. Ich kann mir beim besten Willen nicht vorstellen, wer sie umgebracht haben könnte.«

»Wir gehen davon aus, dass sie sich mit jemandem getroffen hat; möglicherweise mit einem verheirateten Mann. Hat Sie Ihnen gegenüber irgendwas geäußert, dass sie sich mit einem Freund trifft, oder gab es andere Hinweise, dass da ein Mann in ihr Leben getreten ist?«

Juliet blickte auf ihre Füße und antwortete: »Das klingt jetzt etwas fies, soll es aber wirklich nicht. Tessa war eine charmante, gut aussehende junge Frau. Sie hat heftig mit jedem geflirtet, der auch nur in ihre Richtung geguckt hat, und hatte einige Bewunderer. Sie war sehr freizügig. Ihr Mantra war carpe diem, und sie hat ihr Leben so gelebt, wie sie es wollte. Mit mindestens einem der Männer aus der Quizgruppe hatte sie einen One-Night-Stand, ebenso wie mit ein paar der Typen, die wir im Pub kennengelernt haben. Einmal hat sie mir erzählt, dass sie eine lange Beziehung hatte, bevor sie nach Barton gezogen ist, sich darin aber sehr eingeengt gefühlt hätte, also hat sie sie beendet, um ›Spaß zu haben‹, solange sie noch jung ist. Von einem neuen Mann hat sie nichts erzählt, schon gar nicht von einem, der verheiratet ist. Zumindest nicht mir. Wenn ich so darüber nachdenke, war sie am Montag noch fröhlicher als sonst. Sie hat die ganze Zeit vor sich hin gesungen. Seit wir nicht mehr zu den Quizabenden gegangen sind, habe ich sie nur noch bei der Arbeit gesehen. Die anderen habe ich seit Dezember nicht mehr gesehen. Mehr kann ich dazu nicht sagen.«

»Ich verstehe. Also haben Sie mit keinem aus der Gruppe je wieder gesprochen?«

Sie schüttelte den Kopf. »Dafür gab es keinen Anlass. Und ich nehme an, Tessa ging es da nicht anders.«

Erneut wurde die Küchentür geöffnet. Diesmal kam ein ungefähr achtzehnjähriges Mädchen herein. Wie ihr Bruder strahlte auch sie ein ausgeprägtes Selbstbewusstsein aus und ließ sich nicht von Robyns Anwesenheit beeindrucken. »Hast du meine Kippen gesehen, Mum? Terence behauptet, er hätte sie nicht, aber ich habe sie neben dem Fernseher liegen lassen«, maulte sie und schaute Robyn mit ihren Mandelaugen an. »Sind Sie ein Bulle?«

Robyn nickte.

»Ich hab sie nicht gesehen«, antwortete Juliet. »Frag ihn noch mal.«

»Mach ich. Der klaut aber auch alles, was irgendwo rumliegt«, sagte sie immer noch mit Blick auf Robyn. Den nächsten Satz richtete sie direkt an sie und ignorierte dabei den Gesichtsausdruck ihrer Mutter: »Wo waren Sie, als mein Vater meine Mutter zusammengeschlagen hat?« Mit diesen Worten drehte sie sich um und zog ab. Nebenan gesellten sich laute Stimmen zu den Schussgeräuschen. Dann wurde es ruhig.

Robyn schaute Juliet in die Augen. Den Ausdruck darin hatte sie schon bei anderen Opfern von Gewalt gesehen. »Er hat sie geschlagen?«, fragte sie leise.

Juliet zupfte an ihrer Strickweste herum und nickte. »Aber jetzt ist es vorbei. Ich habe ihn verlassen. Und ich möchte nicht mehr darüber reden. Nie wieder.«

»Haben Sie ihn angezeigt?«

»Nein. Ich habe ihn verlassen.« Entschlossen schaute sie Robyn an. »Und das war's. Steph, meine Tochter, hat noch so ihre Schwierigkeiten, wie Sie sehen konnten, aber ich habe mit der Sache abgeschlossen. Gerry ist kein Teil meines Lebens mehr. Und mit der Zeit komme ich auch darüber hinweg.«

Robyn schwieg einen Moment für den Fall, dass Juliet noch etwas sagen wollte, doch die presste die Lippen zusammen und schlang die Arme um sich, wie um sich zu schützen. Dies war nicht der richtige Moment, um über einen gewalttätigen Ehemann zu sprechen.

»Eine letzte Frage noch. Kennen Sie diese beiden?« Sie zog ein Foto von Lauren und Henry Gregson aus der Akte in ihrer Hand und zeigte es Juliet.

»Die kommen mir bekannt vor. Die waren in der Klinik. Ich habe sie dort im Wartezimmer gesehen.«

»Hatten Sie mit einem der beiden etwas zu tun?«

»Nein, das waren nicht meine Patienten.«

Robyn steckte das Foto wieder in die Akte und seufzte innerlich.

Schon wieder eine Sackgasse.

»Sie sagten, Tessa habe mit mindestens einem der Gruppenmitglieder ein Verhältnis gehabt. Wissen Sie mit wem?«

Juliet zuckte kaum merklich mit den Achseln. »Sie hat mir nicht erzählt, wer es war. Wir haben mal im Personalraum geplaudert und ihr ist was rausgerutscht, aber als ich sie gefragt habe, mit wem sie geschlafen hat, hat sie nur den Zeigefinger auf die Lippen gelegt und gekichert.«

»Sie meinten, Anthony hätte Sie in die Gruppe geholt.«

»Ja, das stimmt. Er war älter als wir anderen. Und hat mit Tessa geflirtet. Allerdings bezweifle ich, dass sie mit ihm geschlafen hat. Hinter seinem Rücken hat sie über ihn gelästert. Abgesehen davon ist er alt genug, um ihr Vater zu sein, und ich glaube auch nicht, dass er ihr Typ war.«

»Wohnt er in Yoxall?«

»Nein, in Stafford glaub ich.«

»Wissen Sie seinen Nachnamen?«

»Nein. Darüber haben wir nie geredet. Ich weiß von niemandem aus der Gruppe den Nachnamen.«

»Wer war sonst noch dabei?«

»Roger, der wohnt auf dem Land in der Nähe von Hoar Cross, kurz hinter Yoxall. Und Liam. Der wohnt in Yoxall.«

Robyn runzelte die Stirn. Der Freund von Henry Gregson mit demselben Namen wohnt in Yoxall. Ob es sich wohl um denselben Liam handelt? »Arbeitet Liam im MiniMarkt in Lichfield?«

»Ja. Ich glaube schon. Seine Freundin Ella ist manchmal mitgekommen zum Zugucken. Rogers Freundin auch, wobei die nur an der Bar rumhing.« Juliet trat von einem Fuß auf den anderen.

Erneut betrat Steph die Küche, diesmal mit einer Schachtel Zigaretten in der Hand. »Hab sie!«, verkündete sie.

»Hast du ihr erzählt, was er getan hat?«, fragte sie ihre Mutter.

»Nicht jetzt, Steph«, wies Juliet sie zurecht.

Steph wandte sich an Robyn. »Das ist Teil des Problems. Sie will niemandem erzählen, was wirklich passiert ist. Aber es ist nicht zu spät, um was zu sagen, oder?«

»Es ist nicht zu spät, wenn Ihre Mutter Anzeige erstatten möchte«, bestätigte Robyn.

»Siehst du?« Steph schaute ihre Mutter triumphierend an, die wieder an ihrer Strickjacke herumzupfte.

»Das ist nicht der richtige Moment, Steph.«

Steph stöhnte laut auf. »Es ist nie der richtige Moment, stimmt's?«

»Ich gehe jetzt besser. Wenn Sie mich aus irgendeinem Grund kontaktieren möchten, hier ist meine Karte.« Mit diesen Worten verließ Robyn das Haus. Es war schon spät und sie musste immer noch alles für Amélie vorbereiten, aber zuerst musste sie mit Liam reden.

Liam stand im MiniMarkt an einer der Kassen und bediente eine Reihe von Kunden. Sein Gesicht war blass und traurig. Als er Robyn den Laden betreten sah, rief er einen Mitarbeiter zu sich, der für ihn übernehmen sollte. Anschließend bedeutete er Robyn, zum Personalraum zu kommen.

»Gibt es was Neues?«, fragte er, kaum dass sie allein waren.

»Noch nichts, leider. Wie geht es Ihnen?«

»Astra weigert sich zu essen«, antwortete Liam mit belegter Stimme. »Wir wissen nicht mehr weiter. Sie ist furchtbar traurig. Fragt immer wieder nach Henry. Ich weiß nicht, ob sie jemals darüber hinwegkommen wird.«

»Wird sie. Lassen Sie ihr Zeit. Lenken Sie sie ab. Gehen Sie mit ihr in den Park oder spielen Sie mit ihr. Kinder sind robuster, als wir denken. Irgendwann hat sie Henry vergessen«, sagte Robyn und hoffte, dass sie nicht herzlos klang.

Eine Weile schwiegen beide. Dann meinte Liam: »Ich fände es schade, wenn sie ihn vergessen würde. Er war immer so toll zu ihr. Hat sie behandelt wie eine eigene Tochter.«

»Vielleicht würde es helfen, wenn Sie mit ihr Lauren besuchen. Dann merkt sie, dass Henry nicht da ist, und wird mit der Zeit begreifen, dass er auch nicht wiederkommt.«

»Gute Idee. Ich rufe Lauren später an und frage nach, was sie davon hält. Warum sind Sie hier? Sicherlich nicht nur, um zu fragen, wie es uns geht?«

Robyn schüttelte den Kopf. »Ich bin wegen Tessa Hall hier. Ich weiß nicht, ob Sie schon davon gehört haben, aber sie wurde gestern tot in ihrem Haus aufgefunden.«

Liam riss die Augen auf. »Nicht Ihr Ernst. Tessa?«

»Ich habe eben mit Juliet gesprochen, die erzählt hat, dass Sie sich kannten.«

Liam blinzelte immer wieder und versuchte offensichtlich zu begreifen, was er hörte. »Tessa?«, fragte er erneut.

»Es tut mir so leid, Ihnen das mitteilen zu müssen. Besonders nach dem, was mit Henry passiert ist.«

»Wir waren keine Freunde, aber ich kannte sie natürlich. Wir haben ein paar Mal zusammen in einer Gruppe an Quizabenden im Pub teilgenommen. Tessa? Ich kann das gar nicht glauben. Wer, glauben Sie, hat sie umgebracht?«

»Wir stehen noch ganz am Anfang unserer Ermittlungen und gehen mehreren Spuren nach. Hat sie Ihnen gegenüber mal einen Freund erwähnt?«

Liam zog die Unterlippe ein. »Über solche Themen hat sie nicht mit mir geredet. Ich habe mich gut mit ihr verstanden, aber wir haben keine Privatgespräche geführt. Ella mochte sie nicht besonders. Für ihren Geschmack hat Tessa zu gern geflirtet, insofern bin ich ihr lieber aus dem Weg gegangen. Ich wollte Ella nicht verärgern. Tessa wurde ständig angequatscht.

Sie war nett, aber für meinen Geschmack zu lebhaft. Ich mag eher den ruhigeren Typ.«

»War Ella auch bei den Quizabenden dabei?«

»Ja. Manchmal hat sie auch Astra mitgenommen, je nachdem, wo der Quizabend stattfand. Aber sie hat nie mitgeraten, sondern uns nur seelisch unterstützt.«

»Wussten Sie, dass Tessa Krankenschwester war?«

Liam nickte. »Ja, das hat sie mal erzählt. Sie hat in Tamworth gearbeitet, glaube ich.«

»Hat Henry sie mal erwähnt?«

»Tessa? Nein. Warum?«

Robyn lächelte angespannt. »Tessa hat in der Kinderwunschklinik gearbeitet, in der Lauren und Henry in Behandlung waren. Ich dachte nur, vielleicht hat er ja mal ihren Namen erwähnt.«

Liam schüttelte den Kopf. »Alles, was ich über die Klinik weiß, ist, dass er da nicht hinwollte. Er hat mir mal erzählt, dass er die Vorstellung ganz furchtbar findet, über sein Sexleben Auskunft geben zu müssen. Außerdem wollte er noch gar keine Kinder. Tessa hat er ganz sicher nie erwähnt. Das ist ja merkwürdig. Sie glauben aber nicht, dass die beiden Morde etwas miteinander zu tun haben, oder?« Er dachte kurz nach. Die Verwirrung war ihm anzusehen. »Nein. Das kann nicht sein. Sie kannten sich gar nicht. Da bin ich mir sicher.«

»Wann haben Sie Tessa das letzte Mal gesehen?«

»Ende letzten Jahres. Da waren wir bei einem Quiz in Abbots Bromley. Wir haben alle zu viel getrunken und nicht gewonnen. Danach haben wir beschlossen, nicht mehr weiterzumachen.«

»Bitte entschuldigen Sie die Frage, aber was bringt jemanden dazu, an Quizabenden teilzunehmen?«

Liam zuckte mit den Achseln. »Man ist dabei mehr in Gesellschaft, als wenn man in einem Pub in der Ecke sitzt und allein vor sich hin trinkt. Und da die Abende immer in anderen

Pubs stattfinden, kann man so neue Läden und neue Leute kennenlernen. Diese soziale Komponente ist es, die die Quizabende für die meisten Teilnehmer so interessant macht. Bei mir ist das anders. Ich mag die Fragen, besonders die über Sport, um mein Wissen zu testen.«

»Von den übrigen Mitgliedern der Quizgruppe wissen wir leider nur die Vornamen. Haben Sie noch die Kontaktdaten?«

»Nein. Die von Roger hatte ich mal, aber nachdem sich die Gruppe aufgelöst hat, habe ich ihn aus meinen Kontakten gelöscht.«

Die gleiche Antwort hatte Juliet auch gegeben. Robyn hakte weiter nach: »Wissen Sie vielleicht die Nachnamen? Das würde es uns so viel einfacher machen, sie zu finden.«

»Juliets Nachname ist Fallows oder so, und Rogers Jenkinson, aber den von Anthony weiß ich nicht. Der kam nie zur Sprache.« Er stieß einen tiefen Seufzer aus und schüttelte fassungslos den Kopf. »Das mit Tessa tut mir echt leid.«

Robyn ging zurück zu ihrem Auto und rief Anna an, um sich zu erkundigen, ob sie etwas herausgefunden hatte, während sie sich in den Gesprächen mit Juliet und Liam befunden hatte. Gerade wollte sie auflegen, stellte dann jedoch noch eine Frage: »Anna, wäre ein Quizabend in einem Pub etwas, was Ihnen Spaß machen würde?«

»Ganz bestimmt nicht«, antwortete Anna lachend. »Aber ich spiele in meiner Freizeit auch lieber am Computer, insofern bin ich vielleicht nicht die richtige Ansprechpartnerin. Mitz guckt gerne Quizsendungen und schreit dann die Antworten auf die Fragen in den Fernseher. Und wir gehen beide gerne in Pubs. Hilft Ihnen das weiter?«

Bei der Vorstellung, wie Mitz vor einer Quizsendung

klebte, musste Robyn lächeln. »Ich denke schon. Jedem Tierchen sein Pläsierchen, ne?«

Sie schob die Überlegung, warum junge Menschen heutzutage an Quizabenden teilnahmen, beiseite und fuhr zurück nach Stafford. Mehr konnte sie heute nicht mehr ausrichten. Außerdem musste sie nach Hause; Amélie kam gleich!

25

TAG VIER – FREITAG, 17. FEBRUAR, ABEND

Schrödinger rieb sich schnurrend an Robyns Bein. Sie ignorierte ihn jedoch und betrachtete das Foto in ihrer Hand, obwohl sich bereits jedes einzelne Detail der Aufnahme in ihr Hirn gebrannt hatte.

Bisher hatte sie mit ihren Bemühungen, Kontakt zu Peter Cross, Davies' Vorgesetzten, aufzunehmen, keinen Erfolg gehabt. Doch das überraschte sie wenig. Er arbeitete für den Geheimdienst des Militärs und war mehr oder weniger ein Geist. Davies hatte für ihn gearbeitet, und ohne ihn hatte sie keine Möglichkeit, Peter Cross direkt zu kontaktieren.

Auf ein DIN-A-4-Blatt hatte sie alle Flüge ausgedruckt, die am betreffenden Tag von Marokko aus gestartet waren. Da er ihr Riad in Marrakesch an jenem Morgen um sechs Uhr in Richtung Atlasgebirge verlassen hatte, wäre ihm ausreichend Zeit geblieben, um zu irgendeinem Flughafen in Marokko zu gelangen und von dort aus nach Großbritannien zu fliegen. Der nächstgelegene Flughafen war Marrakesch Menara Airport. Er hätte sich aber auch für Casablanca Mohammed V Airport oder Agadir entscheiden können. Alles war möglich.

Sie schaute zum Fenster und kämpfte gegen die Wut an,

die bei solchen Überlegungen stets in ihr hochstieg. Wenn Davies noch lebte, hätte er sich verdammt noch mal direkt mit ihr in Verbindung setzen sollen und ihr diese Ungewissheit nicht antun dürfen. Das war so was von rücksichtslos und grausam. Und sollte er noch leben, war sie sich nicht sicher, was sie jetzt noch für ihn empfand. Wie konnte er rechtfertigen, was er getan hatte – die Täuschung, die Lügen, den Schmerz? Verärgert packte sie das Foto weg. Sie hatte genug von all dem und keine Zeit mehr für dumme Spielchen.

Robyn schaute auf die Uhr. Noch hatte sie Zeit, ihren Cousin Ross abzufangen, bevor er nach Hause ging und bevor Amélie vorbeikam. Er war der Einzige, der ihr jetzt noch helfen konnte.

Robyn fand direkt vor den Büros von R&J Associates hinter dem silberfarbenen Opel ihres Cousins einen Parkplatz. Das Gebäude befand sich in der Hauptstraße von Stafford zwischen einer Versicherungsgesellschaft und einem Immobilienmakler. Sie öffnete die Tür, betrat den Eingangsbereich, von dem aus man mehrere Firmen erreichen konnte, und stieg die Treppe hinauf, die zu seinem Büro im ersten Stock führte.

Vor der Bürotür wartete sie einen Moment, bevor sie anklopfte. Eine laute Stimme verriet, dass Ross zugegen war.

»Ich habe dich gewarnt«, hörte sie ihn durch die Tür schimpfen. »Dieses Verhalten werde ich keinen Moment länger dulden!«

Sie lächelte und klopfte. »Herein!«, rief Ross.

Robyn öffnete die Tür, trat ein und schloss sie schnell wieder hinter sich.

Ross trug einen dunkelblauen, schlecht sitzenden Anzug mit offener Krawatte und sah verschwitzt und genervt aus. Er deutete auf den Korb neben seinem Schreibtisch und befahl:

»Runter!« Der junge Staffordshire-Bullterrier auf seinem Chef-sessel aus Leder schaute zwar reumütig, wich aber nicht von der Stelle.

»Nun mach schon, Duke, geh runter von meinem Stuhl!«

Robyn klopfte sich mit der Hand an die Hüfte. »Duke, willst du mal sehen, was ich in der Tasche habe?«

Der Hund schaute zu Robyn, sprang dann vom Stuhl und trottelte zu ihr. Sie wuschelte ihn ordentlich durch, bevor sie ihm einen Hundekuchen gab, den sie bei sich zu Hause aus der Dose mit der Aufschrift »Duke« genommen hatte.

»Belohne ihn nicht auch noch für sein schlechtes Beneh-men«, meckerte Ross und ließ sich auf seinen Stuhl fallen, bevor Duke zurückkam.

Robyn musste grinsen. »Selbst schuld. Du hast ihn auf deinen Stuhl gelassen, als er noch klein war, und jetzt denkt er, es wäre seiner. Du hättest beim Hundetraining strenger sein sollen. Abgesehen davon riecht der Stuhl nach dir, und wenn du nicht da bist, will er sich dir nahe fühlen.«

Duke machte Sitz und starrte sie aufmerksam an.

Ross grummelte etwas Unverständliches. »Ich bin gerade erst gekommen. Du hast Glück, mich überhaupt zu erwischen.«

»Ich wollte auch eigentlich anrufen, war dann aber eh in der Gegend und dachte, ich versuch's einfach mal«, antwortete Robyn und kraulte den Hund hinter dem Ohr.

»Also, was kann ich für dich tun?«

»Kein Small Talk? Du willst gleich zum Punkt kommen?«

»Ich hab's nicht so mit Small Talk, wie du nur zu gut weißt. Du bist hier, weil du meine Hilfe brauchst. Und ich helfe dir gern. Worum geht es diesmal? Mord? Eine vermisste Person?«

Robyn setzte sich in den Stuhl gegenüber von Ross, stützte die Ellbogen auf den Schreibtisch und presste die Zeigefinger auf die Lippen. Sie war sich nicht sicher, wie sie das Thema angehen sollte, aber wie Ross zog auch sie es vor, ohne Umschweife zur Sache zu kommen.

»Ich glaube, Davies lebt noch.«

Stille. Nur unterbrochen durch das Geräusch von Dukes Pfoten auf dem Parkettboden, als er zu seinem Korb trabte und sich mit einem tiefen Seufzer hineinfallen ließ.

Ross starrte Robyn an. Dann nahm er einen Stift und spielte damit herum. »Red weiter«, forderte er sie auf.

Sie griff in ihre Umhängetasche, holte das Foto von Davies heraus und schob es ihm über den Schreibtisch zu. »Das hier habe ich im Januar bekommen. Der Poststempel stammte aus London. Zuerst dachte ich an einen Fake, aber mittlerweile bin ich mir nicht mehr so sicher. Das ist definitiv Davies, doch das Foto wurde laut Datum- und der Zeitstempel darauf am Tag seines Todes aufgenommen. Und ich glaube, es wurde an einem britischen Flughafen gemacht. Wenn man genauer hinsieht, erkennt man die Doppeldeckerbusse am Souvenirstand hinter dem Zeitungsregal. Sieht aus wie ein WHSmith-Laden. Die Zeitungen sind alle auf Englisch. Zuerst dachte ich, das Foto wäre gephotoshopt, aber warum sollte jemand das machen? Warum sollte jemand wollen, dass ich glaube, dass er lebt?« Sie legte den Kopf in den Nacken und starrte ins Leere. »Das ergibt überhaupt keinen Sinn, Ross. Ich habe versucht, so viel wie möglich herauszufinden, komme aber nicht an Davies Chef Peter Cross ran. Ich drehe mich im Kreis. Ach ja, auf der Rückseite des Fotos steht was.«

Ross drehte das Bild um und las die Botschaft. »›Fakten statt Fiktion‹. Das ist dürftig und nichtssagend.«

»Es könnte bedeuten, dass dieses Foto real ist. Ich habe geglaubt, Davies wäre tot, bei einem Überfall getötet worden – aber das war Fiktion. Fakt ist, dass er irgendwie zu einem Flughafen gelangt und zurück nach Großbritannien geflogen ist, anstatt das Atlasgebirge zu durchqueren, um sich mit einem Informanten zu treffen. Und aus irgendeinem Grund möchte er oder möchten seine Vorgesetzten, dass ich glaube, er wäre tot.«

»Seine Ex-Frau und seine Tochter glauben das auch«,

stellte Ross fest und schüttelte den Kopf. »Das wäre grausam. Davies würde das niemals zulassen.«

»Darüber denke ich nach, seit ich das Foto bekommen habe. Ich habe versucht, sein Schweigen zu rechtfertigen und mir eingeredet, dass er vielleicht nicht wusste, dass wir ihn für tot halten. Vielleicht dachte er, man hätte uns gesagt, er wäre auf einer streng geheimen Mission und könnte uns nicht kontaktieren. Alle möglichen abgefahrenen Erklärungen schossen mir durch den Kopf. Ach, Ross, ich habe keine Ahnung, was ich denken soll, und das macht mich wahnsinnig. Ich kann mir das alles nicht erklären. Ich weiß nur, dass mir jemand ein Foto von Davies geschickt hat, das nach seinem Tod aufgenommen wurde. Genau das hatte er an, als ich ihn das letzte Mal gesehen habe.«

»Das ist doch verrückt, Robyn. Ich will ja nicht unhöflich oder respektlos sein, aber vielleicht interpretierst du da zu viel rein. Es ist normal, dass du glauben willst, dass er lebt und dass das Foto hier keine Fälschung ist.«

Robyn versuchte, nicht allzu verärgert zu klingen. »Ich klammere mich nicht an eine falsche Hoffnung, um mich von meiner Schuld freizusprechen. Das ist es doch, was du meinst, oder?«

»Nein. Ja. Nein. Nach seinem Tod warst du ein Wrack. Du hast dir permanent selbst die Schuld gegeben, weil du auch in Marokko warst. Du warst davon überzeugt, dass sein Cover deinetwegen aufgeflogen ist. Ich selbst habe dich damals erlebt, Robyn. Du bist in eine so tiefe Depression versunken, wie ich sie noch nie zuvor gesehen hatte. Ich habe beobachtet, wie das Leben aus dir gewichen ist, bis du nur noch eine leere Hülle warst. Du warst am Boden!«

»Ich weiß. Und ich verstehe dich. Mir ging es furchtbar und ja, ich habe mir die Schuld für seinen Tod gegeben. Aber ich rede mir nicht nur ein, dass das Foto echt ist, damit ich besser damit umgehen kann, was passiert ist. Ich weiß noch nicht einmal, ob ich wirklich möchte, dass Davies noch lebt. Ich wüsste nicht, wie ich ihm nach dieser Nummer wieder in die Augen sehen oder ihn gar wieder in unser Leben lassen sollte. Alles, was ich will, ist herausfinden, wer mir dieses Foto geschickt hat und warum. Das frisst mich auf. Außerdem habe ich am Valentinstag Blumen bekommen. Anemonen. Davies hat mir immer Anemonen geschickt. Wer wusste das denn schon? Ständig frage ich mich, ob da etwas vor sich geht und was.«

Ross schob den Unterkiefer vor. »In solchen Momenten wünschte ich, ich hätte das Rauchen nicht aufgegeben. Das Ganze ist furchtbar stressig. Robyn, bitte lass mich offen sein: Hast du mal in Betracht gezogen, dass Davies uns allen was vorgemacht haben könnte? Wäre es möglich, dass er noch ein anderes Leben hatte, vielleicht sogar eine andere Familie, und seinen Tod nur vorgetäuscht hat, um woanders neu anzufangen? Das soll schon mal vorgekommen sein.«

»Daran habe ich auch schon gedacht.«

»Du gehst davon aus, dass er jedes Mal, wenn er wochenlang verschwunden ist, auf einer Mission war, wobei er nie erzählt hat, wo er gewesen ist. Er könnte ein Doppelleben geführt haben.«

Robyn schluckte schwer. Der Gedanke, dass sie dermaßen betrogen worden sein könnte, gefiel ihr gar nicht. »Diese Theorie habe ich verworfen.«

»Warum? Sie ist durchaus logisch. Davies hat dir nie erzählt, wohin er musste. Immer hat er das damit erklärt, dass die Missionen geheim sind. Aber von Marokko hat er dir erzählt. Warum?«

»Er meinte, es handelte sich um eine Niedrigrisikomission. Nur ein Treffen, bei dem sogar die Wahrscheinlichkeit bestand, dass es gar nicht stattfinden würde.«

»Wollte er unbedingt, dass du mitkommst?«

Robyn dachte an den Tag, an dem Davies mit dem

Vorschlag ankam, sie mit nach Marokko zu nehmen. Er hatte ihr den Trip subtil schmackhaft gemacht, in den höchsten Tönen angepriesen, sie nahezu gedrängt. Also nickte sie. »Irgendwie schon. Er wollte mich unbedingt dabeihaben.«

»Robyn, du weißt, worauf ich hinauswill. Davies war nicht so perfekt, wie du gerne vorgibst. Er und Brigitte haben sich getrennt, weil er sie mehrmals betrogen hat. Sie hatte genug von seiner Fremdgeherei und von seinen Lügen.«

»Mit uns war das anders«, antwortete sie mit versteinerter Miene.

»Natürlich. Aber ihr habt euch auch ziemlich oft gestritten, oder? Du hast mich mehr als einmal angerufen, weil du Zweifel hattest.« Robyn blinzelte die Erinnerungen an die lautstarken Streitereien weg.

Ross hatte einen Nerv getroffen. Es hatte durchaus Momente gegeben, in denen sie den Verdacht hatte, Davies könnte untreu sein.

»Ich will dir nicht wehtun, aber sieh der Sache doch mal ins Auge. Davies könnte mit einer anderen Frau zusammengelebt haben, die ihm die Daumenschrauben angelegt hat. Und er hat sich für sie entschieden. Komm damit klar, Robyn, womöglich war Davies nicht der Mann, für den du ihn gehalten hast, und irgendeine anonyme Person möchte, dass du die Wahrheit erfährst.«

Robyn schluckte. Ein Kloß bildete sich in ihrem Hals. Sie musste endlich mit der ganzen Sache abschließen. »Also hilfst du mir?«, fragte sie.

»Natürlich helfe ich dir. Aber ich tue das nur für dich. Du hast zwei Jahre deines Lebens damit verschwendet, um diesen Mann zu trauern, und wenn ich die Wahrheit herausfinde, möchte ich, dass du wieder anfängst zu leben. Dass du Davies aus deinem Leben verbannst, egal, was mit ihm passiert ist, und dir jemand Neues suchst. Geh wieder aus und hör auf, ihn wie einen Heiligen zu behandeln. Außerdem musst du mir noch was versprechen.«

»Und das wäre?«

»Du kümmerst dich nur um deine eigenen Fälle und lässt mich diesen hier allein händeln. Und das meine ich ernst. Schieb ihn jetzt sofort aus deinem Kopf. Konzentriere dich auf deinen Fall. Überlass ihn allein mir und frag nicht ständig nach, ob ich was herausgefunden habe. Wenn ich etwas zu berichten habe, berichte ich. Versprichst du mir das?« Er wackelte mit den Augenbrauen, um ihr zu signalisieren, dass er mit seiner Rede fertig war.

Robyn legte ihre Hand auf seine. »Versprochen. Du bist der Beste, Ross. Und das meine ich tatsächlich so.«

»Klar bin ich das. Außerdem habe ich ein weiches Herz.«

»Ich muss wieder los. Amélie übernachtet heute bei mir und lernt ihr neues Haustier kennen – einen Kater namens Schrödinger.«

Er grinste. »Du? Eine Katzenlady? Wer hätte das gedacht? Hey, Duke, du hast einen neuen Freund, mit dem du spielen kannst, wenn du Robyn das nächste Mal besuchst. Mit dem kannst du dann Verstecken spielen.« Sein Grinsen wurde so breit, dass sich in seinen äußeren Augenwinkeln Falten in Form von Sonnenstrahlen bildeten. »Na, dann geh schon. Geh zu dem Kind und bring diesem ungezogenen Tier keine Leckerlis mehr mit, bis es gelernt hat, dass es nicht auf meinem Stuhl sitzen darf!«

26

TAG VIER – FREITAG, 17. FEBRUAR, SPÄTER ABEND

Robyn schaute Amélie an, die in einer modisch zerrissenen Jeans und einem kuscheligen Pullover in Babyrosa auf dem Boden saß. Ihre Fingernägel waren ebenso wie die Zehennägel glänzend rosa lackiert, und die Arme hatte sie um die Knie geschlungen. Ihr Mund war leicht geöffnet. Schrödinger lag zusammengerollt neben ihr, den Kopf an sie geschmiegt, und das Heben und Senken seines winzigen Körpers strahlte vollkommene Ruhe aus.

Das Mädchen war mitten in der Pubertät und hatte sich in letzter Zeit erheblich verändert. Vor gar nicht allzu langer Zeit war sie rundlich gewesen und hatte mit einem Klecks Vanilleeis auf der Nasenspitze unkontrolliert in die Kamera gekichert, während Robyn und Davies wild für den freundlichen spanischen Touristen grinsten, der das Foto von ihnen vor dem Parlamentsgebäude geschossen hatte. Es stand auf dem Sims des Kamins, in dem seit Davies' Tod kein Feuer mehr geknistert hatte.

Der Teufel trägt Prada hatte Amélie ausgesucht. Den Film hatte sie sich von ihrer Mutter Brigitte ausgeliehen, die mit ihrem adretten, gepflegten französischen Aussehen und ihrem

Talent, Kleider in jeder beliebigen Kombination zu tragen und immer auszusehen, als wären sie speziell für ihre zierliche Figur entworfen worden, wunderbar in die Modebranche passen würde. Amélie hatte die DVD achtlos auf den Tisch geworfen und sich dann in voller Länge auf den Teppich fallen lassen, um mit dem Kater zu spielen.

»Er ist perfekt«, sagte sie erneut, als Schrödinger aufwachte und ihren Ellbogen mit seiner feuchten Schnauze stupste. Ihr sanftes Streicheln entlang des Rückgrats wurde mit lautem, vibrierendem Schnurren belohnt. »Wieso hast du so plötzlich beschlossen, dir eine Katze anzuschaffen?«

»Sein Besitzer ist unerwartet verstorben und er war ganz allein und tat mir leid.« Ihre Worte hallten in ihrem Kopf wider. War sie nicht auch allein? War das nicht einer der Gründe, aus denen sie Schrödinger mitgenommen hatte?

»Armer kleiner Kerl. Wie alt, glaubst du, ist er denn?«

»Mindestens vier Monate. Bei der Geburt haben Katzen blaue Augen, die dann in den nächsten drei Monaten ihre Farbe ändern.«

»Und seine Augen haben eine tolle Farbe. Die sind nicht einfach nur orange, die leuchten richtig. Richard würde mir bestimmt eine Katze erlauben, aber das wäre nicht fair, oder? Er würde ganz schön leiden müssen.«

Amélie meinte ihren Stiefvater, den ihre Mutter geheiratet hatte, bevor Davies und Robyn sich kennengelernt hatten. Richard war stets fröhlich und überschwänglich zuversichtlich und immer tadellos gekleidet in frisch gebügelten Hemden und Hosen mit messerscharfen Bügelfalten, als würde er gleich das Deck einer Jacht betreten. Und er war so stolz auf Amélie, als hätte er sie selbst gezeugt. Deshalb würde er auch alles für seine Stieftochter tun, ihr sogar eine Hauskatze erlauben, obwohl er unter einer ausgeprägten Katzenhaarallergie litt.

»Schrödinger gehört einfach uns beiden«, erklärte Robyn. »Er scheint dich sehr zu mögen.«

In der Vergangenheit hatten sie häufig über Katzen geredet. Trotz ihres erwachsenen Auftretens fehlte Amélie etwas – Davies. Ihre plötzliche Vorliebe für Katzen entstand ungefähr zur selben Zeit, als Davies starb. Robyn vermutete, dass Amélie ihre Gefühle für ihren Vater auf Tiere übertragen und ihre Wahl auf Katzen gefallen war, weil Davies Katzen immer gemocht und ihr Geschichten von *Mog, der Kater* vorgelesen hatte, als sie noch sehr klein war. Man brauchte kein Psychologiestudium, um Amélies Liebe zu diesen Tieren zu verstehen. Sie brauchte etwas Eigenes, das sie lieben konnte und das immer für sie da sein würde. Robyn verstand dieses Gefühl. Sie kannte es selbst nur zu gut. Warum sonst sollte sie Davies' Tochter mit so viel Zuneigung überschütten? Sie war die Tochter, die sie und Davies nie gemeinsam hatten.

Amélie hatte im Gespräch die Gelegenheit gegeben, Davies zu erwähnen, und Robyn konnte nicht widerstehen, sie zu ergreifen.

»Davies hätte ihn auch toll gefunden«, sagte sie.

Amélie streichelte über den Kopf des Tieres. »Das glaube ich auch«, antwortete sie.

Mehr der Worte war nicht nötig.

Eine ganze Bandbreite von Gefühlen huschte über Amélies Gesicht. Sie hustete kurz, bevor sie wieder sprach. »Mit meiner Mutter rede ich nicht gerne über ihn. Das wäre merkwürdig, weil sie ja mit Richard zusammen ist. Ich habe das Gefühl, dass ich meine Gedanken lieber für mich behalten sollte. Natürlich kann ich mit Florence über ihn sprechen, aber ich habe das Gefühl, dass er sich von mir entfernt. Ich fange an, ihn zu vergessen, Robyn. Und ich habe Angst, dass ich ihn eines Tages ganz vergessen habe. Manchmal kann ich mir noch nicht einmal mehr vorstellen, wie er ausgesehen hat. Dann muss ich mir Fotos von ihm ansehen, und dann fühle ich mich schuldig. Ich sollte ihn nicht vergessen. Er war so ein toller Vater. Auch wenn er viel unterwegs war, war er immer für mich da, wenn er bei uns war. Und jetzt, wo ich weiß, warum er immer so viel unterwegs war, ist er erst recht ein Held. Nicht viele Töchter können behaupten, einen Spion zum Vater zu haben, so was wie James Bond im wahren Leben!«

Sie verstummte. Plötzlich war sie wieder die verletzliche Elfjährige, die unter Schock stand, weil sie gerade erfahren hatte, dass ihr Vater tot war. Robyn ließ sich neben ihr auf den Teppich fallen und legte einen Arm um ihre schmalen Schultern. Die knochige Kante ihres Schlüsselbeins war deutlich zu erkennen.

»Du wirst ihn nie vergessen. Bestimmt weißt du noch, wie er immer den Kopf zurückgeworfen hat, wenn er etwas lustig fand, und laut gelacht hat, so laut, dass du mitlachen musstest. Und du weißt noch, wie er dich auf die Stirn geküsst hat, einfach so, ohne Grund, weil er dich so lieb hatte. Vielleicht vergisst du die eine oder andere Einzelheit, aber an die Besonderheiten wirst du dich immer erinnern, und damit bleibt er in deinem Herzen für immer lebendig.«

Amélie schluckte und wandte ihre Aufmerksamkeit wieder Schrödinger zu. »Es ist halt so komisch, weil ich mir manchmal einbilde, ihn zu sehen. Geht dir das auch so?«

Robyn versuchte, nicht zusammenzuzucken. »Das ist ganz normal. Viele Menschen sehen anderen ähnlich. Da ist es nur natürlich, wenn man jemanden mit ähnlichen Merkmalen sieht – einen großen Mann mit dunklem Haar und einer Brille, wie er sie getragen hat –, dass man dann denkt, dass er es ist. Das ist mir auch schon passiert. Kurz nachdem wir ihn verloren haben, bin ich über die Straße gegangen und war mir sicher, ihn in der Menge gesehen zu haben. Aber er war es nicht. Ich bin dem Mann nachgelaufen, und als er sich umgedreht hat, sah er Davies durchaus ähnlich, aber er war es nicht.«

Das hatte sie zuvor noch nie jemandem erzählt, aber wenn sie Amélies Vertrauen gewinnen wollte, ging das nicht anders. Die Wochen nach seinem Tod waren furchtbar gewesen. Kurz nach seiner Beerdigung hatte sie das Baby verloren, das sie in sich getragen hatte, und der Verlust der beiden wertvollsten Geschenke in ihrer Welt hatte sie in eine schwere Depression gestürzt. Ihr Cousin Ross und seine Frau Jeanette hatten ihr geholfen, diese tiefe Krise durchzustehen. Und jetzt belastete sie die beiden wieder mit ihren Problemen, brauchte schon wieder ihre Hilfe.

Sie nahm ihren Arm von Amélie, die weiterredete: »Aber es ist doch furchtbar, oder? Ich war mir so sicher, dass er es war, obwohl ich wusste, dass das nicht sein kann. Er sah aus wie Dad, nur älter und dünner, und er war nicht so schick angezogen wie Dad. Der Mann trug ein ausgeblichenes Sweatshirt. Dad sah immer aus, als würde er zu einem wichtigen Meeting gehen. Und seine Schuhe haben immer geglänzt.« Bei der Erinnerung daran musste sie lächeln.

»Siehst du, wenn du über ihn redest, erinnerst du dich an alle möglichen Sachen. Du musst dir wirklich keine Sorgen machen, dass du ihn vergessen könntest«, sagte Robyn und hoffte, dass Amélie mehr über diese ungewöhnliche Begegnung erzählte.

»Ich habe sogar überlegt, ob Dad vielleicht einen Zwilling hatte, von dem keiner wusste. Florence hat gesagt, das wäre wenig wahrscheinlich und dass ich mir was einbilde und womöglich eine Brille brauche. Sie wollte mich aufheitern«, erklärte sie.

»Wo war das denn?«, fragte Robyn so beiläufig wie möglich. »In der Stadt?«

»Ja, im CineBowl in Uttoxeter. Ende Januar. Da waren wir auf einer Geburtstagsfeier, und der Mann bowlte ein paar Bahnen weiter von uns. Erst habe ich ihn gar nicht bemerkt, aber dann habe ich einen Strike geschafft und gejubelt, und da habe ich gesehen, wie er mich angeguckt hat. Das war total merkwürdig. Er hat mich volle Kanne angestarrt. Ich wusste gar nicht, was ich machen soll. Also habe ich Florence Bescheid gesagt und sie hat auch hingesehen, aber da war er plötzlich weg. Danach habe ich mich ganz schön dumm gefühlt. Es kann nicht Dad gewesen sein. Vermutlich ist das passiert, weil ich über Weihnachten so viel an ihn gedacht habe. Wie auch immer, danach ist mir das nicht noch mal passiert. Ich habe den Mann nicht wieder gesehen, dabei waren wir drei Tage später wieder auf der Bowlingbahn.«

»Mach dir nicht so einen Kopf. Wie ich schon sagte, passiert das oft. Ein Teil des Gehirns weigert sich, den Verlust zu akzeptieren. Und du wirst Davies auch nicht vergessen. Wenn du willst, reden wir immer mal wieder über unsere Erinnerungen an ihn. Zum Beispiel über damals, als wir zusammen campen waren!«

»Als er den Dosenöffner vergessen hat! Sein Gesicht. Das war lustig. Er hat alle Taschen durchwühlt, weil er sich so sicher war, dass er ihn eingepackt hatte!«

»Und dann hat er versucht, die Dosen mit einem Stein aufzukriegen.«

»Und dann hat er aufgegeben und wir sind im Pub was essen gegangen. Oh, was haben wir gelacht!« Ein ausgeprägtes Grinsen macht sich auf Amélies Gesicht breit und beide lachten. Robyn war dankbar, Teil des Lebens dieses Mädchens sein zu dürfen, und drängte es nicht weiter, doch Amélie hatte sie auf einen Gedanken gebracht: Es war möglich, dass Davies noch lebte und sie alle beobachtete.

27

TAG FÜNF – SAMSTAG, 18. FEBRUAR, MORGEN

Tony betrachtete wohlwollend sein Abbild im Badezimmerspiegel. Für einen Mann Ende fünfzig sah er noch richtig gut aus. Sein Haar war noch so kräftig wie in seinen Zwanzigern, auch wenn es inzwischen silbergrau war. Der noble Salon in Lichfield und vor allem der junge Mann dort, der sein Haar geschnitten und gestylt hatte, waren ihr Geld wert gewesen. Richtig viel Geld. Doch die neue Frisur machte ihn zehn Jahre jünger. Wenn doch nur seine Ex-Frau Sandra ihn so sehen könnte!

Er schüttelte die Erinnerung von sich ab und gab fröhlich pfeifend Eau de Cologne auf die Hände und von dort aus auf den Hals. Zwei Jahre war es her, seit sie mit einem seiner angeblichen Freunde durchgebrannt ist – einem Freund mit einem erfolgreichen Unternehmen und einem protzigen Auto. Tony strahlte den Mann im Spiegel mit seinen frisch gebleichten Zähnen an. Wenn sie wüsste, welch schlechte Wahl sie getroffen hatte! Sie hätte bei ihm bleiben sollen.

Er schaute auf die Uhr. Abschlagzeit war um acht. Das kam ihm zwar ganz schön früh vor, aber da er neu in diesem Sport und im Golfclub war, wollte er den Clubleiter Jefferson nicht infrage stellen. Und schon gar nicht, nachdem seine Sekretärin Tony angerufen und zu einer Privatstunde bei Jefferson eingeladen hatte. Für Tony ging es aufwärts!

Von seinem heruntergekommenen Häuschen in der schmalen Gasse waren es nur fünfzehn Minuten Fußweg zum Golfclub. Der Spaziergang würde ihm guttun und seine Lungenkapazität verbessern. In letzter Zeit war er etwas kurzatmig gewesen. Er klopfte sich auf die Brust, sog die kalte Luft ein und hievte die Tasche mit den Schlägern über die Schulter.

Als er die Hauptstraße und den Eingang zum Golfclub erreichte, fühlte er sich nicht mehr so gut. Die Tasche wog deutlich mehr, als er geglaubt hatte, und wurde mit der Zeit immer schwerer. Er wischte sich den Schweiß von der Stirn und steuerte das Grün an. Dort wollte Jefferson sich mit ihm treffen. Tony legte die Schläger ab, zog die Jacke aus, rollte sie zusammen und steckte sie in die Seitentasche der Golftasche. Dann schlüpfte er in seine neuen Golfschuhe, tupfte sich mit dem Tuch, das eigentlich für seine Schläger bestimmt war, das Gesicht ab und schaute sich um. Niemand war da. Er genoss den Gedanken, nun stolzes Mitglied dieses exklusiven Clubs zu sein. Schon seit Jahrzehnten hatte er beitreten wollen, sich die Beiträge aber nie leisten können. Das hatte sich inzwischen geändert.

Er genoss es, an den Nachmittagen mit seinesgleichen zu golfen. Genau das hatte er gebraucht. Bisher war sein Leben alles andere als rosig verlaufen. Seinen Job hatte er an den Nagel hängen müssen, weil er den Druck nicht mehr ausgehalten hatte, und seine Ehe war gescheitert. Er hatte es nicht leicht gehabt, aber jetzt war alles anders. Für seine zweite Lebenshälfte hatte er sich ein wenig Luxus verdient. Und er verfolgte einen wohldurchdachten Plan: beim Golfen Bekanntschaften und Freundschaften schließen und üben, bis er richtig gut war. Und dann die Wintermonate dort verbringen, wo es wärmer war und man weiter golfen konnte: Spanien, Portugal oder vielleicht weiter weg.

Er wählte einen Schläger aus und schwang ihn. Ihm war noch etwas schwindelig vom Laufen und seine Brust war vom Tragen der Tasche angespannt. Er dehnte und lockerte sich, nahm dann wieder die Haltung eines Golfers ein und schwang erneut. Wirklich gut fühlte er sich immer noch nicht. Er hätte das Auto nehmen sollen. Durch seine Gedanken hörte er nicht, wie sich jemand näherte. Erst als er im Augenwinkel eine Bewegung wahrnahm, hob er den Kopf und betrachtete die Person neben ihm. Er runzelte die Stirn.

»Er hat mir von dir erzählt«, meinte die Person.

»Was zum Teufel soll das? Was machst du denn hier?«

»Du hättest ihn nicht zwingen dürfen.«

»Ich habe ihn zu gar nichts gezwungen«, entgegnete Tony verächtlich.

»Und jetzt wirst du dafür bezahlen.«

Tony drohte mit dem Schläger. Der Schmerz wurde immer stärker – wie Stahlbänder, die seinen Brustkorb dehnten. »Verschwinde. Ich bin hier verabredet, um ein paar Löcher zu spielen. Mein Partner wird jeden Moment hier sein.«

»Wird er nicht. In der nächsten Stunde kommt hier niemand auf den Platz oder ins Clubhaus. Ich habe dieses Treffen mit dir arrangiert, nicht der Clubleiter. Niemand weiß, dass du hier bist. Aber sie werden es wissen, wenn sie deine Leiche finden.«

Die Person hob eine Pistole und richtete sie direkt auf Tony, der erschrocken den Golfschläger fallen ließ. »Du spinnst doch. Leg die weg. Wir können doch über alles reden.«

Die Person lächelte. Ein grausames, eiskaltes Lächeln. »Mach's gut, Tony.«

Das Blut in seinem Kopf rauschte. Der Schmerz in seiner

Brust wurde heftiger und Schweiß trat aus jeder Pore seiner Stirn. Er öffnete den Mund, wollte schreien, doch der Schmerz war zu stark und er sank auf die Knie.

28

TAG FÜNF – SAMSTAG, 18. FEBRUAR

Es war acht Uhr morgens. Robyn stand vor dem Whiteboard und blendete den Lärm aus, der von der anderen Seite des Büros kam. Matt und Mitz standen dicht genug neben ihr, um ein Gespräch führen zu können, ohne über die Schreibtische hinweg schreien zu müssen. Plötzlich brüllte Shearer etwas in sein Telefon und Robyn zuckte zusammen. Seit zehn Minuten war er bei der Arbeit und noch lauter als sonst. Nun knallte er das Telefon auf den Tisch und murmelte etwas in Richtung Gareth. Ohne Vorwarnung stieß er sich von seinem Schreibtisch ab, sprang auf und eilte zur Tür.

Gareth folgte ihm mit ein paar Sekunden Abstand. Auf dem Weg blieb er kurz bei Matt stehen und sagte: »Toter auf dem Golfplatz. Hat vielleicht einen Golfball abgekriegt.«

»Roger Jenkinson«, sagte Robin. »Der wohnt gleich hinter Yoxall. Vielleicht war er 'ne Weile mit Tessa Hall zusammen. Ihre Freundin Juliet hat angegeben, Tessa hätte mit mindestens einem der Männer aus der Quizgruppe geschlafen, glaubt aber nicht, dass es Anthony war. Liam Carrington behauptet, sich von Tessa ferngehalten zu haben, insofern bleibt nur noch

Roger Jenkinson. Können Sie mehr über ihn herausfinden und mit ihm reden, Mitz?«

»Klar. Ich habe auch mit Tessas Eltern gesprochen, aber die wissen nichts über einen neuen Freund. Aber sie haben ihr das Geld für die Anzahlung für das Haus gegeben und die Hälfte der Hypothek gezahlt. Sie war ihr einziges Kind und sie wollten ihr helfen. Der Tod von Tessa macht sie völlig fertig. Ihre Mutter Sara Hall konnte vor lauter Weinen am Telefon kaum reden. Vermutlich ist es besser, wenn ich hinfahre und persönlich mit ihnen spreche.«

»Gute Idee. Es muss ihnen furchtbar gehen.«

Robyns Handy vibrierte. Es war Anna, die mit David im Haus von Tessa nach Hinweisen auf die Identität ihres Freundes suchte.

»Ich glaube, wir haben etwas gefunden: eine Vertragsnotiz über ein Offshore-Konto in Grand Cayman für Schrödinger Securities.«

Robyn schlug mit der flachen Hand auf den Schreibtisch vor ihr. »Machen Sie ein Foto und schicken Sie es mir sofort rüber. Gute Arbeit!«

»Wir bringen alles mit, was wir für relevant halten.« Anna legte auf und Robyn rieb sich zufrieden die Hände.

»Matt, Anna schickt uns ein paar neue Informationen zu Tessa Hall. Womöglich hat sie Geld im Ausland versteckt, und wir müssen natürlich herausfinden, woher sie das überhaupt hatte. Vielleicht ein Trustfonds von ihren Eltern oder ihrem Liebhaber. Mitz, reden Sie mit den Eltern. Dieses Konto könnte einen Wendepunkt in dem Fall darstellen. Bisher haben wir nach einem Liebhaber oder einer Verbindung zu Henry Gregson gesucht. Jetzt suchen wir nach jemandem, der dieses Konto entdeckt und sie entweder erpresst hat oder einen Anteil wollte.«

»Wird erledigt.«

Robyn warf ihren Stift Matt zu, der ihn auffing. »Matt, schreiben Sie die neuen Informationen auf die Tafel.«

Matt salutierte scherzhaft, zog den Deckel schwungvoll vom Stift und schrieb »Offshore-Konto« neben Tessa Halls Namen.

Robyn wandte ihre Aufmerksamkeit wieder Henry Gregson zu. Nach wie vor hatte sie Zweifel, was Libbys Freund Tarik anging, der sich zur fraglichen Zeit in der Nähe des Tatorts aufgehalten hatte. Ihr Instinkt sagte ihr, dass er Informationen zurückhielt. Da war nicht nur seine Affäre mit Libby, sondern auch die Sache mit seinem Bruder Nadir, der in der Schule von Henry und seinen Kumpels verprügelt worden war. So viele Jahre danach Rache für den Bruder zu üben, war zwar ein eher unwahrscheinliches Motiv, aber Robyn hatte schon Merkwürdigeres erlebt. Allerdings: Wenn Tarik sowieso schon einen Groll gegen Henry hegte, wäre es ein Leichtes gewesen, ihn dazu zu bringen, den Mann zu töten. Auch Libby wollte Robyn als Verdächtige noch nicht ausschließen. Vielleicht steckte sie hinter dem Mord und hatte Tarik mit hineingezogen.

Mit diesem Gedanken verließ Robyn das Gewusel im Büro, stieg in ihren Golf und gab die Adresse von JJ Parts in Cannock in ihr Navigationssystem ein.

Sie brauchte eine ganze Weile, bis sie das Grundstück am Ende einer fast verlassenen Straße gefunden hatte, an der sich ein leer stehendes Gebäude mit verbretterten Fenstern und Graffiti an den Wänden an das andere reihte. Die Werkstatt selbst stellte sich als ausgesprochen klein heraus – kaum größer als eine Doppelgarage mit einem hässlichen Backsteinanbau an der Seite. Die Tür war verschlossen. Erst nach hartnäckigem Hämmern dagegen erschien ein kleiner, breitschultriger Mann im Overall. Robyn hielt ihre Dienstmarke an die schmutzige Scheibe und der Mann schloss die Tür auf.

»Brett?«, fragte sie.

»Das bin ich.«

»Ich bin DI Carter. Wir haben vorhin miteinander telefoniert. Ist es richtig, dass Tarik Akar am Dienstagnachmittag hier war?«

Brett straffte die Schultern und kratzte sich an der Wange. Seine braunen Augen waren ungewöhnlich hell. Sein Blick huschte unruhig durch das düstere Büro und blieb schließlich an einem schäbigen grauen Plastikstuhl hängen. »Ja, er war hier.«

Das Büro, wenn man es so nennen konnte, sah für Robyn nicht so aus, als würde hier drinnen wirklich jemand arbeiten. Neben dem Plastikstuhl war das einzige andere Möbelstück ein schäbiger quadratischer Tisch, der aussah, als wäre er aus dem Sperrmüll gerettet worden. An den Wänden fehlten die üblichen Anzeigen für die angebotenen Dienstleistungen oder Preislisten. Ein alter Reifen lehnte am hohen Tresen, der den Raum von der geschlossenen Werkstatttür trennte. Hinter dem Tresen befand sich ein verstaubtes Regal, in dem mehrere kleine Kisten mit Zündkerzen und anderem Zubehör standen. Für Robyn, die ihr eigenes Auto regelmäßig zur Inspektion brachte und an Wartebereiche in Werkstätten gewöhnt war, fühlte sich dieser Raum falsch an. Brett trat unbehaglich von einem Fuß auf den anderen und hoffte ganz augenscheinlich, dass sie wieder verschwand.

»Und was war der Grund für seinen Besuch?«

»Er wollte ein paar Teile abholen«, antwortete Brett und massierte seinen Nasenrücken mit Daumen und Zeigefinger. »Für Mike.«

Robyn zog einen Notizblock sowie einen Stift aus der Tasche. »Können Sie bestätigen, dass es sich um einen Verteiler für einen VW Passat handelte?« Sie betrachtete ihn aufmerksam, während er ihre Frage verarbeitete. Die Falle hatte sie ihm absichtlich gestellt; natürlich wusste sie, dass er das nicht gesagt hatte. Brett tappte direkt hinein.

»Ja, das stimmt. Für einen VW Passat.«

»Und Sie mussten einen holen lassen, weil der, den Sie auf Lager hatten, nicht passte?«

»Genau.« Sein Blick wanderte nun vom Plastikstuhl zu einem Stapel Kartons in der Ecke des Büros.

»Wie viele Mechaniker arbeiten hier? Wirklich groß ist der Laden ja nicht.«

»Außer mir nur einer – Steve. Und der ist gerade nicht da.«

»Was dagegen, wenn ich mich etwas umsehe?«

»Hier gibt es nichts zu sehen«, antwortete Brett für ihren Geschmack etwas zu schnell.

»Arbeiten Sie gerade nicht an irgendetwas?«

Er schüttelte den Kopf. »Im Moment ist es ruhig. Samstag gibt es nie viel zu tun. Ich räume nur auf. Da vorne ist eine Öllache. Passen Sie auf, dass Sie nicht ausrutschen oder sich dreckig machen.«

Robyn nickte. Zweifellos versteckte er etwas. Aufgrund der Lage der Werkstatt am hintersten Ende eines verlassenen Industriegebiets sowie dem Aussehen des Ladens drängte sich ihr der Verdacht auf, dass hier zwielichtige oder illegale Geschäfte abgewickelt wurden.

Sie dankte ihm, verließ das Büro und fuhr eine Straße weiter, wo sie zwischen einem Ford Escort und einem Van parkte. Dann ging sie zu Fuß zurück zur Werkstatt, schlich zum Rolltor, lauschte und hörte Stimmen sowie ein Hämmern von innen. Also hatte Brett gelogen. Da drinnen arbeiteten zwei Männer an einem Auto. Sie schlich wieder weg und wartete neben der Tür eines Backsteingebäudes in der Nähe der Werkstatt. Dort lauschte sie dem Verkehr in der Ferne und versuchte, den Geruch nach abgestandenem Urin zu ignorieren. Zehn Minuten vergingen, dann noch einmal zehn. Ihre Füße schliefen ein, und sie trat von einem Bein auf das andere, um sie zu wecken. Dann vernahm sie ein neues Geräusch. Es war das Surren des Rolltors, das hochgezogen wurde, gefolgt vom Brummen eines anspringenden Motors.

Sie rannte los und stellte sich in den Weg des rückwärtsfahrenden Porsche. Brett entdeckte sie im Rückspiegel, bremste und schlug die Hände vor das Gesicht. Der Mann, der das Rolltor bediente, versuchte, es wieder herunterzulassen, doch Robyn huschte schnell hindurch und betrachtete interessiert die auf dem Boden liegenden Nummernschilder, die gerade von einem Fahrzeug abgeschraubt worden waren. Es brauchte nicht viel Fantasie, um zu wissen, was in dieser Werkstatt wirklich vor sich ging. Sie zeigte mit dem Finger auf den Mann. »Denken Sie noch nicht einmal daran, zu fliehen. Wir finden Sie sowieso.« Dann ging sie zum Porsche und öffnete die Fahrertür. Brett schaute nicht auf.

»Bitte steigen Sie aus dem Fahrzeug, Sir, damit wir darüber reden können, was wirklich am Donnerstag dem Vierzehnten passiert ist.«

***

Es dauerte nicht lange, bis sie ihr Geständnis hatte. Während die Kollegen von der Polizei unterwegs zu Mike's Motors waren, um die Männer zu verhaften, lauschte Robyn schweigend dem, was Brett zu erzählen hatte.

»Mike ist der Kopf der ganzen Sache. Er bekommt Anfragen für bestimmte Fahrzeugmarken und -modelle und schickt ein paar Jungs los, die sie klauen. Dann bekomme ich einen Anruf, was ich in der Werkstatt erwarten kann und wann. Sobald das Auto reinkommt, lackieren wir es um oder nehmen ein paar Änderungen vor, tauschen die Nummernschilder aus und schicken es an Mikes Kontaktperson.

Manchmal gibt es Schwierigkeiten mit den Wagen. Bei größeren Problemen schickt Mike einen seiner Mechaniker rüber, der es lösen soll. Das können wir nicht selbst. Am Sonntag kam ein Audi rein, der schnell weiterverarbeitet werden musste. Dienstagmorgen war er fertig, wie bestellt, und wir wollten ihn gerade auf den Anhänger laden, aber der Motor sprang nicht an. Wir haben versucht, ihn selbst zu reparieren, aber ohne Erfolg. Also hab ich Mike angerufen, der meinte, er würde Tarik rüberschicken, der sich das Ding mal ansieht. Tarik war gegen Mittag hier und brauchte mehrere Stunden, um den Motor wieder zum Laufen zu bringen. Um vier Uhr nachmittags konnten wir die Kiste endlich verladen. Da war er schon weg.«

»Und wie lange war er insgesamt hier?«

»Von zwanzig vor eins bis fast vier.«

»Die ganze Zeit?«

»Ja. Er ist erst weg, als der Motor wieder lief. Und hat ganz schön gemeckert, weil das so lange gedauert hat.«

Robyn signalisierte den Beamten, die an der Tür warteten, mit einer Handbewegung, dass sie Brett abführen sollten. Sie hatte einen Fall gelöst, wenn auch nicht den, den sie hatte lösen wollen. Offensichtlich hatte Tarik Akar ein Alibi und Robyns Ermittlungen befanden sich erneut in einer Sackgasse.

Im Büro war es genauso voll wie vorhin, als sie gegangen war. Matt beendete gerade ein Telefongespräch. Mitz, der mit dem Rücken zur Tür stand, telefonierte ebenfalls und war so in das Gespräch vertieft, dass er Robyns Rückkehr nicht mitbekam.

»Okay, vielen Dank. Wenn Sie mir das alles zuschicken könnten, wäre mir das eine große Hilfe. Vielen Dank, Sir.«

Matt legte auf und sprang sofort mit einem Notizblock in der Hand auf.

»Schrödinger Securities ist in Grand Cayman registriert und hat nur eine Geschäftsführerin: Tessa Hall. Das Vermögen des Unternehmens wird mit rund einer Million Pfund aufgeführt. Und wenn Sie mich jetzt fragen, wie eine Krankenschwester an eine Million Pfund kommt: Ich habe keine

Ahnung.« Er lehnte sich über den Tisch und stützte das Kinn mit einer Hand ab.

»Von ihrem Gehalt kann sie die auf jeden Fall nicht angespart haben«, erklärte Mitz. »Vielleicht hat sie geerbt? Oder es geschenkt bekommen?«

Alles an Mitz strahlte pure Perfektion aus, vom glänzenden schwarzen Haar über die tadellos manikürten Fingernägel bis zum strahlend weißen Hemd, das ordentlich in der schwarzen Hose steckte, die zu jedem Zeitpunkt des Tages aussah wie frisch gebügelt. Das Outfit erinnerte Robyn an Davies, der nie ohne Gürtel und glänzende Schuhe aus dem Haus gegangen war, was sie wiederum an ihre Unterhaltung mit Amélie erinnerte. Mit Gewalt schob sie die Gedanken beiseite.

»Wann ist das Konto eröffnet worden, Matt?«

»Erst letzten Monat. Am zehnten Januar.«

Robyn blätterte durch ihre Notizen über Tessa Hall und suchte verwirrt nach einer Erklärung, woher das Geld gekommen sein könnte.

»Was haben Sie von ihren Eltern erfahren, Mitz?«

»Sie haben regelmäßig über Skype telefoniert und Tessa war an den Wochenenden manchmal da. Sie war eine brave, liebende Tochter. Hat nie Ärger gemacht. Wollte eigentlich in die Fußstapfen ihrer Mutter treten und Kinderärztin werden, aber nicht jahrelang studieren, weshalb sie sich für die Ausbildung als Krankenschwester entschieden hat. Ist abends gerne weggegangen. Hatte viele Freunde, hat nach der Trennung von ihrem Freund letztes Jahr aber beschlossen, aufs Land zu ziehen. Von einem neuen Freund in letzter Zeit hat sie nichts erzählt, aber sie hat erwähnt, dass sie eine Katze geschenkt bekommen hat. Über das Offshore-Konto habe ich natürlich nicht mit ihnen gesprochen.«

»War die Trennung schwierig?«

»Danach habe ich gefragt. Ich glaube nicht. Sie waren fünf Jahre zusammen, und dann hatte sie einfach die Schnauze voll

von der Beziehung. Die Trennung ging von ihr aus. Er wurde
daraufhin anhänglich und hat sie bedrängt, also hat sie beschlossen, wegzuziehen. Ihre Eltern haben sich bereit erklärt, sie
finanziell zu unterstützen. Inzwischen hat er eine neue Freundin, mit der er nach Neuseeland ausgewandert ist.«

Robyn seufzte. »Also war er es auch nicht. Wer ihr wohl
den Kater geschenkt hat? Vielleicht dieselbe Person, von der
auch die Valentinstagkarte stammt. Wir müssen die Eltern
wegen der einen Million Pfund befragen.«

»Soll ich noch mal zu ihnen?«

Robyn lief herum und stieß dabei fast gegen einen Schreibtisch. Sie stöhnte. Tessa hatte das Geld aus einem bestimmten
Grund versteckt. Aber aus welchem?

»Ja. Wir müssen herausfinden, woher das Geld kommt.«

»Ich taste mich mal an das Thema heran.«

»Da bin ich mir sicher. Das alles könnte ein riesiger Schock
für die beiden sein.«

»Roger Jenkinson konnte ich noch nicht erreichen.«

»Kümmern Sie sich erst um Tessas Eltern. Und wenn Sie
Jenkinson erreicht haben, fragen Sie ihn nach dem Nachnamen
des anderen Mannes aus der Quizgruppe. Anthony.«

Sie betrachtete das Chaos im hinteren Teil ihres Büros. Der
Gedanke an eine weitere Woche mit Shearer war kaum zu
ertragen. Diese neueste Entwicklung in ihrem Fall war ausgesprochen überraschend gekommen und sie wusste noch nicht,
wie sie weiter vorgehen sollte. Natürlich mussten sie mit Roger
Jenkinson sprechen, aber zuerst mussten sie unbedingt herausfinden, mit wem Tessa etwas gehabt hatte. Was Henry Gregson
betraf, befand sie sich mal wieder in einer Sackgasse. Nun, da
Tarik und vermutlich auch Libby von der Liste der Verdächtigen gestrichen worden waren, blieben ihr nur noch Lauren
und der geheimnisvolle Jogger. Sie griff nach einem Stift und
kaute am Ende herum, während sie über ihre nächsten Schritte
grübelte.

29

DAMALS

Clark ist gruselig. Nicht so gruselig wie ein Monster, aber dennoch gruselig. Schwer zu beschreiben. Clark ist inzwischen Teil der Familie, und dennoch mag der Junge ihn ganz und gar nicht.

Er ist übermäßig höflich, hilft stets beim Abwasch und macht der Mutter Komplimente zu ihren Kochkünsten. Er bringt ihm und seiner Schwester Süßigkeiten mit und flüstert ihnen dann zu, dass sie der Mutter nichts davon erzählen sollen; immerhin sind Süßigkeiten schlecht für die Zähne.

Der Junge kann nicht wirklich sagen, was genau an Clark ihm Angst einjagt. Der Mann ist unheimlich. Er beobachtet sie mit halb geöffneten Augen und lächelt sie viel zu oft an, als ob er unbedingt ihr Freund sein will. Erst am Vortag ist der Junge gerade im Bad gewesen, um zu pinkeln, und als er sich umdrehte, sah er Clark im Türrahmen stehen und ihn beobachten.

»Ich wusste nicht, dass du hier drin bist«, erklärte Clark, bewegte sich jedoch nicht von der Stelle und starrte weiter. Als der Junge sich an ihm vorbeidrücken wollte, legte Clark die

Hand auf seine Wange und strich sanft darüber. »Entschuldige«, sagte er leise.

Der Junge erzählte seiner Mutter davon, die ihn jedoch auslachte. »Red doch keinen Unsinn. Er ist sehr nett. Du bist nur eifersüchtig, weil er dein Zimmer bekommen hat. An ihm ist gar nichts angsteinflößend. Er ist einfach nur ein einsamer Mann, der neu in der Gegend ist. Du solltest netter zu ihm sein.«

Der Junge kann sie schlecht zwingen zu sehen, was sich direkt vor ihrer Nase abspielt. Sie sieht nicht, wie Clark sie beobachtet, ihn und seine Schwester. Clark ist oft zu Hause.

Die meiste Zeit läuft er mit seiner Kamera draußen herum und macht Fotos von der Gegend und den Leuten. Oder er sieht in seinem Zimmer fern.

Und plötzlich begreift der Junge. Genau das mag er nicht. Die Art, wie der Mann sich im Haus bewegt, ohne dass man ihn hört. Er taucht einfach plötzlich irgendwo auf. Und wenn der Junge allein mit Clark in einem Zimmer ist, spürt er seine Blicke auf sich.

Ein Geräusch unterbricht den Jungen in seinen Gedanken. Er geht nach oben und öffnet die Tür zum Zimmer seiner Schwester, um sie zu fragen, ob sie weiß, was Clark da macht, doch sie ist nicht da. Dabei war er sich sicher, dass sie nach oben gegangen ist, als ihre Mutter vor einer Stunde das Haus verlassen hat. Die Mutter hat ein paar Straßen weiter eine Putzstelle gefunden. Nun schaut der Junge im Badezimmer nach, doch hier ist seine Schwester auch nicht. Das Schlafzimmer der Mutter ist ebenfalls leer. Ein ungutes Gefühl überkommt ihn. Er legt das Ohr an Clarks Schlafzimmertür. Viel kann er nicht hören. Die Geräusche haben aufgehört. Dann hört er Clark so leise sprechen, dass er ihn kaum verstehen kann.

»Braves Mädchen. Und jetzt nicht bewegen, sonst weißt du, was passiert. Bleib genau so.«

Der Junge drückt die Klinke der Tür zu seinem ehemaligen Kinderzimmer herunter und öffnet sie so langsam und leise, wie er kann. Dann späht er durch den Türspalt auf die sich ihm darbietende Szene. Doch er versteht nicht, was da vor sich geht. Clark kniet auf dem Boden. In der Hand hält er seine Kamera, durch die er hindurchguckt. Er atmet so schwer, als wäre er gerannt. Die Kameralinse ist auf das kleine Mädchen gerichtet, das vor ihm mit einer Schüssel voller Süßigkeiten in der Hand steht. Es ist vollkommen nackt. Der Junge ist so überrascht, dass er einen leisen Schrei ausstößt, sodass Clark sich nach ihm umdreht. Sein Gesicht verzieht sich zu einem grausamen Lächeln. Er lässt die Kamera sinken.

»Hallo, Kleiner. Immer herein. Komm her und stell dich zu deiner Schwester. Wir drei werden so viel Spaß haben!«

30

TAG FÜNF – SAMSTAG, 18. FEBRUAR, NACHMITTAG

Robyn nutzte den Gang zum Café ein paar Häuser weiter, wo sie sich ein Sandwich holen wollte, und rief Ross an. Er ging sofort ran.

»Ich muss dir was erzählen, und zwar unbedingt persönlich.«

»Wo bist du?«

»Vor der Polizeidienststelle. Unterwegs ins Café.«

»Das Café, das die beste selbst gemachte Schokoladentorte in Stafford verkauft?«, fragte er.

»Genau das. Soll ich ein Stück für dich bestellen?«

»Eigentlich nicht. Jeannette dreht durch, wenn sie rausfindet, dass ich Torte gegessen habe. Du weißt ja, wie paranoid sie ist in ihrer Angst vor meinem nächsten Herzinfarkt.« Dann sagte er kurz nichts, und Robyn konnte ihn förmlich lächeln hören. »Ich bin im Büro und somit in zehn Minuten da.« Dann legte er auf. Die Büros von R&J Associates befanden sich am anderen Ende von Stafford. Sie hatte also genug Zeit, ein Stück Torte und einen Kaffee für ihn zu bestellen.

Kaum hatte Robyn das Tablett auf den Tisch gestellt, parkte Ross sein Auto auch schon direkt vor der Fensterfront des Cafés. Sie freute sich, ihn mit seinem vertrauten faltigen Gesicht, dem verwuschelten Haar und den zotteligen Augenbrauen zu sehen. Der gute alte Ross. Immer zuverlässig. Ein Ex-Polizist mit einem Herz aus Gold. Von ihm konnten sich viele Personen eine Scheibe abschneiden. So einem gutherzigen Menschen begegnete man nur selten.

Ross winkte ihr zu und deutete auf den Beifahrersitz. Darauf saß Duke und starrte mit neugierigem Blick in das Café. Ross drehte das Fenster leicht herunter, stieg aus, schloss das Auto ab und betrat das Café. Robyn stand auf und umarmte ihn. Er ließ sich auf den mit Kunstleder bezogenen Stuhl fallen und rieb seine Hände aneinander. »Ich wollte dich sowieso anrufen«, verkündete er, bewunderte das Tortenstück und schob sich eine Gabel voll davon in den Mund. Dann verdrehte er die Augen und machte genüssliche Geräusche. »Sündhaft gut.«

»Amélie hat letzte Nacht bei mir übernachtet. Und sie hat mir etwas Merkwürdiges erzählt. Sie glaubt, Davies gesehen zu haben. Sie war bei einer Bowlingparty in Uttoxeter und hat dort einen Mann bemerkt, der aussah wie Davies und sie angestarrt hat. Leider ist er gleich nach ihrem Blickkontakt verschwunden.«

Ross kaute gedankenverloren, wischte sich dann den Mund mit dem Handrücken ab und griff nach der Kaffeetasse. Als er hineinsah, stutzte er. »Schwarz?«

»Ich dachte, du darfst keine Milch trinken.«

Er lachte. »Du weißt also, dass ich weder Milch noch Torte darf. Warum hast du mir dann Torte bestellt, aber keine Milch für meinen Kaffee?«

»Ich dachte, der schwarze Kaffee gleicht die Torte vielleicht aus«, erwiderte sie todernst. »Außerdem habe ich einen Teil der Sahne von der Torte gekratzt, bevor du gekommen bist, damit du nicht so viele Kalorien zu dir nimmst.«

Erneut lachte er. »Ja, klar. Okay. Lass mich dir eine Frage

stellen. Hat Amélie von sich aus von der Begegnung erzählt oder hast du sie verhört?« Seine Mundwinkel hoben sich.

»Ich bin mir dem Ernst der Sache durchaus bewusst, Ross. Natürlich habe ich sie nicht verhört.«

Ross schnalzte mit der Zunge. »Robyn, du vergisst, dass ich ganz genau weiß, wie du vorgehst. Ich habe sowohl als Polizist als auch als Privatdetektiv mit dir zusammengearbeitet. Du hast ein Talent dafür, Informationen aus Leuten zu kitzeln. Vielleicht wolltest du, dass Amélie dachte, sie hätte Davies gesehen, und hast unterschwellige Botschaften oder Worte in das Gespräch gestreut. Sie hat diese Begegnung ja wohl kaum von sich aus einfach so erwähnt.Und wenn sie so überzeugt davon gewesen wäre, dass es Davies war, hätte sie doch sicherlich Brigitte davon erzählt, oder?«

Robyn schob das Kinn nach vorne. »Nein. Sie hat erzählt, dass sie nicht gern mit Brigitte über Davies redet. Sie will nicht, dass es so rüberkommt, als würde sie Richard nicht mögen. Ich schwöre, dass ich keinerlei Techniken angewendet habe, Ross. Ehrlich nicht. Ich konnte nicht im Entferntesten ahnen, dass sie plötzlich erzählen würde, dass sie in der Menschenmenge oder auf Bowlingbahnen Männer sieht, die aussehen wie Davies. Das kann doch kein Zufall sein. Ich bekomme ein Foto, das impliziert, dass Davies noch lebt, und Amélie glaubt, ihn etwa zur selben Zeit gesehen zu haben. Ross, bitte hilf mir. Ich bilde mir das alles nicht nur ein.«

Er drückte seine Hände zwischen den Knien zusammen und nickte ernst. »Okay. Ich überlege mir, wie ich das am besten handhabe. Ich möchte sie nicht noch einmal befragen; das würde sie nur verschrecken. Also sag mir genau, was sie gesagt hat, dann gehe ich der Sache nach. Ich schaue mit seinem Foto bei der Bowlingbahn vorbei und guck mal, ob ihn einer der Mitarbeiter erkennt.«

»Ich habe schon alles aufgeschrieben, als ich letzte Nacht nicht schlafen konnte. Auch, weil ich mir dachte, dass du danach fragen würdest.« Sie wühlte in ihrer Handtasche herum und zog ein DIN-A-4-Blatt heraus.

»Ich hätte wissen sollen, dass du mir mal wieder einen Schritt voraus bist.«

»Hast du denn bisher schon was rausgefunden?«, fragte Robyn so emotionslos wie möglich, obwohl ihr Magen Purzelbäume schlug, seit er diesem Treffen mit ihr zugestimmt hatte.

»Ich habe das Foto sofort an ein paar Leute von der Flughafensicherheit geschickt, mit denen ich in der Vergangenheit mal zu tun hatte. Einer arbeitet am Flughafen von Birmingham und meinte, dass es mit hoher Wahrscheinlichkeit dort aufgenommen wurde. Wenn dem so ist, und das wissen wir noch nicht sicher, könnten wir rekonstruieren, wo die Person stand, die das Foto von Davies gemacht hat.«

Robyn hielt ihre Kaffeetasse mit beiden Händen fest, um ihr Zittern zu verbergen, und stellte die nächste Frage: »Kommen wir irgendwie an die Aufzeichnungen der Videokameras an der Stelle von dem Tag heran?«

Ross steckte die Gabel in die Torte. »Wenn ein Verbrechen stattgefunden hätte, könnten wir Zugriff auf die Aufnahmen erhalten. Allerdings ginge das nicht ohne eine Anfrage einer höheren Behörde. Ich halte diese Entdeckung nicht für einen Durchbruch; immerhin sehen alle WHSmith-Filialen an allen Flughäfen praktisch gleich aus. Aber ich habe bereits eine Idee, wie ich mehr rausfinden kann. Mal gucken, was dabei rauskommt. Außerdem habe ich die Fühler nach Peter Cross ausgestreckt.«

Robyn seufzte. »Ich fürchte, diese Bemühungen werden ins Leere laufen. Dabei ist er vermutlich der Einzige, der ganz genau weiß, was an dem Tag passiert ist.«

»Tse. Da hast du aber wenig Vertrauen in deinen außerordentlich fähigen Cousin.«

Er steckte sich eine weitere Gabel voll Torte in den Mund. Robyn nippte an ihrem Kaffee und wartete geduldig, bis er weitersprach. Eigentlich musste sie zurück zur Dienststelle. Sosehr sie auch die Wahrheit über Davies herausfinden wollte, hatte sie noch einen Hauptjob und musste Mörder zur Strecke bringen.

»Ich bin noch nicht einmal einen Tag an der Sache dran, Robyn. Manchmal dauert so was Monate.«

Robyn lehnte sich zurück und atmete aus. Sie war sich gar nicht bewusst gewesen, dass sie die Luft angehalten hatte. Sie freute sich, dass Ross sich sowohl mit der Suche nach Davies als auch mit ihrem Wohlbefinden befasste.

»Danke, dass du mir glaubst.«

»Natürlich glaube ich dir.« Ross spießte das letzte Stück Torte auf die Gabel und betrachtete es wehmütig. »Genau das ist das Problem mit allem Guten«, sagte er. »Es hat ein Ende.« Er verspeiste die Torte und wischte sich die Krümel vom Mundwinkel ab.

»Aber jetzt muss ich mit Duke in den Park. Und du, meine liebe Cousine, gehst wieder an die Arbeit und denkst nicht mehr weiter über unseren Fall hier nach. Ich halte dich auf dem Laufenden, aber mach dir nicht zu große Hoffnungen, ja?«

»Okay. Danke noch mal, Ross.«

Er tippte auf seine Wange und sagte: »Du darfst mich hier küssen.«

Sie lachte und boxte ihm stattdessen liebevoll auf den Oberarm.

»Autsch! Das sieht dir ähnlich. Bist halt doch meine Lieblingscousine.«

»Ich bin deine *einzige* Cousine.«

»Zum Glück. Stell dir mal vor, was für ein Gerenne ich hätte, wenn es mehr von deiner Sorte gäbe. All die Verantwortung!«

31

DAMALS

Das Haus ist leer. Der Junge lässt seine Schultasche auf den Boden fallen und ruft nach seiner Mutter.

»Die ist nicht da«, kommt als Antwort.

Der Junge hat ein ungutes Gefühl. Clark ist in der Küche und macht heißen Kakao. Langsam rührt er in der Tasse herum, führt dann den Löffel an seine dünnen Lippen und leckt ihn ab. Dabei lässt er den Jungen nicht aus den Augen.

»Soll ich dir auch einen machen?«, fragte er schließlich.

»Wo ist Mum?«

»Ich habe ihr vorgeschlagen, sich etwas Zeit für sich zu nehmen. Sie ist beim Friseur. Ich habe ihr sogar Geld dafür gegeben. Das war nett von mir, oder? Sie hat sich sehr darüber gefreut. Ich habe ihr gesagt, dass ich auf dich aufpasse. Deine Schwester ist bei einer Freundin.«

Der Junge spürt, wie seine Knie weich werden. Er weiß, was Clark wirklich will.

»Und da ich etwas Nettes getan habe, finde ich, du solltest mir zum Dank etwas Nettes tun, findest du nicht?«

Er weiß, dass er nicht Nein sagen kann. Clark sieht zwar schüchtern und harmlos aus, doch das täuscht. Er kann auf viele

Arten Schmerz zufügen, die man sich noch nicht einmal vorstellen kann. Der Junge hat diesen Schmerz gespürt. Clark hat Fotos von ihm gemacht, nackt und in verschiedenen Posen, manche davon zusammen mit seiner Schwester. Clark würde den Kindern nicht nur die Zunge herausreißen, wenn sie ihrer Mutter etwas davon erzählen, er würde die Fotos auch an jeden Laternenpfahl in der ganzen Stadt kleben, sodass alle ihn und seine Schwester nackt sehen und sie auslachen. Der Junge schämte sich so sehr, dass es schmerzte. Er wollte nicht mit seiner nackten Schwester posieren, mit dem Arm um sie, beide mit zugeklebtem Mund, doch Clark hat sie eingeschüchtert, immer wieder, und sie wissen, wie gefährlich er ist.

Er trabt die Treppe hinauf in sein ehemaliges Kinderzimmer und beginnt, sich auszuziehen. Seine Schuluniform fällt zu Boden. Je schneller er sich auszieht, desto schneller ist es auch vorbei. Clark folgt ihm und schließt leise die Tür.

»Braver Junge«, sagt er, als der Junge auch das Hemd ausgezogen hat und nun in Unterhosen vor ihm steht. Doch diesmal greift Clark nicht nach der Kamera. Stattdessen öffnet er seine Hose.

»Ich finde, es ist an der Zeit, dass wir beide richtig gute Freunde werden«, verkündet er.

Er ist machtlos, kann sich Clarks Forderungen nicht widersetzen und niemandem etwas verraten. Er ist erst zwölf, und wer glaubt schon einem Zwölfjährigen? Seine Mutter sicherlich nicht. Alle in diesem Haus sind es gewöhnt, Geheimnisse zu bewahren. Nur zu gut erinnert er sich an die goldene Regel des Schweigens. Kurz denkt er zurück an die Zeit vor Clark. Dann schließt er die Augen und erinnert sich an das erste Mal, als er lernte zu schweigen ...

Draußen ist es kalt und hell; ein neuer Tag hat begonnen. Durch das Fenster vom Hausflur aus beobachtet er eine Gruppe von Schulkindern, die auf der Straße laufen, sich gegenseitig schubsen, scherzen und miteinander lachen. Der Junge hebt seine Schultasche vom Boden auf und wirft einen letzten Blick in den Flurspiegel, bevor er die Haustür öffnet. Er betrachtet den blauen Fleck, der sich am Hals gelb färbt. Mit flinken Fingern zieht die Mutter seine Krawatte fest und versteckt den Fleck unter dem Kragen. Allein ihre Augen sagen: »Wir reden mit niemandem darüber.«

Der Junge wartet auf Anweisungen und sagt nichts. Es ist immer besser, nichts zu sagen.

32

TAG FÜNF – SAMSTAG, 18. FEBRUAR, NACHMITTAG

Robyn nahm an ihrem Schreibtisch Platz. Während sie weg gewesen war, waren Anna und David wieder in die Dienststelle gekommen und beugten sich gerade auf der anderen Seite des Büros über ein paar Dokumente. Sie waren vollkommen in eine Diskussion vertieft.

Robyn zog die Akte über Henry Gregson aus dem Stapel und ging jedes einzelne Detail noch einmal durch. Bisher waren sie keinen Schritt weitergekommen. Jede einzelne Spur hatte in eine Sackgasse geführt. Irgendwas übersah sie. Sie rekonstruierte jede einzelne seiner Bewegungen an jenem Tag. Er war nicht bei der Arbeit gewesen. Sein Autokennzeichen war zwar auf dem Weg nach Lichfield erfasst worden, nicht jedoch von der nächsten Kamera kurz vor Lichfield. Woran lag das? Er muss vor diesem Punkt angehalten haben oder abgebogen sein.

Sie öffnete eine Karte der Gegend auf ihrem Bildschirm und versuchte herauszufinden, wohin er gefahren sein könnte. Er könnte irgendein Haus entlang der Strecke angesteuert haben oder nach dem Kreisverkehr auf der A515 in Richtung

Norden nach Yoxall gefahren sein. Sie hielt inne. Yoxall war von Bedeutung. Juliet, Roger und Tessa – alles Mitglieder der Quizgruppe – wohnten in der Nähe von Yoxall, und Henrys Freund Liam wohnte sogar direkt in dem Dorf. Juliet war an jenem Tag bei der Arbeit gewesen, insofern war es wenig wahrscheinlich, dass Henry sie besuchen wollte. Vielleicht wollte er zu Tessa Hall. Diese Möglichkeit konnte Robyn zumindest nicht ausschließen. Und wenn nicht Tessa sein Ziel gewesen war, dann vielleicht einer der anderen.

Liam hatte abgestritten, Henry an dem Tag gesehen zu haben. Liams Freundin Ella war am Morgen mit ihm zu Hause gewesen. Danach war sie zu einer Freundin gefahren, während er auf das gemeinsame Kind aufgepasst hatte. Mit dem Kind war er im Dorf unterwegs gewesen und von mehreren Zeugen gesehen worden. Sie holte die Zeugenaussagen hervor und las sie sich durch. Ella hatte sein Alibi bestätigt. Sie war früher nach Hause gekommen als geplant und hatte Liam dort angetroffen. Er konnte unmöglich zum Cannock Chase gefahren sein, Henry getötet haben und vor zwei Uhr nachmittags wieder zu Hause gewesen sein; abgesehen davon hatte er Astra bei sich gehabt. Es war ausgesprochen unwahrscheinlich, dass er sie mit zum Cannock Chase genommen hätte, um dort seinen Freund zu erschießen. Liam war kein Verdächtiger, warum also kribbelte ihre Kopfhaut? Irgendetwas übersah sie. Sie würde selbst noch mal mit Ella sprechen müssen.

Das Dorf Yoxall bot die perfekte Kulisse für ein Fernsehdrama, fand Robyn. Es lag direkt an einem sich windenden Fluss und war von hügeligem Ackerland umgeben. Die Hecken waren noch weiß vom nächtlichen Frost und die Äste der Bäume glitzerten, sodass die Winterlandschaft wie auf einer Postkarte aussah. An der Hauptstraße reihten sich alte und neue Gebäude aneinander, und dazwischen befanden sich urige Dorfkneipen sowie Antiquitätenläden. Vom Dorf weg führte die kurvenreichen A515 nach Ashbourne und von dort aus zum Peak District.

Das Haus von Liam Carrington befand sich gleich am Dorfeingang und stammte aus einer längst vergangenen Zeit. Die kleine L-förmige umgebaute Scheune aus altem roten Backstein stand im Schatten eines großen Bauernhauses und grenzte an Felder, auf denen Ochsen weideten, die Robyn verärgert anschnaubten. Auf dem gekachelten Dachfirst saß eine Amsel, die den Eindringling aufmerksam beobachtete und aufgeregt zwitscherte, als Robyn klingelte. Ella öffnete die Tür, hob Astra hoch, setzte sie auf ihre schmale Hüfte und winkte Robyn mit der anderen Hand hinein. Die Haustür führte direkt in eine vollgestellte Küche mit einem quadratischen Tisch in der Mitte, an dem vier kleine, schlanke Menschen Platz fanden. Entgegen ihren Erwartungen waren die Innenwände nicht verputzt, sondern zeigten dieselben Backsteine wie die Außenwände, wodurch sich der Raum trotz der Heizung kühl anfühlte. Die Küchenschränke bildeten die Form eines Us und ließen nur wenig Platz für das Bügelbrett und die Wäsche, die sich in einem Korb vor dem Kühlschrank stapelte. Eine Tür, die links von der Küche abging, war nur angelehnt, und Robyn erkannte eine ungemachte Doppelmatratze auf dem Boden und daneben ein Einzelbett mit einer rosa Bettdecke.

»Bitte entschuldigen Sie das Chaos. Ich hatte noch keine Zeit aufzuräumen. Astra hat mich den ganzen Morgen auf Trab gehalten, stimmt's, Mausi?«

Astra vergrub den Kopf in Ellas Halsbeuge.

»Hallo, Astra, kennst du mich noch?« Robyn holte ein Malbuch aus der Umhängetasche, das sie zuvor für das Mädchen besorgt hatte.

»Oh, Astra, guck mal, was DI Carter dir mitgebracht hat!«

Das Mädchen drehte schüchtern den Kopf. Ihrem Gesicht war anzusehen, dass sie wieder geweint hatte. Neugierig betrachtete sie das Malbuch.

»Malst du gerne?«, fragte Robyn freundlich. Astra nickte verhalten.

»Ich auch. Guck dir mal all die Bilder an!« Sie blätterte in dem Heft herum und deutete auf eine Zeichnung eines Bauernhofs. »Weißt du, was das ist?«, fragte sie.

»Bauernhof«, sagte Astra und ihr Gesicht hellte sich auf. »Das ist eine Kuh.« Sie deutete auf ein Tier.

»Sehr gut. Hast du denn auch Buntstifte?«

Erneut nickte Astra und griff nach dem Malbuch. Robyn gab es ihr. Das Mädchen drückte es fest an sich und ließ Robyn dabei nicht aus den Augen.

»Sag Danke, Astra.«

»Danke.«

Robyn lächelte die Kleine an, die nun aufmerksam die Seite mit den Tieren studierte. »Ich habe noch was für dich.«

Das Mädchen schaute neugierig auf, und Robyn holte eine schwarze Plüschkatze aus der Tasche. »Genau so eine Katze habe ich in Echt zu Hause. Diese hier ist für dich.«

Astra stieß einen Freudenschrei aus und strahlte. »Das wäre doch nicht nötig gewesen«, sagte Ella, lächelte jedoch auch. »Danke.«

»Es war mir ein Vergnügen. Ich habe sie gesehen und musste sofort an Astra denken.«

»Runter!«, drängelte Astra und wand sich aus Ellas Arm. Dann schaute sie vom Malbuch in ihrer Hand zur Katze in Robyns, legte das Buch auf den Tisch und streckte die Hände nach der Katze aus. Robyn ging in die Hocke und reichte sie ihr. Das Mädchen nahm das Kuscheltier und rieb es an seine Wange. »Katze.«

Dann rannte Astra los und stieg die Holztreppe neben der Eingangstür hinauf, um ihre Malstifte zu holen.

»Vielen Dank«, sagte Ella. »Das hat sie wirklich aufgemuntert. Sie ist ganz anders, seit Henry tot ist. Ich fürchte, sie vermisst ihn. Er kam so oft vorbei, und jetzt hofft sie jedes Mal, wenn jemand an die Tür klopft, dass er es ist.«

Am Telefon hatte Ella schüchtern geklungen, doch jetzt führte sie Robyn selbstbewusst von der Küche über zwei Stufen in ein kleines Wohnzimmer. Durch das eine Fenster blickte man direkt auf die breite, gepflasterte Einfahrt, über die Robyn hergekommen war, und durch das andere auf die Felder. Ella lächelte freundlich. Ihr breiter Mund und die vollen Lippen passten perfekt zu ihrem fast perfekten Gesicht. Eine Narbe, die von ihrem linken Auge bis zur Oberlippe verlief, war trotz der dicken Make-up-Schicht immer noch sichtbar. Doch Robyn versuchte, sie nicht anzustarren, und schaute stattdessen Astra entgegen, die gerade mit einer Dose Buntstifte zurückkam. Das Mädchen holte das Malbuch aus der Küche und ließ sich damit mit der Katze neben sich auf den Boden fallen.

»Schön hier«, sagte Robyn und betrachtete die Felder vor dem Fenster. »Sie haben ein tolles Haus.«

»Das ist nur zur Miete. Und es ist eigentlich zu klein. Es gibt nur ein Schlafzimmer sowie einen weiteren Raum oben, den Astra als Spielzimmer nutzt. Unser Haus gehört zum Bauernhaus nebenan, dessen Besitzer Eugene McNamara früher ein erfolgreicher Jockey war, dann aber einen Unfall hatte und ins Immobiliengeschäft eingestiegen ist. Er hat dieses Grundstück gekauft und alle Gebäude darauf in Wohnhäuser umgewandelt. Die umgebauten Kuhställe auf der anderen Seite des Haupthauses gehören ihm auch. Die sind deutlich größer und komfortabler als dieses hier. Aber auch zu teuer für uns. Das hier kostet schon genug.«

»Die Mieten in dieser guten Lage sind sicherlich recht hoch«, mutmaßte Robyn.

Ella lächelte dünn. »Wir hatten Glück. Eugene stammt selbst aus einer armen irischen Familie und ist uns preislich sehr entgegengekommen, weil er von früher weiß, wie es ist, Geldsorgen zu haben, meinte er. Also, was kann ich für Sie tun? Ich kann immer noch nicht glauben, was mit Henry passiert ist.« Ella wandte ihre Aufmerksamkeit Astra zu, die jetzt eifrig am Malen war. »Mausi, nimm den braunen Stift für die Kuh. Kühe sind nicht lila.«

Astra schüttelte den Kopf. »Ich will lila.«

»Sie kann manchmal richtig dickköpfig sein«, erklärte Ella an Robyn gerichtet. »Die ganze Sache ist so furchtbar. Lauren steht völlig neben sich. Ich weiß gar nicht, was ich ihr sagen soll. Wissen Sie inzwischen, was passiert ist?«

»Lauren hat geweint«, sagte Astra, ohne aufzublicken.

»Ja, das hat sie. Und du weißt auch, warum sie geweint hat, oder, Mausi?«

Astra nickte, legte den Stift weg und griff nach der Plüschkatze. Sie drückte sie an sich und bekam feuchte Augen.

Ella zuckte zusammen. »Ich hätte nichts sagen sollen«, sagte sie leise. »Astra, wie wär's, wenn du der Katze mal deine anderen Spielsachen zeigst?«

Astra überlegte kurz, stand dann auf und ging mit gesenktem Kopf langsam weg.

Robyn wartete, bis Astra außer Hörweite war, bevor sie Ellas Frage beantwortete. »Wir verfolgen mehrere Spuren, was leider länger dauert, als uns lieb ist. Ich versuche noch, mir ein Bild von Henry zu machen und herauszufinden, warum er im Cannock Chase war.«

»Darüber sollten Sie wirklich mit Liam reden. Die beiden waren eng miteinander befreundet und haben bei der Arbeit viel Zeit miteinander verbracht. Ich kenne Henry und Lauren nur von gemeinsamen Unternehmungen. Henry war so ein netter Mann. Immer hilfsbereit. Zu gut für diese Welt. Liam mochte ihn auf Anhieb. Es war seine Idee, Henry zu fragen, ob er Astras Patenonkel werden will. Erst letztes Jahr haben wir sie taufen lassen. Und Henry war ein toller Patenonkel.«

»Wie würden Sie ihn beschreiben?«

»Wie ich bereits sagte: hilfsbereit, freundlich, nett – all die Klischees, deren man sich immer bedient, wenn jemand gestorben ist. Aber genau so war er. Er war ein wirklich guter Mensch.«

»Also war er allgemein beliebt?«

»Ich denke schon. Liam mochte ihn auf jeden Fall, und Lauren hat ständig von den Kindern erzählt, die er in Brocton trainiert hat. Die haben ihn auch alle gemocht. Es war aber auch unmöglich, ihn nicht zu mögen.«

»Haben Sie sich oft gesehen?«

»Oh, ja. Er und Lauren waren fast jede Woche hier. Dann haben sie Astra abgeholt und was mit ihr unternommen. Sie haben sie behandelt wie ihre eigene Tochter. Immerhin haben sie jahrelang versucht, schwanger zu werden.«

Robyn nickte. »Anhand seiner Telefonliste konnten wir sehen, dass er regelmäßig mit Ihnen und Liam telefoniert hat.«

»Ja. Lauren auch. Er hat oft mit mir oder Liam gesprochen. Er war halt wirklich ein netter Kerl. Manchmal hat er mich angerufen, wenn Liam bei der Arbeit war, und gefragt, wie es mir und Astra geht. Er hat sie wirklich sehr geliebt.«

»Das ist ja nett. Sie müssen ihn auch sehr vermissen.«

Ella schaute sie ernst an. »Das tue ich. Ich kann immer noch nicht glauben, dass er tot sein soll.«

»Kann ich Ihnen ein paar Fragen zum vierzehnten Februar stellen? Nur, um sicherzugehen, dass ich alles richtig verstanden habe.«

»Klar.« Ella griff nach einer Kinderweste, die auf dem Sofa herumlag, faltete sie zusammen und legte sie zurück.

»Sie waren an dem Tag bei einer Freundin, ist das korrekt?«

Ella zog die Augenbrauen zusammen. »Ja. Bei Cassie Snow. Sie liegt im Queen's Hospital in Burton.«

»Sie haben meinem Kollegen erzählt, dass Sie früher als geplant nach Hause gekommen sind und Liam dann hier war.«

»Er schlief tief und fest auf dem Sofa, der faule Kerl«, sagte Ella lachend und zeigte dabei ihre strahlend weißen Zähne. »Ich kann mich den ganzen Tag problemlos um Astra kümmern, aber wenn er sie nur ein paar Stunden hat, ist er danach völlig fertig. Möchten Sie einen Tee? Ich koche uns welchen.«

Sie rauschte ab in die Küche. Robyn folgte ihr und wartete, während Ella zwei weiße Teebecher aus dem Schrank holte und ihr einen reichte.

Robyn lehnte dankend ab. Ihrem Eindruck nach versuchte Ella lediglich, Zeit zu schinden.

»Haben Sie bei der Fahrt durch Yoxall oder auf dem Rückweg irgendwo Henrys Auto parken sehen?«

»Ich fahre nicht gern Auto. Ich habe auch keines. Ich habe den Bus um zehn Uhr genommen. Henrys Auto habe ich nirgendwo gesehen. Auch nicht, als ich nach Hause kam. Außerdem hat Liam doch gesagt, dass er ihn nicht gesehen hat, oder?« Diese Frage stellte sie betont beiläufig und füllte dabei mit dem Rücken zu Robyn gedreht den Wasserkessel.

»Liam hat ausgesagt, dass er mit Astra im Park war und anschließend beim Metzger, sodass es möglich ist, dass er Henry verpasst hat, sollte der hier gewesen sein.«

»Ach so. Das kann natürlich sein. Dann fragen Sie am besten die Nachbarn von gegenüber. Denen entgeht nichts.«

»Wissen Sie noch, um wie viel Uhr genau Sie das Haus verlassen haben und wann Sie zurückgekommen sind? Einfach nur, damit ich genau weiß, vor beziehungsweise nach welchem Zeitpunkt Henry nicht hier gewesen sein kann.«

»Ich bin um Viertel vor zehn zur Tür raus und zur Bushaltestelle gelaufen. Um kurz nach zwei war ich wieder hier.«

»Wie geht es Ihrer Freundin?«

Sie zuckte mit den Achseln. »Der Bus hatte Verspätung,

weshalb ich den Anschlussbus in Octagon verpasst habe, und mit dem nächsten hätte ich die Besuchszeit nicht mehr geschafft. Also habe ich beschlossen, ein andermal bei ihr vorbeizuschauen und bin stattdessen shoppen gegangen. Dann wurde mir langweilig und ich bin wieder nach Hause gefahren.« Ella fummelte einen Teebeutel aus der Schachtel und gab ihn in einen Becher. »Möchten Sie wirklich keinen Tee?«

»Nein, danke. Ich möchte Sie gar nicht länger aufhalten. Astra ist so süß, da sind Sie sicherlich vollauf beschäftigt. Wollen Sie denn wieder arbeiten gehen, wenn sie älter ist?«

Ella stutzte kurz und schüttete dann den Kopf. »Ich bin gerne Hausfrau und Mutter. Als sie noch jünger war, habe ich drüben im Haupthaus geputzt, aber inzwischen kann ich sie nicht mehr mitnehmen. Sie lässt mich einfach zu nichts mehr kommen«, erklärte sie recht schnell.

»Möchten Sie denn noch mehr Kinder?«

Ella schüttelte den Kopf. »Eines genügt«, antwortete sie.

»Eine Frage habe ich noch, zu Tessa Hall.« Als Ella den Namen hörte, verzog sie das Gesicht.

»Kannten Sie sie?«

»Nur von den Quizabenden. Manchmal war ich dabei, als Glücksbringer für Liam. Sie war in derselben Quizgruppe wie er. Für mich hatte sie keine Zeit und ich keine für sie.«

»Warum das?«

»Diese Schlampe hat sich an Liam rangemacht. Ständig hat sie herumgeflirtet und musste immer im Mittelpunkt stehen. Also habe ich ihr die Meinung gegeigt, und seitdem ist sie mir aus dem Weg gegangen. Sie hat sich von Liam und mir ferngehalten.«

»Haben Sie sie in letzter Zeit mal gesehen?«

»Nein. Und ich war ausgesprochen glücklich darüber, dass Liam mit diesen bescheuerten Quizabenden aufgehört hat.« Missbilligend presste sie die Lippen zusammen.

Robyn verließ das Haus mit dem unbedingten Gefühl, dass Ella etwas vor ihr verbarg. Eigentlich war sie davon ausgegangen, dass Liam derjenige mit dem meisten Kontakt zu Henry gewesen war, doch die Telefonaufzeichnungen hatten gezeigt, dass Henry mehrere Male Ella auf dem Handy angerufen hatte. Und dabei hatten sie sicherlich nicht nur über Astra gesprochen. Ellas ausweichende Blicke, als Robyn sie nach ihrem Alibi gefragt hatte, deuteten darauf hin, dass sie log. Robyn hatte schon viele Leute befragt, die versucht hatten, einer Frage auszuweichen, und genau das hatte Ella getan, als sie erzählte, dass Liam geschlafen hatte, als sie nach Hause gekommen war, und dann übergangslos angeboten hatte, Tee zu kochen. Und dann war da noch die Tatsache, dass sie doch nicht bei ihrer Freundin gewesen war und somit kein wasserdichtes Alibi hatte.

Als Robyn sich vom Haus entfernte, warf sie einen Blick zum Bauernhaus daneben und bemerkte aus dem Augenwinkel eine Bewegung. Gerade noch rechtzeitig entdeckte sie eine Person am oberen Fenster, die hinter dem Vorhang verschwand. Sie beschloss, ihr Glück zu versuchen, steuerte das Haupthaus an und klopfte an die Tür.

Eugene McNamara, Ellas Vermieter, hatte für sein Alter viel zu dunkle Haare, ein schmales Gesicht und einen schlanken Körper.

»Guten Tag. Kann ich Ihnen helfen?« Er schenkte Robyn ein strahlendes Lächeln, das bis zu den Augen reichte.

Robyn präsentierte ihren Dienstausweis.

Er erschrak hörbar. »Ist was passiert, Detective? Aber doch hoffentlich nicht in dieser ruhigen Wohngegend? Möchten Sie hereinkommen?« Robyn lehnte ab. Sie wollte die Unterhaltung kurz und formell halten. Die ganze Zeit, die sie sprach, behielt Mr. McNamara sein Lächeln bei.

»Ich suche nach Zeugen, die am Dienstag, den Vierzehnten, gegen zehn Uhr vormittags einen roten Kia vor dem Haus nebenan oder hier in der Nähe gesehen haben.«

McNamara schüttelte den Kopf. »Da kann ich Ihnen leider nicht weiterhelfen. An dem Tag war ich den ganzen Tag in London bei einer Wohltätigkeitsgala im Grosvenor House Hotel und erst am Mittwochvormittag wieder hier.«

»Kennen Sie Henry und Lauren Gregson, die Freunde von Liam und Ella?« Sie beschrieb ihm die beiden.

»Ich habe sie mehrmals gesehen, wenn ich gerade draußen war, aber nur ein oder zwei Mal ein paar Worte mit ihnen gewechselt. So im Vorbeigehen. Sie waren mal nebenan, als ich gerade die Miete abgeholt habe. Warum fragen Sie?«

»Es tut mir leid, Ihnen das mitteilen zu müssen, aber Henry ist am Dienstag getötet worden.«

»Hier?«

»Nein, Sir. Im Cannock Chase.«

»Arme Ella. Das muss ein furchtbarer Schock für sie sein. Und für Liam auch. Ich schaue später mal nach den beiden.«

Weiter wollte Robyn den Vermieter nicht aufhalten, sondern lieber die Route ablaufen, die Liam am Tag von Gregsons Tod gegangen war. Sie verabschiedete sich und entfernte sich vom Haus. Als sie sich umdrehte, bemerkte sie, dass McNamara ihr nachschaute. Er hob die Hand, schloss die Tür und Robyn stieg in ihr Auto mit dem unguten Gefühl, dass mit dem Mann irgendetwas nicht stimmte.

Sie fuhr zum nächstgelegenen Pub im Zentrum des Dorfs, wo sie ihren Golf auf einem Parkplatz abstellte. Als sie bei Ella gewesen war, waren ihr Liams Hausschuhe neben der Eingangstür aufgefallen. Zwar hatte sie nicht erkennen können, um welche Schuhgröße es sich handelte, doch sie hatten sie daran erinnert, dass sein Alibi noch überprüft werden musste. Bisher war sie nicht vollständig überzeugt, dass es wirklich hieb- und stichfest war.

Doch nun wandte sie ihre Aufmerksamkeit wieder Liams Aussage zu. Der Spielplatz, auf dem ein Zeuge ihn und Astra gegen zwölf Uhr beobachtet hatte, war von mehreren modernen Doppelhaushälften aus gut zu sehen. Vom Spielplatz aus war Carrington zur Metzgerei am Ende der Hadley Street gegangen, wo sie in die A515 mündete. Robyn lief den Weg ab und brauchte nur fünf Minuten. Von der Metzgerei aus wäre Liam zu Fuß nach weiteren gerade mal fünfzehn Minuten wieder zu Hause gewesen.

Aufgrund dieser Zeitangaben kam Robyn zu dem Schluss, dass Liam problemlos hätte durch das Dorf laufen und dafür sorgen können, dass er beim Metzger gesehen wurde. Danach hätte er immer noch genug Zeit gehabt, um sich im Cannock Chase mit Henry zu treffen. Der einzige Haken bestand darin, dass er bei Ellas Rückkehr zu Hause gewesen war. Allerdings könnte Ella für ihn lügen, was ihre Reaktion auf Robyns Fragen erklären würde. Im Moment jedoch waren das alles nur Mutmaßungen. Sicher wusste sie nur, dass sie schnell Antworten finden musste.

***

Als Robyn Stafford erreichte und vor der Dienststelle parkte, wurde es bereits dunkel. Sie hatte von unterwegs angerufen und ihr Team nach Hause geschickt. Ihre Kollegen brauchten die Zeit mit Familie und Freunden. Sie durfte sie nicht überarbeiten.

Robyn öffnete die Bürotür und schaltete das Licht ein. Die Neonröhre erwachte flackernd zum Leben und erhellte das allgemeine Chaos, das ihr Büro war. Seufzend warf sie ihre Tasche auf den Schreibtisch, bahnte sich den Weg zur Kaffeemaschine, die niemand ausgeschaltet hatte, und drückte auf den Knopf für einen schwarzen Kaffee.

Das Getränk war noch nicht ganz durchgelaufen, als eine vertraute Stimme erklang.

»Machen Sie zwei Tassen draus, ja?«, sagte Shearer.

»Sehe ich aus wie ein Barista?«

»Der war gut!«, erwiderte er grinsend. »Dann mach ich mir halt selbst einen.«

»Schon okay. Den Tastendruck krieg ich gerade noch hin. Anstrengenden Tag gehabt?«

»Sind nicht alle Tage anstrengend? Im Moment habe ich dieses unbegründete Gefühl, das Sie sicherlich auch kennen, dass irgendetwas nicht stimmt. Es geht um den Mann, der heute Morgen auf dem Golfplatz ums Leben gekommen ist.«

»Kein verdächtiger Todesfall?«

Er schüttelte den Kopf. »Absolut nicht. Er hatte einen Herzinfarkt. Trotzdem muss ich immerzu daran denken, wie merkwürdig es ist, dass er allein auf dem Golfplatz war. Wer spielt denn an einem Samstagmorgen im Februar allein Golf?«

»Ein ehrgeiziger Golfer?«

Shearer verzog das Gesicht. »Nah. Seine Golfschuhe hatten keinerlei Abnutzungsspuren, seine Schläger waren neu und unbenutzt und an seinem Pullover hing noch das Preisschild. Er war definitiv neu in der Welt des Golfspielens. Laut Brocton Golf Club war er noch nicht lange Mitglied – nicht einmal einen Monat.«

Robyn nippte an ihrem Kaffee. Die Neonröhre über ihnen summte leise. Henry Gregson hatte in Brocton gewohnt. Der Golf spielende Mann war in Brocton gestorben. War das ein Zufall?

»Wie heißt der Tote denn?«, fragte sie.

»Hawkins. Anthony Hawkins.«

Juliet hatte erwähnt, dass ein Mitglied der Quizgruppe Anthony hieß und in der Nähe von Stafford wohnte. Brocton war in der Nähe von Stafford. Könnte er das gewesen sein?

Sie erzählte Shearer von ihrem Gedankengang und umriss kurz die zwei Fälle, an denen sie aktuell arbeitete.

Shearer hörte schweigend zu und schaute sie die ganze Zeit aufmerksam an. »Glauben Sie, zwischen den Toden besteht womöglich ein Zusammenhang?«, fragte er, als sie mit ihren Ausführungen fertig war.

»Ich weiß es nicht. Es ist schon ein merkwürdiger Zufall, dass Hawkins meine beiden Opfer gekannt haben könnte, das ist alles. Aber es gibt nur einen Weg, das herauszufinden. Wir müssen abklären, ob es sich um den Anthony aus der Quizgruppe handelte und ob er Henry Gregson kannte. Und dann sehen wir weiter.«

Shearer lief im Büro auf und ab. Draußen war es dunkel und still. Es war, als wären sie die einzigen beiden Menschen auf dieser Erde.

»Ich finde, wir sollten erst mit DCI Flint darüber reden. Wenn diese drei Tode miteinander zusammenhängen, könnten wir es mit einem Serienmörder zu tun haben.«

»Das wissen wir nicht, Tom. Ihr Mann ist an einer natürlichen Ursache gestorben. Wir dürfen keine wilden Anschuldigungen verbreiten, bevor wir keine Fakten haben.«

»Auch ohne Fakten habe ich kein gutes Gefühl bei der Sache, Robyn. Wenn Sie Flint nicht informieren, mach ich es.«

Sein Gesichtsausdruck zeigte deutlich, dass er keinen Widerspruch duldete. Robyn verstand durchaus, warum er die Entwicklungen melden wollte, machte sich aber Sorgen, weil sie nicht genug Beweise hatten. Womöglich bestand gar keine Verbindung zwischen Anthony Hawkins und Henry oder Tessa. Das musste sie abklären, bevor irgendjemand zu Flint rannte.

»Ich sag ihm Bescheid. Sie können gerne mitkommen, aber so oder so gehe ich zu Flint.«

Robyn seufzte. »Geben Sie mir eine halbe Stunde, damit

ich herausfinden kann, ob da überhaupt ein Zusammenhang besteht. Haben Sie ein Foto von Hawkins? Damit ich es Juliet Fallows aus der Quizgruppe zeigen kann. Und Sie machen sich in der Zwischenzeit nützlich und finden möglichst viel über den Mann heraus.«

33

DAMALS

»Gib her.« Der Typ mit der Stachelfrisur und dem Ohrring schaut ihn finster an und hält ihm fordernd die Hand hin. Der Junge reicht ihm die Tablette. Spiky mustert sie von allen Seiten, nickt und reicht dem Jungen das Geld. Dann steckt er die gelbe Tablette mit dem eingestanzten Smiley in den Mund und trinkt einen Schluck Wasser aus der Flasche hinterher. Er betrachtet sein Bild im zerbrochenen Spiegel und grinst, fährt sich mit den Fingern durch das Haar und trollt sich wieder zurück zu seinen Kumpels.

Ein WC spült und Johnny Hounslow kommt aus der Kabine und zwinkert dem Jungen zu. Dieser reicht ihm die Scheine und Johnny blättert sie durch. Seine Lippen bewegen sich; er zählt. Er ist fülliger geworden, die Schultern breiter und der Bauch dicker. Niemand legt sich mit Johnny Hounslow an. Nicht, weil er ein gemeines und aggressives Arschloch ist, sondern weil er einen Kumpel hat, der jemandem eher eine Klinge in den Bauch rammt, bevor er ihn auch nur ansieht. Johnny ist nicht der Einzige, der sich verändert hat. Auch er war nicht mehr derselbe. Es geht doch nichts über einen Vater im Gefängnis und einen perversen Untermieter, um einen Jungen härter zu machen.

Wobei er nie über Clark spricht, der ausgezogen ist, als der Junge in die Pubertät kam. Würde der Junge diesem Mann jemals wieder begegnen, würde er ihn in Stücke schneiden. Er spuckt auf den Boden, tut so, als würde er Clark anspucken, und klopft zur Beruhigung auf seine Hosentasche mit dem Messer darin.

Der Junge fühlt sich Johnny freundschaftlich verbunden. Johnnys Vater verließ die Familie ungefähr zu der Zeit, als sein eigener Vater in den Knast kam. Über Nacht wurde Johnny zu einem echten Rebellen, der sich auf der Straße herumtreibt, in Schlägereien gerät und inzwischen E-Tabletten und Kokain an jeden verteilt, der ihn bezahlt. Und er verdient richtig gut dabei. Außerdem: Wer verdächtigt schon einen Fünfzehnjährigen? Es ist immer gut, Johnny zu kennen, und der Junge ist recht angetan von seinem Schulkameraden, der so gut auf sich selbst aufpassen und mit den Fäusten umgehen kann. Zusammen sind sie ein richtig gutes Team. In der Schule Drogen zu verkaufen, war Johnnys Idee gewesen. Leicht verdientes Geld.

»Nice«, sagt Johnny und lässt die Scheine in seiner Tasche verschwinden. »Verschwinden wir, bevor ein Lehrer merkt, was wir hier treiben.«

Sie verlassen die Schultoilette und gehen den Flur entlang an den Klassenräumen vorbei. Gleich ist die Mittagspause zu Ende und der Unterricht geht weiter. Er hat eine Mathearbeit, macht sich deshalb aber keine Sorgen. In Mathe ist er richtig gut und muss nicht dafür lernen. Abgesehen von Sport ist Mathe das einzige Fach, in dem er gut ist.

Johnny und er trennen sich, und als er die Treppe hinaufgeht, kommt ihm seine Schwester entgegen. Sie ist mit einem bescheuert aussehenden Jungen mit Brille unterwegs, der mindestens zwei Jahre älter ist als sie. Als sie bemerkt, dass er sie anstarrt, verzieht sie das Gesicht.

Er kann nicht anders und stößt versehentlich mit dem Streber zusammen. »Sorry«, sagt er, ohne es wirklich zu meinen.

Dann bleibt er stehen und mustert die Brillenschlange. Seine Schwester könnte es wesentlich besser treffen.

»Lass das«, zischt sie ihm zu.

Er zuckt mit den Schultern, hebt die Hände und geht pfeifend weiter zum Unterricht. In der Tasche hat er genug Geld für ein oder zwei Flaschen von dem guten Wodka und ein paar Zigaretten. Nach der Schule würde er mit zu Johnny gehen. Zu Hause erwartete ihn gar nichts außer Streit mit seiner Mutter und seiner Schwester. Vielleicht könnte er sogar Alkohol oder E an die Kids verkaufen, die im Park abhängen. Das könnte ein lukrativer Abend werden. Im Kopf rechnet er aus, wie viel Geld er bereits verdient hat, und lächelt. Zuversichtlich betritt er das Klassenzimmer, bereit für die Klausur.

34

TAG FÜNF – SAMSTAG, 18. FEBRUAR, SPÄTER ABEND

DCI Flint blickte ernst von einem zum anderen und wieder zurück. Die Finger hat er zu einem perfekten Dreieck aneinandergepresst. Sein rundes Gesicht war wie immer gerötet, und seine Wangen hingen über den Hemdkragen. Am Hals prangte ein leuchtend roter Furunkel, der aussah, als würde er jeden Moment explodieren.

Robyn war gemeinsam mit Shearer in Flints Büro gegangen, wo sie nun beide vor seinem Schreibtisch standen. Leider hatte Robyn Shearer nicht davon überzeugen können, dass die Beweise nicht ausreichten, und hoffte nun, Flint davon abhalten zu können, sich in die Fälle einzumischen.

Shearers haarige Hände, die mit den gespreizten Fingern aussahen wie riesige weiße Spinnen, ruhten auf den Papieren auf dem Schreibtisch. »Meiner Ansicht nach haben wir Grund zu der Annahme, dass diese Fälle miteinander zusammenhängen«, sagte er.

Flint tippte die Finger leicht aneinander, erst langsam und dann immer schneller, bis er so laut klatschte, dass das Geräusch im stillen Raum widerhallte. Dann stieß er sich vom Schreibtisch ab, stand auf und ging zum Regal mit den Aktenordnern. Dort strich er mit einem Finger über die Rückseite eines jeden Ordners und sagte schließlich: »Und Sie sind sich sicher, Tom, dass es eine Verbindung zwischen diesen Todesfällen gibt, obwohl Hawkins eines natürlichen Todes gestorben ist?«

»Ja. Ich glaube, wenn wir nur tief genug graben, finden wir eine Verbindung. Ich weiß, dass es etwas weit hergeholt aussieht, aber an Hawkins' Tod ist etwas faul. Das weiß ich einfach, auch wenn ich es noch nicht beweisen kann. Sobald ich es bewiesen habe, können wir eine Verbindung zwischen ihm und den anderen beiden Fällen herstellen.«

»Das klingt für mich wenig überzeugend, Tom, eher wie eine reine Mutmaßung.« Flint betrachtete weiterhin die Ordner.

»Ich gebe zu, dass es nur so eine Ahnung ist, Sir, aber ist es nicht auch eine Ahnung wert, ihr nachzugehen? Ich finde nicht, dass wir Hawkins' unter den Tisch fallen lassen sollten.«

Jetzt reichte es Robyn. Tom hatte sich ihre Eingebung zu sehr zu Herzen genommen und ging jetzt zu weit. Diese Diskussion war die reinste Zeitverschwendung. »Ich gebe zu, dass es merkwürdig ist, dass die Opfer vermutlich irgendwie miteinander verbunden sind, was ich Tom auch bereits gesagt habe. Die Verbindung ist allerdings allenfalls als schwach zu bezeichnen. Juliet Fallows hat bestätigt, dass Anthony Hawkins zur Quizgruppe gehörte und Tessa Hall kannte. Henry Gregson hatte nichts mit der Gruppe zu tun, hat aber in Brocton gewohnt und kannte Anthony Hawkins und womöglich auch Tessa Hall aus der Kinderwunschklinik in Tamworth. Ich fürchte allerdings, das reicht alles nicht aus. Ich habe die Fälle bereits aus mehreren Blickwinkeln betrachtet und wir suchen noch nach dem Freund von Tessa Hall, der sich bisher nicht gemeldet hat. Im Moment ist er der Hauptverdächtige in diesem Fall. Bei Henry Gregson bin ich schon weiter. Auch wenn es durchaus einen Zusammenhang zwischen den Fällen geben könnte, finde ich nicht, dass wir uns auf eine Verbindung zwischen diesen Leuten versteifen sollten, solange wir nicht mehr Beweise haben. Es wäre schlicht bescheuert, alle anderen Spuren fallenzulassen und uns nur auf diese eine zu konzentrieren.«

Shearer unterbrach sie. »Gregson ist am Dienstag tot aufgefunden worden, Tessa Hall am Donnerstag und Hawkins am Samstag. Das sind drei Morde in nur fünf Tagen. Das ist unmöglich ein Zufall.«

Flint bedeutete Shearer mit einer Handbewegung zu schweigen. »Lassen Sie mich mein Dilemma erklären. Sie haben beide hervorragende Instinkte, aber Tom, Sie haben mir leider nicht ausreichend Beweise geliefert, die Ihre Theorie untermauern. Wir haben keinen Grund zu der Annahme, dass Gregsons Tod irgendwie mit den anderen beiden Toden zusammenhängt. Und solange wir keine neuen Erkenntnisse haben, können wir auch nicht davon ausgehen, dass Anthony Hawkins ermordet wurde.« Robyn nickte zustimmend und wollte sich gerade umdrehen und das sinnlose Meeting verlassen, als Flint fortfuhr.

»Da Sie jedoch, wie ich bereits sagte, beide hervorragende Instinkte haben, lasse ich Sie die Sache mit Hawkins erst mal weiterverfolgen. Wobei sich mir dann noch die Frage stellt, wen von Ihnen beiden ich damit betraue.«

»Ich hatte gehofft, Sie lassen uns beide gemeinsam daran arbeiten«, warf Shearer ein. »So können wir unser Wissen zusammenwerfen und kommen schneller voran.«

Flint winkte ab und schnalzte missbilligend mit der Zunge.

»Dann finde ich, Robyn sollte den Hawkins-Fall übernehmen. Immerhin hat sie schon unzählige Arbeitsstunden in die Fälle Gregson und Hall gesteckt. Natürlich stehe ich ihr jederzeit helfend zur Seite«, sagte Shearer.

»Ist das für Sie okay, Robyn? Kriegen Sie diesen Fall noch unter?«

Da Robyn ihre aktuellen Fälle auf keinen Fall an Shearer übergeben wollte, fiel ihr die Antwort nicht schwer. »Natürlich, Sir.«

»Dann gehört er Ihnen, Robyn. Und ich glaube, ich muss nicht extra erwähnen, dass ich sofort informiert werden möchte, wenn es schlüssige, durch Beweise untermauerte Argumente gibt. Außerdem möchte ich nicht, dass irgendetwas davon in der Presse landet. Über Henry Gregson und Tessa Hall sind zwar schon Mitteilungen raus, aber alle weiteren Erkenntnisse bleiben unter Verschluss. Niemand darf mit irgendjemandem über einen der Fälle sprechen, ist das klar?«

»Sir«, sagten Robyn und Shearer gleichzeitig.

Flints Mundwinkel zuckten, und er musste sich ein Lächeln verkneifen, als er sagte: »Sie beide in ein gemeinsames Büro zu stecken, hat die Zusammenarbeit deutlich verbessert. Ich freue mich, dass Sie so gut miteinander auskommen.«

»Was das Büro angeht«, wandte Shearer ein, »gibt es schon Neuigkeiten darüber, wann wir weiterziehen können?«

»In einer Woche oder so. So lange halten Sie es sicherlich noch aus. Okay, Tom, in Longdon gab es einen Brandanschlag auf einen Laden. Der Besitzer hat seine Wohnung darüber und ist sich sicher, dass der Täter versucht hat, seine Familie umzubringen. Eigentlich wollte ich Jackson bitten, den Fall zu übernehmen, aber jetzt, wo Sie den Hawkins-Fall los sind, könnten Sie sich die Sache ja mal ansehen.« Er fuhr mit einem Finger zwischen Kragen und Hals entlang und zuckte zusammen. »Und Robyn, ich möchte sofort informiert werden, wenn es etwas Neues gibt.«

Vor Flints Büro flüsterte Robyn ihrem Kollegen zu: »Ich hoffe, Sie irren sich nicht.«

»Nah, niemals«, antwortete Shearer. »Ich weiß, dass ich recht habe. Irgendeine Erklärung muss es für Hawkins Tod geben. Vielleicht hat ihn jemand zu Tode erschreckt. Aber da das ja jetzt nicht mehr mein Fall ist, überlasse ich die Lorbeeren für mein Genie Ihnen.«

»Herzlichen Dank auch.«

Er grinste nur und schaute dann über ihre Schulter. »Ah, da ist DI Brown. Mit dem muss ich kurz reden.« Mit tief in den Hosentaschen versenkten Händen, lockerem Gang und sicheren Schritten entfernte er sich. Robyn schaute ihm nach und fragte sich, ob er womöglich etwas im Schilde führte.

Ihre Instinkte schlugen Alarm. Shearer war nicht gerade für seine Hilfsbereitschaft bekannt. Warum hatte er darauf bestanden, dass sie Flint von ihrem Verdacht berichteten, bevor sie überhaupt Beweise hatten, und warum war er plötzlich so nett zu ihr? Ein lautes Lachen erschallte hinter ihr und sie drehte sich um. Shearer boxte DI Brown gerade freundschaftlich in den Oberarm und ging dann davon. Der nagende Verdacht, dass er sie absichtlich in eine Falle laufen lassen wollte, setzte sich in ihr fest. Genervt eilte sie zurück ins Büro. Sie hatte Arbeit zu erledigen und keine Zeit für Spielchen.

Robyn ballte ihre Hände zu Fäusten. Ihre Bedenken wegen Shearers Beweggründen für die Übergabe des Falles an sie überschatteten ihre Gedanken.

Sie atmete tief durch und lenkte ihre Konzentration auf Hawkins. Alle Anzeichen deuteten auf einen tödlichen Herzinfarkt hin. Solange der Bericht des Rechtsmediziners nicht vorlag, konnte sie den Tod nicht als Mord betrachten. Vorerst war es ein Zufall – einer, mit dem sie sich nicht anfreunden konnte, aber dennoch ein Zufall.

Sie schaute auf die Uhr. Es war schon nach zehn. Wenn sie jetzt nicht nach Hause ging und eine Runde schlief, würde sie nicht mehr lange funktionieren können.

Zu Hause machte Robyn sich bettfertig und betrachtete ihr Bild im Badezimmerspiegel. Sie hatte ein paar graue Haare bekommen. Ihr Gesicht veränderte sich, jeden Tag ein bisschen mehr. Sie war nicht mehr dieselbe Frau, in die sich Davies verliebt hatte. Apropos Davies. Lebte er noch? Und wenn ja, wie sehr hatte er sich verändert? Sie schob die Gedanken beiseite und gab sich stattdessen der Überlegung hin, dass Shearer die Situation manipuliert hatte, damit sie den Hawkins-Fall übernahm und damit nicht weiterkam. Alle in der Dienststelle wussten, wie scharf er auf eine Beförderung war. Den Hawkins-Fall abzugeben, um einen neuen Fall zu übernehmen, der vielleicht schnellere Ergebnisse brachte, wäre eine Möglichkeit, seine Aufklärungsquote zu verbessern. Aber würde er sich wirklich so tief herablassen? Hoffentlich nicht. Wenn sich später herausstellte, dass Hawkins doch eines natürlichen Todes gestorben war, hätte Robyn wertvolle Arbeitsstunden mit dem Fall vergeudet und sich bei dem Versuch, eine Verbindung zwischen ihm und Tessa Hall herzustellen, noch mehr verheddert. War es das, was er sich erhoffte? Dass sie sich so sehr mit den Fällen verhedderte, dass sie keinen der Mörder fand?

Finster betrachtete sie das müde Gesicht im Spiegel. Sieh sie dir an! Eine Kommissarin, die sich ihrer Aufklärungsrate rühmte, bei ihren jetzigen Fällen aber noch nicht einmal wusste, wo sie ansetzen sollte. Das sah ihr nicht ähnlich. Sie riss sich zusammen, lockerte die Schultern und hob den Kopf. Robyn Carter ließ sich von nichts und niemandem beirren.

Während Schrödinger neben ihr döste, lag Robyn noch lange wach im Bett, nachdem sie das Licht ausgeschaltet hatte, und dachte an Anthony Hawkins. Obwohl es den Anschein hatte, dass sein Tod eine natürliche Ursache hatte, war es möglich, dass ihn jemand getötet und es nach einem Herzinfarkt hatte aussehen lassen. Vorsichtig, um den Kater nicht zu stören, schlüpfte sie aus dem Bett und tappte die Treppe hinunter zu ihrem Laptop, wo sie den Suchbegriff »Todesfälle, die wie Herzinfarkte aussehen« durch mehrere Suchmaschinen laufen ließ und die Ergebnisse notierte. Zufrieden schaltete sie danach den Rechner aus und kehrte ins Schlafzimmer zurück. Was sie jetzt wirklich brauchte, war eine Expertenmeinung, und die würde sie gleich morgen früh bekommen. Shearer mochte glauben, dass sie scheiterte, doch dem war nicht so.

Robyn scheiterte selten. Das sollte er inzwischen wissen.

35

TAG SECHS – SONNTAG, 19. FEBRUAR, MORGEN

Kaum war Robyn wieder im Büro, rief sie sofort den Rechtsmediziner Harry McKenzie an, noch bevor sie den Mantel auszog.

»Harry, ich habe eine etwas abgefahrene Theorie und bräuchte Sie, um zu checken, wie realistisch sie ist: Wenn ich jemanden umbringen und es wie einen Herzinfarkt aussehen lassen möchte, könnte ich ihm dann Kaliumchlorid injizieren, sodass er einen Herzinfarkt bekommt, und so mit dem perfekten Verbrechen davonkommen?«

»Sie planen das aber nicht für jemanden, den ich kenne, oder?« Er lachte herzlich.

»Ich habe Grund zu der Annahme, dass Anthony Hawkins ermordet wurde, weiß aber nicht, wie ich das beweisen soll.«

»Anthony Hawkins? Das ist aber keiner meiner Patienten.«

»Edward Finch ist in diesem Fall der Rechtsmediziner. In seinem Bericht steht, dass Hawkins an einem schweren Herzinfarkt gestorben ist.«

»Haben Sie Ed auf Ihre Theorie angesprochen?«

»Er ist heute Morgen für zehn Tage in den Urlaub nach Thailand geflogen. Deshalb habe ich Sie angerufen.«

»Ach ja, ich habe ganz vergessen, dass er frei hat. Die Antwort auf Ihre Frage lautet: Ja, das wäre möglich. Eine Injektion einer Kaliumverbindung, zum Beispiel Kaliumchlorid, kann schwere Herzrhythmusstörungen und daraufhin einen Herzinfarkt verursachen. Wir müssten nach hohen Kaliumwerten suchen beziehungsweise darauf testen. Kaliumchlorid kann vom Gewebe aufgenommen werden und bleibt somit meist unentdeckt.«

»Wer hätte Zugang zu einem solchen Mittel?«

»Alle, die im medizinischen Bereich tätig sind. Wobei ich mir ziemlich sicher bin, dass man das Zeug auch online bestellen kann.«

Tessa und Juliet kamen Robyn in den Sinn. Beide waren Krankenschwestern, wobei man das betreffende Mittel vermutlich nicht in einer Fruchtbarkeitsklinik finden würde.

Robyn seufzte. »Also ist es zu spät, um noch feststellen zu können, ob er ermordet wurde?«

»*Nil desperandum*, meine Liebe. Ich schau gleich mal eben im Labor vorbei und werfe nur für Sie einen Blick auf Mr. Hawkins.«

Robyn dankte ihm und legte auf. Dann trommelte sie gedankenverloren mit den Fingern auf dem Schreibtisch. Kaliumchlorid. Hatte Shearer also bei Hawkins Tod den richtigen Riecher gehabt? Wenn ja, würde seine Selbstgefälligkeit vermutlich unerträgliche Ausmaße annehmen und Robyns Fälle würden noch komplizierter, als sie ohnehin schon waren.

»Sie haben Besuch«, rief Anna ihr zu. »Ein Journalist namens Justin Forrest. Er wartet unten in Vernehmungsraum zwei.«

»Ich rede nicht mit Journalisten, über keinen der Fälle. Sagen Sie dem Kollegen am Empfang, dass er ihn rauswerfen und sich an die Pressestelle wenden soll.«

»Der Kollege meint, der Kerl will über Tessa Hall reden

und besteht darauf, nur mit Ihnen zu sprechen. Es ist wichtig, behauptet er.«

Robyn schnaubte verächtlich. Sie hatte keine Zeit für Spielchen mit der Presse. Sie stand auf, zog den Mantel aus und hängte ihn über die Stuhllehne.

»Na gut. Wir stellen fest, was er zu erzählen hat, und wenn er nur Informationen aus uns herauskitzeln will, werfen wir ihn raus.«

Justin Forrest war ein schlaksiger Mann mit kastanienbraunem Haar, das ihm bis zu den Augenbrauen reichte, sowie einer Brille mit dickem Rand vor seinen großen grauen Augen. Er blieb sitzen, als Robyn eintrat, und wirkte wie jemand, der Vernehmungen und schwierige Situationen gewöhnt war.

»DI Carter«, stellte sich Robyn vor, zog einen Stuhl heran und setzte sich. »Das ist meine Kollegin PC Anna Shamash. Was können wir für Sie tun?«

Forrest blickte ihr direkt in die Augen. »Die Frage ist vielmehr, wie ich Ihnen helfen kann. Seit drei Tagen kämpfe ich mit mir, bin aber schließlich zu dem Schluss gekommen, dass ich das Richtige tun muss, selbst wenn das Konsequenzen hat. Ich nehme an, Sie suchen nach mir. Ich bin ein Freund von Tessa. Ein sehr guter Freund.«

»Fahren Sie fort, Sir.«

»Ich habe Tessa Anfang Dezember letzten Jahres kennengelernt, im Goat Pub in Abbots Bromley. Ich war dort, weil ich einen Artikel über den Quizabend schreiben sollte. Tessa hat sich nach dem Quiz zu mir an die Bar gesetzt und eine Menge Fragen über meinen Job gestellt. Sie wollte wissen, wie es als Journalist so ist. Und ich fand sie ausgesprochen interessant. Sie war so voller Leben und unkompliziert und ich war gerne mit ihr zusammen. In jener Nacht bin ich mit ihr nach Hause gegangen und habe mich danach regelmäßig mit ihr getroffen. Anfangs hatten wir eine rein sexuelle Beziehung, doch mit der Zeit wurde eine echte Freundschaft daraus.«

»Verstehe. Und warum haben Sie sich nicht schon früher gemeldet?«

»Das hatte zwei Gründe. Erstens bin ich verheiratet und habe Kinder und wollte nicht, dass meine Frau von Tessa erfährt. Wir haben eh schon Probleme, und wenn meine Frau herausfindet, dass ich eine Affäre hatte, war's das vermutlich mit uns. Zweitens bin ich vermutlich der Hauptverdächtige. Ich weiß, wie das für Sie aussehen muss: der verheiratete Liebhaber, der sich weigert, seine Frau für seine Freundin zu verlassen. Es kommt zum Streit, dann passiert etwas und sie ist tot. Ich habe mehrere Artikel über solche Situationen geschrieben. Meine Fingerabdrücke sind im ganzen Haus zu finden. Ich hatte zwei Monate lang engen Kontakt zu Tessa. Irgendwann hätten Sie mich sowieso ausfindig gemacht. Und so dachte ich, es ist besser, mich selbst zu stellen und der Gerechtigkeit ihren Lauf zu lassen. Ich habe kein Verbrechen begangen – nur Ehebruch. Ich habe Tessa nicht getötet. Ich bin vollkommen ehrlich. Das muss ich sein. Ich habe Tessa wirklich, wirklich gemocht. Sie hat mich verstanden und ich habe sie verstanden. Wir hatten eine tolle Beziehung – als Freunde mit gewissen Vorzügen.«

Robyn nickte. Der Mann klang ausgesprochen ernst. »Wo waren Sie am Donnerstagvormittag?«

»Da musste ich einen Artikel für die Zeitung fertigstellen – ich arbeite für die Tamworth News. Also bin ich zu Hause geblieben, bis er fertig war, habe ihn abgegeben, und dann war ich mit meiner Frau ein Geschenk für unsere Sechsjährige kaufen.«

Robyn seufzte innerlich. Wenn Forrests Alibi der Prüfung standhielt, hatte sie schon wieder einen potenziellen Verdächtigen verloren.

»Ich habe Zeugen, die bestätigen können, dass ich zu Hause war. Gegen halb sieben war ich mit dem Hund draußen und habe mit dem Nachbarn geplaudert. Sicherlich finden Sie mich auf den Aufnahmen der Sicherheitskameras entlang der Strecke, die ich mit dem Hund gelaufen bin. Davon gibt es in Tamworth eine ganze Menge. Als ich wieder zu Hause war, habe ich zwei Gespräche über Skype geführt. Hier habe ich die Uhrzeiten und die Angaben zu den Gesprächspartnern notiert. Der eine Anruf war um sieben und der andere um sieben Uhr vierzig. Diese Personen können bestätigen, dass ich zu den Zeiten in meinem Büro zu Hause war. Um acht Uhr fünfzig habe ich meine Jüngste in die Schule gebracht, insofern sollten Sie mein Auto entdecken, wenn Sie die Aufzeichnungen der automatischen Nummernschilderkennung durchgehen. Außerdem habe ich zwischen halb sieben und zehn Uhr einige E-Mails versendet. Um elf Uhr zwanzig habe ich den Artikel fertiggestellt und meinem Verleger gemailt. Entlastet mich das alles? Ich habe sie wirklich nicht getötet.«

»Zuerst müssen wir Ihre Aussage überprüfen, Sir.«

Er nickte eifrig. »Das ist mir klar. Bitte machen Sie das. Ich möchte wirklich beweisen, dass ich nichts mit ihrem Tod zu tun hatte. Anfangs war ich völlig starr vor Angst und wollte mich nicht zu erkennen geben. Aber hätte ich mich weiterhin versteckt, hätte ich Sie auch daran gehindert, den wahren Mörder zu finden.«

»Das stimmt. Hatten Sie letzte Woche Kontakt zu Tessa?«

»Letzten Montag habe ich zuletzt mit ihr geredet. Da haben wir uns für Freitag verabredet. Ich sollte zu ihr kommen. Sie konnte es kaum erwarten, mich zu sehen, und meinte, sie hätte richtig tolle Neuigkeiten.«

Robyn nahm an, dass die Neuigkeit etwas mit ihrer Schwangerschaft zu tun hatte.

»Wie hat sie Sie kontaktiert?«

»Wie sonst auch. Sie hat mich angerufen.«

»In ihrem Handy waren keine Kontaktdaten von Ihnen gespeichert.«

Forrest nickte. »Sie hat sich letzte Woche ein neues Handy gekauft und meinte, sie hätte noch nicht kapiert, wie man es einrichtet, weil es ganz anders funktioniert als ihr altes Samsung. Ich habe ihr geraten, damit zum Laden zu gehen, wo sie es gekauft hat, damit die ihr dort zeigen, wie das Teil funktioniert.«

»Wussten Sie, dass sie vor Kurzem all ihre Konten in allen sozialen Medien gelöscht hat?«, fragte Robyn nun. »Haben Sie irgendeine Ahnung, warum sie das getan hat?«

»Darüber haben wir am Montag auch gesprochen. Ich war auf ihrer Facebook-Seite, weil ich ihr eine Nachricht schreiben wollte, und habe dabei festgestellt, dass sie ihren Account gelöscht hat. Sie meinte, das wäre alles Teil eines ›großen neuen Plans‹ und dass ich bis Freitag warten müsste, um zu erfahren, worum es geht.«

»Also hat sie sich nicht wegen irgendetwas Sorgen gemacht?«

»Absolut nicht. Ganz im Gegenteil. Sie hat immer wieder gesagt, dass sie es kaum erwarten kann, mir die Neuigkeiten mitzuteilen.«

»Haben Sie irgendeine Ahnung, worum es dabei gegangen sein könnte?«

»Absolut nicht. Mehr als dass es mich ›umhauen‹ würde, hat sie nicht verraten. Sie war immer gut drauf, aber an dem Montag richtiggehend aufgedreht. Ich hatte schon den Verdacht, sie hätte vielleicht getrunken oder Drogen genommen, aber als ich sie darauf ansprach, hat sie nur gelacht und gemeint, ich wäre eine Spaßbremse und sollte einfach abwarten, bis ich hörte, was sie mir zu sagen hat.« Er rutschte unruhig auf seinem Stuhl herum. »Detective Inspector Carter, wenn möglich, wäre es mir lieb, wenn Sie meine Frau aus der Sache raushalten könnten. Ich wollte aus meiner Beziehung zu Tessa nie etwas anderes machen als eine Affäre. Und Tessa sah das genauso. Sie meinte, sie wäre zu jung für etwas Festes und suchte auch nicht danach. Sie hatte jahrelang in einer festen Beziehung gesteckt und wollte sich nun ›austoben‹. Ich mochte sie, aber sie war ein echter Freigeist, wollte nicht gezähmt werden und ich wollte es auch nicht versuchen.«

Robyn erinnerte sich, dass Juliet Fallows Ähnliches erzählt hatte. Und sie zweifelte gar nicht an Forrests Aufrichtigkeit, aber wenn sie für die Bestätigung seines Alibis seine Frau kontaktieren musste, dann würde sie das tun. Das sagte sie ihm auch. Forrest sank in sich zusammen.

»Das verstehe ich«, sagte er. »Aber bitte überprüfen Sie zuerst alles, was ich erzählt habe. Dann werden Sie feststellen, dass ich die Wahrheit sage.«

»Hat sie mit Ihnen mal über ihre Finanzen gesprochen?«

»Nicht so direkt. Ich weiß, dass ihre Eltern die Hälfte ihrer Hypothekenzahlung übernommen haben. Das kam mal so auf, als ich ihr ein Kompliment zu ihrem schönen Haus gemacht habe. Sie meinte, dass ihre Eltern finanziell recht gut gestellt sind, sie es aber gar nicht mochte, wenn sie ihr Geld gaben. Sie wollte lieber auf eigenen Beinen stehen. Sie hatte das Gefühl, in ihrer Schuld zu stehen und von ihren Forderungen erdrückt zu werden. Von ihren Eltern abhängig zu sein bedeutete für sie, nie wirklich frei von ihrem Einfluss sein zu können.«

»Von ihrem Einfluss?«

»Sie haben sie immerzu gedrängt. Ihre Mutter ist Ärztin und wollte, dass Tessa auch eine wird. Und als ihre Noten nicht für ein Studium ausreichten, war sie enttäuscht. Tessa hat ihre Hilfe und ihr Geld nur angenommen, weil sie dadurch von zu Hause wegziehen konnte, aber eigentlich wollte sie sich ganz von ihnen lösen und eventuell sogar auswandern. Die Beziehung zu ihren Eltern war recht kompliziert. Bei mir war das ähnlich. Mein Vater war Richter, und als ich nicht in seine Fußstapfen getreten bin, hat er sich von mir abgewandt und mich verstoßen. Tessa und ich haben viel über unsere Vergangenheit und über Neuanfänge gesprochen. Sie hat mich in meiner Jobwahl bestärkt und ich fühlte mich geschmeichelt. Meine Frau ist von meiner Arbeit weniger begeistert. Da ich zwei Kinder zu versorgen habe, sähe sie mich lieber in einer lukrativeren Tätigkeit als in meinem schlecht bezahlten Traumjob. Mit Tessa konnte ich mich gut unterhalten. In gewisser Weise waren wir mehr wie Geschwister als Freunde.«

»Haben Sie ihr eine Valentinstagkarte und Blumen geschickt, Sir?«

Justin zog überrascht die Augenbrauen hoch. »Himmel, nein. Das habe ich Ihnen doch gesagt. Der körperliche Teil unserer Beziehung war schnell wieder beendet. Wir waren einfach nur zwei Menschen, die sich von der Welt missverstanden fühlten und in der Gesellschaft des anderen Trost fanden.«

»Verstehe. Dann brauche ich noch Ihre Fingerabdrücke, um sie mit denen am Tatort zu vergleichen«, sagte Robyn. »Und eine DNA-Probe.«

»Sie glauben mir nicht?«, fragte Forrest entgeistert. »Ich bin immer noch ein Verdächtiger?«

»Das ist Vorschrift, Sir.«

»Na gut«, antwortete er. »Tun Sie, was Sie tun müssen, aber bitte, bitte, halten Sie meine Familie da raus.«

Robyn überließ Anna das weitere Vorgehen mit Forrest. Seine Fingerabdrücke wurden umgehend an Connor Richards geschickt, den Leiter der Spurensicherung, und die DNA-Probe ins Labor, das herausfinden sollte, ob Forrest der Vater von Tessa Halls Baby war.

Robyn schickte Matt schon mal nach Brocton zum Haus von Anthony Hawkins. Hoffentlich hatte Shearer recht und sie verschwendete ihre Zeit nicht mit einem Mann, der eines natürlichen Todes gestorben war. Aber immerhin war es ihr Job, allen Hinweisen nachzugehen, und genau das tat sie.

Ihr erster Besuch des Tages galt Lauren Gregson. Henrys Frau sah noch fertiger und leerer aus als beim letzten Mal. Sie führte Robyn wieder in die Küche, die aufgeräumt und geputzt worden war, und lehnte sich gegen die Küchenzeile. Ein geöffneter Briefumschlag, adressiert an Henry, lag auf dem Tisch.

»Wie geht es Ihnen, Lauren?«

Laurens Lippen zitterten. »Nicht gut.«

»Es wird besser. Ich weiß, dass das jeder sagt und Sie nicht das Gefühl haben, dass Sie jemals darüber hinwegkommen, aber das werden Sie. Sind Ihre Eltern noch da?«

»Ich habe sie gebeten, mich für eine Weile allein zu lassen. Meine Mutter macht mich wahnsinnig. Ich habe beschissen geschlafen und wollte einfach nur meine Ruhe haben.«

»Sie brauchen Ihre Eltern und Ihre Freunde. Alle sind für Sie da, Lauren. Sie müssen das nicht allein durchstehen.«

Laurens Augen füllten sich mit Tränen. »Aber ich bin allein. Ich bin allein und traurig und gleichzeitig so furchtbar wütend. Ich bin wütend auf Henry, weil er mir so viel verheimlicht hat und nicht da war, wo er hätte sein sollen, und ich bin wütend auf wen auch immer ihn getötet und mir den Mann genommen hat, den ich liebe, und ich habe das alles so satt. Ich will einfach nur, dass es aufhört und alles wieder so ist wie vorher. Das will ich mehr als alles andere. Ich will, dass das alles nur ein furchtbarer Albtraum war und Henry und ich immer noch zusammen sind.«

Nun weinte sie und Robyn stand hilflos daneben. Lauren wischte die Tränen mit dem Handrücken weg. »Ich habe das Gefühl, dass das Universum mich hasst. Henrys Testergebnisse sind gestern reingekommen, und mit ihm war alles in Ordnung. Ich verstehe nicht, warum ich nicht schwanger geworden bin. Ich fühle mich so betrogen. Wenn wir ein Baby bekommen hätten, hätte ich jetzt wenigstens noch einen Teil von ihm. Das ist nicht fair.«

»Sie wollten unbedingt ein Baby haben, stimmt's?«

»Mehr als alles in der Welt. Als ich sah, wie Henry mit Astra umgegangen ist, wusste ich, dass er der perfekte Vater sein würde. Er war so süß zu ihr und hat sie wirklich geliebt. Und ich wollte auch ein Kind haben, das er so sehr liebt. Ich wollte schon immer Kinder haben. Es gibt ja Frauen, denen ist ihre Karriere oder ihre Freiheit wichtiger. Ich hingegen wollte immer Mutter werden und drei oder vier oder sogar noch mehr Kinder haben. Ich bin ein Einzelkind und fand das ganz furchtbar. Ich war immer so allein. Meine Kinder sollten es besser haben. Ich wollte eine große, glückliche Familie.«

»Sie sind noch jung, Lauren. Sie haben immer noch Zeit, sich Ihren Wunsch zu erfüllen.«

Lauren zog die Nase geräuschvoll hoch. »Vielleicht. Aber ich wollte unbedingt Kinder von Henry. Und ich habe alles Mögliche versucht, um schwanger zu werden. Ich habe recherchiert, was ich am besten essen sollte, habe Ovulationstests gekauft und war sogar bei einer Tarotkartenleserin. Eine Freundin meinte mal, ich würde mich zu sehr auf meinen Kinderwunsch versteifen und wäre deshalb blockiert. Sie hat vorgeschlagen, dass ich Babykleidung und Spielzeug kaufe, weil das mein Unterbewusstsein manipulieren und mein Körper dann akzeptieren würde, dass ich schwanger werden möchte. Aber nichts hat geholfen. Deshalb war ich in der Kinderwunschklinik. Ich hätte mich nicht so sehr darauf versteifen sollen, oder? Dann hätte es vielleicht geklappt.«

Sie putzte sich die Nase und wischte sich die Augen ab. »Tut mir leid. Ich bin heute nicht so gut drauf.«

»Schon okay.«

»Haben Sie was Neues wegen Henry?«

»Vielleicht. Kennen Sie oder kannte er einen Anthony

Hawkins? Er hat in Brocton gewohnt.« Robyn zeigte Lauren ein Foto von Anthony, das sie aufmerksam betrachtete.

»Hat er im Dorf gewohnt?«

Robyn nickte.

»Den habe ich noch nie gesehen.«

»Sind Sie sicher?« Robyn versuchte, in Laurens Gesicht einen Hinweis darauf zu erkennen, dass sie etwas verbarg.

»Ich bin mir absolut sicher, dass ich diesem Mann nie begegnet bin und ihn nie im Dorf gesehen habe. Henry kannte ihn vielleicht. Durch seine Tätigkeit als Coach kannte er eine Menge Leute aus der Gegend.« Die letzten Worte murmelte sie nur noch, und die Trauer in ihrer Stimme war nicht zu überhören.

Plötzlich ging die Tür auf und eine tiefe Stimme rief »Hallo!«

Lauren verzog das Gesicht. »Meine Eltern.«

»Dann gehe ich besser. Ich melde mich, sobald ich was Neues weiß.«

»Danke. Und tut mir leid wegen vorhin. Ich hätte Sie nicht so volllabern dürfen.«

»Wirklich überhaupt kein Problem. Passen Sie auf sich auf. Und glauben Sie mir: Es wird wirklich besser.«

Robyn huschte an einem Ehepaar mittleren Alters vorbei. Beide traten höflich zur Seite und der Mann öffnete ihr die Tür, ohne nach dem Grund für ihren Besuch zu fragen.

***

Anthonys Haus befand sich am Rand von Brocton und war ausgesprochen heruntergekommen. Von außen sah es unbewohnt aus. Das Holztor hing windschief am Pfosten und protestierte quietschend, als Robyn es öffnete und den unebenen, mit Unkraut überwucherten Weg betrat.

Im Häuschen befanden sich Matt und Anthonys Bruder,

der sich als William vorstellte und die beiden Ermittler im altmodischen Wohnzimmer mit der gemusterten Tapete aus einer längst vergangenen Zeit an der Wand allein ließ, um in der Küche Tee zu kochen.

Matt hatte viel zu erzählen. »Boss, ich habe etwas Interessantes herausgefunden. In den letzten Wochen hat Hawkins mit Geld nur so um sich geschmissen. Die Nachbarn zwei Häuser weiter haben erzählt, dass er letzte Woche mit einem nagelneuen, supernoblen Jaguar nach Hause gekommen ist. Der Fernseher ist auch neu«, sagte er und deutete auf den riesigen Flachbildschirm, der die gesamte Wand bedeckte. »Sein Kleiderschrank oben ist voller Designerklamotten und in der Küche liegt eine Zahnarztrechnung. Er hat sich die Zähne bleichen lassen.«

Robyn schaute auf. »Und woher hatte er das Geld dafür?«

»Hawkins hat den Leuten erzählt, dass eine alte Tante mütterlicherseits das Zeitliche gesegnet und ihm ihren gesamten Besitz, der ein Vermögen wert war, vermacht hätte.«

»Und was sagt sein Bruder dazu?«

»Der sagt, dass er keine Ahnung hat, woher sein Bruder das Geld hatte, insbesondere weil wir keine Tanten haben. Und auch keine Onkel, wenn wir schon dabei sind«, beantwortete William die Frage. Er hatte unbemerkt mit einem Teebecher in der Hand das Wohnzimmer betreten. »Tut mir leid, ich wollte nicht lauschen. Das Haus ist nur sehr klein und die Wände sind aus Papier. Ich habe dem Sergeant hier schon gesagt, dass es mir schleierhaft ist, woher mein Bruder so viel Geld hatte. Erst an Weihnachten war ich hier, und da hatte er keinen roten Heller. Ständig hat er gejammert, wie pleite er ist. Ich habe ihm sogar hundert Pfund zugesteckt, damit er über die Runden kommt. In den letzten Jahren musste ich ihm ein paar Mal aushelfen. Da sollte man meinen, er würde mir von seinem plötzlichen Reichtum erzählen und zumindest meine Kohle zurückzahlen.« Bedröppelt schaute er in die Tasse.

»Also haben Sie keine Ahnung, woher er das Geld hatte?«

William legte die Stirn in Falten. »Natürlich nicht. Diese Neuigkeit hat mich völlig aus den Socken gehauen. Und ich kann kaum glauben, dass er das vor mir verheimlicht hat. Soweit ich weiß, hat er von einer mickrigen Rente gelebt, seitdem er nicht mehr im Gefängnis arbeitet. Ich meine, schauen Sie sich doch mal um. Wer lebt denn freiwillig in einem solchen Loch? Mehr konnte er sich nicht leisten, nachdem seine Frau ihn verlassen und ihn um alles gebracht hatte, was er hatte. Vor der Scheidung hat er in einem anständigen Bungalow in Yoxall gewohnt. Das hier war ein echter Abstieg. Ein alter Freund lässt ihn billig hier wohnen. Ich hätte ihm ja angeboten, bei mir einzuziehen, aber auch die Liebe zwischen Brüdern hat ihre Grenzen. Wir hätten uns ziemlich schnell in die Haare gekriegt.«

»Könnte er das Geld von einem anderen Verwandten geerbt haben?«, fragte Robyn.

William schnaubte verächtlich. »Ich bin sein einziger Verwandter. Ich *war* sein einziger Verwandter. Deshalb war ich ja an Weihnachten hier bei ihm. Ich hatte ein paar Tage frei und dachte, ich komme vorbei und leiste ihm Gesellschaft. Über die Feiertage sollte niemand allein sein. Und das Weihnachten davor war er bei mir, insofern war ich an der Reihe, ihn zu besuchen.«

»Und als Sie ihn das letzte Mal gesehen haben, war er bei bester Gesundheit?«

»Geht so. Er hat wie immer viel getrunken – hauptsächlich billigen Whisky aus dem Supermarkt. Insofern war ich wenig überrascht, als ich erfuhr, dass er einen Herzinfarkt hatte. Ich habe ihn immer gewarnt, dass es mal so weit kommen würde. Er hatte zu viel Stress, und Stress bringt einen früher oder später um. Wegen des Stresses hat er auch seinen Job als Gefängniswärter aufgegeben. Dann hat er keinen anderen Job gefunden und dann fingen die Eheprobleme an und dann ist seine Frau Sandra mit seinem besten Freund durchgebrannt. Armer Kerl. Er war völlig fertig. Ich hätte nie gedacht, dass sie ihn bei der Scheidung so über den Tisch ziehen würde. Aber da hab ich mich wohl geirrt. Sie hat ihn bis auf die Unterhosen ausgezogen. Er musste das Haus verkaufen, ihr die Hälfte des Erlöses auszahlen und wegziehen. Damals begannen seine Schwierigkeiten. Ich habe ihm immer wieder gesagt, dass er nicht aufgeben darf, aber er ist kaum mal zum Bewerbungsgespräch eingeladen worden, und wenn doch, hat er den Job nicht gekriegt. So ist das halt, wenn man ein gewisses Alter erreicht hat. Dann will einen keiner mehr haben.« Er nippte an seinem Tee und hob anschließend die Tasse hoch. »Sicher, dass Sie nicht auch einen wollen?«

Matt und Robyn lehnten beide höflich ab.

»Ich lebe praktisch nur von Tee«, meinte William und tätschelte sich den dicken Bauch. »Von Tee und Keksen.«

»Was machen Sie beruflich, Sir?«

»Ich bin Lkw-Fahrer. Bin in ganz Europa unterwegs. Im Moment bin ich in Leeds angestellt, habe aber schon im ganzen Land und auch auf dem Kontinent gewohnt. Erst Samstagabend bin ich von einer siebentägigen Tour zurückgekommen. Der Anruf, dass Tony tot ist, hat mich auf der M42 erreicht.«

»Also haben Sie Ihren Bruder zuletzt an Weihnachten gesehen?«

»Ja, das ist korrekt.«

»Haben Sie mal Freunde von ihm kennengelernt? Hat er mal jemanden besonders erwähnt?«

»Ich glaube nicht, dass er hier in der Gegend allzu viele Freunde hatte. Die meisten seiner Freunde von früher wohnen in Yoxall, und in Anbetracht der Tatsache, dass das auch Sandras Freunde waren, wäre es merkwürdig gewesen, wenn er sich weiterhin mit denen getroffen hätte – abgesehen davon sind das fast alles Pärchen.«

»Hat er mal einen Henry Gregson oder eine Lauren Gregson erwähnt?«

William schüttelte den Kopf. »Als ich hier war, hat er mal eine junge Frau mitgebracht. Ich glaube aber nicht, dass die Lauren hieß. Weiß der Teufel, was sie an Tony gefunden hat, wobei er recht charmant sein konnte, wenn er wollte. Sie haben sich in einem Pub in Yoxall kennengelernt. An dem Tag ging es mir nicht allzu gut; ich hatte eine Erkältung. Tony ist zu irgendeinem Quizabend gegangen, und da ich solche Sachen sterbenslangweilig finde, bin ich hiergeblieben und früh ins Bett. Am nächsten Morgen bin ich dann praktisch mit ihr zusammengestoßen, als sie aus dem Badezimmer kam. Sie hatte ein Hemd von ihm an. Viel habe ich nicht gesagt. Ehrlich gesagt war ich ein bisschen erschrocken. Also hab ich nur Hallo gesagt und dass ich Tonys Bruder bin, und dann hat sie gelächelt und gesagt, sie wüsste, wer ich bin, und dann ist sie wieder nach oben zu dem alten Kerl gehuscht. Blonde, lockige Haare und grüne Augen hatte sie. Und ein hübsches Gesicht. Sie sah fröhlich aus und hatte ein umwerfendes Lächeln. Als sie weg war, wollte er nicht über sie reden, obwohl ich ihn ganz schön ausgequetscht habe. Mein Bruder hat nie viel geredet. Offensichtlich noch weniger, als ich dachte. Haben Sie das nagelneue Auto da draußen gesehen?« Ungläubig schüttelte er den Kopf.

Robyn suchte in ihrem Ordner mit den Fotos herum und zog eines von Tessa Hall heraus.

»Mr. Hawkins, ist das hier die Frau, die Sie gesehen haben?«

»Das ist sie!«, bestätigte er. »Ist das diese Lauren Gregson?«

»Nein. Das ist eine der Frauen, die er aus einer Quizgruppe kannte.«

»Ja, Quizzen mochte er schon immer. Früher hat er den ganzen Tag Quizsendungen im Fernsehen geguckt und mitgeraten. Und hat behauptet, dass er eines Tages mal bei einer dieser Quizsendungen mitmacht und ein Vermögen gewinnt.

Vielleicht hat er das ja getan! Würde das Geld erklären.«
William zog die Augenbrauen hoch.

»Wenn dem so ist, Sir, finden wir es heraus.«

»Seinen Papierkram hat er hier aufbewahrt«, sagte William,
ging zu einem schäbigen Holzschränkchen, öffnete die Tür und
holte einen Stapel Papiere heraus. »Die überlasse ich Ihnen,
oder?«

Matt und Robyn sahen den Stapel aus Quittungen, Strom-
rechnungen und Kontoauszügen durch. Einen aktuellen Kontoauszug konnten sie nicht finden, und auch sonst deutete nichts
auf einen größeren Geldregen hin. Laut seinem Kontoauszug
vom Januar hatte Anthony Hawkins weniger als hundert Pfund
bei der Bank.

»Der Kontoauszug vom Februar fehlt. Matt, notieren Sie
sich die Kontodaten. Wir kümmern uns in der Dienststelle
darum«, sagte Robyn.

»Ich würde gern für ein oder zwei Tage nach Hause fahren,
wenn das okay ist«, sagte William. »Dann komme ich wieder
und kümmere mich um seine Sachen. Und ich lasse Ihnen
natürlich meine Kontaktdaten da.«

»Danke, das wäre sehr hilfreich. Wir geben Ihnen Bescheid,
wenn wir wissen, wann Sie sich um Anthonys Beerdigung
kümmern können.«

William nickte traurig. »Ich würde wirklich gern wissen,
woher er das Geld hatte. Ob er am Ende doch mal Glück hatte.
Das würde mich sehr freuen.«

»Natürlich.«

***

Robyn wies Matt an, Anthonys Freunde in Yoxall und seine Ex-
Frau zu befragen, und verließ Brocton. Aus dem Morgen war
inzwischen Nachmittag geworden, und auf dem Weg zurück
zur Dienststelle rief sie Harry McKenzie an.

»Ich bin gerade mit Anthony Hawkins fertig geworden, Robyn. In seinem Körper ist nicht die geringste Spur von Kaliumchlorid zu finden«, berichtete er. »Ich habe auch seine Haut nach Einstichstellen untersucht, über die ihm etwas injiziert sein könnte, aber da ist nichts. Es gibt jedoch deutliche Hinweise auf eine koronare Atherosklerose. Seine Arterien waren stark verengt, und nach Durchsicht von Eds Befunden bin ich auch zu dem Schluss gekommen, dass Anthony Hawkins tatsächlich an einem Herzinfarkt gestorben ist.«

Robyn war zwar nicht allzu glücklich über diese Nachricht, aber jetzt, da sie eine Verbindung zwischen Anthony und Tessa hergestellt hatte, warf sie sie auch nicht weiter aus der Bahn. »Danke, Harry. Kann ich Sie um noch einen Gefallen bitten? Könnten Sie Tessas Embryo DNA entnehmen und testen, ob Anthony der Vater war? Oder sind acht Wochen noch zu früh, um die Vaterschaft feststellen zu können?«

»Klar kann ich das machen. Soweit ich weiß, war Tessa fast neun Wochen schwanger, insofern kann ich dem Fötus natürlich DNA entnehmen.«

»Ich habe Anna gebeten, Ihnen DNA-Proben von allen Sexualpartnern von Tessa zu schicken, damit Sie herausfinden können, wer der Erzeuger ist. Bitte fangen Sie mit Justin Forrest an, und wenn der Test negativ ist, dann machen Sie mit Anthony Hawkins weiter, um zu prüfen, ob er der Vater von Tessas Baby ist. Könnten Sie ihm bitte auch Fingerabdrücke abnehmen und sie an Connor Richards schicken?«

»Wird erledigt!«

»Oh, und wenn beide DNA-Tests negativ sind, dann versuchen Sie es bitte mit der DNA von Henry Gregson.«

Harry klang nicht im Geringsten überrascht über diese Wünsche. Das war Harry, wie er leibte und lebte – immer sachlich und hilfsbereit. »Klar. Ich bin noch im Labor und kann mich sofort darum kümmern.«

Jetzt musste Robyn nur noch herausfinden, wie sie mit

ihren Ermittlungen am besten weitermachte. Immerhin gab es noch eine Person, mit der sie unbedingt reden wollte: Roger, der zweite Mann in der Quizgruppe. Juliet hatte angegeben, dass Tessa mit mindestens einem Mann aus der Quizgruppe geschlafen hatte, und Liam hatte beteuert, dass er es nicht gewesen war. Von Anthony wusste sie nun, insofern blieb nur noch Roger übrig. Sie drückte das Gaspedal voll durch, um schnell nach Stafford zu kommen. Da gab es noch eine Menge Fragen zu beantworten!

36

TAG SECHS – SONNTAG, 19. FEBRUAR, NACHMITTAG

Auf Robyns Schreibtisch herrschte das reinste Chaos. Sie saß davor, klopfte sich mit dem Stift gegen die Zähne und dachte konzentriert über Lauren und Henry Gregson nach. Nach ihrem Gespräch mit Lauren am Vormittag war sie weniger geneigt zu glauben, dass sie hinter dem Mord an ihrem Mann stecken könnte. Alles, was sie mit Sicherheit wusste, war, dass Henry Gregson kaltblütig erschossen worden war, möglicherweise, weil er ein Geheimnis preisgeben wollte. Was, wenn das Geheimnis darin bestand, dass er eine andere Frau geschwängert hatte? Was, wenn Lauren das herausgefunden hatte? Hätte sie dann womöglich die Beherrschung verloren? Könnte Henry der Vater von Tessas Baby sein? Das würde sie schon bald erfahren. Ihr Bauchgefühl, dass Lauren unschuldig war, lieferte sich einen Kampf mit ihrem Verstand, der darauf bestand, dass sie ihre Vermutung mit Beweisen untermauern musste und keine voreiligen Schlüsse ziehen durfte.

Sie rieb sich den Nacken. Die Verspannung reichte bis zu ihrem Kopf. Sie ordnete die Notizen, bevor sie sich drei Fragen notierte:

Um wie viel Uhr hat Gregson das Haus verlassen?

Um wie viel Uhr hat er seiner Frau per Textnachricht mitgeteilt, dass er bei der Arbeit war?

Um wie viel Uhr ist er gestorben?

Laut Lauren hatte ihr Mann das Haus um ca. 9.30 Uhr verlassen und ihr kurz vor zehn Uhr die Textnachricht geschickt, dass er bei der Arbeit wäre. Robyn seufzte. All diese Fragen waren vollkommen sinnlos. Wo auch immer Henry gewesen war, als er seiner Frau die Textnachricht schrieb – er war nicht im MiniMarkt. Und dann fiel es ihr plötzlich wie Schuppen von den Augen und sie haute mit der flachen Hand auf den Schreibtisch. Natürlich! Darauf hätte sie schon eher kommen müssen. Eine solche schlampige Ermittlerarbeit sah ihr gar nicht ähnlich.

»Anna, rufen Sie den Mobilfunkanbieter von Henry Gregson an. Die sollen orten, wo er war, als das Prepaid-Handy angerufen hat. Sicherlich gibt es da eine Telefonnummer für solche Notfälle.«

»Wird erledigt.«

Matt stürmte mit feucht glänzender Stirn in das Büro. Er hatte die Befragungen hinter sich gebracht und beugte sich nun vorn über und schnappte mit in die Hüften gestemmten Händen nach Luft.

»Ich habe keinen Parkplatz gefunden ... Es regnet ... Also bin ich vom Auto aus gelaufen ... War keine gute Idee«, erklärte er keuchend.

»Du solltest weniger Kekse und Zucker essen«, meinte Anna trocken.

»Daran liegt es nicht. Seit wir Poppy haben, komme ich nicht mehr zum Trainieren. Meine Göttergattin besteht darauf, dass ich meinen Teil der elterlichen Pflichten erledige. Und da bleibt einfach keine Zeit fürs Fitnessstudio. Aber mir war nicht klar, dass meine Kondition dermaßen nachgelassen hat. Verflixt. Darum muss ich mich kümmern, oder ich ende wie Anthony Hawkins.«

Damit brachte er Robyn auf einen Gedanken. Ob Anthony wohl gewusst hatte, dass er gesundheitliche Probleme im Allgemeinen und Herzprobleme im Besonderen hatte?

»Hab ihr in Anthonys Haus irgendwelche Medikamente gefunden, Matt?«

»Nur eine Schachtel Paracetamol und Hustensaft.«

»Haben Sie sonst was über seinen plötzlichen Geldsegen herausgefunden?«

»Er hat das Auto mit einem Bankwechsel bezahlt und sich nach einem neuen Haus umgesehen. Er hatte einige Prospekte für ein paar sehr teure Häuser in der Nähe von Hoar Cross, die jeweils etwa sechshunderttausend Pfund kosten.«

»Wie viel Geld hatte er?«, fragte Robyn.

Das war Mitz' Stichwort. »Die Kontoauszüge von Anthony Hawkins, die Sie haben wollten, sind da.«

Robyn durchquerte den Raum und studierte Mitz' Bildschirm. Anfang Februar waren hunderttausend Pfund von einem Investmentfonds auf sein Konto eingezahlt worden. Das vertraute Kribbeln von Robyns Kopfhaut setzte ein – ein untrügliches Zeichen dafür, dass sie kurz davor stand, etwas Wichtiges herauszufinden. Sie ging zum Fenster, starrte hinaus und versuchte, ihre Gedanken zu ordnen.

»Okay, allerseits, Zeit für ein Teammeeting.« Sie wartete, bis sich alle um sie herum versammelt hatten, fasste dann ihre bisherigen Erkenntnisse zusammen und brachte die anderen in Bezug auf Tessas Freund Justin Forrest auf den neuesten Stand. »Anna, konnte sein Alibi bestätigt werden?«

»Absolut. Ich habe mit seinem Nachbarn gesprochen sowie

mit den Leuten, mit denen er geskypt hat. Außerdem gibt es Aufnahmen von ihm von den Überwachungskameras auf der Hauptstraße zum angegebenen Zeitpunkt, und sein Auto wurde um acht Uhr vierzig und um acht Uhr fünfundfünfzig von der automatischen Nummernschilderkennung registriert, was exakt den Zeitpunkten entspricht, zu denen er seiner Aussage nach die Tochter in die Schule gebracht hat bzw. wieder auf dem Rückweg war. Er war nicht in Barton-under-Needwood. Sofern er niemanden mit dem Mord beauftragt hat, ist er nicht unser Täter.«

»Also schon wieder eine Sackgasse. Davon gibt es in letzter Zeit ganz schön viele. Bei den Ermittlungen zu Henry Gregson kommen wir gerade auch nicht weiter. Und den Jogger im Cannock Chase haben wir auch noch nicht gefunden, oder?«

»Wir haben wirklich alles versucht. Jetzt bleibt uns nur noch, uns an die Öffentlichkeit zu wenden. Vielleicht meldet sich jemand.« David sah genauso frustriert aus, wie Robyn sich fühlte.

»Ich rede mal mit DCI Flint darüber. Okay, nun zu Tessa Hall und Anthony Hawkins. Harry hat bestätigt, dass Anthony an einer natürlichen Ursache gestorben ist, insofern haben wir es hier nicht mit einem Mord zu tun. Wir haben aber eine wichtige Verbindung zwischen ihm und Tessa Hall entdeckt.« Robyn stellte sich vor das Whiteboard, das jemand abgewischt hatte. »Wir wissen, dass sie eine Beziehung hatten, zusammen in einer Quizgruppe waren und das Wichtigste: Sie sind beide auf mysteriöse Weise an viel Geld gekommen. Woher hatten sie das Geld? Und sind sie deshalb getötet worden? Oder gibt es einen anderen Grund? Ich halte das Geld für relevant, vielleicht sogar für den Schlüssel zu Tessas Tod.«

Mitz lehnte sich auf dem Stuhl zurück und warf ein: »Vielleicht hat Tessa ja Anthony das Geld gegeben.«

»Und warum hätte sie das tun sollen?«, fragte Anna. »Das ist ganz schön viel Geld für jemanden, den man kaum kennt.«

»Weil sie ihn echt gerne mochte?«, mutmaßte David. »Immerhin hat sie mit ihm geschlafen. Vielleicht war es mehr als ein One-Night-Stand.«

»Oder sie hat ihn für sein Schweigen bezahlt«, mischte sich nun Mitz wieder ein. »Vielleicht wusste er von der Schwangerschaft und wollte sie erpressen.«

Robyn musste zugeben, dass alle Theorien möglich waren. »Wir müssen weitergraben. Reden Sie noch mal mit den Leuten, die beide kannten. Finden Sie heraus, ob irgendjemand irgendeine Ahnung hat, woher das Geld kam. Was hatten ihre Eltern zu dem Offshore-Konto zu sagen, Mitz?«

»Die waren völlig schockiert. Ihre Mutter ist zusammengeklappt und in Tränen ausgebrochen. Beide hatten keine Ahnung von dem Konto.«

»Konnten Sie herausfinden, wer es für sie eingerichtet hat? Für ein solches Konto braucht man einen offiziellen Finanzberater. Das ist nicht so einfach wie in eine Bank zu gehen und ein Konto zu eröffnen.«

Mitz schüttelte den Kopf. »Ich arbeite noch dran. Bisher weiß ich nichts.«

»Ich möchte gleich mit Roger Jenkinson sprechen. Was haben Sie über ihn herausgefunden?«

»Ich habe seine Kontaktdaten«, berichtete Mitz. »Wollte ihn vorhin anrufen, aber er ist nicht drangegangen. Also habe ich es bei seiner Ex-Frau versucht, die meinte, dass er an den Wochenenden gern im Peak District wandern geht. Manchmal übernachtet er auch da. Das würde erklären, warum er nicht ans Handy geht.«

»Im Februar?«

»Das habe ich auch gefragt. Sie meinte, er wäre halt ein Outdoor-Typ und hätte es mit Survival-Techniken. Er ist Markthändler und verkauft selbst angebaute Produkte auf lokalen Märkten. Er ist halt lieber draußen als drinnen.«

»David, bringen Sie den Namen von Rogers Freundin in

Erfahrung und reden Sie mit ihr über ihn. Juliet Fallows kennt sie vielleicht. Wenn nicht, versuchen Sie es bei Liam Carrington. Vielleicht kann der ja helfen.«

»Ich habe hier die Anruferliste von Tessa Halls Handy«, sagte David. »Die habe ich speziell nach Anrufen seit Dezember letzten Jahres durchsucht. Einige gehen an ihre Eltern und nach Dezember auch an diese Nummer, die Justin Forrest gehört, dem Journalisten, mit dem Tessa befreundet war. Sie hat ihn fast alle zwei bis drei Tage angerufen. Der letzte Anruf war am Montag, den dreizehnten Februar; drei Tage vor ihrem Tod. Leider konnte ich nichts Auffälliges entdecken, wobei ich noch ein paar Nummern identifizieren muss, aber diese drei hier sind alle am selben Tag kurz hintereinander gewählt worden – am dreißigsten Dezember, ab dreiundzwanzig Uhr.« Er deutete auf die markierten Telefonnummern auf der Liste. »Die Nummern gehören Anthony Hawkins, Juliet Fallows und Roger Jenkinson.«

»Das ist ja merkwürdig. Warum sie die drei wohl alle am selben Tag und zu dieser nachtschlafenden Zeit angerufen hat? Da hatten sie doch gar nicht mehr an Quizabenden teilgenommen.«

Annas Computer vermeldete mit einem Ping den Eingang einer E-Mail und Anna ging zu ihrem Schreibtisch, um sie sich anzusehen. »Gerade habe ich die Informationen von Henry Gregsons Mobilfunkanbieter erhalten. Sie konnten orten, wo er sich gerade befand, als er an jenem Morgen das Prepaid-Handy angerufen und seiner Frau die Textnachricht geschrieben hat. Er war auf der Hauptstraße, irgendwo in der Nähe von Barton-under-Needwood.«

»Da hat Tessa Hall gewohnt«, sagte Matt. »Also war er bei ihr?«

»Wir zeigen sein Foto im Dorf herum und fragen nach, ob er oder sein Auto gesehen wurde.« Robyn überlegte. Wenn der

DNA-Test ergab, dass er der Vater von Tessas Baby war, wäre das endlich ein echter Durchbruch.

Sie betrachtete die Gesichter ihrer fleißigen Mitarbeiter und hoffte, dass sie endlich auf der richtigen Fährte waren. Und dann dachte sie an Lauren Gregsons blasses, gequältes Gesicht und hoffte um ihretwillen, dass dem nicht so war.

37

DAMALS

Johnny ist ein Vollidiot. Hat sich dabei erwischen lassen, wie er einem Schüler aus der Oberstufe vor dem Schultor ein Baggy mit E-Pillen verkauft hat. Ein Beamter in Zivil hat ihn auf die örtliche Polizeiwache gebracht. Zum Glück ist Johnny niemand, der seine Kumpels mit in die Scheiße reißt. Johnny wird ihn nicht verpetzen. Und wenn doch, dann weiß er, was mit ihm passiert. Ärgerlich ist, dass der Junge jetzt kein Einkommen mehr hat. Bisher hat er Geld als Johnnys Aufpasser bekommen – wenn auch nur ein Bruchteil dessen, was Johnny selbst verdient hat. Seufzend lässt er sich vor den Fernseher fallen. Seine Mutter arbeitet in der Kneipe. Dort macht sie vier Abendschichten pro Woche, und zwar neben ihrem Tagesjob im Büro einer Baufirma. Er hat keine Ahnung, was sie dort eigentlich arbeitet, aber sie sieht immer ziemlich fertig aus, wenn sie nach Hause kommt, und hat keine Zeit zum Kochen oder Putzen. Das Haus sieht mal wieder aus wie ein Schweinestall.

Erst vorhin meckerte seine Mutter rum. »Mach hier sauber, bevor ich nach Hause komme. Es wird Zeit, dass du auch mal was tust. Den ganzen Tag lang machst du nichts anderes als faulenzen.« Das stimmt zwar, aber er macht dennoch nichts. Wird doch alles eh wieder dreckig. Stattdessen entscheidet er sich für eine Folge von Brookside, in der die Leiche eines Mannes unter einer Veranda gefunden wird. Er überlegt, ob wohl irgendjemand seinen Vater vermissen würde, wenn sie seine Leiche unter der Veranda verstecken würden. Bald wird er aus dem Gefängnis entlassen. Auf keinen Fall wird er dann wieder zu Hause einziehen. Seine Mutter hat inzwischen was mit einem Typ aus der Kneipe am Laufen. Der Junge weiß nicht viel über ihn, hofft aber, dass er anständig ist. Kurz schießt ihm ein Gedanke an Clark, den Untermieter, durch den Kopf, doch wie immer verdrängt er ihn sofort wieder. Es gibt Sachen, die müssen begraben bleiben, und die Erinnerungen an Clark sind zu schrecklich, um sie hervorzuholen. Seine Schwester hat immer noch Albträume von diesem Mann. Niemand wird ihnen je wieder so etwas antun. Und was seinen Vater angeht, so ist es das Beste, wenn er sich fernhält. In den fünf Jahren seiner Abwesenheit hat sich viel verändert. Inzwischen könnte er die Abreibung bekommen, die er verdient.

Seine Schwester kommt aus ihrem Zimmer, lässt sich auf dem Sessel nieder und schaut mit fern. Gerade als der Junge mit der Sendung warmgeworden ist, geht der Fernseher aus. Und alle Lichter auch.

»Verflixte Scheiße. Der Strom ist schon wieder weg. Hat Mum die Rechnung nicht bezahlt?«

»Nee«, antwortet seine Schwester ruhig. »Sie meinte, diesen Monat wäre es mal wieder eng. Sie hat sogar mich gefragt, ob ich Geld habe. Hast du welches?«

»Als ob«, schnaubt er verächtlich.

»Ich bin nicht doof. Ich weiß, was du und Johnny treibt. Ich hab gesehen, wie ihr beide mit Kevin Blackford auf die Toilette gegangen seid. Danach war Kevin den ganzen Nachmittag aufgedreht«, sagt sie.

Er weiß nicht, was er darauf sagen soll. Seine Schwester ist nicht auf den Kopf gefallen. Wenn er alles abstreitet, weiß sie, dass er lügt. Und Kevin ist ein Idiot; wie kann man das Zeug nur vor dem Unterricht nehmen? Einer der Lehrer hätte etwas merken können. Wobei: Kevin ist auch ohne den Einfluss von Substanzen ein Volltrottel. Vermutlich benimmt er sich in den Augen der Lehrer so bescheuert wie immer.

Also beschließt er, die Wahrheit zu sagen. »Das mach ich nicht mehr. Johnny ist heute hochgenommen worden.«

Sie starrt in die Dunkelheit. »Pass bloß auf dich auf. Der verpfeift dich bestimmt.«

»Nein, macht er nicht. Das wagt er nicht.« Er beugt sich im Sitzen vor und holt eine Packung Streichhölzer aus der Gesäßtasche.

»Da wäre ich mir nicht so sicher. Er sieht vielleicht aus wie ein Schrank, ist aber eigentlich ein Feigling. Deshalb braucht er ja auch dich an seiner Seite. Du bist wie sein menschlicher Rottweiler. Wenn die Bullen nur genug Druck ausüben, quatscht er.«

Er legt die Streichhölzer weg und lässt seine Fingergelenke knacken. »Dann kann er aber was erleben.«

Sie lacht. »Ja, klar. Du mischst ihn auf und kommst dann mit ihm zu Dad in den Knast. Manchmal bist du echt ganz schön dämlich.«

Er reibt sich die Fingerknöchel und starrt vor sich hin. Blöd, dass der Strom weg ist. Jetzt gibt es nichts mehr zu tun. Er kann noch nicht einmal mehr zu Johnny. Jetzt kann er nur noch in den Park gehen und mit den Skatern die eine oder andere Kippe rauchen. Dem Gequatsche seiner Schwester zuzuhören, ist ihm zu langweilig.

»Es gäbe da ja schon eine Möglichkeit, wie wir beide an Geld kommen könnten«, sagt sie betont beiläufig.

»Die da wäre?«

Als sie weiterredet, hört sie sich weit älter an als ihre dreizehn Jahre. »Wir beide könnten Johnnys Geschäfte übernehmen. Du bist gut darin, dir Respekt zu verschaffen, und ich bin gut darin, Leute zu bequatschen. Wer auch immer Johnny das E verkauft hat, wird nichts mehr mit ihm zu tun haben wollen, insofern können wir uns reingrätschen. Weißt du denn, von wem er das Zeug hatte?«

»Klar weiß ich das.«

»Und bist du flüssig?«

Er zögert. Draußen rast ein Polizeiauto vorbei. Das Blaulicht erhellt kurz den Raum und verleiht dem Gesicht seiner Schwester ein fast unheimliches Aussehen. Sie ist clever — cleverer als er. »Ich hab noch ein bisschen was von den paar letzten Verkäufen.«

»Dann kaufen wir davon Stoff«, sagt sie.

Eine Weile denkt er nach und wägt die Möglichkeiten ab. Dann holt er eine Zigarette aus der Tasche, zündet sie an, zieht daran und füllt seine Lunge mit dem Rauch. Das ist keine schlechte Idee, die sie da hat. Sein Traum, Fußballer zu werden, bekam unlängst einen herben Dämpfer — er hat es am Samstag nicht in die örtliche Mannschaft geschafft. Als er den Trainer deshalb zur Rede stellte, meinte der, er sei zu aggressiv. So ein Blödsinn! Er war kein Stück aggressiver als die anderen. Nur weil er beim letzten Mal einem Gegenspieler das Bein gestellt und nach dem Spiel diesem Trottel Mark eine Kopfnuss verpasst hat, weil der behauptete, dass er wie ein Mädchen spielt, war er nun nicht mehr in der Mannschaft. Nun ja, dann eben nicht! Das waren eh alles Wichser und die Mannschaft war eh scheiße. Sollen die doch sehen, wie sie ohne ihn zurechtkommen.

»Krieg ich auch eine?«, fragt sie.

Er schüttelt die Zigarettenschachtel. »Das ist zwar die letzte, aber die kannst du haben.« Er wirft ihr die Schachtel zu.

Sie nimmt die Kippe heraus, zündet sie an und stöhnt zufrieden auf.

»Warten wir erst mal ab, was mit Johnny passiert«, sagt er

schließlich. »Vielleicht kommt er ja wieder raus. Ansonsten wenden wir uns an seinen Dealer.«

»Okay. Hauptsache, du denkst darüber nach. Arm zu sein ist nämlich echt scheiße.«

Dem konnte er nicht widersprechen.

38

TAG SECHS – SONNTAG, 19. FEBRUAR, SPÄTER NACHMITTAG

Die Fahrt nach Barton-under-Needwood erwies sich als frustrierend und fruchtlos. Anna, Matt, Mitz und Robyn klopften an Türen und sprachen mit jedem in der Nähe und weiter weg, aber niemand hatte Henry Gregson gesehen, weder an dem Tag, an dem er ermordet worden war, noch zu irgendeinem anderen Zeitpunkt. Offensichtlich war Henry Gregson noch nie in dem Dorf gewesen.

»Ich hab genug«, verkündete Matt. »Schluss für heute.«

»Hat jemand Lust auf ein Bier, bevor wir nach Hause fahren? Ich will jetzt noch nicht zurück zu den Windeln und all dem Chaos.« Matt schaute hoffnungsvoll fragend in die Runde.

»Bin dabei«, sagte Anna. »Ich könnte ein richtig großes Glas Wein gebrauchen.«

»Und Sie, Boss? Sind Sie dabei?«, fragte Mitz.

»Ich setze diesmal aus, zahle dafür aber nächstes Mal die erste Runde. Jetzt möchte ich gern noch mal bei Tessas Haus vorbeischauen.«

Matt, Mitz und Anna setzten sich in den Streifenwagen und fuhren los. Robyn, die mit ihrem eigenen Auto nach Barton gekommen war, stand ein paar Minuten vor Tessas Haus. Auf dem Bürgersteig davor hatten Nachbarn, Freunde und Bekannte Teddybären, Blumen und auch Karten abgelegt, die sich Robyn nun durchlas. So viele Menschen waren erschüttert über den Tod der jungen Frau und wollten ihr auf irgendeine Weise ihren Respekt erweisen.

Auf der Rückfahrt nach Yoxall überlegte sie, ob es sich lohnen würde, im Dorf das Foto von Henry Gregson herumzuzeigen, bevor sie Feierabend machte. Es war Sonntagabend; da waren viele Leute zu Hause. Was hatte sie zu verlieren? Ella, Liams Freundin, behauptete zwar, sie habe ihn an dem Dienstag, an dem er getötet worden war, nicht gesehen, aber vielleicht hatte einer ihrer Nachbarn ihn gesehen.

Sie klopfte an jede einzelne Haustür entlang der Hauptstraße, aber vergeblich. Niemand hatte Henry oder seinen roten Kia gesehen. Gerade wollte sie ihr Glück bei einem rund um die Uhr geöffneten Laden versuchen, als sie vor der Kirche stehen blieb. Die Tür war offen. Plötzlich verspürte sie den Drang, hineinzugehen und die Ruhe zu genießen, eine Pause zu machen von all dem Frust, der sie belastete. Und so trat sie ein und ging langsam den Gang zwischen den Sitzreihen entlang. Ihre Schritte hallten auf dem steinernen Kirchenboden wider.

»Kann ich Ihnen helfen?«, ertönte eine Stimme und ein korpulenter, mit einem Talar bekleideter Mann mit ordentlich gestutztem Bart und Drahtbügelbrille trat mit einem Buch unter dem Arm aus dem Schatten.

»Wie geht es Ihnen? Ich bin Kevin«, stellte er sich vor und streckte die Hand aus. »Man nennt mich auch Rev Kev«, fügte er hinzu, grinste und präsentierte eine deutlich sichtbare Zahnlücke.

»Robyn Carter. DI Robyn Carter.«

»Oh, verstehe. Ich dachte schon, ich hätte ein neues verlorenes Schaf für meine glückliche Gemeinde gefunden, wobei

Sie die Abendmesse gerade verpasst haben. Ich wollte nur noch eben aufräumen.«

»Ich fürchte, nein. Ich bin beruflich hier. Ich versuche, jemanden zu finden, der diesen Mann in letzter Zeit hier in der Gegend gesehen hat.« Sie zeigte Kevin das Foto.

Er betrachtete es aufmerksam, hob dann einen Finger und tippte leicht auf das Bild von Henry Gregson.

»Ich glaube, der war mal hier. Letzten Dienstag. Sein Gesicht kam mir irgendwie bekannt vor. Er stand vor der Kirche und sah ausgesprochen verloren aus. Also habe ich ihn gefragt, ob ich ihm irgendwie helfen kann, aber er meinte, es wäre alles in Ordnung. Ich hatte den Eindruck, dass er jemanden zum Reden brauchte, also bin ich eine Weile bei ihm geblieben und wir haben etwas geplaudert. Ich wollte ihn ermutigen reinzukommen, aber er wollte nicht. Hat immer nur auf sein Handy geguckt und meinte, er wäre mit jemandem verabredet. Das ist alles, was ich Ihnen sagen kann. Und wenn Sie mich fragen, sah er aus, als hätte er Sorgen.«

»Danke, Kevin. Das war ausgesprochen hilfreich. Möglicherweise müssten Sie mir Ihre Aussagen später bestätigen, wäre das okay? Die Person, mit der er sich treffen wollte, haben Sie nicht zufällig gesehen?«

»Nein. Ich bin kurz rein, und als ich wieder rauskam, war er weg.«

»Sind Sie schon lange der Pfarrer hier?«, fragte sie.

»Seit drei Jahren.«

»Dann kennen sie nicht zufällig Liam Carrington und Ella Fox? Sie haben eine kleine Tochter namens Astra, die vielleicht vor ein oder zwei Jahren hier getauft wurde.« Sie beschrieb die beiden und erwähnte dabei auch Ellas Narbe. Rev Kevs Gesicht erhellte sich. »Ja, an die erinnere ich mich. Sie sind keine regelmäßigen Kirchgänger. Tatsächlich habe ich sie seit damals nicht mehr gesehen. Wie auch immer, ich habe das Kind tatsächlich getauft. Wobei das alles etwas ungewöhnlich war; normalerweise sind bei einer Taufe Familienmitglieder und Freunde dabei. Doch nicht in diesem Fall: Nur das Kind, die Eltern und die Taufpaten waren anwesend. Sonst niemand.« Nun klatschte er sich mit der Handfläche an die Stirn. »Da habe ich den Mann gesehen! Er war der Taufpate des Mädchens!«

Robyn reichte ihm ihre Visitenkarte, falls ihm noch etwas einfiel, und verließ die Kirche, damit er hinter ihr abschließen konnte. Wieder einmal hatte ihr Instinkt recht behalten. Henry Gregson war am vierzehnten Februar in Yoxall gewesen. Hatte er hier vielleicht Liam Carrington besucht? Wobei Liam abgestritten hatte, Henry an dem Tag gesehen zu haben. Sie setzte sich in ihr Auto und überlegte, wie sie nun am besten weiter vorgehen sollte. Sie beschloss, Liam, Ella und Astra einen erneuten Besuch abzustatten und noch einmal nachzufragen, ob sie Henry an jenem Tag gesehen hatten. Als sie jedoch vor dem Haus ankam, waren alle Fenster dunkel. Also trat Robyn aufs Gas und fuhr auf direktem Weg nach Hause.

39

DAMALS

Der Junge wischt sich das aus der Nase laufende Blut ab. Die drei Typen, die ihm gegenüberstehen, meinen es ernst. Und er hat keine Chance, es mit ihnen aufzunehmen. Der größte von ihnen ist sogar größer als Johnny Hounslow und starrt ihn so finster an, als wollte er sich telepathisch in seinen Kopf bohren. Seine Dreadlocks sehen aus wie Sprungfedern, die nur darauf warten, von seinem Kopf zu schießen. Als er schließlich den Mund aufmacht, spricht er mit jamaikanischem Akzent, träge und doch bedrohlich.

»Hast du's jetzt endlich kapiert?«

Er nickt, wovon ihm übel wird. Mr. Dreadlocks starrt ihn weiter an. Seine Lakaien neben ihm sind in Alarmbereitschaft. Der eine hat ein Klappmesser in der Hand, das er immer wieder öffnet und schließt. »Das nächste Mal nehmen wir uns nicht dich vor«, sagt der Mr. Dreadlocks nun. »Dann halten wir uns an deine kleine Schwester, und mit der werden wir nicht so sanft umgehen.«

Der Junge schluckt. Das ist übel. Noch übler, als von der Polizei hochgenommen zu werden. Der Typ mit Klappmesser spielt immer noch mit eben diesem: klick, klick, klick. Erneut nickt der Junge. Er will etwas sagen, doch sein Hals ist voll von klebrigem Blut. Er schluckt, muss husten und würgt das Blut heraus.

»Ich glaube, er hat's kapiert«, sagt Mr. Dreadlocks zu seinen Kumpanen. Mr. Klappmesser blickt den Jungen, der auf dem Boden liegt, von oben herab an. Mr. Dreadlocks setzt ein furchteinflößendes Lächeln auf und sagt: »Nur, um es noch klarer zu machen ...«

Bevor der Junge weiß, wie ihm geschieht, erhält er einen so heftigen Tritt in den Rücken, dass ihm die Luft wegbleibt. Mr. Skinny, der größte und dünnste Typ in der Gruppe, hat so fest zugetreten, dass der Junge fürchtet, seine Nieren könnten zerquetscht sein. Ihm tränen die Augen vor Schmerz und er kann nicht atmen.

Mr. Dreadlocks lächelt erneut. »Lass die Finger von unserem Geschäft, Kleiner. Mein Kumpel hier kann es kaum erwarten, sich um deine Schwester zu kümmern.«

Blutend, halb bewusstlos und verwirrt lassen sie ihn zusammengekrümmt liegen. Sie haben ihn um seinen Vorrat an Ecstasy-Tabletten, den Beutel mit Kokain, den er gerade gekauft hatte, und das komplette Geld aus seiner Tasche gebracht. Nun hat er nichts mehr. Und das nach all den Wochen der Arbeit und all den Risiken, die er eingegangen ist. Mühsam dreht er sich auf den Rücken. Die Gasse ist jetzt leer. Nur eine streunende Katze lugt aus einem Mülleimer. Der Junge versucht aufzustehen, doch alles dreht sich. Plötzlich spricht die Katze, sagt irgendetwas von wegen, dass er still liegen bleiben soll, während sie Hilfe holt. Er lacht kurz – eine sprechende Katze! –, dann verliert er das Bewusstsein.

40

TAG SIEBEN – MONTAG, 20. FEBRUAR, MORGEN

Als erste Handlung des Tages fuhren Robyn und Mitz nach Hamstall Ridware, wo sie noch einmal mit Juliet Fallows sprechen wollten, bevor diese zur Arbeit musste. Ihre Tochter Steph öffnete die Tür im Schlafanzug mit weitem Bademantel darüber, ließ sie herein und führte sie in die Küche, wo sie sich an den Tisch setzte und sich wieder über ihre Schüssel Müsli hermachte. Fast im selben Moment kam Juliet in weißer Uniform herein.

»Ich habe aber nicht viel Zeit«, sagte sie. »In zehn Minuten muss ich los.«

»Wir wollen Sie gar nicht lange aufhalten. Wir haben nur noch ein paar Fragen, die seit unserem letzten Gespräch aufgetaucht sind. Sie meinten, Roger hätte eine Freundin.«

Juliets Miene verfinsterte sich. »Warum fragen Sie nicht Roger nach ihr?«

»Wir konnten ihn bisher nicht erreichen. Dann dachten wir, seine Freundin könnte uns vielleicht sagen, wo er sich aufhält, aber wir wissen nicht, wer sie ist.«

»Ich weiß nur, dass sie Naomi heißt. Aber fragen Sie doch beim Schießstand Bramshall Leisure nach ihr. Der ist in der

Nähe von Uttoxeter. Sie und Roger sind beide begeisterte Tontaubenschützen. Früher waren sie sogar in derselben Schießmannschaft. Roger hat oft darüber gesprochen. Sie haben sogar mehrere Wettkämpfe gewonnen. Probieren Sie es doch mal da.«

»Danke. Außerdem haben wir noch ein paar Fragen zu Tessa.«

Juliet schaute auf ihre Uhr.

»Tessa hat Sie am dreißigsten Dezember angerufen.«

»Ja. Und?«

»Sie hat Sie, Roger und Anthony nacheinander angerufen. Und das nach dreiundzwanzig Uhr. Und da frage ich mich, was es mit diesen Anrufen auf sich hatte. Sie haben angegeben, dass Sie außerhalb der Quizabende keinen Kontakt zu den anderen Gruppenmitgliedern hatten. Und da kommt es mir merkwürdig vor, dass sie Sie drei angerufen hat.«

Juliet zuckte mit den Schultern. Ihr Blick huschte in der Küche herum, als suchte sie nach einer Antwort. »Da ging es um ein Teammeeting, das am nächsten Tag anstand. Deswegen hat sie mich angerufen. Sie wusste nicht mehr, um wie viel Uhr dieses Meeting stattfand.«

»Das hätte sie auch am nächsten Morgen in der Klinik herausfinden können.«

»An dem Tag hatte sie frei. Sie wäre nur für das Meeting gekommen.«

»Und mit den anderen Mitgliedern der Quizgruppe hatten Sie keinen Kontakt?«

Erneut schaute Juliet auf die Uhr. »Nein. Ich habe zu keinem Kontakt gehalten. Das habe ich Ihnen bereits gesagt. Und jetzt muss ich wirklich zur Arbeit.«

»Natürlich. Danke, dass Sie sich die Zeit für uns genommen haben.«

Steph stand auf. »Ich lasse sie raus, Mum. Mach du dich ruhig fertig.«

Sie wartete, bis sie außer Hörweite waren, und flüsterte dann: »Wenn ich meinen Dad bei der Polizei anzeigen will, geht das?«

Robyn lächelte sie freundlich an. »Hat er Ihnen auch wehgetan?«

Steph nickte und biss sich auf die Unterlippe, bevor sie antwortete: »Hauptsächlich hat er meine Mutter geschlagen. Ich hatte immer furchtbare Angst vor ihm und habe mich nie getraut, etwas zu sagen, aber seit wir weggezogen sind, habe ich das Gefühl, darüber reden zu können. Ich habe meiner besten Freundin davon erzählt, und sie findet auch, dass ich was machen sollte. Er soll dafür bezahlen, was er meiner Mutter angetan hat. Seit Sie das letzte Mal hier waren, habe ich viel darüber nachgedacht. Meine Mutter wird nichts unternehmen; sollte sie aber. Sie hat immer noch Schiss vor dem Kerl. Dass er eines Tages auftaucht und sie wieder schlägt. Und ich will nicht, dass das passiert. Wenn er im Knast ist, kann er nichts mehr machen.«

»Ich kann Ihnen eine Telefonnummer geben, unter der Sie mit jemandem über eine Anzeige sprechen können, aber Sie sollten wirklich zuerst mit Ihrer Mutter reden. Sie wäre wenig begeistert, wenn Sie das hinter ihrem Rücken durchziehen. Ihren Vater vor Gericht zu bringen, ist eine große Entscheidung, Steph. Das erfordert Willensstärke und Entschlossenheit. Sie sollten wirklich unbedingt erst mit Ihrer Mutter reden.«

»Ich dachte mir schon, dass Sie das sagen würden. Leider hat sie immer noch zu große Angst. Ich nicht.«

»Denken Sie noch mal darüber nach und rufen Sie mich an, wenn Sie sich sicher sind. Dann stelle ich den Kontakt zu den richtigen Leuten her.«

Steph nahm Robyn dankbar die Visitenkarte ab, die sie ihr reichte, und schloss dann leise die Tür hinter den beiden.

Kaum saßen sie im Auto, rief Robyn David an und bat ihn,

beim Schießstand nach Naomis Nachnamen und ihrer Adresse zu fragen.

Anschließend fuhren Robyn und Mitz weg von Juliets Haus die schmale Straße entlang, die an Kuhweiden und Milchviehbetrieben vorbei ins Dorf Yoxall führte, wo sie fast vor Carringtons Haus endete.

»Fahr mal in die Einfahrt, Mitz. Ich würde gerne kurz mit Liam oder Ella über Henry sprechen. Er war am Dienstag definitiv im Dorf.«

Sie hielten vor dem Haus an, doch Liams alter Audi stand nicht in der Einfahrt, und als Robyn an der Tür klopfte, öffnete niemand.

In der Dienststelle waren David und Anna in der Zwischenzeit fleißig gewesen. »Rogers Freundin heißt Naomi Povey. Sie ist Mitglied bei Bramshall Leisure, wo sie regelmäßig Schießen übt. 2016 hat sie die Staffordshire-Meisterschaft im Skeetschießen gewonnen.«

»Skeet?«

»Das ist eine Unterform des Tontaubenschießens. Sie ist eine der Besten im Club und hat mehrere Wettbewerbe gewonnen. Roger Jenkinson war auch Mitglied, ist aber letztes Jahr ausgetreten. Davor hat er an den Wochenenden viel geschossen, auf Wettbewerbsniveau. Ich habe Naomi angerufen und sie ist auf dem Weg hierher.«

»Sehr schön! Und was ist mit Roger?«

»Den haben wir immer noch nicht erreichen können. Naomi glaubt auch, dass er für ein paar Tage im Peak District ist. Sie meint aber auch, dass er bestimmt bald zurückkommt, weil er sich für den Bauernmarkt in Lichfield am Donnerstag vorbereiten muss. Da hat er einen Stand.«

»Und wir haben keine Möglichkeit, ihn zu kontaktieren?«

»Leider nicht, Boss. Wenn er im Nationalpark unterwegs ist, kapselt er sich vollkommen von der modernen Welt ab. Dann macht er das Handy aus, geht wandern und übernachtet im Zelt in der freien Landschaft.«

»Der Mann macht es uns ja nicht leicht«, bemerkte Robyn und lief mit bösem Blick auf die herumstehenden Schreibtische im Büro auf und ab.

»Das zwar nicht, aber ich habe auch Positives zu berichten«, warf David ein. »Ich bin doch die Telefonnummern durchgegangen, die Tessa angerufen beziehungsweise denen sie eine Textnachricht geschickt hat. Nach meinem Telefonat mit Naomi ist mir eine davon ins Auge gefallen. Wie es aussieht, haben sie und Tessa im Januar zwei Tage lang miteinander getextet.«

Robyn blieb abrupt stehen. Eine neue Spur! »Super. Sagen Sie mir sofort Bescheid, wenn Naomi hier ist. Ich will unbedingt mit ihr reden.«

Naomi ließ sich bestenfalls als zänkisch mit mausgrauen Zügen und glanzlosem Haar beschreiben, das sie zu einem Zopf zurückgebunden hatte. Sie schaute so mürrisch drein, als hätte sie gerade in eine Zitrone gebissen. In ihrer wenig schmeichelhaften dunklen Hose, dem ausgebeulten Oberteil und den flachen Schnürstiefeln sah sie weit älter als sechsunddreißig aus.

»Danke fürs Kommen. Ich würde Ihnen gern ein paar Fragen zu Tessa Hall stellen. Sie wissen, wen ich meine, oder?«

Naomi blickte sie mit eiskalten Augen an. »Ja, ich weiß, wer das ist.«

»Haben Sie in den letzten Wochen mal mit ihr gesprochen?«, fragte Robyn.

Naomi stieß ein hysterisches Lachen aus. »Warum sollte ich mit der reden wollen?«

»Ich hatte gehofft, das könnten Sie mir sagen.«

Naomi verschränkte die Arme. »Ich habe nichts zu sagen.«

Matt, der neben Robyn saß, schob ihr ein A-4-Blatt mit einer Liste von Telefonnummern über den Tisch. Eine davon war grün hervorgehoben. »Ist das Ihre Telefonnummer?«

Naomis Augenlider flatterten mehrmals, bevor sie nickte.

»Dann frage ich Sie noch mal: Haben Sie in den letzten Wochen mit Tessa gesprochen oder auf andere Weise mit ihr kommuniziert?«

Naomi presste weiterhin die Lippen zusammen.

»Miss Povey, Sie tun sich selbst keinen Gefallen, wenn Sie schweigen. Wenn Sie sich weiterhin weigern, meine Fragen zu beantworten, muss ich Sie als Verdächtige einstufen. Wir haben es hier mit einer Mordermittlung zu tun. Ich muss Ihnen ja wohl nicht erzählen, wie ernst das ist. Warum haben Sie und Tessa sich im Januar dieses Jahres gegenseitig Textnachrichten geschickt?«

»Die Schlampe hat sich mit Roger getroffen«, stieß Naomi verächtlich hervor. »Er bestreitet das zwar, aber ich weiß es dennoch. Ich habe eine Textnachricht von ihr auf seinem Handy gefunden, die beweist, dass sie eine Affäre hatten. Also habe ich mir ihre Nummer notiert und sie angeschrieben.«

»Sie glauben, dass die beiden eine Affäre hatten?«

»Da bin ich mir sogar sicher. Ich habe ihr geschrieben, dass ich rüberkomme und ihr den hässlichen Kopf abreiße, wenn sie sich noch mal mit ihm trifft. Dabei stand sie noch nicht einmal auf ihn. Sie war einfach nur eine Schlampe, die sich jedem Kerl im Pub an den Hals geworfen hat. Ich hab sie mal in Aktion gesehen, als ich an einem Abend dabei war. So eine fiese kleine Nutte.«

»Sie haben ihr gedroht?«

»Ja. Nur so konnte ich ihr begreiflich machen, dass ich ihn nicht aufgeben würde.«

»Hat sie die Affäre zugegeben?«

»Nicht sofort, aber später ja. Sie war so was von sich selbst eingenommen, dass sie behauptet hat, Roger würde sie lieber mögen als mich und dass ich mich verpissen und sie in Ruhe lassen soll. Aber nicht mit mir. Ich kenne Roger schon sehr lange. Und ich kenne Tussen wie sie. Von der Sorte sind mir schon einige begegnet. Sie hätte sich einfach nur mit ihm vergnügt und ihn fallen lassen, sobald ihr ein neuer Kerl über den Weg läuft, den sie anmachen konnte. Und ich wollte nicht, dass sie Roger das antut. Er hat bereits eine fiese Trennung hinter sich. Und da habe ich ihm durchgeholfen, nicht sie. Wir sind ein gutes Team. Ich war für ihn da, als er am Boden war. Und ich wollte ihn nicht kampflos aufgeben. Also habe ich ihr gesagt, dass ich dafür sorgen würde, dass jeder bei ihr auf der Arbeit erfährt, dass sie eine Schlampe ist, die anderer Frauen Männer stiehlt. Das Leben zur Hölle würde ich ihr machen. Schließlich meinte sie, dass Roger sie einen feuchten Kehricht interessiert und sie sowieso nichts von ihm will. Das zeigt ja wohl sehr deutlich, was für eine Schlampe sie war.«

Naomi presste die Lippen zu einer dünnen Linie zusammen und Robyn fragte sich, wie es sein konnte, dass Roger Jenkins sich für zwei dermaßen unterschiedliche Frauen interessiert hatte.

»Naomi, ich muss Sie das fragen, um Sie als Verdächtige auszuschließen: Wo waren Sie am Donnerstagmorgen?«

»Da war ich bei der Arbeit in der JCB-Fabrik außerhalb von Uttoxeter. Um sieben hat meine Schicht angefangen.«

Selbst wenn Naomis Alibi einer Überprüfung standhielt, konnte sie immer noch die dreißig Minuten nach Barton-under-Needwood zu Tessa gefahren sein, sie getötet haben und rechtzeitig zu ihrer Schicht bei der Arbeit gewesen sein.

»Und nur fürs Protokoll: Ich habe Roger nicht erzählt, dass

ich von seinem Flirt mit Tessa wusste. Manche Sachen behält man lieber für sich«, fügte Naomi hinzu.

Schon wieder jemand mit Geheimnissen, dachte Robyn. Erst Henry, dann Tessa und jetzt Naomi. Das führte sie zu ihrer nächsten Frage.

»Kennen Sie Henry oder Lauren Gregson?«

»Weiß ich nicht. Die Namen sagen mir nichts.«

»Sergeant Higham, könnten Sie Miss Povey bitte das Foto zeigen?«

Matt kramte in der Akte, die er mitgebracht hatte, holte das Foto der Gregsons heraus und schob es über den Tisch.

Naomi betrachtete sie sorgfältig, schüttelte dann jedoch den Kopf. »Die kenne ich definitiv nicht.«

»Die beiden waren nie bei einem Quiz dabei?«

»Nicht, wenn ich dabei war.«

»Haben Sie am Dienstag, den Vierzehnten gearbeitet?« Matt warf Robyn einen überraschten Blick zu, doch sie ignorierte ihn.

»Verdächtigen Sie mich nun eines Verbrechens?«

»Ich möchte bitte einfach nur wissen, wo Sie waren, Miss Povey.«

»An dem Tag hatte ich frei.« Naomis Augenlider flatterten. »Um acht Uhr bin ich aufgestanden, habe den Haushalt gemacht und war dann bei Tesco, was fürs Abendessen einkaufen. Ich habe für uns beide was Leckeres zum Valentinstag gekocht. Soll ich die Kassiererin anschleppen, um zu beweisen, dass ich da war?«

Robyn lächelte angespannt. »Ich glaube nicht, dass das notwendig ist. Um wieder auf den Donnerstag, den Sechzehnten zu kommen: Sie meinten, Ihre Schicht bei JCB hätte um sieben angefangen.«

»Das ist richtig.«

»Und davor haben Sie sich fertig für die Arbeit gemacht?«

»Ist das nicht normal? Worauf wollen Sie hinaus?«

Robyn überlegte, ob sie auf detaillierteren Angaben bestehen sollte, kam dann jedoch zu dem Schluss, dass es ihr nicht weiterhelfen würde, wenn sie Naomi verärgerte. »Haben Sie in letzter Zeit was von Roger gehört? Wir würden gerne mit ihm sprechen.«

»Es ging ihm nicht so gut – das kommt immer mal wieder vor. Dann überkommen ihn düstere Gedanken und er fährt raus in den Peak District. Dort verbringt er Zeit im Freien, um den Kopf wieder klar zu bekommen. Am Freitagabend habe ich zuletzt mit ihm telefoniert, und da ging es ihm alles andere als gut. Das konnte ich an seiner Stimme hören. Normalerweise lasse ich ihn in Ruhe, wenn er so drauf ist. Irgendwann wird er dann wieder. Und da er am Donnerstag einen Stand auf dem Markt von Lichfield hat, kommt er bis dahin wieder. Er kann es sich nicht leisten, einen Markttag zu verpassen.«

»Haben Sie irgendeine Idee, wo im Peak District er sein könnte? Hat er da einen bevorzugten Bereich?«

»Roger liebt alles, was mit Draußensein zu tun hat. Ich hingegen so gar nicht. Ich schieße gern Tontauben, aber Zelten und bei Wind und Wetter auf schlammigen Wegen herumzuwandern, kann ich gar nicht leiden. Ich war noch nie im Peak District, insofern habe ich auch keine Ahnung, wo er da gerne ist.«

»Wie lange kennen Sie sich schon?«

»Rund fünf Jahre. Wir haben uns bei Bramshall Leisure kennengelernt. Früher haben wir dort zusammen geschossen. Er war der beste Schütze dort. Zu schade, dass er das aufgegeben hat. Ich habe ihm immer wieder gesagt, dass er doch wieder mit dem Schießen anfangen soll, aber er meinte nur, er könnte sich die Vereinsbeiträge nicht leisten. Ich habe angeboten, die für ihn zu übernehmen, aber das wollte er nicht. Er wollte keine Almosen haben. Was schade ist, weil wir früher echt gerne zusammen da waren.«

»Wenn er Sie anruft, sagen Sie uns bitte Bescheid, ja?«

Naomi nickte.

»Das wäre dann alles für den Moment.«

Naomi und Robyn erhoben sich gleichzeitig. Sie reichte Robyn gerade mal bis zu den Schultern. Ihr Gesicht war vollkommen ausdruckslos. »Ich konnte Tessa nicht leiden, hatte aber keinen Grund, sie umzubringen. Sie hat ihn fallenlassen. Ich habe erreicht, was ich wollte. Ich brauchte sie gar nicht umzubringen.« Sie nahm ihren Mantel und fuhr mit verächtlichem Tonfall fort: »Tessa hat ständig Ärger gemacht. Sogar jetzt, wo sie tot ist, macht sie Ärger.«

Matt führte sie aus dem Vernehmungsraum und erntete für seine Bemühungen einen finsteren Blick.

Wieder im Büro dachte Robyn über Naomis Worte nach und kam zu dem Schluss, dass sie genug Groll hegte, um Tessa getötet haben zu können, insbesondere, wenn sie von der Schwangerschaft wusste.

41

Da Shearer und seine Männer gerade das Büro belagerten und ihr Team beschäftigt war, ging Robyn nach unten in die Umkleidekabine, wo sie in ihre Laufsachen schlüpfte. Sie musste ihre Gedanken sortieren, und beim Laufen konnte sie das am besten.

Ihre übliche Route führte sie auf leeren Bürgersteigen am Krankenhaus von Stafford, verborgen hinter dichten Büschen, und dem weitläufigen Universitätsgelände mit den Wohnblocks und riesigen Backsteingebäuden, wo Harry McKenzie arbeitete, vorbei. Anschließend bog sie in eine Straße in einer Wohnsiedlung, in der sich auch die Leafy Lane befand, in der sie wohnte. Diese Strecke war sie schon häufiger gelaufen, als ihr lieb war. Insgesamt würde sie etwa dreißig Minuten brauchen; Zeit genug, um über alles nachzudenken.

In Gedanken verloren nahm sie ihre Umgebung gar nicht wahr. Beim Laufen wurde alles um sie herum zu einem einzigen verschwommenen Fleck aus Vorgärten, Häusern und geparkten Autos. Sie konzentrierte sich auf Henry und Tessa. Beide hatten Geheimnisse gehabt. Beide waren tot. Hatten Henry und Tessa eine Beziehung gehabt oder hatte Roger Tessa geschwängert? Immer mehr Fragen stellten sich, auf die sie immer noch keine Antworten hatte.

Sie verließ den Bürgersteig, überquerte joggend die Straße und hüpfte auf den gegenüberliegenden Gehweg, der zu ihrem Haus führte. Darauf lief sie weiter, ohne den schwarzen BMW zu bemerken, der hinter einem silberfarbenen Lieferwagen gegenüber ihrem Haus geparkt war, denn mit Gedanken war sie bei Henrys Freund Liam und seiner Partnerin Ella. Ella hatte Tessa auch nicht gemocht. Wie Naomi hatte auch sie Tessa aufgefordert, sich von ihrem Mann fernzuhalten. Eifersucht und Liebe – zwei sehr starke Gefühle, die Menschen zu den abscheulichsten Taten treiben können.

Als sie bemerkte, dass Schrödinger nicht an seinem üblichen Platz auf dem Fenstersims saß, blieb sie stehen und beschloss, nach ihm zu sehen. Das würde nicht lange dauern.

Sie schloss die Haustür auf und rief nach ihm. Als er nicht reagierte, trat sie ein, zog die Laufschuhe aus und schaute im Esszimmer und in der Küche nach, bevor sie nach oben ging. Dort fand sie ihn, gemütlich auf dem Bett liegend. Nun streckte er sich träge aus und schnurrte zufrieden, als sie ihn hochhob.

»Du bist aber ein faules Tierchen«, murmelte sie und küsste den Kater auf den Kopf. Dann drückte sie in an sich, stellte sich vor das Fenster ihres Schlafzimmers und blickte auf den Garten darunter. Es war kein großer Garten, aber wenn sie sich im Frühling etwas Mühe gab, würden sie und Schrödinger ihn im Sonnenschein genießen können. Gerade wollte sie ihn wieder zurück auf das Bett setzen, als sie draußen eine Bewegung wahrnahm und erstarrte. Ein dunkel gekleideter Mann verschwand durch das Seitentor aus dem Garten auf die Straße. Schnell setzte sie den Kater ab und rannte die Treppe hinunter, um den Eindringling einzuholen. In Socken stürmte sie aus der Haustür und auf den Bürgersteig, konnte aber nur noch beobachten, wie ein BMW um die Ecke in die Hauptstraße einbog.

Laut fluchend kehrte sie ins Haus zurück, zog ihre Turnschuhe wieder an und sah nach, ob das hintere Tor aufgebrochen worden war. War es nicht, es war jedoch auch nicht abgeschlossen, wobei sich Robyn sicher war, dass sie es durchaus abgeschlossen hatte. Mit zitternden Händen rief sie Ross an.

»Hey!«, meldete sich Ross.

»Jemand ist in meinen Garten eingedrungen und hat hinter dem Haus herumgelungert. Ich bin unerwartet nach Hause gekommen und habe ihn wohl vertrieben. Könnte ein Einbrecher gewesen sein, mein Gefühl sagt mir jedoch was anderes. Das hintere Tor war nicht mehr abgeschlossen. Ich bin ihm hinterhergerannt, konnte ihn aber nicht mehr sehen, nur einen schwarzen BMW, der aus meiner Straße in Richtung Stadtzentrum abgebogen ist.«

»Kennzeichen?«

»Konnte ich nicht erkennen. Scheiße, Ross, ich war so erschrocken, dass ich nicht klar denken konnte, und nicht schnell genug. Ich habe den Kerl kurz gesehen, aber wirklich nur ganz kurz. Ross, ich glaube, das könnte Davies gewesen sein. Die Größe passte und die dunklen Haare auch.«

»Nun beruhige dich erst mal, Robyn. Wenn es Davies war, warum hätte er dann wegrennen sollen?«

»Ja, verflixt, du hast ja recht. Ich benehme mich wie eine Verrückte. Und das nur wegen dem, was Amélie mir erzählt hat.«

»In dem Punkt kann ich für Klarheit sorgen. Ich bin gerade im CineBowl und habe sein Foto so ziemlich jedem gezeigt, der hier arbeitet. Niemand hat ihn erkannt oder hier gesehen. Amélie hat sich da was eingebildet. Und du auch. Passiert.«

»Ja, das stimmt wohl.«

»Vermutlich hast du einfach jemanden gestört, der dein Haus für einen Einbruch ausgespäht hat. Oder einen Gelegenheitseinbrecher. Ich komm vorbei und installiere dir ein paar erstklassige Überwachungskameras. Eine drinnen und eine draußen. So können wir den Eindringling sehen, sollte er noch mal vorbeikommen.«

»Das wäre toll! Ich bezahle dich auch dafür.«

»Ich gebe dir einen großzügigen Ex-Mitarbeiter-Rabatt«, scherzte er. »Ernsthaft, ich mache mir durchaus Sorgen, wenn sich jemand in deinem Garten herumtreibt. Das Schloss am Tor ist eines der besten auf dem Markt und praktisch nicht zu knacken. Keine Ahnung, wie er das aufbekommen konnte.«

»Glaubst du, das könnte irgendwie mit Davies zu tun haben? Erst das Foto ... dann die Blumen ... und jetzt späht er mein Haus aus!«

»Wir sollten keine voreiligen Schlüsse ziehen. Im Moment sollten wir es lediglich als einen potenziellen Einbruch behandeln. Ich gucke mal, ob ich Fingerabdrücke oder andere Hinweise finde. Mach dir keine Sorgen. Ich bin gleich da. Ich habe ja noch deinen Ersatzschlüssel, insofern musst du gar nicht zu Hause bleiben. Und dann bringe ich die Überwachungskameras an. Wie die funktionieren, weißt du ja, oder?«

»Sind das die gleichen, die wir verwendet haben, als wir noch zusammengearbeitet haben?«

Robyn hatte mal ein Jahr lang mit ihrem Cousin zusammengearbeitet, bevor sie wieder zur Polizei gegangen war. Damals hatte sie genau das gebraucht, um wieder auf die Beine zu kommen.

»Genau die.«

»Ach, verflixt, Ross. Ich kann den Scheiß gerade echt nicht gebrauchen.«

»Alles halb so wild, Robyn«, sprach Ross beruhigend auf sie ein. »Das ist alles nichts gegen das, was du früher durchgemacht hast. Vermutlich interpretieren wir zu viel in die Sache rein. Vielleicht hast du einfach nur vergessen, das Tor abzuschließen; immerhin hast du genügend andere Sachen im Kopf. Und vielleicht hat dann nur jemand sein Glück beim Tor versucht, bemerkt, dass es nicht abgeschlossen ist, und mal nachgeschaut, ob er was zum Klauen findet. Dann hat er dich gesehen und ist weggerannt.«

Robyn überlegte. Hatte sie das Tor abgeschlossen? Sie konnte sich nicht erinnern, wann sie es das letzte Mal benutzt hatte. Vielleicht letzten Mittwoch, als sie die Mülltonne an die Straße gestellt hatte? An dem Tag war sie sehr mit den Ermittlungen beschäftigt gewesen. Vielleicht hatte sie in ihrer Eile vergessen, das Tor abzuschließen.

»Und was ist mit dem BMW? Der ist ganz schön schnell davongefahren.«

»Da fahren ständig Autos viel zu schnell deine Straße rauf und runter. Möglicherweise haben die zwei Beobachtungen gar nichts miteinander zu tun.«

Robyn rieb sich die Stirn. Ihre Hand war nun ganz klamm vor Schweiß und der Anstrengung. »Okay. Da könntest du recht haben. Ich übertreibe. Ich habe mich halt so doll erschrocken. Das ist alles. Wäre ich nicht spontan vorbeigekommen, wäre er vielleicht in das Haus eingebrochen.«

»Da wäre er aber nicht weit gekommen. Immerhin haben wir dir diese supermoderne Alarmanlage installiert, schon vergessen? Die hätte er ausgelöst.«

»Die war nicht eingeschaltet. Wegen der Katze.«

»Robyn!«, rief Ross entgeistert aus. »Du musst vorsichtiger sein!«

»Ich weiß. Ich habe nicht nachgedacht. Meine Ermittlungen belegen sämtliche Kapazitäten in meinem Kopf.«

Ross seufzte. »Die Alarmanlage hat eine Einstellung, mit der Haustiere im Haus herumlaufen können, ohne den Alarm auszulösen. Ich stell sie für dich ein. Aber zuerst muss ich ins Büro und die Kameras holen. Dann lege ich los. Soll ich auch gleich das Schloss am Tor wechseln, wenn ich schon mal dabei bin?«

»Das wäre super. Dann wäre ich beruhigt. Danke, Ross. Du bist ein Schatz.«

»Pass auf dich auf, Robyn«, sagte Ross mit hörbar besorgtem Tonfall. »Ich möchte nicht, dass du wieder so runterklatschst.«

»Werde ich nicht. Nicht mit dir an meiner Seite.«

Robyn legte auf und steckte das Handy in die Tasche. Sie ärgerte sich, dass sie sich so hatte aus der Ruhe bringen lassen.

Auf dem Weg zurück zur Dienststelle versuchte sie, sich wieder auf ihre Ermittlungen zu konzentrieren und den Eindringling und den schwarzen BMW aus ihren Gedanken zu verbannen.

***

Robyn kopierte gerade einen Bericht, als sich David mit gerunzelter Stirn zu ihr gesellte.

»Wir haben endlich Roger Jenkinson erreicht. Er ist auf dem Weg zur Befragung hierher. Bei der Gelegenheit habe ich etwas Interessantes über ihn in der allgemeinen Polizeidatenbank gefunden. Er war früher mal ein Tierrechtsaktivist. 2004 ist er wegen seiner Teilnahme an Protesten gegen eine Meerschweinchenfarm in Newchurch angeklagt worden«, erzählte er.

»An die Proteste kann ich mich erinnern. Es ging um Tierversuche. Das war überall in den Nachrichten.«

»Außerdem stand er unter Verdacht, die Überreste einer der Gründer der Meerschweinchenfarm ausgegraben zu haben; die Sache wurde jedoch fallengelassen. Er ist der Polizei wegen verschiedener Einbrüche und Sachbeschädigungen auf Bauernhöfen bekannt, insbesondere im Zusammenhang mit umstrittenen Methoden der Tierhaltung, überfüllten Putenställen und dergleichen. Seine Frau hat 2014 die Scheidung wegen unzumutbaren Verhaltens eingereicht. Sie gab an, Jenkinson hätte ihr mit körperlicher Gewalt gedroht und sie misshandelt.«

»Ein Mann mit einem Aggressionsproblem, der Mitglied in

einem Schießverein war. Da läuten bei mir die Alarmglocken, David.«

»Gleich läuten sie noch lauter«, sagte er und deutete auf eine Notiz in seinem Block. »Im Jahr 2014 wurde er außerdem des Besitzes einer Schusswaffe beschuldigt. Die hat er benutzt, um sich gegen einen Eindringling zu wehren, der ihn daraufhin bei der Polizei angezeigt hat. Da dieser der Polizei allerdings keine ausreichenden Beweise für die Behauptung vorlegen konnte, wurden die Ermittlungen eingestellt. Jenkinson hat den Vorfall damals entschieden von sich gewiesen, und auf seinem Grundstück wurde keine Schusswaffe gefunden. Ich habe weitere Einzelheiten angefordert und sag Bescheid, sobald ich sie habe.«

Robyn holte ihre Kopien aus dem Kopiergerät und setzte sich wieder an ihren Schreibtisch. Draußen hatte sich der Himmel verfinstert und der Regen prasselte gegen die Fenster und hinterließ silbrige Spuren, die wie dicke Schnecken an den Glasscheiben herunterglitten. Sie hasste solche Tage. Die raubten ihr jede Energie. Anna, die ihren Schreibtisch im hinteren Teil des Büros hatte, stand auf und kam zu Robyn.

»Das hier wollen Sie sicherlich lesen. Es handelt sich um die inoffizielle Aussage des Wirtes vom Goat Pub in Abbots Bromley, wo der letzte Quizabend des letzten Jahres stattgefunden hat. Ich habe ihn angerufen, um mir bestätigen zu lassen, dass sich Tessa und Justin wirklich in der Kneipe kennengelernt hatten. Da der Wirt nicht da war, habe ich ihm eine Nachricht mit Bitte um Rückruf hinterlassen. Heute Morgen hat er sich endlich bei mir gemeldet. Normalerweise würde er sich nicht an so was erinnern, meinte er, aber in diesem Fall schon, weil er so aufgeregt war, dass ein Journalist über das Quiz berichten wollte. Er hat die beiden nach dem Quiz zusammen in einer Ecke sitzen sehen. Dann haben sie den Pub gemeinsam verlassen. Außerdem hat er mir von einem Streit zwischen Roger Jenkinson und Anthony Hawkins erzählt. Der Wirt musste sie voneinander trennen, bevor sie sich an die Gurgel gehen konnten. Steht alles hier drin.« Robyn las die Aussage durch und schüttelte fassungslos den Kopf.

Ein Telefon klingelte. David ging ran. »Ja. Danke. Jenkinson ist hier, Boss. Vernehmungsraum eins.«

Robyn winkte Matt zu sich heran. »Matt! Kommen Sie mit. Mal sehen, was Jenkinson zu sagen hat.«

Roger Jenkinson war ein stämmiger, breitschultriger, Selbstbewusstsein ausstrahlender Mann mit roten Wangen und dichtem, dunklem Haar. Trotzig und breitbeinig saß er mit verschränkten Armen da.

Robyn begann das Gespräch, indem sie ihn fragte, wo er gewesen sei, als man versucht hatte, ihn zu kontaktieren.

»Im Peak District Nationalpark. Da bin ich gern, wenn ich meine Ruhe haben möchte. Immer ohne Handy. Dort lässt sich gut Bilanz über das eigene Leben ziehen. Seit heute Morgen gegen zehn Uhr bin ich wieder hier.«

»Und dort haben Sie gezeltet?«

»Ja.«

»Eine ungewöhnliche Jahreszeit zum Zelten. War es da nicht viel zu nass und zu kalt?«

Er schnaubte verächtlich. »Ich bin hart im Nehmen. Regen stört mich nicht. Kälte auch nicht. Dafür gibt es Thermowäsche. Hab mich im Pub aufgewärmt – im Farmhouse Inn. Dort habe ich ein Bier getrunken und einen Happen gegessen.«

Robyn notierte seine Angaben, um sie später überprüfen zu können.

»Womöglich erinnern die sich dort nicht an mich«, meinte er. »War ziemlich voll da.«

Robyn ignorierte seinen Kommentar. »Ich würde Ihnen

gern ein paar Fragen zu Tessa Hall stellen. Sie kannten sie von Quizabenden in Pubs, richtig?«

»Richtig.«

»Und Sie wissen auch, dass sie letzte Woche ermordet wurde?«

Er nickte.

»Ich würde gern mehr über Ihre Beziehung zu Tessa Hall wissen.«

»Wir hatten keine Beziehung.«

Robyn schüttelte den Kopf. »Da bin ich anders informiert. Und es ist zu Ihrem Besten, meine Fragen wahrheitsgemäß zu beantworten, Mr. Jenkinson. Wann haben Sie Tessa das letzte Mal gesehen?«

»Darüber möchte ich nicht reden.«

»Also weigern Sie sich, uns zu helfen, Sir?« Robyn verengte die Augen.

Roger schwieg. Robyn ließ ihn ein paar Minuten schmoren. Als sich leichte Schweißperlen auf seiner Oberlippe bildete, sprach sie weiter.

»Haben Sie Miss Hall eine Valentinstagkarte geschickt? Bevor Sie antworten, sollten Sie wissen, dass wir Fingerabdrücke von der Karte gesichert haben.« Mehr musste sie nicht erklären.

Roger Jenkinson sprach so leise, dass sie seine Antwort kaum hören konnte. »Ja.«

»Hatten Sie eine Beziehung mit Tessa Hall?«

Er nickte kurz. »Seit Dezember. Wir haben uns so oft wie möglich getroffen.«

»Ich wundere mich darüber, dass Sie sich nicht sofort gemeldet haben, als sie von ihrem gewaltsamen Tod gehört haben. Stattdessen sind Sie im Peak District verschwunden.«

»Als ich gehört habe, dass Tessa tot ist, musste ich allein sein. Ich konnte mit niemandem darüber reden. Ich wollte Zeit haben, um nachzudenken und zu verstehen, was passiert ist. Ich habe sie geliebt. Und ich konnte es nicht fassen, dass sie jemand umgebracht hat.« Rogers Haltung hatte sich nun vollkommen verändert. Plötzlich sah er gar nicht mehr so selbstbewusst aus.

»Soweit ich weiß, haben Sie eine feste Freundin – Naomi Povey. Wenn Sie Tessa Hall so sehr geliebt haben, warum sind Sie dann noch mit Naomi zusammen?«

»Ich habe ja versucht, mit ihr Schluss zu machen, aber das war gar nicht so einfach. Naomi ist wie eine Klette. Wenn man versucht, sie loszuwerden, klammert sie sich ganz fest an einen. Ich habe Andeutungen fallenlassen, ihr die kalte Schulter gezeigt, ihr sogar gesagt, dass wir uns trennen sollten, aber sie taucht ständig vor meiner Tür auf, als wäre alles in bester Ordnung. Ich hätte ihr ohne Umschweife von Tessa erzählen sollen, hatte aber Angst, wie sie darauf reagieren würde. Und es ist ja nicht so, dass ich so gar keine Gefühle für Naomi mehr hätte. Ich wollte ihr nicht wehtun. Als meine Frau mich damals verlassen hat, war Naomi immer für mich da. Und wir hatten eine ganze Menge gemeinsam – wir waren sogar mal im selben Schießverein –, und eine Weile dachte ich wirklich, ich würde sie lieben. Aber das hat sich geändert, als ich Tessa kennengelernt habe.«

»Weiß Naomi von Tessa?«, fragte Robyn, obwohl Naomi bereits ausgesagt hatte, dass sie Roger nicht auf die Affäre angesprochen hatte.

»Ich wollte es ihr letzte Woche sagen, aber dann hat Naomi ein Riesentrara um den Valentinstag gemacht und mir Geschenke gekauft und darauf bestanden, dass wir den Tag zusammen verbringen, und da konnte ich ihr das doch nicht sagen! Ich hätte es ihr sagen sollen. Ich weiß, dass ich es ihr hätte sagen sollen, aber Naomi ist so emotional, und das war schlicht nicht der richtige Zeitpunkt. Tessa wusste, wie schwierig es für mich war, Naomi reinen Wein einzuschenken, und wir machten uns beide Sorgen, wie sie reagieren würde, wenn sie die Wahrheit erfährt. Also hat Tessa vorgeschlagen, noch eine Weile abzuwarten, ihr aus dem Weg zu gehen, bis sie selbst merkt, was los ist, und es ihr erst dann zu sagen.«

»Neigt Naomi zu emotionalen Überreaktionen?«

»Ja, und wie! Sie verliert schnell die Beherrschung – und zwar richtig. Sie dreht dann völlig durch. Früher mochte ich das an ihr. Mittlerweile nicht mehr so.«

»Soweit ich weiß, hatten Sie auch so ihre hitzigen Momente, Sir. 2014 wurden Sie wegen Waffenbesitzes und Bedrohung angezeigt.«

Er seufzte dramatisch. »Ich hätte wissen müssen, dass Sie damit ankommen. Wir reden hier über einen Verrückten, der sich auf meinem Grundstück befand. Er war im Unrecht, nicht ich. Er ist über meinen Zaun geklettert und über mein Feld gelaufen. Als ich ihm zurief, dass er sich verpissen soll, hat er behauptet, er hätte das Recht, über mein Land zu laufen, weil das allen gehören würde. Ich hatte keine Lust, mit diesem Vollidioten zu diskutieren, also habe ich ihm noch mal zugerufen, dass er sich verpissen soll oder ich schieße. Und habe mit einem Stock gewedelt. Er war zu weit weg, um zu sehen, womit ich da gewedelt habe. So habe ich ihm genug Angst eingejagt, dass er weggerannt ist, aber als er wieder über den Zaun klettern wollte, ist er hängen geblieben und hat sich den Knöchel verletzt. Und das Nächste, was ich weiß, war, dass der Knallkopf zur Polizei gelaufen ist und mich angezeigt hat, weil ich ihn bedroht und seine Verletzung provoziert hätte. Was ist das denn für eine Logik? Ich habe alles abgestritten, die Polizei hat keine Waffen in meinem Haus gefunden, die Anzeige wurde eingestellt und das war alles.«

Sein Gesicht war nun tiefrot vor Wut und Robyn ließ ihm ein paar Sekunden, bevor sie mit ruhiger Stimme fragte: »Besitzen Sie gegenwärtig irgendwelche Waffen?«

»Natürlich nicht.« Speicheltropfen flogen über den Tisch, als er das sagte. »Durchsuchen Sie doch mein Haus. Sie werden nichts finden. Kann ich jetzt gehen? Ich habe eine beschissene Woche hinter mir.«

»Gleich. Wann haben Sie Anthony Hawkins das letzte Mal gesehen?«

»Anthony? Warum fragen Sie mich nach Anthony? Der hatte doch einen Herzinfarkt, oder?« Er schaute sie mit seinen kalten blauen Augen direkt an.

»Woher wissen Sie, dass er tot ist?«

»Hab's heute Morgen erfahren. Da habe ich einen Kumpel angerufen, Paul, um mich später auf ein Bier mit ihm zu treffen. Er ist Mitglied in diesem noblen Golfclub in Brocton. Und der hat erzählt, dass Anthony beim Golfspielen einen Herzinfarkt hatte.«

»Wie würden Sie Ihre Beziehung zu Mr. Hawkins beschreiben?«

»Wir haben uns ganz gut verstanden. Manchmal war er ein bisschen rechthaberisch. Er hat früher als Gefängniswärter gearbeitet und anderen gern gesagt, was sie tun sollen. Und das mag ich nicht immer so.«

»Haben Sie sich mit ihm gestritten?«

»Nicht wirklich.«

»Jemand hat gehört, wie Sie ihm Ende Dezember im Goat in Abbots Bromley gedroht haben, ihn umzubringen.«

»Moment mal«, stotterte Roger. »Da war ich betrunken. Das habe ich nicht so gemeint. Ich habe mich einfach nur aufgeregt und war sauer auf ihn. Nichts Ernstes.«

»Sie behaupten also, das war nur ein kleiner Streit, können sich aber nicht erinnern, worum es ging.«

»Das Übliche, halt. Anthony war der Auffassung, ich hätte beschissen gespielt, ich habe so was in der Art gesagt, dass wir ja nicht mehr zusammen spielen müssten. Dann hat er irgendwas wegen meiner beschissenen Einstellung zum Leben im Allge-meinen und nach ein paar Pints im Besonderen rumgelabert – im Nachhinein betrachtet alles belangloses Zeug. Dann hat der

Wirt uns rausgeworfen und wir sind gegangen. Ich bin nach Hause, und als ich wieder nüchtern war, hatte ich die ganze Sache vergessen. Das ist alles schon ewig her.«

»Hat sich die Quizgruppe deshalb getrennt? Weil Sie sich gestritten haben?«

»Nein. Wir wollten eh aufhören. Das war nur eine bescheuerte Quizgruppe! Und an dem Abend hatte ich die Schnauze voll von ihm.«

»Es ging also um Ihre Einstellung zum Leben?«

»So was in der Art.«

»Es ging nicht um Tessa Hall?«

Roger Jenkinson antwortete nicht. Die Schweißperlen auf seiner Oberlippe waren nun nicht zu übersehen.

»Ich frage Sie noch mal. Ging es um Ihre allgemeine Einstellung oder hatte Anthony herausgefunden, dass Sie mit Tessa schlafen?«

»Meine Fresse. Das muss ich mir nicht geben. Es ist völlig schnuppe, worum es ging. Ich war sauer. Kapiert? Das hatte alles nichts zu bedeuten. Und Anthony ist nicht umgebracht worden, insofern ist unser Streit doch völlig egal.«

Noch wusste Robyn nicht, wo er sich an dem Morgen aufgehalten hatte, als Tessa Hall ermordet wurde. »Wo waren Sie am Donnerstag, den sechzehnten Februar?«

Er rutschte unruhig auf seinem Stuhl herum. »Sie sind auf der falschen Fährte. Ich habe Tessa nicht umgebracht. Da war ich bei einem früheren Arbeitskollegen, der nördlich von Leeds wohnt. So gegen halb neun war ich da und habe den gesamten Vormittag mit Andy verbracht. Andy Ford. Wir haben früher beide bei Moo Dairies gearbeitet.« Er wartete, bis Robyn fertiggeschrieben hatte, und grinste dann. »Andy kann das bestätigen. Und am Nachmittag und am Abend war ich natürlich bei Naomi.«

Er stieß einen abgrundtiefen Seufzer aus. »Und wenn Sie jetzt noch wissen wollen, wo ich an dem Samstagmorgen war, als Anthony tot umgefallen ist: Da war ich irgendwo im Peak District – vermutlich gerade auf dem Weg zum Kinder Scout, einem Plateau im Dark Peak. Da war auch gerade eine Gruppe Fitnesstrainer aus dem Nuffield Fitnessstudio in Sheffield unterwegs. Mit denen habe ich ein paar Worte gewechselt. Wir kamen zu dem Schluss, dass das Wetter zu beschissen war, um weiterzugehen. Fragen Sie die. Die erinnern sich bestimmt an mich. Ich will ja nicht, dass Sie denken, ich hätte den alten Mistkerl zu Tode erschreckt.«

Eine Pause entstand, in der sich Roger am Gesicht kratzte und in die Ferne starrte. Dann sprach er mit funkelnden Augen weiter.

»Sie hatten recht. Bei dem Streit im Pub ging es um Tessa. Anthony, dieser Wichser, hat damit geprahlt, dass er sie flachgelegt hätte. Er hat mich mit ihr gesehen und wollte mir eins reinwürgen. Ich habe ihm gesagt, dass er die Klappe halten soll.« Er ließ die Fingerknöchel knacken. »Kann ich jetzt gehen? Ich habe noch einiges zu tun.«

Als er aufstand, fielen Matt seine abgewetzten Wanderschuhe auf.

»Welche Schuhgröße tragen Sie, Mr. Jenkinson?«

»Vierundvierzig.«

Robyn fing Matts Blick auf und sagte: »Bitte setzten Sie sich wieder, Mr. Jenkinson. Kennen Sie einen Henry Gregson?«

»Ich will mich nicht setzen. Entweder Sie verhaften mich, und ich wüsste nicht, weswegen, oder ich gehe jetzt nach Hause.«

»Bitte beantworten Sie meine Frage oder ich finde einen Grund, Sie hierzubehalten.«

»Nein. Nie gehört.« Er starrte sie mit bebenden Nasenflügeln an.

»Danke, Sir. Sergeant Highman würde Ihnen nun noch gern DNA und Ihre Fingerabdrücke abnehmen, damit wir Sie als Verdächtigen ausschließen können. Anschließend können

Sie gehen.« Auf weitere Diskussionen ließ sie sich nicht ein. Matt würde ihn schon zurechtweisen.

Robyn ging zurück in ihr Büro. Wenn Roger Jenkinson am Donnerstagmorgen bei Andy Ford gewesen war, konnte er Tessa nicht getötet haben. Von Leeds nach Barton-under-Needwood brauchte man mit dem Auto zwei Stunden – und im morgendlichen Berufsverkehr noch länger, zumal sein Freund auf der anderen Seite von Leeds wohnte. Blieb noch Naomi. War es möglich, dass sie so eifersüchtig auf Tessa war, dass sie sie umgebracht hat?

»David, könnten Sie mit Andy Ford sprechen, einem ehemaligen Angestellten von Moo Dairies, und sich bestätigen lassen, dass Roger Jenkinson am Sechzehnten bei ihm war?« Sie warf ihm ihren Notizblock auf den Schreibtisch.

»Wird erledigt, Boss«, antwortete David.

Mitz starrte mit gerunzelter Stirn auf seinen Bildschirm und rief Robyn zu sich heran. »Matt hat sich mal die Bankkonten von Anthony Hawkins angesehen, um herauszufinden, woher das viele Geld kam. Er hat Fidelity kontaktiert, die Firma hinter dem Investmentfonds, von denen er die gewünschten Informationen erhalten hat. Anthony Hawkins hat bisher nur einen Teil des Fonds flüssig gemacht. Die ursprüngliche Summe belief sich auf eine Million Britische Pfund. Neunhunderttausend sind noch übrig.«

Robyn atmete hörbar ein. Sowohl Anthony Hawkins als auch Tessa Hall hatten eine Million Pfund beiseitegeschafft. Woher hatten sie das Geld? Das änderte alles. Hatte Anthonys Tod womöglich doch keine natürliche Ursache? Sie musste daran denken, was Jenkinson gesagt hatte. Hatte jemand Anthony Hawkins zu Tode erschreckt? War das überhaupt möglich?

Umgehend rief sie Harry McKenzie an.

»Ich bin noch nicht zu den DNA-Tests gekommen, Robyn. Nach Ihrem Anruf kam ein anderer Fall rein, der Vorrang hatte. Aber ich habe meinen Assistenten darauf angesetzt, insofern sollten wir die Ergebnisse schon bald haben. Ich weiß ja, wie wichtig sie für Ihre Ermittlungen sind.«

»Danke, Harry. Ich will Sie auch gar nicht lange aufhalten. Ich wollte nur wissen, ob es möglich ist, dass jemand tatsächlich vor Schreck tot umfällt. Ich gehe schon davon aus, möchte es jedoch aus dem Mund eines Profis hören.«

Harry räusperte sich. »Es geht um Anthony Hawkins, oder? In seinem Fall ist das durchaus möglich. Wenn eine Person bereits ein Risiko in sich trägt und so verengte Arterien hat, wie es bei Anthony Hawkins der Fall war, hatte er vielleicht noch keine Symptome. Wenn dann jedoch aus irgendeinem Grund sein Adrenalinspiegel plötzlich deutlich steigt, kann sich dadurch die Ablagerung lösen, die sich in einer Arterie aufgebaut hat, was wiederum zu einem plötzlichen Herzinfarkt führen kann.«

»Und was für ein Grund könnte eine solche Reaktion auslösen?«

»Sie sind die Ermittlerin, Robyn. Was glauben Sie? Ich tippe auf ein größeres Ereignis: ein Autounfall, Todesangst, jemand, der seine Waffe auf einen richtet, so was in der Art.«

»Danke, Harry. Sie sind ein Schatz.«

Mit vor Aufregung rasendem Herzen rief sie Anna und Mitz zu sich. »Anthony Hawkins befand sich allein auf einem leeren Golfplatz, als er starb. Laut Shearers Bericht hatte er keine Golfrunde gebucht. Doch Anthony Hawkins kannte die Regeln: Der Abschlagplatz musste im Vorfeld reserviert werden. Ein Verstoß gegen diese Regel hätte zu seinem Ausschluss aus dem Club führen können. Warum also hat er keinen Platz reserviert?«

»Sie glauben, er war mit jemandem dort verabredet?«, fragte Anna. »Und Golfschläger und Outfit waren nur Fassade?«

»Nein. Dann hätte er sich keine Golfschuhe angezogen.

Wenn er sich nur mit jemandem getroffen hätte, hätte er seine Straßenschuhe angehabt und ganz bestimmt keine Golfschläger mitgenommen. Ich habe den Verdacht, dass er dorthin gelockt worden ist, weil ihn jemand töten wollte. Ich nehme an, der Mörder hat das Treffen auf dem Golfplatz arrangiert, und Hawkins war dort, weil er dachte, er würde eine Runde Golf spielen.«

Anna nickte. »Klingt logisch.«

»Aber wie konnte der Mörder wissen, dass der Golfplatz leer war? Er muss den Empfang des Golfplatzes kontaktiert haben, um sicherzustellen, dass keiner der beiden um diese Zeit von einem anderen Golfspieler gesehen werden konnte. Hat jemand im Club angerufen und gefragt, ob der Platz am Samstagmorgen frei war?«

Anna machte sich in Windeseile Notizen. »Ich kümmer mich drum«, versprach sie.

»Danke.«

»Wie kommen Sie darauf, dass Anthony Hawkins ermordet wurde? Er ist doch an einem Herzinfarkt gestorben«, warf Mitz ein.

»Harry meinte, ein schwerer Schock – ausgelöst durch Todesangst – könnte bei einer Person mit Atherosklerose einen Herzinfarkt auslösen. Zum Beispiel, wenn man mit einer Waffe bedroht wird.«

Mitz nickte zustimmend.

»Möglicherweise hat dieselbe Person, die Henry Gregson getötet hat, Anthony Hawkins überredet, auf den Golfplatz zu kommen, wo er ihn erschießen wollte, aber als der die Waffe gesehen hat, bekam er eine solche Angst, dass er tot umfiel, wodurch der Mörder gar nicht schießen musste. Oder ist das zu weit hergeholt?«

Matt kam ins Büro und bekam noch den letzten Teil der Unterhaltung mit. »Dieser Roger Jenkinson hat definitiv ein Aggressionsproblem. Ich musste fast körperliche Gewalt anwenden, um seine Fingerabdrücke zu kriegen. Was ist zu weit hergeholt?«

Robyn brachte ihn auf den neuesten Stand und wiederholte ihre Theorie für ihn.

»Das wäre durchaus möglich. Allerdings müssen wir immer noch herausfinden, warum.«

»Alles könnte mit demselben Geheimnis zusammenhängen. Henry Gregson, Tessa Hall und sogar Anthony Hawkins hatten ein Geheimnis. Darüber hinaus sind sowohl Tessa als auch Anthony plötzlich an Geld gekommen. Graben wir weiter. Irgendetwas muss es geben, das die beiden Männer und Tessa miteinander verbindet. Wir kommen der Sache näher. Ganz bestimmt. Sobald uns die DNA-Ergebnisse vorliegen, haben wir bestimmt auch Antworten in diesem verwirrenden Fall.«

42

DAMALS

Der junge Mann hat es satt. Das war nun schon das dritte Bewerbungsgespräch und wieder war es offensichtlich, dass der Typ im Anzug, der die meiste Zeit auf seine Unterlagen gestarrt hatte, ihn niemals einstellen würde.

Als er wieder zu Hause ist, macht sich seine Mutter gerade für ein Date mit einem neuen Typ fertig. Sie ist aufgeregt wie ein Teenager, während er eine Mischung aus Freude und Übelkeit verspürt. Sie verhält sich gar nicht mehr wie seine Mutter. Seine Schwester denkt offensichtlich dasselbe und verzieht das Gesicht.

Seit dem Abend, an dem er von den drei Drogendealern aufgemischt wurde, ist er gezwungen, sich zurückzuhalten – er darf keine Drogen an der Schule mehr verticken und hat folglich auch kein Einkommen mehr. Johnny Hounslow sitzt immer noch in der Nähe von Stoke im Knast. Vermutlich sollte er ihn besuchen; er hat aber keine Lust. Was sollte er ihm auch sagen? Bald wird Johnny entlassen und gut ist. Vermutlich bekommt er dann einen Job in der Fabrik seines Vaters. Der Glückspilz.

Natürlich wollte die Polizei wissen, was an dem Abend vor sechs Monaten passiert ist. Ein Betrunkener, der in der Gasse seinen Rausch ausschlief, hat alles gesehen und Hilfe gerufen. Er wusste zwar nicht, warum die drei bulligen Männer den vierten jungen Mann fast zu Tode geprügelt haben, hatte aber furchtbare Angst, dass er der Nächste sein könnte, und sich deshalb hinter ein paar Mülleimern versteckt, bis sie weg waren. Diesem Säufer hat er sein Leben zu verdanken. Die Schläger haben erhebliche Spuren auf seinen Nieren und in seinem Gesicht hinterlassen. Hätte er noch länger in der Gasse gelegen, wäre er vermutlich an seinem eigenen Blut erstickt oder seine Nieren wären irreparabel geschädigt und er würde jetzt an der Dialyse hängen. Seine Schwester war völlig fertig und gab sich selbst die Schuld — natürlich völlig zu unrecht.

Im Moment jedoch ist ihm das alles egal. Alles ist scheiße. Den ganzen Sommer über hat er nach einem Job gesucht, so wie jeder andere sechzehnjährige Schulabgänger. Leider konnten bisher weder seine Qualifikationen noch seine Art irgendjemanden begeistern. Er hatte zwar ein paar Bewerbungsgespräche, aber alle ohne Erfolg. Das ist zermürbend. Warum will ihn niemand haben? Er ist nicht auf den Kopf gefallen und will arbeiten. Was wollen die denn noch?

Er muss sich mehr anstrengen, wenn er wirklich einen Job finden will. Die Stütze, die er im Moment bezieht, reicht nicht für Kippen und Schnaps und alles, was sonst noch Spaß macht. Wenn er nicht schnell die Kurve kriegt, endet er noch wie sein Vater, der Loser.

Nun tanzt seine Mutter mit einem anderen freizügigen Oberteil vor ihm herum. Diesmal ist es schwarz und mit Pailletten besetzt. Sie sieht aus wie eine Discokugel, aus der man die Luft gelassen hatte. »Wie findet ihr das?«, fragte sie.

Seine Schwester hört auf, den Kaugummi im Mund zu bearbeiten, lässt die Zeitschrift sinken und mustert ihre Mutter von oben bis unten. »Das passt. Zieh das an. Du siehst toll aus.«

Ein Lächeln huscht über das Gesicht der Mutter. Und sie lächelt sehr selten in letzter Zeit. »Danke, Mausi.«

Seine Schwester widmet sich wieder der Zeitschrift. Kaum hat die Mutter das Zimmer verlassen, fragt er: »Echt jetzt? Das hat dir gefallen?«

»Nee, aber jetzt ist sie glücklich und hört auf mit ihrer peinlichen Modenschau. Die geht mir auf den Geist.«

Er lacht und schaltet den Fernseher ein. Fußball läuft. Und während er sich das Spiel anschaut, wünscht er sich mal wieder, er hätte es als Fußballspieler geschafft. Wenn er so viel Geld hätte, gäbe es für ihn kein Halten mehr.

Nun kaut seine Schwester wieder leise auf ihrem Kaugummi herum. »Woher hast du eigentlich die Zeitschrift? Hast du die geklaut?«, fragt er.

Sie lässt die Zeitschrift sinken und schaut ihn tadelnd an. »Die habe ich von einer Freundin, die sie ausgelesen hat. Ich würd sie dir weitergeben, aber du kannst ja eh nicht lesen.«

»Oh, halt die Fresse«, entgegnet er finster.

»Uh, jetzt hab ich aber Angst«, sagt sie gelangweilt. Er wirft ein Kissen nach ihr, dem sie jedoch ausweichen kann. Sie lacht ihn aus. »Hier ist ein Artikel über einen echt coolen Typen drin, der richtig viel Geld als Callboy für alte, reiche Frauen verdient. Wäre das nicht was für dich?«

»Halt die Fresse, hab ich gesagt.«

»Okay. Vergiss es. Mit dir würde eh keine ausgehen wollen. Du kannst eh über nichts anderes reden als Fußball. Deshalb hast du auch keine Freundin, weil du kein anderes Thema drauf hast. Blablabla Fußball.«

Er ignoriert sie. Natürlich hat er andere Themen drauf. Er mag halt einfach nur Fußball am liebsten.

Schließlich hört sie auf, ihn zu ärgern, und er lehnt sich im Sessel zurück und guckt das Fußballspiel. Doch er ist nur halb bei der Sache. Seine Schwester hat ihn auf eine Idee gebracht. Wenn er sich nicht nur auf die üblichen, konventionellen Kanäle konzentriert, kann er durchaus Geld verdienen. Er muss nur über den Tellerrand hinausschauen.

Er putzt sich heraus. In dem Anzug sieht er älter aus – wie achtzehn oder neunzehn. Die alte Dame im Wohltätigkeitsladen hat ihn ihm für fünf Pfund überlassen. Nicht schlecht. Der frühere Besitzer hat sicherlich einen Haufen Geld dafür hingelegt. Seine Mutter hat ihm etwas Geld dafür gegeben. Er hat behauptet, er brauche den Anzug für ein Vorstellungsgespräch, weil er ohne Anzug keine Arbeit bekommt.

Seine Schwester hat ihm die Haare geschnitten und dabei ganze Arbeit geleistet. »Du siehst aus wie Jason Orange von Take That«, sagte sie und packte die Schere wieder in die Tasche. »Du solltest dir öfters Mühe geben. Eigentlich siehst du nämlich ganz okay aus.«

»Take That? Du hörst echt beschissene Musik.« Er boxte sie scherzhaft in den Arm. Anschließend wusch er sich fröhlich pfeifend die Haare und stylte sie mit etwas von ihrem Haargel.

Nun betrachtet er ein letztes Mal sein Spiegelbild. Er sieht tatsächlich ein bisschen aus wie Jason. Zu dumm, dass er nicht auch seine Stimme hat. Er trällert ein paar Noten, womit er aber nur bestätigt, dass er nicht singen kann. Egal. Dafür hat er Köpfchen. Er braucht gar keinen Plattenvertrag mit einer Band.

Beim Buchmacher ist ordentlich was los. Jede Menge Leute mit Wettscheinen in der Hand verfolgen mit den Blicken gebannt die schnittigen Pferde, wie sie über die riesigen Bildschirme donnern. Hoffnung liegt in der Luft. Er steht an einem Tresen und tut so, als betrachte er seinen Wettschein. In Wirklichkeit verfolgt er das Kommen und Gehen. Die Premier League wird ihn reich machen. Gewinnen hat nichts mit Glück zu tun, sondern mit Quoten und Wahrscheinlichkeiten. Er muss nur herausfinden, wie seine Chancen stehen, und das ist reine Mathematik – sein Lieblingsfach.

In ein paar Wochen beginnt die Fußballsaison mit dem Spiel von Manchester United gegen Aston Villa, und er wird jede einzelne Stunde bis dahin nutzen, um klug auf die Spiele zu wetten. Zwar kann er nicht mehr Fußball spielen, aber er kann immer noch durch Fußballspiele reich werden.

43

TAG ACHT – DIENSTAG, 21. FEBRUAR, MORGEN

Ross hatte Wort gehalten und das Schloss am Tor ausgetauscht und zwei Überwachungskameras installiert – eine draußen im Hausalarmkasten versteckt und eine in Robyns Wohnzimmer hinter einem Bilderrahmen. Diese war auf das Sofa und auf das Fenster dahinter gerichtet. Über eine Handy-App konnte Robyn auf beide Kameras zugreifen und dabei sogar ihren Kater beobachten, wie er auf dem Fenstersims saß. Die Alarmanlage hatte sie wieder eingeschaltet und fühlte sich nach den Ereignissen vom Vortag, als sie den Eindringling überrascht hatte, nun deutlich sicherer.

Robyn und Matt wollten den Tag mit einem Besuch in Brocton beginnen, in der Hoffnung, im Haus von Anthony Hawkins irgendetwas zu finden, was erklären konnte, mit wem er sich auf dem Golfplatz getroffen hatte. Doch zuerst schaute Robyn bei Lauren Gregson vorbei und war erfreut, dort Astra anzutreffen.

»Ella und Liam hielten es für eine gute Idee, wenn sie mal vorbeikommt. Sie war furchtbar traurig und wir dachten, ein Besuch hier würde ihr helfen. Und mir auch. Immerhin haben wir uns nicht mehr gesehen, seit ...« Sie schluckte. »Seit wir Henry verloren haben. So bekommt Ella eine Pause und ich kann an was anderes denken.«

Astra aß einen Apfel und wollte sich gerade ein Stück in den Mund stecken, als sie Robyn erkannte. Sofort legte sie den Apfelschnitz weg und griff nach der schwarzen Plüschkatze neben sich. »Guck!«, sagte sie.

»Du hast deine neue Katze mitgenommen!«, rief Robyn aus.

Astras Gesicht war immer noch gespenstisch bleich, aber immerhin machte sie einen zufriedeneren Eindruck. Das Mädchen nickte.

»Woher wissen Sie, dass die Katze neu ist?«, fragte Lauren überrascht.

»Ich habe sie ihr geschenkt. Vor Kurzem habe ich eine schwarze Katze geerbt, die sich sehr schnell in mein Herz geschlichen hat. Und dann habe ich diese hier in einem Spielzeugladen entdeckt und dachte, die gefällt Astra bestimmt. Weil sie doch so traurig war wegen Henry.«

Laurens Mundwinkel hoben sich. »Das ist aber nett. Sie ist aber auch eine Süße, oder? Genau so ein kleines Mädchen hätten Henry und ich auch zu gerne gehabt.«

Robyn musste an das Kind denken, das sie verloren hatte, wurde jedoch von Astra aus ihren Gedanken gerissen.

»Henry weg«, verkündete sie ernst.

»Das stimmt«, meinte Robyn, ging zu ihr und ließ sich neben ihr auf den Boden fallen. »Aber du hast ja Lauren, und die braucht ganz viele Kuscheleinheiten von dir. Sie vermisst Henry auch ganz doll. Kümmerst du dich gut um Lauren?«

Astra schaute sie ernst an und nickte. Dann krabbelte sie zu Lauren, schlang die Arme um ihre Beine und umarmte sie ganz fest.

Lauren lachte auf. »Danke, meine Süße. Erzähl DI Carter doch mal, was wir nachher machen.«

»Film gucken«, sagte Astra.

»Und welchen Film gucken wir uns an?« Lauren strich dem Mädchen zärtlich über den Kopf.

»*Aristocats.*«

»Richtig, einen Disney-Film über Katzen. Und deine Katze guckt mit. Wie wär's, wenn du jetzt deinen Apfel aufisst und ich rede so lange mit DI Carter. Und danach spielen wir Modenschau, ja?«

Gehorsam ging Astra zurück zum Tisch und tat so, als würde sie ihre Katze mit einem Stück Apfel füttern.

Lauren seufzte. »Hoffentlich finde ich eine neue Bleibe in der Nähe. Ich möchte den Kontakt zu Astra auf keinen Fall verlieren.«

»Ziehen Sie um?«

»Ja, leider. Allein kann ich mir die Miete nicht leisten. Mein Vermieter ist sehr hilfsbereit und meinte, dass ich für die halbe Miete bleiben kann, bis ich was Neues gefunden habe. Meine Kollegen im Maklerbüro suchen bereits. Alle sind so nett zu mir. Ich habe auch schon Ella gefragt, ob vielleicht demnächst eine dieser umgebauten Scheunen frei wird, aber leider nicht. Meine Eltern möchten, dass ich wieder zu ihnen ziehe, aber das will ich auf gar keinen Fall. Ohne Henry wird die nächste Zeit zwar nicht einfach werden, aber immerhin habe ich meine Unabhängigkeit, meine Freunde, meinen Job und Astra.«

»Hatte Henry denn keine Ersparnisse oder eine Lebensversicherung?«

Lauren lächelte bedauernd. »Um so was haben wir uns nie Gedanken gemacht. Das macht in unserem Alter doch kaum jemand, oder? Wir haben zwar ein bisschen was gespart für schlechte Zeiten, aber das wird für die Beerdigung draufgehen.«

Robyn und ihr Team hatten die Finanzen der Gregsons

bereits durchleuchtet und nichts Ungewöhnliches gefunden. Es gab kein verstecktes Geld auf einem Offshore-Konto oder in einem Fonds.

Robyn betrieb noch ein bisschen Small Talk und ging dann, um sich mit Matt zu treffen. Das Letzte, was sie sah, war eine aufgeregte Astra, die ein Kleid aus einer von Lauren eigens für sie angefertigten Kiste mit Sachen zum Verkleiden zog. Für sie war es immer unwahrscheinlicher, dass Lauren etwas mit Henrys Tod zu tun hatte. Finanziell hatte sie dadurch keinen Vorteil und einen anderen Mann gab es anscheinend auch nicht. Warum also hätte Lauren ihren Mann töten lassen sollen? Das einzig mögliche Motiv war Eifersucht. Sollte der DNA-Test ergeben, dass Henry der Vater von Tessas Baby war, müsste Robyn Lauren wieder als Verdächtige in Betracht ziehen. Doch sie hoffte inständig, dass es dazu nicht kommen würde – schon um Astras willen.

Robyn ging die Gasse entlang zum Haus von Anthony Hawkins, das noch trostloser aussah, als sie es in Erinnerung hatte. Das Tor quietschte aus Protest, als sie es aufstieß, und im Haus war bereits der modrige Geruch wahrzunehmen, der sich immer in alten, unbewohnten Häusern bildete. Sie rümpfte die Nase und rief nach Matt. Dieser befand sich in der Küche und kramte gerade in einer Schublade herum. Sie gesellte sich zu ihm.

»Kein Kalender oder so?«

»Nein. In seinem Handy war auch nichts«, antwortete Matt. »Keine App für Kalender oder Termine. Es handelt sich um ein recht antiquiertes Gerät, mit dem man noch nicht einmal ins Internet kommt. Nur telefonieren und simsen kann man damit.«

Robyn ließ ihn allein und ging ins Wohnzimmer. Dort bot sich ihr ein trauriger Anblick: ein schäbiger Stuhl, ein Bettsofa mit einer Wolldecke darüber, die wohl die Flecken verdecken sollte, sowie dunkle Regale voller eingestaubter Bücher mit verblasstem Rücken. Der Flachbildfernseher passte überhaupt nicht ins Bild, ebenso wenig wie das funkelnagelneue Bose-Soundsystem in einem der Regale. Anthony hatte offensichtlich ein paar neue Anschaffungen getätigt. Es wäre nur eine Frage der Zeit gewesen, bis er hier weg und in eine neue Bleibe gezogen wäre, die besser zu seinem neuen Lebensstil passte. Auf dem Tisch neben dem Fenster stapelten sich Quittungen und anderer Papierkram. Sie wühlte sich durch die Unterlagen und fand schließlich, wonach sie gesucht hatte – ein Notizbuch. Darin hatte Anthony zwar das Datum und die Uhrzeit vom Samstag notiert, nicht jedoch, mit wem er sich hatte treffen wollen.

»Hab's!«, rief sie.

Umgehend tauchte Matt neben ihr auf.

Sie zeigte ihm das Notizbuch. »Kein Name.«

»Ach, scheiße. Es ist hoffnungslos.«

Robyn blätterte durch die Seiten des Notizbuchs, auf denen sich ein paar Kritzeleien, Nachrichten und Daten befanden, die für sie allerdings alle wenig Sinn ergaben. »Immerhin wissen wir jetzt, dass er tatsächlich mit jemandem auf dem Golfplatz verabredet war – vermutlich mit seinem Mörder. Das Notizbuch nehmen wir mit. Darin befinden sich noch ein paar Eintragungen, die uns vielleicht weiterhelfen. Einen Computer hatte er nicht, oder?«

»Nein, nichts dergleichen. Ich habe nicht den Eindruck, dass er sich für Technik interessiert hat. Es gibt noch nicht einmal ein Modem im Haus.«

»Okay, dann machen wir hier für heute Schluss.«

Als sie vom Haus wegfuhren, überlegte Robyn erneut, ob die Morde wohl irgendwie zusammenhingen. Wenn dem so war, musste sie immer noch herausfinden, wie und warum. Außerdem wurmte es sie, dass Shearer mit seiner Vermutung richtiggelegen hatte. Es wurde immer wahrscheinlicher, dass Anthony Hawkins ermordet worden war, und sobald Shearer das erfuhr, würde er noch unausstehlicher werden.

44

DAMALS

Der Mann an der Türschwelle sieht ganz anders aus als sein Vater. Dieser Kerl ist kleiner, schwächer, trauriger, hat Augenbrauen wie graue Raupen und abgenutzte, gelbe Zähnen wie die eines alten Wolfs.

»Hallo, Sohn.«

Er schnaubt verächtlich. »Ein bisschen zu spät, um mich so zu nennen, findest du nicht? Immerhin habe ich dich seit sechs Jahren nicht mehr gesehen. Und ein Vater warst du davor auch nicht wirklich, oder? Was willst du? Mum ist nicht da.«

»Das weiß ich. Ich wollte zu dir. Sehen, wie es dir geht.« Sein Vater betrachtet seine braunen Schuhe mit den ausgefransten Senkeln.

»Mir geht es gut. Danke für dein Interesse und tschüss.« Er will die Tür schließen, doch sein Vater schiebt einen Fuß über die Schwelle und blockiert so die Tür.

»Bitte hör mir zu«, fleht er.

»Ich will wirklich nichts von dir hören.«

Sein Vater windet sich unbehaglich. »Ich weiß. Und ich kann auch nicht erwarten, dass du mir verzeihst. Dennoch will ich alles wiedergutmachen.«

Wieder schnaubt er verächtlich. »Und wie stellst du dir das vor?«

»Ich kenne jemanden, der dir bei deinem Projekt helfen kann«, sagt der Vater.

»Was für ein Projekt?«, fragt er höhnisch mit hochgezogenen Augenbrauen.

»Ich habe immer noch einflussreiche Freunde. Und einer von denen hat mir erzählt, dass du in der Stadt in Wettbüros rumhängst und Leute anquatschst, die für dich auf Fußballmannschaften wetten sollen, und wenn du gewinnst, teilst du mit ihnen.«

Er verschränkt die Arme. »Und wenn? Das ist wohl kaum ein Projekt, oder?«

»Lass mich rein und ich erklär's dir. Im Knast habe ich eine ganze Menge gelernt und kann dir dabei helfen, reich zu werden. Aber wenn es dich nicht interessiert, was ich zu sagen habe, ist das auch okay.«

Nachdenklich betrachtet er den Mann, der ihn früher so oft geschlagen hat. Konnte er jemandem vertrauen, der so unbeherrscht war? Gleichzeitig überlegt er, was der alte Mann von ihm will. Vielleicht hat er im Knast gelernt, wie man das System knackt, und da kann es ja nicht schaden, sich sein Gequatsche anzuhören. Sein Vater wartet geduldig.

Schließlich gewinnt die Neugier Oberhand. »Komm rein, aber nur für ein paar Minuten. Wenn mir nicht gefällt, was du zu erzählen hast, werfe ich dich höchstpersönlich wieder raus.«

»Okay. Verstehe. Du siehst aus, als könntest du gut auf dich aufpassen«, sagt sein Vater und überschreitet die Schwelle ins Haus. Dann zögert er einen Moment. »Sieht gar nicht mehr so aus, wie ich es in Erinnerung habe«, bemerkt er schließlich.

»Nichts ist mehr so wie früher. Du hast zwei Minuten, um zu erklären, was du willst.«

Sein Vater nickt. »Okay. Ich habe gehört, dass du auf Fußballspiele wettest.«

»*Na und?*«

»*Und es ist ein Spiel für Vollidioten. Du verlierst mehr, als du gewinnst, und selbst wenn du bei einem Spiel viel gewinnst, verlierst du alles wieder. Als ich im Knast war, habe ich viele Typen kennengelernt, die ihr Geld beim Wetten verprasst haben. Da drin haben wir das alle gemacht. So haben wir uns die Zeit vertrieben. Wir haben auf so ziemlich alles gewettet: Fußballspiele, Pferde, Snooker ...*«

»*Wenn das alles ist, was du zu sagen hast, kannst du jetzt gehen.*«

Wieder blickt der Vater auf seine Schuhe. »*Nein, das ist nicht alles. Ich will dir helfen. Da drin habe ich eine Menge nachgedacht. Man hat einfach zu viel Zeit allein. Und da wird einem klar, welchen Einfluss man auf andere hatte und wie man deren Leben ruiniert hat. Ich habe alles falsch gemacht. Ich war aufbrausend, habe immer erst zugeschlagen und dann gedacht. Das lag am Alkohol. Ich weiß, dass das keine Entschuldigung ist, aber der Alkohol hat mich verändert. Ich war kein schlechter Mensch. Ich war ein Mensch, der sein Trinkverhalten nicht kontrollieren konnte. Es wurde zur Sucht. Deine Mutter hat immer wieder versucht, mir klarzumachen, dass ich ein Alkoholproblem habe, aber ich wollte nicht auf sie hören. Ich fürchte, Alkoholiker wollen die Wahrheit nicht hören. Wir vergraben sie. Alles, woran wir denken können, ist der nächste Schluck.*« *Er befeuchtet seine Lippen und tritt unbehaglich von einem Fuß auf den anderen.* »*Doch damit bin ich fertig. Ich trinke nicht mehr. Ich bin ein völlig anderer Mensch. Im Gefängnis habe ich zu Gott gefunden und werde nie wieder der Mann sein, den du gekannt hast.*«

Er widersteht dem Drang zu lachen. Sein Vater ist zu ernst, als dass er ihn auslachen könnte, auch wenn das, was er sagt, absolut lächerlich klingt. Sein Vater hat die Religion für sich entdeckt! Er will ihn unterbrechen und ihm sagen, dass er verschwinden soll, aber sein Vater redet weiter und versucht zu erklären.

»Das ist meine Art der Wiedergutmachung. Ich kenne da jemanden, Sid heißt er. Er betreibt das Wettbüro in der Nähe des Bahnhofs in Stoke. Ein guter Kerl. Habe ihn in der Kirche kennengelernt. Da sind wir ins Gespräch gekommen. Er weiß alles über mich und über deine Mutter, deine Schwester und dich. Ich habe ihm erzählt, warum ich im Gefängnis war und wie ich mein Leben verpfuscht habe. Vermutlich verstehst du das alles nicht, und ich bin da auch nicht stolz drauf. Ich habe euch alle im Stich gelassen. Jedenfalls habe ich mich umgehört, mich nach euch erkundigt und versucht herauszufinden, wie es euch geht.«

»Uns geht es gut. Du musst uns nicht kontrollieren.«

»Ich wollte euch auch nicht kontrollieren. Ich wollte wissen, wie es euch geht. Ich habe euch vermisst.« Er seufzt, schüttelt den Kopf und fährt dann fort: »Sid ist jetzt Anfang sechzig. Und er würde dich gern in seinem Wettbüro anstellen. Wetten kannst du in deinem Alter zwar noch nicht entgegennehmen, aber er bezahlt dich für die Arbeit im Hintergrund und zeigt dir alles. So lernst du einen richtigen Beruf. Und wenn du gut bist, übernimmst du den Laden, wenn er in ein paar Jahren in Rente geht. Das wahre Geld liegt hinter dem Tresen, nicht davor. Ich hab ihm von dir erzählt und wie gut du in der Schule in Mathe warst. Dass du andere für dich Wetten platzieren lässt und den Gewinn dann teilst. Und da waren echt ein paar gute Wetten dabei. Das alles habe ich Sid erzählt, und jetzt will er dich kennenlernen.« Er lächelt seinen Sohn verlegen an. »Ich erwarte gar nicht, dass du mir vergibst, aber vielleicht können wir Freunde werden. Ich bin wirklich ein anderer Mensch. Seit dem Knast habe ich keinen Tropfen mehr getrunken. Ich bin nicht der Mann, an den du dich erinnerst. Das hier ist mein neues Ich.«

Irgendetwas am Auftreten seines Vaters ist ihm peinlich. Der Mann wirkt schwach, ohne Selbstbewusstsein und unterwürfig.

Er will gefallen. Das steht ihm deutlich ins zerfurchte Gesicht geschrieben. Es wäre ein Leichtes, dem alten Mann einen Tritt in den Schritt zu verpassen und sich so für alles zu rächen, was er ihm früher angetan hat. Aber dafür ist er zu wehrlos. Irgendetwas an seinem Vater sagt ihm, dass er sich sogar verprügeln lassen würde. Er würde die Prügel einfach so hinnehmen. Das ist erbärmlich. Er schaut zum Fernseher, wo Paul Scholes gerade den Ball ins Netz schießt, und denkt über die Worte seines Vaters nach. In einem Wettbüro zu arbeiten, wäre schon cool. Das würde ihm Spaß machen. Er sieht seinen Vater an, der alles wieder gut machen will. Das kann er sich zwar abschminken, aber das Jobangebot würde er dennoch annehmen. Was hat er schon zu verlieren?

45

TAG ACHT – DIENSTAG, 21. FEBRUAR, NACHMITTAG

Als Robyn und Matt wieder im Büro ankamen, war es bereits fast halb drei. Robyn stieß einen Seufzer der Erleichterung aus, als sie feststellte, dass Shearer und sein Team nicht zugegen waren. »Ich habe endlich Andy Ford erreicht«, verkündete David. »Er hat bestätigt, dass Roger Jenkinson am Donnerstagvormittag bei ihm in Leeds war. Es gibt nur eine kleine Abweichung: Er sagt, Roger wäre nicht um halb acht angekommen, sondern erst um kurz nach neun.«

»Somit hatte er ausreichend Zeit, vor seiner Fahrt nach Leeds Tessa zu töten.«

»Aber nur knapp.«

»Aber möglich. Somit können wir ihn noch nicht als Verdächtigen ausschließen.«

Anna hatte mit der Dame vom Empfang des Brocton Golfclubs gesprochen, die bestätigte, dass für den Samstagmorgen, den Tag, an dem Anthony Hawkins gestorben ist, keine Buchung des Golfplatzes vorlag. Sie konnte sich allerdings erinnern, dass jemand angerufen hatte, um zu fragen, ob der Golfplatz zu dem Zeitpunkt zur Verfügung stand. Die Verbindung war jedoch so schlecht, dass sie nicht ausmachen konnte, ob die

Stimme männlich oder weiblich war, und brach ganz zusammen, bevor eine Buchung getätigt werden konnte. Die Person hatte nicht noch mal angerufen.

»Konnten Sie den Anruf zurückverfolgen?«, fragte Robyn.

Anna schüttelte den Kopf. »Die Rufnummer war unterdrückt.«

»Also gehen wir davon aus, dass diese mysteriöse Person angerufen hat, um sich zu vergewissern, dass am Samstagmorgen niemand auf dem Golfplatz spielt, um anschließend Anthony auf den Golfplatz zu locken, mit der Intention, ihn zu ermorden. Und dann hat die Person Anthony womöglich zu Tode erschreckt. Das klingt ein wenig weit hergeholt, aber mehr haben wir im Moment nicht, und in Anbetracht der Tatsache, dass Anthony Hawkins zu einer Menge Geld gekommen ist – zu einer ähnlichen Summe wie Tessa Hall –, haben wir hinreichende Gründe, seinen Tod als verdächtig einzustufen.«

Ein Anruf vom Empfang unterbrach die Besprechung. Mitz nahm ihn an und reagierte auf das Gehörte mit hochgezogenen Augenbrauen.

»Boss, die Freundin von Tessa Hall, Juliet Fallows, ist am Empfang und besteht darauf, mit Ihnen zu sprechen – allein.«

Robyn legte den Stift weg und ging mit neuem Elan zur Tür. Vielleicht konnte Juliet neues Licht in diesen Fall bringen. »Bleiben Sie dran«, rief sie ihrem Team beim Weggehen zu. »Wir machen gerade gute Fortschritte.«

Juliet stand mit um den Körper geschlungenen Armen am Fenster, obwohl es im Raum recht warm war. Als Robyn eintrat, drehte sie sich um und fing sofort an zu reden.

»Steph hat mir erzählt, dass sie mit Ihnen über Gerry gesprochen hat, meinen Ex-Mann – na ja, meinen zukünftigen Ex-Mann. Sie ist richtig besessen davon und will Anzeige erstatten. Ich kann sie nicht davon abbringen – könnten Sie es bitte versuchen? Könnten Sie ihr sagen, wie schmerzhaft es für uns alle wäre, wenn sie die Sache durchzieht, und dass wir Gerry vor Gericht wiedersehen müssten? Bitte erklären Sie ihr, wie furchtbar das wäre, und raten Sie ihr davon ab. Bitte!«

»Wollen Sie sich nicht erst setzen?«, fragte Robyn und deutete auf den Stuhl am Tisch.

Juliet schüttelte schnell den Kopf. »Bitte, reden Sie einfach mit ihr. Sie mag Sie. Auf Sie wird sie hören. Ich kann nicht zulassen, dass sie das durchzieht.«

»Steph hat angegeben, dass ihr Vater auch sie geschlagen hat. Das ist eine schwerwiegende Anschuldigung, und wenn Gerry Sie beide misshandelt hat, sollten Sie ihn anzeigen. Womöglich macht er das Gleiche sonst bei anderen.«

Juliet ließ den Kopf hängen. »Das war nur das eine Mal«, sagte sie. »Gerry hat sie nur das eine Mal geschlagen. Das war an dem Tag, an dem ich endlich die Kraft hatte, ihn zu verlassen. Ich hatte schon so lange geplant, mit den Kindern abzuhauen, aber irgendwie fehlte mir immer der Mut dazu. Ich war zu schwach und ein Teil von mir hat wohl auch geglaubt, ich würde es verdienen, wie er mich behandelt. Er hat sich jedes Mal hinterher entschuldigt und klang dabei jedes Mal so aufrichtig, dass ich tatsächlich immer wieder geglaubt habe, dass er sich ändert. Oder er hat versucht zu begründen, warum er mir wehtut, und dass ich es verdient hatte. Dabei ist er immer nur auf mich losgegangen. Und das auch noch nicht einmal oft, nur ab und zu, und wenn ein paar Monate lang nichts passiert ist, dachte ich, wir hätten es überstanden. Doch irgendwann ist er immer wieder völlig grundlos ausgerastet. Die Kinder hat er nie geschlagen. Ich glaube, sie wussten nicht einmal, was vor sich ging. Bis zu einem gewissen Alter wussten sie nicht, dass es Gerry war, der mir das Handgelenk gebrochen oder das blaue Auge verpasst hat.

An jenem Abend war das anders. Da habe ich ihn erwischt,

wie er gerade Steph eine verpassen wollte. Und als ich dazwischengegangen bin, hat sich seine Wut gegen mich gerichtet. Ich sehe noch immer Stephs Gesichtsausdruck vor mir, als sie mit ansehen musste, wie ihr eigener Vater auf mich einschlug und -trat. Sie hat versucht, ihn von mir wegzuzerren, aber ich habe sie angeschrien, dass sie rausgehen soll. Hätte ich das Bewusstsein verloren … Ich habe keine Ahnung, was er ihr dann angetan hätte. Also ist sie weggerannt. Und als er mit mir fertig war, ist er in die Kneipe verschwunden. Kaum war er weg, habe ich die Kinder angewiesen, das Nötigste einzupacken, habe mich gesäubert, selbst eine Tasche gepackt, ein Taxi gerufen, und mit dem sind wir in ein Frauenhaus gefahren. Dort wurde uns geholfen. Und als es uns besser ging, sind wir für eine Weile zu einem Cousin gezogen und anschließend hierher aufs Land, ganz weit weg von Gerry.

Wir haben das alles hinter uns gelassen, und dabei soll es auch bleiben. Ich will Gerry nie wiedersehen.« Tränen traten ihr in die Augen. »Das verstehen Sie doch, oder?«

Robyn legte ihre Hand auf die von Juliet. »Das verstehe ich vollkommen. Ich kann ihr eine speziell auf diesem Gebiet ausgebildete Beamtin vermitteln, mit der sie reden kann. Das halte ich für besser, als selbst mit ihr zu sprechen. Häusliche Gewalt ist nicht mein Fachgebiet, und ich möchte, dass Sie beide den bestmöglichen Rat erhalten.«

»Nein, nein!«, protestierte Juliet verzweifelt. »Das will ich nicht. Sie müssen Steph davon abhalten, Anzeige zu erstatten. Ich will den Mann nie wieder sehen.«

Robyn versuchte, sich in Juliets Lage zu versetzen, doch so ganz gelang es ihr nicht. »Sie werden ihm weder persönlich begegnen noch mit ihm sprechen müssen, wenn es das ist, was Sie stört.«

»Sie verstehen das nicht. Ich will das alles nicht. Ich habe einen Plan, wie wir ihn für immer aus unserem Leben verbannen. Ich muss nur abwarten, bis die Scheidung durch ist, und dann ist alles vorbei.«

»Eine Scheidung ändert nichts daran, was er Ihnen angetan hat und wie Steph sich fühlt. Und Gerry wird immer noch Sorge- und Umgangsrecht haben. Sie werden nichts dagegen machen können, dass er die Kinder sehen darf. Sie werden ihn nicht los. Und was ist, wenn Terence beschließt, dass er seinen Vater sehen möchte?«

Juliet stöhnte auf. »Nein. Mein Plan sieht anders aus. Wir gehen für immer von hier weg und fangen im Ausland ein neues Leben an. Irgendwo, wo er uns niemals findet. Ich will, dass die beiden ihn vergessen. Das ist beschlossene Sache, und eine Anzeige würde alles über den Haufen werfen. Steph darf ihn einfach nicht anzeigen.«

Robyn war sich nicht sicher, was sie damit meinte. Sie hatte bereits ein Zuhause, einen Job und ein neues Leben in Hamstall Ridware. Warum wollte sie nun ins Ausland? Und dann begriff sie. Es gab nur eine Möglichkeit, wie Juliet mit den Kindern wegziehen konnte, und nur einen Grund, warum sie wollte, dass Gerry aus ihrem Leben verschwand, bevor er davon erfuhr. Wie Tessa und Anthony hatte auch Juliet eine große Menge Geld versteckt.

Robyn betrachtete die verzweifelte Frau, wie sie im Vernehmungsraum auf und ab lief, und sagte dann mit ruhiger Stimme: »Erzählen Sie mir von dem Geld, Juliet.«

46

TAG ACHT – DIENSTAG, 21. FEBRUAR, NACHMITTAG

Robyn bat Anna zu sich und Juliet in den Vernehmungsraum. Freundlich lächelnd kam sie mit einem Becher Tee für Juliet in der Hand herein.

»Erzählen Sie mir von dem Geld, Juliet«, forderte Robyn sie erneut auf, nachdem Juliet einen Schluck Tee getrunken hatte.

Juliets Gesicht blieb ausdruckslos. Dann fielen ihre Schultern plötzlich nach vorne und sie senkte den Kopf.

Ihre Stimme war kaum lauter als ein Flüstern, als sie sprach: »Ich hätte wissen müssen, dass das irgendwann rauskommt, vor allem, nachdem Tessa ermordet wurde und dann auch noch Anthony gestorben ist.« Sie legte die Fingerspitzen an die Schläfe. Ein scheinbar endloses Schweigen folgte. Nur das Tick, Tack, Tick, Tack der Uhr an der Wand war zu hören.

»Was meinen Sie damit, Juliet?«, fragte Robyn mit ruhiger Stimme.

»Wir waren zusammen in einer Lotto-Tippgemeinschaft«, erzählte Juliet nach einem tiefen Seufzer, »und im Dezember wurden unsere Zahlen gezogen.«

»Handelte es sich um einen großen Gewinn?«

»O ja. Bei der Ziehung zuvor gab es keinen Gewinner, und so befanden sich über sechs Millionen Pfund im Jackpot.«

»Wow, das ist ganz schön viel«, meinte Anna staunend. »Sie müssen völlig aus dem Häuschen gewesen sein.«

Juliet schien sie gar nicht zu hören. Sie hatte den Kopf gesenkt und vermied jeden Blickkontakt.

»So einfach war das nicht. Wenn man so plötzlich zu einer so lebensverändernden Summe kommt, hat das Folgen, auf die wir alle nicht vorbereitet waren. Wir wussten nicht, wie wir mit der Situation umgehen und was wir mit dem Geld machen sollten. Wir hatten gewonnen, konnten den Gewinn aber nicht genießen und nicht ausgeben.«

»Wie meinen Sie das?«

»In meinem Fall war da Gerry, mein Ex. Hätte er Wind davon bekommen, dass ich ein Vermögen besaß, hätte er die Hälfte davon für sich beansprucht. Und ich wollte nicht, dass Gerry auch nur einen Penny davon abbekam; nicht nach dem, wie er mich behandelt hat. Davon habe ich den anderen erzählt, und auch, dass ich den Gewinn geheim halten möchte, bis ich genug räumlichen Abstand zu dem Mann geschaffen habe. Ich warte nur noch, bis die Scheidung durch ist, und dann verschwinden wir nach Spanien an die Costa del Sol. Dort wird es den Kindern gefallen. Steph wird problemlos irgendwo einen Job finden und Terence ist eh fast mit der Schule fertig. Und wir haben genug Geld für ein gutes Leben.

Wie sich herausstellte, hatten die meisten von uns gute Gründe, eine Weile den Ball flachzuhalten. Roger hatte Beziehungsprobleme mit Naomi und wollte nicht, dass sie von dem Gewinn erfuhr. Anthonys Bruder hatte seinen Besuch für Weihnachten angekündigt und Anthony wollte warten, bis er wieder weg ist, und erst dann was von dem Geld ausgeben. Und Liam wollte nicht, dass die von der Lottogesellschaft herausfinden, dass er Teil der Tippgemeinschaft war, weil der Schein in seinem Laden eingereicht worden war. Er wollte warten, bis Gras über die Sache gewachsen war. Nur Tessa wollte das Geld unbedingt unter die Leute bringen, aber das konnten wir ihr ausreden. Und so haben wir gemeinsam die Entscheidung getroffen, kein Sterbenswort über unseren plötzlichen Reichtum zu verlieren. Bei uns auf dem Land wird einfach zu viel getratscht. Wir haben den Pakt geschlossen, abzuwarten, bis wir alle unsere Angelegenheiten geklärt hatten.«

»Wurden die Lottoscheine immer im MiniMarkt abgegeben?«

Juliet fühlte sich sichtlich unbehaglich und mied Robyns Blick. »Nein, das kam darauf an, wer sie eingereicht hat. In dem Fall hat Ella das gemacht, als sie gerade im MiniMarkt war.«

»Warum Ella? Sie gehörte doch gar nicht zur Tippgemeinschaft.«

Juliet zuckte mit den Schultern. »Sie hat sich angeboten. War ja keine große Sache. Es war egal, wer die Scheine einreicht, Hauptsache, wir hatten anschließend den Beleg.«

»Und Sie hatten keine Angst, dass sie das Geld klauen könnte?«

»Nein. Warum sollte sie? Wenn wir im Lotto gewinnen, hätte Liam doch seinen Anteil erhalten. Insofern hatte sie keinen Grund, uns die Belege nicht zu geben.«

»Das ist aber ein merkwürdiges Arrangement. Wie sind Sie darauf gekommen?«, fragte Robyn.

»Das fing alles an, als wir unser erstes Quiz zusammen gewonnen haben. Vierzig Pfund waren das damals. Anthony hat vorgeschlagen, dass wir die Summe nicht untereinander aufteilen, sondern dafür einen Lottoschein ausfüllen und so den Gewinn vielleicht vergrößern. Und wir anderen fanden die Idee gut. Irgendwie konnten wir alle dringend Geld gebrauchen, also warum nicht? Danach haben wir regelmäßig entweder Geld für den Lottoschein zusammengelegt oder die Gewinne aus dem Quiz dafür verwendet. Anfang Dezember haben wir sechzig Pfund gewonnen und beschlossen, alles in den nächsten Lottoschein zu stecken. Und ein Kästchen davon hat gewonnen.«

»Und was ist mit Ihrem Anteil am Gewinn passiert? Liegt das Geld auf Ihrem Bankkonto?«

Juliet schüttelte den Kopf. »Zuerst hat Ella die Lottogesellschaft angerufen, den Gewinn angemeldet und Anonymität für uns vereinbart. Dann hat Anthony mithilfe eines Finanzberaters, den er schon seit Jahren kennt, alles arrangiert. Und anschießend hat die Lottogesellschaft das Geld auf ein Sammelkonto überwiesen, von wo aus es auf einzelne Offshore-Konten transferiert wurde. Jeder von uns hat eines, mit Ausnahme von Anthony, der seinen Anteil lieber in einen Fonds gesteckt hat. Er hat den Banken nicht getraut. Mit dem Finanzberater, Dario heißt er, haben wir uns bei Anthony zu Hause getroffen. Er war wirklich nett und ausgesprochen professionell. Hat uns erklärt, wie wir das Geld ›verstecken‹ können, bis wir darauf zugreifen möchten, und wo es die höchsten Zinsen einbringt, ohne dass das Finanzamt davon erfährt. So was hat er schon für viele seiner wohlhabenden Mandanten getan. Das schien uns allen die vernünftigste Lösung zu sein. So konnten wir den Gewinn geheim halten, bis wir ihn ausgeben wollten.«

»Haben Sie die vollständigen Kontaktdaten von diesem Dario?«

»Ich habe seine Karte.« Sie wühlte in ihrer Handtasche herum, zog ein Portemonnaie hervor und holte eine Visitenkarte heraus. »Die Kinder wissen nichts davon. Und ich will auch nicht, dass sie davon erfahren, bis die Scheidung von Gerry rechtskräftig ist. Es wird ihnen nicht schaden, den Wert des Geldes kennenzulernen, bis sie plötzlich feststellen, dass wir so reich sind, dass wir uns alles kaufen können, was wir wollen. Steph hat erst kürzlich einen Teilzeitjob in einem Café in der Stadt angefangen und Terence hilft samstags in einer

Kleiderkammer aus.« Sie lächelte stolz. »Sie haben sich in der Zeit, seit Gerry aus unserem Leben verschwunden ist, prächtig entwickelt.«

»War noch jemand anders in der Tippgemeinschaft oder nur die Leute aus der Quizgruppe?«

»Nur wir fünf: Tessa, Anthony, Liam, Roger und ich.«

»Und wusste sonst niemand von dem Gewinn?«

»Nein. Ich habe niemandem davon erzählt, und ich kann mir nicht vorstellen, dass die anderen etwas verraten haben.«

»Haben Sie mal in einem Pub über den Gewinn gesprochen, wo sie jemand belauscht haben könnte?«

»Nein. Ganz sicher nicht.«

Robyn nahm die Visitenkarte vom Tisch und stand auf. Konnte der Lottogewinn das Motiv für den Tod von Tessa und Anthony sein? »Wenn Sie nichts dagegen haben, lasse ich Sie kurz mit PC Shamash allein. Ich bin gleich wieder da«, sagte sie.

Sie ging ins Büro und setzte dort kurz Matt, David und Mitz ins Bild.

»Tessa Hall und Anthony Hawkins waren beide Mitglied einer Lotto-Tippgemeinschaft und haben mehrere Millionen Pfund gewonnen. Was halten Sie von der Idee, dass jemand von dem Geld erfahren und es nun auf die Gewinner abgesehen hat? Und einen nach dem anderen umbringt?«

»Sie meinen, irgendein Verrückter hat was gegen Glückspilze?«, fragte David. Robyn überlegte. Das war durchaus möglich.

Auch Mitz dachte eine Weile nach. »Das klingt für mich nicht so logisch. Es ist ja nicht so, dass der Mörder nun an Tessas oder Anthonys Geld käme, oder? Was hätte er also davon?«

Robyn knirschte mit den Zähnen und seufzte genervt auf. »Ja. Das wäre bescheuert. Und kein ausreichender Grund für einen Mord.«

»Möglich ist alles.« Matt hob entwaffnend die Hände und

zuckte mit den Schultern. »Wir haben schon Merkwürdigeres erlebt.«

Nun äußerte sich Mitz wieder: »Wenn dem so wäre, müssen wir den anderen aus der Tippgemeinschaft irgendeine Art von Schutz anbieten.«

»Ich kann mir nicht vorstellen, dass DCI Flint dem zustimmt. Sie wissen doch, wie personell unterbesetzt wir sind«, gab Matt zu denken.

Robyn verzog das Gesicht. »Ich weiß. Darauf würde er sich wohl kaum einlassen. Und schon gar nicht, wenn ich keine ausreichend guten Argumente vorbringen kann.«

»Tut mir leid, Boss, aber ich fürchte, diese Theorie wird ihn nicht überzeugen. Sollen wir mal mit den anderen aus der Tippgemeinschaft reden? Vielleicht finden wir ja noch was raus. Vielleicht konnte jemand Anthony und Tessa nicht leiden, und der Gewinn hat ihm oder ihr den Rest gegeben«, schlug Matt vor.

Robyn befand, dass diese Theorie sogar noch besser war als ihre eigene.

David drehte sich mit seinem Stuhl herum und erklärte seinen Gedankengang: »Das würde jedoch voraussetzen, dass die Person von dem Gewinn wusste. Wer hatte Kenntnis davon, außer den Mitgliedern der Tippgemeinschaft?«

»Naomi Povey, Rogers Freundin, könnte davon gewusst haben, obwohl Juliet davon ausgeht, dass Roger ihr nichts erzählt hat. Ella Fox, Liams Lebensgefährtin, wusste es mit Sicherheit; immerhin hat sie bei der Lottogesellschaft angerufen und den Gewinn eingefordert. Bleiben noch die Angehörigen und Freunde, denen sich die Mitglieder der Tippgemeinschaft womöglich anvertraut haben, sowie der Finanzberater. Hier sind seine Daten. Wir werden ihn befragen müssen.« Sie reichte Mitz die Visitenkarte.

Er betrachtete sie kurz und tippte dann auf seiner Tastatur herum, um Informationen über den Berater abzufragen.

»Es gibt mehrere potenzielle Verdächtige«, nahm Matt den Faden wieder auf. »Wenn wir richtig liegen, müsste es jemand sein, der alle beteiligten Personen kannte und darüber hinaus von dem Gewinn wusste.«

»Juliet hat angegeben, dass alle vorerst Stillschweigen bewahren wollten«, warf Robyn ein und dachte darüber nach, was Juliet ihr erzählt hatte.

»Ich finde nicht, dass ein Lottogewinn ein ausreichendes Motiv darstellt, um jemanden umzubringen, und schon gar nicht zwei Personen. Da muss mehr dahinterstecken«, sagte Matt mit nachdenklich gerunzelter Stirn.

»Das finde ich auch. In diesem Fall gibt es einfach zu viele Personen mit Geheimnissen. Ich werde mal versuchen, ob ich Juliet noch was entlocken kann.«

»Und ich kümmere mich um diesen Dario Pelligrini.«

Robyn ging zurück in den Vernehmungsraum. Ihr Team hatte ihr die Lücken in ihrer Argumentationskette aufgezeigt. Es war nicht logisch, dass jemand die Mitglieder der Tippgemeinschaft nacheinander tötete. Entschlossenen Schrittes betrat sie den Vernehmungsraum. Juliet hatte sich inzwischen gefangen.

»Tut mir leid, dass ich Sie kurz allein lassen musste. Fühlen Sie sich in der Lage, mir noch ein paar Fragen zu beantworten?«

»Ich denke schon.« Juliet rutschte unruhig auf ihrem Stuhl herum. Anna schenkte ihr ein ermutigendes Lächeln.

»Ich finde es besorgniserregend, dass zwei Personen aus derselben Tippgemeinschaft getötet worden sind. Insofern müssen Sie mir unbedingt alles erzählen, was uns auch nur annähernd helfen könnte, den Täter zu finden. Das ist wirklich ausgesprochen wichtig, Juliet. Wir müssen verhindern, dass diese Person erneut zuschlägt.« Robyn wollte Juliet keine unnötige Angst einjagen, brauchte jedoch unbedingt weitere Informationen. Sie musste gute Gründe vorbringen, wenn sie bei DCI Flint Schutz für Juliet, Liam und Roger anfordern wollte.

»Haben Sie irgendeine Idee, wer außerhalb der Tippgemeinschaft noch von dem Gewinn gewusst haben könnte?«

Juliet schüttelte den Kopf. »Nein. Keine. Und ich möchte auch nicht mehr mit Ihnen sprechen. Ich will jetzt gehen. Ich bin nur hierhergekommen, um Sie zu bitten, mit Steph zu reden.«

»Das verstehe ich«, sagte Robyn beschwichtigend. »Ich wollte Sie auch gar nicht beunruhigen. Aber ich würde meinen Job nicht richtig machen, wenn ich Ihnen nicht all diese Fragen stellen würde.« Ohne ihren Blick zu erwidern, schob Juliet den Stuhl mit den Kniekehlen nach hinten, stand auf und ging zur Tür. Dort zögerte sie kurz und Robyn dachte schon, sie würde noch etwas sagen; stattdessen holte sie nur tief Luft, öffnete die Tür und verließ den Vernehmungsraum, ohne sich noch einmal umzusehen.

»Sie hat die ganze Zeit, in der Sie draußen waren, nichts gesagt«, berichtete Anna. »Kein einziges Wort.«

»Ich habe diese Geheimniskrämerei so satt. Irgendjemand muss doch was wissen! Aber das kriegen wir schon raus. So schnell gebe ich nicht auf.« Robyn starrte die geschlossene Tür an. Sie war davon überzeugt gewesen, dass Juliet mehr erzählen und Licht in die Sache bringen würde. Verärgert seufzte sie auf und versuchte zu entscheiden, ob Juliets Leben in Gefahr sein könnte. Wenn sie DCI Flint nicht über ihre Befürchtung informierte und Juliet oder den anderen etwas zustieß, wäre es ihre Schuld. Sie drückte den Rücken durch, drehte sich um und machte sich auf den Weg zu Flints Büro. Sie wollte kein Risiko eingehen.

***

»Sir, ich glaube wirklich ...«

»Wir reden morgen darüber.«

Mit diesen Worten legte DCI Flint auf. Robyn ballte die

Hand mehrmals zu einer Faust und entspannte sie wieder, bis sie sich beruhigt hatte. DCI Flint war unterwegs gewesen, und in dem kurzen Telefonat hatte er sich geweigert, irgendetwas zu unternehmen, bevor er nicht über die Sache nachgedacht hatte.

Nachdem auch sie aufgelegt hatte, rief David ihr zu: »Wir haben ein Match zu der DNA, die wir Harry McKenzie ins Labor geschickt haben. Roger Jenkinson hat Tessa Hall geschwängert.«

»Und was ist mit den Fingerabdrücken?«

»Die von der Valentinstagkarte und die anderen im Haus sind ebenfalls von Roger Jenkinson.«

Robyn seufzte. Roger Jenkinson, der Mann mit dem Aggressionsproblem, der früher Waffen besessen und sich im Pub mit Anthony wegen Tessa Hall gestritten hatte. Hatte er Anthony aufgrund seiner Beziehung zu Tessa getötet? War er womöglich auch irgendwie für Tessas Tod verantwortlich?

Hatte es Robyn mit einem Verbrechen aus Leidenschaft zu tun oder ging es irgendwie um den Lottogewinn? Oder gab es da noch etwas, wovon sie noch nichts wusste? Immerhin konnte sie ausschließen, dass Lauren ihren Mann ermordet hat, weil er eine andere Frau geschwängert hatte. Für heute hatte sie genug. Sie war müde, ausgelaugt und hatte die Schnauze voll. Morgen früh würden sie und Matt Dario Pelligrini aufsuchen. Der wusste von dem Gewinn, und dieses Wissen machte ihn zu einem Verdächtigen.

Zu Hause fand Robyn Schrödinger sehnsüchtig wartend hinter der Haustür vor. Kaum hatte sie die Tür geöffnet, strich er mehrfach um ihre Fußknöchel und schnurrte dabei wie der Motor eines kleinen Autos.

»Hallo, mein Kleiner«, begrüßte sie ihn und deaktivierte die

Alarmanlage. Dann hob sie den Kater hoch, der sich an ihr Gesicht schmiegte und sie mit seinen Schnurrhaaren kitzelte.

Es war nicht fair, ihn so lange allein im Haus zu lassen, nachdem er es gewohnt war, dass mit Tessa immer jemand bei ihm war. Im Moment jedoch machte er einen recht zufriedenen Eindruck, wie er auf Robyns Schoß saß, die über ihre Ermittlungen nachdachte und sehr glücklich über seine Gesellschaft war.

47

DAMALS

Es ist das erste Mal, dass Sid ihm die Verantwortung für das Wettbüro überlässt, und es fühlt sich verdammt gut an. Fröhlich pfeifend räumt der den Schreibtisch auf und macht sich bereit für einen weiteren Tag mit guten Einnahmen. Sid hat einen Arzttermin. Hoffentlich geht es dem alten Herrn gut. In letzter Zeit sieht er ein bisschen erschöpft aus.

Sid ist für ihn wie ein richtiger Vater. Er schaut auf zu dem Wettbürobesitzer, der in den Fünfzigern für Birmingham City Fußball gespielt hat und gerne von seiner Zeit in der Mannschaft erzählt. Sid hat ihn auch nicht ausgelacht, als er verriet, dass er eigentlich auch Fußballer hatte werden wollen und es immer noch bedauerte, dieses Ziel nicht erreicht zu haben.

Er richtet die Fernbedienung auf den großen Bildschirm an der gegenüberliegenden Wand und schaltet den Fernseher ein. Es ist Ascot-Woche, insofern werden heute sehr viele Wetten platziert werden. Auf der anderen Straßenseite entdeckt er einen Stammkunden, der jeden Tag vorbeischaut. Wie so viele andere ist er süchtig nach diesen Besuchen im Wettbüro. Sid behandelt alle Kunden mit Respekt, unabhängig davon, ob sie gewinnen oder verlieren. Das ist das Besondere an Sid: Er hat immer Zeit für jeden, sogar für einen Jungen aus schwierigen Verhältnissen, der jedoch Ehrgeiz hat und einfach nur Glück brauchte. Er hat Sid eine ganze Menge zu verdanken. Mit dem Daumen streicht er über den Schlüssel zum Wettbüro, den er die Woche zuvor bekommen hat.

»Eigentlich solltest du den Schlüssel erst kriegen, wenn du einundzwanzig bist, aber ich gebe ihn dir jetzt schon«, erklärte Sid, klopfte ihm auf die Schulter und schüttelte ihm anschließend die Hand.

»Herzlichen Glückwunsch, mein Junge.«

Nie zuvor hat er eine solche Freude verspürt. Nach achtzehn Monaten der Lehre, in denen er beobachtete, wie das Geschäft funktioniert, in denen er viel über alle möglichen Sportarten gelernt und an den meisten Abenden mit Sid zusammengesessen hat, um das gesamte Wissen des Mannes aufzusaugen, ist er nun offiziell der Manager des Wettbüros, und zum Beweis hat er den Türschlüssel. Es gibt nur eine Bedingung: Er darf noch keine Wetten annehmen. Dafür ist er vor dem Gesetz noch nicht alt genug. Wenn Kunden eine Wette platzieren möchten, muss er sie deshalb an einen anderen Mitarbeiter verweisen. Aber das ist für ihn in Ordnung – immerhin ist er dennoch der Manager.

Er schaltet durch die Kanäle und lässt den Fernseher auf Kanal 4 eingestellt. Sheila, eine der drei Assistentinnen, kommt unbemerkt durch die Hintertür herein und steht plötzlich neben ihm.

»Guten Morgen, Chef«, trällert sie fröhlich und zaubert ihm so ein breites Grinsen auf das Gesicht.

Sie wuselt herum und bereitet alles für die ersten Kunden des Tages vor. Er lässt sie in Ruhe und geht nach hinten, um die Abrechnung für gestern zu machen. Auf dem Weg dorthin holt er die Zeitung, wirft einen kurzen Blick auf die Pferde, die am Nachmittag an den Start gehen, und verliert sich in Gedanken. Deshalb überhört er die Türglocke und blickt erst auf, als er ein Husten hört. Die junge Frau auf der anderen Seite des Tresens lächelt ihn an, und eine Sekunde lang ist er wie gebannt von ihren rosa glänzenden Lippen. Er spürt, wie er rot wird.

»Hallo! Kann ich Ihnen helfen?«

Die Frau schiebt ihm einen Zettel zu. »Können Sie diese Wette für mich platzieren?«

Sie ist ungefähr zwanzig und trägt ein blasslila Bandana sowie eine locker sitzende Hose mit Kordelzug und buntem Muster. Ihr ebenholzfarbenes Haar wird von einem Stirnband aus dem Gesicht gehalten. Er schaut in ihre leuchtend silbergrauen Augen, und ehe er sich versieht, spricht er auch schon.

»Ich muss die Buchhaltung machen, aber Sheila wird Ihre Wette annehmen. Möchten Sie später vielleicht etwas trinken gehen, um Ihren Gewinn zu feiern?«

Sie lacht. »Woher wissen Sie, dass dieses Pferd gewinnen wird?«

Er nimmt den Zettel und wedelt ihn mit einem wissenden Lächeln durch die Luft. Sie hat eine gute Wahl getroffen und im King-George-VI-Rennen auf Swain gesetzt, der von Frankie Dettori geritten wird. Der hat im letzten Jahr gewonnen und auch diesmal wirklich gute Chancen. »Ich hätte auf dasselbe Pferd gesetzt«, sagt er zuversichtlich. Ihre Mundwinkel zucken. Sie schaut ihn aufmerksam an und bricht dann in ein breites Lächeln aus.

»Okay. Wenn ich gewinne, gehen wir was trinken.«

Seine Schwester zwinkert ihm zu und fächelt ihren frisch lackierten Zehennägeln Luft zu.

»Es ist ein Wunder, dass sie immer noch mit dir zusammen ist«, sagt sie. »Dabei bist du sterbenslangweilig. ›Fußball, blabla, Rennen, Quoten, blabla, Prozente, Kommission, blabla, Gewinne‹«, leiert sie mit monotoner Stimme herunter und bricht dann in ein Kichern aus. »Für die arme Kayley müssen die letzten sechs Wochen an der Seite von Mr. Megalangweilig die reinste Tortur gewesen sein!«

»Halt die Klappe«, weist er sie scherzhaft zurecht. »Manch einer braucht halt einen festen Job, und meiner gefällt mir zufällig. Und immerhin kann ich mich in meinem Job auch halten!«

Sie streckt ihm die Zunge raus. »Es ist nicht meine Schuld, dass ich in der ersten Woche gefeuert worden bin.«

»Natürlich nicht. Es ist ja auch völlig in Ordnung, eine hochnäsige Person als blöde Kuh zu bezeichnen, auch wenn es die eigene Chefin ist.«

Sie zieht die Mundwinkel nach unten. »Sie ist aber auch eine blöde Kuh!«

»Da stimme ich dir zu«, sagt er grinsend. »Aber es war nicht die beste Idee, ein Bild von einer Kuh mit Flecken zu malen, ihren Namen darunter zu schreiben und es dann ans Schwarze Brett im Büro zu hängen.«

»Sie hat es aber verdient«, behauptet sie, dreht den Deckel auf das Fläschchen mit dem Nagellack und lehnt sich auf dem Sofa zurück. »Hat sie doch, oder? Wie auch immer, wenn Johnny nach Spanien geht, komm ich mit. Und dort suche ich mir einen Job in der Bar und kassiere jede Menge Trinkgeld, einfach nur, weil ich so toll aussehe.«

Johnny Hounslow hat sich vollkommen verändert. Inzwischen ist er ungefähr einen Meter achtzig groß und hat muskulöse Arme sowie ausgeprägte Brustmuskeln. Sein schmutzigblondes Haar trägt er kurz und so mit Gel bearbeitet, dass es in alle Richtungen vom Kopf absteht. Sein Blick ist irgendwie immer bedrohlich. Dem Jungen gefällt es überhaupt nicht, dass seine Schwester mit Johnny zusammen ist, aber sie scheint in der Beziehung recht glücklich zu sein.

Vor fast einem Monat ist Johnny beim Buchmacher aufgetaucht.

Erst hat er ihn gar nicht erkannt, doch Johnny wusste, wem er da gegenüberstand.

»Heilige Scheiße, was machst du denn hier?«, begrüßte er ihn. »Ich dachte, du wärst inzwischen ein Bandenchef, berüchtigter Drogendealer oder im Knast gelandet wie dein alter Herr. In der Schule warst du ja ein ganz harter Kerl. Und nun sieh dich jetzt an: ein Stift hinter dem Ohr wie ein Buchhalter und mit Hemd und Krawatte!«

Johnny, braun gebrannt, in Jeans und einem T-Shirt, das über seiner breiten Brust spannte, sah aus, als könnte er sich in brenzligen Situationen selbst helfen. Er brauchte keinen Aufpasser mehr.

Später am Tag liefen sie sich erneut in einem Pub über den Weg. Johnny saß unübersehbar an der Bar, nippte an seinem Whiskey und winkte ihn zu sich.

»Komm, setz dich zu mir. Ich hab was zu feiern. Bin gerade aus Marbella zurück. Hab dort über ein Jahr lang gearbeitet und bei meinem letzten Job ein Vermögen verdient.«

»Du hast in Spanien gearbeitet?«

»Auf dem Bau. Total easy. Man braucht nur ein paar Muskeln. Unten in Spanien gibt es jede Menge Arbeit. Da sind ewig viele Briten, deren Villen renoviert werden müssen oder die einen neuen Swimmingpool oder eine Terrasse oder eine Küche haben wollen. Und die Muskeln kommen auch bei den Ladys extrem gut an, wenn du weißt, was ich meine«, erzählte er mit einem leeren Lachen. Er wusste zwar nicht, was Johnny eigentlich feierte, aber nach einer Flasche Whisky stolperten sie aus dem Pub und zum Haus seiner Mutter, wo Johnny auf dem Sofa einschlief.

Jetzt schaut er Johnny an, der neben seiner Schwester fläzt, und fragt sich, wann er endlich wieder nach Spanien verschwindet. Er fühlt sich nicht wohl bei dem Gedanken, was die beiden im Zimmer seiner Schwester treiben. Viel zu oft hört er ihr Gestöhne durch die papierdünnen Wände hindurch. Er fühlt sich für sie verantwortlich, wenn die Mutter nicht da ist, die Extraschichten im Pub absolviert und im letzten Monat deshalb kaum zugegen war. Sie ist immer noch seine kleine Schwester und noch nicht einmal sechzehn Jahre alt. Hoffentlich nutzt Johnny sie nicht nur aus. Diese Bedenken hat er ihr gegenüber durchaus geäußert, doch sie versteht ihn einfach nicht oder will ihn nicht verstehen. Sie ist ganz verrückt nach dem neuen, machohaften Johnny, und das macht ihn traurig. Er sollte mit Johnny Klartext reden und ihn aus ihrem Leben entfernen, bevor sie die Sache mit diesem Idioten zu ernst nimmt. Er will nicht, dass sie nach Spanien geht. Ohne sie in der Nähe kann er sich sein Leben gar nicht vorstellen.

Er hört eine Autohupe. Kayley ist da. Sie hat darauf bestanden zu fahren, damit er etwas trinken kann. Er freut sich über ihre Rücksichtnahme und lächelt. Heute ist ihr Geburtstag, und dennoch ist er derjenige, der trinken darf.

»Du solltest los«, sagt seine Schwester. »Schließlich willst du ja nicht zu spät zu deinem ach so wichtigen Fußballspiel kommen. Ist ja auch viel schöner, als sie zu ihrem Geburtstag in ein romantisches Restaurant auszuführen.«

Er lässt sich von ihren abfälligen Bemerkungen nicht beirren. Irgendwie hat er es geschafft, zwei der begehrten Karten für das Pokalfinale zwischen Millwall und Wigan in Wembley zu ergattern. Kayley ist fantastisch und er kann sein Glück kaum fassen. Sie ist die einzige Frau, die er kennt, die alle Top-Mannschaften der Liga und deren Spielorte nennen kann. Obwohl sie erst seit ein paar Wochen zusammen sind, denkt er darüber nach, sie zu fragen, ob sie mit ihm zusammenziehen will. Sie könnten sich eine gemeinsame Wohnung nehmen, irgendwo in der Nähe, damit seine Schwester ihn weiterhin besuchen kann. Er klopft auf seine Tasche, um sich zu vergewissern, dass er die Tickets eingesteckt hat.

»Nun geh schon, bevor sie ohne dich wegfährt«, sagt seine Schwester und kichert. Johnny hingegen ignoriert ihn und küsst die Schwester auf den Hals. Mit gerümpfter Nase dreht der Junge sich um und lässt die beiden allein.

48

TAG NEUN – MITTWOCH, 22. FEBRUAR, MORGEN

»Jetzt fehlt uns nicht mehr viel«, sagte Robyn. Trotz all der Sorgen in der letzten Zeit, nicht zuletzt, weil sie nichts von Ross wegen Davies gehört hatte, hatte sie letzte Nacht so gut geschlafen wie lange nicht mehr. Tief und traumlos. Als sie am Morgen aufgewacht war, hatte sie Schrödinger wie eine kleine, pelzige Wärmflasche auf ihrem Bauch zusammengerollt vorgefunden.

Sie hatte es sogar zeitlich geschafft, vor der Arbeit zwanzig Minuten laufen zu gehen, und fühlte sich so ausgeruht und motiviert wie schon lange nicht mehr. Als sie das Haus verließ, warf sie Schrödinger einen Handkuss zu. Er saß auf der Fensterbank und beobachtete mit seinen orangefarbenen Augen, die wie einladende Leuchtfeuer aussahen, jede einzelne ihrer Bewegungen. Für Robyn war es beruhigend zu wissen, dass er da sein würde, wenn sie wieder nach Hause kam.

»Die Ziehung der Lottozahlen fand am neunzehnten Dezember statt, und der Jackpot von sechs Millionen wurde auf ein Bankkonto eingezahlt, das von diesem Mann eingerichtet wurde – Dario Pelligrini. Er könnte somit etwas mit unseren Mordfällen zu tun haben. David?«

Auch David war hellwach und wollte sich einbringen. »Ich habe Informationen zu Dario Pelligrini, einem der Finanzdirektoren von SFE, Staffordshire Financial Experts, mit Sitz in Lichfield. Er ist seit zwanzig Jahren als unabhängiger Finanzberater tätig und lebt in Brocton mit seiner Frau Ailsa, die ebenfalls als Finanzberaterin im selben Büro arbeitet.« Robyns Augen weiteten sich vor Überraschung.

»In Brocton? In dem Dorf, in dem Anthony Hawkins und Henry Gregson gewohnt haben? Und seine Frau arbeitet mit ihm zusammen?«

Diese Neuigkeit ließ das Adrenalin durch ihre Adern schießen und ihre Mundwinkel zuckten unwillkürlich. Sie hatten eine weitere Verbindung zwischen Henry Gregson und der Quizgruppe aufgedeckt. Eine Bemerkung von Juliet Fallows kam ihr in den Sinn, dass sich Klatsch und Tratsch in Dörfern wie ein Lauffeuer verbreiten, und sie überlegte, wie wahrscheinlich es war, dass entweder Pelligrini oder seine Frau Henry Gregson von dem Lottogewinn erzählt hatten. »Dann fangen wir mit denen an. Matt, Sie und Anna fahren nach Barton-under-Needwood und suchen noch einmal nach Zeugen, die am Tag von Tessa Halls Tod etwas Verdächtiges in der Nähe gesehen haben. Ich kann nicht glauben, dass niemandem etwas aufgefallen sein soll. Das Dorf hat über viertausend Einwohner, und da ist immer was los. Selbst um die betreffende Zeit am frühen Morgen müssen eine ganze Menge Leute durch das Dorf zur A38 gefahren sein. Nehmen Sie das Foto von Roger Jenkinson mit und fragen Sie rum, ob er am betreffenden Tag irgendwo in der Nähe gesichtet wurde.«

Matt hatte den Kopf auf eine Hand gestützt und gähnte. »Wird erledigt. Der Spaziergang an der frischen Luft wird mir guttun.«

»Schlimme Nacht gehabt?«

»Im Moment ist jede Nacht schlimm. Die Kurze hat einen Atemwegsinfekt.«

»Oh, die Ärmste«, meinte Anna und rechnete mit einer sarkastischen Bemerkung. Aber Matt war wirklich nicht auf der Höhe und warf ihr nur einen traurigen Blick zu. »Ja. Es ist furchtbar, sie so leiden zu sehen, wie sie hustet und keucht. Angsteinflößend.«

Robyn packte das Mitleid. »Möchten Sie sich ein paar Stunden freinehmen und nach ihr sehen?«

Aber Matt winkte ab. »Meine Frau geht nachher mit ihr zum Arzt. Ich bin dort keine Hilfe.«

»Wenn Sie es sich anders überlegen, sagen Sie Bescheid«, meinte Robyn. »Das Angebot steht.«

Er nickte dankbar mit dem Kopf.

»Außerdem habe ich vor, noch mal mit Liam Carrington zu sprechen«, verkündete Robyn nun wieder an das komplette Team gerichtet. »Aber damit warte ich, bis wir bei SFE waren. Mitz, bitte rufen Sie Anthony Hawkins Bruder William an und fragen Sie ihn, wie gut Anthony diesen Pelligrini kannte. Und klären Sie ein für alle Mal ab, ob es irgendwie möglich ist, dass er Henry Gregson über die Cricket- oder die Fußballmannschaft kannte. Okay. Konzentration. Wir lösen den Fall. Viel Glück.«

Während sie sprach, hatte sie nicht bemerkt, dass Tom Shearer ins Büro gekommen war.

Er schlich zu ihr hinüber. »Nice. Sie haben die Truppe ja voll im Griff.«

Ihre positive Energie begann zu schwinden. »Viel um die Ohren?«, fragte sie, um ihn davon abzuhalten, weitere Fragen zu stellen.

»Ja. Wir müssen schon wieder mit unserem Kram umziehen. Flint hat uns erlaubt, uns für die nächsten Tage im Besprechungsraum einzurichten, bis unser neues Büro bezugsfertig ist.«

»Haben Sie ihn darum gebeten?«

»Ja. Ich dachte, wir sollten Ihre Geduld hier nicht überstrapazieren. Abgesehen davon ist es bescheuert, dass wir beide versuchen, mehrere Ermittlungen gleichzeitig durchzuführen.« Er grinste. »Also packen wir unseren Kram ein und verschwinden. Vielen Dank für Ihre Gastfreundschaft.« Er winkte ihr mit wackelnden Fingern zu und verschwand.

Die Büros von SFE befanden sich im oberen Stockwerk eines zweigeschossigen Gewerbegebäudes. Das untere Stockwerk gehörte einer kleinen Werbeagentur. Ein Schild an der Eingangstür wies die Kunden an, zu klingeln und zu warten. Robyn drückte auf den Knopf, stellte sich namentlich vor und wartete geduldig, bis die Tür geöffnet wurde. Anschließend stieg sie mit David die mit dickem Teppich ausgelegte Treppe hinauf und wurde von einer Frau in Empfang genommen, die einen engen schwarzen Seidenrock trug, der bei jeder Bewegung schimmerte, sowie eine makellos weiße Bluse und Schuhe mit schwindelerregend hohen Absätzen und den markanten roten Sohlen der Marke Louboutin. Die Dame führte die beiden Polizeibeamten in ein Großraumbüro, in dem sich mehrere gut gekleidete Personen befanden, die allesamt auf ihren jeweiligen Bildschirm starrten und über eine Freisprecheinrichtung leise telefonierten.

»Ich bin Ailsa Pelligrini«, stellte sie sich vor und streckte eine elegante Hand aus, an deren Finger ein riesiger Diamantring aufblitzte.

»DI Carter. Wir werden erwartet.«

»Mein Mann wird gleich bei uns sein. Er befindet sich noch in einem Mandantengespräch.« Sie führte die beiden an den Schreibtischen und Computerbildschirmen mit für Robyn kryptisch aussehenden Grafiken, blinkenden Punkten und Namenslisten darauf vorbei zum anderen Ende des Raums.

Der gläserne Konferenzraum war schlicht möbliert. Nur ein

ovaler Tisch mit Glasplatte sowie sechs cremefarbene Lederstühle befanden sich darin. An der hinteren Wand stand ein Wasserspender und daneben ein Tisch mit Trinkgläsern.

»Kann ich Ihnen etwas zu trinken anbieten?«

Robyn lehnte ab. Sie und David ließen sich auf den gepolsterten Stühlen nieder und warteten schweigend. Aber nicht lange. Nur Minuten später wurde die Tür geöffnet und ein braun gebrannter Mann mit umwerfendem südländischem Aussehen trat ein.

»Dario Pelligrini«, stellte er sich vor. Sein südeuropäischer Akzent klang ähnlich wie der seiner Frau. Er zog einen Stuhl am Kopf des Tischs heraus, setzte sich und musterte die Polizeibeamten erwartungsvoll.

»Danke, dass Sie sich die Zeit für uns genommen haben. Es geht um Anthony Hawkins.«

»Ah, das dachten wir uns schon, nicht wahr, Ailsa? Ich will gar nicht um den heißen Brei herumreden. Die ganze Sache ist für uns ein bisschen unangenehm.«

»Inwiefern?«

»Na ja, zweifelsohne haben Sie herausgefunden, dass wir eine erhebliche Summe für Anthony angelegt haben, und sind jetzt hier, weil Sie Zweifel an der Legalität unserer Vorgehensweise haben.«

»Möchten Sie damit sagen, dass Sie sich nicht an den Verhaltenskodex für Finanzdienstleistungen gehalten haben?«

»Ganz im Gegenteil. Wir haben alles streng nach Vorschrift gemacht. Die Konstellation war nur recht ungewöhnlich. Ich habe den Fall nur übernommen, weil ich Anthony schon seit Jahren kannte. Jeder andere Finanzberater hätte mit Sicherheit mehr Fragen gestellt als wir und sich länger damit beschäftigt. Anthony wollte, dass die Konten relativ schnell eingerichtet werden, und da sind wir ihm entgegengekommen.«

»Bitte berichten Sie mir genau, was passiert ist.«

»Anthony ist im Dezember hier vorbeigekommen und

meinte, er und ein paar Freunde hätten ein Vermögen im Lotto gewonnen. Sie wollten jedoch nicht, dass das Geld auf die einzelnen Bankkonten überwiesen wird. Also habe ich ihm ein paar Optionen aufgezeigt, und schlussendlich haben wir uns für ein Sammelkonto entschieden. Von dort aus wurde das Geld auf mehrere Offshore-Konten verteilt. Und ich nehme an, deswegen sind Sie hier, aber ich kann Ihnen versichern, dass wir nichts Illegales getan haben. Wir haben lediglich ein paar Schlupflöcher in den britischen Steuergesetzen genutzt und Unternehmen gegründet und Gelder auf die neuen Konten überwiesen. Wir sind ein seriöses Unternehmen und kennen die Gesetze und Steuervorschriften unseres Landes sehr genau. Anthony hat sich dafür entschieden, seinen Anteil in einen sogenannten festverzinslichen Fonds zu investieren, aus dem er sich jedes Jahr einen bestimmten Prozentsatz steuerfrei auszahlen lassen konnte. Dieses Einkommen hätte ihm über viele Jahre hinweg einen sehr guten Lebensstil ermöglicht.«

»Also hat sich Mr. Hawkins an Sie gewandt, um sich beraten zu lassen, und dann haben er und die anderen Mitglieder der Tippgemeinschaft Sie beauftragt?«

»Das ist die Kurzfassung, ja. Ailsa und ich haben das Ganze gemeinsam ausgearbeitet und organisiert. Dafür musste eine Menge Papierkram erledigt werden.«

»Wissen Sie, wer sonst noch in den Gewinn involviert war?«

»Kurz nachdem mir Anthony von dem Gewinn erzählt hat, gab es ein Treffen mit allen Mitgliedern der Tippgemeinschaft. Dabei habe ich ihnen die Optionen erklärt. Es blieb bei diesem einen Termin. Alles, was ich sonst noch von ihnen brauchte, lief über Anthony – Unterschriften, relevante Daten, Pass bzw. Personalausweis, all die Sachen, die wir prüfen müssen, um einen Betrug auszuschließen. Er war der Ansicht, dass es für alle Beteiligten einfacher wäre, wenn er sich um alles kümmert.«

»Sie wissen, dass er am Samstag verstorben ist?«

»Ja. Die traurige Nachricht hat uns erreicht. Ich habe seinem Bruder bereits mein Beileid ausgesprochen. Sie standen sich zwar nicht allzu nahe, aber er ist sein einziger noch lebender Verwandter, und da Anthony kein Testament hatte, erbt er das gesamte Vermögen. Dabei hatte Anthony ein Testament entworfen und wollte das Geld wohltätigen Zwecken hinterlassen. Ich wurde als Testamentsvollstrecker eingesetzt, daher kenne ich den Inhalt. Allerdings war das alles noch nicht offiziell. Anthony würde sich im Grab umdrehen. So viel Geld und keine Zeit, um es zu genießen. Und schlimmer noch: Sein Bruder bekommt alles.«

»Würden Sie sagen, dass Sie und Mr. Hawkins sich nahe standen?«

Dario neigte den Kopf von einer Seite auf die andere. »Nicht wirklich nahe. Wir kannten uns schon sehr lange. Früher haben wir Cricket zusammen gespielt. Das war vor meiner Knieverletzung. Heute kann ich nicht mehr spielen, unterstütze aber den Nachwuchs.«

Bei Erwähnung der Cricket-Mannschaft schlug Robyns Herz schneller. »Kennen Sie einen Mann namens Henry Gregson? Er trainiert das Juniorteam.«

Pelligrini nickte kurz. »Den kenne ich. Der arme Kerl wurde ermordet. Vorgestern erst haben wir Lauren besucht. Sie war vollkommen fertig. Ailsa hat ihr eine Lasagne mitgebracht, aber ich bezweifele, dass sie sie gegessen hat.«

Robyn wandte sich nun an Ailsa, die ihre gefalteten Hände auf dem Tisch abgelegt hatte. »Kannten Sie Lauren gut?«

»Wir haben letzten Sommer zusammen Tennis gespielt, als sie neu nach Brocton gezogen ist. So eine nette Person. Wir waren auch ein paar Mal im Theater in Lichfield. Manchmal bekomme ich Freikarten für das eine oder andere Theaterstück, und Dario ist nicht so der Fan. Lauren schon.«

»Hat jemand von Ihnen mit Henry oder Lauren über den Lottogewinn geredet?«

Pelligrini schüttelte den Kopf. »Ganz bestimmt nicht. Diskretion ist in unserem Beruf das höchste Gut. Wir wollen ja keine Mandanten verlieren, weil wir die Klappe nicht halten können, oder, Ailsa?«

Sie lächelte gezwungen. Ihre geschminkten Lippen sahen im Kontrast zu ihrem weißen Porzellanteint noch roter aus. Dann schüttelte sie den Kopf.

Robyn ging davon aus, dass er der Tippgemeinschaft seine Arbeit fürstlich in Rechnung gestellt hatte; wie fürstlich, würde sie problemlos herausfinden. Dass Dario Pelligrini allerdings hinter den Morden steckte, war für sie schwer vorstellbar. Vor dem Gebäude hatte sie ein Bentley Cabrio mit privatem Nummernschild gesehen, der eindeutig ihm gehörte, und seiner Kleidung nach zu urteilen – der Anzug war maßgeschneidert und aus reiner Wolle, die Lederschuhe poliert und die Uhr von Patek Philippe – hatte er es nicht nötig, sich das Geld aus dem Jackpot unter den Nagel zu reißen. Dennoch musste sie die Frage stellen.

»Darf ich fragen, wie viel Sie und Ihre Frau im Jahr verdienen?«

»Das ist eine sehr indiskrete Frage.«

»Und dennoch brauche ich eine Antwort. Alternativ kann ich auch einen Blick in Ihre Bücher werfen.«

»Schon gut. Ich habe nichts zu verbergen. Wir beziehen jeweils ein Jahresgehalt von über hunderttausend Pfund. Außerdem besitzen wir Anteile am Unternehmen und erhalten Beiträge für die Rentenkasse in Höhe von etwa siebzigtausend Pfund pro Jahr. Unser Beruf ist recht lukrativ, wenn man die richtigen Mandanten in ausreichender Anzahl hat. Das meiste Geld verdienen wir mit jährlichen Provisionen, und die summieren sich im Laufe der Jahre. Letztes Jahr konnte das Unternehmen vier Millionen Britische Pfund umsetzen. Natürlich können Sie sich jederzeit an unseren Buchhalter wenden, wenn Sie weitere Einzelheiten benötigen.« Sein Tonfall war unverändert freundlich geblieben, doch seine Augen eiskalt geworden.

»Okay. Dann muss ich Sie noch fragen, wo Sie am Donnerstag, den vierzehnten Februar waren, Mr. Pelligrini.«

»In Rom. Im Hotel Rome Cavalieri. Sie können den Concierge dort fragen. Fabio heißt er. Der wird das bestätigen. Er kennt uns recht gut. Wir steigen immer dort ab, wenn wir in Rom sind. Am Donnerstagabend haben wir in deren Dreisterne-Michelin-Restaurant gegessen, wenn Ihnen das bei Ihren Ermittlungen hilft. Am Sonntagnachmittag sind wir dann wieder von unserem romantischen Kurzurlaub zurückgeflogen.« Er schaute auf seine Armbanduhr und zog die Augenbrauen hoch, wie um zu signalisieren, dass die Unterhaltung nun zu Ende war.

Robyn verließ die Büroräume und ging die Treppe hinunter. Obwohl keiner der Pelligrinis an einem oder beiden Tatorten gewesen sein konnte, hatte sie womöglich dennoch eine Verbindung zwischen Henry Gregson und dem Lottogewinn gefunden. Zwar hatte Dario darauf bestanden, dass er niemals mit irgendjemandem über den Gewinn gesprochen hatte, doch Ailsa war bei dem Thema auffallend schweigsam gewesen. Es war möglich, dass sie Lauren gegenüber etwas erwähnt hatte.

»Ich bin im falschen Job«, murmelte David, als sie das Gebäude verließen. »Was die da an Geld verdienen, ist ja schon fast obszön.«

Robyn musste an Pelligrinis selbstgefälligen Gesichtsausdruck denken, als er vorgerechnet hatte, wie viel Geld er verdiente. »Du bist durchaus im richtigen Job, David. Das sind wir beide. Lass uns auf dem Weg zur Dienststelle in Brocton vorbeifahren. Ich möchte noch mal kurz mit Lauren sprechen.

Ich habe den Verdacht, dass Ailsa ihr von dem Lottogewinn erzählt hat.«

Als sie losfuhren, leuchtete Robyns Smartphone auf. Sie hatte eine Textnachricht von ihrem Cousin Ross erhalten:

*Bin mit meinen Ermittlungen noch nicht weitergekom-
men. Hoffe, du hast mehr Glück als ich.*

Sie lächelte. Ross hatte Davies nicht beim Namen genannt. Ihr Cousin war ein sehr vorsichtiger Mann und überzeugt, dass alle Nachrichten gehackt oder gelesen werden können. Sie antwortete und löschte dann die Nachrichten, wie er es ihr aufgetragen hatte. Sie konnte sich glücklich schätzen, Ross auf ihrer Seite zu haben.

49

DAMALS

Er kann nicht glauben, was er da sieht. Sid liegt auf dem Boden, sein Gesicht vor Schmerzen verzerrt. Seit einer ganzen Weile schon nimmt er Tabletten für sein Herz, und zuerst denkt er, Sid hätte einen Herzinfarkt. Doch dann sieht er die Waffe. Von der Waffe wandert sein Blick zu dem Mann, der sie in der Hand hält. Ein Mann, den er nur zu gut kennt.

»Johnny, was zum Teufel machst du da?«

Johnny richtet die Waffe nun auf ihn. »Halt die Klappe. Bleib, wo du bist. Sid hier wollte gerade reden, stimmt's, Sid?«

Er schaut von Johnny zu Sid und dann zu Kayley. Pure Gallenflüssigkeit steigt seine Speiseröhre hinauf.

»Kayley?«, flüstert er und schüttelt den Kopf, um ihn klarzubekommen.

Ihr Gesicht ist vollkommen ausdruckslos und ihr Akzent aus dem Norden des Landes, den er so sehr an ihr gemocht hat, verschwunden. »Das ist nicht mein richtiger Name.« Ihre Worte ergeben überhaupt keinen Sinn. Das ist Kayley Frost. Seit fast zwei Monaten teilt er sein Leben mit ihr. Er weiß alles über sie: über ihre Familie in Wigan, ihre Kindheit, ihre Schulzeit, ihre Liebe zum Sport, die schon damals geweckt worden war, ihren aktuellen Job als Rechercheurin bei einem örtlichen Radiosender. Sie haben sich zusammen Wohnungen angesehen. Was geht hier vor sich? Das alles ergibt für ihn überhaupt keinen Sinn.

Nun spricht Johnny wieder. »Spuck's aus, alter Mann, oder ich jag dir eine Kugel in den Körper.«

Müde hebt Sid den Kopf. Sein Gesicht ist ganz bleich, sein dünnes Haar schweißnass und jede Bewegung bereitet ihm offensichtlich viel Mühe. »Mach doch. Ich habe eh nichts, wofür es sich zu leben lohnt. Mein Gott wird sich meiner annehmen.«

Johnny knurrt böse und tritt Sid, der das Gesicht schmerzhaft verzieht, aber keinen Laut von sich gibt.

Er ruft: »Lass ihn in Ruhe! Er ist krank! Er hat das alles nicht verdient! Was willst du überhaupt?«

»Die Kombination für den Safe natürlich, Vollidiot. Hättest du sie mal Kayley verraten, als sie versucht hat, sie aus dir herauszukitzeln, dann hätten wir uns diese Unannehmlichkeiten hier ersparen können. Wochenlang hat sie versucht, die Zahlen aus dir rauszukriegen.« Johnny trieft nur so vor Überheblichkeit.

Kayley neigt den Kopf und ein sarkastisches Lächeln umspielt ihren Mund. Plötzlich ergibt alles Sinn. Deshalb hat sie ihn gefragt, ob es irgendwelche wichtigen Geburtstage gibt, an die er denken muss, oder Zahlenfolgen, die er besonders gerne mag. Sie erzählte ihm, dass sie immer ihr Geburtsdatum als Code verwendet. Das kam ihm zu dem Zeitpunkt zwar komisch vor, aber er dachte nicht weiter darüber nach. Jetzt versteht er. Außerdem stellte sie ihm alle möglichen Fragen zu seiner Tätigkeit als Buchmacher: wie viel der Laden durchschnittlich pro Woche einnimmt, worauf man am besten wettet und was mit dem ganzen Geld passiert, das er von den Spielern bekommt. Sein Herz wird immer schwerer. Und er Idiot hat ihr alles erzählt, von den Wochentagen, an denen der Geldtransporter die Einnahmen abholt, bis hin zum voraussichtlichen Tagesumsatz von heute. In letzter Zeit sind Wetten auf Cricketspiele sehr beliebt und bringen eine Menge Geld ein. Nun versteht er auch, warum er in der Woche zuvor seinen Ladenschlüssel nicht finden konnte. Kayley hat ihn am nächsten Abend hinter einem Sofakissen entdeckt. Sie muss ihn gestohlen und eine Kopie gemacht haben, und so sind sie in das Hinterzimmer des Wettbüros gelangt. Plötzlich sieht er alles so klar, dass es ihn fast umhaut.

Kayley hat sich nie führ ihn interessiert. Er ist das Opfer einer Betrugsmasche. Sie hat ihm nach und nach Informationen über das Wettbüro aus der Nase gezogen, damit sie und Johnny es ausrauben können. Was war er nur für ein Idiot!

Sie wusste, dass Sid heute Abend allein im Laden war. Er selbst sollte nicht hier sein. Er hat auf dem Weg zum Pub spontan beschlossen, im Wettbüro vorbeizuschauen und nach Ladenschluss ein bisschen mit Sid zu plaudern. Sid bleibt immer noch eine halbe Stunde, um alles für den nächsten Tag aufzuräumen. Er wollte Sid um einen Kredit für die Kaution für eine Wohnung bitten, die er besichtigt hat – eine Überraschung für Kayley. Zwar haben Johnny und Kayley nicht damit gerechnet, dass er hier auftauchen würde, nahmen diese Tatsache jedoch gelassen hin.

Es bleibt ihm keine Zeit mehr, um weiter darüber nachzudenken, was hier vor sich geht. Johnny starrt ihn erwartungsvoll an. »Gib mir die Kombination oder er ist tot«, sagt er drohend und richtet die Waffe auf Sid.

»Sag ihm nichts, Sohn«, stöhnt Sid. »Ich bin zu alt, um Angst vor dem Tod zu haben.«

Sohn? Das stimmt. Sid war ihm immer mehr ein Vater gewesen als sein eigener Erzeuger, der inzwischen auf dem örtlichen Friedhof liegt. Er kann es nicht zulassen, dass Sid etwas zustößt. Sid war immer gut zu ihm. Er hat ihm vertraut. Ihm eine Chance gegeben, jemand zu werden und seinen Lebensunterhalt ehrlich zu verdienen. Ohne Sid hätte er womöglich den falschen Weg eingeschlagen, und wer weiß, was dann aus ihm geworden wäre. Er würde nicht zulassen, dass seinem Boss und Mentor etwas zustößt.

»Zwölf, null, zehn, neunzehn, acht, sechs.«

»Braver Junge«, sagt Johnny selbstzufrieden. »Kayley?«

Jetzt erst fallen ihm die dünnen Gummihandschuhe auf. Sie steckte schon die ganze Zeit in der Sache mit drin. Kayley und Johnny. Wie lange haben sie das gemeinsam geplant? Ihr plötzliches Auftauchen im Wettbüro, ihre Wette auf Swain, Johnnys Auftauchen kurz danach – das alles waren keine Zufälle. Und was ist mit seiner Schwester? Johnny hat sie beide ausgetrickst.

Sie öffnet den Safe nicht. Stattdessen schüttelt sie den Kopf. »Er soll das machen.«

Johnny überlegt kurz und grinst dann. »Ja, warum nicht? Nu los! Mach den Safe auf, Kleiner, oder es passiert was.«

Er wirft Johnny einen bösen Blick zu und ist versucht, ihm eine Ohrfeige zu verpassen, als er an ihm vorbeigeht, aber er weiß, dass jede plötzliche Bewegung seinerseits zu Sids Tod führen würde. Kayley schaut ihn völlig emotionslos an. Sid stöhnt erneut auf. Er eilt zum Tresor, tippt den Code ein und die Tür springt mit einem Klicken auf. Johnny stößt ihn zur Seite. Eine Millisekunde lang überlegt er, Johnny die Waffe zu entreißen, aber Kayley beobachtet ihn mit diesen kühlen, hellgrauen Augen, die er einst faszinierend fand. Er fragt sich, ob sie Kontaktlinsen trägt und die Farbe ihrer Augen so unecht ist wie die ihrer Haare und sie selbst.

Johnny greift nach den sauber auf Regalböden im Safe aufeinandergestapelten Scheinen und jubelt. »Guck dir das an! Wir sind reich, Baby!«

Ein kleines Lächeln umspielt ihre Lippen. »Für den Anfang reicht's.«

Johnny legt einen Arm um ihre Taille, zieht sie zu sich heran und küsst sie voll auf die Lippen.

Er kocht vor Wut. Wie kann sie ihm das antun? Gerade will er sich auf die beiden stürzen, doch ein leises Geräusch, das klingt, als würde Luft aus einem Reifen entweichen, lässt ihn innehalten. Er läuft zu Sid, dessen Augen nun geschlossen sind. Es ist zu spät. Er kann ihn nicht mehr retten. Sid hatte einen schweren Herzinfarkt. Johnny hört auf, die Geldscheine in seine Sporttasche zu packen, und schaut zu den beiden herüber.

»Ach, scheiße. Der alte Kerl ist tot. Dann müssen wir los, Süße. Wir wollen ja nicht wegen Mordes drangekriegt werden.«

Kayley zuckt mit den Schultern. »Wir haben ihn ja nicht umgebracht.«

»Natürlich habt ihr das!«, ruft er aus. »Ihr habt ihn zu Tode erschreckt!« Dann lacht Kayley, und ihr Lachen jagt ihm einen Schauer über den Rücken.

»Haben wir nicht. Wir waren gar nicht hier. Es gibt keine Beweise dafür, dass wir hier waren. Keine Spuren für einen Einbruch, und die Überwachungskamera ist ausgeschaltet. Danke übrigens, dass du mir verraten hast, wie das funktioniert.« Erneut lacht sie. »Es gibt keine Beweise, dass wir hier waren, aber jede Menge, dass du hier warst. Die Bullen werden dich verhaften. Immerhin hast du bereits einen gewissen Ruf, und die kennen dich schon, ne? Ich bin mir relativ sicher, dass die davon ausgehen werden, dass du das Geld aus dem Safe klauen wolltest und der arme alte Sid dich dabei erwischt hat. Deine Fingerabdrücke sind überall. Unsere nicht.«

Johnny wirft einen letzten Blick in den nun leeren Safe. »Okay, Baby. Wir hauen ab.« Er schultert die Tasche mit dem Geld darin. »Ich behalte dich im Auge«, sagt er grinsend.

»Und ich dich«, antwortet er verächtlich.

Johnny bleibt stehen und fletscht die Zähne. »Du hältst dich für ganz besonders schlau, oder? Du und deine Schwester. Die kleine Schlampe. Konnte es kaum erwarten, flachgelegt zu werden.«

Er stößt einen kehligen Laut aus und geht einen Schritt auf Johnny zu, der nun wieder die Waffe auf ihn richtet. »Komm ruhig. Trau dich. Du willst dir auch eine einfangen, oder?«

Er weicht zurück. Seine Nasenlöcher öffnen und schließen mehrmals, so wütend ist er.

»Willst du wissen, warum ich das hier eingefädelt habe? Weil du dachtest, du wärst schlauer als ich. Du dachtest, du könntest meinen Drogenhandel einfach so übernehmen. Das ist zwar schon ein paar Jahre her, aber ich habe nie vergessen, dass du mir in den Rücken gefallen bist. Du warst mein Kumpel, du hättest mir den Rücken stärken sollen, doch stattdessen hast du mich fallenlassen wie eine heiße Kartoffel. Und während ich in den Knast gebracht und von der Polizei ausgequetscht wurde, wobei ich kein Sterbenswort über deine Beteiligung verraten habe, haben du und deine Schwester euch in mein Geschäft gedrängt. Ihr habt mich zum Gespött gemacht, ist dir das eigentlich klar? Ihr habt meine Glaubwürdigkeit bei Dealern und Kunden zerstört. Ich musste ganz von vorne anfangen. Etwas Neues ausprobieren. Was auf die Beine stellen. Aber diesmal habe ich einen Partner gefunden, dem ich vertrauen kann«, sagte er und machte eine Kopfbewegung in Kayleys Richtung.

»Ich vergesse nie, wer mich verraten hat. Ich habe mich damals um dich gekümmert. Dafür gesorgt, dass du Kohle hast. Ich dachte, du wärst mein Freund. Aber da habe ich mich geirrt. Heute lasse ich mir von niemandem mehr was gefallen. Ich habe mich neu erfunden und gewartet, bis meine Zeit gekommen ist. Und dann hatte ich ein paar Rechnungen zu begleichen. Eine davon war deine. Und das war lustig. Du bist ein echtes Weichei geworden. Sieh dich nur an! Stolzierst in deinem schnieken Anzug herum, redest Mist über Matches und Quoten, tust so, als wärst du ein ehrlicher Kerl. Du bist so was von erbärmlich! Wie auch immer, es sieht so aus, als müsstest du dir jetzt einen neuen Job suchen.« Johnny machte eine Kopfbewegung in Richtung Sid. »Also denn mal tschüss! War schön, dich wiederzusehen. Jetzt muss ich los. Versuch gar nicht erst, uns zu verpfeifen. Bis du die Polizei verständigt hast, sind wir längst über alle Berge, und das mit dem fehlenden Geld würde ich an deiner Stelle lieber für mich behalten. Das sieht hier alles schwer nach einem Insider-Job aus – keinerlei Einbruchspuren! Siehst du?« Er hält den Schlüssel zur Hintertür hoch. »Sie hat recht. Du wärst der Hauptverdächtige. Also Adios, Dumpfbacke.«

Johnny stößt die Tür mit dem Ellbogen auf und Kayley schlüpft hindurch. Dann dreht er sich noch einmal um und sagt: »Und falls das noch nicht Grund genug für dich ist, die Klappe zu halten, lass mich dich warnen: Wenn du mich oder Kayley bei den Bullen auch nur erwähnst, bringe ich deine kleine Schwester um.« Er zielt mit der Waffe auf ihn. »Peng! Einfach so. Comprendez?« Bei diesen Worten nickt sich Johnny selbst bestätigend zu und verschwindet durch die Seitentür in die Gasse dahinter.

Er lässt sich neben dem Mann zu Boden fallen. Der Mann, der ihm sein Vertrauen geschenkt hat. Der Mann, der ihm den Schlüssel für den Hintereingang seines Ladens gegeben und der ihn besser behandelt hat als jemals jemand zuvor. Er nimmt Sids Hand in seine und blinzelt die Tränen weg.

»Es tut mir leid«, flüstert er. »Es tut mir so leid.«

50

TAG NEUN – MITTWOCH, 22. FEBRUAR, NACHMITTAG

Lauren war allein. Das ungewaschene Haar trug sie aus dem blassen, ungeschminkten Gesicht gekämmt, und auf den Lippen zeigten sich die ersten Anzeichen eines Fieberbläschens. Sie führte Robyn in die Küche, wo sich Kleidung neben einer Rolle Müllsäcke stapelte.

»Ich habe versucht, Henrys Klamotten für die Kleiderkammer einzupacken, es aber schlicht nicht geschafft. Ich bin noch nicht so weit, ihn aus meinem Leben reißen zu lassen.«

»Haben Sie denn niemanden, der Ihnen dabei hilft?«, fragte Robyn freundlich.

»Meine Mutter hat sich angeboten, aber ich habe sie weggeschickt. Ich will das allein machen. Sie kommt aber später noch mal wieder. Im Moment kümmert sie sich mit meinem Vater um die Beerdigung. Das kann ich beim besten Willen nicht. Ich habe es versucht, aber kaum hatten sie den Katalog geöffnet und ich sollte einen Sarg aussuchen, bin ich zusammengebrochen. Seine Schwester will mit dem Ganzen auch nichts zu tun haben, und deshalb haben meine Eltern das übernommen.«

»Also haben Sie mit Libby gesprochen?«

Lauren nickte traurig. »Sie meinte, ihrer Mutter geht es so

schlecht, dass sie vermutlich nicht zur Beerdigung kommen kann. Das ist doch unfassbar, oder? Immerhin ist sie seine Schwester. Wie kann man denn seinen eigenen Bruder so im Stich lassen?«

»Ich weiß, dass das alles sehr schwierig ist für Sie, aber wir machen Fortschritte mit unseren Ermittlungen und ich habe ein paar Fragen, mit deren Beantwortung Sie uns hoffentlich sehr weiterhelfen können.«

»Klar. Alles, damit wir herausfinden, was passiert ist. Nachts werde ich von Albträumen geplagt. Letzte Nacht war es besonders schlimm: Ich war dort, mit Henry, im Auto. Wir haben gelacht und geplaudert und plötzlich habe ich gesehen, wie jemand eine Waffe auf uns gerichtet hat. Mein Herz hat furchtbar heftig geschlagen, aber ich konnte nicht schreien. Dann bin ich aufgewacht. Und war völlig fertig. Zum Glück war meine Mutter hier. Ich weiß nicht, was ich ohne sie getan hätte.«

»Kennen Sie Ailsa und Dario Pelligrini?«

Lauren verzog das Gesicht. »Ja, natürlich. Mit Ailsa spiele ich Tennis, und mit Dario hat sich Henry manchmal nach dem Cricket im Pub getroffen. Warum?«

»Hat Ailsa Ihnen von neuen Mandanten erzählt – einer Tippgemeinschaft?«

Einen Moment lang kaute Lauren auf der Unterlippe herum. »Ja. Davon hat sie mir in der Tat ganz im Vertrauen erzählt. Wir waren zusammen im Theater in Lichfield und danach essen. Nach ein paar Cocktails hat sie eine Flasche Champagner bestellt, und danach waren wir ziemlich schnell ziemlich angeschickert. Und da hat sie mir erzählt, dass sie was zu feiern hat, weil sie das Mandat für eine Tippgemeinschaft übernommen haben, für das sie Konten eröffnen und in Fonds investieren und all so Sachen, von denen ich nichts verstehe, auf jeden Fall war das alles für sie ausgesprochen lukrativ. Und an dem Tag haben sie für die Mandanten ein besonderes Sammelkonto eröffnet.«

»Haben Sie irgendjemandem davon erzählt? Henry zum Beispiel?«

Lauren riss die Augen auf und nickte. »Ich hatte zu viel getrunken und war redselig, wusste aber, dass er niemandem was verraten würde. Er war ausgesprochen vertrauenswürdig. Ich fand es halt so lustig, dass das Sammelkonto auf den Namen Astra Holding lief. Das habe ich ihm erzählt, und dann haben wir beide Witze darüber gemacht, wie lustig es wäre, wenn die kleine Astra Carrington im Lotto gewonnen hätte. Warum? Inwiefern ist das wichtig? Hätte ich ihm nichts erzählen dürfen?«

»Wie hat er reagiert, als Sie ihm davon erzählt haben?«

»Er hat gelacht.«

»Ist ihnen unmittelbar danach eine Veränderung in seinem Verhalten aufgefallen? Hat er nach Einzelheiten gefragt?«

Lauren schüttelte den Kopf. »Das Thema kam nie wieder auf. Er war ruhiger als sonst, meinte aber, das läge an den Problemen, die wir zweifelsohne hatten. Sie wissen schon, weil ich nicht schwanger wurde.«

»Also war er ruhiger als sonst?«

Lauren legte den Kopf in den Nacken und schloss kurz die Augen. »Ja. Am nächsten Tag habe ich mich mit ihm gestritten, weil er mir nicht zugehört, sondern nur auf die Müslipackung gestarrt und mich ignoriert hat. Ich habe ihn gefragt, was los ist, und er meinte, er fühlte sich ständig unter Druck gesetzt, mich schwängern zu müssen. Ein Wort gab das andere, und danach ist er zur Arbeit gefahren, aber als er abends nach Hause kam, war wieder alles in Ordnung.«

Robyn und David waren guter Dinge, als sie das Haus verließen. Endlich hatten sie einen Durchbruch erzielt. Nach allem, was sie inzwischen wussten, konnten sie davon ausgehen, dass alle drei Todesfälle etwas miteinander zu tun hatten.

Robyn würde DCI Flint ihre Ergebnisse präsentieren, Schutz für die anderen Mitglieder der Tippgemeinschaft organisieren und dann den Mörder fassen.

Robyn setzte David vor der Dienststelle ab und fuhr weiter nach Yoxall.

Liam Carrington öffnete die Tür in Jeans und einem Pullover, auf dem irgendetwas klebte. Er schien überrascht, sie zu sehen.

»Kommen Sie rein«, sagte er und fuhr sich mit der Hand über die Stirn. »Ich mache Astra nur gerade was zu essen.« Astra kam angerannt, um zu sehen, wer an der Tür geklingelt hatte, und brach in ein breites Lächeln aus, als sie Robyn erkannte.

»Hallo, Astra. Hat dir der Film mit Lauren gefallen?« Astra nickte und schob ihre Hand in die ihres Vaters.

»Ich war zufällig bei Lauren, als Astra gerade bei ihr war«, erklärte Robyn.

Liam Carrington nickte heftig. »Ja, ich habe Ihren Rat angenommen. Und ich glaube, es hat beiden geholfen. Astra macht auf jeden Fall einen ausgeglicheneren Eindruck.« Er ging in die Küche, wo er gerade dabei war, ein Käsesandwich zuzubereiten. Er legte die obere Brotscheibe auf den Käse, schnitt das Sandwich in vier Teile und reichte Astra den Teller. Sie trug ihn zu ihrem Platz am Tisch und nahm die schwarze Katze in den Arm. Das Essen ignorierte sie.

»Sind Sie heute allein?«

»Ja. Ella gibt einen Kurs in der Gemeindehalle. Ich versuche, meine Schichten so zu legen, dass sie Zeit dafür hat. Normalerweise finden jeden Mittwoch zwei Kurse statt – einer vormittags und einer am frühen Abend.«

»Was für einen Kurs unterrichtet sie denn?«

»Selbstverteidigung«, antwortete er. Sie bemerkte eine leichte Veränderung seines Verhaltens, sagte jedoch nichts.

Dann kam ihr die Narbe in Ellas Gesicht in den Sinn. »Darf ich fragen, was ihr zugestoßen ist? Die Narbe ist ja nicht zu übersehen. Hatte sie einen Unfall?«

»Irgendein Junkie wollte sie ausrauben und hat ihr das Gesicht zerschnitten, als sie sich geweigert hat, ihre Handtasche rauszugeben. Deshalb hat sie Selbstverteidigung gelernt. Und jetzt unterrichtet sie andere Frauen darin, damit die sich wehren können.«

Astra schien nun wieder bedrückt zu sein und starrte ins Leere. »Komm schon, Süße. Iss was. Tu's für Daddy«, sagte Liam.

Astra nahm ein Stück Sandwich, knabberte daran, legte es zurück auf den Teller und schüttelte dann den Kopf so heftig, dass die Locken um ihren Kopf flogen.

»Will aber nicht, Daddy«, sagte sie.

Er seufzte. »Hoffentlich wird sie nicht krank. Okay, Astra, dann geh nach nebenan und spiel da. Daddy kommt gleich und macht mit dir ein Puzzle. Aber erst rede ich mit der netten Dame von der Polizei, okay?«

Astra rutschte schweigend vom Stuhl und verschwand ohne aufzuschauen durch die Tür zum Wohnzimmer. Robyn befand, dass sie wirklich ein ruhiges kleines Mädchen war. Zu ruhig.

»Ich wollte sowieso mit ihnen reden. Es geht um die Tipp-gemeinschaft«, sprach sie wieder zu Liam.

»Was gibt es da zu reden? Offensichtlich wissen Sie ja eh schon davon«, reagierte er schnippisch.

Robyn zeigte sich unbeeindruckt und wartete auf eine Antwort.

»Wir haben die Quizgewinne in die eine oder andere Wette investiert, und in der einen Woche hatten wir Glück.«

»Das ist eine interessante Wortwahl. Lotto spielen ist nicht wirklich eine Wette, oder?«

Er dehnte seinen Hals in beide Richtungen, um Zeit zu schinden. »Nein, vermutlich nicht, aber es ist ein Glücksspiel. Man hofft, durch die Wahl von Zahlen Geld zu gewinnen. Und dieses eine Mal hat sich das Glücksspiel gelohnt.«

»Aber Sie hatten kein bestimmtes System zur Wahl der Zahlen, oder?«

»Nein. Wir haben den Lottoschein einfach automatisch mit Zufallszahlen ausfüllen lassen.«

»Und der Gewinn wurde auf ein Sammelkonto überwiesen, das unter dem Namen Astra Holdings eröffnet wurde?«

»Ja, und? Irgendwie mussten wir das Konto ja nennen. Das war der erste Name, der mir in den Sinn kam, und die anderen waren einverstanden.«

»Juliet hat mir erzählt, dass der Lottoschein in dem Mini-Markt abgegeben wurde, in dem Henry gearbeitet hat und Sie immer noch arbeiten. Haben Sie den Lottoschein eingereicht?«

Er schüttelte den Kopf. »Nein. In der Woche hat das Ella übernommen. Als Angestellter des MiniMarkts darf ich keine Lottoscheine oder Lose in meinem eigenen Laden kaufen. Und schon gar nicht als Geschäftsführer. Das ist gegen die Vorschriften.«

»Mr. Carrington, haben Sie irgendeine Idee, wer den Tod von Tessa Hall und Anthony Hawkins gewollt haben könnte?«

Er schüttelte den Kopf. »Ich weiß es wirklich nicht. Schon seit Dezember habe ich nichts mehr mit den anderen aus der Gruppe zu tun.« In einer defensiven Geste hielt er die Hände hoch. »Das ist mir vollkommen schleierhaft. Und ist Anthony nicht an einem Herzinfarkt gestorben?«

»Wir halten seinen Tod für verdächtig.«

Liam schaute sie offensichtlich überrascht an. Robyn wartete kurz und fragte dann: »Hat Henry Gregson Ihnen gegenüber den Lottogewinn erwähnt?«

Carrington zog genervt die Augenbrauen hoch. »Nein. Warum sollte er?«

»Er war Ihr bester Freund. Er wusste auch, dass eine örtliche Tippgemeinschaft eine große Geldsumme gewonnen hat, die auf ein Konto mit dem Namen Astra Holdings überwiesen wurde. Deshalb habe ich gedacht, dass er Sie vielleicht darauf angesprochen hat.«

»Da haben Sie falsch gedacht. Das Thema kam nie auf.« Liam Carrington schaute ihr direkt in die Augen. »Wollen Sie damit andeuten, dass Henrys Tod irgendetwas mit dem Lottogewinn zu tun hat? Das ist doch lächerlich. Warum sollte ihn jemand töten, weil er wusste, dass eine Tippgemeinschaft ein paar Millionen Pfund gewonnen hat? Das ergibt überhaupt keinen Sinn.«

Genau das war die Frage, auf die Robyn keine Antwort hatte. Dieses Wissen war kein Grund, Henry zu töten. Sie stellte noch ein paar weitere Fragen und wollte gerade gehen, als sie ein Paar Schuhe neben der Tür entdeckte und ihr wieder einfiel, dass sie eine wichtige Frage bisher vergessen hatte.

»Welche Schuhgröße tragen Sie?«

»Vierundvierzig. Warum?«, fragte Liam.

»Nur eine Standardfrage, Sir.«

Sie verließ Carringtons Haus, war aber noch nicht mit ihren Ermittlungen fertig für heute. Auf direktem Weg fuhr sie zum Gemeindehaus, parkte ihr Auto und ging zur Seitentür, die einen Spaltbreit offenstand. Von drinnen erklang lautes Stöhnen und Rufen, als Ella ihre Klasse auf Herz und Nieren prüfte. Ella zeigte den Frauen gerade ein Manöver zur Abwehr eines bewaffneten Angreifers. Mit einer blitzschnellen Bewegung führte sie einen gekonnten Tritt aus und beförderte den Gegenstand aus der Hand des Freiwilligen, sodass er quer durch die Luft flog. Die Frauen applaudierten.

Als sie wieder ging, beschloss Robyn, sich Ella Fox näher anzuschen.

51

TAG NEUN – MITTWOCH, 22. FEBRUAR, ABEND

Robyn lehnte sich im Stuhl zurück. Sie genoss es, dass in ihrem Büro nun alles wieder normal war. Die überzähligen Schreibtische, Kabel und Kartons waren verschwunden und sie konnte wieder denken. Sie wartete darauf, dass DCI Flint sie in sein Büro rief, als es im Flur laut wurde und Matt durch die Tür stürmte.

»Boss, wir haben eine Zeugin gefunden, die am Sechzehnten jemanden in der Nähe des Hauses von Tessa Hall gesehen hat. Sitzt in Vernehmungsraum eins.«

Robyn warf Bericht und Foto auf den Schreibtisch und setzte sich in Bewegung.

Der Frau, die auf sie wartete, war die Aufregung, weil sie sich in einer Polizeidienststelle befand, deutlich anzusehen. Als Robyn den Vernehmungsraum betrat, sprang sie sofort auf, und für einen Moment befürchtete sie sogar, die Frau könnte einen Knicks machen.

»Hallo! Ich bin Tory Goode. Eigentlich Victoria, aber niemand nennt mich Victoria, und Vicky passt nicht zu mir.«

»Guten Abend, Miss Goode«, begrüßte sie Robyn. »Danke, dass Sie hergekommen sind, um mit uns zu reden.«

»Es ist mir ein Vergnügen. Als Sergeant Higham mich bat vorbeizukommen, dachte ich mir, das ist das Mindeste, was ich tun kann. Vor allem, wenn ich dazu beitragen kann, dass ein Mörder gefasst wird.« Die letzten drei Wörter flüsterte sie.

»Können Sie für mich wiederholen, was Sie ihm über die Person erzählt haben, die Sie in der Nähe des Hauses von Tessa Hall gesehen haben?«

»Oh, ja, klar. Das war am letzten Donnerstag, den Sechzehnten. Früh morgens, so gegen sechs. Ich habe gerade mit meiner Mutter telefoniert. Die ruft mich jeden Morgen zur gleichen Uhrzeit an. Ich bin Frühaufsteherin, weil ich jeden Tag nach Birmingham pendeln muss. Und da fahre ich gerne los, bevor der Berufsverkehr einsetzt. Wie auch immer, meine Mutter ruft mich jeden Morgen an. Sie ist nicht mehr die Jüngste – dreiundsiebzig, um genau zu sein, und sie lebt allein – und beginnt den Tag gerne mit einem kurzen Gespräch. Meine Mutter hat also gerade von der einen oder anderen Krankheit erzählt, wie das bei ihr üblich ist, und ich habe aus dem Fenster geschaut, um zu sehen, ob es in der Nacht gefroren hat. Wenn dem so ist, muss ich nämlich früher raus und die Autoscheiben freikratzen, wissen Sie? Jedenfalls war es draußen dunkel, aber ich habe jemanden die Straße entlang in die Richtung des Hauses joggen sehen, wo die junge Frau ermordet worden ist, in einem dunklen Kapuzenpulli und mit der Kapuze über dem Kopf. Als sie gerade unter einem Laternenpfahl war, ist die Kapuze abgerutscht, und da konnte ich sie erkennen.«

»Sie?«

»Ja. Es war eine Frau.«

»Darf ich fragen, warum Sie mit dieser Information nicht längst zu uns gekommen sind?«

»Ich dachte nicht, dass das wichtig war. Ich hielt sie einfach nur für eine Joggerin. Sie hat ganz und gar keinen verdächtigen Eindruck gemacht. Also, sie hatte keine Machete bei sich oder so.« Sie schob ihr Kinn nach vorne und warf ihr Haar zurück.

»Das sollte kein Vorwurf sein. Ich bin nur etwas überrascht, das ist alles. Haben Sie denn den Aufruf im Fernsehen nicht gesehen und auch nichts darüber in der Zeitung gelesen?«

»Nein. Es passieren immer so viele schreckliche Sachen. Ich sehe keine Nachrichten. Es war das reine Glück, dass ich heute überhaupt zu Hause war, sonst hätte ich auch gar nicht mit Sergeant Higham gesprochen. Eigentlich hätte ich bei der Arbeit sein sollen, aber für heute hatte ich mir wegen eines Zahnarzttermins freigenommen.«

»Kannten Sie Miss Hall, die Frau, die letzte Woche getötet wurde?«

»Nein. Bin ihr nie begegnet. Ich wohne aber auch erst seit sechs Wochen im Dorf und kenne kaum jemanden.«

Robyn lächelte verständnisvoll. »Würden Sie die Joggerin wiedererkennen, wenn Sie sie wiedersehen würden?«

»Vermutlich.«

»Sehr schön. Dann würde ich Sie nun bitten, eine offizielle Aussage zu machen. Ich schicke Ihnen einen Beamten, der genau aufschreiben wird, was Sie gesehen haben, und das unterschreiben Sie dann. Okay?«

»Das ist alles?« Tory sah enttäuscht aus.

»Nein. Möglicherweise müssten Sie noch die Frau identifizieren, die Sie gesehen haben. Sind Sie dazu bereit?«

Tory setzte sich gerade auf. »Ja. Ich helfe gern.«

»Danke. Ich komme darauf zurück.«

Robyn stand auf und versuchte, keinen allzu genervten Eindruck zu machen, als sich die Frau erneut bedankte und Matt erzählte, wie gerne sie Polizeiserien im Fernsehen schaute.

In Gedanken verloren ging sie zurück ins Büro. Schon wieder jemand Joggendes! Den Jogger, der im Cannock Chase beobachtet worden war, hatten sie bisher nicht finden können. Ob es sich um dieselbe Person handelte? Kurz dachte sie an Ailsa Pelligrini, konnte sich jedoch kein Motiv vorstellen, aus dem sie Tessa hätte töten sollen; und von Henry ganz zu schweigen. Sie schloss die Augen und stellte sich Ella Fox vor, wie sie einen imaginären Angreifer trat. Zwar wusste sie nicht, warum Ella Tessa umgebracht haben sollte, sie könnte allerdings ein Motiv für den Mord an Henry gehabt haben. Henry wusste, dass Ella den Lottoschein abgegeben hatte. Wenn er eins und eins zusammengezählt hat, hat er das Paar womöglich zur Rede gestellt und einen Anteil am Gewinn verlangt. Wollte Ella ihr Vermögen verteidigen und hat ihn deshalb ermordet? Und dann war da noch Naomi Povey, die für den Morgen, an dem Tessa getötet wurde, kein wasserdichtes Alibi und am Valentinstag nicht gearbeitet hat. Und sie hatte einen Grund, Tessa zu hassen, aber Henry? Robyn seufzte. So viele Fragen, auf die sie nur zu gerne Antworten hätte.

52

DAMALS

Mit dem Rücken liegt er auf dem harten Einzelbett mit der kratzigen Decke und starrt nach oben. Von allem, was ihm in seinem Leben widerfahren ist, ist das hier das Schlimmste. Zu seiner eigenen Sicherheit wurde er in Einzelhaft gesteckt. Der Gefängniswärter, Mr. Hawkins, hatte Mitleid mit ihm, als er ihn blutverschmiert, verletzt und nackt im Duschblock fand. Bei dem Gedanken an das Geschehene schüttelt er sich. Sein Hintern tut so weh, dass er bezweifelt, jemals wieder richtig sitzen zu können. Hawkins ist kein Weichei, hat jedoch noch einen Funken Menschlichkeit in sich. Er half ihm hoch und brachte ihn auf die Krankenstation, wo er genäht wurde.

Hawkins ist der Einzige, der sich Zeit für ihn nimmt. Er behandelt ihn nicht so wie die anderen Gefängniswärter: mit grausamem Spott und harten Worten. Sogar die anderen Gefangenen behandeln ihn wie einen echten Kriminellen – komisch eigentlich, denn hier drinnen behaupten zwar viele, unschuldig zu sein, aber er ist es wirklich. Sie haben sich gegen ihn verschworen, obwohl er sich möglichst unauffällig verhält und schweigt. Vor allem sein Zellengenosse hat es auf ihn abgesehen und macht ihm das Leben zur Hölle.

Auf der Krankenstation saß Hawkins bei ihm. Der alte Mann erinnert ihn ein wenig an Sid. Sie plauderten ein bisschen. Hawkins erzählte ihm, dass er bald in den Ruhestand gehe und froh sei, diesen Ort hinter sich zu lassen. Er wolle auf dem Land leben, so weit weg von anderen Menschen wie möglich. Einige der Dinge, die er im Gefängnis gesehen habe, hätten ihn krank gemacht. Im Gegenzug redete auch er und erzählte Hawkins von Sid, Johnny und Kayley und wie sie ihn wieder zusammengeflickt haben.

Hawkins schaute ihn lange aufmerksam an und sagte dann: »Erzähl das niemandem hier drin. Du weißt schon, warum du solche Schwierigkeiten hast, oder? Du bemühst dich zu sehr. Du zeigst Schwäche. Und die anderen hier drin können Angst riechen. Sie wittern Schwäche wie Haie das Blut. Und wenn du solche Geschichten erzählst, bekommst du mehr als nur Prügel. Diese Typen sind brutal, und wenn ich sage brutal, dann meine ich brutal. Du musst härter werden und unauffälliger, wenn du die nächsten Monate überleben willst. Du bist doch ein kluges Kerlchen. Das ist mir an dir sofort aufgefallen. Du verstehst, was ich meine. Versuch nicht, Freundschaften zu schließen. Hör auf meinen Rat.«

Bis sich alle in ihren Zellen wieder beruhigt hatten, sorgte Hawkins für die Einzelunterbringung. Sobald jemand auf Bewährung entlassen wird, bekommt er den freigewordenen Platz in der Zelle. Und hofft, dass sein Genosse dort nicht wieder ein Schläger ist.

Im Gefängnis ist es furchtbar. Sein Leben bisher ist fast immer beschissen gelaufen, aber hier im Knast ist es noch viel schlimmer. Erst seit fünf Wochen ist er hier und hat schon so viele neue schreckliche Erinnerungen gesammelt. Seine Schwester kommt ihn wann immer möglich besuchen. Sie weiß, dass er unschuldig ist, aber egal wie sehr sie versucht, ihn zu überreden, die Wahrheit zu sagen, er weigert sich. Er will nicht, dass Johnny Hounslow sie aufspürt und ihr etwas antut. Erst vor drei Tagen hat sie ihn besucht und ihm mit bösen Augen gegenübergesessen.

»Aber er hat es nicht verdient, damit davonzukommen«, argumentierte sie.

»Das ist egal. Ich will dich nicht verlieren. Und er wird sich an dir rächen. Ich halte das durch. Ich könnte es nicht ertragen, wenn dir etwas zustößt.«

Tränen traten ihr in die Augen und sie drückte seine Hand. »Das ist so was von unfair.«

Das ist es. Das Leben ist unfair, aber er würde überleben. Mit seiner Schwester an seiner Seite würde er alles überleben. Sie riet ihm, sich unauffällig zu verhalten. Zu schweigen. So, wie sie als Kinder immer geschwiegen hatten. Und sie sagte, dass sie jeden Tag an ihn denkt.

Die Luke der massiven Metalltür wird geöffnet und der Gefängniswärter mit der Glatze ruft seinen Namen. Widerwillig steht er auf. Ein Tablett mit Essen wird durch die Luke geschoben. Es ist geschmortes Hackfleisch und riecht schlimmer als Hundescheiße. Angewidert nimmt er es entgegen.

Der Glatzkopf – Mr. Burns – meckert ihn an: »Guck nicht so miesepetrig. Es könnte schlimmer kommen. Du kannst von Glück reden, dass Hawkins dich gefunden hat. Wäre ich das gewesen, ich hätte dich liegen lassen oder dich mit Kurt dem Messer eingesperrt und zugesehen, wie er mit dir spielt.« Dann schließt er die Luke.

Er stellt das Tablett auf seinem Bett ab und läuft durch die Zelle, wobei er seine Knöchel immer wieder gegen die Wand haut, bis er keinen Schmerz mehr spürt. Hawkins hat recht – er muss härter werden. Und diese Technik hindert ihn nicht nur am Weinen, sondern sie lässt ihn Hass verspüren; einen solchen Hass, wie er ihn noch nie zuvor verspürt hat. Und eines Tages wird ihm das sehr nützlich sein.

53

TAG ZEHN – DONNERSTAG, 23. FEBRUAR, FRÜHER MORGEN

Robyn wurde von ihrem Handy geweckt. Sie schob Schrödinger zur Seite, griff danach und checkte zuerst die Uhrzeit. Noch nicht einmal fünf Uhr morgens.

»Carter«, meldete sie sich.

Die Stimme am anderen Ende der Leitung klang verweint und leise. »Hier ist Juliet Fallows. Ich kann nicht schlafen. Ich musste Sie anrufen.«

Robyn setzte sich auf. Sie war nun hellwach. »Ist alles in Ordnung, Juliet?«

»Nein. Also, mir geht es gut, aber es ist nichts in Ordnung. O Gott, ich klinge völlig wirr, oder?«

»Alles gut«, sagte Robyn beruhigend. »Lassen Sie sich Zeit. Worum geht es denn?«

»Ich sollte Sie nicht anrufen, kann aber auch nicht länger schweigen. Ich musste die ganze Zeit an Tessa und Anthony denken. Und ich hätte es Ihnen schon erzählen sollen, als Sie danach gefragt haben, habe mich aber nicht getraut.«

Robyn hatte immer noch Schwierigkeiten zu verstehen, was Juliet ihr mitteilen wollte.

»Was bereitet Ihnen denn solche Sorgen?«

Juliet stieß einen abgrundtiefen Seufzer aus. »Es geht um den Lottogewinn. Ich hätte das schon eher gestehen sollen. Das Geld sollte gar nicht uns gehören.«

»Das verstehe ich nicht, Juliet. Warum nicht?«

Stille. Robyn überlegte schon, ob Juliet womöglich aufgelegt hatte, doch schließlich redete sie weiter: »Wir haben das Quiz im Pub gewonnen, wie ich es Ihnen erzählt habe, und beschlossen, die sechzig Pfund in einen Lottoschein zu investieren. An dem Abend haben wir alle zu viel getrunken und Witze darüber gemacht, was wir tun würden, wenn wir tatsächlich im Lotto gewinnen. Und da hat Liam uns von einem Ehepaar erzählt, dessen Zahlen tatsächlich gezogen wurden. Er hat ein unglaubliches Gedächtnis für Zahlen und war sich sicher, dass der Schein im November den Jackpot geknackt hatte. Das Ehepaar war gerade im Urlaub, und er war überzeugt, dass sie eh nicht wüssten, dass sie gewonnen hatten. Sie haben sich immer auf Liam verlassen, dass der ihnen mitteilt, ob sie gewonnen haben oder nicht, indem er den Schein durch das Gerät im Laden jagt. Sie haben nicht jede Woche einen neuen Schein abgegeben, sondern nur einmal im Monat, und der hat dann an jeder Ziehung im betreffenden Monat teilgenommen. Und am Ende eines jeden Monats haben sie Liam den Schein gebracht, damit er die Zahlen überprüft. Nach Liams Erzählung haben sie manchmal einen Zehner gewonnen oder auch mal ein bisschen mehr, aber meistens haben sie verloren, und dann hat er den Schein in den Mülleimer im Laden geworfen, ihnen einen neuen für den Folgemonat verkauft, und weg waren sie wieder.

Ein paar weitere Gläser später haben wir Pläne geschmiedet, wie wir an diesen Lottoschein kommen. Wenn Liam recht hatte, konnte er dem Ehepaar einfach sagen, dass sie nicht gewonnen hätten, so tun, als würde er den Schein wegwerfen, ihn aber behalten, und dann könnten wir den Gewinn einstreichen.

Liam gefiel diese Idee anfangs gar nicht. Das wäre unmoralisch, meinte er. Anthony hat ihn zur Seite genommen und von Mann zu Mann mit ihm geredet. Und das hat funktioniert. Liam war dabei.

Zwei Wochen später hat er uns erzählt, dass er den Schein hat und der wie erwartet gewonnen hat. Und so wurden wir zu den offiziellen Gewinnern des Jackpots. Wir haben vereinbart, Stillschweigen darüber zu bewahren, wie ich es Ihnen erzählt habe, und dann bekam ich am dreißigsten Dezember einen Anruf von einem Mann, der behauptet hat, dass er alles wüsste, uns aber die Chance geben würde, alles zu gestehen und den Gewinn zurückzugeben. Dann würde er uns auch nicht anzeigen. Zwei Minuten, nachdem ich aufgelegt hatte, rief Tessa mich an. Sie hatte den gleichen Anruf erhalten und war ausgesprochen beunruhigt. Also haben wir Anthony angerufen, der davon überzeugt war, dass sich jemand einen Scherz erlaubt hatte. Schließlich konnte niemand wissen, was wir getan hatten. Wir sollen nicht so leichtgläubig sein und uns nicht aufregen, meinte er.

Eine Woche verging, dann zwei, aber es kam kein weiterer Anruf. Also habe ich beschlossen, dass Anthony recht hatte. Und dann wurde letzte Woche Tessa ermordet und kurz darauf ist Anthony gestorben.« Eine lange Pause entstand, bevor sie weiterredete.

»Ich hätte mich von der ganzen Sache niemals so mitreißen lassen dürfen. Ich war so begeistert von der Aussicht auf so viel Geld. Wer hätte nicht gern eine Million Pfund auf der hohen Kante?«

»Hat der Anrufer seinen Namen genannt?«

»Sie haben mich mal nach Henry Gregson gefragt. Und ich halte es für möglich, dass er es gewesen sein könnte.«

»Juliet, Sie müssen in die Dienststelle kommen und eine Aussage machen. Und Sie können das Geld nicht behalten. Das ist Ihnen klar, oder?«

»Ja, das weiß ich. Das schlechte Gewissen frisst mich auf. Wie konnten wir auch nur auf die Idee kommen, das Ehepaar so zu betrügen? Ich bin meinen Kindern ein beschissenes Vorbild. Und deshalb will ich es jetzt wiedergutmachen. Das Richtige tun. Ich komme später vorbei.«

»Ich würde Ihnen gern einen Beamten schicken, der für die Zeit der weiteren Ermittlungen ein bisschen auf Sie aufpasst. Alternativ, wenn Ihnen das lieber ist, können wir Sie auch irgendwo unterbringen, wo Sie in Sicherheit sind.«

»Nein, das ist Unsinn. Ich muss doch nachher zur Arbeit. So kurzfristig kann ich mich nicht abmelden. Also gehe ich zur Arbeit und von dort aus direkt zur Polizei.«

Nachdem Juliet aufgelegt hatte, rief Robyn umgehend DCI Flint an und brachte ihn auf den neuesten Stand.

»Ich stelle einen Beamten vor ihrem Haus ab«, sagte er. »Was ist mit Liam Carrington und Roger Jenkinson?«

»Die bestelle ich ein, Sir, um sie erneut zu befragen. Danach brauchen die beiden womöglich auch Personenschutz.«

»Ich kümmere mich sofort darum.«

Flint legte auf und ließ Robyn wach und voll motiviert zurück. Endlich nahm die Sache Gestalt an. Wenn Henry Gregson wusste, dass der Lottoschein gestohlen war, reichte das womöglich für einen Mord an ihm aus? Robyn hielt dies für durchaus möglich. Sie hatte eine Menge Arbeit vor sich. Also ließ sie den schlummernden Kater zurück und ging die Treppe hinunter. Es würde ein langer, aber produktiver Tag werden, da war sie sich sicher.

54

TAG ZEHN – DONNERSTAG, 23. FEBRUAR, MORGEN

Juliet Fallows verließ die Klinik, in der sie arbeitete, huschte die Straße entlang, beim VW-Händler vorbei und bog anschließend in die Seitenstraße hinter der Werkstatt. Es war ein düsterer Tag und sie war furchtbar müde. Vor lauter Sorge hatte sie kein Auge zugetan. Wenigstens hatte sie nun reinen Tisch gemacht. Auch wenn sie die Konsequenzen zu tragen hatte, war es die richtige Entscheidung gewesen.

Hinter der Klinik befand sich ein großes Einkaufszentrum mit mehreren Möbel- und Elektronikgeschäften, Supermärkten und Cafés. Sie schaute nach links und rechts, um sicherzugehen, dass ihr niemand folgte, und verschwand wie geplant in die Gasse hinter der Werkstatt, wo sie nicht gesehen werden konnte. Der Anruf, den sie eine Stunde zuvor erhalten hatte, hatte ihren Puls in die Höhe schnellen lassen. Sie hatte nicht vor, sich davonzuschleichen, aber sie wollte, dass alles endlich vorbei war. Sie konnte an nichts anderes mehr denken.

Das Klappern und Surren aus der Werkstatt übertönten alle anderen Geräusche, und so hörte sie die Person erst, als sie direkt hinter ihr stand.

»Um Himmels willen. Du hast mich erschreckt«, sagte sie. »Meine Nerven sind in letzter Zeit ein wenig angespannt.«

»Was hast du der Polizei erzählt, Juliet?«

Juliet stutzte. Der eiskalte Blick jagte ihr Angst ein.

»Doch hoffentlich nicht die Wahrheit?«

Juliet gefror das Blut in den Adern. Sie blickte in den Lauf einer Waffe. Ihr Mund öffnete und schloss sich wieder. Wie hatte sie nur so dumm sein können, diesem Treffen zuzustimmen? Sie würde lügen müssen, um aus dieser Situation wieder herauszukommen, und versuchte, ruhig zu sprechen. »Das habe ich dir doch schon erzählt, als ich dich gestern angerufen habe. Sie wissen von der Tippgemeinschaft, aber sonst habe ich ihnen nichts gesagt, okay? So dumm bin ich nicht. Sie haben nicht den geringsten Verdacht.«

»Das glaub ich dir nicht. Du hast ihnen erzählt, was passiert ist, oder? Ich kenne dich doch. Du bist schwach. Du bist eingeknickt und hast ihnen alles brühwarm erzählt.«

Juliet redete nun lauter. »Nein, das habe ich nicht. Ich brauche das Geld und werde es nicht aufgeben. Nicht jetzt, wo wir schon so weit gekommen sind. Du weißt doch, wie wichtig mir das ist. Ich war ein bisschen durch den Wind, das ist alles. Die haben mich in so einen Vernehmungsraum gesteckt und mich eingeschüchtert. Die haben mich ganz schön bearbeitet, und schlussendlich musste ich ihnen irgendwas geben, damit sie mich in Ruhe lassen.«

»Du blöde Kuh. Vermutlich hast du sie erst auf unsere Spur gebracht.«

»Du hättest dasselbe getan, wenn sie dich verhört hätten.«

»Ich wäre nicht so dämlich gewesen, überhaupt erst bei den Bullen aufzutauchen.«

»Ich habe ihnen nicht die Wahrheit gesagt«, beteuerte Juliet.

»Trotzdem hast du ihnen zu viel verraten«, war die Antwort. Die Person senkte die Waffe, drehte sich um und entfernte sich von Juliet. Diese sah der Gestalt hinterher und atmete tief durch. Schon heute würde sie abreisen. Ihre Kinder einsammeln und einfach verschwinden. Egal wohin; Hauptsache, sie wären zusammen. Hier konnte sie nicht länger bleiben. Doch als sie sich ebenfalls auf den Weg machen wollte, blieb die Person stehen und drehte sich wieder um.

Die Waffe feuerte nur einmal, und die Patrone durchschlug Juliets Nase, sodass Knorpelsplitter und Blutspritzer wie rote Regentropfen durch die Luft flogen. Durch das laute Bohren aus der Werkstatt war der Schuss nicht zu hören gewesen. Anschließend drehte die Person sich einfach um und entfernte sich von Juliets Leiche.

55

TAG ZEHN – DONNERSTAG, 23. FEBRUAR, MORGEN

Robyn war bester Stimmung. Jetzt, wo ihr Büro wieder frei von Shearer und seinem Team war, hatte sie das Gefühl, die Ermittlungen unter Kontrolle zu haben. Juliets Anruf hatte ihr weiteren Auftrieb gegeben, und sie wollte dafür sorgen, dass jedes einzelne Detail der Personen, die etwas mit der Tippgemeinschaft zu tun hatten, unter die Lupe genommen wurde.

»Uns liegen neue Informationen vor. Der Lottoschein, der den Jackpot gewonnen hat, wurde einem Ehepaar gestohlen, das regelmäßig im MiniMarkt einkauft. Vermutlich wissen die beiden gar nicht, dass sie gewonnen haben.« Kurz fasste sie Juliets Geständnis zusammen. »Ich will wissen, wer dieses Ehepaar ist, damit wir der Lottogesellschaft die Namen nennen können, damit die rechtmäßigen Gewinner das Geld erhalten. Wichtig an der Sache ist, dass wir nun ein Motiv für den Mord an Henry haben, denn er wollte die gesamte Quizgruppe verpfeifen. Wie er von dem gestohlenen Schein erfahren hat, bleibt allerdings unklar. Vielleicht hat er einfach nur eins und eins zusammengezählt oder Ella oder Liam oder beide haben sich verquatscht. Immerhin war er mit beiden befreundet. Mein Instinkt sagt mir, dass ein Mitglied der Gruppe oder ein Partner oder eine Partnerin eines Mitglieds Henry ermordet hat. Wir müssen uns die Alibis jeder einzelnen Person für die betreffenden drei Tage noch einmal ganz genau ansehen. Anna, kümmern Sie sich bitte um Ella Fox? Sie hat behauptet, am Vormittag von Henry Gregsons Tod eine Freundin, Cassie Snow, im Queen's Hospital in Burton besucht zu haben. Allerdings hat sie es nicht bis zum Krankenhaus geschafft, weil sie den Anschlussbus und damit die Besuchszeit verpasst hat. Könnten Sie herausfinden, ob diese Cassie wirklich im Krankenhaus lag, und wenn möglich auch die Buszeiten? Hier sind die Angaben, die sie mir gegeben hat. Außerdem, und das wird ein bisschen schwieriger, müssten Sie herausfinden, ob Ella tatsächlich im Bus von Yoxall nach Burton saß.«

»Wird erledigt«, war Annas knappe Antwort.

Robyn loggte sich ein und startete eine Online-Suche nach Ella Fox, denn zwei Köpfe waren besser als einer. Eine allgemeine Suche führte zu keinem Ergebnis. Die Frau war in den sozialen Medien überhaupt nicht präsent. Das fand Robyn wirklich seltsam – eine Hausfrau und Mutter ist doch sicherlich online und postet Fotos von ihrem Kind, und wenn auch nur in privaten Facebook-Gruppen für Mütter? Da stimmte etwas nicht. Und sicherlich hatte sie noch andere Freunde, aus dem Selbstverteidigungskurs, den sie unterrichtet, oder andere Leute aus dem Dorf. War sie wirklich eine so extreme Einzelgängerin?

Robyn starrte auf das Whiteboard und überlegte, was sie damit anfangen sollte.

Anna sprang von ihrem Schreibtisch auf.

»Wir haben Glück. Ich habe dem Busdepot ein Foto von Ella gemailt. Der Fahrer des betreffenden Busses an jedem Vormittag war gerade da und hat sich ganz klar an sie erinnert, beziehungsweise an die Narbe. Er erinnert sich an die Narbe.«

Robyn nickte. »Okay. Also ist sie tatsächlich in den Bus gestiegen und nach Burton gefahren.«

»Cassie Snow war auch definitiv am Vierzehnten im Krankenhaus. Appendizitis.«

»Also wollte Ella sie vermutlich tatsächlich besuchen?«

»Sieht so aus. Da ist nur eine Sache. Laut dem Busdepot gibt es keinen Grund, weshalb Ella den Anschlussbus verpasst haben sollte. Alle Busse an dem Tag waren pünktlich und sie hätte den Bus zum Krankenhaus problemlos gekriegt.«

»Das ist ja interessant.«

»Außerdem habe ich das hier in der Datenbank der Polizei gefunden: Eine Ella Fox wurde im Mai 2011 in Nottingham auf dem Weg von der Arbeit nach Hause überfallen und ausgeraubt. Ein anonymer Anrufer hat gesehen, wie ein junger Mann vom Tatort wegrannte. Der Täter wurde nie erwischt, und auch das verwendete Messer wurde nie gefunden. Sie war ziemlich schwer verletzt.«

»Hat sie damals in Nottingham gewohnt?«

»Ihre letzte bekannte Adresse dort ist die hier.« Anna reichte Robyn einen Zettel, und diese las vor: »Lee Potter, The Stables, Amble Lane, Beeston. Und das hier ist Lees Telefonnummer?«

Anna nickte heftig.

»Sehr gut gemacht.«

Robyn wählte umgehend die Nummer. Lee Potter klang sehr weit entfernt und undeutlich.

»Mr. Potter, mein Name ist DI Robyn Carter von der Polizei in Staffordshire. Ich würde gern mit Ihnen über jemanden reden, den Sie mal gekannt haben oder vielleicht sogar noch kennen. Es ist nichts Schlimmes.«

»Fahren Sie fort. Ich bin zwar bei der Arbeit, aber reden Sie ruhig weiter.«

»Ella Fox.«

Seine Stimme wurde leiser. »Geht es ihr gut?«

»Ja, bitte machen Sie sich keine Sorgen. Ich würde Ihnen

nur gern ein paar Fragen zu dem Raubüberfall stellen, der 2011 stattgefunden hat.«

Eine Pause entstand, in der er sich hörbar ein ruhigeres Plätzchen zu telefonieren suchte. Als er wieder sprach, klang er deutlich klarer. »Ja, das war furchtbar. Arme Ella. Das hat sie wirklich nicht verdient.«

»Was genau ist denn passiert?«

»Sie war gerade auf dem Weg nach Hause aus der Kindertagesstätte, in der sie gearbeitet hat, als sie überfallen wurde. Die Polizei geht davon aus, dass sie ein Zufallsopfer war. Sie hat angegeben, dass der Angreifer aussah, als stünde er unter Drogen, konnte ihn aber nicht beschreiben – nur, dass er jung und ungepflegt war. Zwanzig Pfund waren seine Beute. Zwanzig Pfund, und dafür muss sie jetzt ein Leben lang so aussehen.« Er seufzte.

»In welcher Beziehung standen Sie damals, wenn ich fragen darf?«

»Wir haben zusammen gewohnt. Und sogar über Heirat gesprochen. Der Überfall hat alles verändert. Sie war danach schlicht nicht mehr dieselbe. Das lag gar nicht mal an der Verletzung im Gesicht, sondern sie hat sich immer mehr zurückgezogen und mich zurückgestoßen. Als könnte sie es nicht ertragen, dass ich sie ansehe. Das tut mir alles immer noch sehr leid. Ich wollte nicht, dass sie geht. Das war allein ihre Entscheidung.«

»Und seitdem haben Sie nichts mehr von ihr gehört?«

»Nein. Sie ist mit ihrem Bruder weggezogen, und das war das Letzte, was ich von den beiden gesehen habe. Er war ein bisschen merkwürdig. Hat in Stoke gelebt, hing aber dauernd bei uns rum, als wäre er in sie verliebt. Ohne sie konnte er irgendwie nicht funktionieren. Entweder weil er Geld brauchte oder weil er betrunken war. Ich vermisse ihn kein bisschen.«

»Ich wusste gar nicht, dass Sie einen Bruder hat. Seine aktuelle Adresse haben Sie nicht zufällig?«

»Nein. Will ich auch nicht. Ich hab mich nur Ella zuliebe mit ihm abgegeben. Wie ich schon sagte, ich mochte ihn nicht wirklich und er ist mir auch meist aus dem Weg gegangen. Ella hat er besucht, wenn ich nicht da war. Ich wusste aber dennoch, wenn er da gewesen war. Ella hatte dann so einen schuldbewussten Ausdruck im Gesicht. Sie haben unterschiedliche Väter, insofern weiß ich seinen Nachnamen gar nicht, aber sein Vorname ist Liam.«

56

DAMALS

Im Grunde könnte der junge Mann genauso gut nach wie vor eingesperrt sein. Freunde und Kunden, die er zwei Jahre lang im Wettbüro bedient und mit denen er gelacht hat, beäugen ihn nun misstrauisch, wenn sie ihm auf der Straße begegnen, und gehen ihm aus dem Weg. Er vermisst Sid sehr. Sid hat immer positiv gedacht und stets das Gute in jedem gesehen. Sid war ein ehrlicher Mann. Doch so ist das Leben. Es spielt überhaupt keine Rolle, ob jemand ehrlich und nett ist. Das Leben ist schlicht und ergreifend ungerecht.

Jetzt sitzt er allein in der schäbigen Bar mit einem Glas Bier in der Hand. Hier wird er nicht von seinen Erinnerungen an Schläge, Missbrauch, furchtbaren Kummer und Verrat heimgesucht. Hier muss er nicht an Johnnys grausames Grinsen denken, an Kayleys eiskalte, arktisgraue Augen oder an das Gesicht seiner Schwester, als sie ihm von der Abtreibung erzählte. Johnny Hounslow hat schon zu viele Leben ruiniert. Hier plant er seinen nächsten Schritt. Er weiß ganz genau, was er tun wird. Das Gefängnis hat ihn hart gemacht. Hoffentlich hart genug, um seinen Plan auch wirklich durchzuziehen.

Ungestört sitzt er in der hintersten Ecke des Pubs und

versucht, sich zu beruhigen und von allen Erinnerungen zu befreien. Hier, allein im Pub, stört nichts seine Gedanken und er kann einfach nur schweigend dasitzen.

Das Allerwichtigste für ihn ist im Moment die Suche nach Johnny Hounslow. In den letzten Wochen hat er die gesamte Umgebung durchkämmt und mit alten Schulkameraden und Leuten, die Johnny kannten, gesprochen, um herauszufinden, wo er sich aufhalten könnte. Johnnys Vater wusste noch nicht einmal, dass er in der Gegend wohnte, und schon gar nicht, dass er sich nur ein paar Straßen weiter befand.

Kayley Frost ist nicht auffindbar. Niemand dieses Namens hat jemals beim Radiosender gearbeitet. Das überrascht ihn wenig. Sie hat sich viel Mühe gegeben, so zu tun, als wäre sie jemand anderes. Zwar hat er keine Ahnung, wie er sie finden könnte, weiß jedoch, dass wenn er Johnny aufspürt, der ihn zu Kayley führt. Vor zwei Tagen hat er einen Durchbruch erzielt, als er Kevin Blackford auf der Hauptstraße in Stoke über den Weg gelaufen ist. Kevin, der immer noch wie fünfzehn aussieht und immer noch dieselbe Brille wie damals in der Schule trägt, verdient sein Geld nun als Straßenmusiker. Der junge Mann warf ihm fünfzig Pence in die Mütze und blieb stehen, um ein wenig zu plaudern. Kevin beendete das Lied und setzte sich mit der Gitarre zu seinen Füßen auf die Mauer.

»Ich bin nicht oft in der Innenstadt von Stoke. Normalerweise spiele ich in Newcastle-under-Lyme. Witzig, dass ich dir hier über den Weg laufe«, sagte Kevin und drehte sich einen Joint.

»Wieso das?«

Er kratzte sich am Kopf, zog sich etwas aus den Haaren und betrachtete es prüfend, bevor er es zu Boden fallen ließ. »Weil ich erst am Dienstag Johnny gesehen habe. Er ist in seinem schwarzen Porsche an mir vorbeigefahren. Ihr zwei wart in der Schule doch unzertrennlich. Seid ihr noch befreundet?«

»Hast du ihn erkannt?«

Kevin zog an seinem Joint und warf dem Passanten einen bösen Blick zu, der sein Verhalten mit einem Stirnrunzeln quittierte. »Klar. In den letzten Jahren habe ich ihn mehrmals gesehen. Einmal habe ich ihn sogar in einem Pub angequatscht, aber er hat so getan, als würde er mich nicht kennen. Vermutlich hat er's nicht so mit Leuten, die Drogen konsumieren.« Er lachte und entfernte ein Stück Tabak von seinen braunen Zähnen. »Mittlerweile gehe ich ihm lieber aus dem Weg, wenn ich ihm begegne. Er sieht immer aus, als würde er mir eine knallen, wenn ich es wage, den Mund aufzumachen. Er ist oft in Newcastle-under-Lyme unterwegs, und da ich normalerweise dort spiele, sehe ich ihn auch immer mal wieder.«

Kevin zog die Nase hoch und wischte sie sich am Ärmel seines schmuddeligen Pullovers ab. Ein loser Faden hing daran. Kevin schaute auf und grinste. »Du hast nicht zufällig Lust, ein Bier trinken zu gehen, oder?«

Er schüttelte den Kopf. »Das ist mir zu früh am Tage, aber ich geb dir später eins aus, wenn du willst.«

Kevin nickte. »Gerne. Dann treffen wir uns um fünf da drüben«, sagte er und deutete auf den Pub auf der anderen Straßenseite. »Ich muss dann mal weiterspielen. Wer weiß, vielleicht werde ich ja eines Tages entdeckt und bekomme einen Plattenvertrag.«

Der junge Mann klopfte Kevin auf den Rücken und ließ ihn weiter singen. Kevin war schon immer ein bisschen seltsam gewesen. Schnell wanderten seine Gedanken von Kevin zu Johnny. Der Bastard war also in der Gegend. Das war genau das, was er hatte hören wollen.

Er nippt an seinem Bier und wartet. Sie sind für neun Uhr verabredet, und er muss nur noch eine halbe Stunde warten. Der Typ, mit dem er sich trifft, ist ein Ex-Knacki wie er. Er ist Teil des Plans und taucht hoffentlich mit der Ware auf. Der junge Mann zittert vor Anspannung. Noch nie zuvor hat er eine Waffe besessen.

57

TAG ZEHN – DONNERSTAG, 23. FEBRUAR, NACHMITTAG

Am Nachmittag lagen Robyn zwei Geburtsurkunden vor, die belegten, dass Liam Carrington und Ella Fox miteinander verwandt waren.

»Ich will Liam Carrington und seine Schwester Ella Fox sofort zur Vernehmung hier haben«, sagte Robyn laut. »Irgendwie stecken die beiden in der Sache drin. Ist Juliet Fallows inzwischen aufgetaucht?«

»Nein, Boss.«

»Sie meinte, sie würde gleich nach der Arbeit vorbeikommen. Rufen Sie in der Kinderwunschklinik in Tamworth an und finden Sie heraus, wo sie ist.«

Anna rutschte unruhig auf ihrem Stuhl herum. »Ich könnte euch möglicherweise einen Strich durch die Rechnung machen. Ich habe eine Antwort auf die E-Mail von David bekommen, in der er weitere Informationen über Roger Jenkinson und einen Vorfall mit einem gewissen Michael Judd erbeten hat. Das ist der Mann, der unbefugt auf sein Grundstück eingedrungen ist. Hier ist Michaels Aussage.«

Robyn las die Aussage von Michael durch, die den betref-

fenden Tag detailliert beschrieb, und blieb an einem Abschnitt
hängen:

*Ich wusste nicht, dass es sich um privates Gelände
handelte. Ich dachte, ich befände mich auf einem öffentlichen Fußweg. Mr. Jenkinson schrie mich an, ich solle
sein Grundstück verlassen. Ich hob die Hände und rief:
»Ich will keinen Ärger!«*

*»Natürlich willst du das«, sagte Mr. Jenkinson. »Sonst
wärst du nicht über meinen Zaun gestiegen und hättest
nicht mein Grundstück betreten. Und weißt du, was ich
jetzt mit dir mache?«*

Er zielte mit einer Waffe auf mich.

»Nicht schießen!«, rief ich.

*»Das sagst du ein bisschen zu spät, du Arschloch.
Betrittst mein privates Grundstück, zweifellos, um mich
auszurauben, und dann erwartest du auch noch, dass ich
mich nicht verteidige? Du bist ganz schön bescheuert.
Weißt du, was das hier ist?«*

Ich nickte. »Das ist eine Waffe.«

*»Ganz richtig, Einstein. Und zwar eine der besten — das ist
eine Smith & Wesson. Und ich bin ein hervorragender
Schütze. Nur ein kleines Zucken meines Fingers am Abzug,
und ich blas dir mit geschlossenen Augen den Kopf weg.«*

*Er hob die Waffe, und ich rannte los. Ich rannte, so
schnell ich konnte. Ich rannte zurück zum Zaun und*

kletterte darüber. Er rief noch irgendwas, was ich nicht verstehen konnte, und dann fiel ich vom Zaun, wobei ich mir den Knöchel verdrehte.

Mit der Waffe immer noch in der Hand kam er zum Zaun. »Renn, du Bastard, bevor ich das, was von deinem Hirn noch übrig ist, quer über die Landschaft verteile«, drohte er.

Und das tat ich.

»Henry Gregson wurde mit einer Smith & Wesson erschossen, oder? Halten Sie es für möglich, dass Roger Jenkinson der Mörder ist?« Anna verzog frustriert das Gesicht.

»Oh, das ist doch nicht Ihr Ernst«, stöhnte Robyn. »Dann müssen wir Roger Jenkinson noch mal einbestellen und ihn zu der Waffe befragen. Vielleicht hat er sie noch. David, bitten Sie den Beamten, der gerade sein Anwesen bewacht, ihn herzubringen. Das wird heute voll hier bei uns! Hoffentlich haben wir genug Vernehmungsräume.«

David machte sich auf den Weg, um Robyns Anweisungen zu erfüllen, während Robyn sich den Kopf zerbrach, warum Liam und Ella sich als Liebespaar ausgaben. Und was war mit Astra? Das war doch sicherlich nicht das leibliche Kind der beiden? Bei diesen Ermittlungen gab es noch einiges, was Sie sich nicht erklären konnte.

David kam wieder ins Büro gestürmt. »Roger Jenkinson ist nicht zu Hause.«

»Und wo ist er?«

David zuckte mit den Schultern. »Der Beamte, der das Haus bewacht, meinte, er muss sich fortgeschlichen haben, über die Felder. Das ist ein riesiges Grundstück mit reichlich Möglichkeiten, sich zu verstecken.«

Robyn stöhnte. Diese Sache drohte zur Farce zu werden. Jetzt fehlte nur noch ein in der Ecke feixender Shearer.

Wie auf Kommando steckte Shearer seinen Kopf zur Tür herein. »Ich wollte nur mal gucken, ob Sie mich schon vermissen«, sagte er und kam auf Robyn zu.

»Nicht jetzt, Tom. Ich bin genervt bis unters Kinn.«

»Ich hörte davon. Flint hat so was erwähnt.« Seine Augen blitzten.

»Tom, gehen Sie weg. Ich hab da gerade wirklich keine Zeit für.«

Er hob entwaffnend die Hände und zog sich zurück. Robyn war jetzt nicht nur genervt, sondern auch noch stinksauer. Wie konnte Flint es wagen, Shearer gegenüber einen Kommentar über ihre Arbeit abzugeben? Oder über irgendetwas anderes, was mit ihr zu tun hatte? Sie kochte vor Wut, bis Mitz das interne Telefon auflegte und leise sagte: »Liam und Ella sind unterwegs. In einer halben Stunde sollten sie hier sein. Naomi Povey ist schon da.«

»Wenn die anderen hier sind, fangen wir mit Liam Carrington an.« Sie öffnete eine Schublade, holte einen Blister heraus und warf sich in paar Kopfschmerztabletten ein.

Mitz beobachtete ihr Tun und fragte: »Soll ich übernehmen?«

»Nein, danke. Ich schaff das schon.« Sie ignorierte seinen besorgten Blick und widmete sich wieder den Notizen vor ihr. Als ob sie nicht schon genug zu tun hätte, war nun auch noch ein verschwundener Verdächtiger hinzugekommen. Wohin war Jenkinson abgehauen? Oder war er womöglich auch ermordet worden? Das wurde ihr alles zu viel. Ließ Flint sie absichtlich auflaufen, in der Hoffnung, dass sie scheiterte? Überlegten er und Shearer gerade, wie lange sie noch zuschauen würden, bis sie eingriffen? Sie drückte den Rücken durch.

Sie würde nicht scheitern.

»Leiten Sie eine Fahndung nach Roger Jenkinson ein, Mitz.

Ich will, dass er so schnell wie möglich gefasst wird. Überprüfen Sie alle Häuser in der Gegend. Sein Auto steht noch auf seinem Grundstück, insofern kann er nicht weit gekommen sein. Es sei denn, er hatte Hilfe.«

Tory Goode, die Zeugin, die angegeben hatte, am Morgen von Tessas gewaltsamen Tod eine Joggerin in der Nähe ihres Hauses gesehen zu haben, saß vor einem Einwegspiegel, durch den man in den Vernehmungsraum blicken konnte, von dort aus jedoch nicht gesehen wurde.

»Das ist ja tatsächlich so wie im Film«, flüsterte sie. Inzwischen hatte sie sich etwas beruhigt und war erschöpft vom langen Warten, wollte aber immer noch unbedingt zur Identifizierung der Frau beitragen, die sie in Barton-under-Needwood gesehen hatte.

»Die Frauen können Sie nicht sehen, aber Sie können die Frauen sehen. Wenn Sie die Joggerin erkennen, die Sie am sechzehnten Februar um sechs Uhr morgens gesehen haben, sagen Sie das bitte deutlich. Haben Sie alles verstanden?«, fragte Robyn.

»Ja, verstanden.«

Anna lächelte die Frau freundlich an.

Auf Robyns Anweisung hin öffnete David die Tür. Fünf Frauen betraten den Raum und nahmen ihre Positionen ein. Dann warteten sie mit dem Gesicht zum Spiegel. Tory ließ sich Zeit und betrachtete jede einzelne Frau ganz genau.

»Miss Goode, erkennen Sie eine der Frauen auf der anderen Seite des Glases?«, fragte Robyn.

Tory kaute auf ihrer Unterlippe herum und reckte den Hals. »Ich weiß es nicht. Ich bin mir nicht sicher.«

Robyn wartete und hoffte auf eine positive Identifizierung, doch Tory lehnte sich zurück und schüttelte den Kopf.

Nachdem Tory gegangen war, wechselte Robyn in einen anderen Vernehmungsraum. Kurz darauf kam Naomi Povey hinzu. Ohne Umschweife steuerte sie den Stuhl an, zog ihn unter dem Tisch hervor und setzte sich. Sie war sichtlich schlecht gelaunt.

»Ich werde Sie wegen Belästigung anzeigen«, schimpfte sie. »Ich bin alles andere als glücklich darüber, an einer solchen Identitätsparade teilnehmen zu müssen.«

»Vielen Dank für Ihre Hilfe. Ich will Sie gar nicht lange aufhalten, Miss Povey«, erklärte Robyn beschwichtigend. »Ich habe nur noch ein paar wenige Fragen.«

»Ich glaube nicht, dass ich Lust habe, weitere Fragen zu beantworten. Ich habe Besseres zu tun.«

»Ich fürchte, Ihre Angaben sind für unsere Ermittlungen unverzichtbar. Wann haben Sie Roger Jenkinson das letzte Mal gesehen?«

Naomi lief rot an. »Vor ein paar Tagen.«

»Wir machen uns Sorgen um ihn. Er ist verschwunden. Deshalb habe ich mich gefragt, ob er Sie vielleicht kontaktiert hat.«

»Da kann ich Ihnen nicht helfen. Ich habe ihn seit letztem Dienstag nicht mehr gesehen.«

Robyn lächelte wissend. »Miss Povey, haben Sie eine Ahnung, wo Mr. Jenkinson sich im Moment aufhalten könnte?«

Naomi schaute finster drein. »Nein. Ich bin nicht seine Aufpasserin. Er muss mir nicht sagen, wo er ist oder was er tut, und er muss sich auch nicht jede Stunde melden.«

»Ich frage mich, wie viel er Ihnen tatsächlich erzählt. Vermutlich verheimlicht er Ihnen so einiges.«

»Unsinn. Er erzählt mir alles. Wir sind ein Team – ein echtes Team.«

»Ich hatte den Eindruck, dass er Ihre Beziehung beenden wollte.«

»Da irren Sie sich.«

»Hat er nie angedeutet, dass er sich von Ihnen trennen will?«

Naomi schnaubte verächtlich. »Wir haben unsere Höhen und Tiefen. Vielleicht hat er in der Hitze des Gefechts mal was gesagt, aber er hätte mich niemals für sie verlassen.«

»Aber er wollte es, oder?«

»Ich weiß nicht, wovon Sie reden. Er hat sich nicht mehr mit der Tussi getroffen, nachdem ich sie angerufen habe. Die Sache war vorbei. Verstanden? Vorbei.«

»Ich fürchte, das stimmt so nicht. Mr. Jenkinson hat sich weiterhin mit Tessa getroffen, auch nachdem Sie versucht haben, die Beziehung zu zerstören.«

Naomi schüttelte heftig den Kopf. »Nein. Nein. Das ist unmöglich. Ich hätte es gewusst, wenn er sich noch mit ihr getroffen hätte.«

Robyn blieb hartnäckig. Naomi war kurz davor, einzubrechen.

»Noch mal. Es tut mir leid, Ihnen widersprechen zu müssen, aber wir haben seine Fingerabdrücke in Tessas Haus und auf einer Valentinstagkarte gefunden, die er ihr geschickt hat.« Sie beobachtete Naomis Reaktion sehr aufmerksam. Die Frau wollte nicht glauben, was sie hörte, und blinzelte heftig.

»Nein. Das ist nicht wahr. Das kann er gar nicht getan haben. Am Valentinstag war er mit mir zusammen. Wir haben den Tag zusammen verbracht. Er liebt mich. Nur mich.«

»Mr. Jenkinson hat einiges vor Ihnen geheim gehalten, Naomi. Oder vielleicht glaubt er nur, er hätte Sachen vor Ihnen geheim gehalten. Wussten Sie vielleicht doch, dass er sich noch mit Tessa traf, und haben sie deshalb getötet?«

»Nein«, rief Naomi entrüstet aus. »Das habe ich nicht. Fragen Sie doch meine Arbeitskollegen. Die werden Ihnen sagen, dass ich an dem Tag bei der Arbeit war. Ich war noch nicht einmal in der Nähe ihres Hauses.«

Robyn wartete, bis Naomi das bisher Gehörte verdaut hatte,

bevor sie die nächste Bombe platzen ließ. Sie verließ sich auf Juliets Aussage, dass Roger Naomi gegenüber den Lottogewinn unerwähnt gelassen hatte.

»Hat er Ihnen von dem Lottogewinn erzählt oder hat er Ihnen den auch verheimlicht?«

Naomi klappte die Kinnlade herunter. »Was für ein Lottogewinn?«

»Er hat Ihnen nicht erzählt, dass er und die anderen im Dezember über sechs Millionen Pfund gewonnen haben?«

Stille. Dann gluckste und kicherte Naomi. »Reden Sie ruhig weiter. Sie verarschen mich doch.«

»Mr. Jenkinson und die anderen Mitglieder der Quizgruppe haben den Jackpot im Lotto geknackt. Und deshalb mache ich mir Sorgen um sein Wohlergehen. Er könnte in Gefahr schweben.«

Nun stutzte die Frau. »Um Roger müssen Sie sich keine Sorgen machen. Der kann selbst auf sich aufpassen. Und ich weiß nicht, wo er sein könnte. Wenn das also alles ist, gehe ich jetzt. Wenn Sie mich noch mal ohne triftigen Grund hierher schleppen, zeige ich Sie an wegen Belästigung.«

Mit diesen Worten schob sie den Stuhl schwungvoll zurück, stand auf und marschierte aus dem Vernehmungsraum. Robyn schaute zum Spiegel und richtete ihre Worte an Anna, die sie beobachtete und hören konnte.

»Sorgen Sie dafür, dass ihr jemand folgt. Ich habe das Gefühl, dass sie sehr genau weiß, wo sich Jenkinson aufhält. Ein Beamter soll jede einzelne ihrer Bewegungen beobachten. Ich für meinen Teil vernehme jetzt Liam Carrington.«

Als Robyn den Vernehmungsraum verließ, blickte sie den Flur entlang zu den Doppeltüren, die zum Eingangsbereich der Dienststelle führten. Durch die Glasscheibe konnte sie zwei Personen erkennen – Liam und Ella. Er hatte eine Hand auf ihr glänzendes Haar gelegt und drückte ihren Kopf an seine Brust und Schulter. Robyn beobachtete das Paar, das schweigend dastand, ineinander verschlungen, als wären sie eins. Ein Beamter näherte sich und sprach die beiden an. Liam löste sich von Ella, die nach seinen Händen griff, und wieder standen sie einen Moment lang schweigend da wie zwei Kinder, die gleich miteinander spielen wollen. Jetzt, wo sie die beiden so betrachtete, war es offensichtlich. Sie sahen sich so ähnlich: die gleiche Stirn, die gleiche Nase, sogar ihre Gesten waren gleich. Ganz klar waren sie miteinander verwandt. Robyn wandte sich ab. Es war an der Zeit, dem Geheimnis auf den Grund zu gehen.

58

DAMALS

Er kann es kaum glauben. Der Mann, der da an der Bar steht, ist kein geringerer als Mr. Hawkins, der Gefängniswächter, der ihm geholfen hat, im Knast zu überleben. Inzwischen ist er logischerweise deutlich älter – mit grauen Haaren und etwas fülliger als damals –, aber er strahlt immer noch dieselbe großspurige Autorität aus.

Der junge Mann saß schon den ganzen Abend im Pub. Er musste einfach von zu Hause raus. Am Morgen ist die letzte Mahnung seines Stromanbieters im Briefkasten gelandet, und er weiß nicht, wie er diesen Monat klarkommen soll. Seine Kreditkarte ist bis zum Anschlag ausgereizt und sein verflixtes Auto braucht zwei neue Vorderreifen. Die aktuellen Reifen haben nur noch so wenig Profil, dass er mit Sicherheit eine Anzeige kassiert, wenn die Bullen ihn anhalten.

Er verdient schlicht zu wenig. Der Quiz-Automat ist sein letzter Versuch, Geld zu gewinnen. Das Bier steht schon eine Stunde lang unberührt herum, weil er spielt. Die Fragen sind einfach: Was ist die Hauptstadt der Türkei? Er drückt auf Antwort B, Ankara, und der Automat leuchtet auf und spielt eine fröhliche Melodie, was bedeutet, dass er zehn Pfund gewonnen hat.

Hawkins schlendert auf ihn zu und reicht ihm ein Bier. »Hier. Das hast du dir verdient.«

Glücklich über seinen Erfolg lächelt er und nimmt das Glas gerne an.

»Ich erinnere mich an dich, mein Junge. Ist zwar schon eine Weile her, aber ich vergesse niemals ein Gesicht. Ich hab doch immer gesagt, dass du ein kluges Kerlchen bist. Wollen wir noch eine Runde spielen? Du und ich gegen den Automaten?«

Hawkins ist angemessen beeindruckt. Er gibt noch weitere Runden Bier aus, und gemeinsam besiegen sie den Automaten zwei weitere Male und können jeweils zwanzig Pfund einstecken. Jetzt ist er gut gelaunt. Nun hat er genug Geld, um die Forderung des Stromanbieters anzuzahlen. Vielleicht kann er sich die Geier so noch eine Weile vom Hals halten. Heute ist das Glück auf seiner Seite, und die ganze Zeit gibt Hawkins ihm ein Bier nach dem anderen aus und klopft ihm auf den Rücken und erzählt ihm, was für ein toller Spieler er ist. Die Vergangenheit erwähnte er kein einziges Mal. Er fühlt sich wohl mit Hawkins.

Als er den Pub verlassen und in sein kaltes Zuhause gehen will, strahlt Hawkins in an und meint: »Hör zu. Du bist ein echtes Quiz-Talent. Und das kannst du nutzen. Was hältst du davon, Mitglied in einer echten Quizgruppe zu werden und damit gutes Geld zu gewinnen?«

Noch nie zuvor war er Mitglied in irgendetwas. Dieser Vorschlag scheint zu gut, um wahr zu sein. Er überlegt. Eigentlich kann er nicht so gut mit anderen Menschen. Hawkins scheint seine Gedanken gelesen zu haben, denn er sagt: »Wir beißen auch nicht. Eigentlich sind wir gar nicht so anders als du. Wirklich.«

Nicht anders als er? Also auch einsam und unsicher? Erneut nickt Hawkins und lächelt weiter.

»Komm schon«, sagt er. »Was hast du schon zu verlieren?

Komm mal vorbei und lerne die andern kennen. Dann kannst du immer noch entscheiden. Ich bin mir sicher, dass es dir gefallen wird. Aber du musst aufhören, mich Mr. Hawkins zu nennen. Ich bin kein Aufseher mehr. Nenn mich Anthony.« Die Geldscheine rascheln in seiner Hosentasche. Es wäre schon schön, mehr Geld zu haben. Er schaut in Hawkins' fröhliches Gesicht. Und es wäre auch schön, ein paar neue Freunde zu finden. »Okay, sprich weiter. Wann kann ich die anderen kennenlernen?«

59

TAG ZEHN – DONNERSTAG, 23. FEBRUAR, NACHMITTAG

Liam Carrington saß zusammengesunken auf seinem Stuhl und schaute nicht auf, als Robyn den Vernehmungsraum betrat.

»Mr. Carrington«, begrüßte sie ihn, doch er ignorierte sie.

»Wir könnten uns beiden das Ganze hier erleichtern, wenn Sie mit uns kooperieren. Ich stelle Ihnen nun ein paar Fragen, die Sie nicht beantworten müssen, aber wenn Sie es tun, würden Sie uns mit unseren Ermittlungen weiterhelfen. Haben Sie das verstanden?«

Endlich schaute Carrington auf.

»Am Morgen des vierzehnten Februars waren Sie zu Hause mit Ihrer Tochter Astra, ist das korrekt?« Sie wartete auf eine Antwort. Als sie keine bekam, sprach sie lauter. »Ist das korrekt?«

»Ja«, murmelte er.

»Und haben Sie irgendwann am besagten Vormittag Henry Gregson gesehen oder mit ihm geredet?«

»Nein.«

»War er bei Ihnen zu Hause?«

»Nein.«

Robyn lehnte sich zurück. »Ich glaube schon. Ich glaube, er ist vorbeigekommen, kaum dass Ella weg war.«

Carrington zuckte kurz zusammen. Mehr brauchte Robyn nicht. Sie hatte ihn.

»Ich glaube, er wollte etwas mit Ihnen besprechen. War das so, Mr. Carrington?«

Er hielt den Kopf gesenkt und blickte auf seine Hände. Doch Robyn würde ihn nicht von der Angel lassen, jetzt, wo sie ihn am Haken hatte.

»Henry Gregson wurde gesehen. Wir haben einen Zeugen. Sie können mir jetzt also entweder die Wahrheit sagen, oder ich finde sie selbst heraus. Langfristig ist es besser, wenn Sie mir erzählen, was Sie wissen. Immerhin müssen Sie bei allem auch an Ihre Tochter Astra denken.«

Sein Adamsapfel hob und senkte sich, doch er schwieg.

»Okay, versuchen wir folgendes Szenario: Henry ist bei Ihnen vorbeigekommen und Sie haben sich wegen irgendetwas gestritten. Er ist gegangen, und Sie wurden immer wütender. Also haben Sie Ella gebeten, nach Hause zu kommen und auf Astra aufzupassen, und dann haben Sie ein Treffen mit Henry im Cannock Chase vereinbart, wo Sie ihn kaltblütig erschossen haben. Ist es so gewesen?«

Er schüttelte den Kopf. »Nein«, sagte er leise.

»Ich kann problemlos einen Durchsuchungsbefehl für Ihr Haus beantragen. Dann überprüfen wir Ihre Handys und Computer und finden heraus, was genau passiert ist. Einfacher wäre es jedoch, Sie würden jetzt einfach reinen Tisch machen.« Sie wartete auf eine Antwort, und als keine kam, redete sie weiter.

»Haben Sie Ella gebeten, Ihnen ein Alibi zu geben? Sollte sie aussagen, dass Sie zu Hause waren, obwohl dem nicht so war?«

»Nein.«

»Aber sie würde Ihnen ein Alibi geben, wenn Sie sie darum

bitten, oder? Sie würde Ihnen den Rücken freihalten. Immerhin ist Blut dicker als Wasser.«

Er zischte leise durch die Zähne, hielt dann inne und setzte sein mürrisches Gesicht wieder auf. »Okay. Ich habe sie gebeten, die Wahrheit ein wenig zu dehnen. Ich wusste, dass Sie mich verdächtigen, wenn mein Alibi nicht stichhaltig ist, aber ich habe Henry wirklich nicht umgebracht. Er war mein bester Freund. Wirklich. Ich bin nicht unbedingt ein einfacher Mensch und es fällt mir nicht leicht, Freundschaften zu schließen. Mit Henry war das anders. Ich habe ihn sehr gemocht.« Seine Augen füllten sich mit Tränen, er beugte sich nach vorne und bedeckte sein Gesicht mit beiden Händen.

Für einen Moment war Robyn verunsichert. Der Mann war aufrichtig traurig. Tränen liefen über sein Gesicht. Er wischte sie mit dem Ärmel ab. Sie ließ ihm ein paar Sekunden Zeit, um sich zu sammeln, bevor sie wieder sprach. Von seinem emotionalen Ausbruch würde sie sich nicht beirren lassen. »Ella ist Ihre Schwester, stimmt's? Wusste das irgendjemand? Vielleicht hat Henry irgendwie davon erfahren?«

Er schüttelte ganz langsam den Kopf und hielt seine Tränen zurück.

»War das so, Mr. Carrington? Hat Henry herausgefunden, dass Ella Ihre Schwester ist, und gedroht, allen davon zu erzählen?«

»Sie liegen völlig falsch«, sagte er leise, bevor er sich wieder gerade hinsetzte.

Robyn blies die Wangen auf. »Nun ja, dann möchten Sie mir vielleicht erklären, welches Geheimnis Henry dann hatte. Wir glauben, dass er seinem Mörder eine Textnachricht geschrieben und darin gedroht hat, ihn bloßzustellen, bevor er erschossen wurde. Wer auch immer dieses Verbrechen begangen hat, hatte ein so großes Geheimnis, dass es sich lohnte, dafür zu töten.«

Er verschränkte die Arme und starrte demonstrativ auf seine Füße.

»Haben Sie zugestimmt, einen Lottoschein von zwei Kunden des MiniMarkts zu stehlen?«

Liam schwieg.

»Juliet Fallows hat uns von dem Lottoschein erzählt. Ihr Schweigen ist sinnlos. Hat Henry von dem Diebstahl erfahren und gedroht, Sie alle anzuzeigen?«

Erneut erntete sie nichts als Schweigen.

»Waren Sie am vierzehnten Februar im Cannock Chase, Mr. Carrington?«

»Nein. Ich war den ganzen Tag in Yoxall.«

»Ich glaube, an diesem Punkt sollte ich Sie daran erinnern, dass Sie jederzeit die Anwesenheit eines Anwalts verlangen können. Soweit ich weiß, haben Sie das zuvor abgelehnt. Möchten Sie nun einen Anwalt haben, Mr. Carrington?«

»Ja.«

»Fürs Protokoll: Wir unterbrechen diese Vernehmung, bis Mr. Carrington mit einem Rechtsbeistand gesprochen hat.«

Ohne einen weiteren Kommentar stand sie auf. Liam Carrington blieb mit hängendem Kopf sitzen.

Kaum hatte Robyn die Tür hinter sich geschlossen, fragte sie Mitz: »Was halten Sie davon?«

Gemeinsam gingen sie zurück ins Büro.

»Wegen Diebstahls und Betrugs kriegen wir ihn dran, aber wegen des Mordes an Henry Gregson eher nicht.«

Sie verzog das Gesicht. »Das sehe ich genauso. Ich wünschte, ich hätte etwas Konkretes gegen ihn in der Hand. Vielleicht kriegen wir aus Ella Fox etwas raus. Bisher tappe ich völlig im Dunkeln. Wenn nicht bald jemand auspackt und gesteht, bin ich geliefert. Im Moment reichen die Beweise für eine Verurteilung wegen Mordes nicht aus.«

Ella wurde in den anderen Vernehmungsraum geführt.

»Ich sage nichts ohne meinen Anwalt, also sparen Sie sich

die Mühe, mir irgendwelche Fragen zu stellen«, verkündete sie und schaute Robyn trotzig direkt in die Augen.

»Wir möchten Ihnen nur ein paar Fragen stellen, Ella«, sagte Robyn.

Ella schwieg eisern.

»Soweit wir wissen, hat Henry Liam am Tag seines Todes besucht, während Sie unterwegs waren.«

Ella fixierte einen Punkt oberhalb von Robyns Kopf.

»Wir gehen davon aus, dass Liam nicht zu Hause war, als Sie um vierzehn Uhr zurückgekommen sind, und dass Sie für ihn gelogen haben.«

In Ellas Gesicht war nicht die geringste Regung zu erkennen.

»Es ist nur zu verständlich, dass eine Schwester ihren Bruder beschützt.«

Absolut keine Reaktion. Ella würde nichts sagen. Robyn versuchte es mit ein paar weiteren Fragen, biss jedoch auf Granit. Also beendete sie die Vernehmung und ließ Ella wegbringen, bis ihr Anwalt kam. Genervt rieb sie sich die Stirn und seufzte.

David klopfte an die Tür und trat ein. »Der Empfang in der Klinik in Tamworth hat angegeben, Juliet wäre zur Arbeit gekommen, aber mitten am Vormittag wieder gegangen, weil es ihr nicht so gut ging. Ans Handy geht sie nicht. Ich habe ihr eine Streife vorbeigeschickt.«

Robyn stemmte die Hände in die Hüfte. »Oh, verflixt. Also ist uns erst Roger Jenkinson abhandengekommen und jetzt Juliet. Was zum Teufel ist hier nur los?«

»Vielleicht stecken die beiden unter einer Decke«, mutmaßte David und zuckte hilflos mit den Schultern.

»Oder sie sind beide tot. So oder so kommen wir in diesem Fall im Moment nicht weiter. Sowohl Liam Carrington als auch Ella Fox sind absolut unkooperativ. Kann es noch schlimmer werden?« Robyn widerstand dem Drang, einen frustrierten

Schrei auszustoßen. Immerhin war das nicht ihr erster schwieriger Fall. Sie musste logisch vorgehen, hätte Davies ihr gesagt. Also atmete sie tief durch, um ihren Herzschlag zu beruhigen. »Also gut. Wir machen Folgendes. Zuerst besorgen wir uns einen Durchsuchungsbefehl für das Haus von Liam und Ella. Dann machen wir Roger und Juliet ausfindig. Wenn Juliet etwas mit mindestens einem der Morde zu tun hat, bedeutet das, dass ihre Geschichte mit dem gestohlenen Lottoschein ebenfalls gelogen ist. Wir müssen uns an die Fakten halten, die wir haben, bevor wir irgendwelche Schlussfolgerungen ziehen. Na gut. Auf geht's. Die Zeit arbeitet gegen uns.«

60

DAMALS

Er mag die Quizabende sehr. Endlich mal ein Anlass, bei dem er sich als Gewinner fühlt. Seine Schwester hingegen ist nicht so begeistert von seiner Zugehörigkeit zur Quizgruppe und traut Hawkins nicht von der Wand zur Tapete, obwohl sie ihm noch nie begegnet ist und schon gar nicht mit ihm gesprochen hat. Sie mag Hawkins allein aufgrund seiner Eigenschaft als einer der Gefängniswärter, die ihren Bruder eingesperrt haben, nicht.

»Er ist immer viel zu nett«, sagt sie und lehnt sich auf dem Sofa an ihn. »Erinnert mich an Du-Weißt-Schon-Wen.«

Sie nennen Clark nie beim Namen. Der ist ein Tabu. Dennoch weiß er, was sie meint. Hawkins lächelt immer so freundlich – zu freundlich –, aber er ist ganz anders als der Mann. Niemals würde er tun, was der Mann getan hat.

Die anderen Gruppenmitglieder haben ihn begeistert in ihre Mitte genommen. Jetzt loben sie ihn für seine Quiz-Fähigkeiten, die ihnen gelegentlich zum Sieg verhelfen. Zum zweiten Mal in seinem unglücklichen Leben hat er das Gefühl, dazuzugehören – endlich dazuzugehören. An Sid denkt er noch oft und redet auch manchmal mit Hawkins darüber, was an jenem Tag im Wettbüro wirklich passiert ist. Hawkins glaubt ihm und hält es für eine Schande, was er durchgemacht hat, und dass er niemals so hätte leiden müssen.

»Ich muss los, Babe«, sagt er. »Heute spielen wir in Sudbury. Kommst du mit?«

Sie schüttelt den Kopf.

Er weiß, warum sie so betrübt ist. Das Geld reicht mal wieder nicht für die Miete. Eigentlich hätte genug da sein müssen, aber dann hat der Kühlschrank den Geist aufgegeben und sie mussten einen neuen Gebrauchten kaufen, der ihre gesamten Ersparnisse aufgefressen hat. Erneut musste sie unaussprechliche Dinge mit McNamara tun, damit sie durch den nächsten Monat kommen. Er drückt sie fest an und wünschte, er könnte mehr tun, damit sie das nicht noch einmal durchmachen muss.

Sie küsst ihn und löst sich aus seiner Umarmung. »Ich glaube, ich nehme lieber ein Bad und gehe früh schlafen. Viel Glück!«, sagte sie. »Ich hoffe wirklich, dass ihr gewinnt.«

61

TAG ZEHN – DONNERSTAG, 23. FEBRUAR, NACHMITTAG

Mit grummelndem Magen ging Robyn im Büro auf und ab. Flint hatte einen Durchsuchungsbefehl für das Haus von Liam Carrington genehmigt, und eine kleine Einheit unter der Leitung von Mitz war gerade auf dem Weg nach Yoxall. Sie selbst musste sich nun um ein anderes Problem kümmern – Anna. Da diese auf die Schnelle niemanden für die Beschattung gefunden hatte, hatte sie die Aufgabe selbst übernommen, worüber Robyn nicht allzu glücklich war.

»Ich habe sie gebeten, einen Beamten anzuweisen, Naomi zu folgen, und nicht, das selbst zu tun.«

»Sie hat vorhin angerufen«, berichtete David. »Der Empfang war recht schlecht. Sie sagte, Naomi Povey wäre auf direktem Weg nach Hause gefahren und befände sich jetzt mit zugezogenen Vorhängen im Haus. Sie wartet davor, bis sie von einem Beamten abgelöst wird. Dann brach die Verbindung ab und ich habe sie zurückgerufen, aber nur die Mailbox erreicht. Da ist wohl ein Funkloch.«

»Haben Sie es über das Funkgerät versucht?«

»Das hat sie nicht dabei. Dafür ist sie zu schnell verschwunden. In ihrem Privatwagen.«

Robyn schimpfte laut vor sich hin, ging in den Flur, rief Annas Handy an und hinterließ eine Nachricht: »Anna, bitte rufen Sie mich umgehend zurück, sobald Sie diese Nachricht abhören.« Mit gerunzelter Stirn kehrte sie ins Büro zurück und sprach mehr zu sich selbst als zu den Anwesenden.

»Was hat sie sich nur dabei gedacht? Sie kann Naomi Povey doch nicht einfach allein beschatten!« Der Gedanke an den verzweifelten und möglicherweise gefährlichen Roger Jenkinson bereitete ihr Sorgen. »Wo sind die Beamten, die nach Roger Jenkinson suchen? Können die nicht jemanden in Bramshall abstellen?«

»Es gab eine Sichtung in Uttoxeter, in der Nähe der Pferderennbahn. Jemand, auf den Rogers Beschreibung passt, wurde in der Nähe des Geländes gesehen. Alle Beamten wurden dorthin geschickt.«

Robyn stieß einen abgrundtiefen Seufzer aus.

»Aus DI Shearers Team sind alle in einem anderen Fall unterwegs, und auch sonst ist niemand verfügbar. Deshalb ist Anna ja selbst losgezogen, um Naomi zu folgen«, erklärte David.

Sosehr Robyn auch Annas Engagement zu schätzen wusste, wollte sie nicht, dass sie unnötige Risiken einging. Robyn war für die Sicherheit ihres Teams verantwortlich. Sie hatte Zweifel an Roger Jenkinson gehabt, aber leider nicht umgehend entsprechend reagiert. Jetzt ärgerte sie sich über ihre eigene Dummheit. Es hatte Hinweise gegeben – seine Gewaltausbrüche in der Vergangenheit, seine Schuhgröße vierundvierzig, sein Verhältnis mit Tessa und sein Streit mit Anthony Hawkins. War es möglich, dass es sich bei Roger Jenkinson um den Täter handelte? War er geflüchtet, um der Verhaftung zu entgehen? Sie mussten ihn finden, und zwar schnell. »Fahren Sie nach Bramshall, David, und führen Sie die Überwachung gemeinsam mit Anna durch. Nehmen Sie einen Streifenwagen und melden Sie sich über Funk, sobald Sie angekommen sind.

Es würde mich beruhigen, wenn ich wüsste, dass sie nicht allein ist.«

David machte sich von dannen und ließ Robyn mit Matt zurück. Mit Ella Fox hatten sie weiterhin kein Glück; diese schwieg immer noch eisern. Egal, was Robyn fragte oder sagte: Kein einziges Wort kam Ella über die Lippen. Ihre Anwältin, eine blasse Frau mit grauen Haaren, die sie so straff aus dem Gesicht gebunden hatte, dass sie permanent überrascht aussah, hatte Ella geraten, keinen Kommentar abzugeben.

»Matt, haben Sie die Aussage von Tory Goode?«

»Klar, hier ist sie«, antwortete Matt und deutete auf einen Stapel Unterlagen.

Robyn kräuselte die Lippen. Die Vernehmungen von Liam Carrington und seiner Schwester waren fruchtlos verlaufen. Aus keinem der beiden hatte sie auch nur eine kleine Information herausbekommen. Sie drückte die Daumen, dass ihre neueste Ahnung sich als zutreffend erwies und bei der Hausdurchsuchung schwarze Fasern passend zu denen von den beiden Tatorten gefunden werden würden.

Sie riss sich zusammen, betrat den abgedunkelten Raum neben dem Vernehmungsraum und klopfte an den Spiegel. »Bringen Sie sie rein.«

Matt auf der anderen Seite des Glases nickte. Die Tür wurde geöffnet und fünf Frauen traten ein und stellten sich in einer Reihe auf.

Wie schon zuvor saß Tory neben Robyn. Sie beugte sich vor und nickte. »Die da. Ich bin mir ziemlich sicher. Die mit den Jeans und dem weißen Pullover. Ich erkenne sie am Gang. So selbstbewusst.«

»Miss Goode, soll das heißen, dass Sie bestätigen, die erste Frau in der Reihe wiederzuerkennen?«

»Ja, genau das soll es heißen.«

Sie hatte soeben Ella Fox identifiziert.

Robyn ging ihre Überlegungen mit Matt durch und sprach laut aus, was ihr durch den Kopf ging.

»Wenn Tory Goode recht hat, befand sich Ella Fox am Sechzehnten irgendwo in der Nähe des Hauses von Tessa Hall. Sofern sie dafür keine gute Erklärung hat, müssen wir sie als Verdächtige behandeln. Sie hat zugegeben, Tessa nicht gemocht und ihr gedroht zu haben, dass sie sich von Liam fernhalten soll. Am Tatort wurde ein Fingernagel gefunden, der uns möglicherweise als Beweis dient, aber leider dauern die DNA-Ergebnisse sehr lange, und die Zeit haben wir nicht. Die Spurensicherung hat am Tatort weder eine Waffe noch Fingerabdrücke gefunden, die zu Ella oder Liam passen, was bedeutet, dass wir keinen Beleg dafür haben, dass sie jemals das Haus auch nur betreten hat.

Eine mögliche Theorie wäre: Ella Fox hat ihr Zuhause unbeobachtet vor sechs Uhr morgens verlassen, ist mit Liams Audi nach Barton-under-Needwood gefahren, hat irgendwo unauffällig geparkt und ist von dort aus zu Tessas Haus gejoggt. Tessa hat sie entweder erwartet oder war zumindest nicht über ihr Erscheinen überrascht, weshalb sie die Tür geöffnet hat. Dann hat Ella irgendwas gesagt, woraufhin Tessa sie reingelassen hat, und dann kam es zum Mord.«

Robyn rieb sich den Nacken. »Welche Frage ich jedoch ums Verrecken nicht beantworten kann, ist die nach dem Warum. Es kann unmöglich um Liam gegangen sein, denn mit dem hatte Tessa nichts. Es kann auch nicht um den Lottogewinn gegangen sein, weil Tessa niemandem davon erzählt und auch nichts davon ausgegeben hat. Das reicht nicht, oder, Matt? Ihre Anwältin würde sich totlachen und alles als reine Vermutungen abtun. In weniger als einer Stunde wäre sie wieder frei. Ohne hinreichenden Tatverdacht kann ich sie nicht weiter hierbehalten. Irgendwelche Vorschläge? Ich bin verzweifelt.«

»Ich bin genauso ratlos wie Sie. Wir müssen etwas anderes finden, das sie mit dem Tatort und dem Verbrechen in Verbindung bringt, zumal wir nichts haben, was auf ihre Anwesenheit in der Nähe zu den übrigen Tatorten hinweist. Können wir die DNA-Analyse des Fingernagels nicht beschleunigen?«

»Die Forensik ist überlastet, genau wie wir. Die Ergebnisse dauern fünf bis zehn Tage. Wenn wir Glück haben.«

»Und wenn ich mal nach Yoxall fahre und mich dem Suchtrupp dort anschließe? Vielleicht hilft das.«

Robyn legte beide Hände in den Nacken und dachte angestrengt nach. Vielleicht war Ella aus einem völlig harmlosen Grund in Barton-under-Needwood gewesen. Dann musste sie an Astra denken. Sie durfte jetzt nichts falschmachen. »Ja. Das ist eine gute Idee. Wenn wir nichts gegen sie in der Hand haben, bin ich auch nicht allzu erpicht darauf, sie achtundvierzig Stunden hier festzuhalten. Immerhin hat sie ein Kind, um das sie sich kümmern muss. Matt, was ist, wenn sie und Liam Carrington gar nichts mit der Sache zu tun haben, sondern Roger Jenkinson und Juliet Fallows unsere Täter sind?«

»Das glaube ich nicht.«

»Was macht Sie da so sicher?«

»Sie haben von allen Polizisten, die ich kenne, den besten Instinkt«, antwortete Matt mit funkelnden Augen und ging in Richtung Tür. An Annas Schreibtisch blieb er kurz stehen und griff nach der Packung Kekse darauf. Dann fiel ihm etwas ein. »Und wenn wir Ellas Handy für die betreffenden Tage tracken?«

»Schon geschehen. Sollte sie das Haus verlassen haben, hat sie es nicht mitgenommen. Sollte sie schuldig sein, war das ziemlich clever.«

»Dann müssen wir sie halt irgendwie anders zu einem Geständnis bewegen. Oder beten.« Mit diesen Worten verließ er das Büro.

Ein paar Minuten später klopfte DCI Flint an die Tür. »DI Carter.«

Er baute sich in voller Größe vor ihr auf und blickte sich verlegen um. »Es gibt keinen richtigen Weg, das zu sagen. Juliet Fallows wurde vor ein paar Stunden tot hinter einer VW-Werkstatt in Tamworth gefunden. Jemand hat ihr ins Gesicht geschossen. Deshalb hat es eine Weile gedauert, bis die Leiche identifiziert werden konnte. Sie trug keinen Ausweis bei sich. Erste Anzeichen deuten darauf hin, dass es sich um denselben Patronentyp handelt, mit dem auch Henry Gregson getötet wurde.«

Robyn starrte ihn fassungslos an. Juliet war also weder geflüchtet noch hatte sie sich mit Roger Jenkinson versteckt. Dieselbe Person, die Tessa, Anthony und Henry auf dem Gewissen hatte, hatte zweifellos auch Juliet getötet. Ein dumpfes Pochen hinter ihrer Schläfe machte sich bemerkbar. Flint wartete darauf, dass sie etwas sagte, doch sie konzentrierte sich auf ihre Überlegungen.

»Ich habe darum gebeten, dass alle Einzelheiten und Ergebnisse direkt an Sie und Ihr Team geschickt werden. Die Beamten, die die Angehörigen informieren sollen, sind schon unterwegs und kümmern sich um alles Weitere. Ich möchte, dass Sie sich vollkommen auf die Ergreifung des Mörders konzentrieren. Das war von meiner Seite her alles.«

»Okay, Sir.«

Mit hoch erhobenem Kopf und ohne ein weiteres Wort verließ Flint das Büro.

Robyn verfluchte die Tatsache, dass sie nicht ausreichend Beweise gehabt hatte, um Juliets Tod zu verhindern. Der Gedanke, dass sie noch am Leben sein könnte, wenn Robyn nur schneller gehandelt hätte, machte sie fertig. Sie ballte die Faust, schlug sie gegen die Wand und stöhnte. Dann ließ sie sich auf den nächstbesten Stuhl fallen und begrub den Kopf in den Händen. Hätte sie nur schneller gehandelt. Sie dachte an

Terence und Steph und dass sie die beiden und ihre Mutter im Stich gelassen hatte. Sie schloss die Augen und versuchte, das Bild der beiden aus ihrem Kopf zu verbannen, doch es gelang ihr nicht.

Wie lange sie dort so saß, wusste sie nicht. Es dauerte eine Weile, bis ihre Wut auf sich selbst nachließ und sie wieder klar denken konnte. Immerhin hatte sie ein Team zu leiten und einen Mörder zu fangen. Oder mehrere Mörder. Sie würde den Opfern Gerechtigkeit verschaffen. Das schuldete sie den Hinterbliebenen der Opfer, ihrem Team und sich selbst. Ihr Handy klingelte und brachte sie so zurück ins Hier und Jetzt. Es war David.

»Hier ist keine Spur von Anna, Boss. Weder steht ihr Auto vor Naomis Haus noch öffnet jemand auf mein Klopfen.«

»Fragen Sie die Nachbarn. Vielleicht hat irgendjemand irgendetwas gesehen. Ich bin auf dem Weg.«

62

DAMALS

Henry kennt die Wahrheit – zumindest denkt er das. Er hat von der Tippgemeinschaft erfahren, weil jemand – Ailsa Pelligrini – Lauren gegenüber gequatscht hat, die wiederum Henry gegenüber etwas erwähnt hat, und jetzt zählt er eins und eins zusammen. Er hat Ella unseren eigentlichen Lottoschein verkauft, weil ich nicht an Verwandte verkaufen darf, und weiß ganz genau, dass wir jede Woche auf dieselben Zahlen tippen und niemals Zufallszahlen nutzen würden.

Henry sagt nichts, als ich ihm gestehe, dass ich einen Gewinner-Lottoschein geklaut und ihn im Namen der Tippgemeinschaft eingereicht habe. Wem der Lottoschein gehört, verrate ich jedoch nicht, sondern behaupte, dass er von einem Mann ist, den ich nie zuvor gesehen habe. Als ich fertig mit meinen Erklärungen darüber bin, warum ich so gehandelt habe, schaut er mich freundlich an – mitfühlend und verständnisvoll –, und in mir rumort es. Der Wunsch, so zu sein wie er, ein normales Leben zu führen, wie er Hoffnung zu haben und Liebe zu erfahren, wird übermächtig.

Eigentlich wollte ich den Lottoschein gar nicht stehlen, das war die Idee der anderen. Die wollten unbedingt, dass ich ihnen dabei helfe. Mr. Hawkins – Anthony – legte mir den Arm um die Schultern und flüsterte: »Du bist der Einzige, der das kann. Tu's für uns alle. Sid hätte gewollt, dass du uns hilfst. Sid hat dir eine Chance gegeben, oder? Und jetzt möchten wir, dass du uns eine Chance gibst.«

Dass er Sid erwähnte, überraschte mich. Hätte Sid wirklich gewollt, dass ich diesen Leuten helfe? Vermutlich schon. Alle schauten mich so erwartungsvoll an, dass mein Widerstand schwand. Und dann war da noch Ella. Ich musste es für sie und Astra tun. Ich verdiene nicht annähernd genug Geld für uns drei. Gerade erst hatte ich eine Steuernachforderung erhalten, die ich nicht begleichen konnte, und Ella musste die Miete bei McNamara so abarbeiten, wie sie es immer tut, wenn wir nicht genug Geld haben. Bei dem Gedanken daran, was dieser Mann mit ihr anstellte, wurde mir übel. Anthony lächelte wieder, und ich nickte. Irgendwie.

»Das ist die richtige Einstellung. Wir wussten doch, dass wir uns auf dich verlassen können.«

Plötzlich freuten sich alle und schauten mich ganz anders an als vorher. Sie brauchten mich. Zum ersten Mal seit Sid hatte ich das Gefühl, gebraucht und geschätzt zu werden. Also beschloss ich, bei der Sache mitzumachen. Sie würde uns allen zu einem besseren Leben verhelfen.

Am nächsten Tag jedoch wurde mir klar, dass ich das nicht durchziehen konnte. Es war einfach zu riskant. Ich rief Hawkins an und informierte ihn darüber. »O doch, du ziehst das durch, junger Mann«, zischte er. »Denn wenn nicht, verrate ich allen, was du früher so getrieben hast. Ich rufe in deinem Supermarkt an und erzähle den Besitzern, dass du deinen Arbeitgeber Sid bestohlen hast – den Mann, der dir die Chance gegeben hatte, dich selbst zu beweisen –, und dass du ihn hast verrecken lassen und mit seiner Kohle abgehauen bist. Ich wette, die im Mini-Markt wissen nichts von deiner Vergangenheit. Wie alt warst du noch, als du verurteilt worden bist? Ach ja, erst siebzehn. Nach fünfeinhalb Jahren wurde der Eintrag aus deiner Strafakte gelöscht und du hast ihnen nie davon erzählt, stimmt's?«

Ich bekam Panik. Er hatte recht. Die im MiniMarkt wissen von nichts.

»So war das nicht«, stotterte ich. »Du weißt doch, dass ich Sid nie bestohlen habe.«

»Nein, mein Freundchen. Ich weiß ganz genau, dass du ein kleiner Scheißkerl warst, der einen liebenswerten Mann ausgeraubt hat, und du hast bekommen, was du verdienst. Im Knast warst du ein erbärmlicher Jammerlappen voller Selbstmitleid, und jämmerlich bist du immer noch. Ich werde dir das Leben zur Hölle machen und allen in der Quizgruppe erzählen, wer du wirklich bist. Und dann bist du wieder draußen. Du weißt ja, wie sich das anfühlt, wenn sich alle von einem abwenden, oder? Und jetzt stell dir mal vor, was jemand wie Roger mit dir anstellen würde, wenn er von deiner Vergangenheit erfährt. Mit Weicheiern wie dir macht der kurzen Prozess. Ich müsste nur ›versehentlich‹ ein paar Infos über dich und die abstoßenden Sachen, die du im Knast getrieben hast, erwähnen, und schon wirst du deines Lebens nicht mehr froh. Also, was meinst du? Soll ich beim MiniMarkt anrufen oder reißt du dich zusammen und besorgst uns den Schein?«

Jetzt kann ich den Gedanken daran, was ich getan habe, kaum ertragen. Wenn ich Henry sehe, wird mir klar, was für ein furchtbarer Fehler es war, diesen Leuten zu vertrauen. Henry war mir immer mehr ein Freund als jeder Einzelne aus der Tippgemeinschaft. Er fragt nach den anderen, die von meinem Diebstahl profitiert haben. Emotional, wie ich gerade bin, erzähle ich ihm, dass sie nichts davon wissen, dass es ehrliche Leute sind. Er schaut mich nur traurig an.

»Wenn Geld im Spiel ist, werden manche Menschen schnell

sehr unehrlich.« Er bittet mich um ihre Handynummern, und da ich meinen Fehler unbedingt wieder gutmachen und sein Vertrauen zurückgewinnen möchte, gebe ich sie ihm, obwohl ich die ganze Zeit furchtbare Angst davor habe, was dann passiert. Ich muss Henry einfach vertrauen.

Er will sie anrufen, einen nach dem anderen, und ihnen sagen, dass sie kein Recht auf ihren Anteil des Jackpots haben. Er will ihnen sagen, dass das Los ihnen nicht rechtmäßig gehört und sie das Geld zurückgeben sollen. Und er will uns allen die Chance geben, das Richtige zu tun.

63

TAG ZEHN – DONNERSTAG, 23. FEBRUAR, ABEND

Ein Nachbar hatte einen Ersatzschlüssel für Naomis Haus und ihn David gegeben. Als Robyn ankommt, fand sie ihn vor der Haustür vor. Er schüttelte den Kopf.

»Keine Spur von irgendjemandem.«

Robyn folgte ihm in die Küche und betrachtete die schmutzigen Teller in der Spüle und den halb ausgetrunkenen Becher Tee neben dem Herd.

»Da hat jemand überstürzt das Haus verlassen«, stellte sie fest.

»Naomi?«

»Möglich. Da steht nur ein Becher. Haben die Nachbarn was gesehen?«

»Nichts.«

Robyn stieß einen Seufzer aus, schloss die Augen und versuchte sich vorzustellen, was hier passiert sein könnte.

»Steht Naomis Auto noch an der Straße?«

»Ja.«

»Dann könnte sie Annas Auto genommen haben. Vielleicht sogar mit Anna als Geisel. Ich weiß, das klingt verrückt, aber es sieht Anna einfach nicht ähnlich, sich nicht zu melden. Irgendetwas ist ihr zugestoßen.«

Sie trat hinaus in den Garten, der von einem Lattenzaun umgeben war. Hier konnte man sich nirgendwo verstecken. Also drehte sie sich wieder um und ging durch das Haus in den Vorgarten, wo sie den Weg bis zur Straße nach Spuren von einem Kampf absuchte. Ein paar Meter entfernt auf der Straße fiel ihr ein Gegenstand ins Auge. Sie streifte ein paar Einweghandschuhe über und hob ihn auf. Sofort erkannte sie die Schutzhülle und rief nach David. Als er sah, was sie in der Hand hielt, stöhnte er auf. Robyn hatte Annas Handy gefunden.

Auf dem Weg nach Bramshall hatte sie DCI Flint angerufen, und als nun die ersten Blaulichter auf sie zu rasten, wurde ihr schmerzhaft klar, dass sich jemand von ihren Leuten in Gefahr befand. Das sollte wichtiger sein als alles andere. Ihre Suche nach Anna sollte Vorrang haben. Doch obwohl Flint ihre Sorge teilte, lauteten seine Anweisungen anders.

»Robyn, ich organisiere Ihnen sofort mehr Leute, aber ich möchte, dass Sie die Suche nach Anna denen überlassen. Sie kommen zurück in die Dienststelle und kümmern sich um Ihre Ermittlungen. Wir können Liam Carrington und Ella Fox nicht länger festhalten. Ich verstehe, dass Sie Angst um Anna haben, aber wir werden sie finden.«

Wo könnte Anna sein? Wenn Robyn Naomi Povey oder Roger Jenkinson wäre, wo würde sie sich verstecken? Doch sie konnte deren Bewegungen nicht erahnen. DCI Flint hatte recht. Sie musste zurück zur Dienststelle. Die Suche nach Anna, Naomi und Jenkinson müsste sie den Kollegen überlassen.

»David, bitte halten Sie mich auf dem Laufenden. Ich möchte umgehend informiert werden, wenn es etwas Neues gibt.«

Mit bis zum Hals schlagendem Herz verließ Robyn die

Straße, in der sich immer mehr Streifenwagen versammelten, und zwang sich, ihre Konzentration wieder auf den Fall zu lenken. Sie hatten es mit drei eindeutigen Morden und einem verdächtigen Todesfall zu tun. Während Roger Jenkinson womöglich für den Tod von Henry Gregson verantwortlich war, saßen in der Dienststelle zwei weitere Verdächtige, die irgendwie in den Diebstahl des Lottoscheins und vielleicht sogar in die anderen Morde verwickelt waren. Ella Fox war am Morgen des Mordes an Tessa in Barton-under-Needwood gewesen. Robyn brauchte dringend mehr Beweise. Solange sie diese nicht hatte, konnte sie weder Liam noch Ella verhaften und sie konnte sich auch nicht der Suche nach Anna anschließen. Mit entschlossener Miene fuhr sie in Richtung Yoxall. Zwar konnte sie nicht nach Anna suchen, aber sie konnte die Durchsuchung von Carringtons Haus beschleunigen.

Keine viertel Stunde später bog sie in die Einfahrt von Liam Carrington ein. Die Vorhänge waren nicht zugezogen, und in jedem einzelnen der hell erleuchteten Zimmer waren über Kommoden, Tische und Schubladen gebeugte Personen zu sehen, die im Leben des Paares herumwühlten. Mitz befand sich hinter dem Haus, wo er einen vollgestellten Geräteschuppen durchsuchte. Benzinkanister und Werkzeugkisten waren quer über den Rasen verstreut. Robyn brachte es nicht übers Herz, ihm von Annas Verschwinden zu erzählen. Er würde sowieso nichts tun können; die Nachricht würde ihn nur beunruhigen.

»Bisher haben wir nichts gefunden. Hier drin ist nur Männerkram«, berichtete Mitz und hielt einen Stift hoch, mit dem man Lackschäden von Autos repariert. »Hier sind jede Menge Kartons mit Putzlappen, Autoshampoo und Wachs. So viel, dass ich mich schon gefragt habe, ob Carrington eine ganze Flotte von Autos besitzt oder nebenbei als Autopolierer arbeitet.«

Robyn lächelte ihn halbherzig an und betrachtete den Audi

A4 in der Einfahrt. »Das Auto haben Sie schon durchsucht, nehme ich an?«

»Klar. Sowohl den Innenraum als auch den Kofferraum als auch die Unterseite, falls dort was versteckt worden ist. Nichts gefunden«, antwortete Mitz, griff nach einer Flasche, schraubte den Deckel ab und roch daran.

»Es ist schon ungewöhnlich, wenn ein Paar heutzutage nur ein Auto hat, das es sich teilt. Und in diesem Fall handelt es sich auch noch um ein sehr altes Modell. Der Wagen hat fast zweihundertfünfzigtausend Kilometer auf dem Tacho. Wenn das mal kaputt geht, wird's ärgerlich. Dann müssten sie mit öffentlichen Verkehrsmitteln fahren oder sich ein Taxi nehmen. Einem so alten Auto würde ich nicht trauen«, sagte er.

Robyn ging ein Licht auf. Anna hatte die Nummernschildererkennungen in der Nähe vom Cannock Chase vom Zeitraum um Gregsons Tod herum überprüft. Allerdings hatte sie nur auf Privatwagen geachtet, in der Hoffnung, dass eines davon dem Mörder gehörte. Niemand jedoch hatte bisher auf Taxis geachtet. Sofort rief sie in der Dienststelle an und sprach mit dem diensthabenden Beamten.

»Ist jemand da, der Aufzeichnungen der automatischen Nummernschilderkennung für mich durchgucken kann?«

»Nur Tom Shearer. Der ist vor zehn Minuten reingekommen. Ich stelle Sie durch.«

Shearer war überrascht, ihre Stimme zu hören, lauschte jedoch aufmerksam, als sie kurz erklärte, warum sie ihn brauchte. »Also, könnten Sie die Aufnahmen aller Autos durchsehen, die am Vierzehnten an den Kameras mit Nummernschilderkennung rund um Cannock Chase vorbeigefahren sind? Achten Sie besonders auf Taxis, und rufen Sie mich bitte sofort an, wenn Sie eines finden.«

»Ich würde das für keinen anderen tun«, sagte er. »Aber wenn Sie mich so nett fragen ...«

»Danke, Tom. Ich schulde Ihnen was.«

»Ja, das tun sie«, sagte er und legte auf.

Robyn ging über die geteerte Auffahrt und betrat das Haus durch die Küche, in der die Beamten damit beschäftigt waren, die Schränke zu durchsuchen. Matt befand sich in Astras Spielzimmer auf dem Dachboden. In dem kleinen Raum sah sein massiger Körper riesig aus. Auf dem Boden sitzend hob er Kisten und Spielsachen hoch auf der Suche nach Beweisen, die sie so dringend benötigten.

Die niedrigen Wände des Spielzimmers waren in einem fröhlichen Gelb gestrichen. An einer Wand hingen Scrabble-Buchstaben, die den Namen Astra bildeten, und darunter befand sich ein Sitzsack mit mehreren Büchern drum herum. Das war wohl ihre Leseecke. Das Zimmer war klein und alle Einbauregale waren vollgestopft bis oben hin mit Spielzeug, Büchern und Kleidung. Neben einer Schubladenkommode hockte ein riesiger grinsender Teddybär mit einer großen Schleife um den Hals. Um den Teddy herum lagen Unmengen von Plastikspielzeug, das schon bessere Zeiten gesehen hatte.

»Das ist ganz schön viel Kram«, sagte Robyn.

»Das ist bei Poppy genauso. Die hat auch mehr Klamotten und anderen Kram als wir beide zusammen. Das passiert einfach automatisch. Man sieht etwas, das dem Kind gefallen könnte, und kauft es. Man will einfach, dass die eigenen Kinder all das haben, was man selbst nie bekommen hat«, erklärte Matt.

Robyn öffnete eine der Schubladen und verspürte beim Anblick der niedlichen Kleidungsstücke einen Stich im Herz. Schön wär's gewesen, dachte sie. Sie durchsuchte die Schublade, indem sie jeden einzelnen der vielen Stapel aus Pullovern und Strickjacken herausnahm und schüttelte. Matt war unterdessen mit den Regalen beschäftigt, in denen sich ein Karton an den anderen reihte. Geduldig zog er sie nacheinander heraus und inspizierte den Inhalt. Als sie mit den Schubladen fertig war, schaute sich Robyn um und überlegte, wo sie weitermachen könnte. Sie hob den bunten Teppich an und tastete den Holzboden nach losen Brettern ab. Doch da war nichts.

Matt war inzwischen dabei, die Kartons wieder einzupacken. Robyn betrachtete den grinsenden Teddy. Früher hatte sie auch einen Teddy gehabt, doch bei Weitem keinen so großen wie diesen hier. Sie ging auf das Kuscheltier zu. Es war deutlich zu groß, als dass ein Kind es hochheben könnte. Astra klettert vermutlich eher darauf herum. Robyn nahm den Teddy hoch. Er war überraschend weich und leichter, als sie erwartet hatte. Sie widerstand dem Drang, ihn in den Arm zu nehmen, und drückte ihn nur kurz, bevor sie ihn wieder zurücksetzen wollte. Doch mitten in der Bewegung hielt sie inne. Das hatte sich irgendwie nicht richtig angefühlt. Nicht weich genug. Im Bauch befand sich etwas Hartes. Sie untersuchte den Teddy genauer. Die Naht am Rücken sah aus, als hätte sie jemand mit einem andersfarbigen Faden geschlossen. Er war etwas dunkler als der Originalfaden. Sie benetzte ihre plötzlich staubtrockenen Lippen. Die würden ja wohl keine Waffe in einem Kuscheltier verstecken, oder? Es gab nur eine Möglichkeit, das herauszufinden. »Matt«, sagte sie, und die Dringlichkeit ihrer Bitte war nicht zu überhören. »Ich brauche eine Schere.«

Mit zittrigen Fingern löste sie die Naht, bis die Öffnung groß genug war, damit sie die Hand in den Teddy stecken konnte. Sie tastete sich durch die Füllung, bis sie auf etwas Hartes stieß. Ihre Augen weiteten sich. Aufgeregt ergriff sie den Gegenstand und zog ihn heraus. Doch dann die Enttäuschung: Es handelte sich um ein rundes Ding aus Plastik.

Matt stieß einen tiefen Seufzer aus. »Ich weiß, was das ist. Das ist aus dem Build-a-Bear-Laden. Damit kann man eine Nachricht aufnehmen, und dann wird es mit der Füllung in den Teddy gesteckt, bevor er zugenäht wird. Wir haben dort einen für Poppy machen lassen, und der hat auch so ein Ding. Wenn das Kind den Teddy an sich drückt, redet er. Poppys Teddy kann ›Ich bin Arnie und ich hab dich lieb!‹ sagen.« Er nahm Robyn den Lautsprecher aus der Hand und schüttelte ihn. »Der hier ist kaputt.« Ernüchtert und frustriert blickte sich Robyn im Zimmer um. Wenn sie in diesem Haus keine versteckte Waffe fanden, müsste sie die Verdächtigen zu einem Geständnis bewegen. Plötzlich war ihr alles zu viel; Annas Verschwinden, Rogers Flucht und die fehlenden Beweise, um einen der Verdächtigen zu überführen. Sie drückte den Rücken durch. Aufgeben war keine Option. Wenn es sein musste, würde sie diese Hütte höchstpersönlich auseinandernehmen, um irgendetwas zu finden, was ihr Antworten liefert. Ihr Blick fiel auf eine rosa Schachtel mit der Aufschrift »Schatzkiste«. Sie war ungefähr dreimal so groß wie ein Schuhkarton.

»Haben Sie die schon überprüft?«, fragte sie Matt.

Er nickte. »Da sind nur Erinnerungsstücke drin«, erklärte er. »Die ersten Babyschühchen, ein Fotoalbum, Spielzeug. Solche Sachen.«

Erneut verspürte sie diesen Schmerz im Herzen, als sie den Deckel der Kiste öffnete. Sie war noch nicht über den Verlust ihres eigenen Kindes hinweg und hatte keine Ahnung, was sie dazu trieb, in eine Kiste zu schauen, die mit Erinnerungen an ein gesundes Baby gefüllt war. Vielleicht war es der Wunsch zu erfahren, wie es gewesen wäre, hätte ihr Kind überlebt. Der Anblick der blassrosa Babyschühchen raubte ihr den Atem. Sie waren so winzig. Der weiße, mit drei silberfarbenen Sternen bestickte Strampler war so kuschelig, dass Robyn am liebsten ihre Wange daran gerieben hätte. Bevor die Traurigkeit sie überwältigen konnte, legte sie ihn zurück. Als sie die Kiste hochhob, um sie zur Seite zu stellen und unter dem Teppich nachzuschauen, stutzte sie. Für eine Kiste, in der sich nur leichte Gegenstände befanden, war sie etwas zu schwer. Sie stellte sie wieder ab und öffnete erneut den Deckel. Diesmal nahm sie jeden einzelnen Gegenstand heraus: die Schühchen, den Schlafanzug, eine Haarbürste, eine Spielzeuggiraffe aus Filz, eine Babydecke, eine weiche Rassel mit einem Kaninchen darauf, ein Fotoalbum mit Astras Namen darauf sowie zwei silberne Teelöffel. Als die Kiste leer war, hob sie sie wieder an und schüttelte sie.

»Ich glaube, da ist was drin«, sagte sie.

»Ich höre nichts klappern. Vielleicht ist die Kiste nur gewichtet, damit sie nicht zusammenklappt. Immerhin besteht sie nur aus Pappe.«

Robyn tastete die Innenwände der Kiste ab und seufzte. Matt hatte recht, und nachdem sie bereits Astras geliebten Teddybären zerstört hatte, konnte sie unmöglich auch noch die Kiste kaputtmachen. Als sie jedoch eine leichte Erhebung in einer der Ecken am Boden spürte, überlegte sie es sich anders. Vielleicht konnte sie die Folie gerade so weit entfernen, um sich zu vergewissern, dass Matt recht hatte und die Kiste in der Tat beschwert war, ohne sie zu zerstören. Vorsichtig knibbelte sie mit dem Fingernagel an der erhobenen Ecke herum, bis sie den Boden anheben konnte. Er war fest verklebt und das Unternehmen gar nicht so einfach, doch Robyn war hartnäckig und getrieben von ihrer Intuition. Da musste einfach noch etwas anderes in dieser Kiste sein als Erinnerungsstücke. Endlich löste sich der Boden von den Rändern und ließ sich einfacher ablösen. Robyn konnte sich auf nichts anderes konzentrieren als auf ihre aktuelle Aufgabe, wobei sie sich die ganze Zeit fragte, was sie als Nächstes tun würde, wenn sie sich schon wieder irrte.

Die Zeit stand still, als Robyn das Ausmaß ihres Fundes begriff. Unter dem doppelten Boden befand sich ein in Luftpolsterfolie gewickelter Gegenstand. Mit klopfendem Herzen nahm sie ihn heraus.

»O mein Gott. Sie hatten recht«, sagte Matt mit hörbarer Anerkennung. »Das ist eine Waffe.« Bei der Smith & Wesson Webley in ihrer Hand handelte es sich bestimmt um die Waffe, mit der Henry Gregson getötet worden war. Sie war nicht entsorgt worden, wie Robyn befürchtet hatte. Sie hatte den

Beweis gefunden, den sie so dringend gebraucht hatte. Endlich konnte sie diesen Fall abschließen. Sie musste umgehend zurück zur Dienststelle. Gerade wollte sie das Matt sagen, als jemand aus dem Elternschlafzimmer rief: »Ich glaube, ich habe hier etwas.«

Robyn und Matt ließen alles stehen und liegen und liefen ins andere Zimmer, aus dem die Stimme gekommen war. Dort herrschte Chaos: Das Bett war durchwühlt worden und auf dem Boden stapelten sich Kleidungsstücke. Eine Beamtin war gerade dabei, eine Bodendiele zu lösen. »Die ist locker«, erklärte sie.

Nachdem sie die Diele entfernt hatte, kniete Robyn sich hin und griff in den Hohlraum. Ihre Finger berührten eine Plastiktüte. Sie holte sie heraus und reichte sie Matt. Der schaute hinein und brach in ein breites Grinsen aus. »Ein Handy, das zweifellos Liam Carrington gehört«, verkündete er und hob ein Nokia-Handy hoch. »Ich nehme an, es handelt sich um exakt das Prepaid-Telefon, das Henry Gregson an dem Morgen seines Todes angerufen hat.«

64

TAG ZEHN – DONNERSTAG, 23. FEBRUAR,
SPÄTER ABEND

»Erkennen Sie das hier, Mr. Carrington?« Robyn hielt das Handy hoch.

Liam nickte.

»DI Carter zeigt Mr. Carrington ein Handy der Marke Nokia«, sagte Matt deutlich für das Aufnahmegerät.

Dann sprach Robyn wieder. »Bitte formulieren Sie Ihre Antwort für das Aufnahmegerät verbal. Erkennen Sie dieses Handy?«

»Ja«, antwortete Carrington.

»Haben Sie dieses Mobiltelefon verwendet, um mit Henry Gregson zu sprechen?«

»Ja.«

»Wann haben Sie es zum letzten Mal verwendet?«

»Am Vierzehnten. Da hat Henry mich angerufen.«

»Warum hat er Sie unter dieser Nummer angerufen und nicht auf Ihrem üblichen Handy?«

»Die Telefonate sollten geheim bleiben. Ich wollte nicht, dass Ella davon erfährt.«

»Warum nicht?«

»Ich wollte sie nicht mit in die Sache hineinziehen.«

»Wenn Sie sagen, dass Sie sie nicht mit in die Sache hineinziehen wollten, was genau meinen Sie damit?« Robyn schaute Carrington erwartungsvoll an.

Der Mann befeuchtete seine Lippen und erklärte: »Ich habe betrogen. Ich habe im MiniMarkt einen Lottoschein von einem Ehepaar geklaut, dem ich erzählt habe, dass sie nichts gewonnen haben. Dabei hat ein Kästchen des Lottoscheins den Jackpot geknackt, und ich habe ihn selbst eingesteckt. Allerdings konnte ich den Gewinn nicht für mich beanspruchen, ohne verdächtig zu wirken, also habe ich so getan, als hätte die Tippgemeinschaft, bei der ich Mitglied war, den Jackpot geknackt. Das hat Henry herausgefunden und wollte mich bei der Polizei anzeigen. Und ich wollte nicht, dass Ella davon erfuhr – das hätte sie völlig aus der Bahn geworfen. Deshalb habe ich mir ein Zweithandy zugelegt, auf dem Henry mich anrufen und die Sache mit mir besprechen konnte. Und wir haben mehrmals darüber gesprochen. Ich hatte gehofft, dass er es sich anders überlegt und mich nicht anzeigt.«

»Aber gedroht hat er das.«

»Er war sogar bei mir zu Hause, als Ella gerade unterwegs war, und hat verkündet, er hätte beschlossen, mich an die Lottogesellschaft und die Besitzer des MiniMarkts zu verpfeifen.«

Robyn verschränkte die Arme und musterte Carringtons Gesicht. Erneut befeuchtete er seine Lippen. Sie nickte Matt zu, der die Waffe auf den Tisch vor Carrington und seinem Anwalt legte.

»Ist das die Waffe, mit der Henry Gregson am vierzehnten Februar getötet wurde?«

»Ja.«

»Können Sie mir erklären, warum ich sie in Ihrem Haus in einer Kiste mit Erinnerungsstücken gefunden habe?«

»Ich habe sie da rein gelegt. Ich habe sie versteckt. Nachdem ich Henry erschossen habe.«

»Also gestehen Sie, Henry Gregson getötet zu haben?«

»Ja. Ich habe mich mit ihm im Cannock Chase verabredet. Dort habe ich mich hinter einem Baum versteckt und auf ihn gewartet. Zuerst hat er mich nicht gesehen. Also bin ich aus meinem Versteck gekommen und habe ihm zugewunken. Dann hat er das Fenster heruntergekurbelt, mich zu sich gerufen und ich habe ihn erschossen. Danach bin ich nach Hause gefahren und habe die Waffe versteckt.«

»Sie sind zum Cannock Chase gefahren?«

»Ja.«

»Um wie viel Uhr war das? Sie wurden um zwölf Uhr im Dorf gesehen.«

»Das weiß ich nicht mehr. Nachdem Henry verkündet hatte, den Leuten von der Lottogesellschaft zu erzählen, dass ich den Lottoschein gestohlen hatte, habe ich jedes Zeitgefühl verloren. Ich habe ihn angerufen, als ich im Dorf herumspaziert bin. Astra war an dem Morgen sehr müde und ist in ihrem Buggy eingeschlafen. Also habe ich sie auf den Rücksitz gesetzt und bin mit ihr, ohne darüber nachzudenken, zum Cannock Chase gefahren.«

»Und dort haben Sie auf dem Parkplatz geparkt, sind zu der Stelle gelaufen, wo Henry auf Sie gewartet hat, haben ihn erschossen und sind anschließend wieder nach Hause gefahren?«

»Ja, allerdings habe ich nicht auf dem Parkplatz geparkt. Ich bin direkt zu der Lichtung gefahren, wo Henry gewartet hat. Da ist ein Rastplatz ganz in der Nähe. Dort habe ich geparkt«, erklärte er mit einer gewissen Genugtuung.

Robyn musterte ihn weiterhin aufmerksam. »Das stimmt allerdings. Ganz in der Nähe der Lichtung, auf der Henry Gregsons Leiche gefunden wurde, gibt es einen Rastplatz, aber auf den sind Sie nicht gefahren. Ihr Auto wurde von keiner einzigen automatischen Nummernschilderkennung in der Umgebung registriert. Wären Sie zum Rastplatz gefahren, wüssten wir davon.«

»Ich habe eine andere Strecke genommen«, warf er schnell ein.

»In der Gegend befinden sich mehrere Kameras. Es ist unmöglich, den Rastplatz mit dem Auto zu erreichen, ohne dabei erfasst zu werden.«

»Aber ich war da. Und Sie können mir nicht das Gegenteil beweisen. Ich habe sie alle umgebracht.«

»Also gestehen Sie auch die Morde an Tessa Hall, Juliet Fallows und Anthony Hawkins?«

»Ja. Die habe ich alle getötet. Und Henry auch.«

»Aber Sie sagten, Sie hätten die Waffe in der Kiste versteckt, gleich nachdem Sie Henry erschossen haben.«

Liam blinzelte hektisch, bevor er antwortete. »Ja. Und dann habe ich sie wieder rausgenommen, um Juliet zu erschießen, und dann habe ich sie wieder zurückgelegt.«

Robyn schüttelte den Kopf. »Ich fürchte, ich kann Ihnen nicht glauben.« Sie schob ihm ein Foto hin.

»DI Carter zeigt Mr. Carrington ein Foto, das am vierzehnten Februar um dreizehn Uhr fünfzehn aufgenommen wurde.«

Liam zeigte keine Reaktion.

»Das ist ein Foto eines Pkw, der um dreizehn Uhr fünfzehn eine automatische Nummernschilderkennung passiert hat. Wie Sie sehen können, handelt es sich um ein Taxi der Firma A1 1 1 Taxis aus Burton-on-Trent. Der Fahrer erinnert sich sehr genau an die Person, die dieses Taxi von Burton-on-Trent zum Cannock Chase über Yoxall gebucht hat, und konnte uns eine detaillierte Beschreibung geben. Das Unternehmen hat auch Aufzeichnungen über dieselbe Person, die eine Stunde später eine Fahrt vom Cannock Chase nach Yoxall gebucht hat. Wenn Sie sich dieses Foto, das wir vergrößert haben, genau ansehen, erkennen Sie die Person sogar. Mr. Carrington, können Sie erklären, warum Ihre Schwester Ella Fox in diesem Taxi gesessen hat?«

65

DAMALS

Henry hat alle Mitglieder der Quizgruppe angerufen, wie er es angedroht hatte. Offensichtlich war ich nicht der Einzige, der von der Gier und dem Wunsch nach einem Leben im Wohlstand getrieben wurde, denn keiner wollte ihm glauben. Und alles wäre gut gegangen, wäre da nicht Tessa gewesen. Sie hat sich von Henrys Anruf einschüchtern lassen und beschlossen, das Land zu verlassen und woanders neu anzufangen. Sie hatte vor, jedes Mitglied der Quizgruppe anzurufen, ihnen ihre Entscheidung mitzuteilen und jedem zu raten, das Gleiche zu tun, falls der Anruf kein Scherz gewesen ist.

Wie der Zufall es wollte, rief sie mich zuerst an und Ella ging ran. Ella redete beruhigend auf Tessa ein und riet ihr, den anderen nichts von ihren Plänen zu erzählen. Warum auch sollte sie sie beunruhigen? Sie redete ihr ein, dass der Anruf ganz bestimmt Teil eines Komplotts war, mit dem sie um ihr Geld gebracht werden sollte. Aber sie würde schon mit mir reden.

Und das tut sie.

»Du Vollidiot«, fährt sie mich an. »Vermutlich hast du alles kaputtgemacht.«

»Nein, ich krieg das wieder hin. Ich rede mit Henry. Er wird mich nicht verraten. Er ist unser Freund und liebt Astra. Das wird er uns nicht antun. Jeder hat seinen Preis. Er und Lauren wollen sich doch einer Fruchtbarkeitsbehandlung unterziehen. Und die ist ganz schön teuer. Wie wäre es, wenn ich anbiete, ihnen das Geld dafür zu geben? Das kann er unmöglich ablehnen.«

Ihr Lächeln verzerrt ihr Gesicht zu einer Grimasse, die durch die schreckliche Narbe noch verstärkt wird.

»Endlich benutzt du deinen Verstand. Überrede ihn, dass er das Geld nimmt. Ich gehe zu Tessa und sorge dafür, dass sie ihre Pläne nicht herumquatscht. Wenn die Sache auffliegt, bist du der Erste, der dafür den Kopf hinhalten muss. Ich wusste doch, dass man den anderen nicht trauen kann.«

Ella geht los, um eine Freundin – Cassie – im Krankenhaus zu besuchen. Fünf Minuten später klingelt sein Zweithandy. Es ist Henrys Telefonnummer. Ich gehe ran.

»Bin unterwegs«, ist alles, was er sagt.

Astra malt gerade ein Bild von mir und Ella und ihr, wie wir uns alle an den Händen halten und vor einem großen Haus stehen. Über dem Dach hat sie eine riesige Sonne gemalt, aber als ich ihr sage, dass sie viel zu groß ist, lächelt sie mich nur fröhlich an. Hoffentlich hilft sie mir dabei, Henry auf unsere Seite zu bringen. Als er hereinkommt, lässt sie umgehend den Stift fallen, rennt auf ihn zu und ruft entzückt seinen Namen aus. Er geht in die Hocke, nimmt sie in die Arme und plaudert kurz mit ihr. Ich bin mir sicher, dass alles wieder gut wird.

»Ich habe beschlossen, die Lottogesellschaft zu informieren«, sagt er unvermittelt von seiner Position auf dem Fußboden aus.

Mir fehlen die Worte. So hatte ich mir das Gespräch nicht vorgestellt. Eigentlich wollte ich ihm doch das Angebot machen, den Gewinn zu teilen, damit er die künstliche Befruchtung bezahlen kann. Ich weiß doch, wie sehr er und Lauren sich Kinder wünschen.

»Bitte nicht«, sage ich, doch ich weiß nicht mehr, wie ich ihn überzeugen kann. Ich kann keinen klaren Gedanken fassen und die Worte bleiben mir im Hals stecken. Schließlich platzt es aus mir heraus: »Es geht nicht nur um mich. Es geht auch um Ella. Sie braucht das Geld unbedingt für einen plastisch-chirurgischen Eingriff. Bitte, tu uns das nicht an. Sie kann unmöglich den Rest ihres Lebens so aussehen.«

Er lenkt Astra ab, indem er ihr einen roten Stift reicht und sie bittet, sein Auto zu malen. Als sie es tut und sich dem Gesichtsausdruck nach so auf das Malen konzentriert, dass sie nichts mehr um sich herum mitbekommt, spricht er weiter. »Es tut mir sehr leid für Ella, aber es gibt viele Menschen, die mit weitaus schlimmeren Entstellungen leben müssen. Ich kann nicht einfach nichts tun, wenn ich weiß, dass du jemanden bestohlen und andere dazu gebracht hast, bei deinem Plan mitzumachen. Es tut mir leid, Liam. Ich muss es melden.«

»Aber dann komme ich ins Gefängnis. Und was ist dann mit Ella und Astra?«

»Ich glaube nicht, dass die beiden irgendetwas befürchten müssen. Sie haben sich ja nichts zuschulden kommen lassen. Du hingegen musst für die ganze Sache die Verantwortung übernehmen. Leg ein Geständnis ab und gib an, dass die anderen nicht wussten, dass du den Lottoschein geklaut hast. So ziehst du wenigstens niemanden in diesen Betrug hinein.«

»Nein, du verstehst nicht. Ich kann Ella nicht allein lassen.«

Sein Gesichtsausdruck verändert sich. Auf seiner Stirn erscheinen Falten, und plötzlich sieht er viel älter aus, als er eigentlich ist. »Natürlich kannst du das«, sagt er. »Sie schafft das schon.«

»Nein, du verstehst nicht. Sie braucht mich. Sie kann nicht ohne mich leben. Ich muss mich um sie kümmern.«

»Sie bekommt Hilfe. Immerhin hat sie uns. Und sicherlich findet sie auch einen Job.«

»So meine ich das nicht«, schreie ich. »Ich kümmere mich um sie, wenn sie Albträume hat und vor Angst zittert und weint. Sie braucht mich, wenn sie vor lauter Angst davor, dass er sie findet, nicht aus dem Bett kommt.« Das ist natürlich gelogen. Sie hat gar keine Albträume mehr. Die haben schon vor Jahren aufgehört, aber ich kann nicht klar denken. Ich will Henry unbedingt zur Vernunft bringen, ich will, dass er sagt, dass alles wieder gut wird und er mich nicht anzeigt. Deshalb kommen die Wörter unkontrolliert aus meinem Mund.

Er seufzt. »Dafür gibt es Ärzte. Sie braucht professionelle Hilfe. Mit einer Therapie kommt sie über den Überfall hinweg, Liam. Sie ist stärker, als du glaubst. Außerdem war sie ein Zufallsopfer. Der Kerl sucht nicht nach ihr.«

»Ich rede nicht von dem Überfall. Ich meine Johnny Hounslow. Sie hat immer noch Albträume von der Nacht, als sie ihn umgebracht hat. In ihren Träumen kommt er zurück und übt Rache.« Mir bleibt der Mund offen stehen. Was habe ich gesagt? Henry blinzelt langsam wie ein Reptil. Seine Miene versteinert.

66

TAG ZEHN – DONNERSTAG, 23. FEBRUAR, NACHT

Robyn hat die Augen fest geschlossen. Seit sie zusammen losgefahren sind, hat Mitz kein einziges Wort gesprochen. Mit ausdruckslosem Gesicht saß er am Steuer. Sie musste sich für ihre Entscheidung, ihm nichts von Annas Verschwinden erzählt zu haben, nicht rechtfertigen. Er war schon lange genug bei der Polizei, um zu wissen, wie das System funktionierte. Seine Priorität war es gewesen, Liam Carringtons Haus zu durchsuchen, und da Ella und Liam sich inzwischen in Haft befanden, hatten sich er und Robyn der Suche nach Anna angeschlossen.

Es war halb zwölf und sie sollten eigentlich fix und fertig sein, doch beide waren vollkommen auf ihre Suche nach Anna konzentriert. Die Straßen waren gespenstisch leer, die Welt voller dunkler Formen und Schatten, die nur durch den Lichtkegel ihrer Scheinwerfer, der die Strecke vor ihnen erhellte, unterbrochen wurden. Das konstante Dröhnen des Automotors klang wie der Soundtrack zu einem Stummfilm. Robyn ließ die Gespräche, die sie mit Naomi Povey geführt hatte, noch einmal Revue passieren und suchte darin nach einem Hinweis auf ihren Aufenthaltsort. Sie hatte nichts von dem Lottogewinn gewusst. War sie wütend auf Jenkinson gewesen, als er endlich aufgetaucht war, oder hatte sie Anna gezwungen, sie zu seinem Versteck zu begleiten, wo auch immer das war? Die Stimme von Mitz unterbrach ihre Gedanken.

»Sie ist mir wirklich sehr wichtig.«

Robyn schaute zu ihm. Seinem Gesicht war der anstrengende und lange Tag, den er noch nicht hinter sich hatte, anzusehen, doch selbst mit dem Bartschatten war er immer noch ausgesprochen attraktiv. »Ich weiß. Und ich weiß auch, dass das Gefühl auf Gegenseitigkeit beruht.«

Die Sorge war ihm förmlich auf die Stirn geschrieben, und Robyn schätzte ihn zu sehr, um ihm dieses Wissen vorzuenthalten.

Er antwortete nicht, doch sein Gesicht entspannte sich etwas. Robyn zog sich wieder in ihre Überlegungen zurück. Anna hatte im Auto gesessen und womöglich gerade mit David telefoniert, als sie etwas bemerkt hatte. Sie hatte die Autotür geöffnet. Irgendwann muss sie ihr Handy fallengelassen haben. Anna hatte gute Reflexe und gelernt, sich selbst zu verteidigen. Insofern war es unwahrscheinlich, dass sie angegriffen worden war, denn wenn, hätte sie sich nach Kräften gewehrt, und Robyn und David hatten um Naomis Haus herum keine Kampfspuren finden können: keine Blutspritzer, keine Stofffetzen, nichts. Hatte Naomi Anna womöglich mit einer Waffe bedroht? Da entdeckte Robyn etwas auf der Straße. Der Lichtkegel der Scheinwerfer schwenkte nach links und erhellte den Grünstreifen. Dort saß ein Kaninchen, das mit vor Angst zitternden Schnurrhaaren ins Licht blickte. Sie fuhren weiter und ließen das verschreckte Tierchen hinter sich.

Offene Felder wichen hohen Hecken und pechschwarzen Bäumen, deren Äste wie schwarze Korallen über die Fahrbahn ragten. Roger könnte sich im Peak District verstecken. In der Gegend kannte er sich gut aus und somit auch abgelegene Gebiete, in denen er tagelang abtauchen könnte. Naomi hingegen hatte es nicht so mit der freien Natur. Sie würde sich irgendwo verstecken, wo sie sich sicher fühlte. Wo könnte das sein? *Schusswaffen.* Roger Jenkinson und Naomi Povey teilten ihre Liebe fürs Schießen und hatten viele Stunden auf dem Schießstand in Bramshall verbracht. Sie griff nach ihrem Smartphone und suchte im Internet nach dem Schießstand. Auf dessen Website scrollte sie durch eine Liste mit Angeboten: Veranstaltungen, Geschenkgutscheinen, Firmenevents und Partys. Dann stockte ihr der Atem. Der Club bot Hütten für Junggesellen- und Junggesellinnenabschiede an.

»Mitz. Wir fahren zum Schießstand. Bramshall Leisure.«

Sie rief David an, um ihn anzuweisen, sie dort zu treffen, und schloss anschließend wieder die Augen. Diesmal jedoch betete sie mit Inbrunst, dass sie recht hatte und sie nicht zu spät kamen.

Das Hinweisschild zum Schießstand befand sich am Anfang einer einspurigen Straße. Der Zugang war durch ein Holztor mit fünf Latten versperrt, an dessen Seite sich ein Bedienteil zur Eingabe eines Zugangscodes befand. »Wir gehen den Rest zu Fuß«, sagte Robyn. »Das Auto verrät sonst, dass wir hier sind. Rufen Sie in der Dienststelle an und sagen Sie Bescheid, wo wir sind. Die sollen den Besitzer der Schießanlage über unsere Anwesenheit informieren und sich den Zugangscode geben lassen. Warten Sie zehn Minuten und folgen Sie mir dann. Sollten Sie bis dahin den Code haben, kommen Sie mit dem Auto. Ich gehe schon mal vor.« Sie stieg auf die unterste Sprosse des Tors und kletterte mit Leichtigkeit darüber. Dann lief sie leichtfüßig den Weg entlang dem Lichtkegel ihrer Taschenlampe hinterher.

Der Himmel war klar und der Halbmond half ihr bei der Orientierung. Sie konnte das Dach eines großen Gebäudes erkennen – das Vereinshaus – und ging schnell darauf zu. Es handelte sich um ein weitläufiges Gelände, um die dreihundert Quadratmeter, wie sie gelesen hatte. Der Gedanke, wie schwierig diese Dimensionen die Suche machen würden, schoss ihr durch den Kopf, doch sie schob ihn beiseite. Sie verließ den Weg, stieg eine grasbewachsene Böschung hinunter und näherte sich dem Vereinsheim von hinten. Dort angekommen, spähte sie durch ein Fenster und erkannte einen Laden mit den entsprechenden Artikeln: Schutzkleidung, Skeetwesten und Warnjacken.

Das Geschäft hatte sicherlich eine Alarmanlage; die Wahrscheinlichkeit, dass sich Naomi darin aufhielt, ging somit gegen null. Robyn suchte die Seite des Gebäudes nach Anzeichen für ein Eindringen ab, fand jedoch nichts. Der Parkplatz vor dem Gebäude war leer. Sie schlich den Weg entlang, der mit »Hütte Eins« markiert war, und hoffte verzweifelt, dort mehr Glück zu haben. Um sie herum herrschte Stille, die nur gelegentlich durch Geräusche der Nacht unterbrochen wurde – ein gelegentliches Rascheln im Unterholz, das ferne Bellen eines Hofhundes oder eines Fuchses. Bei jedem einzelnen Geräusch hielt sie inne. Irgendwo in der Ferne brummte leise ein Motor. Das war Mitz, der mit ausgeschalteten Scheinwerfern langsam die einspurige Straße entlang auf das Vereinshaus zufuhr. Sie drehte sich um und schickte ihm ein kurzes Signal mit der Taschenlampe, damit er wusste, in welcher Richtung sie sich befand. Der breite Weg schlängelte sich an Schießständen mit Holzzäunen vorbei und führte schließlich in eine monochrome Welt, einen Flickenteppich aus dunklen und hellen Feldern und dichten, dunklen Wäldern. Unter ihr glitzerte ein Gewässer im silbrigen Licht des Mondes, und daneben befand sich eine Hütte mit Backsteinwänden. Robyns Augen hatten sich inzwischen an die Dunkelheit gewöhnt, und so entdeckte sie einen schwachen orangefarbenen Lichtschein, der durch einen Spalt in den zugezogenen Vorhängen drang. Jemand befand sich in der Hütte. Sie verließ den Pfad und ging direkt auf das Gebäude zu. Ihr jahrelanges Training zahlte sich aus, als sie sich anmutig wie eine Bergziege den Abhang hinunterbewegte. Ihre Atmung war kontrolliert und leise und ihre Sinne in höchster Alarmbereitschaft. Auf dem feuchten Gras ging sie in die Hocke, um ein Gefühl für den Ort zu bekommen, und überlegte, wie sie am besten vorgehen sollte.

Da hörte sie ein Rascheln. Mitz nährte sich ihr.

»Hier!«, flüsterte sie.

Er duckte sich neben sie und reichte ihr ein Nachtsichtgerät.

»Sehen Sie, deshalb bin ich so glücklich, Sie in meinem Team zu haben«, scherzte sie leise. »Sie denken einfach an alles.«

»Da ist Annas Auto«, flüsterte Mitz. »Da drüben, neben der Hütte.«

»Wir sollten auf Verstärkung warten. Mit mehr Leuten können wir adäquater auf die Situation reagieren. Bestätigen Sie über Funk unseren Standort und fordern Sie Unterstützung an. Und Mitz, machen Sie sich keine Sorgen. Wir holen sie da raus.«

Mitz wollte sich gerade auf den Weg zurück zum Streifenwagen machen, als die Tür der Hütte plötzlich mit einem lauten Krachen aufflog. Er drehte sich um und sah eine Gestalt aus dem Häuschen stürzen und mit wilden Armbewegungen die Flucht antreten.

Robyn und er sprinteten gleichzeitig los und auf die flüchtende Person zu, die in der Dunkelheit stolperte, auf die Knie fiel, wieder aufstand und weiterlief. Beim Rennen den Abhang hinunter rutschte Robyn aus. Sie wollte die Person so unbedingt erreichen, dass sie ihre übliche Geschicklichkeit verlor. »Anna!«, rief sie. Die Person blieb stehen, drehte sich zu ihrer Stimme um und hob die Hand.

»Hilfe!«

»Wir kommen!«, rief Mitz.

Beide rannten auf sie zu. Stachelige Zweige von dornigen Büschen schrammten an Robyns Haut, als sie den Hang hinunterlief. Anna ihrerseits kletterte mir unsicheren Bewegungen den Hang in Robyns Richtung hinauf. Sie hatte erst wenige Meter zurückgelegt, als im Inneren der Hütte ein Brüllen ertönte und eine weitere Gestalt, diesmal Roger Jenkinson, den Türrahmen ausfüllte. Er drehte den Kopf nach links und rechts, bis er die fliehende Anna entdeckte. Dann hob er eine Waffe.

»Nein!«, schrie Robyn auf.

Ein Sekundenbruchteil, bevor sie den Schuss hörte, sah Robyn die Explosion aufblitzen. Anna sackte auf die Knie, warf die Arme hoch und fiel vornüber.

»Anna!« Mitz' Schrei erfüllte den Himmel, und tausend Vögel flatterten kreischend vom See auf. Tausend klagende Schreie, die die Nachtluft zerrissen und sich in Robyns Seele bohrten. Sie stürzte den Hügel hinunter, während Mitz zu Anna rannte. Als Roger Jenkinson Annas Auto fast erreicht hatte, hob Robyn die Waffe.

»Stehen bleiben! Polizei!«, rief sie. »Es ist vorbei, Jenkinson.«

Doch ihre Worte wurden vom Kreischen der Vögel übertönt. Niemals zuvor in ihrem Leben war sie so schnell gerannt. Sie stolperte und rutschte ein paar Meter die Böschung hinunter, doch sie fing sich wieder und verfolgte weiter den Mann, der inzwischen ins Auto stieg. Er startete den Motor und fuhr los, während Robyn ihm mit aller Kraft hinterherrannte. Sie weigerte sich aufzugeben und zwang ihre Beine, noch schneller zu laufen, doch das Auto entfernte sich immer weiter von ihr und verschwand in Richtung Freiheit. Erschöpft blieb Robyn stehen. Ihre Lunge brannte und ihr Puls raste. Die pure Verzweiflung vernebelte ihr den Blick und ihre Gedanken, doch dann sah sie durch die aufsteigenden Tränen hindurch in der Ferne blinkende Blaulichter, die sich ihren Weg zu Annas Auto bahnten.

Es gab noch einen anderen Weg zur Hütte. Die Verstärkung, die Mitz angefordert hatte, war eingetroffen und blockierte die Straßen. Sie würden Roger Jenkinson mit Sicherheit schnappen. Diesmal würde er nicht davonkommen. Sie wandte sich der Hütte zu, deren Tür noch offen stand. Licht strömte heraus. *Naomi.* Vielleicht befand sie sich noch darin. Dieser Gedanke verschaffte ihr neuen Auftrieb, und sie rannte auf die Hütte zu in der Hoffnung, dass die Frau nicht auch geflohen war. Vielleicht versteckte sie sich und wartete auf den richtigen Zeitpunkt für ihre Flucht. Die Tür führte direkt in ein Wohnzimmer mit Deckenbalken und einem ländlichen Charme, für den Robyn im Moment keine Augen hatte. Draußen ließen sich die Vögel inzwischen wieder auf dem dunkelgrauen See nieder, unbeeindruckt von dem gewaltigen Verlust, den die Polizei am Hang erlitten hatte. Robyn wartete schweigend im Schatten. Als die Geräusche draußen verstummten, vernahm sie ein leises Klopfen. Naomi war noch hier. Robyn schlich entlang der Wand, schob sich in den angrenzenden Raum und lehnte sich mit dem Rücken an die Wand. Sie schaltete ihre Gedanken aus, entspannte ihre Schultern und lauschte. Da war es wieder. Ein dumpfes Geräusch. Aber es kam nicht aus diesem Raum, sondern von weiter weg. Robyn schlich zurück ins Wohnzimmer und von dort aus auf Zehenspitzen zur nächsten Tür, die sie Zentimeter um Zentimeter öffnete. Dahinter lag eine offene Küche, und an deren linker Seite befand sich eine weitere Tür.

Leise schlich sie sich vorwärts, wachsam und stets in Erwartung des Unerwarteten, und machte sich darauf gefasst, dass Naomi mit einer zweiten Waffe aus dem Zimmer stürmte. Die Tür war geschlossen. Vorsichtig legte sie die Hand auf die Klinke, atmete tief durch, drückte die Klinke herunter und warf die Tür mit Schwung auf, sodass sie gegen die Wand krachte. Zeitgleich warf sich Robyn auf den Boden und erwartete einen Schuss. Doch es kam keiner. Als sich ihre Augen an die

Dunkelheit im Zimmer gewöhnt hatten, erkannte sie einen losen Fensterladen, der mit dem Wind gegen das Fenster schlug.

»Boss«, keuchte Mitz. »Ich hab die ganze Zeit nach Ihnen gerufen. Das war nicht Anna. Es war Naomi, und der geht es gut. Die Kugel hat sie komplett verfehlt.«

»Weiß sie, wo Anna ist?«, fragte Robyn.

»Ja. Sie haben Sie vor einem Ärztehaus in Uttoxeter abgesetzt.«

67

DAMALS

Er verliert sich in der Vergangenheit und fragt sich, ob jemals alles wieder gut wird. Er hat ein solches Chaos produziert. All die Erinnerungen kommen nun mit aller Wucht zurück. Es ist, als wäre er wieder achtzehn. Liam schließt die Augen und denkt an die Nacht vor vielen, vielen Jahren ...

Der junge Mann hat seinen Daumennagel bis auf das Nagelbett heruntergekaut. Seit seinem erfolglosen Trip nach Newcastle-under-Lyme ist er permanent gereizt. Er muss Johnny vergessen und mit seinem Leben weitermachen.

Irgendwann wird er sich etwas einfallen lassen müssen, wie er damit klarkommt, aber im Moment weiß er noch nicht, wie. Er schaltet den Fernseher leiser. Es ist acht Uhr abends und seine Schwester liegt bereits im Bett. In letzter Zeit schläft sie nicht so gut. Teilweise liegt das an dem Kurs, den sie belegt hat – nach dem Abschluss darf sie Kinder betreuen – und der Erinnerungen an die Abtreibung in ihr geweckt hat. Seitdem isst sie zu wenig und hat sichtbar abgenommen. Auch seine Mutter macht sich

Sorgen um sie und hat schon gedroht, sie zum Arzt zu schleppen, aber sie weigert sich. Die Mutter hat bereits ohne die ständigen Sorgen um ihren Nachwuchs genug um die Ohren. Erst kürzlich hatte sie ein Mitarbeitergespräch, das nicht allzu gut gelaufen ist. Sie hat Angst, ihre Stelle zu verlieren, und war in den letzten Tagen ausgesprochen schlecht gelaunt. Zum Glück arbeitet sie heute Abend in der Kneipe. Dann muss er sich wenigstens ihr Gemecker nicht anhören.

Im Fernsehen überbringt ein Arzt einer Familie, die um ein Bett herum steht, eine schlechte Nachricht. Er zappt durch die Kanäle und seufzt. Das Leben ist doch scheiße. Einen Samstagabend sollte er weiß Gott anders verbringen als allein vor der Flimmerkiste. Das Hämmern an der Haustür kommt überraschend. Er schaltet den Fernseher stumm und öffnet ohne weiter nachzudenken die Tür, einfach nur, damit der Krach aufhört und seine Schwester nicht aufwacht. Er fühlt einen Luftzug, begleitet von einem wütenden Gebrüll, und verspürt einen stechenden Schmerz in der Hand, als die Tür mit Schwung aufgedrückt wird und ihn rückwärts gegen die Wand schleudert. Er versucht sich wieder zu fangen und auf die Füße zu kommen, wird jedoch von Johnny Hounslow völlig überrumpelt. Dieser nutzt das Überraschungsmoment, schlägt zu und presst den jungen Mann auf den Boden.

»Du elender Wichser. Dachtest wohl, du könntest mich aufspüren, was? Ich hab schon gehört, dass irgendein Blödmann nach mir sucht, ein alter Schulkamerad, der mich sehen will, bevor er ins Ausland geht. Mir war sofort klar, dass du das bist. Du wurdest sehr genau beschrieben. Hatte ich dich nicht gewarnt, dass du dich von mir fernhalten sollst? Hab ich dir nicht gesagt, was ich sonst mit dir und deiner Schwester mache?«

Er versucht, Johnny von sich herunterzuschieben, aber ohne Erfolg.

Johnny grinst grausam. »Du verfickter Wichser«, schimpft er. Der junge Mann rudert hilflos mit den Beinen, tritt zu, kann seinem Angreifer aber nichts anhaben. Dieser hält seine Arme auf dem Fußboden fest, und er schafft es nicht, sich unter seinem Gewicht herauszuwinden. Plötzlich packt Johnny ihn am Sweatshirt, zieht ihn hoch und schlägt seinen Kopf gegen die Wand. Er sieht buchstäblich Sterne und kämpft gegen den explodierenden Schmerz an. Auf keinen Fall darf er das Bewusstsein verlieren. Mit hasserfülltem Blick setzt sich Johnny rittlings auf seine Brust und drückt ihm mit dem kräftigen Unterarm die Luftröhre zu. Mit einem bösartigen Grinsen presst er stärker und quetscht dabei sein Genick. Er bekommt keine Luft.

»Ich bring dich um«, droht Johnny.

Er muss seine Schwester retten. Ihr sagen, dass sie verschwinden soll. Johnny ist verrückt. Doch seine Beine gehorchen ihm nicht mehr und sein Kopf brennt. Johnny beugt sich ganz nah über ihn. »Wich-ser.«

Dann wird es dunkel um ihn herum. Kurz glaubt er, seine Schwester zu sehen – ein Engel im Nachthemd. Sie hält einen schwarzen Zauberstab in der Hand. Er will ihr sagen, dass er sie liebt, doch er bringt kein Wort heraus. Ein goldenes Licht umgibt sie, und er verspürt nichts als Frieden. Er schließt die Augen und lässt los.

Jetzt saß er hier auf dem Boden mit Astra und wünschte, er könnte die Uhr zurückdrehen. Wäre er nur stärker und derjenige gewesen, der Johnny getötet hatte, wäre vielleicht alles anders gelaufen. Er steht tief in der Schuld seiner Schwester und hat ihr alles gegeben, was er besitzt – seine unendliche Liebe und sein Schweigen.

68

TAG ZEHN – DONNERSTAG, 23. FEBRUAR, NACHT

Mitz hatte darauf bestanden, Anna mit dem Rettungswagen ins Krankenhaus zu begleiten. Die Sanitäter hatten sie untersucht und befunden, dass es ihr gut ging, doch Robyn wollte, dass Anna für eine vollständige Untersuchung und zur Beobachtung ins Krankenhaus eingeliefert wurde. Mitz hielt Anna, die auf der Trage lag, die ganze Zeit die Hand. Robyn hingegen stand vor der offenen Tür zum Krankenwagen wie eine Mutter, die ihre Kinder beschützt.

»Es tut mir so leid«, sagte Anna erneut.

»Wenn Sie sich noch mal entschuldigen, muss ich Sie leider entlassen«, meinte Robyn. »Sie haben nur getan, was ich selbst auch getan hätte, und auch wenn das völlig bescheuert war, kann ich Ihnen keine Vorwürfe machen. Aber wehe, Sie machen so was noch mal. Dann kette ich Sie für alle Zeiten an Ihren Schreibtisch und Ihren Computer.« Sie lächelte.

Robyn trat vom Krankenwagen zurück, der nun losfahren wollte. Sie winkte Anna zum Abschied zu.

»Und macht keine Dummheiten, ihr beiden! Das gilt vor allem für Sie, Anna.«

»Versprochen«, antwortete Anna müde.

»Ich pass schon auf sie auf«, versicherte Mitz. Robyn fing einen Blick zwischen den beiden auf und nickte.

Der Krankenwagen fuhr los. Robyn schaute ihm hinterher, bis er außer Sichtweite war, steckte die Hände tief in die Hosentaschen und blieb einfach stehen. Um sie herum war alles ruhig, und sie ließ die Stille der Nacht auf sich wirken, bevor sie in ihr Auto stieg. Noch hatte sie keinen Feierabend. Roger Jenkinson und Ella Fox würden ihr noch einiges erklären müssen.

Roger Jenkinson war ein heulendes, erbärmliches menschliches Wrack voller Reue für seine Taten, zu denen ihn Angst und Gier getrieben hatten.

Robyn und Matt saßen nebeneinander im Vernehmungsraum und warteten geduldig, bis er sich die Tränen abgewischt hatte.

»Nach Tessas Tod wusste ich nicht, was ich tun sollte«, erzählte er. »Die Nachricht hat mich völlig umgehauen. Erst am Montag habe ich noch mit ihr gesprochen und sie klang so glücklich. Sie wollte mir etwas Wichtiges mitteilen. Etwas ganz Besonderes.«

»Miss Hall war schwanger«, erklärte Robyn. »Und wir konnten bestätigen, dass Sie der Vater waren. Ich nehme an, das waren die Neuigkeiten, die sie Ihnen mitteilen wollte.«

Roger stöhnte und schluchzte auf. »Tief in mir habe ich das schon geahnt. Wir haben darüber geredet, miteinander durchzubrennen, unsere Anteile am Lottogewinn zusammenzulegen und eine Familie zu gründen. Ich habe nur noch auf den passenden Moment gewartet, Naomi schonend beizubringen, dass Schluss ist.« Er schüttelte den Kopf und konnte nicht weiterreden.

»Ich würde gern wissen, was heute passiert ist, Sir. Bevor Sie PC Shamash entführt haben.«

»Das war nicht so geplant. Nachdem das mit Tessa passiert ist, hatte ich Angst. Und als ich dann auch noch von Anthonys Tod gehört habe, war mir klar, dass etwas im Busch war. Zwei tote Mitglieder unserer Quizgruppe innerhalb von zwei Tagen – das konnte kein Zufall sein. Also dachte ich mir, am besten mache ich mich für eine Weile aus dem Staub. Naomi wusste nichts von dem Geld, und ich wollte auch auf keinen Fall, dass sie davon erfährt. Es war so schon schwierig genug, mich von ihr zu trennen. Wenn sie auch noch von dem Geld gewusst hätte, wäre ich sie niemals losgeworden. Sie war ganz schön sauer, weil ich ohne ihr Bescheid zu sagen in den Peak District gefahren bin, und wollte sich unbedingt mit mir treffen. Ich habe ihr erzählt, dass Sie mich verdächtigen, Tessa ermordet zu haben, und sie gefragt, ob ich mich eine Weile bei ihr verstecken könnte, bis sich die Sache geklärt hat. Natürlich war sie einverstanden. Und ich dachte, bei ihr wäre ich in Sicherheit. Also habe ich meine Waffen geholt und bin zu ihr in ihr Haus geflüchtet, aber dann ist Ihre Kollegin aufgetaucht und hat mit ihrem Auto direkt vor der Haustür Stellung bezogen.«

Er schloss die Augen und erinnerte sich ganz genau daran, was passiert war ...

Naomi hält am Straßenrand an, steigt aus dem Auto und knallt die Tur hinter sich zu. Sie betritt das Haus und ruft nach ihm.

»Du hattest recht. Die Polizei glaubt, dass du Tessa getötet hast«, erzählt sie. »Die haben mich gefragt, ob ich weiß, wo du bist.«

»Aber du hast ihnen nichts verraten, oder?«

Sie lächelt ihn an. »Natürlich nicht, Roger. Wir sind doch ein Team. Ich kümmere mich um dich und du kümmerst dich um mich.«

Naomi hängt ihren Mantel über die Stuhllehne. »Hast du schon gegessen?«

»Ich hatte keinen Hunger«, antwortet Roger, der wie üblich im Wohnzimmer sitzt, von wo aus er das Kommen und Gehen vor dem Haus beobachten kann. Er ist sich sicher, dass der Scheißkerl, der Tessa auf dem Gewissen hat, es auch auf ihn abgesehen hat. Vermutlich handelt es sich um denselben Kerl, der ihn angerufen hat, um ihm zu befehlen, dass er den Lottogewinn zurückgeben soll. Aber da kann er lange warten. Roger hat keine Angst vor ihm. Seine Waffe befindet sich im Sessel. Sollte jemand versuchen, Roger Jenkinson zu überfallen, konnte er sich auf was gefasst machen. Plötzlich fährt ein silberfarbener Opel vor dem Haus vor und bleibt stehen. Er erkennt die Polizeibeamtin darin. Die hat er schon in der Dienststelle gesehen. »Verflixt. Die Polizei ist hier.«

Naomi stürmt zu ihm. »Die kenne ich. Die verfolgt mich. Bestimmt denkt sie, dass ich dich hier verstecke.«

Das bringt alles durcheinander. Roger beißt sich auf den Daumennagel und überlegt, was er nun tun könnte.

»Ich hab eine Idee«, ruft Naomi und schnipst mit den Fingern. »Wir tun so, als würdest du mich als Geisel nehmen. Und wenn sie aus dem Auto steigt, klauen wir es. Zu Fuß kann sie uns ja wohl kaum jagen können, oder? Immerhin scheint sie allein zu sein. Und dann fahren wir direkt rüber zu Bramshall Leisure. Die Ferienhäuschen stehen gerade alle leer. Dort verstecken wir uns, bis die herausgefunden haben, wer Tessa wirklich getötet hat. Und wir haben Zeit für uns. Das wird wie früher, als wir noch zusammen schießen waren!« Sie schenkt ihm ein strahlendes Lächeln und küsst ihn auf die Stirn.

Das ist das Gute an Naomi: Selbst in schwierigen Situationen behält sie immer den Kopf. Also stimmt er zu.

Die Polizistin telefoniert gerade, als sie ihr Auto erreichen.

Roger hält Naomi, die angemessen verängstigt aussieht, die Smith & Wesson an den Kopf. Die Polizistin entdeckt die beiden im Rückspiegel. Roger bedeutet ihr mit einer Handbewegung, auszusteigen. Als sie das tut, fällt ihr Handy runter, doch sie bemerkt es nicht. Ihr Blick heftet an Roger, den sie bittet, die Waffe herunterzunehmen.

Er hofft, sie ins Haus locken, sie dort zu fesseln und mit Naomi abhauen zu können, hat aber nicht mit der Polizistin gerechnet, die sich plötzlich auf ihn wirft und mit beachtlicher Kraft versucht, ihm die Waffe zu entreißen. Er reagiert panisch und schupst sie von sich. Sie fällt rückwärts um und schlägt mit dem Kopf auf den Asphalt auf.

»O Scheiße. Scheiße, scheiße, scheiße!«

»Sei still«, herrscht Naomi in an. »Und hilf mir, sie schnell ins Auto zu packen, bevor uns jemand sieht.«

Zum Glück handelt es sich um eine sehr ruhige Straße, in der die wenigen Häuser von Bäumen und Büschen umgeben und vor Blicken geschützt sind. Vermutlich sieht niemand, was vor Naomis Haus vor sich geht; abgesehen davon sind die meisten Anwohner gerade bei der Arbeit.

»Wir bringen Sie nach Uttoxeter und lassen sie dort vor dem Ärztehaus liegen. Irgendjemand wird sie schon finden und ihr helfen.«

Sie rasen los, legen die Polizistin ab und fahren mit hoher Geschwindigkeit in Richtung Bramshall Leisure. Naomi scheint über die Gesamtsituation nicht unglücklich zu sein. Er schon. Jetzt hat er sogar noch mehr Angst, weil er vergessen hat, das Handy der Polizistin aufzuheben, aber jetzt ist es zu spät.

»Wir sind ein tolles Team«, sagt sie und legt eine Hand auf sein Knie. »Unschlagbar.«

Rogers Paranoia wurde immer schlimmer. Jetzt glaubt er nicht nur, dass ein Mörder hinter ihm her ist, sondern auch die halbe Polizei von Staffordshire. Er ist angespannt und nervös, und die ganze Zeit behandelt Naomi ihn, als befänden sie sich *auf einem Sonntagsausflug. Der sanfte Ton, den sie anschlägt, irritiert ihn genauso wie die endlosen Fragen, die sie ihm stellt. Doch er schweigt und spürt allmählich die Eiseskälte. Er hat gerade keinen Nerv für ihre Launen. Er will sich einfach nur verstecken – vor der Polizei, vor Mördern und vor seiner viel zu neugierigen Freundin.*

»Bist du sicher, dass du mir nichts erzählen möchtest, Roger?«, fragt sie, als sie Bramshall Leisure erreichen und auf eine der Hütten zu fahren.

Er schüttelt den Kopf. Naomi wirft ihm einen Blick zu, den er jedoch ignoriert. Hoffentlich gibt sie endlich Ruhe. Sie halten an und gehen die kurze Strecke zur ersten Hütte zu Fuß. Naomi kennt den Code für die Schlüsselbox, gibt ihn in das Nummernpad ein und entnimmt den Schlüssel. Dann verschwinden die beiden unbemerkt im Häuschen.

Kaum hat er die Waffe abgelegt, fängt Naomi wieder an. »Du verheimlichst mir was, Roger«, behauptet sie und stemmt die Hände auf die Hüften.

»Keine Ahnung, wovon du redest.«

»O doch, das weißt du. Die Polizei hat es mir erzählt.«

Roger seufzt. Das kann er gerade gar nicht gut gebrauchen.

»Und wann wolltest du mich darüber informieren? Das hattest du doch vor, oder? Oder wolltest du das vor mir geheim halten und mich für diese Schlampe Tessa verlassen? Was hat dir so sehr an ihr gefallen, Roger? Dass sie so leicht rumzukriegen war oder dass sie auch einen Teil des Jackpots hatte?«

Der Streit eskaliert. Naomi hält einfach nicht die Klappe. Sie ist wütend, weil er ihr den Lottogewinn verheimlicht hat, obwohl er ihr erklärt, dass niemand davon wusste, weil sie den Lottoschein gestohlen hatten. Er versucht, sie zu überzeugen, dass er ihr zu ihrer eigenen Sicherheit nichts gesagt hat und dass er glaubt, dass derjenige, der Tessa getötet hat, vermutlich auch Anthony auf dem Gewissen hat und hinter ihm her ist. Da dreht sie völlig durch und beschimpft ihn als verlogenen Betrüger, der es verdient, erschossen zu werden.

»Ich dachte, du willst dich vor der Polizei verstecken. Wenn ich gewusst hätte, dass ich dank deiner Gier auch in Gefahr bin, hätte ich dir niemals geholfen. Du verficktes Arschloch. Ich habe zu dir gehalten, obwohl du mich betrogen, mir nichts von dem Lottogewinn erzählt und mich zeitweise wie Dreck behandelt hast. Ich habe dich geliebt und zu dir gehalten, aber ich bleibe ganz bestimmt nicht hier und warte ab, bis ich erschossen werde. Die Scheiße badest du mal schön ganz allein aus. Ich fahre nach Hause, und zwar mit dem Auto.«

»Nein, das kannst du nicht tun! Was, wenn mehr als einer von denen hier auftaucht? Ohne Auto komme ich hier nicht weg!«

»Mir doch egal«, ruft sie und stampft zur Tür. Er packt sie und zieht sie unter heftiger Gegenwehr zurück. Alles läuft aus dem Ruder. Sein Leben ist in Gefahr und seine Freundin will ihn in der Scheiße sitzen lassen. Er verliert die Nerven. Unmöglich kann er ohne Transportmittel mitten im Nirgendwo bleiben. Er schreit, was sie noch mehr verärgert. Sie versetzt ihm einen Tritt in die Leistengegend, der ihn zu Boden wirft, und flüchtet zur Tür.

»Ich hoffe, er schießt dir das Hirn raus«, schreit sie.

Er kriecht zur Tür, kann sie aber nur noch davonlaufen sehen. Die blöde Kuh will tatsächlich zum Auto. Er kämpft sich auf die Beine und greift nach der Waffe. Er würde an ihr vorbeischießen. So würde er ihr genug Angst einjagen, dass sie zurück ins Haus kommt. Und dann würde sie schon vernünftig werden. Er schießt. Naomi sackt auf den Boden.

Er hört Stimmen. Da ist noch jemand da draußen ...

Mehr hatte Roger der Polizei nicht zu sagen. Er hatte alles erzählt, was passiert war. »Geht es der Polizistin gut?«, fragte er. »Ich wollte ihr nichts tun.«

»Sie wird schon wieder«, antwortete Robyn. »Ich fürchte allerdings, wir haben andere schlechte Nachrichten. Juliet Fallows wurde heute ermordet aufgefunden. Gibt es irgendetwas, was Sie uns erzählen könnten, was uns auf die Spur des Mörders bringen könnte?«

Roger Jenkinson wurde noch blasser und schüttelte den Kopf. »Wenn ich wüsste, wer Tessa das angetan hat, hätte ich ihn schon längst eigenhändig erschossen.«

69

TAG ELF – FREITAG, 24. FEBRUAR, FRÜHER MORGEN

Ella lächelte schief. »Das werden Sie nie verstehen«, sagte sie. »Die haben es verdient. Allesamt haben sie es verdient.«

»Wenn Sie es mir erklären, verstehe ich es vielleicht doch«, meinte Robyn.

Ella Fox zeigte nicht den Anflug eines schlechten Gewissens oder Reue, dabei hatte sie soeben die Morde an Henry Gregson, Tessa Hall, Anthony Hawkins und Juliet Fallows gestanden.

»Sie wollten Liam überreden, den Lottoschein zu stehlen, und als er sich weigerte, hat Hawkins ihm gedroht. Hawkins, der so getan hat, als wäre er sein Freund, und ihn mit den anderen zusammengebracht hat. Hawkins hat ihm gedroht, dafür zu sorgen, dass Liam seinen Job verliert. Damit hätte er unser Leben zerstört. Was hätten wir dann denn machen sollen? Wie hätten wir für Astra sorgen sollen? Liam wollte den Lottoschein nicht stehlen. Wir haben noch an dem Abend, als die anderen ihn dazu aufgefordert haben, darüber gesprochen.« Sie erinnerte sich sehr deutlich an den Tag …

Liam tritt durch die Haustür direkt in die Küche, in der Ella wartet.

»Hallo, Süße«, begrüßt er sie. »Alles gut?«

Sie ist in Tränen aufgelöst. »Nicht wirklich. Diesmal war er richtig grob. Ich kann das nicht noch mal machen, Liam. Wir müssen das Geld für die nächste Monatsmiete anders aufbringen. Als es noch schneller Sex war, ging das ja noch, aber inzwischen will er Spielchen spielen. Dann verbindet er mir die Augen, Liam. So, wie es Clark früher getan hat.« Sie zittert am ganzen Leib.

Mit besorgtem Gesichtsausdruck eilt er zu ihr und nimmt sie ganz fest in den Arm. »Ich bring den Scheißkerl um«, zischt er durch die zusammengebissenen Zähne.

»Nein, tu das nicht! Wir finden schon eine andere Bleibe, die wir uns leisten können.«

Sie verharren in ihrer Umarmung. Ihre Herzen schlagen im selben Takt. Schließlich flüstert er: »Es gibt einen Ausweg.«

Dann erzählt er ihr von dem Plan. Dass die Gruppenmitglieder ihn gebeten haben, den Lottoschein zu stehlen, und wie er das tun soll. Er beschreibt jeden einzelnen Blick, jedes Lächeln, jede aufmunternde Geste seiner neuen Freunde.

»Liam, mein Liebster. Das sind nicht deine Freunde. Ich sehe doch, wie sie hinter deinem Rücken über dich lachen. Wie sie sich gegenseitig anstupsen und kichern. Sie nutzen dich aus. Du bist zu leichtgläubig.« Sie küsst ihn auf die Nase. »Tu's nicht. Das geht schief. Auf irgendeiner Überwachungskamera auf der Arbeit bist du mit Sicherheit zu sehen, und so wirst du erwischt. Sag ihnen, dass sie dich in Ruhe lassen sollen. Wir finden eine andere Bleibe. Irgendwo, wo wir es uns leisten können. Ich ertrage es nicht noch mal, mit McNamara zu schlafen.«

Traurig küsst Liam sie auf den Kopf. »Ich rufe Hawkins an und sage ihm, dass ich nicht mitmache. Und dann suche ich uns eine neue Wohnung irgendwo anders. Die wird zwar nicht so

*schön wie unser Haus hier, aber solange wir zusammen sind –
Astra, du und ich – ist alles gut.«*

Ella schüttelte die Erinnerung ab, starrte ins Leere und setzte
ihren Monolog fort. »Nachdem Liam den Lottoschein geklaut
hatte, konnte er weder schlafen noch essen. Fast jede Nacht hat
er geweint. Den anderen war es egal, welche Auswirkungen der
Diebstahl auf ihn hatte; mir jedoch nicht. Ich hasste sie alle –
vor allem diesen Anthony Hawkins, der sich bei Liam einge-
schleimt und hinter seinem Rücken über ihn gelästert hat. Der
war der Kopf der ganzen Sache. Er wusste alles über meinen
Bruder. Er hat ihn eiskalt ausgenutzt.«

»Das verstehe ich jetzt nicht.«

»Liam hat sechs Monate im Gefängnis gesessen für ein
Verbrechen, das er nicht begangen hat. Hawkins war damals
einer der Gefängniswärter dort – und so hat er alles über Liam
erfahren. Als sich die beiden wieder über den Weg gelaufen
sind, wusste er somit ganz genau, welche Knöpfe er drücken
musste und wie er ihn manipulieren konnte. Er wusste, dass
Liam Schwierigkeiten hatte, Kontakte zu knüpfen. Er hat es
damals mit eigenen Augen gesehen, wie sich Liam von anderen
Menschen zurückzog, aber dennoch dazugehören wollte. Das
war es, was er sich immer mehr gewünscht hat als alles andere
auf der Welt: dazuzugehören. Er wollte geliebt werden.
Hawkins war ihm nie ein richtiger Freund. Keiner von denen
war sein Freund. Die wollten ihn bloß in ihrer bescheuerten
Quizgruppe haben, weil er so viel weiß, und dann haben sie ihn
dazu gezwungen, den Lottoschein zu stehlen. Die sind die
wahren Schuldigen. Allesamt.«

Zwar konnte Robyn durchaus den Hass und die Eifersucht
von Ella auf die Mitglieder der Quizgruppe verstehen, die ihren
Bruder erst umgarnt und dann ausgenutzt haben, aber nicht,

warum sie so weit gegangen war und die Morde begangen hatte. Also fragte sie sie direkt danach.

»Wenn Henry uns verraten hätte, wie er es angedroht hat, hätten sich alle feige aus der Affäre gezogen und Liam zum Sündenbock gemacht. Er wäre wieder im Gefängnis gelandet. Und das steht er nicht noch mal durch. Das letzte Mal hat er so sehr gelitten. Er ist so grausam, ekelhaft, barbarisch gedemütigt worden. Das würde er nicht noch mal überleben. Das weiß ich einfach.«

»Aber auf Mord steht eine viel höhere Strafe als auf Diebstahl, und auch als reiner Mittäter wird Liam für eine ganze Weile hinter Gitter müssen.«

»Er trägt keine Schuld. Es war meine Idee, die anderen zu töten, und das habe ich ohne sein Wissen getan. Also kann er auch nicht angeklagt werden.« Ella bewegt ihren Kopf von einer Seite zur anderen, ohne dabei irgendwo hinzusehen. Robyn bohrte weiter.

»Selbst wenn dem tatsächlich so ist, muss er sich immer noch wegen Diebstahls und Betrugs vor Gericht verantwortlichen.«

»Ein guter Anwalt boxt ihn da raus. Astra braucht ihn.« Plötzlich lächelte Ella.

Robyn wollte nicht mehr diskutieren. »Ich bin kurz weg, Ella. Möchten Sie vielleicht eine Tasse Tee oder so?«

Ella verneinte. Jetzt fixierte sie einen Punkt oberhalb von Robyns Kopf. Sie lächelte und war mit den Gedanken ganz woanders. Robyn nickte David zu und ließ die beiden allein.

Im Büro hatte Matt inzwischen alles über Liam Carrington und seine Schwester zusammengetragen, was er finden konnte. Er hatte mit den Mitarbeitern des MiniMarkts gesprochen und das Ehepaar gesucht, dem der Lottoschein eigentlich gehörte. Als Robyn ihren Kopf zur Tür hereinsteckte, telefonierte er gerade. Er bedeckte die Sprechmuschel mit der Hand und flüsterte: »Ich hab was.«

Gespannt betrat sie das Büro. Tagelang hatte sie praktisch ununterbrochen an diesem Fall gearbeitet, und nun streckte sie sich, um die steif gewordenen Muskeln zu lockern. Matt legte den Hörer auf.

»Die rechtmäßigen Besitzer des Lottoscheins sind Mr. und Mrs. Roper. Letztes Jahr im Dezember ist bei ihnen eingebrochen worden. Mrs. Roper ist am frühen Morgen aufgestanden, um sich etwas zu trinken zu holen, und dabei hat sie den Einbrecher gestört. Er hat sie mit einem stumpfen Gegenstand niedergeschlagen. Die Polizei geht davon aus, dass es sich um eine Brechstange oder so handelte, mit der er sich auch Zutritt zum Haus verschafft hatte. Durch ihre Schreie wurde Mr. Roper geweckt, woraufhin der Einbrecher ohne Beute geflüchtet ist. Mrs. Roper trug eine gebrochene Schulter sowie einen zerschmetterten Wangenknochen davon. Ein Team in Lichfield wurde auf den Fall angesetzt.«

Robyn erinnerte sich, wie sie das erste Mal mit Liam im MiniMarkt gesprochen hatte und dabei die zerbrechliche ältere Dame mit dem dunklen Fleck auf ihrer Wange gesehen hatte. Als Liam das ältere Ehepaar hereinkommen sah, hat er sie in das Mitarbeiterzimmer gelotst; angeblich, um dort ungestört reden zu können. Der wahre Grund wird gewesen sein, dass er den beiden schlicht nicht begegnen wollte. »Das kann doch kein Zufall sein. Liam Carrington stiehlt angeblich einen Lottoschein von einem Ehepaar im Laden, und kurz darauf wird bei ihnen eingebrochen. Das gefällt mir gar nicht. Was wissen wir sonst noch darüber?«

Matt rief die Informationen auf, die sie benötigte. Robyn starrte auf den Bildschirm und las sich die Aussagen durch. Es gab nur eine Erklärung, was passiert war, und diese könnte auch der wahre Grund für Liam Carringtons Schlaf- und Appetitlosigkeit sein – und für Ellas Morde, mit denen sie das Geheimnis bewahren wollte.

Robyn erläuterte Matt ihre Theorie, der sie ebenfalls als

durchaus logisch befand. Sie wies ihn an, die Ropers anzurufen und ihnen die entscheidende Frage zu stellen, die die Antwort auf alles liefern würde.

Dann bereitete sie sich darauf vor, wieder in den Vernehmungsraum zu gehen. Wenn sie sich irrte, setzte sie sich tief in die Nesseln, aber dieses Risiko war sie bereit einzugehen. Also nahm sie wieder am Tisch gegenüber von Ella Platz.

»Vielen Dank, dass Sie gewartet haben. Ich brauche Ihre Hilfe, Ella. Ich frage mich immer noch, wie Liam an den Lottoschein kommen konnte. Das Ehepaar hat ihn also gebeten, ihn durch das Lottogerät laufen zu lassen, und er hat behauptet, er hätte nicht gewonnen. Dann hat er ihn in den Papierkorb geworfen und später wieder rausgefischt. So war's doch, oder?«

»Wer es findet, darf es behalten«, sagte Ella, die nun völlig geistesabwesend aussah.

»Und das hat ihn so aus der Bahn geworfen?«

»Er stielt nicht gerne.«

»Aber Liam hat doch schon wegen Diebstahls im Gefängnis gesessen, oder? Er ist 1998 im Alter von siebzehn Jahren verurteilt worden.«

»Gar nichts hat er gestohlen.« Ella wurde nun laut. »Er wurde reingelegt. Er war's nicht. Er hat Sid angebetet. Johnny Hounslow hat das Geld aus dem Safe gestohlen. Johnny Hounslow und seine Schlampe von Freundin.«

Robyn bekam große Augen. Was sie wohl noch herausfinden würde?

Aber im Moment durfte sie Ella nicht abschweifen lassen.

»Ich bezweifele, dass ihn ein einfaches Stibitzen eines Lottoscheins so aus der Bahn geworfen hat, dass er Albträume bekommt, und schon gar nicht, wenn er durch diese Tat an so viel Geld kommt, dass sich ihrer beider Leben vollkommen verändert.«

Ella senkte den Blick.

»Ich sage Ihnen mal, was ich glaube, was passiert ist. Ich

glaube nicht, dass er den Lottoschein im Laden geklaut hat. Er ist in das Haus der Ropers eingebrochen, um den Schein zu stehlen. Offensichtlich wusste er, wo sie ihn aufbewahrten. Sicherlich hat er mal mit den Ropers geplaudert und unauffällig Fragen gestellt. Immerhin handelt es sich um ein freundliches, älteres Ehepaar. Vielleicht hat er ihnen geraten, gut auf den Lottoschein aufzupassen, und sie haben ihm erzählt, wo sie ihn aufbewahren. Vielleicht haben auch Sie diesen Part übernommen.«

Ein Klopfen an der Tür unterbrach sie. Matt kam herein und flüsterte ihr etwas zu. Genau das, was sie hatte hören wollen.

»Liam ist also zu dem Haus des Ehepaares gegangen, hat Mrs. Roper niedergeschlagen und den Lottoschein an sich genommen. Irgendwelche Belege für seine Anwesenheit in dem Haus finden wir bestimmt. Die Polizei von Lichfield hat alle forensischen Beweise in ihren Akten. Sie brauchen nur noch einen Verdächtigen. Und den haben sie nun. Es ist vorbei, Ella. Sie können aufhören, ihn zu beschützen.«

Jetzt schaute Ella Robyn ganz direkt an. Dann sprudelten die Worte so schnell aus ihr heraus, dass sie kaum zu verstehen waren. »Ich wollte Henry nicht umbringen. Er war Liams einziger echter Freund und Astra hing so sehr an ihm. Aber ich musste es tun. Ich musste es um Liams willen tun. Das verstehen Sie doch, oder? Henry wollte die Lottogesellschaft informieren. Das konnte ich doch nicht zulassen. Das war nicht meine Schuld. Hawkins und die anderen aus der Quizgruppe sind für Henrys Tod verantwortlich. Sie haben Liam dazu gebracht, den Lottoschein zu stehlen, und deshalb musste Henry sterben. Ich wollte, dass sie alle für den Betrug und für Henrys Tod bezahlen. Sie wollten unbedingt einen Anteil am Vermögen, also hatten sie auch einen Anteil an der Schuld.« Ella zuckte mit den Schultern. Mit ausdruckslosem Gesicht begann sie zu summen.

70

DAMALS – LIAM

Kaum ist Henry weg, rufe ich Ella an und gestehe alles. Sie nennt mich nicht dumm. Sie schreit mich nicht an. Sie sagt nur ein Wort: »Okay.«

»Was soll ich denn jetzt machen?«, frage ich.

»Kümmer dich um Astra. Geh in einer Stunde mit ihr in den Park. Lauf im Dorf herum und begrüße jeden, der dir über den Weg läuft. Schau beim Metzger vorbei und kauf uns was fürs Abendessen. Benimm dich, als wäre nichts passiert. Alles wird gut. Ich rede mit ihm. Auf mich hört er.«

»Ella, es tut mir so leid.«

»Ich weiß«, antwortet sie. »Aber mach dir keine Sorgen. Kümmer dich um Astra.«

Ich tue, was sie gesagt hat, und spiele mit meinem kleinen Mädchen, repariere den Holzhund, den sie so gerne hinter sich herzieht, während sie mir dabei zusieht, rede mit ihr, sage ihr, dass wir gleich rausgehen. Das Handy wickele ich in eine Plastiktüte und nehme es mit. Ich habe vor, es in der Nähe der Metzgerei in einen Mülleimer zu werfen. Immerhin brauche ich es jetzt nicht mehr. Ella weiß jetzt, was ich getan habe, also muss ich meine Gespräche mit Henry auch nicht mehr geheim halten.

Als ich mit Astra an der Hand die Straße zum Spielplatz entlanglaufe, bin ich mir fast sicher, dass ich Ella auf dem Rücksitz eines Taxis an uns vorbeifahren sehe. Aber das kann sie nicht sein. Sie ist im Krankenhaus in Burton und besucht dort ihre kranke Freundin Cassie, die ich noch nie gesehen habe. Die ganze Zeit muss ich an Ella denken.

Die Zeit vergeht wie im Flug, als ob ich starke Tabletten genommen oder viel zu viel getrunken hätte. Ich nehme gar nicht wirklich wahr, was ich tue. Wie auf Autopilot erledige ich alles, was ich erledigen sollte, und gehe dann nach Hause, wo ich Astra vor den Fernseher parke, während ich das Mittagessen zubereite. Sie kichert über Dora und brabbelt vor sich hin, als wäre die Welt völlig in Ordnung. Hoffentlich ist sie das für sie auch für alle Ewigkeit. Irgendwann werden meine Augenlider schwer und ich versinke in einen traumlosen Schlaf, bis Ella mich weckt.

»Ist alles gut?«, fragte ich.

»Alles in bester Ordnung«, sagt sie. »Wir müssen nur schweigen.«

71

TAG ELF – FREITAG, 24. FEBRUAR, SPÄTER NACHMITTAG

»Ich muss zugeben, dass ich so meine Zweifel hatte, aber Sie haben echt gute Arbeit geleistet, Robyn«, lobte DCI Flint und nickte dabei zustimmend mit dem Kopf, wobei sich sein Nackenspeck wie eine Ziehharmonika hinter seinem Kragen zusammenzog. Irgendwie erinnerte er Robyn an einen Wackeldackel, wie ihn manche Leute auf der Hutablage im Auto hatten.

»Ich habe nur meinen Job gemacht, Sir. Und ohne mein Team hätte ich das alles nicht geschafft. Ich möchte hiermit offiziell festhalten, dass alle in meinem Team an den Ermittlungen beteiligt waren und wir den Fall ohne ihre Sorgfalt niemals hätten lösen können.«

»Ist notiert«, sagte Flint zwinkernd. »Ebenfalls notiert ist, dass Sie in ausgesprochen kurzer Zeit zu einer meiner besten Mitarbeiterinnen geworden sind. Haben Sie mal daran gedacht, sich um eine höhere Stelle zu bewerben, Robyn?«

Das hatte sie in der Tat, ziemlich häufig sogar, doch dann musste sie an ihre ehemalige Vorgesetzte DCI Louisa Mulholland denken, und sosehr sie diese auch bewundert hatte, wollte sie nicht verlieren, was sie hatte – ein tolles Team. Das Engagement ihrer Mitarbeiter und Mitarbeiterinnen für die Arbeit und für sie selbst motivierte sie jeden Tag aufs Neue. Und sie wollte keine Position innehaben, bei der sie nicht mehr direkt mit den Ermittlungen zu tun hätte und nicht mehr im praktischen Einsatz vor Ort arbeiten konnte. Sie war genau da, wo sie hingehörte.

»Das habe ich, Sir.«

»Sollten Sie sich bewerben wollen, werde ich Sie mit Freuden empfehlen.«

»Vielen Dank, Sir. Das ist wirklich sehr freundlich.«

»Und wie geht es Anna?«

»Sehr gut, Sir. Die Wunde war nur oberflächlich, und sie kann es kaum erwarten, wieder zur Arbeit zu kommen. Ich musste darauf bestehen, dass sie sich mit Mitz ein paar Tage freinimmt.«

»Gut. Okay. Ich danke Ihnen, Robyn. Sie haben wirklich gute Arbeit geleistet.« Er klopfte mit einer Hand auf den dicken Aktenordner auf seinem Schreibtisch. »Zeugenaussagen, Beweise und Geständnisse. Das war ein wirklich komplizierter Fall. Und dabei haben Sie sogar noch einen weiteren Mord aufklären können – den an Johnny Hounslow. Wie ich sehe, plädiert Ella Fox auf verminderte Schuldfähigkeit.«

»Das stimmt, Sir. Das psychologische Gutachten kommt zu dem Schluss, dass sie unter Angstzuständen und psychischen Traumata leidet. Zum Zeitpunkt der Tat war sie minderjährig und handelte in Notwehr, um ihrem Bruder das Leben zu retten. Ich glaube nicht, dass ein Richter sie dafür verurteilen wird. Liam Carrington hat gestanden, die Waffe im Jahr 2000 von einem Mann im ›Stag‹ in Stoke-on-Trent gekauft und dann den Tod von Johnny Hounslow so inszeniert zu haben, dass es wie ein Unfall aussah. Vermutlich wird er sich dafür vor Gericht verantworten müssen. Mit dem tätlichen Angriff auf Mrs. Roper kommen ein paar Jahre Knast zusammen.«

»Wie furchtbar. Was bringt manche Menschen nur dazu, so furchtbare Dinge zu tun?«

»Angst und Habgier. Das sind die häufigsten Gründe. Wobei ich glaube, dass da in dem Fall von Fox und Carrington noch was anderes war – eine dunkle Vergangenheit vielleicht. Sie haben eine wahrhaft ungewöhnliche Beziehung zueinander.«

»Und was ist mit dem Kind?«

»Astra befindet sich im Moment in einer Pflegefamilie, doch soweit ich weiß, möchte Lauren Gregson versuchen, sie zu adoptieren.«

Beim Gedanken an das kleine Mädchen wurde Robyn ganz schwer ums Herz. Das letzte Mal, als sie Astra gesehen hatte, hatte sie die eine Hand in die einer Polizistin gelegt, während sie mit der anderen die schwarze Plüschkatze fest an sich drückte. Zwar hatte Robyn Schrödinger, um den sie sich kümmern konnte, doch leider kein so niedliches kleines Mädchen mit so wunderschönen Augen.

Flint verzog das Gesicht. »Ich verstehe die Menschen einfach nicht«, sagte er.

»Das brauchen wir auch gar nicht. Wir müssen einfach nur diejenigen finden, die sich nicht an die Regeln halten, Sir. Wenn wir zu oft und zu viel darüber nachdenken, was wir tun, drehen wir früher oder später durch.«

Er stieß einen tiefen Seufzer aus. »Wahre Worte, Robyn. Also noch mal: Gut gemacht und denken Sie daran, was ich gesagt habe!«

»Vielen Dank.«

Robyn verließ Flints Büro mit dem guten Gefühl, wertgeschätzt zu werden. Ihre Ermittlungen hatten zu den erhofften Ergebnissen geführt. Der Jackpot war zurückgegeben und die Ropers über ihren Gewinn informiert worden. Roger Jenkinson drohte eine fünfjährige Haftstrafe wegen Waffenbesitzes und er war wegen Körperverletzung einer Polizistin angeklagt worden. Naomi, die ihn dazu überredet hatte, Anna zum Ärztehaus in Uttoxeter zu bringen, hatte lediglich eine Verwarnung wegen Rechtsbeugung kassiert; alle Anklagen gegen sie wegen größerer Vergehen waren fallengelassen worden. Nach einem umfassenden Geständnis sah Ella Fox nun ihrem Prozess wegen der Morde an Henry Gregson, Tessa Hall, Anthony Hawkins, Juliet Fallows und Johnny Hounslow entgegen.

Bei Notwendigkeit gab es jede Menge schlüssige Beweise: auf dem Fingernagel, der in Tessas Küche gefunden worden war, befand sich möglicherweise ihre DNA, die Fasern, die am Tatort von Henry Gregsons Tod gesichert worden waren, stammten zweifelsohne von der schwarzen Jacke, die in einer Kiste im Schuppen entdeckt worden war, und dann waren da noch die Nike LunarGlide 8, die tief unten in McNamaras Mülltonne versteckt worden waren. Sie gehörten Ellas Bruder – ein nagelneues Paar, das er über eBay ausgesprochen billig gekauft hatte. Ella hatte sie mitgenommen, als sie die Waffe geholt hatte, und mit Socken ausgestopft, damit sie ihr passten. Fast bewunderte Robyn ihr logisches Denken und ihren Bemühungen, die Schuld von sich zu lenken. Doch sie konnte auch den ausdruckslosen Blick auf Ellas Gesicht nicht ignorieren. Irgendein Erlebnis oder ein Fluch der Natur hatte Ella Fox in eine der abgebrühtesten Mörderinnen verwandelt, denen Robyn je begegnet war. Ellas Geständnis war von vorne bis hinten ausgesprochen detailliert gewesen.

»Also haben Sie all diese Personen getötet, um Ihren Bruder zu schützen?«

»Ja. Aber ich habe es auch für mich getan.« Sie hatte ihr Gesicht so zu Robyn gedreht, dass ihre Narbe selbst unter der dicken Schicht aus Concealer wie ein dicker, flacher Wurm aussah. »Die anderen waren nichts als habgierige Mobber. Liam und ich hingegen haben den Lottogewinn verdient. Wir hatten ein Recht darauf. Liams Anteil war für seine und Astras Zukunft und meiner, um mich von meiner Vergangenheit zu befreien, er sollte meine Rettung sein.« Eine einzelne Träne lief ihr über die Wange und zeichnete die Linie der Narbe nach. Sie wischte sie nicht ab.

Als Robyn das Büro betrat, erklang Beifall. Shearer befand sich allein im Raum und saß auf ihrem Stuhl.

»Herzlichen Glückwunsch! Ich habe es gerade gehört. Wirklich tolle Leistung.«

»Eine Weile sah es gar nicht mal so gut aus.«

»Ich wusste, dass Sie das hinkriegen würden.«

»Ach ja, Tom?«, fragte sie leise.

Er grinste schief. »Aber natürlich.«

Trotz seiner augenscheinlichen Offenheit hatte sie Zweifel an seiner Aufrichtigkeit. Das war das Problem mit Shearer. Gerade wenn man dachte, er wäre nett, ließ er einen fallen. Irgendwie führte er immer etwas im Schilde. Hatte er gehofft, dass sie den Fall in den Sand setzte? Vermutlich würde sie das nie erfahren. Was immer seine wahren Gedanken und Motive sein mochten, sie hielt ihn besser auf Abstand.

»Na dann, vielen Dank!«

»Wollen wir zur Feier des Tages was trinken gehen?«

»Ich würde gerne, muss aber nach Hause zu Schrödinger.«

Sein Grinsen verschwand und er runzelte die Stirn. »Das ist doch nur ein Kater. Der kommt ja wohl eine Stunde ohne Sie zurecht. Oder müssen Sie ihn noch baden und ihm eine Gutenacht-Geschichte vorlesen?«

Nicht besonders witzig, aber das merkte er auch selber. Er stand auf, bevor sie ihm noch einen Korb geben konnte, und murmelte beim Verlassen des Büros leise: »Wirklich großartige Arbeit.«

Robyns Telefon summte. Es war eine Nachricht von Ross.

Können wir uns in zehn Minuten im Café treffen? Ich habe Neuigkeiten.

72

TAG ELF – FREITAG, 24. FEBRUAR, ABEND

Robyns Magen kribbelte heftig, als sie die Tür des Cafés aufstieß und sich zu Ross an den Tisch setzte, ohne sich vorher etwas zu trinken oder zu essen zu holen. Wie immer gab der Gesichtsausdruck ihres Cousins nichts preis.

»Kein Kuchen?«, fragte er und zog eine Schnute.

»Gleich kannst du so viel Kuchen haben, wie du willst. Aber erst musst du mir erzählen, was du rausgefunden hast Du weißt doch, wie sehr mich das Nichtwissen fertigmacht.«

Ross legte die Arme auf den Tisch. Dabei rutschten die Ärmel seines marineblauen Blazers hoch und die Manschetten seines lilafarbenen Hemds, das er schon seit mindestens zehn Jahren besaß, wurden sichtbar.

»Nun sag schon«, drängelte sie.

Er nahm ein Zuckertütchen aus der Schüssel auf dem Tisch und schüttelte es. »Ich bin bei meiner Suche nach Davies' Boss Peter Cross weitergekommen. Seine ehemalige Sekretärin hat einem Treffen mit mir zugestimmt, aber da sie morgen in den Urlaub fährt, muss das bis nach ihrer Rückkehr warten. Für den dritten März sind wir verabredet. Vorher komme ich mit meiner Suche nach Peter Cross nicht weiter, da sie sich kategorisch weigert, irgendetwas am Telefon zu besprechen.«

Robyn lächelte kurz. Er war wirklich gut in seinem Job. Sie selbst hatte mit ihren eigenen Nachforschungen, seit sie das mysteriöse Foto erhalten hatte, nicht annähernd so viel Erfolg gehabt.

»Aber ich habe noch mehr gute Nachrichten. Ich habe den Floristen ausfindig machen können, bei dem die Blumen bestellt wurden, und sogar mit dem Mitarbeiter gesprochen, der sie dir in die Dienststelle liefern lassen hat.«

Der Puls in ihren Schläfen pochte so laut, dass sie kaum denken, geschweige denn die Frage stellen konnte. Waren die Blumen von Davies? Ross klopfte das Zuckertütchen auf den Tisch, damit sich der Inhalt setzen konnte. Seine Mundwinkel zuckten.

»Ross! Nun sag schon!«

»Sie sind nicht von Davies.«

»Oh.« Alle Energie verließ ihren Körper, und sie konnte nicht sagen, ob sie nun erschüttert oder erleichtert war.

»Bist du enttäuscht?« Ihr Cousin legte das Zuckertütchen wieder in die Schüssel.

»Ich weiß es nicht. Vermutlich schon. Nein. Irgendwie bin ich froh darüber. Wären sie von ihm gewesen, würde das beweisen, dass er noch lebt, und ich fürchte, für diese Nachricht bin ich noch nicht bereit.«

»Ich war auch irgendwie froh darüber. Ich hoffe immer noch, dass das alles nur ein Schwindel ist, der von allein wieder endet. Und auch wenn es mir gar nicht gefällt, wenn jemand solche Spielchen mit dir treibt, ist mir das lieber, als wenn dein Leben wieder auf den Kopf gestellt wird. Ich will nicht herausfinden, dass Davies die ganze Zeit über am Leben war. Ich weiß nicht, wie ich reagieren würde, wenn es so wäre und ich ihm gegenüberstünde. Vermutlich würde ich ihm mit aller Kraft eine reinhauen, für all den Schmerz, den er dir zugefügt hat.«

Er lehnte sich zurück und verschränkte die Arme. »Aber so weit sind wir ja noch nicht, ne? Willst du wissen, wer dir die Anemonen geschickt hat?«

»Ja. Schon. Ich habe keine Ahnung, wer es sein könnte. Ich wüsste nicht, dass mich jemand auf dem Radar hat.«

Als er antwortete, war ein Funkeln in seinen Augen nicht zu übersehen. »Dem ist aber so. Jemand hat dich auf dem Radar – Shearer.«

Robyn fiel die Kinnlade herunter. »Du machst doch Witze.«

»Ich habe den Bestellschein mit eigenen Augen gesehen. Tom Shearer hat dir ein Dutzend scharlachrote Anemonen zum Valentinstag geschickt. Damit ist mein Teil des Deals erledigt. Wo ist nun der Kuchen, den du mir versprochen hast? Und du solltest noch ein zweites Stück holen. Und es mit in die Dienststelle nehmen. Für DI Shearer«, sagte er mit einem Augenzwinkern.

EPILOG

Als Robyn in ihre Einfahrt in der Leafy Lane einbog, bemerkte sie zum ersten Mal seit vielen Wochen, dass das Gefühl der Einsamkeit, das sie so lange verfolgt hatte, verschwunden war. Die automatische Zeitschaltuhr hatte die Lichter angemacht, und ihr Haus sah einladend aus. Die offenen Vorhänge gaben den Blick auf die pastellfarbenen Polstermöbel in ihrem Wohnzimmer frei. Dank der Zeitschaltuhr flimmerte auch der Fernseher, was den Eindruck verstärkte, dass sich die Bewohnerin im Haus befand und den Tänzern auf der Bühne bei ihrer Aufführung zusah. Dann, als sie mit dem Kopf voller Gedanken an Davies und Tom Shearer aus dem Auto stieg, erschien eine Gestalt am Fenster.

Sie lächelte, als Schrödinger sein Maul öffnete, miaute und ungeduldig auf dem Fenstersims auf und ab ging, bis sie herein kam. Robyn hatte beschlossen, den Kater zu behalten. Amélie hatte zuvor eine Textnachricht geschickt und gefragt, ob sie am Wochenende vorbeikommen könne, um die beiden zu besuchen. Der kleine Kerl hatte eine ausgesprochen beruhigende Wirkung auf Robyns strapazierte Nerven, und in der kurzen Zeit, in der er nun bei ihr wohnte, hatte sie ihn sehr lieb gewonnen. Außerdem: Was konnte einem schon Schlimmes passieren, wenn man eine schwarze Glückskatze hatte? Sie schaltete die Alarmanlage des Autos ein und betrat leise nach Schrödinger rufend das Haus. Sofort kam er um die Ecke gerannt, um sie zu begrüßen. Sie ging in die Hocke, um ihn ausgiebig zu streicheln.

Der Mann, der sich hinter dem Laternenpfahl gegenüber ihrem Haus versteckte, zog sich in die Dunkelheit zurück. Er hatte sich verändert, seit sie ihn das letzte Mal gesehen hatte. Konnte er nach all der Zeit wirklich zu ihr gehen und ihr die Wahrheit sagen? Er steckte die Hände tiefer in die Manteltaschen und entfernte sich mit schnellen Schritten. Er musste äußerst vorsichtig sein. Immerhin wurde er gejagt und würde eine erneute Gefangenschaft nicht ertragen.

EIN BRIEF VON CAROL

Hallo zusammen,

ich hoffe sehr, dass *Die stummen Kinder* euch gefallen hat und ihr unbedingt wissen wollt, wie es weitergeht.

Robyn macht gerade eine schwere Zeit durch, aber jetzt hat sie ja Schrödinger, der ihr Geborgenheit und Gesellschaft schenkt, während sie neue Ermittlungen aufnimmt.

Wenn euch dieses Buch gefallen hat und ihr über meine Neuerscheinungen informiert werden wollt, könnt ihr euch über den unten stehenden Link für meinen Newsletter anmelden. Eure E-Mail-Adresse wird nicht weitergegeben und ihr könnt euch jederzeit abmelden.

www.bookouture.com/bookouture-deutschland-sign-up

Es war nicht einfach, *Die stummen Kinder* zu schreiben, da ich mich darin dem schwierigen Thema Misshandlung widme. Eine Menge meines Materials stammt von einer Frau, die anonym bleiben will. Sie hat aus Liebe geheiratet und dann in einer hasserfüllten Beziehung gelebt, in der sie erst mit Worten und später auch körperlich misshandelt wurde. Lange Zeit konnte sie nicht darüber sprechen, doch aufgrund von anhaltender Misshandlung, die schließlich lebensbedrohlich wurde, gelang es ihr, sich Hilfe zu holen.

Ich fürchte, es gibt viele Menschen – Männer und Frauen –, die in missbräuchlichen Beziehungen leben und es nicht schaffen, darüber zu sprechen oder zu fliehen, die sich, genau wie Juliet Fallows, fragen, womit sie es verdient haben, so behandelt zu werden.

Ich würde mich freuen, wenn ihr euch kurz Zeit nehmen würdet, eine Rezension für *Die stummen Kinder* zu schreiben, wenn es euch gefallen hat. Sie muss gar nicht lang sein. Eure Empfehlungen sind unglaublich wichtig für mich.

Vielen Dank
Carol

www.carolwyer.co.uk

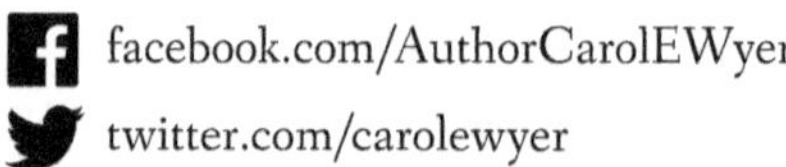

facebook.com/AuthorCarolEWyer
twitter.com/carolewyer

DANKSAGUNG

Ein weiteres Buch aus meiner Reihe mit DI Robyn Carter ist geschrieben und ich bin nicht nur Natalie Butlin und Lydia Vassar-Smith dankbar für ihre unendliche Geduld und Hilfe, sondern auch dem gesamten Team von Bookouture, das sich wirklich unglaublich reingehängt hat, damit *Die stummen Kinder* rechtzeitig veröffentlicht werden kann.

Weiterhin danke ich allen, die mich während des gesamten Prozesses motiviert haben. Besonderer Dank gilt Angie Marsons und Patricia Gibney, zwei herausragenden Autorinnen, die mir großzügigerweise ihren Rat und ihre Unterstützung geschenkt haben, als ich nächtelang dasaß und schrieb.

Außerdem vielen Dank an die unglaubliche Kim Nash, eine außergewöhnliche PR-Managerin und besondere Freundin für uns alle.

Wie die meisten Autorinnen und Autoren werde auch ich von so vielen Menschen unterstützt, während ich mit Deadlines, Handlungslücken, langen Nächten und Frustration ringe. Es gibt Tage, an denen eine Rezension von einer lieben Leserin oder einem Blogger viel ausmacht, darum würde ich gern all den Buchbloggern danken, die mich an dunklen Tagen angetrieben haben. Es sind zu viele, als dass ich sie alle aufzählen könnte – dafür bräuchte ich mehrere Seiten –, aber ich fange einfach mal an mit Annette Angelx, Joanne Robertson, Trish Tishylou Hill, Shell Baker, Alison Daughtrey-Drew, Sian-Elin Flint-Freel, Linda Hobden, Linda Hill, Kaisha Holloway und Sue Hampson. Bitte entschuldigt, dass ich euch nicht alle nennen kann, ich bin euch allen sehr dankbar, denn ihr seid unsagbar wichtig.

Mein ganz herzlicher Dank geht natürlich auch an euch, liebe Leserinnen und Leser. Eure Kommentare, Rezensionen, Nachrichten und E-Mails motivieren mich, immer weiterzuschreiben. Vielen Dank euch allen.

www.ingramcontent.com/pod-product-compliance
Lightning Source LLC
Chambersburg PA
CBHW021245200726
48288CB00015B/1524